HEYNE
BÜCHER

06/2500

Über 40 Jahre
Heyne Science Fiction
& Fantasy

2500 Bände
Das Gesamt-Programm

SCIENCE FICTION

Herausgegeben
von Wolfgang Jeschke

Die Marsprinzessin

Eine Auswahl
der besten Erzählungen

aus

THE MAGAZINE
OF FANTASY AND SCIENCE FICTION

100. Folge

Zusammengestellt von
RONALD M. HAHN

Farbig illustrierte Jubiläumsausgabe

Deutsche Erstveröffentlichung

WILHELM HEYNE VERLAG
MÜNCHEN

HEYNE SCIENCE FICTION & FANTASY
Band 06/6330

Deutsche Übersetzungen von
Jürgen Kohlschmidt, Cecilia Palinkas,
Horst Pukallus, Chris Weber

Das Umschlagbild und die Illustrationen im Text
malte Stefan Theurer

Redaktion: Werner Bauer

http://www.heyne.de
Printed in Germany Juli 1999
Umschlaggestaltung: Atelier Ingrid Schütz, München
Technische Betreuung: M. Spinola
Satz: Schaber Datentechnik, Wels
Druck und Bindung: Presse-Druck Augsburg

ISBN 3-453-15663-3

INHALT

Jo Clayton

GEBORGTES LICHT

1. Erwachen

»Du bist nicht mein erster Tod«, sang Tsoylan auf sie ein, die auf dem Schlafpodest lag, deren Atem kaum die Luft regte, einer sonderbaren, kantigen Fremden, fahler noch als die Große Mutter. Als er Ihren Namen dachte, im Kopf Ihr Bild sah und Ehrfurcht ihn befiel, legte er sich die Stumpenhände in der rituellen Sieh-mich-nicht-Geste auf die Augen, vergaß dabei jedoch die Lichtschutzbrille, die ihm nun unabsichtlich von der Nase rutschte und gleich darauf scheppernd auf den Boden aufschlug.

Nachdem sein Herz zu wummern aufgehört hatte, suchte er den Fliesenboden ab, bis er sie fand, setzte sie täppisch wieder auf. Trotz der dunklen Gläser schmerzten ihm die Augen schon seit Anfang der Vigilie, weil die Tränendrüsen unter der Helligkeit des Sonnenscheins litten, der wie gelbe Säure in die Räumlichkeit strömte. Wie die Sowy trinkt sie von der Sonne, hatte es geheißen, und im Dunkeln muß sie hungern.

»Du bist nicht mein erster Tod«, sang er,
»Nicht die Erste, deren Lebensatem
Einen Schrei gebiert,
Darum weiche ich nicht.
Ich werde nicht weichen ...«

Sie öffnete die Augen, und Tsoylan beendete den

Gesang. »Kara Stavokal«, sagte er langsam, um sicherzugehen, daß sie ihn verstand. »Hab keine Furcht. Nicht wir haben Leid über dich gebracht, sondern das Schicksal.«

Er beobachtete sie, während sie den Kopf drehte, ihre Hände umhertasteten, als könnte sie durch Berühren des gepolsterten Schlafpodests und der über sie gebreiteten Decke ihre Seele von dort zurückrufen, wohin sie entflohen war. Nach und nach bekamen ihre Augen einen klareren Blick, sie stellte das Tasten ein, erprobte statt dessen ihren Körper auf ähnliche Weise wie ein Talqoya eine Maschine prüfte, bewegte einen Teil zur gleichen Zeit wie einen anderen Teil, bewertete die Ergebnisse. Sobald sie damit zufrieden war, schwang sie die Beine über den Rand des Podests und stand auf.

Sie wankte, stützte sich; ihre Atemzüge gingen ruhiger.

Die Heiler hatten ihr ein weißes, ärmelloses Hemd angezogen, das bis zu den Knien reichte. Auf ihren Armen wuchsen dermaßen feine Haare, daß er sie übersehen hätte, wären sie nicht, als er dabei geholfen hatte, sie von der Bahre aufs Schlafpodest zu heben, zu spüren gewesen. Das Haar auf ihrem Schädel hatte eine rauhere Beschaffenheit und die Farbe von naturbelassenem Holz; es war kurzgeschnitten und ähnelte einer braunen Mütze.

Sie tat einen Schritt und verkrampfte ihre Haltung. Es sah aus, als wollte ein Baum gehen. Tsoylan sagte nichts, beobachtete sie nur fortgesetzt, staunte über ihren Gleichgewichtssinn; es hatte den Anschein, als schwankte sie immer wieder dicht vor einem gefährlichen Sturz. Den eigenen, stämmigen, dehnbaren Leib mit dem tiefen Schwerpunkt sowie den vier Beinen, die ihm festen Stand verliehen, empfand Tsoylan als erheblich logischer und stabiler gebaut.

Sie tappte zum Gitterfenster der Schlafkammer und blieb dort für eine Weile stehen, blickte in den ummauerten Garten mit seinem Springbrunnen, dem Rasen, einem hohen, schmalen Naqonbaum und zwei runden Blumenbeeten hinaus. Im hiesigen Gebäude quartierten die Stadtmütter Ankömmlinge von der Insel ein, die sie besuchten, um mit ihnen Handelsangelegenheiten zu erörtern. Nichts an ihrem Benehmen zeigte an, daß sie etwas von dem wiedererkannte, was sie sah, doch Tsoylan wußte von den Heilern, daß sie sich schon einmal hier aufgehalten hatte.

Sie kam zurück und nahm auf dem Schlafpodest Platz. Eine dünne Feuchtigkeitsschicht bedeckte ihr Gesicht, und aus Mattigkeit zitterten ihre Hände, aber ihre Augen wirkten hart wie Edelsteine, ihr Blick zeichnete sich durch eine gewisse Schärfe aus.

Er zupfte ein Taschentuch aus dem Ärmel, tupfte sich unter der Lichtschutzbrille körnige Klümpchen aus den Augenwinkeln. »Woran erinnerst du dich, Kara Stavokal?«

»An nichts. Verwirrung. Schmerz. An Salzwasser, das mir ins Gesicht schwappt, mir in den Augen brennt, im Mund. Daß ich mich an etwas geklammert habe, das mir die Hände aufriß...« Sie schaute ihre Hände an, rieb mit den Daumen über die Fingerkuppen. »Seit wann bin ich hier?«

»Seit vier Tagen«, erteilte Tsoylan Auskunft. »Die Heiler haben dich schlafen lassen, bis feststand, daß deine Verletzungen nicht lebensgefährlich waren.«

»Was ist passiert?«

»Die Insel, die wir euch zur Verfügung gestellt hatten, war vulkanischer Natur und ist ohne Vorwarnung zu ihren Ursprüngen zurückgekehrt. Ihr Schicksal überschnitt sich mit dem Schicksal eines Sturms, der ebenfalls ohne Vorwarnung in eure Richtung umschlug. Derlei Ereignisse geschehen nach Gottes Willen.«

Sie preßte den Mund zu einem schmalen Strich zusammen, wodurch die Gesichtsknochen schroffer hervortraten. Hätte er ihren Zorn fühlen können, wäre er wahrscheinlich so stark spürbar gewesen wie der Sturm, der sie hergeweht hatte. Unwillkürlich verringerte er seinen Körperumfang, um ein kleineres Ziel abzugeben, und seine Hände fuhren erneut, ehe er sich beherrschen konnte, zu den Augen empor, so daß die Lichtschutzbrille ein zweites Mal zu Boden fiel.

Er hörte sie aufstöhnen und die Geräusche, die entstanden, als sie sich auf dem Podest herumdrehte. »Du brauchst dich nicht zu schrumpfen«, sagte sie. »Du kannst nichts dafür. Du kennst meinen Namen. Möchtest du mir deinen Namen verraten?«

Tsoylan ließ die Handteller ans Gesicht gelegt, beantwortete jedoch ihre Frage, so ruhig es ihm gelang. »Ich bin Tsoylan, ein Puman der Talqoya. Ich bin dein Führer.«

»Führer oder Wächter?«

»Vielleicht beides.«

»Hm. Na, lassen wir das erst mal … Was ist aus den übrigen Leuten auf der Insel geworden?«

»Dich hat die Wingah-Insel ausgespien. Die anderen hat sie verschlungen.«

»Alle sind tot?«

»Es ist mir so mitgeteilt worden.«

Tsoylan hörte ein Aufkeuchen, doch als sie antwortete, klang ihr Stimme gleichmütig und nach Entschlossenheit. »Ich weiß zu würdigen, was du und die Heiler getan haben, aber ich muß mit Angehörigen meines Volkes sprechen, sie benachrichtigen, daß ich noch lebe. In dieser Stadt ist von der Firma, die mich geschickt hat, ein Kommunikationssystem installiert worden. Wenn du dafür sorgst, daß ich diese Einrichtung aufsuchen kann, wäre ich dir sehr dankbar.«

Tsoylan zwang sich zum Senken der Hände, blinzelte durch stets dicker werdende Tränen zu ihr auf. »Das ist unmöglich, Kara Stavokal.«

»Dann hole jemanden, der mich hinbringt.«

»Du mißverstehst mich. Du hast den Qawanya entweiht, den Heiligen Boden, in welchen die Mütter ihre Gebeine betten.«

»›Entweiht‹ hört sich reichlich übertrieben für jemanden an, der vom Sturm ans Land gespült wurde.«

Tsoylan erbebte. »Die Absicht ist unwesentlich, was zählt, ist die Tat. Die Puman, von denen du herbefördert worden bist, haben ihr Leben schon Gott geopfert. Sie verlangt auch dein Leben.« Er blähte sich. »So spricht die Große Mutter«, psalmierte er; dann sackte er auf dem Boden zu einer schwabbeligen Masse zusammen und schlotterte vor sich hin, bis die durch die Nennung des Namens hervorgerufene Furcht verebbte.

Als seine Knie ihm wieder gehorchten und er sich aufrichtete, sah Tsoylan eine bleiche Hand, die die Lichtschutzbrille hielt. Dankbar nahm er sie entgegen, schob sie sich vor den Augen zurecht, holte nochmals das Taschentuch heraus, wischte sich die Absonderung seiner Tränendrüsen fort und hockte sich bequemer aufs Gestell der Beine.

»Erkläre mir«, bat Kara Stavokal, »welchen Sinn deine Führung hat.«

»Ich habe die Aufgabe, dich dahin zu führen, willig dein Schicksal anzunehmen«, gab Tsoylan zur Antwort. »Bei uns ist es Brauch, daß die Todgeweihten die Todgeweihten in einen sanften Tod führen.«

»Dann bist du ...«

»Ich bin überschüssig«, sagte er. »Es ist meine Pflicht, beiseitezutreten und einem anderen Vortritt zu gewähren.«

»Und wann? Falls es dir nichts ausmacht, darüber zu reden.«

»Wenn Muya ins Haus des Homitis zurückkehrt.« Tsoylan musterte sie aufmerksam, um festzustellen, ob sie ihn verstand.

»Homitis«, wiederholte sie nach einem Moment des Schweigens. »Das ist doch so ein kleines Buddelvieh, das wie ein Miniaturtalqoya aussieht?«

»Ja. Unsere Vergangenheitsschauer haben eine Theorie erarbeitet, der zufolge Gott, als Sie die Talqoya schuf, schon vorhandenes Fleisch heranzog und es mit einer Seele begnadete.«

»Und Homitis heißt auch die Reihe von Sternbildern, die euren Jahreszyklus bildet. Euer Mond Muya wandert da hindurch.«

»So ist es.«

Sie blickte an ihm vorbei, ihr Geist wandte sich vorübergehend nach innen. Kaum merklich bewegte sie den rosa-bräunlichen Mund. Sie zählt die Sternbilder auf, dachte Tsoylan. Sie beherrschte die Talqoya-Sprache gut, kannte sogar die richtige Anrede für einen Puman. Zwar wußte sie mehr, als er erwartet hatte, dennoch fehlte ihr vieles, das zum Allgemeinwissen gehörte. Auch darüber konnten sie sprechen, während sie darauf warteten, daß ihre Wut und ihre Trauer vergingen.

»Also in sechs Monaten«, stellte sie fest. »›Überschüssig‹, was bedeutet das?«

»Bei der diesjährigen Todeslotterie ist mein Komat gezogen worden. Ist dir bekannt, was die Puman sind?«

Er wartete mit der Geduld, die er sich im Laufe der Jahre angeeignet hatte, auf ihre Antwort, während sie überlegte, und er sah es ihr an, als sie sich zur Offenheit entschied. Das erfreute ihn, weil es besagte, daß zwischen ihnen genügend persönliche Beziehung bestand, um es ihm zu ermöglichen, ihr ein wahrer Führer zu werden.

»Es sind die unter euch, die sich nicht vermehren«, sagte sie. »Oder es nicht können.«

»›Nicht können‹ ist die zutreffende Deutung, Kara Stavokal. Das Schicksal spricht durch die Wiegenlotterie und drückt von unserem Nachwuchs einigen wenigen das Mal des Puman auf, und wer das Mal trägt, verzehrt andere Speisen, lebt auf besondere Art, so daß die Anlage zur Fortpflanzung verkümmert. Ich wünsche diesen Vorgang nicht eingehender zu besprechen. Er beschwört in meinem Geist Bilder herauf, die mich grämen.«

»Dann unterhalten wir uns über Pikaya Tsewa. Erzähle mir etwas über eure Stadt.«

Ihre umgängliche Duldsamkeit täuschte Tsoylan nicht. Sie war sich ihrem Schicksal zu verweigern gewillt und ahnte noch nichts von der Vergeblichkeit ihres Bestrebens. Er rastete seine Knie aus, senkte den Bauch auf den Boden und schloß die Augen. »Den Tunneln Pikaya Tsewas haftet eine feinsinnige Schönheit an …«

2. Ringen

Als er am folgenden Morgen erwachte, war Kara Stavokal fort. Er seufzte und ging in den Waschraum, spülte sich mit Wasser abgelöste Haut vom Körper, straffte die Falten und bürstete Ablagerungen aus den Ritzen und Rillen seiner Gestalt. Zwischen den Todgeweihten-Vigilien vernachlässigte er sich, schlief zuviel und wusch sich nie; das war seine Weise, der Bitterkeit

Ausdruck zu verleihen, die einzige Ausdrucksform, die er sich gestatten durfte.

Während der Vigilen brachten die Todeswärter ihm die Kleidung. Er zog sich sorgfältig an, achtete genau auf den Faltenwurf. Die verschlissene Tracht war schon so oft gewaschen worden, daß der Stoff sich beinahe so weich wie das Fell seines Pivan anfühlte, des Haustiers, das er hatte abschaffen müssen, als das Schicksal sein Komat erwählte. Sein Bauch sank ein, ihm erlahmten die Hände, als er sich an damals entsann, das Gefühl von Enangs leichtem Atmen unter seinen Händen, während er auf der Ruhebank gelegen und den Klängen aus dem Musikapparat gelauscht, sich nach einem langen Tag im Haus der Sprößlinge erholt hatte.

Tsoylan befand sich in der Küche, entnahm gerade dem Ofen eine Platte mit Kwibrot-Plätzchen, als die Todeswärter Kara Stavokal zurückbrachten. Er hörte sie ihren Zorn herausschreien und in ihrer ungeschlachtenen Heimatsprache schimpfen; und einen Knall, aus dem er schlußfolgerte, daß sie gegen die Schiebetür getreten hatte. Während er die Plätzchen aus den kleinen Mulden schüttelte, freute er sich, weil es ihm gelungen war, sie genau so goldbraun zu backen, wie es erforderlich war, um dem groben Grundmehl den aromatischsten Geschmack zu entlocken. Er kerbte sie ein und ließ in den Vertiefungen Klümpchen von Kapirbutter schmelzen; in der restlichen Butter briet er dicke, leckere Wakashapilze.

Er trug eine Karaffe mit kaltem Soshilsaft ins Wohnzimmer, während die Pilze auf einer Faserunterlage trockneten, und stellte das Getränk auf den Tisch, an den er einen Stuhl und eine Ruhebank geschoben hatte; dann kehrte er in die Küche zurück, um die beiden Gerichte zu holen.

Kara Stavokal hatte sich noch immer nicht gezeigt; statt dessen stand das hohe Fenster offen. Er stieß einen Seufzer aus, plazierte die Lichtschutzbrille dichter an die Augen und stapfte ins Freie.

Unaufhörlich stürzten sich zwei Gwussie auf den Naqonbaum, ihre Flughäute klappten zusammen, wenn sie abwärtssausten, fuhren anschließend aus und bremsten den Sturz, schwangen sie wieder in die Höhe, bevor die Geschöpfe ins Gewirr des Astwerks krachen konnten. Das größere Exemplar, die Mutter, kreischte auf Tsoylan ein, obwohl er sich nur langsam näherwagte. Sie schnellte herab und schlug mit den Krallen nach ihm, verfehlte ihn jedoch, weil er die Knie einknickte und sie deshalb über ihn hinwegschwirrte. Hastig trippelte er auf Abstand, denn sie erneuerte ihre Attacken auf den Baum.

Aus dem benachbarten Blumenbeet sammelte Tsoylan eine Handvoll kleiner Steine und stellte sich vors offene Fenster. »Kara Stavokal, selbst wenn du über die Mauer gelangst, kannst du nirgendwo hinflüchten. Genausogut kannst du hereinkommen und dein Frühstück essen. Laß den Gwussie ihren Frieden.«

Einen Moment lang blieb es still, dann raschelte es im Baum, die Frau sprang ins Gras herunter und lief zum Fenster, während Tsoylan Steinchen nach den Gwussie warf, um sie von ihr abzulenken. Wortlos trampelte sie an ihm vorbei.

Er folgte ihr hinein; sie stand am Tisch und goß Soshilsaft in ihr Glas. Auch er äußerte kein Wort, lagerte sich statt dessen auf der Ruhebank und machte sich daran, die selbstzubereiteten Speisen zu verzehren.

Indem die Tage verstrichen, häuften sich derlei Zwischenfälle, versuchte sie mit allen Mitteln, die ihr einfielen, ihrem Schicksal zu entrinnen. Als nichts davon fruchtete, verfiel sie von Wutanfällen in Weinkrämpfe, bei denen starke Schluchzer heftig ihren ganzen Körper schüttelten, und danach wieder in Wutausbrüche. Beides waren Reaktionen auf ihre Hilflosigkeit, aufs Gefangensein in einer Falle, aus der es kein Entkommen gab. Tsoylan hatte dafür Verständnis und bewahrte Distanz, obwohl er im Haus blieb, gönnte ihr den Zorn und den Kummer; und ihr Schweigen.

»Du bist nicht mein erster Tod«, sang er im Flüsterton vor sich hin, damit sie es nicht hörte.

»Nicht die Erste, deren Lebensatem
Einen Schrei gebiert.
Darum weiche ich nicht.
Ich werde nicht weichen …«

Sie zog sich in ihre Schlafkammer zurück, sperrte die Tür ab und verließ es noch nicht einmal zu den Mahlzeiten. Tsoylan empfand Sorge um sie, störte sie aber nicht, obwohl sein Schlüssel sämtliche Schlösser des Gebäudes öffnete. In diesem Stadium war es vorteilhafter für sie, allein mit sich ins reine zu gelangen. Falls sie dazu die Fähigkeit hatte.

Am dritten Tag kam sie wieder zum Vorschein und gesellte sich zu ihm in die Küche. Sie sah abgemagert und verhärmt aus, war jedoch ruhiger geworden. »Danke, Tsoylan«, sagte sie. »Was machst du heute zum Frühstück? Ich hoffe, es schmeckt so gut wie letztes Mal. Ich bin ziemlich hungrig.«

3. Aussprache

Kara Stavokal kauerte auf dem niedrigen Sims des offenen Fensters, den Kopf an die Glasscheibe gelehnt. Von draußen drang angenehm kühle Luft herein, während am Horizont die Sonne sank. Wie Spinnweben sammelten sich im Zimmer Schatten. Tsoylan saß im dunkelsten dieser Schatten, weit genug abseits der Helligkeit, um die Lichtschutzbrille nicht tragen zu müssen; sie lag neben ihm auf dem Boden. Sein Bauch ruhte bequem auf den Fliesen, und er hatte den Kopf in die Schulterhöhlungen seiner Arme gesenkt.

Sie wandte den Kopf und schaute Tsoylan an. »Wie alt bist du?«

Er kratzte die Behaarung seines Kinns und überlegte, warum sie das wissen wollte. »Ich habe ein Alter von siebenunddreißig Jahren.«

»Hm. Wie lange leben Talqoya normalerweise?«

»Du meinst, ob ich früher als nötig abtrete? Wer kann das sagen? Puman sterben, wenn ihre Komat gezogen sind, früher oder später.«

Eine Zeitlang schwieg sie, auf dem Gesicht einen Ausdruck, von dem er mittlerweile gelernt hatte, daß er keinen Zorn, sondern Konzentration widerspiegelte. Er schrumpfte sich ein wenig ein, während ihn Beunruhigung packte, weil er vermutete, daß sie Fragen zu stellen beabsichtigte, die die Furcht weckten.

»Wenn ich ein Puman wäre, wie alt würdest du mich schätzen?«

Tsoylans Körperflüssigkeiten sickerten in die Randbereiche seiner Gestalt zurück, aus Erleichterung entspannte sich die Muskulatur. »Berücksichtige ich dein Kräfteniveau, die Leichtigkeit deiner Bewegungsabläufe, die allgemeine Sicherheit deiner Verhaltensweisen und lasse die physischen Eigenschaften außer acht, die ich mangels genauerer Kenntnis deiner Art nicht beurteilen kann, würde ich dich als erfahrene Puman auf der Höhe des Leistungsvermögens einstufen, eine Baumeisterin vielleicht, oder eine Konstrukteurin von Leuchten. Als jemand, die ihre Tätigkeit lange genug verrichtet, um sich Autorität angewöhnt zu haben, aber noch nicht so lange, daß bei der Todeslotterie ihr Komat gezogen worden wäre. Alles in allem besehen, ich wäre der Auffassung, du könntest eine Puman von vielleicht vierzig Jahren sein.«

Daraufhin lachte sie, die Laute ihrer Heiterkeit kitzelten lustig sein Gehör und blähten seinen Körper zu größerer Ausdehnung. »Dein Stil des Formulierens gefällt mir«, sagte sie. »Warst du früher Dichter oder Erzähler?«

»Ich war Lehrer, Kara Stavokal. In einem Haus der Sprößlinge. Ein vollauf ersetzbarer Tätigkeitsausüber.«

»Hm. Mir macht es Schwierigkeiten, dich mir als ersetzlich vorzustellen, aber ich sehe, das Thema bereitet dir Unbehagen, also lassen wir's. Deine Schätzung amüsiert mich, ich erkläre dir gleich den Grund. Mein Volk kennt eine Methode, um das Alter aufzuschieben, ähnlich wie eine Verabredung mit jemandem, den man eigentlich gar nicht treffen mag, aber der lästige Fremdling wartet ja doch bis zum bitteren Ende. Ich wünschte, ich könnte behaupten, ein langes Leben erleichtere das Sterben, aber es ist nicht so. Je länger unser Leben dauert, um so gieriger klammern wir uns daran. Ich bin rund dreihundert Jahre alt, Tsoylan. Vor zehn Jahren habe ich meine letzte Behandlung erhalten, ich wußte, daß von da an jeder neue Tag von der Gesamtheit meiner Lebenszeit abgeht. Und nun raubt ihr Talqoya mir den Rest.« Sie schnalzte mit der Zunge. »Nein, das war eine gemeine Bemerkung. Tu so, als hätte ich nichts gesagt, wenn du kannst. Was mich eigentlich amüsiert hat, ist folgendes ... Die erste Behandlung hat mich biologisch im Alter von dreißig Jahren stabilisiert. Rechne zehn Jahre hinzu, und du siehst, wie gut deine Schätzung ist.«

»Und was hast du in all diesen vielen Jahren unternommen?«

Sie strich sich braunes Haar aus dem jetzt durch die Erinnerungen sanfter gewordenen Gesicht. Nun sprach sie kaum lauter als im Flüsterton. Tsoylan mußte das Gehör anstrengen, um sie zu verstehen. »Ich habe gelernt. Du warst Lehrer, ich eine Lernende.« Mehrere Sekunden verstrichen, bevor sie weiterredete. »Ich entsinne mich an eine Welt namens Haddálicci. Dort war ich zum erstenmal im Außendienst. Damals war ich eine eifrige, kleine ...« Sie zögerte, suchte nach dem passenden Talqoya-Äquivalent. »Eine eifrige Pivan, die Leckerbissen für ihren Teamchef sammelte. Punkte, würden wir sagen. Die Firma hatte ihm eine letzte Chance gegeben. Ihm waren zu viele Fehler unterlaufen, er hatte falsche Ansätze vollzogen, deswegen konnte die Firma einen bestimmten Markt nicht erschließen. Und ich sah voraus, daß er noch mehr Fehler machte, aber in seiner Verzweiflung war er auch noch arrogant und mochte nicht auf mich hören. Es hat ihn schließlich das Leben gekostet. Hm ... Seltsam, meine berufliche Laufbahn ist mit Leichen gepflastert. Das ist mir bisher gar nicht so richtig aufgefallen. Die Haddálicci sind ... Ihr habt dafür kein Wort. Sie werden im Wasser geboren, verbringen aber ihr Leben auf dem Land. Sie weben Gehänge, die Träumen aus dem Nebel gleichen, in dem sie ihr Dasein bestreiten, und sie komponieren beinahe ebenso ausgeklügelte Lieder. Sie sind ein mißtrauisches Volk und schnell beleidigt.« Kara Stavokal wandte erneut den Kopf und lächelte Tsoylan zu. »Auch die Haddálicci bewerten bloße Absicht als belanglos, weil sie glauben, daß niemand ins Herz eines anderen schauen kann und gelogen wird. Mein Teamchef hat sie immer wieder verärgert, bis zuletzt ihre Geduld erschöpft war, und eines Morgens fanden wir ihn mit dem Gesicht in einem schlammigen Tümpel, er war ertrunken.«

»Wie viele Welten hast du gesehen, Kara Stavokal?«

»Ungefähr fünfzig, sechzig. Nach einiger Zeit habe ich den Überblick verloren.«

Inzwischen war es draußen dunkel geworden. Tsoylan roch die Pollen der Gräser, die außerhalb der Mauer wuchsen, und den schweren, süßen Duft des Naqonbaums, der gegenwärtig seine Nachtschoten öffnete. Es war Zeit, um ans Abendessen zu denken, aber ihm war gar nicht zum Aufstehen zumute. »Ich bin noch nirgendwo außer in Pikaya Tsewa gewesen.«

»Bedauerst du's?«

»Ich glaube nicht. Ich führe gern ein vorhersehbares Leben. Mir fällt es schwer zu verstehen, daß du solches Chaos vorziehst und daran Vergnügen findest, nicht zu wissen, wohin du deine Füße setzt. Ich frage mich, ob es daran liegt, daß deinesgleichen allein schon bei der Fortbewegung so hohe Risiken eingeht.«

Erneut lachte sie, und wieder erzitterte Tsoylan aus Frohsinn. »Spricht da ein Vierbeiner zu einer Zweibeinigen?«

»So könnte es sein. Deine Beweglichkeit ruft bei mir immerzu Erstaunen hervor.«

»Hm.« Sie stand auf, stieg übers Fenstersims in den Garten, blickte hinauf zu den Sternen. »Irgendwo betrachten jetzt meine Kinder einen anderen Himmel. Ich wüßte gerne, was sie wohl gerade denken.«

Obwohl sie ihn an ihrem Standort nicht sehen konnte, verbarg Tsoylan sein Schmunzeln hinter einer Hand. Sie war fremdartig und benahm sich manchmal erschreckend, gleichzeitig hatte sie jedoch viel Ähnlichkeit mit den Puman, die er vor ihr dem Ableben entgegengeführt hatte. Er begegnete der gleichen Wut und Trauer, und auch die Puman versuchten ihn zu beeinflussen, forschten nach Ansatzpunkten, um sein Mitgefühl zu erregen, seine Hilfsbereitschaft, wollten ihn umstimmen. Sie ging etwas zu plump vor, aber das konnte seine Ursache darin haben, daß die Absonderung von ihrem Volk sie verunsicherte. »Deine Kinder?« fragte er.

»Zwei Mädchen und ein Junge. Ach, es ist schon lange her.« Sie kehrte zum Fenster zurück, lehnte sich im Stehen an die Seite des Rahmens, an dem sich die Scharniere befanden, schaute noch immer mit einer Sehnsucht zu den Sternen auf, die Tsoylan beinahe fühlen konnte. »Es ist eine der vorteilhafteren Folgen eines verlängerten Lebens, daß die Kinder deine Freunde werden können. Ich vermisse sie.« Sie seufzte und wandte dem Sternenhimmel den Rücken zu. »Ich bin nicht lange genug hier, um es erfahren zu haben – kennt ihr so etwas wie Abschiedsfeiern für eure Toten?«

»Die Mütter ja, aber darüber kann ich nichts sagen, die Puman und die Väter nicht. Für die Todgeweihten gibt es die Führer, allerdings besteht zwischen ihnen ein privates Verhältnis.«

»Würde man so was verbieten?«

»Ich weiß es nicht. Die Toten werden fortgebracht, und danach spricht man nicht mehr über sie.« Tsoylan merkte, daß er an dieser Tatsache, als er davon erzählte, Anstoß nahm, obwohl er sich darum nie Gedanken machte, wenn es einfach geschah, und obwohl er wußte, daß es auch ihm bevorstand. Er verdrängte sein Mißbehagen und konzentrierte alle Aufmerksamkeit auf Kara Stavokal. Er war der Überzeugung, daß ihre Darlegungen Teil einer neuen Strategie waren, aber raffinierter als ihre Eingangsworte. Auf was wollte sie hinaus?

»Wir veranstalten eine Totenfeier, wenn jemand gestorben ist«, sagte sie. »Zum Abschied feiert man das Leben des Verstorbenen. Man ehrt sein Andenken. Seine Kinder und Verwandten, Bekannten und Freunde and andere Leute, die ihn kannten, kommen zusammen, sitzen den ganzen Abend in der Runde und erzählen über ihn Geschichten, erinnern daran, wie er war, was man gemeinsam getan hat, an die guten und schlechten Zeiten, die mit ihm erlebt wurden. Es gibt zu essen, zu trinken und Musik, aber jede Totenfeier verläuft verschieden, weil die Menschen unterschiedlich sind.«

»Weshalb erzählst du mir davon?«

Sie fuhr sich mit den Fingern durchs Haar. Muyas Mondschein fiel auf eine einzelne, helle Strähne, brachte sie zum Glänzen, bis sie ein weiteres Mal den Kopf bewegte. »Zur Vergeltung«, antwortete sie mit ruhiger, leicht trauriger Stimme. »Ursprünglich hatte ich vor, dich zu belügen, Tsoylan. Ich hab's mir anders überlegt. Ich fühle mich ungern schäbig.«

»Zur Vergeltung? Das verstehe ich nicht.«

»Das Wort oder seine Bedeutung?«

»Ich kenne das Wort. Aber warum hast du es benutzt?«

»Die Vorstellung einer Totenfeier ist für dich attraktiv, nicht wahr? Du kannst dir die Antwort sparen. Ich sehe die Bitternis hinter deinen ruhigen Augen. Du würdest gern Anerkennung genießen, wenn dein Leben endet, wünschst dir, daß man sich an dich erinnert, aber ich glaube, ein solches Zeremoniell würde verboten, falls die Mütter davon erführen. Es sind die Stille des Endes und das nachfolgende Schweigen, durch die euch die Todeslotterie erhalten bleibt. Ihr verschwindet, und die Lücke, die ihr hinterlaßt, wird geschlossen, als ob eine Wunde heilt, und gleichzeitig werden die anderen Puman indirekt, ohne daß es Worte braucht, darauf hingewiesen, daß auch sie ersetzlich sind. Euer Wort. Eure Wahrheit. Der Gedanke einer Abschiedsfeier kann wie ein kleiner Tropfen in einen tiefen, stillen Teich fallen. Nur verursacht selbst ein winziges Tröpfchen Wellen, die sich ausbreiten. Zeit vergeht. Voraussichtlich lange Zeit. Aber eines Tages weigern sich die Puman, sich als ersetzlich abstempeln zu lassen.« Sie durchquerte das Zimmer und kniete sich zu ihm, ergriff eine seiner Hände. »Darf ich?« Nachdem er genickt hatte, hob sie die Hand an und beugte sich über sie. »Vergeltung«, hauchte sie auf die Handfläche, dann richtete sie sich auf und krümmte seine Finger um die warme Stelle. »Ich mache sie dir zum Geschenk. Fang damit an, was du willst.«

4. Akzeptanz

Als er sich sicher fühlte, daß die Zeit da war, sie gefaßt und resigniert wirkte, bereitete er ihr ein letztes Frühstück zu (allerdings wußte sie nicht, daß es das letzte sein sollte): nichts besonderes, lediglich eines, das ihr, als er es das erste Mal servierte, geschmeckt hatte. Kwibrot-Plätzchen mit zerlaufener Kapirbutter, Wakashapilze und eine Karaffe kalten Soshilsaftes. Er trug das Tablett mit den gebratenen Wakashascheiben hinein, und während er sich über ihren Arm neigte, um es abzusetzen, bohrte er den Stichdolch in die vorgesehene Stelle ihres Hinterkopfs. Die Heiler hatten beteuert, sie wäre tot, ohne etwas zu merken, wenn er es richtig machte. Und er machte es richtig.

Er hob sie vom Tisch und brachte sie in den Garten, streckte sie, das Gesicht im Sonnenschein, im Garten aus. Während über ihm die Gwussie kreisten und kreischten, wusch er ihren Leichnam, zog ihr ein sauberes, weißes Hemd an und faltete ihre Hände auf dem Oberkörper. Als er fertig war, holte er aus dem Haus ein Glas Soshilsaft und hockte sich in den Schatten des Naqonbaums. »Ich nehme dein Vergeltungsgeschenk an, Kara Stavokal. Dies ist die erste Totenfeier in Pikaya Tsewa.« Er trank Saft aus dem Glas. Zuerst hinterließ das Getränk auf der Zunge einen bitteren Geschmack, doch bald schmeckte es ihm besser.

»Du bist nicht mein letzter Tod«, sang er,
»Nicht die Letzte, deren Lebensatem
einen Schrei gebiert.
Darum weiche ich nicht.
Ich werde nicht weichen ...«

Esther M. Friesner

WAHRER GLAUBE

»Bäääh, Mamiii, muß das seiiiiin?« Jimmy Hanson preßte den Mund zu und zog ein Gesicht, das einer alten Backpflaume ähnelte. Backpflaumen waren das einzige, was er noch mehr als Medizin verabscheute. (Er hatte seine Eltern sogar darüber aufgeklärt, daß Backpflaumen auf eine außerirdische Verschwörung der Krötenmenschen von Skraax zurückgingen, die vor der Invasion die Gehirne der Erdenmenschen erweichen wollten, denn für die Krötenmenschen war der menschliche Geist wie weiches Wachs – so hieß es jedenfalls im letzten Heft von *Major Hamster und die Hurtige Sternenpatrouille.* Aus irgendeinem Grund hatte er seine Eltern aber davon nicht überzeugen können.)

Mrs. Hanson stand neben dem Bett ihres Sohns und goß gelassen eine Dosis dicklichen, colabraunen Saftes auf einen Eßlöffel. »Jawohl, es muß sein«, bestätigte sie, stellte die Flasche auf Jimmys Nachttisch und warf ihm einen strengen Blick zu. Der verhängnisvolle Löffel senkte sich an die Lippen des Jungen. »Also mach auf.«

Das war die direkte Methode, von der Mrs. Hanson wußte, daß sie sich sowieso nicht bewährte. Trotzdem hielt sie sich jedesmal, wenn die Stunde für Jimmys Medizin schlug, der Form halber an dieses alte Spielchen. Es hatte große Übereinstimmung mit Mr. Hansons Angewohnheit, an Abenden, an denen er Lust auf ehelichen Geschlechtsverkehr verspürte, einen Besuch zu zweit im Kino vorzuschlagen.

Tatsächlich ließ Jimmy nicht nur den Mund zu, sondern legte sich beide Hände auf den Mund und starrte seine Mutter feindselig an. Mrs. Hanson schüttelte den Kopf. Warum sparte sie sich nicht die Mühe? Eine kleine Bestechung war fällig. »Jimmy, mein Schatz, ich habe dir unterwegs ein duftes Mitbringsel besorgt. Wenn du deine Medizin nimmst, kannst du es haben.«

»Was isses denn?« fragte Jimmy mißtrauisch durch die Hände.

»Die allerneuste Ausgabe deiner Lieblingscomicserie, das ist es.«

Langsam nahm Jimmy die Hände vom Mund. Er setzte sich im Bett ein Stück weit auf. »Nn-*nn.* Das kann nicht sein. Ich *hab* das Mai-Heft von *Major Hamster und die Hurtige Sternenpatrouille* schon.« Zum Beweis griff er sich ein Exemplar der ungefähr zwei Dutzend auf der Steppdecke verstreuten Comics und hob es hoch, so daß seine Mutter das knallgrelle Titelbild sehen und sich dafür schämen mußte, bei einer Lüge ertappt worden zu sein. Daß er es gleichzeitig auf eine Weise hielt, die seinen Mund gegen tückische Vorstöße des mütterlichen Eßlöffels schützte, war durchaus kein Zufall.

»Ja, mein Schatz, aber das ist auch gar nicht das gleiche, das ich dir gekauft habe.« Allmählich verlor Mrs. Hanson die Geduld. Sie war weit weniger nachsichtig als Jimmy erzogen worden, und es kostete sie beträchtliche Selbstbeherrschung, eine Taktik gütigen Zuredens zu verfolgen, obwohl all ihre Gefühle sie mit Macht dahin drängten, auf Umgänglichkeit zu scheißen und den Bengel einfach anzuschreien: *Hör zu, du kleiner Zirkusaffe, ich habe von der* Schwarzwaldklinik *schon zehn Minuten versäumt, und wenn du dort keine Gastrolle spielen willst, dann schluckst du sofort den Saft!*

Aber Mrs. Hansons sämtliche in Ehe und Mutterschaft entwickelten Verhaltensmuster verkörperten einen Triumph der Vulgärpsychologie und populärwissenschaftlicher Theorien über Emotionen und Spontaneität. Als ihr Jimmy skeptisch bewiesen zu haben wünschte, daß seine Mutter wirklich ein neues Heft der Serie *Major Hamster und die Hurtige Sternenpatrouille* gekauft hatte, erfüllte sie seinen Anspruch ohne Murren. Nachdem sie den vollen Löffel vorsichtig auf Jimmys Kommode abgelegt hatte, verließ sie sein Zimmer und kehrte im Handumdrehen mit dem Comic zurück. »Siehst du?« rief sie auf der Schwelle.

»Das sieht nicht wie *Major Hamster* aus«, beanstandete Jimmy. »Außerdem hat Papi mir erst gestern abend das neue Heft gekauft.«

»Papi kauft dir alle Comics in der Stadt, an dem Kiosk gegenüber vom Büro. Vielleicht haben sie dort die neue Ausgabe noch nicht.«

»Ach so? Er hat aber gesagt, er hat das Heft beim Zeitschriftenhandel in der Einkaufspassage geholt.«

»Mein kleiner Schatz, hier steht groß und deutlich *Major Hamster und die Hurtige Sternenpatrouille* auf dem Umschlag, und außerdem ist es das Juni-Heft. Vielleicht haben sie den Zeichner gewechselt. Und das Heft stammt *weder* vom Kiosk noch aus der Zeitschriftenhandlung. Ich hab's in einem richtigen Comic-Laden gekauft.«

»So einem Laden, in den ihr mich nie gehen laßt.« Der Gram über im Namen elterlicher Erziehungsziele immer wieder verweigerte Bürgerrechte furchte Jimmys Stirn. Mit acht Jahren verstand er zwar noch nicht, was *Zensur* bedeutete, aber er spürte sie, wenn er darunter litt. »Und in den *ihr* auch nie geht. Wieso warst du heute drin?«

Mrs. Hanson stöhnte auf, erläuterte ihm aber geduldig das Geschehene. »Auf der Fahrt mit deinem Rezept zum Einkaufszentrum hatte ich eine Autopanne. Ich hab's gerade noch bis zur Werkstatt geschafft. Du weißt, daß ich dich ungern lange allein zu Hause lasse, wenn du krank bist, deshalb habe ich den netten Mann in der Werkstatt gefragt, ob eine Apotheke in der Nähe wäre. Und da war eine, 'ne richtig altmodische Apotheke, mit Mörsern als Dekoration und allem Drumherum, und nur einen Häuserblock davor habe ich den Comic-Laden entdeckt. Ich habe deine Medizin *und* ein Mitbringsel besorgt, während das Auto repariert wurde. Glaubst du jetzt, daß Mami immer an dich denkt? So, nun tu deiner Mami den Gefallen und mach den Mund auf…«

»Erst wenn ich das neue *Major-Hamster*-Heft in der Hand habe«, antwortete Jimmy. Er schaute engelhaft unschuldig genug drein, um selbst die Krötenmenschen von Skaax zu täuschen.

Mutterschaft schädigt die Wahrnehmung. Mrs. Hanson hörte Einlenken aus der Stimme ihres kleinen Lieblings, obwohl sie die Nachtigall hätte trapsen hören müssen. Mit einer Hand reichte sie ihm den Comic, mit der anderen führte sie den vollen Löffel an seinen Mund.

Mit atemberaubender Entfaltung von Schnelligkeit und Gewandtheit gelang es Jimmy, die neue *Major-Hamster*-Folge in die *Niemals-du-Monster!*-Position vor den Mund zu reißen und in derselben Sekunde das vorherige Heft zur Seite zu schmeißen, so daß es auf dem Nachttischchen die offene Flasche umkippte. Daraufhin riß Mrs. Hanson, während der Inhalt der Flasche bis zum letzten Tropfen im Plüschteppich versickerte, der Geduldsfaden. Die Nachbarn, die sie schreien hörten, verzichteten nur deshalb aufs Verständigen der Polizei, weil sie sich nicht unbeliebt machen wollten.

Aus begründeter Furcht um sein Leben schluckte Klein Jimmy schließlich die einzige noch vorhandene Dosis der Medizin ohne weitere Gegenwehr.

Mrs. Hanson ging hinunter in die Küche, um Dr. Beeman anzurufen, Jimmys Kinderarzt, und ihn um ein neues Rezept zu bitten. Gerade hatte sie den Hörer aufgelegt, da spürte sie, wie sich etwas Schweres auf ihre Schulter senkte. Sie drehte sich um und blickte in ein Paar leicht basedowscher, schwarzer, typischer Knopfaugen, die in einem haarigen, braunen Gesicht saßen. Wütend zuckten beiderseits einer ärgerlich gerümpften, dreieckigen Nase stramme Schnurrhaare sie an.

»Was hat das zu bedeuten«, fragte der Riesenhamster, »daß Sie Ihren Sohn derartig anschreien?«

»Hu-ha! Hu-ha! Laß mich ran! Laß mich sie plattmachen! Das soll ihr 'ne Lehre sein.« Hinter dem Hamster hüpfte irgend etwas nur entfernt Menschenähnliches auf und nieder, daß der ungekämmte Schopf nur so flog. Im Takt schlug das hyperaktive Rumpelstilzchen die unproportional großen Hände gegen die Küchenwände, auf die Arbeitsflächen und sogar an die Decke, als wäre der Hölle (oder vielleicht einer Klapsmühle) eine Karikatur Michael Jacksons entsprungen.

»Nur die Ruhe, Bongo.« Der Hamster streckte eine zartrosa Pfote in die Höhe. Mit unnatürlicher Distanziertheit (wie man so sagt) beobachtete Mrs. Hanson, daß das feiste Pelztier einen blauen Trainingsanzug mit gelbem Umhang trug. Sie hätte es nie für möglich gehalten, daß es auf der Welt so viel Polyester gab.

»Ach, komm, Chef, laß Bongo ein bißchen auf ihr rumtrampeln«, mischte sich eine andere Stimme ein. Offenbar gehörte sie dem überfetten Kolibri, der Major Hamsters Kopf umschwirrte. Auf den zweiten Blick erkannte Mrs. Hanson jedoch, daß sie keinen Kolibri sah, sondern ein geflügeltes Mädchen in bestirntem pinkrosa Tanga-Leotard. Trotz der geringen Körpergröße protzte das Minimädchen mit einem Paar Euter, das schlichtweg zwangsläufig aerodynamische Nachteile verursachen mußte. »Los, los!«

»Schweig, Sternenfee Laggi«, tönte eine weitere Stimme. »Es ist nicht immer Bongos Aufgabe, unsere Widersacher zu bezwingen. Manchmal verfallen sie ... *mir.*« Die bedrohlich düstere und doch auch verführerische Stimme erinnerte Mrs. Hanson an trostlose Örtlichkeiten, wo unaussprechliche Geheimnisse Sirenengesänge säuselten und den Arglosen zu scheußlichen Entdeckungen lockten. Dabei fiel ihr ein, daß sie schon länger nicht mehr das Klo geputzt hatte.

Leider erwies sich der Gedanke an *Abfluß*rohre in diesem Moment als etwas nervig, denn die vierte Stimme gehörte einer Frau, deren beunruhigendes Lächeln zwei beachtliche Beißzähne entblößte. Im Gegensatz zu ihrer Begleitung scheute sie die Polyestermode und bevorzugte statt dessen ein Kleidungsstück, das einem Trikot aus schwarzem Seetang ähnelte. So wie Laggi (die Sternenfee) war sie aufgrund ihrer Vorderlastigkeit eine sichere Kandidatin für starke Rückenbeschwerden schon ab dem dreißigsten Lebensjahr.

Sie nahm Mrs. Hansons Hand in ihre Hände. »Ich bin Lexa«, stellte sie sich vor und musterte Mrs. Hanson mit einem Blick, der dem durchdringenden Starren einer zum Zuschnappen bereiten Kobra kaum nachstand. »Ich ziehe durch die Nacht. Und ich habe Hunger.«

Mrs. Hanson konnte sich nicht so recht dazu durchringen, diese Person darauf aufmerksam zu machen, daß es erst fünfzehn Uhr war und sie mitten durch den hellichten Nachmittag irrte. Sie entschied sich dagegen, weil manche Leute es nicht schätzten, wenn völlig Unbekannte sie auf Fehler hinwiesen.

Ehe Lexa das Gespräch fortsetzen konnte, trat der Hamster, dem sein Umhang von den Schultern wehte, zwischen die beiden Damen. »Erst erlauben wir ihr, dafür Rede und Antwort zu stehen, daß sie unseren Kumpel Jimmy so schändlich behandelt hat. *Dann* messen wir ihr die angebrachte Strafe zu.« Die kleinen Knopfaugen, in denen gerechte Empörung glänzte, hefteten den Blick auf Mrs. Hanson. *»Also?«*

»Vielen Dank, daß Sie mir dazu Gelegenheit geben«, sagte Mrs. Hanson und fiel in Ohnmacht.

Mrs. Hansons Glaube an die günstige Wirkung des Ohnmachtstricks stützte sich ausschließlich auf das Anschauen von Fernsehserien. In den abenteuerlichen Gefilden der Fernsehserien kam es, sobald Unverkraftbares die Heldin konfrontierte, regelmäßig zur Ohnmacht, und wenn ihr danach das Bewußtsein wiederkehrte, erhielt sie die tröstliche Information, es war *alles nur ein schlimmer Traum* gewesen. (Außer natürlich, die Handlung schrie dermaßen nach Abwechslung, daß sie von der Ohnmacht zu vollkommenem Gedächtnisschwund oder ins Koma hinüberdöste, je nach dem, was das Drehbuch vorschrieb.)

Mrs. Hanson bot sich keine solche Alternative. Als sie erwachte, waren die ungebetenen Gäste immer noch anwesend, hatten sie im Zustand der Besinnungslosigkeit die Treppe hinaufgetragen und auf dem Bett ausgestreckt, und Major Hamster hatte die Schubladen durchsucht, ihren schönsten Maidenform-BH in Wasser getaucht und ihn ihr als kalten Lappen über die Stirn gebreitet.

Sie stemmte sich hoch, krächzte unartikulierte Einwände, ein schwarzes, mit Spitze gesäumtes BH-Körbchen rutschte ihr übers Auge. Neben dem Bett lungerte an Lexas fahler Hand Klein Jimmy. »Hi-hi-hi, Mami«, prustete er albern, »du siehst ja aus wie'n Pirat.«

»Wie eine Pirat*in*«, berichtigte ihn Bongo. »Arrrh«, fügte er hinzu.

Bevor Mrs. Hanson zu alldem Stellung nehmen konnte, ergriff Major Hamster das Wort. »Mrs. Hanson, wir bitten Sie um Entschuldigung. Unser Kumpel Jimmy hat uns erklärt, daß Sie ihn nur zum Schlucken seiner Medizin überreden wollten. Obwohl wir Ihr schroffes Verhalten mißbilligen, sind wir im Interesse der Gesundheit des Jungen kleinere mütterliche Drangsaliererereien zu übersehen gewillt. Wir gehen und überlassen ihn ohne Bedenken wieder Ihrer fähigen Obhut.«

»Sie gehen …?« Mrs. Hanson mochte der wunderbaren Ankündigung kaum glauben. Sie wußte nicht, woher diese Bande alptraumhafter Spinner stammte, aber um nicht am eigenen Verstand zweifeln zu müssen, stellte sie ihr wirkliches Vorhandensein nicht mehr in Frage. Im allgemeinen beförderten Phantasiegestalten erwachsene Frauen nicht eine ganze Treppenflucht hinauf. Und wenn sie *Realität* waren, scherte es sie weniger, woher sie kamen, sondern viel mehr, daß sie schleunigst verschwanden.

»Selbstverständlich, meine Teure. Die *Rasenden* bleiben nie, wo sie unerwünscht sind. Ich verspreche Ihnen, wir halten uns künftig aus Ihrem Haus und Ihrem Leben fern.«

»Und meiner Unterwäscheschublade«, ergänzte Mrs. Hanson.

Major Hamster hob eine Pfote und legte die andere auf die Herzgegend. »Superhelden-Ehrenwort.«

Eine Woche später hatte Mrs. Hanson keine druckreife Meinung mehr über Superheldenehre, doch zumindest war sie noch geringfügig besser als ihre Haltung zu

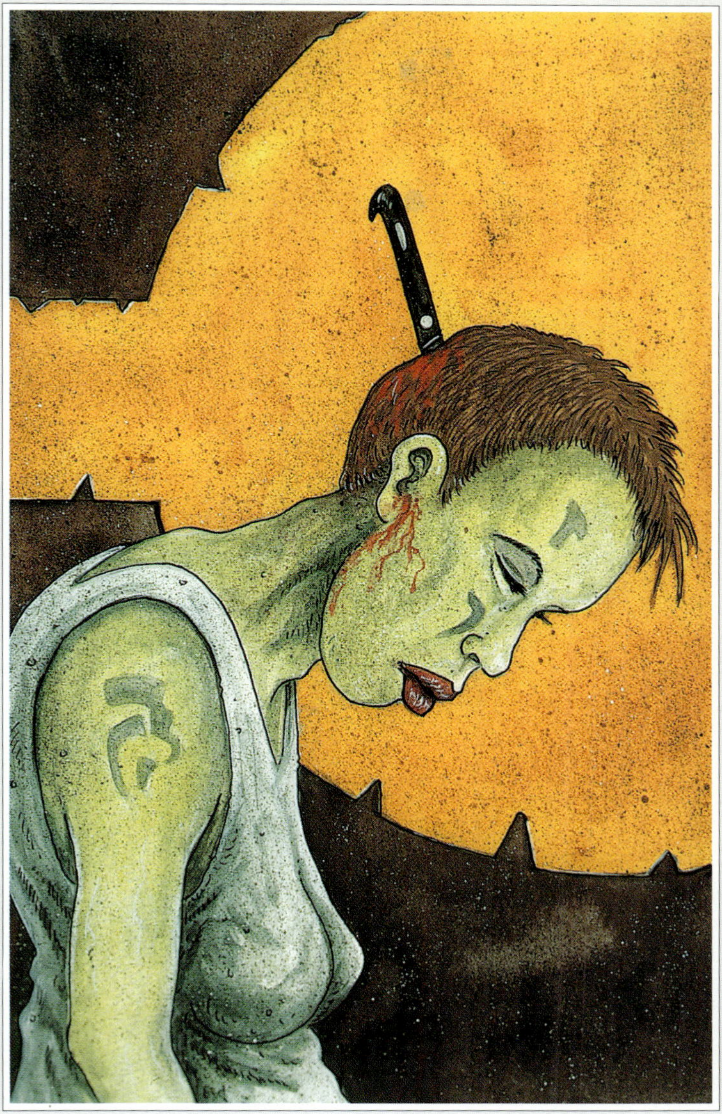

einigen *anderen* Lebensformen, die inzwischen ihr Haus heimsuchten. Dummerweise konnte sie keinen Kammerjäger rufen, um sie sich vom Hals zu schaffen. Sie kamen nämlich von der Regierung, um zu *helfen.* Behaupteten sie. Und jedem, der Widerworte äußerte, hielten sie ihre Ausweise, Dienstmarken und Schießeisen unter die Nase.

Eine dieser Lebensformen nannte sich Dr. phil. Lorenzo Geilenkirchen und hatte weder Dienstmarke noch Schußwaffe, aber er brauchte auch nichts derartiges; seine bloße Zunge war ein grauenvolles Werkzeug der Verheerung. Man mußte es als großen, beklagenswerten Jammer betrachten, daß er wahrscheinlich weit und breit für alle Kammerjäger tabu war, denn auf seine unattraktive Art glich er dem Heiligen Gral ihres Gewerbes. Mrs. Hanson sah nämlich in ihm und seinem Mundwerk die größte Giftspritze der Welt.

»Es gibt für das, was Ihrem Sohn zugestoßen ist«, postulierte Dr. Geilenkirchen, »eine wirklich ganz einfache Erklärung.«

»Na klar«, sagte Mr. Hanson, der in seinem Lieblingssessel lehnte. Er saß an einem Wochentag zu Hause, denn ihm war bis auf weiteres bezahlter Urlaub gewährt worden. Anläßlich einer Stippvisite von Regierungsbeamten hatte sein Boss angesichts der außergewöhnlichen Situation, die bei Hansons herrschte, volles Verständnis für das Erfordernis der Beurlaubung gezeigt. Nun wollte der Glückliche noch ein Schlückchen Bier schlappen, merkte jedoch, daß er schon ausgetrunken hatte. »Sind Sie mal so freundlich und reichen mir 'ne Pulle rüber?« fragte er den FBI-Agenten, der neben ihm stand, und schwang ihm die leere Flasche vors Gesicht.

»Ich hole dir Bier, Liebster.« Mrs. Hanson sprang auf, und sofort schloß der ihr zugeteilte FBI-Agent sich an. Sie schnappte sich die leere Bierflasche und eilte in die Küche. Im Wohnzimmer klugschwätzte Dr. Geilenkirchen über Jimmys Situation, obwohl er noch gar keinen Kontakt mit dem Jungen gehabt hatte. Der durch die Regierung mit der Untersuchung des Falls beauftragte Wissenschaftler war erst am heutigen frühen Morgen bei den Hansons eingetroffen, kurz nachdem Jimmy sich auf den Schulweg gemacht hatte, aber Dr. Geilenkirchen ließ sich durch den eklatanten Mangel an direkten Informationen überhaupt nicht beirren. »Formulieren Sie eine hinlänglich dehnbare Hypothese«, hatte er schließlich selbst bei der Entgegennahme des an ihn verliehenen Nobelpreises gesagt, »und Sie können ihr die Tatsachen jederzeit unterordnen.«

Hinsichtlich Jimmys hing Dr. Geilenkirchens Hypothese irgendwie mit der Chaostheorie und dem Hustensaft zusammen. Mrs. Hanson war der Ansicht, daß sie sie nicht zu hören brauchte. Sie mochte sie gar nicht hören. Wenn eine notorische Nervensäge wie Dr. Geilenkirchen ›eine wirklich ganz einfach Erklärung‹ verhieß, war sie garantiert völlig unverständlich, außer einem zweiten hauptberuflichen Genie. Wayne Hanson verfügte nicht einmal über ausreichende wissenschaftliche Kenntnisse, um den Videorecorder richtig vorzuprogrammieren, aber immerhin war er dazu begabt, Interesse und Durchblick zu heucheln, während der Klugscheißer Dr. Geilenkirchen nur immerzu drauflosfaselte.

»Besser er als ich«, murmelte Mrs. Hanson, während sie zwei Flaschen Bier die Kronkorken kappte.

»Was sagten Sie, Gnädigste?« fragte Mrs. Hansons FBI-Agent.

»Ich überlege gerade«, antwortete sie schlau, »ob Sie wohl auch ein Bier möchten.«

»Nein danke, Gnädigste, im Dienst nicht.«

»Wie Sie wollen.« Mrs. Hanson zuckte mit den

Schultern und trank eine halbe Flasche leer, dann rülpste sie und kicherte.

»Gnädigste, geht's Ihnen gut?« Der FBI-Agent wirkte aufrichtig besorgt.

»Nein.« Mit einem zweiten, riesigen Zug leerte Mrs. Hanson die Flasche vollends. »Aber jetzt.«

Ein scharfes Summen tönte ihr in die Ohren. »Hat Ihnen eigentlich schon einmal jemand erzählt, daß die prächtige, in der gesamten Galaxis verbreitet gewesene Fnorn-Zivilisation durch Kampftrinken zugrunde gegangen ist?« Es war niemand anderes als Sternenfee Laggi, keine plötzlich durchs Bier ausgelöste Halluzination. Mit schwirrenden Schwingen schwebte die Mini-Superheldin vor Mrs. Hansons Augen. »Ich soll Ihnen von Major Hamster ausrichten, daß künftig in diesem Haus kein Alkohol mehr konsumiert werden darf. So etwas gibt für den kleinen Jimmy ein schlechtes Vorbild ab.«

»Der kleine Jimmy ist zur Zeit in der Schule«, schnob Mrs. Hanson, »und hat sieben – hören Sie her, sieben! – Leibwächter dabei, und sagen Sie Major Hamster von mir, er könnte sich einmal wirklich nützlich machen, wenn er, statt in mein Leben hineinzupfuschen, endlich diese lästigen Zeugen Jehowas auffrißt.«

»Hmpf!« Verächtlich schürzte Laggi die kaum erkennbar winzigen Lippen. »Erstens frißt Major Hamster keine Zeugen Jehowas oder andere Mitglieder von Glaubensgemeinschaften, er stopft sie bloß in seine gewaltigen, stahlharten Backentaschen, bis sie die Falschheit ihrer Vergehen eingesehen haben. Und keineswegs *alle,* sondern nur solche, die Ermahnungen in den Wind schlagen. Zweitens waren die letzten Betroffenen keine Zeugen Jehowas, sondern Kameraleute der *Edition Pralle Möpse.* Drittens will er von Ihnen wissen, warum ständig diese Leute Ihr Haus belagern. Und viertens ...« Sie surrte zu dem FBI-

Agenten, hockte sich in aufreizender Pose auf seine Schulter und gurrte ihm Punkt vier direkt ins Ohr. »Hat schon mal jemand erwähnt, daß Sie wie David Duchovny aussehen?«

Mrs. Hanson erhaschte das kleine Alienweib und drückte es in ihrer Faust mit genug Kraft, um eine volle Bierdose zu zerquetschen. Allerdings hatte diese Aggression keine ungesunden Folgen, weil Laggis Körper – wie Jimmy seiner Mutter auf Anhieb zu erläutern imstande gewesen wäre – mit solchem Widerstandsvermögen ausgestattet war, daß sie dem ganzen Spektrum kosmischer Kräfte, von Asteroiden bis Zetastrahlen, widerstehen konnte. (Zum Glück für Laggi ahnte Mrs. Hanson nicht, daß die einzige Schwäche der Sternenfee aus starker Milcheiweißallergie bestand, sonst hätte die aufgebrachte Hausherrin sie wohl in Kuhmilch getaucht wie ein außerirdisches Mürbchen.)

»Nun hören Sie mal her, Sie vorlaute Wanze!« schimpfte sie. »Hauen Sie ab und sagen Sie Ihrem Supernager, daß er selbst die Ursache ist, weshalb hier alles Kopf steht und wir kein Privatleben mehr haben, er und Ihr Sauhaufen. Als Sie Idioten aufgekreuzt sind, konnten Sie ja nicht anschließend unauffällig verschwinden und uns unsere Ruhe lassen, nein, *Sie* mußten unbedingt herumhängen, bis die Nachbarn was merken. *Sie* mußten bleiben, bis die Polizei kam, *und* die Medien, *und* die Regierungsleute!«

»Ich begreife nicht, wieso wir etwas dafür können sollten«, entgegnete Laggi im gleichen Tonfall, den Mrs. Hanson regelmäßig gegenüber Jimmy anschlug, vier Fünftel Gönnerhaftigkeit und ein Fünftel langmütige Geduld. »Unser Anliegen ist es, Unrecht zu beseitigen und Verbrechen zu bekämpfen. Wie sollen wir so etwas leisten, ohne zu wissen, wo das Unrecht und die Verbrechen verübt werden? Also mußten wir auf die Achtzehnuhrnachrichten warten, aber ist es unsere Schuld, daß man dann in den Achtzehnuhrnachrichten was über *uns* gebracht hat? Wissen Sie, manche Leute sind eben nicht zu geizig, um sich 'n Kabel legen zu lassen, damit sie CNN empfangen können.«

»Sie haben kein Kabelfernsehen?« Der FBI-Agent zeigte alle Anzeichen des Entsetzens.

In genau diesem Moment erscholl an der Tür, die aus der Küche in den rückwärtigen Garten führte, ein lauter Riff, gefolgt von einem BLAMM!, das die Tür aus den Angeln und die durch die Kollision mit ihr mißhandelte Gestalt eines anderen FBI-Agenten auf sie warf. Indem er von einem zum anderen Ohr grinste, betrat Bongo die Küche.

Dicht hinter ihm erschien Major Hamster, der durch den zertrümmerten Eingang hereinwieselte und den mit blauen Flecken übersäten, blutüberströmten Mann bestürzt anblickte. Er wandte sich an Bongo. »Kannst du nicht einmal, wenigstens *ein*mal, ganz normal anklopfen?« fragte er verdrossen.

»Was soll ich sagen?« Bongo hob die Schultern. »Ich hab eben Musik im Blut.« Doch seine Kaltschnäuzigkeit verpuffte, sobald er sah, wen Mrs. Hansons Faust umklammerte. »He! Was treim Sie da mit uns' Sternenfee Laggi?!«

Ehe Mrs. Hanson antworten konnte, materialisierte inmitten der Luft eine schlanke, weiße Hand, deren blutrote Fingernägel an ihren Rippen entlangfuhren und sie gnadenlos kitzelten. Haltloses Gelächter schüttelte Mrs. Hanson, sie ließ die Alien-Abenteurerin frei, gerade als Lexa, die Angreiferin, vollends sichtbar wurde.

»Du lieber Himmel«, plapperte der FBI-Mann, »wie machen Sie denn *das?*«

»Wie?« wiederholte Lexa im Ton einer gediegeneren Grabesstimme. »Ist das *Wie* tatsächlich von Bedeutung? In dem weiten, schattendunklen Reich, das man Ewigkeit nennt, ist nur weniges wirklich von Belang. Ich muß es wissen, denn ich bin Lexa. Ich ziehe durch die Nacht. Und ich habe Hunger.« Sie senkte die rauchigen Wimpern und rückte dem FBI-Agenten näher. »Nebenbei, ist Ihnen eigentlich klar«, fragte sie, als sie unmittelbar vor ihm stand, «daß Sie wie David Duchovny aussehen?«

Er errötete auf anziehende Weise. »Nun je, mir ist erzählt worden, daß ich ...«

»Ich habe ihn zuerst kennengelernt, du schwindsüchtiger Nosferatu-Verschnitt!«

Mr. Hanson, Dr. Geilenkirchen und die restlichen FBI-Agenten kamen gerade rechtzeitig herein, um beim Trennen der geflügelten Alien und des Vampirs, die in Handgreiflichkeiten verfallen waren, behilflich zu sein.

Rasch entschloß sich Mr. Hanson, die friedensstiftende Gewaltanwendung den Profis zu überlassen. Er faßte seine Gattin am Arm und zog sie in einen neutral gebliebenen Winkel der Küche. »Also, Schatzilein, ähm ...«, nölte er in seinem aus dem Kintopp erlernten Nur-wir-zwei-allein-unter-uns-Tonfall, »ähm, Liebling ... Glaubst du, du kannst dich vielleicht doch noch daran erinnern, wo die Apotheke ist, zu der du mit Jimmys Rezept gegangen bist?«

»Ich habe dir längst gesagt, daß ich mich *nicht* erinnere«, maulte Mrs. Hanson ihren Gatten an. »Ich bin nur in diese Apotheke gegangen, weil ich zufällig in der dortigen Gegend war, und weil ich nie wieder hin wollte, habe ich mir nicht gemerkt, wo sie liegt. Das habe ich dir *und* den Journalisten erzählt, *und* dem FBI *und* diesem anstaltsreifen Gehirnakrobaten Dr. Geilenkirchen. Und ich bin's jetzt verdammt leid, dauernd deswegen angequatscht zu werden. Dr. Beeman kann allen so viele Fotokopien von Jimmys Rezept anfertigen, wie erwünscht sind, also warum muß man *mich* löchern?«

»Weil nicht das Rezept *per se* wichtig ist«, verdeutlichte ihr der anstaltsreife Gehirnakrobat Dr. Geilenkirchen, der es inzwischen auch vorgezogen hatte, sich aus dem Handgemenge zu entfernen. Mittels eines blütenweißen Taschentuchs putzte er mit präziser Sorgfalt sein linkes Brillenglas. (Sternenfee Laggi war eine resolute Kämpferin, aber beim Spucken nicht gut im Zielen.) »Sehen Sie, Mrs. Hanson, die Medizin, die Ihr Sohn eigentlich einnehmen sollte, ist eine schlichte Verbindung mit dem Zweck, bei starkem otolaryngologischen Stockschnupfen die Beschwerden zu lindern.«

»Ja, natürlich«, stimmte Mrs. Hanson ihm rundweg zu, während sie innerlich schrie: *Er zwingt mich, einer seiner wirklich ganz einfachen Erklärungen zuzuhören! Hätte ich doch nur eine Knarre im Haus.* Ihr Blick suchte die nächstbeste Fluchtmöglichkeit, aber die in Wortgefechte verwickelten Kräfte von Gesetz und Ordnung gegen Wahrheit und Gerechtigkeit versperrten jeden Ausgang der Küche.

»Normalerweise hätte sie auf Ihren Jungen nichts anderes bewirkt, als die Verschleimungssymptome in Ohren- und Nasengängen und in den Bronchien zu beheben«, stellte Dr. Geilenkirchen weiter fest. »Es ist ein verbreitetes, häufig verschriebenes, jederzeit erhältliches Kindermedikament. Nach meiner Theorie dürfte der Apotheker, bei dem Sie diese spezielle Flasche des Mittels erworben haben … äh … bei der Ausübung seiner beruflichen Pflicht irgendwie vom korrekten Weg abgewichen sein und …«

»Er hat das falsche Zeug gelagert«, schlußfolgerte Mr. Hanson, »deshalb hatte es 'ne derart komische Wirkung auf Jimmy.«

Dr. Geilenkirchen stieß ein Schnauben aus. »Hmmpf!

Eine Modifizierung der Molekularebene durch unbekannte Umweltfaktoren halte ich nicht für komisch. Ebensowenig hat meines Erachtens der dadurch bei Ihrem Sohn ausgelöste Effekt etwas mit Humor zu tun.«

»Ach nein?« Mr. Hanson verschränkte die Arme. »Alles was der Junge Wirklichkeit werden lassen *will*, das *wird* Wirklichkeit. Will er 'ne Riesenratte im Supermannkostüm, *schwupp!*, was denn, schon ist sie da. Sobald meiner lieben Frau wieder einfällt, wo sie den Saft gekauft hat, sause ich hin, kaufe 'ne Flasche, trink sie aus und wünsche mir auch dies und das. Wenn Sie meinen, das sei nicht komisch, warten Sie nur, bis sie mich an Bord meiner Privatjacht schallend lachen hören.«

»Öh, Mr. Hanson, Sir ...« Dem FBI-Agenten, der solche Ähnlichkeit mit David Duchovny hatte, war es unterdessen gelungen, den Streit zwischen Lexa und Laggi zu entschärfen. Nachdem er den Konflikt auf einen gegenseitigen Austausch gehässiger persönlicher Bemerkungen beschränkt hatte (zu denen Bongo wiederum hämische Kommentare grölte), stand es ihm frei, seine dienstliche Beachtung anderen Angelegenheiten zu widmen. »Sir, so einfach ist die Sache nicht.«

»Genau meine Meinung«, pflichtete Dr. Geilenkirchen bei. »Das fragliche Mittel wird bestimmt nicht ohne weiteres über die Theke verkauft. Erstens braucht man sowieso ein Rezept, um ...«

»Wenn Ihre Frau sich an die Anschrift der Apotheke entsinnt, wo sie den fraglichen Hustensaft gekauft hat«, übertönte der FBI-Agent ihn unerbittlich, »müssen wir den noch übrigen Vorrat natürlich im Interesse der nationalen Sicherheit beschlagnahmen.«

Mr. Hanson faßte frischen Mut und steigerte sich in eine leidenschaftliche Schelte der Regierungsbonzen hinein. Diese Tirade zählte zu seinem üblichen Repertoire, war ein Lieblingsmonolog, den Mrs. Hanson schon viele Male gehört hatte. Während Wayne Hanson Verbalinjurien gegen repressive Großbetrüger schleuderte (obwohl er Repression nicht von Apfelkuchen unterscheiden konnte), mißachtete sie sein Gewetter unbekümmerten Gewissens und gab sich stattdessen einem ganz anderen, überraschenden Gedanken hin.

Ich habe Dr. Geilenkirchens Erklärung wahrhaftig verstanden. Poooh! Und meine Mutter hat mir doch jahrelang eingetrichtert, richtig weibliche *Mädchen könnten mit Wissenschaftlichem gar nichts anfangen.*

Jawohl, die ganze gewaltige, weitgespannte Große Gehirnakrobatentheorie war ihr mit einem Schlag völlig einsichtig geworden. Nur ein paar kleine Einzelheiten durchschaute sie noch nicht. Da sie sah, daß dem Zank Laggi kontra Lexa mittlerweile der Wind aus den Segeln genommen war, huschte sie zu dem gegenwärtig untätigen Quartett kosmischer Unrechtsrächer, um sich die Richtigkeit ihrer Rückschlüsse bestätigen zu lassen.

»Mal sehen, ob ich das kapiert habe. Jimmy hat sich immer gewünscht, ihr wärt Wirklichkeit, und kaum hatte er diesen mißratenen Hustensaft geschluckt, seid ihr Wirklichkeit geworden?«

»*Quod erat demonstrandum*«, sagte Major Hamster.

»Hm-hm«, brummelte Mrs. Hanson, als diskutierte sie alle Tage mit Nagetieren, die Latein beherrschten. »Tscha, dann ist ja alles klar.«

»Was alles?«

»Warum wir Sekten-Klinkenputzer anziehen wie Freibier Republikaner anlockt. Weshalb andauernd vor unserer Tür meterhoch Schriften liegen, Traktate von Buddhisten, Bahai, Baptisten, Brahmanen ...«

Major Hamster hob eine Pfote, um Schweigen zu erheischen. »Ich verstehe, was Sie meinen. Wissen Sie, ich lese die Zeitung, ehe ich sie für meine Schlafecke in Schnitzel reiße. *Gelegentlich* steige ich schon einmal aus meinem nuklearbetriebenen Giganto-Laufrad.«

Es hatte keinen Sinn. Mrs. Hanson rotierte, ohne dafür ein nuklearbetriebenes Giganto-Laufrad zu brauchen. »... Muslimen, Methodisten, Manichäern ...« Sie stockte, schnappte nach Luft und atmete tief durch, ehe sie die Aufzählung beendete. »... Jesuiten, Juden und sogar, Gott steh uns bei, Gymnosophisten! Sie haben's auf Jimmy abgesehen, denn was Jimmy will, wird wahr. Auch das, was er in bezug auf Gott, das Universum und ... und ...« Sie spreizte die Hände. «Und das hat der Hustensaft angerichtet?«

Der Hamster nickte. »So ungefähr muß es sein.«

»Und wenn mir einfällt, wo ich den Hustensaft gekauft habe, und der Apotheker hat vielleicht noch welchen von dieser besonderen Sorte, so daß die Regierung das Zeug beschlagnahmen kann, dann ist's ihr möglich, es zu analysieren, es selbst herzustellen und im besten Interesse der nationalen Sicherheit zu verwenden?«

»Hmm ...« Zum Lügen war Major Hamster moralisch außerstande. »Es wird die Regierung sehr freuen, wenn Sie sich daran erinnern, woher Sie den Saft haben, ja.«

»Und wenn die Regierung ihn hat, besteht die Aussicht, daß diese ganzen Religionsfuzzis nicht mehr uns, sondern die Regierung nerven?«

»Na ja, ich glaube, es könnte ...« Für ein Geschöpf ohne nennenswerte Schultern zuckte der Hamster damit sehr ausdrucksvoll.

»Ach, wenn das *alles* ist ...« Mrs. Hanson konnte ein glockenhelles Lachen genau der Art ausstoßen, das ein Gegenüber maximal zur Weißglut reizte. »Ich habe die Autoreparatur mit der Visa-Karte bezahlt und die

Kopie der Belastung meinem Mann gegeben. Darauf steht die Anschrift der Werkstatt. Wenn Sie die Werkstatt finden, sind Sie schon so gut wie bei der Apotheke, und sobald Sie die Apotheke finden, ist der Saft…«

»…der Junge ist entführt worden!« brüllte der verdreckte, blutbesudelte FBI-Agent, der in diesem Moment in die Küche gewankt kam, und sackte in Major Hamsters ausgestreckte Pfoten.

Keine Stunde später war die Küche buchstäblich wieder von aller Welt verlassen. Kaum hatte der verletzte FBI-Agent die Hälfte dessen hervorgekeucht, was er zu erzählen hatte, da stießen Major Hamster und seine *Hurtigen* ihren urheberrechtlich geschützten Schlachtruf aus – »Alle für eines: für das Recht!« – und brachen hurtig zum Einsatz auf. Die anderen FBI-Agenten waren so höflich, ihren Kollegen erst ausreden und den Vorfall schildern zu lassen. Sie erfuhren, daß ein Selbstmordkommando aus Männern (und eventuell auch Frauen) in Ninja-Nachtschwarz inklusive Gesichtsmasken (komplette Woolworth-Garnitur) den Speisesaal der Städtischen Alfred-E.-Neumann-Schule gestürmt hatte; Jimmys Leibwächter aus Sorge um die Kinder ihre Schußwaffen nicht benutzen konnten; und daß die maskierten Störenfriede sich im Laufe des nachfolgenden Nahkampfs sowohl gegen die Kung-Fu-Kenntnisse der FBI-Agenten wie auch das hilfsweise Einschreiten des weiblichen Küchenpersonals mit eisernen Schöpfkellen, Plastiktabletts und Freibankfrikadellen eindeutig behauptet hatten.

Eine wackere, aber zwecklose Verteidigung: Die Eindringlinge hatten sich Jimmy gekrallt und waren mit ihm verschwunden. Zum Glück, falls man angesichts einer so prekären Situation überhaupt von Glück reden mochte, rutschte einer von ihnen bei der Flucht auf einer Frikadelle aus, fiel auf die Nase und wurde verhaftet. Während der Befragung legte er ein volles Geständnis ab und nannte auch den Ort, wohin seine Komplizen den Jungen verschleppten. Er überreichte den FBI-Agenten sogar eine Visitenkarte mit der vollständigen Anschrift der Zeloten.

»Wie haben Sie so schnell dermaßen viel aus ihm herausgequetscht?« fragte der FBI-Agent, der David Duchovny so ähnlich sah. »Ich meine, die *Vorschriften* verbieten es ja, Verdächtige zu foltern, aber selbst dann…«

»Ich habe ihm meinen falschen Perry-Rhodan-Klubausweis gezeigt«, antwortete der angeschlagene FBI-Agent. »Da sang er wie Barbara Streisand.« Anschließend zeigte er die zerknitterte Visitenkarte vor.

Mehr Informationen brauchten die übrigen G-men nicht. Ohne sich ein letztes Mal umzublicken, rauschten sie hinaus, ließen Dr. Geilenkirchen ihren verletzten Kameraden ins Krankenhaus begleiten und die Hansons wie Idioten mitten in ihrer halb demolierten Küche stehen.

Unter heftigem Geschluchze lehnte sich Mrs. Hanson an ihren Gatten, der sich alle Mühe gab, sie zu trösten. »Sieh mal, mein Schatzilein, es ist doch nicht so, daß sie nicht *wüßten,* wo Jimmy steckt. Das Schlimmste ist ausgestanden. Nun brauchen wir nur noch hier zu warten, bis…«

»*Ausgestanden* soll's sein?!« Ein Superwesen war Mrs. Hanson nicht, aber ihr Sarkasmus und die Fähigkeit, etwas lächerlich zu machen, übertrafen durchaus die Eigenschaften normaler Sterblicher. »Wenn Bewaffnete *unseren* Sohn als Geisel genommen haben, ist das vielleicht 's gleiche wie 'n Sonntagsspaziergang?!«

»Das kommt darauf an, wo der Sonntagsspaziergang stattfindet«, spaßte ihr Gatte geistreich, um die Stimmung ein wenig zu heben. Unmittelbar darauf entlockte es ihm ein »Autsch!«, als Mrs. Hanson wortlos ihrem Wunsch Ausdruck verlieh, er möge keinen Blödsinn schwafeln. Gewöhnlich hätte sie noch eine Schimpfkanonade und einen ihrer bewährten Tritte unter die Gürtellinie hinzugefügt, aber daran hinderte sie ein neuer Tränenschwall.

Ihr Gatte nahm sie in die Arme und schwadronierte halblaut etliche Floskeln, den üblichen Unsinn, der meistens dabei herauskommt, wenn Leute einen gramgebeugten Menschen zu beschwichtigen versuchen. Seine Beteuerungen hatten mit der Wirklichkeit soviel zu tun wie die Wahlversprechen eines Politikers und knüpften geradewegs an das an, was nach seiner Einschätzung das Publikum (in diesem Fall Mrs. Hanson) zu hören wünschte.

Mrs. Hanson hatte längst genug Jahre in der Gesellschaft Mr. Hansons zugebracht, um ihn zu durchschauen, wenn er wieder unsinniges Gewäsch vom Stapel ließ. Zwar meinte er es diesmal gut, aber in der Vergangenheit hatte er sie schon allzu oft wegen weniger feiner Gründe dumm zugelabert, von denen einer Donna und einer Tawni geheißen hatte. »Ach, halt den Sabbel!« hätte sie ihn unter normalen Umständen angeschnauzt. »Hätte jemand die ganze Welt in die Luft gejagt, würdest du mir immer noch einreden wollen, es käme wieder alles in Ordnung. Du bist so gewitzt wie ein Kamel. Werde mal endlich erwachsen, ja?« Danach wäre sie noch lauter geworden, um ihm zu zeigen, wer im Haus das Sagen hatte.

Aber es herrschten keine normalen Umstände.

Zu ihrem stummen Erstaunen merkte Mrs. Hanson, daß ihre Hysterie – gänzlich gegen ihren Willen – vielmehr verebbte. Je länger ihr Gatte darüber babbelte, daß die Anti-Terror-Truppe bestimmt nie etwas täte, das Jimmy gefährdete, das FBI die Lage völlig in der Hand hätte, um so mehr verstärkte sich ihre Überzeugung, daß er recht hatte. Im Hintergrund ihres Bewußtseins flammte ein schwacher Funke des Selbsterhaltungsdrangs auf und bewog sie zu der Frage: *Was um alle Welt geht hier eigentlich vor? Wie wird mir?*

»Ja, Liebling«, kam es ihr unwillkürlich über die Lippen, »du hast vollkommen recht.« Es flimmerte ihr vor Augen. Sie bemerkte, daß sie diesem Hackklotz, den sie geheiratet hatte, wahrhaftig *zuzwinkerte,* und ihm in den inbrünstigsten Tönen des bedingungslosen Vertrauens und der Bewunderung antwortete. Das letzte Quentchen ihrer bisherigen Geringschätzung für Wayne Hanson hielt sich, bis sie »Ich fürchte nichts Böses, solange *du* da bist, um uns zu beschützen« beteuert hatte, dann schwand es dahin, ohne daß sich Hoffnung auf Erneuerung abzeichnete.

»Wie recht du hast, mein Engel«, sagte Mr. Hanson. (Täuschte das Licht, oder war sein Unterkiefer jetzt kantiger als vorher? Und wie war plötzlich diese markige Kerbe in seinem Kinn entstanden?) »Es gibt keinen Grund zur Furcht, solang ich da bin, um alles wieder ins Lot zu rücken. Und genau das werde ich tun. Warum vergeuden wir hier unsere Zeit und warten darauf, daß andere, weniger Würdige das Werk anpacken, das zu vollbringen ich allein die Macht habe?« Mit dem Daumen wies er auf seinen Brustkasten.

»Aber du hast doch selbst eben empfohlen zu warten, Liebster«, entgegnete Mrs. Hanson, indem sie mit den Fingern durch seine dichten Locken strich. Was der Zahn der Zeit innerhalb von Jahren angerichtet hatte, war auf einmal, wie durch ein Wunder, rückgängig gemacht worden, hatte dabei sogar Verbesserungen durchlaufen, denn Mr. Hanson hatte plötzlich einen Schopf, dessen Mähne man nur als üppig und – war das möglich? – heroisch bezeichnen konnte.

»Ich soll ein so feiges Verhalten vorgeschlagen haben?« dröhnte Mr. Hansons Stimme. »Da sei der Allmächtige vor! Unser Kleiner *benötigt* unseren Beistand. Unser Platz ist an Jimmys Seite.« Er nahm Mrs. Hanson auf mit einem Mal unerklärlich muskulöse Arme und trug sie zum Auto hinaus.

Als er sie hineinsetzte, war es ein klappriger, brauner Toyota. Nachdem er das fünfte Rotlicht überfahren hatte, war es zu einem schlanken, pechschwarzen Fahrzeug geworden, das zu einem Drittel einem Porsche, einem Drittel dem Batmobile und zum letzten Drittel einem Robot-Panther ähnelte. Er fuhr Geschwindigkeiten, die man sonst nur aus Spielberg-Filmen kannte, ohne den Sicherheitsgurt anzulegen, baute jedoch keine Unfälle und erhielt keine Strafzettel. Was Mrs. Hanson betraf, waren scheinbar ›Iiiih!‹ und ›Ooooh!‹ die einzigen Laute, die sie noch herausbrachte.

Schließlich stoppte Mr. Hanson das transformierte Fahrzeug zum Kreischen der erhitzten Bremsen vor einem Comic-Laden in einem fremden Stadtteil. Während sie zittrig aus dem Wagen kletterte, spähte Mrs. Hanson die Straße hinauf und hinab, hatte ein *Déjà-vu*-Erlebnis. Ihr Blick fiel ins Schaufenster des Comic-Ladens; eine übergroße Major-Hamster-Pappfigur erwiderte ihren Blick, die ungeheuren, stahlharten Backentaschen randvoll mit Übeltätern.

»Ach du liebe Scheiße«, wollte sie rufen, aber infolge irgendeiner Ursache drang nur die entschärfte Fassung »Ach du liebe Güte« aus ihrem Mund. Einen Häuserblock weiter wimmelte es von Streifen- und verschiedenderlei Polizeifahrzeugen, Feuerwehrwagen und Ambulanzen. Gelbes polizeiliches Absperrband und sägebockartige Barrikaden umgaben den wenige Quadratmeter großen Raum, den nicht die Autos belegten. Alle möglichen Leute mit allen Arten von Schußwaffen schwärmten durch die ganze Umgebung. Ein Dutzend Sirenen wetteiferten um die höchste Lautstärke.

»Laut, was?« meinte Major Hamster.

»Iiiih!« kreischte Mrs. Hanson und sprang mit einem Satz ihrem Gatten auf die Arme. Im Verlauf der vergangenen dreißig Minuten hatte sie in seiner Umarmung mehr Zeit verbracht als in den letzten dreißig Monaten.

Die Kreatur watschelte, umwallt von ihrem Umhang, zum Schaufenster des Comic-Geschäfts und betrachtete sein Papp-Alter-ego. »Das ist nicht meine schöne Seite«, lautete sein Urteil. »Habe ich *wirklich* solche Knopfaugen?« Er gab einen Laut des Mißmuts von sich, dann drehte er sich nach den Hansons um. »Die Stunde hat geschlagen«, verkündete er.

»Hä?« fragte Mrs. Hanson und schaute auf die Armbanduhr.

»Nicht *diese* Stunde«, stellte Major Hamster klar. Er heftete den Blick geradewegs auf Mr. Hansons Gesicht, und für einen Moment wirkten die beiden wie die allgemeingültige Verkörperung eines ›bedeutungsschweren Schweigens‹. *»Ihre* Stunde«, erklärte Major Hamster.

Mr. Hanson versetzte dem Riesennager einen Klaps auf den Rücken, warf den Kopf in den Nacken und ließ ein triumphierendes Lachen erschallen, das man gemeinhin nur von Filmhelden hörte, denen das Drehbuch es ausdrücklich vorschrieb und die dafür eine Schwerstarbeitzulage bekamen. »Oh, das dauert keine Stunde«, versicherte er und strebte direkt auf den nächsten Streifenwagen zu, bei diesem kühnen Vorgehen gefolgt von seiner Gattin und dem Super-Cricetus.

Ihm traten zwei uniformierte Polizisten entgegen und forderten ihn auf, fernzubleiben, nach Hause zu gehen, zu verduften oder die Konsequenzen zu ziehen. Er entschied sich für die letztere Option.

Es geschieht nicht wirklich, daß er das Auto hochhebt und über dem Kopf emporstemmt, sagte sich Mrs. Hanson, während sie die neue Tour ihres Gatten beobachtete, mit wenig zuvorkommenden Polizisten umzuspringen. *Es sieht nur so aus.* Der Streifenwagen segelte durch die Luft und landete mit einem *Ka-peng!* an der nächsten Kreuzung. Das Scheppern klang sehr nach dem Zerbersten eines aus dem Fenster geworfenen Klaviers. Danach stapfte Mr. Hanson unverdrossen weiter und schnurstracks auf die Ladenfront zu, hinter der Polizei und FBI die Kidnapper in die Enge getrieben hatten.

Ein Kugelhagel begrüßte seine Annäherung. Er verhielt sich, als wären die Geschosse lediglich harmlose Hummeln. Es gab keinerlei Zweifel, er zeigte erheblich mehr Zivilcourage als früher. Bisher war er, indem er quiekte wie ein Schulmädchen, ins Haus geflohen, sobald beim Grillen irgend etwas erschien, das Stechrüssel, Stachel oder Beißzähne hatte, von Mücken über Wespen bis zu Eichhörnchen.

Mrs. Hanson preßte sich beide Fäuste an den Mund und erstickte ihre Entsetzensschreie, während sie ihren Gatten durch den Schußwechsel schreiten sah. »Kugeln halten ihn nicht auf«, keuchte sie hervor, ohne es zu wollen, doch eine Sekunde später traf sie hinterrücks etwas mit voller Wucht, raubte ihr den Atem und warf sie kopfüber gegen die Seite eines anderen Polizeiautos. Vor ihren Augen tanzten hübsche Sternchen in zauberhafter Auswahl aktueller Popfarben, aber sie lehnte es halsstarrig ab, die Besinnung zu verlieren. Etwas in ihrem Innersten bäumte sich dagegen auf, daß es übel genug war, in eine Ansammlung trivialer Klischeegestalten geraten zu sein, also mochte sie selbst nicht auch noch dem Klischee entsprechen. Stück um Stück kämpfte sie sich, indem sie sich an dem Polizeiwagen aufrappelte, ins Reich klaren Bewußtseins zurück und gönnte sich erst auf der Kühlerhaube des Autos eine Verschnaufpause.

»Ooch, das tut mir aber leid«, ertönte hinter ihr eine schüchterne Stimme.

Mrs. Hanson wandte ein wenig den Kopf und sah Bongo, der heißroten Gesichts mit den Zehen auf dem Straßenpflaster herumtrommelte.

»Ich habe dir *immer wieder* gesagt«, rügte Major Hamster seinen respekteinflößenden Spezi, »daß manche von uns nicht dafür in Frage kommen, anderen zur Ermutigung auf den Rücken zu klopfen.«

»Gut, gut, ich habe mich ja *entschuldigt«*, murrte Bongo und drosch zum Zeichen des Nachdrucks die flache Hand aufs Autodach. Das Fahrzeug klappte zu einem V aus Schrott zusammen, und die Polizeibeamten, die es fuhren, dankten dem Himmel auf den Knien, weil sie in diesem Moment nicht in dem jetzt völlig zum Wrack gewordenen Wagen gesessen hatten.

Mrs. Hanson löste sich von der Windschutzscheibe und richtete sich auf. (Im selben Augenblick, als Bongo den Wagen zerschmetterte, war sie auf der Kühlerhaube abwärtsgerutscht.) Sie sprang auf Bongo zu. »Worauf warten Sie?« fragte sie ihn. »Weshalb stehen Sie bloß hier rum, während mein armer Mann es im Alleingang mit einer Horde Ninjas aufnimmt? Sie sind doch 'n Superheld, also helfen Sie ihm!«

Major Hamster mischte sich ein. »Leider kann er Ihnen diesen Wunsch nicht erfüllen, Mrs. Hanson«, sagte er. »Keiner von uns kann es.«

»Warum zum … Warum nicht?« Mrs. Hanson erinnerte sich an die Abneigung der *Hurtigen* gegen Gossensprache. Am heutigen Tag hatte sie überhaupt schon jede Menge mehr, als ihr lieb war, über die *Hurtigen* erfahren.

»Weil der kleine Jimmy glaubt, daß sein Vater keine Hilfe braucht, um ihn zu retten.«

»Mir ist es gleich, was der Junge will, es ist doch ein

Unding, daß Wayne sich ganz allein dort hineinwagt und …«

»Ich habe nicht davon gesprochen, daß Jimmy es *will*, Mrs. Hanson«, erwiderte Major Hamster gedämpft, »sondern daß er *glaubt*, es muß so sein.«

»Daß er's nicht will, sondern …?« Mrs. Hanson redete, als erwachte sie soeben aus einem tiefen, zermürbenden Traum. Der Rechner ihres Hirns zählte plötzlich zwei und zwei zusammen, obwohl ihre Mutter, von der ihr weisgemacht worden war, echte Mädels verstünden nichts Wissenschaftliches, etwas ähnliches über Mathematik geäußert hatte. Im gleichen Moment kam Mrs. Hanson zu einer Schlußfolgerung, einer Entscheidung und zur Festlegung eines Aktionsplans.

Noch immer schwirrten Kugeln umher, aber weniger als vorhin. Mit der Hand überschattete Mrs. Hanson die Augen und versuchte zu erkennen, was aus Wayne geworden war; er befand sich nicht mehr im Blickfeld, doch bestand der Eingang zur Räuberhöhle der Entführer nur noch aus einem Wirrwarr verbogenen Metalls und zahlreicher Glasscherben.

Sie erkannte den Eingang. In glücklicheren Zeiten hatten mehrere Zeilen goldumrandeter Buchstaben die Kundschaft darüber informiert, daß die St.-Blasius-Apotheke, Inhaber H. Dolan, wochentags von 9 bis 18 Uhr und samstags von 9 bis 15 Uhr geöffnet, sonntags zwar geschlossen, aber am Donnerstagabend verlängerte Ladenschlußzeiten hatte.

Ein letzter Schuß hallte durch die Luft, dann wurde es still. Die FBI-Agenten wechselten Blicke der Unsicherheit mit der Polizei, bis ein Weisungsbefugter (oder jemand mit Mumm) den Befehl zum Sturmangriff gab. »Vorwärts, Leute!« Dann stürmten die Belagerer, auf alles gefaßt, *en masse* vor.

Auf alles außer Wayne Hanson, der jetzt einen

prachtvollen rot-weiß-blauen Polyesteranzug trug und dessen Schultern inzwischen den Eingang an Breite übertrafen. In jeder Faust schleifte er einen ohnmächtigen Möchtegern-Ninja mit, und auf seiner Schulter hockte der kleine Jimmy. Mit der Seite voran kehrte er auf die Straße zurück, dann schmiß er die Gefangenen einen nach dem anderen durch die offene Hecktür in die bereitstehende Grüne Minna. Entgeistert schauten die Polizisten zu.

»Woher zum Teufel stammt denn *die* Karre?« fragte ein Polizeibeamter.

»Macht mir den Eindruck, als wäre sie aus 'nem alten Gangsterfilm«, meinte ein Kollege. »Wir haben sie jedenfalls nicht im Fahrzeugpark.«

Mrs. Hanson war der Ansicht, den Gesetzeshütern verraten zu können, welchen Ursprungs der unvermutete Zuwachs ihres Fahrzeugparks war, aber sie hatte ein anderes Hühnchen zu rupfen, und zu braten beabsichtigte sie es in zauberkräftigem, braunem Hustensaft. Während Super-Wayne dem Applaus der Zuschauer abwinkte und sein befreiter Sohn feixte wie ein Biber, der sich in ein Jahrestreffen holzbeiniger Piraten eingeschlichen hatte, hastete sie zum Eingang der Apotheke.

Drinnen war es ruhig und insgesamt leicht klebrig. Niedergehauene Ninjas lagen in Pfützen von Kampferöl und Ohrentropfen. Mr. Dolan wand sich gefesselt, auf dem Mund einen Streifen Klebeband, hinter der Ladentheke, genau an der Stelle, wo vorher Vitamin-Brausetabeletten und Lutschbonbons aufgereiht gewesen waren; ohne alle Feierlichkeit oder Vorwarnung riß sie ihm, ungeachtet des Schmerzensschreis, den er ausstieß, das Klebeband ab.

»Wo verwahren Sie den Hustensaft?« wollte sie wissen, fuchtelte mit dem Klebeband vor seinem Gesicht. Vom Schnurrbart des Apothekers haftete jetzt die

Hälfte am Klebeband, so daß es aussah wie die größte Raupe der Welt.

»Was? Weshalb ausgerechnet …?« ächzte Mr. Dolan. Seine Oberlippe war rot geschwollen, und offenbar verursachte das Sprechen ihm Schwierigkeiten. »Passen Sie auf, Gnädigste, binden Sie mich erst mal los, dann …«

Mrs. Hanson mißachtete seine Bitte. Kaltblütig schaute sie sich in der demolierten Apotheke um, bis ihr Blick auf ein zu Dekorationszwecken aufgestelltes Gefäß voller gefärbtem Wasser fiel. Sie goß das Wasser aus, zerschlug das Glas, suchte eine Scherbe beträchtlicher Größe aus und setzte es dem nach wie vor verschnürten Apotheker an die Gurgel. »Es ist 'n Hustensaft, der für Kinder verschrieben wird, Sie haben mir vor ein paar Tagen eine Flasche abgefüllt, davon will ich mehr haben, und zwar sofort, und ich wette fünf Mäuse, daß man den Ninjas die Schuld gibt, wenn ich Ihnen den Hals durchschneide.«

Mr. Dolan spitzte die Lippen. »Das sind keine Ninjas«, widersprach er trotzig. »Es sind Mitglieder der Ersten Kirche der Göttlichen Harmonie. Wenn Sie mich abmurksen, können Sie die Schuld nicht auf sie schieben, weil sie ein Bekenntnis der Gewaltlosigkeit ablegen.«

Nochmals besah sich Mrs. Hanson die Trümmer. »Verzeihen Sie, wenn ich vor Lachen sterbe«, sagte sie. »Diese Typen verschleppen meinen Sohn, verprügeln eine Gruppe FBI-Agenten, besetzen Ihre Apotheke, fesseln und knebeln Sie, ballern aus allen Rohren auf jeden, der hier aufkreuzt, und da behaupten *Sie,* sie hielten sich an ein Bekenntnis der Gewaltlosigkeit?«

»Außer wenn es gilt, die berechtigten Interessen der Ersten Kirche zu schützen und Ungläubige vor dem ewigen Höllenfeuer zu retten«, schränkte der Apotheker seine Aussage ein.

»Ach so, das klingt allerdings …« Das Wort *einleuchtend* mochte Mrs. Hanson nicht über die Lippen kommen. »Na, es hört sich ganz bekannt an.«

Der Apotheker seufzte. »Wenn's um Söhne geht, knöpfen Sie sich mal meinen Sohn vor. Er hat sich der Ersten Kirche angeschlossen, deshalb sind die Burschen nämlich darauf verfallen, sich in meiner Apotheke einzunisten. Sogar 'nen Stapel Visitenkarten haben sie mir geklaut. Ich sage Ihnen, die Kinder heutzutage …«

Mrs. Hanson hatte keine Zeit für derartiges Gegreine. Jeden Moment konnten FBI und Polizei hereinstürmen. »Na gut, dann gibt man eben *nicht* den Ninjas die Schuld an Ihrer durchgeschnittenen Kehle, aber tot sind Sie trotzdem, und nur weil Sie mir 'ne läppische Flasche Hustensaft verweigert haben. Ist die Sache es wirklich wert, *dafür* zu sterben?«

»I wo«, verneinte Mr. Dolan sofort und sang, um den FBI-Agenten zu zitieren, der den Ninja zum Singen gebracht hatte, wie Barbara Streisand (in den Anfangsjahren).

Indem sie nach Mr. Dolans Weisungen verfuhr, suchte Mrs. Hanson Jimmys Rezept aus der Ablage, las vor, was darauf vermerkt stand, und machte mit seiner Hilfe im Regal die große Anstaltsflasche ausfindig. Ihre Augen glänzten, während sie die Flasche aus dem Regal holte und sich anschickte, den Deckel abzuschrauben.

Der Deckel ließ sich nicht abschrauben. Dem Deckel war eine überlange hieroglyphische Gebrauchsanweisung eingeprägt, die dem Verbraucher höhnisch riet, die ›Patent-Verschlußkappe‹ beim Drehen (in Pfeilrichtung) nach unten zu drücken, einen bestimmten, sorgfältig beschriebenen Hokuspokus zu vollführen und dem Gott Äskulap einen makellosen, einjährigen Stier zu opfern.

»Ein kindersicherer Deckel!« zeterte Mrs. Hanson. »Der elende Deckel ist kindersicher, und dabei ist das nicht mal 'ne Flasche für Endverbraucher. Guter Gott, *warum?«*

»Neue Vorschriften«, nannte Mr. Dolan den Grund. »Ich könnte Ihnen beim Öffnen helfen, wenn Sie mich befreien.«

In rasender Eile fummelten Mrs. Hansons Finger an den Knoten der Stricke, mit denen man dem Apotheker Füße und Hände verschnürt hatte. *Sotto voce* verfluchte sie sämtliche Pfadfinderführer der ganzen Welt und ihren Hang zur Verzärtelung. Waren diese Luschen eigentlich noch nicht auf die Statistiken aufmerksam geworden, die nachwiesen, daß 31 Prozent aller jugendlichen Weicheier im späteren Leben religiös verblendete, kriminelle Ninjas wurden?

Sobald er von den Fesseln erlöst war, kauerte sich der Apotheker hin und rieb seine Handgelenke, um die Blutzirkulation zu verbessern. Mrs. Hanson hockte sich vor ihn und schaukelte das Gesäß in nervenzerfetzender Ungeduld auf und ab. »Los, los, kommen Sie, machen Sie«, drängte sie Mr. Dolan, »öffnen Sie die Flasche.«

»Warum so eilig?«

»Sparen Sie sich die Fragen und tun Sie, was ich sage.« Vor seinem Gesicht blitzte die Glasscherbe und kürzte ihm links die Nasenhaare.

Während sie dem Apotheker zusah, der sich mit der widerspenstigen Flasche befaßte, überschlugen sich Mrs. Hansons Gedanken in freudiger Erwartung. *Bald, bald, bald: Geld, Villen, Filmstars als Liebhaber, Designer-Klamotten zu Preisen, die kaum eine Frau sich leisten kann, Markenparfüms, alles was mir nach meiner Ansicht schon immer zustand …*

»Nun mal 'n bißchen schneller«, fauchte sie und schwang nochmals die gefährliche Glasscherbe unter Mr. Dolans Nase.

In diesem Augenblick ertönte irgendwo hinter ihr ein Aufkeuchen. »Mami«, ertönte ein Klageruf Klein-Jimmys. »Was machst du denn da?«

Beim Klang seiner Stimme erlahmte die Faust, die die widerwärtige, lange, scharfe, spitze Glasscherbe hielt. Sie entfiel den Fingern und zersplitterte. Mrs. Hanson wandte sich um und sah am Eingang ihr einziges Kind stehen, flankiert von Dr. Geilenkirchen und einem Stoßtrupp FBI-Agenten. Aus dem Freien drang die Dröhnstimme Super-Waynes herein, der Medienreportern vielerlei Fragen beantworten mußte.

Unter Jimmys entsetztem Blick spürte Mrs. Hanson, daß eine bizarre Wandlung sie überkam. Es schien, als klaffte irgendwo tief in ihrem Innern ein gieriges Loch, das all ihren rücksichtslosen Ehrgeiz restlos aufsaugte. Der Inhalt aller Danielle-Stahl-Romane, die sie je gelesen hatte, prallvoll mit Fortsetzungsabenteuern langbeiniger, orgasmussüchtiger und willensstarker Karrierefrauen mit ehernen Schenkeln, schrumpfte samt und sonders zu geistiger Schlacke zusammen. Als Ersatz keimte in ihr der unwiderstehliche Wunsch, Schokoladenplätzchen zu backen, und gleichzeitig hatte sie eine marienähnliche Erscheinung, das mit himmlischen Lichtstrahlen garnierte, verklärte Antlitz Prinzessin Dianas, versehen mit der Umschrift *In hoc bimbo vinces.* Unter ihrer Schädeldecke, wo zuvor das ungestillte Verlangen geglost hatte, reich und schön zu sein, flimmerte jetzt der ihr im Grunde genommen völlig fremde Gedanke: *So soll meine Mami sein.*

Sie empfand das Einsickern dieser Vorstellung in ihren Geist als abscheuliches Erlebnis. Zum erstenmal in ihrem Dasein erfüllte sie voll und ganz die Ansprüche eines anderen. *Was ist mit der Selbstbestimmung?* heulte ihr Ich. *Was mit der Orientierung an der lebendigen Macht des Duselbstseins?*

Als hättest du je Selbstbestimmung gekannt, spottete ein

selbstkritischer Teil ihres aufgewühlten Gemüts. *Du hast geheiratet, weil jeder zweite Artikel in den Frauenzeitschriften sich damit beschäftigt, wie man sich einen Ehemann angelt, und jeder dritte Beitrag mit dem Problem, wie man ihn behält. Du hast nach der Hochzeit auf Anhieb Jimmy gekriegt, weil deine Eltern dir dauernd Zeitungsausschnitte übers Absinken der Fruchtbarkeit und die Gefahren später Schwangerschaft geschickt haben. Bisher hast du dir immer von anderen erzählen lassen, wie du dich verhalten sollst, Danielle Stahl eingeschlossen. Warum also nicht auch von deinem Sohn? Es ist auf alle Fälle leichter, als selbst zu denken.* Und mit einem Seufzer der Erleichterung und Kapitulation hißte Mrs. Hansons Selbstbewußtsein die weiße Fahne und verbarg ihre Seele ganz und gar hinter Anstandsgardinchen.

Auf wackeligen Beinen, die Arme ausgestreckt, torkelte sie auf ihren Sohn zu. »Ach, mein kleiner Schatz …«, brabbelte sie drauflos.

Ehe irgend jemand anderes handeln konnte, durchquerte Dr. Geilenkirchen die Trümmer und stützte Mrs. Hanson, damit sie nicht niedersank. »So, so, kommen Sie, meine Liebe, Sie haben Schweres erdulden müssen, aber bald ist alles wieder …«

»Wer ist der Mann?« fragte Jimmy.

»Keine Sorge, mein Schatz«, sagte Mrs. Hanson und lächelte schwächlich. »Das ist Dr. Geilenkirchen, du hast ihn noch nicht kennengelernt. Er ist Wissenschaftler und …«

»*Wissenschaftler?*« Aus Bestürzung wurde Jimmys Stimme schrill.

»Aber ja, mein Schatz«, bestätigte Mrs. Hanson, die angesichts der Betroffenheit Jimmys ratlos blieb. »Was ist denn daran so …?«

»He, Gnädigste«, rief hinter ihrem Rücken Mr. Dolan. »Was ist, wollen Sie nun den Hustensaft, oder nicht?« Er schwenkte die große Anstaltsflasche.

Es knisterte geradezu in der Luft. Ein gräßliches, hohles Gelächter gellte. »*Ich* nehme den Saft!« Binnen kurzer Sekunden sprang Dr. Geilenkirchen wie die größte Spinne der Welt zu Mr. Dolan und entwand die Flasche dem Griff des Apothekers. Schlagartig hatte Wahnwitz Dr. Geilenkirchens fade Gehirnakrobatenmiene zu einer grellen Fratze grauenhafter Machtversessenheit verzerrt, wie man sie außerhalb eines *Fantastische-Vier*-Comics kaum je zu sehen bekam. »Heute der Hustensaft, morgen die ganze Welt!« Er warf den Kopf in den Nacken und stieß ein gehässiges Gekecker hervor, dann zückte er aus der Tasche seiner Korkenzieherhose eine bullig-bombastische Strahlenpistole.

Einer der FBI-Agenten an Jimmys Seite feuerte auf den wahnsinnigen Eierkopf, doch ein Einzelschuß aus Dr. Geilenkirchens Strahlenpistole transformierte ihn in eine Eidechse. Der zweite FBI-Agent erwies sich als ziemlich begriffsstutzig, und infolge dieser Schwäche flitzte gleich darauf auch er auf vier schuppigen Beinchen über den Fußboden. Dr. Geilenkirchen grinste wie ein Hai mit Maulsperre und richtete die Waffe auf Mr. Dolan. Mit vollauf friedlicher Gebärde hob der Apotheker die Arme, um sich zu ergeben. Aus purem Sadismus schoß Dr. Geilenkirchen trotzdem einen Strahl auf ihn ab, dann hallte erneut sein irrwitziges Lachen durch die Apotheke.

»Jimmy, hol Vati!« schrie Mrs. Hanson, aber ohne das gewünschte Resultat. Erst glotzte Jimmy die drei unglückseligen, durch die Strahlenpistole geschaffenen Eidechsen an, dann suchte er in hirnloser Panik das Weite. Er johlte ein Heulen der Verzweiflung heraus und floh in bester Tradition billiger Science-Fiction-Filme in die verkehrte Richtung, nicht zur Tür, um seinen seit kurzem mit Superkräften begnadeten Vater zu alarmieren, sondern über die Eidechsen hinweg stracks in die Arme seiner Mutter. Und schon war Dr. Geilenkirchen zur Stelle, preßte die Mündung der Strahlenpistole an Mrs. Hansons Schläfe.

»Erlauben Sie sich keine … *Dummheiten,* meine Teure«, zischte er ihr ins Ohr. Nun hörte man ihm einen mitteleuropäischen Akzent mit stark östlichem Einschlag an, der wahrscheinlich die gleiche Herkunft wie seine diabolische Strahlenpistole hatte. »Wärr doch chadä, mißt därr Jungä mitansähn, wie Sie ain Zalamandärr wärrdän, oddärr?«

Mit der Zunge befeuchtete Mrs. Hanson sich die Lippen. Trotz großzügigen Glanzlippenstift-mit-Melonengeschmack-Gebrauchs waren sie staubtrocken geworden. Eine Frau, der man eine Strahlenpistole an den Kopf hielt, die eine so teuflische Wirkung hatte, konnten die Versprechungen der Kosmetikindustrie wenig trösten. »Jimmy, mein kleiner Schatz, deine Mami glaubt, es ist jetzt der richtige Zeitpunkt«, äußerte sie mit ruhiger Stimme, »daß du diesen bösen Wissenschaftler weiiit, weiiiiiit fort wünschst.«

»Er kann ihn nicht fortwünschen«, sagte die inzwischen vertraute Stimme Major Hamsters. Der pelzige Verteidiger der Gerechtigkeit stand auf der Schwelle der Apotheke, hinter ihm scharten sich die *Hurtigen* und Super-Wayne. Noch nie hatte Mrs. Hanson einen so tiefernsten Ausdruck in den Augen des kolossal fetten Geschöpfs gesehen. »So wenig wie er ihn *wegzaubern, forthexen* oder *wegbeamen* kann. Es ist so, wie ich es Ihnen schon erklärt habe. Jimmy hat keine Macht, die Realität nach seinem Gutdünken zu verändern, sondern nur nach Maßgabe dessen, was er *glaubt.*«

»Dachte ich's mir doch.« Mrs. Hanson nickte, soweit Dr. Geilenkirchens Strahlenpistole es zuließ. »Wissen Sie, es wäre besser gewesen, Sie hätten sich in dieser Beziehung etwas deutlicher ausgedrückt. Sie waren es doch, der die Behauptung ausgestreut hat, Jimmy bräuchte nur etwas zu wollen, und …«

»O nein, Gnädigste, Sie haben die Formulierung ›was er will‹ benutzt, nicht ich. Sie und die übrigen Menschen.«

»*Jetzt* ist wahrhaftig der *passendste* Augenblick zu logischen Haarspaltereien«, hielt Super-Waynes gefährdete Gattin Major Hamster entgegen. »Sie gäben 'nen erstklassigen Anwalt ab.«

Major Hamster wirkte gekränkt. »Ich bin nur ein Superheld«, antwortete er. »Meistens beschäftigt es mich zu sehr, die Handlung voranzutreiben, um sie auch noch erklären zu können.«

»Abärr ich bin Wissenschaftlärr«, schnurrte Dr. Geilenkirchen in Mrs. Hansons Ohr. »Und ich bittä Sie in allärr Bäschaidänhait, mirr zu glaubän, *Memsahib* Hanson, daß es ainä särr ainfachä Ärrklärrung fier ...«

»Halt die faulige Flappe, Frankenstein!« brüllte Bongo, hüpfte auf den Fußballen und tobte seine Erbitterung an der Ladentheke aus. Die Marmorplatte barst und zerbröckelte wie eine vertrocknete Scheibe Toast.

»Laß sie frei, du Unhold!« donnerte vom Eingang her Super-Waynes Stimme. Die Schwingungen seines Organs reichten aus, um an der beschädigten Decke einen neuen Schauer Mörtelgebrösels hervorzurufen, während er den Bizeps spielen ließ.

»Es tutt mirr särr laid, abbärr kommän Sie bittä nicht nähär.« Am Abzug der Waffe zuckte Dr. Geilenkirchens Finger. Mrs. Hanson hörte deutlich ein Klicken, obwohl sie sich verdammt sicher war, daß keine Strahlenpistole, die ihr Geld wert war, ein Geräusch von sich gab, als ob man den Hahn eines 45er Colts spannte.

Aber es passiert so, wie es nach Jimmys Auffassung sein muß, begriff sie. *Es verläuft auf genau die Weise, wie er es* glaubt, *geradeso wie er glaubt, sein Vater könnte ihn vor allem beschützen, ich sei die perfekte Mutter und diesen dicken Superheld-Hamster gäbe es wirklich, alle Wissenschaftler seien wahnsinnige Gelehrte und … und … und …*

Ihr Mut schwand. Sie wußte, wie groß der Unterschied zwischen Wollen und Glauben war, am Abgrund dieses Bedeutungsunterschieds waren viele Überzeugungen, Ehen und Regierungsetats gescheitert. Egal wie sehr sich Jimmy *wünschen* mochte, seine Mutter würde aus dieser häßlichen Situation gerettet (Transformationsstrahlenpistole an der Schläfe), er *glaubte* nicht, daß es unter diesen Umständen (Transformationsstrahlenpistole an der Schläfe) geschehen konnte. Obwohl er erst acht Jährchen zählte, glaubte er nicht mehr an den Weihnachtsmann, den Osterhasen oder einen *Deus ex machina.*

Doch plötzlich entsann sich Mrs. Hanson an etwas, das Jimmy *glaubte.*

»Dr. Geilenkirchen«, gurrte sie, »warum stecken Sie diese blöde, überflüssige Strahlenpistole nicht lieber weg?«

»Warrum?« wiederholte er. »Ain wahnsinnigärr Wissenschaftlärr braucht zurr Flucht immärr aine scheenä Gaisel.«

»Aber das ist doch vöööööllig unnötig. Sie haben ja schon, was Sie wollen. Trinken Sie einen tüchtigen Schluck Hustensaft, und niemand kann noch verhindern, daß Sie Ihres Wegs gehen und bis zum Abendessen die Weltherrschaft antreten. Das *ist* es doch, was Sie anstreben, oder nicht?«

Der Doktor stierte sie an, als hätte sie sich aus freien Stücken in eine Eidechse verwandelt. »*Potrzebie,* da habän Sie rächt.« Er ließ von Mrs. Hanson ab und kratzte sich am angekahlten Kopf. »Darran hab ich noch garr nicht gädacht. Sie wissän ja, als Größenwahnsinnigärr värlierrt man zuärrst dän Värrstand, he-he-he. Gutt, gutt …« Er hob die offene Flasche an die Lippen. »Auf die Wälthärrschaft!«

»Oh, warten Sie einen Moment, lieber Doktor.« Mrs. Hanson legte eine weiche, weiße Hand auf den Arm des Irrsinnigen. »Das Zeug schmeckt *widerlich,* fragen Sie Jimmy, wenn Sie's bezweifeln. Erst gebe ich Ihnen was, womit Sie nachher den Geschmack wegspülen können, ja?« Sie setzte ihre Sommersprossen mit einer Unwiderstehlichkeit ein, die durch die Genfer Konvention hätte verboten werden müssen. Angesichts der exzessiven Albernheit seiner Mutter verdrehte Jimmy die Augen, laut und betont prustete er, aber da er seine Achtjährigenmeinung, alle Mädels seien gefühlsduselig, nicht vom einen zum anderen Augenblick ablegen konnte, verbot seine Glaubenskraft Mrs. Hanson nicht die drakonische Ausnutzung ihrer weiblichen Vorzüge.

Argwöhnisch beäugte Dr. Geilenkirchen sie. »Ach nain, und warrum sind Sie so nätt zu mirr?«

»Weil Sie der künftige Weltherrscher sind. Man kann's doch einer Frau nicht verübeln, wenn sie auf der Siegerseite stehen möchte, stimmt's? Außerdem, wie könnte ich Ihnen denn was anhaben?« Mrs. Hanson klimperte mit den Wimpern.

»Da waiß ich ainä gantz ainfachä Ärrklärrung. Sie tun mirr was Fiesäs ins Gätrränk.«

»Papperlapapp, Sie kindischer Mann«, sagte Mrs. Hanson wirklich und wahrhaftig. »Als erstes trinken Sie doch den Hustensaft. Dadurch wird alles was Sie glauben zur Wahrheit. *Glauben* Sie etwa, eine schwache Frau wie ich sei fähig, einen Mann wie *Sie* zu überlisten?«

»Pah!« Dr. Geilenkirchens verächtlicher Ausruf entsprang reinem Reflex.

»Und außerdem ...« Anzüglich strich Mrs. Hanson mit dem Finger über die Strahlenpistole des Wahnsinnigen. »Glauben Sie etwa *nicht,* daß eine Frau wie ich an einen großen, starken, wahnsinnigen Gelehrten wie Sie ihr Herz verlieren kann?«

»Sie könntän?« Dr. Geilenkirchen wölbte die Brauen zu maximaler Höhe.

»Eine ganz einfache Erklärung von Professor Fermats neuer Theorie«, hauchte ihm Mrs. Hanson, indem sie sich näherbeugte, ins Ohr, »macht mich ja soooooooo *scharf.*«

»Ah… oh… äh…« Auf Dr. Geilenkirchens Stirn schimmerte Schweiß, den er vergeblich mit der Anstaltsflasche Hustensaft abzuwischen versuchte. »Ich dänkä mirr, ich *nähme* das Getrränk, mein Toibchän.«

»Ihr Wunsch ist mir Befehl«, antwortete Mrs. Hanson mit sinnlich gedämpfter Stimme, stieg über die Trümmer der Ladentheke und holte eine Flasche aus dem Getränkeständer. Keiner der anwesenden Superhelden wagte einzugreifen, weil der grundschlechte Schuft Dr. Geilenkirchen fortwährend die Strahlenpistole auf den kleinen Jimmy gerichtet hielt, um ihre Passivität zu erzwingen.

»Undt nun«, rief er, sobald Mrs. Hanson wieder an seiner Seite stand, »trrinkän wirr auf mich: Prrost!« Er goß sich den gesamten Inhalt der Anstaltsflasche in den Rachen, ließ das leere Gefäß auf den Fußboden fallen und zog eine Fratze.

»Ich habe ja gesagt, daß der Saft eklig schmeckt, mein Hasi«, meinte Mrs. Hanson und reichte ihm ein gefülltes Glas.

Dr. Geilenkirchen wirkte, als wollte er auch dessen Inhalt sofort hinabschütten, setzte es aber zwischendurch ab und schaute es an. »Das ist abärr *nicht* ärrfrrischänd«, äußerte er vorwurfsvoll.

»Nein, es ist *Tante Prunella«,* sagte Mrs. Hanson.

»*Tante Prunella?*« wiederholte Jimmy. »Iiiiii-baaah! Das ist ja Pflaumensaft.«

»Mein kleiner Schatz«, widersprach Mrs. Hanson ruhig und gelassen, »Mami hat dir schon viele Male erklärt, daß *Tante Prunella* echt lecker und wohlschmeckend ist, dein Vati trinkt auch gern davon, und es ist *kein* ...«

»Es ist *wohl* Pflaumensaft«, beharrte Jimmy.

»Gib dainärr Mama-*san* kainä Widärrworrtä, frächärr Bängäl«, schnob Dr. Geilenkirchen. »Wänn sie saggt, es ist kain Pflaumänsaft, hast du nicht dagägän zu sain, sonst ...« Bedrohlich zielte er mit der Strahlenpistole auf das Kind.

»Aber es *ist* so!« schrie der Junge mit aller Besessenheit jemandes, der sich unbedingt um Kopf und Kragen reden will. »Ist es *wohl!* Es *schmeckt* wie Pflaumensaft, also *ist* es welcher, und jeder weiß, was passiert, wenn man Pflaumen ißt oder Pflaumensaft trinkt ...«

»In dän Staub mit dirr, äländärr Wurrm!« keifte der wahnsinnige Gelehrte und drückte den Abzug der Strahlenpistole.

Eine große, grüne, schwimmhäutige Faust schlug ihm die Waffe aus der Hand, so daß sie zu Boden fiel und der Strahl Jimmy weit verfehlte. »Keine Bewegung, Erdling«, schnarrte der warzige, froschäugige Außerirdische, der sich plötzlich am Schauplatz der Ereignisse zeigte. Gelbe Blitze purer mentaler Energie, die summten wie ein Schwarm asthmatischer Bienen, schossen aus seinen Glotzern in Dr. Geilenkirchens Augen.

Unverzüglich erstarrte der geistesverwirrte Wissenschaftler auf der Stelle, seine Glubscher wurden glasig. »Jawoll, Maistärr«, lallte er. Wie Jimmy ihm, wäre er noch zum Zuhören imstande gewesen, umgehend hätte erklären können, halfen nicht einmal die furchterregenden Kräfte, die der mutierte Hustensaft verlieh, gegen die psychische Macht der Krötenmenschen von Skraax.

Inmitten eines Geglimmers hellfunkelnder Glanzlichtlein materialisierten zwei weitere Krötenmenschen und steckten den wehrlosen Mann in eine

Zwangsjacke, deren Designer Salvatore Dalí gewesen sein könnte. »Gelungener Handstreich, Kommandant«, sagte einer von ihnen. »Die sorgfältige Untersuchung dieses Menschenexemplars wird erheblich dazu beitragen, unsere unausweichliche Eroberung dieses jämmerlichen Planeten vorzubereiten, zu erleichtern und zu beschleunigen, hu-ha-har-har, *quak-quak!*« Ein zweites Mal glitzerte es rings um die Gestalten, und im nächsten Moment waren sie mitsamt Dr. Geilenkirchen verschwunden.

Bongo sprang vor. »Schlotterndes Schlagzeug, Major Hamster, das dürfen wir denen nicht durchgehen lassen! Er ist zwar ein machtgieriger Irrer gewesen, aber gleichzeitig war er Bürger der Erde.«

»So etwas können wir unmöglich dulden«, stimmte Sternenfee Laggi ihm zu. »Gibt man den Krötenmenschen von Skraax den kleinen Finger, schnappen sie sich gleich 'n ganzes Parsec.«

»Er war ein mieser Typ, aber er hatte Blutgruppe AB-negativ«, sagte Lexa. »Meine Lieblingsgeschmacksrichtung.«

Major Hamster seufzte. »Ihr habt recht. Unser garantierter Vierundzwanzigstunden-Dienst an der Gerechtigkeit kann kein Auge zudrücken. Laggi, her mit dem Hamsterkreuzer!«

Die kleine Alien hob die Fingerspitzen an die Schläfen und zog eine Miene, als säße sie auf dem Klosett, die jedoch nicht etwa auf geistige Darmträgheit, sondern vielmehr auf aktive mentale Telepathie hinwies. Von oben tönte ein lautes Surren herab, das die gesamte Apotheke ins Zittern brachte, in der Decke bildete sich eine kreisrunde Öffnung und gewährte Ausblick auf ein Raumschiff, das darüber in der Höhe schwebte. In der lichtstrahlenden Unterseite des Rumpfs schob sich eine Irisblende auf, und zwei unglaublich lange Seile fielen herab. Während Lexa schlichtweg dematerialisierte und Laggi mittels eigenen Flugvermögens zum Raumschiff hinaufschwirrte, hangelten sich Bongo und Major Hamster Hand um Hand sowie Pfote um Pfote an den Seilen empor, und zwar dermaßen hurtig, daß es selbst den anspruchsvollsten Turnlehrer zufriedengestellt hätte. Anschließend schwuppten die Seile ins Raumschiff zurück wie zwei Spaghetti, die Luke schloß sich, und der gewaltige Hamsterkreuzer jagte davon in den Kosmos.

Mrs. Hanson blickte Major Hamster und den Hurtigen nach, und Verdruß furchte ihre Stirn. »Prächtig, einfach großartig«, lautete ihr Kommentar. »Und wer *behebt* nun den ganzen Schlamassel?« Und mit *Schlamassel* meinte sie keineswegs die zu Klump gehauene Apotheke, den unwiederbringlichen Verlust des Hustensafts oder die Tatsache, daß Wayne unmöglich in engem Superheldentrikot mit wehendem Umhang Versicherungen verkaufen konnte. Vielmehr dachte sie an Jimmy.

An Jimmy, der in kurzen fünf Jahren Teenager sein würde. An Jimmy, der im Teenageralter sicherlich jeden Unsinn glaubte, den ihm seine Freunde erzählten. An Jimmy, der dann wahrscheinlich aus vollem, allmächtigem Herzen glaubte, seine Eltern seien rückständige Höhlenmenschen mit Wackelpeter unterm Pony.

Wackelpeter war Mrs. Hanson zuwider. Es mußte etwas geschehen.

Jimmy starrte noch dem entschwundenen Hamsterkreuzer hinterdrein, da tippte seine Mutter ihm leicht auf die Schulter, um seine Aufmerksamkeit zu erregen. »Hast du das gesehn, Mami?« rief er, indem er herumfuhr. »Haste *das* gesehn? Boooh, wie gern tät ich mitfliegen.«

»Das kannst du doch, mein kleiner Schatz«, gab Mrs. Hanson zur Antwort.

»Hä?«

»Ja, sagte ich, du *kannst* mit Major Hamster und der Hurtigen Sternenpatrouille ins All fliegen und gegen die Krötenmenschen von Skraax kämpfen.«

»Ich *kann?«* So etwas aus dem Mund der Frau, die ihn nicht einmal allein mit dem Fahrrad um den Häuserblock radeln ließ? Der bisher verhaltene Ausdruck kindlicher Skepsis auf Jimmys Gesicht entfaltete sich zu voller Stärke. Insgeheim jubilierte Mrs. Hanson. Hervorragend.

»Klar kannst du's«, bekräftigte sie ihre Behauptung. »Es liegt nur an dir. Weißt du, alles wovon du *willst,* daß es geschieht, kommt auch so. Nun schau mich nicht so an, mein Schatzilein, es gibt dafür eine ganz einfache Erklärung. Der Grund ist, daß der Hustensaft, den ich dir vor ein paar Tagen verabreicht habe, dir die Kraft verliehen hat, deine ...«

»So?« Jimmy schnitt eine mürrische Miene. Beinahe konnte Mrs. Hanson ihm seine Gedanken ansehen: *Magischer Hustensaft, ja klar, hält sie mich etwa für ein kleines Kind? Das will sie mir einreden, damit ich das nächste Mal Scheißzeug schlucke, ohne dafür den neuen* Major-Hamster-*Comic zu kriegen. Aber so doof bin ich nicht.* »Das glaube ich nicht«, rief Jimmy mit einem selbstgefälligen Grinsen schrankenlosen Triumphs. »Der Hustensaft hat mir *niemals* irgendwelche Kräfte verliehen.« Und damit war es ihm voller Ernst.

Das Universum machte *Flupp,* ein knappes Geräusch, das allerdings eine beachtliche Anzahl retroaktiver Realitätskorrekturen begleitete.

»Haben Sie das gehört?« fragte Wayne, der wieder sein altes Ich angenommen hatte.

»Klang wie 'ne Fehlzündung«, mutmaßte einer der rekonstituierten FBI-Agenten.

»Seit wann macht eine Fehlzündung *Flupp?«* wandte der ebenfalls wiedervermenschlichte Mr. Dolan ein.

»Ich bedaure sehr, Sir«, antwortete die andere Ex-Eidechse. »Wir haben keine Befugnis, Ihnen darüber Auskunft zu erteilen.«

Mrs. Hanson verschaffte sich einen Überblick der Resultate ihres geheimen Komplotts und war zufrieden. Sie stieß einen langen Seufzer der Erleichterung aus. »Komm, Jimmy«, sagte sie zu ihrem Sohn. »Wir gehen nach Hause.«

»Ooooooh, Mamiiiii, müssen wiiiiir?« Jimmy entzog sich ihrer ausgestreckten Hand und flitzte hinter die zerschmetterte Ladentheke. Mrs. Hanson schüttelte über ihr eigenwilliges Kind den Kopf und lief ihm nach.

Die Verfolgung endete vorzeitig, als sie auf etwas Rundes trat und darauf ausglitt. Sie schimpfte erbittert, hob den störenden Gegenstand auf und machte schon Anstalten, ihn an die gegenüberliegende Wand zu schmeißen, da merkte sie, was es war.

Nämlich die leere Hustensaftflasche. Am Rand glänzte ein letzter Tropfen des wundertätigen Inhalts. Dr. Geilenkirchen hatte sich bemüht, die Falsche vollkommen leerzutrinken, aber er war ein Mensch und keine Pumpe. Bevor der Tropfen hinabfallen konnte, strich Mrs. Hanson ihn sich auf die Fingerkuppe und leckte ihn ab.

Die Struktur der DNS entrollte sich vor ihr so überschaubar wie ein Schnittmuster. Differentialgleichungen rasselten mit der Leichtigkeit von Kinderreimen durch ihren Kopf. Sie hatte nie geglaubt, was ihre Mutter über Mädchen, Mathematik und Wissenschaft behauptet hatte. Und das war nur der Anfang. Das gleiche galt für etliche der Artikel in Frauenzeitschriften, die sie früher von vorn bis hinten geglaubt, ihre allwissenden Guru-Eltern, denen sie widerspruchslos gehorcht hatte, und die drei oder vier frühtrotteligen Mittfünfziger in der Patriarchen-Hochburg Washington, die ständig predigten, gleicher Lohn für Frauen sei der erste Schritt zum unaufhaltsamen Untergang der Zivilisation …

Zum erstenmal im Leben wußte Mrs. Hanson genau, was *sie* glaubte.

»Alle für eines: für das Recht!« erscholl irgendwo im Universum ein Schlachtruf. »O Mann, das sieht ja wirklich rundum *beschissen* aus.«

Originaltitel: ›True Believer‹ · · Aus: ›The Magazine of Fantasy & Science Fiction‹, September 1997 · Aus dem Amerikanischen übersetzt von Horst Pukallus

---

Robert Reed

SCHATTIGE GEGEND

Der Alte war feist wie eine Robbe, Fett umschmiegte die Muskeln, um Wärme zu gewährleisten, er hatte glatte Haut, und sein allgemeiner Körperbau – stummelige Gliedmaßen, breiter Brustkorb – vermittelte den Eindruck natürlicher, nahezu unbewußter Machtfülle. Trotz der klammen Kälte trug er wenig Kleidung. Seine braunen Augen signalisierten Tüchtigkeit und Gerissenheit. Und Humorlosigkeit. Wir standen an einem kiesigen Strand und blickten auf ein Miniaturmeer hinaus. »Ich bin kein Befürworter dessen, was Sie machen, Mr. Locum«, setzte der Alte mich nach langem Schweigen in Kenntnis. »Derart scheußliche Milieus zu formen, das ist snobistisch und verschwenderisch. In meinen Augen sind Sie kein Künstler, und ich glaube, es ist für uns beide vorteilhaft, daß ich meine Bedenken gegen Ihre Anwesenheit offen ausspreche.«

Ich grinste. »Gut«, sagte ich sofort. »Also darf ich mich verabschieden.« Drei Monate hatte ich in beengten Verhältnissen zugebracht. »Ihr Shuttle kann mich zum Frachter befördern«, schlug ich trotzdem vor. »Dann fliege ich gleichzeitig mit dem Erz ab.«

»Sie mißverstehen mich, Mr. Locum.« Der Name des Alten lautete Provo Lei, und er war die reichste Made in einem Lichtmonat Umkreis. »Ich habe zwar diese Einwände, aber Sie sind nicht meinetwegen hier. Sie sind gewissermaßen ein Geschenk für meine Tochter. Ich bin endlich mit ihr darüber einig geworden, daß sie einen Lehrer braucht, und Sie sind anscheinend dafür qualifiziert. Wollen wir unter die Spiegelfechterei einen Schlußstrich ziehen? Sie sind ein Gespiele für sie. Bestimmt betrachten Sie den Auftrag nicht als dickes Geschäft und wären lieber in der Nähe zivilisierter Welten tätig, wo Sie so was wie Märchenwälder für das Prominentengesocks formen dürfen, das stets auf Sensationen und Prestige versessen ist. Aber Sie brauchen nun einmal mein Geld, nicht wahr? Eigentlich sind Sie weder ausgebildeter Lehrer noch berufsmäßiger Gespiele, aber Ihre Schulden überwiegen Ihren gegenwärtigen Marktwert als Künstler. Habe ich recht, oder nicht?«

Ich versuchte ein zweites Mal zu grinsen, konnte jedoch nur mit den Schultern zucken. »Hier kann ich mich in größerem Maßstab betätigen.« Sonst kenne ich kein Zögern und keine Unsicherheit, aber in dem Moment neigte ich zu beidem. »Ich hatte andere Angebote vorliegen ...«

»Keine attraktiven«, unterbrach mich Lei.

Ich straffte meinen Rücken und schaute über Lei hinweg. Wir befanden uns mitten in seinem Zuhause, einem versiegelten Hyperfaser-Wohnzelt, das zehntausend Hektar von Tundra und Eiswasser überspannte, und außerhalb des Zelts erstreckte sich ein ganzer Planet, groß wie die Erde, allerdings weniger massiv. Die Robots nicht berücksichtigt, zählte die planetare Population zwei Personen. Mich mitgerechnet, waren es drei. Während wir unsere wenig liebenswürdige Unterhaltung führten, arbeitete unter der dicken Wassereiskruste ein ganzes Roboterheer, wühlte im Gestein, schaffte Erz zu Tage, das sich im dortigen Stellardistrikt mit Gewinn verkaufen ließ.

»Wie gefällt Ihnen mein bescheidenes Heim, Mr. Locum? Als professionellem Terraformer, meine ich natürlich.«

Ich blinzelte und zögerte erneut.

»Bitte seien Sie ehrlich.«

»Es ist die Behausung eines Geizkragens.« Lei hatte kein Vorrecht auf Unverblümtheit. »Ein billiges Polarmilieu. Geringe Diversifikation, Schwerpunkt auf Beständigkeit, so gut wie kein Pflegebedarf. Ich bin aufs Raten angewiesen, aber für mich sieht's aus wie das Ambiente eines Menschen, der gern einsam lebt. Und da Sie schon seit zweihundert Jahren hier wohnen, fast ausschließlich allein, glaube ich nicht, daß ich mich stark irre.«

Zu meiner Überraschung nickte er andeutungsweise.

»Wie alt ist Ihre Tochter? Dreißig?« Ich schwieg kurz. »Wenn sie nicht genau wie Sie ist«, fügte ich dann hinzu, »müßte sie Ihnen meines Erachtens längst abgehauen sein. Sie ist kein Kind mehr, und sie dürfte wohl durchaus Neugierde auf die übrige Kosmodomäne verspüren. Und da frage ich mich doch unwillkürlich, ob ich nicht eine Art von Druckmittel abgebe. Eine Bestechung. Als Mensch und nicht als Terraformer gesprochen, kommt es mir so vor, als ob sie für Sie ungeheuer wichtig ist. Liege ich richtig?«

Leis braune Augen beobachteten mich, ohne daß er etwas sagte.

Flüchtig empfand ich Bedauern. »Sie haben mich nach meiner Meinung gefragt«, erinnerte ich ihn.

»Sie müssen sich nicht entschuldigen. Ich verlange Ehrlichkeit.« Er rieb sich das rundliche Kinn und verzog das Gesicht auf eine Weise, die man mit einem Schmunzeln hätte verwechseln können. »Außerdem haben Sie recht, ich besteche meine Tochter. Gewissermaßen wenigstens. Ich trage für sie die Verantwortung, und warum sollte ich für ihr Glück nicht ein paar Opfer bringen?«

»Sie möchte Terraformerin werden?«

»Eine von der künstlerischen Sorte, ja.«

Ich bewegte die Füße; eiskalter Kies knirschte unter meinen Stiefeln.

»Dieses ›billige Polarmilieu‹, wie Sie es herablassend nennen, existiert so erst seit kurzer Zeit. Davor hatte ich eine voll ausgeprägte Arktiktyp-Steppe, mit Zwergmammuts an Land und einem Kaltwasserriff vor der Küste. Zu keineswegs niedrigen Kosten, Mr. Locum. Ich bin kein geborener Geizhals.«

»Das klingt nach Beringa«, bemerkte ich halblaut.

»Meiner Heimatwelt, ja.« Beringa war ein riesiger Eisbrocken, den kommerzielle Firmen terraformt hatten, zugepflastert mit Plastik, Stein und fruchtbarer künstlicher Scholle; das Innere des Planeten blieb gefroren, während auf der Oberfläche Milliarden in einer Art ständigen Sommers lebten, mit Vierundzwanzigstundentagen, aber in moderaten Temperaturen. Die Einheimischen waren alle vom Kaliber Provo Leis, speziell modifizierte Gene hielten sie behaglich fett und immerzu warm. Im großen und ganzen war Beringa eine hervorragend gestaltete, gigantische Wohnanlage, bei vordergründiger Betrachtung ein gelungenes, recht schönes Terraformingresultat.

Genau die Art von Routineprojekt, dachte ich, die mir am meisten zuwider ist.

»Das jetzige Milieu«, erklärte Lei, »ist im wesentlichen ein Provisorium.«

Ich deutete in die Weite der Tundra. »Was ist denn vorgefallen?«

»Ula dachte, ich hätte vielleicht Spaß an einem Wäldchen aus Warmsaftbäumen.«

Mir entgleisten die Gesichtszüge. »So was konnte doch gar nicht gutgehen«, antwortete ich. Und zwar schon rein ökologisch nicht. Ganz zu schweigen von den ästhetischen Aspekten.

»Ungeachtet dessen habe ich, obwohl's einiges kostete, Kulturen totipotenter Zellen gekauft, und sie hat darauf bestanden, sie selber gentechnisch zu bearbeiten. Eine neue Spezies zu fabrizieren.«

»Ist auch nicht allzu schwierig«, merkte ich leise an.

»Trotzdem ...« Er verstummte und stieß ein Aufstöhnen aus. »Trotzdem sind dabei ziemlich gräßliche Metaboliten entstanden ... und ins Freie gelangt. Zähe, langsam wirkende Toxine, die sich durch die Nahrungskette bewegten. Meine Mammuts wurden krank und gingen ein, und weil ich mit Vorliebe Mammutfleisch esse, da ich praktisch damit aufgewachsen bin ...«

»Sie sind vergiftet worden«, schnaufte ich.

»In gewissem Umfang, ja. Aber ich habe mich bestens erholt.« Wieder zeigte er das Pseudoschmunzeln, allerdings gequälten, versonnenen Blicks. »Natürlich war Ula um mich besorgt, es tat ihr furchtbar leid. Und natürlich mußte ich Geld für eine gründliche Aufräumaktion verschleudern, die zum Schluß eine totale Milieuhavarie verursachte. Diese Tundra-Variante ist ein preiswerter, vorläufiger Ersatz, und zudem mit Garantie gegen solche Schwierigkeiten.«

Und auf toxischen Planeten beliebt, fiel mir ein. Schwermetalle und andere Widerwärtigkeiten blieben aus den menschlichen Lebensmitteln fern.

»Sehen Sie? Ich bin kein gewöhnlicher Geizhals.«

»So etwas hätte einfach nicht passieren dürfen«, äußerte ich.

Provo Lei hob nur die breiten Schultern. »Ich habe meine Tochter eben gern, und in mancher Hinsicht sind Sie im Recht«, gab er zu. »Aber die Situation hier ist, so wie überall, viel komplizierter, als ein Außenstehender erkennen kann.«

Ich schaute an den langweiligen Hyperfaser-Himmel – die Illusion schweren Gewölks über einer niedrigen, wachsbleichen Sonne – und nickte zur Zustimmung knapp.

»Die Nachbarschaft ist mit noch viel weniger erfolgreichen Projekten übersät«, behauptete Lei.

»Wirklich traurig«, sagte ich.

Dem hielt der Alte nichts entgegen. »Trotz allem, ich habe eine Schwäche für meine Tochter. Ich möchte nicht, daß ihr irgend etwas Schlechtes geschieht, und ich meine das als klare Ermahnung. Ula hat nie mit irgendwelchen gewöhnlichen Leuten Umgang gehabt. Ich hoffe, daß ich alt genug werde, um noch mitzuerleben, daß sie reifer wird, ganz normal und zufrieden, und sich vielleicht eine gewisse Befähigung als Terraformerin aneignet. Momentan stütze ich meine Hoffnung größtenteils auf Sie. Ob's Ihnen gefällt oder nicht, deshalb habe ich Sie angeworben.«

Ich starrte auf seinen Mini-Ozean hinaus. In der Höhe kreiste eine einzelne Möwe, kreischte Beschwerden über die eintönige Nahrung.

»Voraussichtlich verliebt meine Tochter sich in Sie«, kündete Lei an. »Das könnte ganz nützlich sein. Vorausgesetzt, Sie widerstehen der Versuchung, wird's verhindern, wenn sie sich in Sie verliebt, daß sie ihre Illusionen verliert. Zerstören Sie nie, nie ihre Illusionen.«

»Nicht?«

»Ula ist anders als ihr Vater. Zuviel Aufrichtigkeit bekommt ihr nicht gut.«

Einen Moment lang verspürte ich eine Anwandlung abwegiger Furcht.

»Helfen Sie ihr beim Aufbau eines funktionierenden Zuhauses. Ohne Schnickschnack, und bitte auch ohne Pomp.« Er kniete sich hin und nahm einen runden Stein in die Hand. »Sie hat ein großes Labor und Vorräte an totipotenten Zellen. Da fehlt es Ihnen bestimmt an nichts. Und ich bezahle Sie ohne Abstriche, sowohl für den Zeitaufwand wie auch Ihre Fachberatung.«

Aus einer ganzen Reihe von Gründen war es mir plötzlich eisig kalt, während ich an den Himmel blickte. »Ich bin mal auf Beringa gewesen«, ließ ich Provo Lei wissen. »Dort ist es geradezu kindisch albern. Riesenblumen und Riesenschmetterlinge, Mammuts und zahme Bären… Und strahlend-blauer Himmel.«

»Genau«, bestätigte Lei, warf den Stein ins Wasser. »Ich hätte den blauen Himmel hier beibehalten, aber es wäre verlogen gewesen.«

Eine Stechmücke setzte sich auf meine Hand, kostete den Schweiß, stellte fest, daß ich kein Karibu war, und schwirrte davon, ohne sich an meinem Blut zu laben.

»Das Düstere paßt zu meiner Gemütsverfassung, Mr. Locum.«

Ich sah ihn an.

Erneut verzog er das Gesicht zu dem Pseudoschmunzeln, und dieses Mal, wenn auch nur für ein Momentchen, tat er mir leid.

Schönheit ist, postulieren manche Künstler, die köstliche Mischung aller Mängel des Gegenstands der Kunst.

Ula Lei war eine schöne, junge Frau.

Neben dem Wohnsitz ihres Vaters hatte sie ein Hundert-Hektar-Hyperfaser-Zelt aufgebaut und dort Biomaterial-Vorräte, leere Kristallgebärapparate sowie zur Modellkonzipierung jeder Art von Terraformingprojekten fähige Computer angehäuft. Sie stand vor einem Großbildschirm und winkte mir zu. »Kommen Sie her«, forderte sie mich in dem Ton auf, den die Leute gegenüber Robots anschlagen: weder höflich noch barsch.

Ich ging zu ihr und kam zu der Einschätzung, daß sie reichlich fliegengewichtig aussah. Beinahe unterernährt. Ich hatte eine trampelhafte Kindfrau erwartet und begegnete einer manierlichen, aber nachgerade distanzierten Spezialistin. War es ihr peinlich, daß sie einen Lehrmeister brauchte? Oder war sie sich unsicher, wie sie sich in der Gegenwart eines Fremden benehmen sollte? Ob so oder so, jetzt empfand ich die Warnung des Alten bezüglich meines ›Gespielen-Status'‹ als übertrieben. Während ich ihr die zierliche, hübsche Hand schüttelte, ihren ebenso artigen wie gleichgültigen Druck fühlte, schmolz meine mißtrauische Achtsamkeit zu gelinder Beunruhigung herab, ich überlegte, ob ich vielleicht irgendeinem trivialen Anspruch nicht genügte. Mich kränkte ihre Weise, quasi durch mich hindurchzuschauen. »Was fangen wir als erstes an?« fragte sie mit ruhiger, unterkühlter Stimme.

Erleichterung zerstreute auch meinen restlichen Bammel. »Wir entscheiden über Ihr Projekt und seinen Umfang«, antwortete ich, indem ich ihr zulächelte.

»Das Milieu soll geräumig und warm sein.«

Ich kniff die Augen zu. »Ihr Vater hat uns ein Tausend-Hektar-Zelt und soviel von seinen Robotern zugesagt, wie wir …«

»Ich möchte eine alte Bergwerkshöhle verwenden«, teilte Ula Lei mir mit.

»Mit warmem Ambiente?«

»Es ist Felsboden vorhanden, Decke und Wände können wir mit Feldladungen isolieren und zusätzlich schockgefrieren.« Auf alle Fälle beherrschte sie, mußte ich vorerst zugestehen, den Jargon. »Ich habe schon eine ausgesucht. Da, schauen Sie. Ich erläuterte Ihnen alles.«

Sie war im Auftreten so direkt wie ihr Vater und obendrein voller Zuversicht. Dennoch sah Ula nicht wie ihres Vaters Kind aus. Entweder waren seine Gene schon von der Empfängnis an unterdrückt worden, oder sie hatten dabei gar keine Rolle gespielt. Schmal und hochgewachsen, begnadet mit der Grazilität, die auf tropischen Welten viel gilt, bildete ihre Erscheinung die vollständige Antithese zu Provo Leis vierschrötigem Äußeren. Sie hatte tiefschwarzes, stark krauses Haar, kaffeebraune Haut und lebhafte grüne Augen. Diesen Augen entging nicht, daß ich eine dicke Arbeitskluft aus Wolle trug; nach der Unterredung mit Provo Lei hatte ich mich, bedacht auf zur Selbsterwärmung geeignete Kleidung, völlig umgezogen. Hier lag die Temperatur jedoch um zwanzig Grad höher als in der Tundra; folglich lächelte Ula Leis Tropengesicht, während ich die Ärmel hochkrempelte und die Handschuhe in die Tasche stopfte. Der Lacher war ganz auf ihrer Seite.

»Die Haupträumlichkeit mißt acht mal fünfzig Kilometer«, informierte sie mich, »und in der Mitte hat sie eine Deckenhöhe von zehn Kilometern. Gepreßtes Eis. Sehr belastungsfähig.« Darstellungen wanderten über die Bildfläche. »Der Felsboden besteht aus dem Hang eines erloschenen Vulkans. Vater hat dort die Abraumtätigkeit eingestellt, als er ergiebigere Erzlager fand.«

Ein beachtliches Projekt, das mußte man ihr lassen. Wahrscheinlich war der Felsboden porös und erodierte leicht, aber reich an Nährstoffen. Vierhundert Quadratkilometer? In dieser Größenordnung hatte ich noch nicht gearbeitet, außer in Computersimulationen.

Mit anmutiger Hand lud sie eine neue Datei. »Da haben wir eine Zusammenfassung der Planetengeschichte, so gut man sie sich zurechtgereimt hat. Falls Sie daran interessiert sind.«

Ich war es zwar, hatte aber den Großteil schon selbst geschlußfolgert. Provo Leis Planet ähnelte Tausenden solcher sonnenlosen Welten in der Kosmodomäne. Entstanden in einem unbekannten Sonnensystem, war er durch eine Beinahe-Kollision aus der Bahn geraten, in den interstellaren Kosmos getrudelt, so daß die tiefen Meere gefroren und der heiße Kern abkühlte. In anderen Regionen des Alls wäre er im Handumdrehen terraformt worden, doch der hiesige Stellardistrikt war ziemlich arm an Metallen. Leis Welt verfügte über reichhaltige Erzablagerungen, und die Industrie sowie die Terraformer leckten sich nach Eisen, Magnesium, Aluminium und dergleichen Zeug die Finger. Ein üppiger Grünplanet verlangt eine erstaunliche Menge Eisen, allein schon für das Hämoglobin. Das Eisen aus dieser alten Mine zirkulierte jetzt auf Dutzenden von Planeten; und fast mit Gewißheit hatte ich einen winzigen Teil davon auch in mir, in meinem Blut war es an seinen Ursprungsort zurückgekehrt.

»Besichtigt habe ich die Höhle schon«, weihte Ula Lei mich in ihr Vorgehen ein. »Ich dachte daran, in der Längsmitte einen Recycling-Fluß anzulegen, mit einer Anzahl von Wasserfällen, die …«

»O nein«, brummelte ich.

Ula Lei schenkte mir ein Lächeln. »Nicht?«

»Ich mag keine Wasserfälle«, murrte ich.

»Ich weiß. Weil Sie der Neotraditionalisten-Bewegung angehören.« Sie zuckte mit den Schultern. »›Wasserfälle sind ein Klischee‹, behaupten Sie. ›Die Schönheit des wirklichen Lebens ist niemals naiver Natur.‹«

»Genau.«

»Aber mein Projekt«, konstatierte Ula Lei, »sieht es so vor.«

Ich hatte eine enorm weite Reise hinter mich gebracht, nur um jetzt vor der Zumutung eines Konflikts über Fragen der Kreativität zu stehen. »Was wissen Sie sonst noch über die NT-Bewegung?« fragte ich, um nach Möglichkeit meine Opponentin besser beurteilen zu können.

»Sie wollen die Redlichkeit der Original-Erde zurückgewinnen. Schwere Winter. Trockenheit. Wüste Raubtiere. Lebensstrotzendes Chaos.« Ihr Gesichtsausdruck widerspiegelte eine gewisse Scheu, dann wurde er irgendwie boshaft. »Aber wer möchte schon einen kompletten Planeten nach Ihren Wertvorstellungen terraformen? Und wenn es dazu käme, wer wollte dort leben?«

»Die richtigen Leute«, gab ich fast aus Reflex zur Antwort.

»Vater jedenfalls nicht. Er ist der Ansicht, alles müßte durch Terraforming grün, schön und speckig gemacht werden. Damit es hohen Bedarf an Eisen hat.«

»Wie Beringa.«

Sie nickte, indem ihre Bosheit sich noch steigerte. »Haben Sie von meinem kleinen Schnitzer erfahren?«

»Mit den Warmsaftbäumen? Ja, allerdings.«

»Ich sehe ein, daß ich Hilfe haben muß.« Zerknirscht wirkte Ula aber nicht. »Ich weiß über Sie Bescheid, Mr. Locum. Nachdem mein Vater Sie engagiert hatte – er wußte von mir, daß NT billig arbeiten –, habe ich Holos Ihrer sämtlichen Projekte geordert. Sie tendieren stark zu Dschungelmilieus, stimmt's?«

Dschungel waren vielfältig und verzweigt. Und dicht. Und voller Späße.

»Was ist mit Yancis Dschungel?« fragte Ula Lei. »Wenn mein Gedächtnis nicht trügt, gibt's dort einen spektakulären Wasserfall.«

Eine Prominente hatte mich damit beauftragt gehabt und bezahlt, ihr in einer Plastikkaverne im Innern eines Planeten vom Pluto-Typ etwas Verwegenes hinzustellen. Niedrige Schwerkraft, permanenter Nebel, ein aggressives Ensemble wilder Tiere und fleischfressender Pflanzen. »Perfekt gemacht«, hatte Yancis abschließender Kommentar gelautet. Dann war von ihr ein Terraformer der Alten Schule angeheuert worden – kaum mehr als ein Eimerschwenker –, um einen dieser grauenhaft langsamen Flüsse mitsamt Wasserfall hineinzuklatschen, die auf jeder Tiefschwerkraftwelt der Kosmodomäne so beliebt sind.

»Na, Mr. Locum?« hämte Ula Lei. »Was sagen Sie dazu?«

»Nennen Sie mich Hann«, knurrte ich.

Meine Schülerin strich sich Haar aus den dschungelgrünen Augen. »Ich habe seit jeher Interesse an den Neotraditionalisten gehabt. Nicht daß ich an Ihre Lehren glaube ... Jedenfalls überzeugt mich nicht alles ... Aber es freut mich, daß Vater jemanden wie Sie angeworben hat.«

Ich dachte an den verpfuschten Dschungel. Fünfzig Jahre war es inzwischen her, und noch immer bekam ich von dieser Erinnerung Magenbeschwerden und Herzrasen.

»Wie könnten wir Wasser ohne Fluß und ohne Höhenunterschiede bewegen?«

»Im Untergrund«, stellte ich klar. »Durch das poröse Gestein. Es ließe sich eine Aneinanderreihung von Teichen und Seen schaffen, und das Erosionsproblem ist für Jahrhunderte gelöst.«

»Zum Beispiel so?« Sie lud auf den Großbildschirm eine neue Projektdarstellung, die im wesentlichen auf das hinauslief, was ich gerade vorgeschlagen hatte. »Das habe ich als Alternative konzipiert, falls meine erste Idee Ihnen nicht paßt.«

Das Modell umfaßte einen einzelnen Wasserfall am oberen Ende der Höhle.

»Als Kompromiß«, verdeutlichte Ula. Sie vergrößerte das Bild. »Sieht er nicht völlig natürlich aus?«

Für ein Klischee schon, dachte ich.

»Den Reaktor und die Pumpen installieren wir hinter dieser Klippe, dann übertönt das Wasser mit seinem Rauschen die Betriebsgeräusche ...«

»Na gut«, sagte ich.

»... und tarnt den Eingang. Man betritt das Milieu durch den Wasserfall.«

Noch ein Klischee. »Na gut«, wiederholte ich trotzdem. Jahre der Praxis hatten mich gelehrt, in bezug auf Kleinigkeiten Kompromisse einzugehen. Wozu um Kleinkram streiten, wenn Auseinandersetzungen um wichtigere Themen geführt werden konnten?

»Sind Sie einverstanden, Mr. Locum? Hann, meine ich.« Sie zwinkerte mir zu. »Schließlich soll alles zu unserer gemeinsamen Zufriedenheit sein, wenn wir fertig sind.«

Und für ein wie großes Publikum sollten wir die ganze Mühe betreiben? Bei Projekten flachgeistiger Prominenter erfolgte immerhin eine Besichtigung durch Hunderte von Freunden und Bekannten, Liebhaber, Schmarotzer und Nullen. Und weil sie selten genug Geld hatten, um ihren Lebensstil abzusichern, öffneten sie ihren Besitz den Neugierigen und der Allgemeinheit.

Hier dagegen konnte ich das Großartigste und Beste leisten, und wer bekam es zu sehen?

»Wollen wir einen Dschungel anlegen, Hann?«

Ich sehe es, tröstete ich mich.

Verkrampft erwiderte ich ihr Zwinkern. »Packen wir's an«, sagte ich.

Terraforming ist ein uraltes Gewerbe.

Das Bestreben, die Welt wohnlicher zu gestalten, nahm seinen Ursprung einst auf der Erde selbst, als zum erstenmal in einer Wohnhöhle des Urmenschen ein Feuerchen flackerte; alles was seitdem zustande gebracht wurde – jeder begrünte Planet, Asteroid und Komet –, ist nur eine Erweiterung dieser ersten, behaglich erwärmten Steinzeitwohnstätte. Heute erzeugt die heißere Glut der Kernfusion Wärme und Licht, und in standardisierten Biomen tummeln sich nützliche Organismen. Seit zweihundertzehn Jahrhunderten vergrößern die Menschen ihre Kosmodomäne und meistern die Methoden, mit denen einem nahezu toten Universum Leben eingehaucht werden kann. Die Grenze ihrer über zwanzig Lichtjahre durchmessenden Sphäre verschiebt sich ständig nach außen – ein immenser, friedlicher Ansturm von Leben dehnt sie aus –, und bisher ist nur eine einzige andere belebte Welt entdeckt worden: *Pitcairn.* Ein fremdartiger und gewaltfroher, ein prachtvoller Planet. Er lieferte die grundlegende Inspiration für die noch junge Neotraditionalisten-Bewegung. Pitcairn zeigte uns, wie banal und domestiziert, wie überfrachtet mit Klischees unsere Lebensbedingungen geworden waren, jeder bewohnte Himmelskörper glich im Prinzip jeder anderen Welt. Schlimm, schlimm, schlimm.

Da war ich nun mit vierhundert Quadratkilometern kahlen Gesteins konfrontiert. Wie lange mochte es dauern, bis darauf ein ausgereifter Dschungel gedieh? Bei schlichteren Projekten wenige Monate. Etwas wirklich Einmaliges hingegen beanspruchte, sehr zu Provo Leis Verdruß, mehr Zeit. Wir hatten vor, neue Spezies zu züchten und in jeder Beziehung auf einzigartige Weise ökologisch miteinander zu verknüpfen. Über die für den Grundstock erforderliche Arbeitsdauer hinaus veranschlagte ich zusätzlich ein Jahr Zeitaufwand, ein sehr gutes Zeit-Leistungs-Verhältnis. Uns standen erstklassige Computer, die besten Biomaterial-Vorräte sowie Tausende von Robotern, die ohne Pause oder Klagen arbeiteten, zur Verfügung. Ideale Voraussetzungen, mußte ich zugeben. Nahezu paradiesisch.

Wir isolierten Höhlendecke und -wände durch drei unterschiedliche Verfahren. Feldladungen schlossen die Warmluft ein. Für den Fall, daß sie ausfielen, versenkten wir langlebige Kühlelemente ins Eis. Und auf mein Beharren ergänzten wir beides um eine weitere Sicherheitsvorkehrung, speicherten in einer Anzahl von Nebenhöhlen komprimierte Kaltluft, die beim

Auftreten eventueller Tragödien zum Einsatz gelangen sollte. Dann konnte jeder Organismus in plötzlichen Kälteschlaf sinken, während die enormen Eismassen ringsherum die Wärme abkühlten. Andernfalls könnte die Höhlendecke absacken und einstürzen, und soweit mochte ich es nicht kommen lassen. Ulas Dschungel sollte uns alle überdauern. Warum sonst eine derartige Plackerei?

Den Reaktor bauten wir in den Bergwerksschacht ein, hinterm geplanten Standort des Klischee-Wasserfalls. Dann hängten wir Lampen auf, die die total erneuerte Luft der Höhle anwärmten, fabrizierten fruchtbare Muttererde, vermischten sie mit Steinbrocken und Schlamm, gewonnen aus Provo Leis kleinem Meer, und verteilten alles. Die ersten Bewohner waren Bakterien und Schwämme, denen wir Gelegenheit zum Mästen und Vermehren einräumten, sie verliehen der Höhlenluft den ersten Geruch nach Lebendigem. Anschließend machten Roboter sich an die Montage der Baum-Konturmatrizen, bohrten hohle Wurzeln ins frische Erdreich und errichteten ein Geflecht, das dazugehöriges Geäst vorwegnahm, den Ansatz des künftigen Laubdachs.

Wir füllten die Konturmatrizen mit Wasser und Nährstoffen, leiteten dem Wachstum förderlichen, elektrischen Strom hinein; als letztes inokulierten wir ihnen totipotente Zellen. Es ähnelte mehr dem Backen als einem Anpflanzen, doch es war der Vorgang, durch den man schleunigst einen fertigen Wald hinstellen konnte. Lebende Zellen teilen sich mit exponentieller Geschwindigkeit, bilden gewisse Gewebetypen: Splint- und Kernholz, Rinde und Faserstränge. Man muß es als so etwas wie eine Zeitraffer-Kultivierung einstufen, aber wie sollten Terraforming-Künstler wie ich sonst existieren? Bliebe das Terraforming dem normalen Entwicklungstempo der Natur überlassen, müßte alles, dessen Abmessungen ein Terrarium übersteigt, ein Lebenswerk werden. Buchstäblich.

Nach fünf Monaten, ganz gemäß der Terminplanung, durften wir den Robots dabei zusehen, wie sie die Konturmatrizen aufbrachen, die neuen Bäume der Luft aussetzten. Ein derartiger Anlaß hat immer symbolische Bedeutung und rechtfertigt eine kleine Feier, so daß wir eine veranstalteten.

Ula und ich allein.

Ich hatte befürwortet, auch Provo Lei einzuladen. aber sie hatte sich dagegen ausgesprochen. »Nein, noch nicht. Es ist noch zu früh, um's ihm zu zeigen.«

Vielleicht. Oder wollte sie ihren Vater auf Distanz halten?

Ich fragte nicht danach. Mir war es auch einerlei. Wir aßen am Mittelpunkt der Höhle auf einem kleineren, rauhen Hügel, über uns Weiß und unter uns den neuentstandenen Wald, noch ohne Laub; er ähnelte Tausenden stattlicher alter Bäume – stämmiger, widerstandsfähiger Bäume –, die jemand mit Riesenscheren gekappt hatte. Ich trank auf unseren Erfolg, und Ula grinste. »Ich bin keine solche Last gewesen«, fragte sie nahezu im Singsang, »wie Sie dachten, oder?«

Nein, das war sie nicht gewesen.

»Und ich verstehe mehr von Terraforming, als Sie erwartet haben.«

Mehr als ich eingestehen mochte. »Sie sind ziemlich fähig«, bestätigte ich, indem ich nickte, »wenn man berücksichtigt, daß Sie Autodidaktin sind.«

»Tja«, trällerte Ula, »die Enttäuschung sind Sie.«

»So?«

»Ich hatte von Ihnen … na, mehr Schwung erwartet. Mehr Eingebung.« Sie stand auf, deutete auf unsere halbfertige Schöpfung. »Ich hatte wirklich gehofft, ein NT ließe sich ein paar ganz besondere Raritäten einfallen …«

»Wie ein achtbeiniges Ungeheuer?«

»Genau.«

Auf dieser Idee hatte sie oft genug herumgehackt, und sie war von mir zwangzigmal abgelehnt worden, ehe ich kapierte, daß sie sich mit mir einen Ulk erlaubte. Sie schwafelte über einen völlig einzigartigen Organismus, und ich hatte ihr wiederholte Male erläutert, daß derart extreme gentechnische Konzeptionen zuviel Zeit erforderten und zu häufig mit einem Fehlschlag endeten. Und außerdem, hatte ich jedesmal klargestellt, war unser begrenzter Dschungel nicht ausgedehnt genug für die Art von Raubtier, die ihr vorschwebte.

»Ich fänd's gut«, spaßte sie, »davon ein, zwei Exemplare zu haben.«

Ich hielt den Mund. Wie ich inzwischen gemerkt hatte, war es am besten, auf solches Gerede gar nicht erst einzugehen.

»Aber stimmen Sie mir nicht trotzdem zu? Nichts von allem, was unsere Planung vorsieht, ist etwas *so* Neues oder Spektakuläres.«

Dennoch war ich auf alles stolz. Was wollte sie eigentlich? Unsere drei wichtigsten Fleischfresser befanden sich gegenwärtig in der Entstehung: eine neue Sorte Feueradler, eine Abart von schwarzer, nachtaktiver Raubkatze sowie eine intelligente, zänkische Spezies von Affen. Computersimulationen verwiesen darauf, daß nur zwei das erste Jahrhundert überlebten. Welche von ihnen, das hing von detailbezogenen, nur äußerst schwierig prognostizierbaren Faktoren ab. In dieser Hinsicht beruhte unser Vorgehen auf den radikaleren, unpopulären NT-Prinzipien, denen zufolge die Lebenstüchtigeren sich durchsetzen. Im vollen Bewußtsein, daß manche unserer Kreationen zeitweiliger und geringwertiger Natur sind, terraformen wir Welten mit überhöhter Vielfalt. Danach überlassen wir sie sich selbst, und alle weiteren Entscheidungen fallen dort.

»Ich wünschte, wir könnten starken Regen haben«, meinte Ula. Auch das war nur ein Ulk. »Sturm. Blitze. Ich wollte schon immer mal Blitze sehen.«

»Für Gewitter ist zuwenig natürliche Energie vorhanden«, entgegnete ich. Der Regen sollte auf leichte Schauer in den Nachtstunden beschränkt bleiben. Wenn wir in einem Jahr Nächte hatten. »Ich will nicht riskieren, daß...«

»...das Eis beschädigt wird, ja, ich weiß.« Sie setzte sich, schob sich näher und lächelte. »Ach was, es ist egal. Alles wird hervorragend.«

Ich nickte, schaute an den leuchtendweißen Himmel. Die Bergbauroboter hatten das Eis in zerkratertem, kantigem Zustand belassen, und dadurch ergab sich ein passabler Effekt. Eine alte Naturgewalt im Kontrast zu einer reichhaltigen neuen Ordnung, deren Gewalt andere Quellen hatte. Ein dampfiger Dschungel, gehüllt in Eis: eine attraktive, ja sogar poetische Dichotomie. Während ich den Blick in die Ferne lenkte, woher die Geräusche drangen, die das Zerlegen und Abtransportieren (per Magnetbahn) der Konturmatrizen verursachte, rückte meine Projektpartnerin noch näher und faßte an mein Bein. »In welcher Beziehung«, erkundigte sie sich, «habe ich Sie außerdem überrascht?«

In sämtlichen Monaten unserer Arbeit hatte sie mich nie berührt, nicht einmal beiläufig.

Ich brauchte ein Sekündchen, um meine Verblüffung zu verwinden, dann entledigte ich mich ihrer Hand mit resoluter Geste.

Sie schwieg, lächelte und beobachtete meine Miene.

Und abermals, zum soundsovielten Mal, überlegte ich, was Ula wohl dachte. Ich wußte es einfach nicht und schaffte es auch nicht, sie zu durchschauen. Seit Monaten klebten wir aneinander, doch unser Verhältnis war rein professionell und sachlich geblieben. Immer jedoch hatte ich den Eindruck gehabt, daß sie mir nur zeigte, was sie zeigen mochte, aber wieviel davon echt war, verstand ich nicht.

»Also, was noch?« hakte sie nach.

»Sie überraschen mich andauernd«, antwortete ich.

Doch anstatt sich zu freuen, senkte sie den Kopf, das Lächeln wich einem starren Ausdruck der Konzentration, sie zeichnete mit den Händen runde Muster ins neue Erdreich, wischte sie schließlich mit ein paar flinken Scharrbewegungen fort.

Ich traf mich mit Provo Lei hinterm Wasserfall, im alten Bergwerksschacht. Seine untersetzte Erscheinung kam aus den Schatten zum Vorschein; er nickte mir zu, blickte die Wasserschleier an und durchquerte sie mit einer gewissen Achtlosigkeit, verschwand auf die andere Seite, alles ohne nur einmal zu zögern. Ich wußte, wo der Wasserfall am schwächsten war – ich am wenigsten naß wurde –, und folgte Lei, betrat ein breites Felssims; sofort saugten meine Stiefel sich fest, die feuchte Arbeitsmontur trocknete sich automatisch.

Der Alte betrachtete den Urwald.

»Sind Sie an einer Führung interessiert?« fragte ich. »Wir können die Magnetbahn nehmen«, fügte ich hinzu, »oder eine Wanderung machen.«

»Nein«, entschied er. »Weder das eine noch das andere.«

Weshalb war er dann aufgekreuzt? Ohne Anlaß hatte Provo Lei mich kontaktiert, seinen Besuch angekündigt und nach dem momentanen Aufenthaltsort seiner Tochter gefragt. »Sie ist im Labor«, hatte ich Auskunft erteilt. »Sie mutiert Käfer.« Ich solle sie nicht benachrichtigen, hatte er gesagt. Bei seiner ersten Besichtigung wollte er nur mich zum Begleiter.

Aber jetzt verhielt er sich angesichts unserer Errungenschaften gänzlich gleichgültig, stieg gesenkten Kopfs vom Felssims und blieb stehen; zuletzt sah er sich nach mir um. »Wie steht's mit ihr?« erkundigte er sich durchs Prasseln des Wassers hindurch.

»Ula geht's gut.«

»Keinen Ärger mit ihr?« fragte er.

Seit unserer Feier auf der Hügelkuppe waren mehrere Wochen vergangen, und ich entsann mich kaum noch an die Hand auf meinem Bein. »Sie hat anerkennenswerte Arbeit geleistet.«

Provo Lei wirkte enttäuscht.

»Wie sollte es denn sonst sein?« versuchte ich herauszufinden.

Darauf gab er keine direkte Antwort. »Sie mag Sie, Mr. Locum. Wir haben über Sie gesprochen. Mehr als einmal hat sie mir beteuert ... Sie seien genau der *Richtige.*«

Plötzlich wurde mir warm ums Herz, und ich lächelte.

Leis Enttäuschung schwand. »Was taugt sie? Ich frage Sie als Ihren Lehrmeister, versteht sich.«

»Sie ist fähig. Kann sein, mehr als fähig.« Übers Maß mochte ich sie nicht loben, um seine Erwartungen nicht übertrieben in die Höhe zu schrauben. »Sie hat echte Eingebungen, wie sie's nennt. Einige sind verwirklichbar, manche sogar recht nett.«

»Eingebungen«, wiederholte Lei.

Ich hatte mich darauf vorbereitet, ihm eine Anzahl Beispiele aufzuzählen, weil ich unterstellt hatte, daß Provo Lei gern eine Gelegenheit zu väterlichem Stolz hätte. Statt dessen jedoch ließ er wieder den Blick über die Bäume schweifen, aus deren dickeren Ästen mittlerweile dünne Zweige und kräftige grüne Blätter sprossen. Es hatte den Anschein, als suchte er, die alten, geröteten Augen zugekniffen, nach etwas Bestimmtem. »Nein«, sagte er schließlich. »Ich glaube, ich erzähl's Ihnen nicht.«

»Erzählen?«

»Weil Sie's anscheinend nicht unbedingt wissen müssen.« Er seufzte auf und wandte sich um, wirkte unversehens älter und nahezu gebrechlich. »Wenn sie sich anständig benommen hat, sollte ich vielleicht lieber den Mund halten.«

Für einen langen Moment sagte ich überhaupt nichts. Provo Lei schlurfte über die Lichtung, hockte sich mit gewisser Würde auf einen umgekippten Baumstamm. Der Baum war schon in waagerechter Lage gewachsen und dann abgetötet worden. Ich kauerte mich neben den Alten. »Worum dreht es sich denn eigentlich, Mr. Lei?« fragte ich.

»Um meine Tochter.«

»Ja. Und?«

»Sie ist nicht meine Tochter.«

Ich nickte. »Sondern adoptiert«, schlußfolgerte ich.

»Hat sie's Ihnen verraten?«

»Ich verstehe etwas von Genetik. Und ich bezweifle, daß Sie Ihre eigenen Gene unterdrückt hätten.«

Er besah sich den Wasserfall. Der Wasserfall hatte überlange Breite, war allerdings nicht allzu hoch; er ergoß sich auf das Felssims und von da aus in einen großen Teich. Am anderen Ufer verfrachteten zwei Magnetbahnen Materialien hinein und heraus. Sonst regte sich kaum etwas. Ich wurde auf eine winzige, anhängliche Stechmücke aufmerksam, die trotzdem keinen von uns beiden anbohren mochte. Lei mußte sie aus seiner Tundra eingeschleppt haben, aber sie war belanglos. In wenigen Stunden, dachte ich mir, war sie tot. »Adoptiert, ja«, gestand Provo Lei plötzlich. »Ich glaube, es ist fair, wenn ich Ihnen die Umstände schildere, unter denen es dazu kam.«

Warum machte er es nur dermaßen spannend?

»Ich kann ganz gut allein leben, Mr. Locum. Das ist einer der Schlüssel zu meinem Erfolg.« Er schwieg einige Augenblicke lang. »Allein habe ich mich auf dieser Welt niedergelassen. Ich habe sie gepachtet, meine Claims angemeldet und gegen die mißgünstigen Bergbaukonzerne verteidigt. Jede Sekunde meines Daseins habe ich in diese Bergwerksanlagen gesteckt, und ich bin auf meine Leistungen stolz. Sie gelten dem Leben. Meine Metalle haben Millionen von Menschen Leben und Wohlstand ermöglicht, und darum denke ich gar nicht daran, für irgend etwas um Entschuldigung zu winseln. Haben Sie mich verstanden?«

»Ja«, sagte ich.

»Es kommen nur selten Leute her. Die meisten Raumschiffe sind unbemannt, so wie der Frachter, der Sie herbefördert hat.« Erneut folgte kurzes Schweigen. »Allerdings gibt's auch Menschen, die ihren Unterhalt damit verdienen, an Bord solcher Frachter zu fliegen. Vielleicht sind Sie dann und wann schon solchen Leuten begegnet.«

Nein, das war ich nicht.

»Es sind Menschen wie alle anderen. Ihre Existenz ist innerhalb eines gewissen Spektrums situiert. Menschen mit allen erdenklichen Eigenschaften hausen in den engen Bordquartieren solcher Raumschiffe, und meistens sind sie recht anständig. Ehrlich. Zu mehr Einfühlsamkeit fähig, als ich je zu empfinden hoffen kann.«

Ich nickte, ohne zu ahnen, auf was das alles hinauslaufen sollte.

»Ulas biologische Eltern befanden sich nicht an diesem Ende des Spektrums. Glauben Sie mir. Als ich sie das erste Mal gesehen habe … Ich war aufs Schiff ihrer Eltern gegangen, um das Verladen zu überwachen … Na, ich beschreibe Ihnen lieber nicht, was ich gesehen habe. Und gerochen. Und bei der Gelegenheit über menschliche Schattenseiten erfahren. An manche Sachen darf man einfach nicht zurückdenken, glaube ich. Bitte lassen Sie uns darüber nicht reden.«

»Wie alt war Ula damals?«

»Ein Kind. Drei Standardjahre war sie.« Mit kleiner, aber kraftvoller Hand fuhr er sich übers schweißige Gesicht. »Ihre Eltern kauften bei mir gemischte Schiffsladungen an Erzen und belieferten damit eine der Wasserwelten im Umkreis Beringas. Zur Planktonzucht, nehme ich an. Und zwei Jahre lang mußte ich jeden Tag an das kleine Mädchen denken, habe es bedauert, und ich entwickelte ein immer stärkeres Schuldgefühl, weil ich nichts getan hatte, um ihr zu helfen, keinen Finger gerührt.« Wieder versuchte er mit der Hand das Gesicht zu trocknen, wischte Schweißtropfen ab, die darauf beinahe glitzerten. »Gleichzeitig war ich allerdings froh, Mr. Locum. Ich war froh, weil ich unterstellte, daß ich ihr nie mehr begegne. Ich dachte mir … redete mir ein, daß vielleicht der Weltraum sie alle verschlingt. Oder daß jemand anderes das Kind rettet. Daß die Eltern sich einmal ändern. Daß ich nie wieder etwas damit zu tun hätte, selbst wenn ich es wollte …«

»Aber sie sind wiedergekommen«, sagte ich gedämpft.

Provo Lei richtete den Rücken auf, verzog die Miene, als litte er Schmerzen. »Zwei Jahre später, ja.« Er schloß die braunen Augen, öffnete sie. »Sie informierten mich vorab über ihre Ankunft, und im gleichen Moment hatte ich einen Plan im Kopf. Sofort war mir klar, was ich tun mußte.« Er schloß die Augen und ließ sie geschlossen. »Kaum war ich an Bord, warf ich nur einen Blick auf das halbverhungerte Kind, und schon erklärte ich den Eltern im schönsten selbstgerechten Tonfall: ›Ich will sie adoptieren. Nennen Sie mir den Preis.‹«

»Das war doch richtig gehandelt«, meinte ich.

Er schüttelte den Kopf. »Sie sind wohl genau wie ich. Ohne jede Überlegung gehen wir davon aus, daß solche Menschen schlichtweg abscheuliche Rabeneltern sind. Nichts als egoistisch. Einfach sadistisch.« Er schlug die Augen auf. »Seitdem habe ich jedoch begriffen, daß Ula ... Ula war auf gewisse Weise für diese schreckliche Familie unentbehrlich. Ich behaupte nicht, daß die Eltern ihr Kind geliebt hätten. Nur konnten sie sie so wenig verkaufen, wie sie dazu imstande waren, sie umzubringen. Denn wäre sie tot gewesen, wen hätten sie quälen können?«

Ich schwieg.

»Sie sei nicht käuflich, lautete die Antwort. Kurz und bündig.« Provo Lei schluckte und senkte die Hände auf den Baumstamm; sie zitterten, die Knöchel waren weißlich geworden. »Mr. Locum, Sie sagen, daß meine Tochter sich gut benimmt, und es freut mich, das zu hören. Sie ist fähig, sagen Sie, und das wundert mich keineswegs. Aber da Sie offenbar ihr Vertrauen und ihre Zuneigung gewonnen haben, halte ich es nur für fair, Sie über ihre Vergangenheit zu unterrichten. Zu warnen.«

»Auf welche Weise haben Sie sie dann doch adoptiert?«

Er atmete tief ein und hielt die Luft an.

»Wenn sich die Eltern nicht bestechen ließen ...« Ich faßte ihn an einem der dicken Arme. »Was ist passiert?«

»Nichts.« Ein Schulterzucken. »Es hat einen Unfall gegeben«, räumte er aber schon im nächsten Augenblick ein. »Beim Bunkern der Ladung. Wenn gewisse Maschinen Aussetzer haben, kann die Arbeit gefährlich werden, dadurch ereignen sich ab und zu tödliche Unfälle.«

Ich fühlte mich mit einem Mal innerlich äußerst distanziert und sehr ruhig.

»Einen Unfall gab's«, wiederholte Provo Lei.

Ich warf ihm einen aufmerksamen Seitenblick zu. »Weiß sie Bescheid?« fragte ich.

Er sperrte, fast so, als wäre er verdutzt, weit die Augen auf. »Über den Unfall? Nein. Über ihr früheres Dasein? Ich bin sicher, daß sie sich ... nicht entsinnt. An nichts.« Die bloße Erwägung, es könnten bei Ula irgendwelche Erinnerungen an die Kindheit vorhanden sein, rief bei ihm nahezu Panik hervor. »Nein, Mr. Locum ... Sehen Sie, noch ehe ich die rechtmäßige Pflegschaft übernahm ... Jawohl, schon davor ... habe ich gegen hohes Honorar einen Spezialisten von Beringa einfliegen lassen, damit er sie untersucht und behandelt ... mit sämtlichen modernen Methoden ...«

»Was für einen Spezialisten?«

»Einen Psychologen, Sie Idiot! Was glauben denn Sie, wovon ich rede?« Dann stieß er ein verhaltenes Aufstöhnen aus, riß ein Stück faseriger Rinde vom Baumstamm. »Um für ihr Wohlergehen zu sorgen. Bei ihr die negativen Erinnerungen samt und sonders auszulöschen und sie zu heilen, und das ist ihm auch vorzüglich gelungen. Er hat großartigen Erfolg gehabt. Ich habe ihm einen Bonus gezahlt. Er hatte es verdient.« Er warf das Stück Baumrinde in den Teich. »Tausendmal habe ich Ula nach ihrer Vergangenheit gefragt ... Aber sie erinnert sich an nichts. Der Spezialist war der Auffassung, es könnte irgendwann wieder eine Erinnerung auftauchen, oder ihr Gedächtnis diesen Erinnerungen auf diese oder jene sonderbare Weise Ausdruck verschaffen ... Und vielleicht hätte ich Ihnen gar nichts erzählen sollen ... Verzeihen Sie.«

Ich betrachtete den tiefen, klaren Teich und überlegte, wann es wohl soweit war, daß wir ihn mit Algen und Wasserpflanzen ausstatteten.

Provo Lei stand auf. »Natürlich bin ich hier gewesen, falls sie fragt, und habe mir alles angeschaut. Und sagen Sie ihr … sagen Sie, daß es mir sehr gefällt.«

Zuvorkommend nickte ich rasch.

»Nur etwas zu warm ist es für meinen Geschmack.« Er vollführte eine Drehung, blickte noch einmal über den Dschungel. »Aber immerhin schattig. Manchmal bin ich gern in schattiger Gegend, und ich kann mir vorstellen, hier ist's ganz angenehm.« Indem er nochmals schluckte, gab er erneut ein dumpfes Stöhnen von sich. »Und sagen Sie ihr bitte … daß ich mich sehr auf den Tag freue, an dem es fertig wird.«

Terraformer bauen ihre Welten mindestens zweimal.

Das erste Mal konzipiert er mit Unterstützung der besten Computer ein Modell, ein Ensemble von Grundannahmen und harten Zahlen; das zweite Mal besteht sie aus Holz und Fleisch, künstlichem Sonnenschein und echtem Klang. Und die zweite Version weicht immer von der Simulation im Computer ab. Diese Lektion lernt permanent jeder Terraformer, und geradeso jeder Mensch, der sich mit komplizierten Angelegenheiten zu beschäftigen hat.

Simulationen erweisen sich als falsch.

Die Realität verschwört sich.

Es gibt immer, wirklich immer, einen übersehenen oder falsch eingeschätzten Faktor, oder ein ganzes Bündel solcher Faktoren. Und das gleiche gilt für Menschen. Ein Vater und ein Lehrer sprechen über die Tochter und Schülerin, setzen dabei gegenseitig gewisse besondere Kenntnisse voraus; und gemeinsam mißverstehen sie das Mädchen. Das Bild, das sie sich von ihr machen, hat wenig Ähnlichkeit mit der Wahrheit.

Welten sind leicht zu beobachten.

Der menschliche Geist bewahrt Geheimnisse. Und er zeichnet sich durch Hintersinn aus. Menschlichen

Geist zu formen ist keine so leichte und überschaubare Aufgabe, glaube ich, wie das Erschaffen einer Welt.

Mehrere Tage nach Provo Leis Stippvisite arbeiteten Ula und ich tief innen in der Höhle, unterwiesen die Robots darin, wie und wo sie eine Sammlung brandneuer, genetisch maßgefertigter Schößlinge anpflanzen sollten. Wir hatten mit der Verteilung des Unterholzes angefangen, mit Ranken, Gestrüpp und schattenliebenden Sträuchern, um dem Dschungel Dichte zu verleihen. Die Robots hatten einige Mühe, weil sie dafür konstruiert waren, aus Felsschichten Metalle zu schürfen, nicht um die ersten Generationen einer neuen Spezies zu verbreiten. Einmal mußte ich eingreifen, ich versuchte zu helfen, schrie herum und korrigierte die Bewegung eines mechanischen Arms, machte dabei einen unachtsamen Schritt und hatte sofort einen fingerlangen Dorn in der Ferse stecken.

Ula lachte, während ich forthinkte. Dann jedoch zeigte sie sich mitfühlend, und zwar auf durchaus überzeugende Weise. »Armer Schatz«, rief sie. Nach ihrer Ansicht sollten wir ans nächstgelegene Wasser gehen und die Wunde waschen. »Sieht aus, als ob's anschwillt, Hann.«

Sie hatte recht. Diese Pflanze hatte ich mit einem reizstarken Eiweiß entworfen, und ich scherzte, während ich einen Stock als provisorische Krücke benutzte, über den Wert konkreter Felduntersuchung. Zum Glück waren wir unweit eines Teichs, das kühle Quellwasser fühlte sich wunderbar an; ich lag auf dem Rücken, den Blick auf die weithin ausgedehnte Fläche aus angeleuchtetem Eis über mir geheftet, und wartete darauf, daß der Schmerz verebbte.

»Einem gewöhnlichen Terraformer wäre so was nicht zugestoßen«, bemerkte Ula.

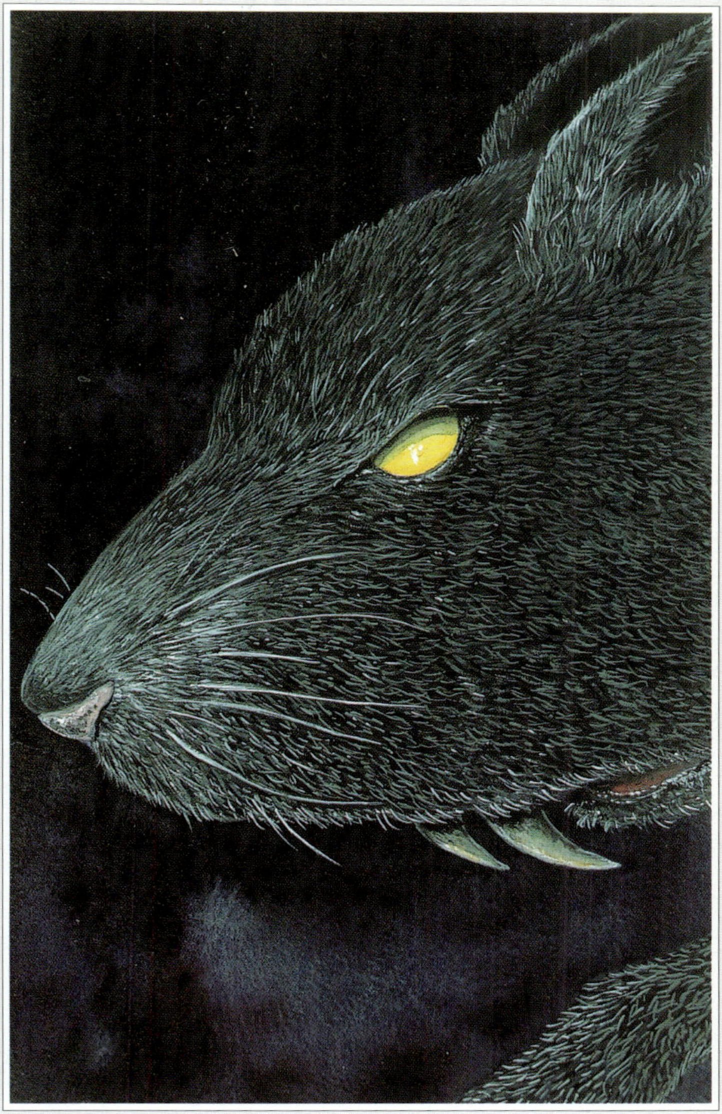

»Außerdem wäre ich woanders und reich«, antwortete ich ihr.

Von meinem ins Wasser getauchten Fuß kam sie zu der Stelle, an die ich den Kopf gebettet hatte, setzte sich neben mich, zog die Knie an den Leib. Schweiß bildete auf ihrer leichten Arbeitsmontur dunkle Flekken. »›Zähne und Krallen‹«, zitierte sie, »›bringen Blut zum Wallen.‹«

Ein Neotraditionalisten-Motto. Wir schufen eine Wildnis spitzer Stacheln und messerscharfer Blätter; später bereicherten wir sie um stechwütige Wespen, giftige Käfer sowie eine blutgierige Stechmückenart, die in Schwärmen über ihr Opfer herfiel. »Praktische Erprobung der Natur«, brummelte ich zufrieden.

Ula grinste und nickte; dann zeichnete sich in ihrem Gesicht eine dieser merkwürdigen Mienen ab. »Aber warum können wir«, fragte sie, »nicht noch mehr leisten?«

Mehr?

»Zum Beispiel, daß die Feueradler angreifen, sobald sie uns sehen. Wenn wir blutige Krallen wünschen …«

»Nein«, unterbrach ich sie. »Das wäre ökologisch völlig unsinnig.« Feueradler sind große Vögel, aber Menschen zählen nicht zu ihrer Beute.

»Ach so, ja. Hatte ich vergessen.«

Sie hatte es nicht vergessen, und es war uns beiden ganz klar. Ula trieb mit mir wieder eines ihrer Spielchen.

Ich schaute aufs Wasser und bemühte mich, gar nicht auf sie zu achten. Auf der anderen Seite bestand das Ufer aus einem schmalen Streifen kahlen Steins, über dem die Luft von Feldladungen flimmerte, die eine Barriere gegen die Wärme abgaben. Dahinter erhob sich, keine zwanzig Meter entfernt, eine hartgefrorene, starre, milchige Wand bis an den Himmel, wurde zum Himmel, und ich malte mir aus, wie droben riesige Adler umherstreiften und nach unvorsichtigen Kindern äugten.

»Was war so besonderes an der Original-Erde?« fragte Ula. »Erläutern Sie's mir noch mal, Hann.«

Nein, ich dachte überhaupt nicht daran. Aber keine Antwort war auch eine Antwort. Sie betraf drei Milliarden Jahre natürlicher, amoralischer und gelegentlich kurzsichtiger, gleichzeitig jedoch in ihrer Schönheit, Mannigfaltigkeit und Kraftentfaltung wunderbarer Auswahl ... und die Tatsache, daß wir in der Kosmodomäne eine stumpfsinnige Version dieses Wunders vollendet hatten, eine Million Welten, die den Billionen von Seelen, die sie besiedelt hatten, Sicherheit und Bequemlichkeit garantierten.

»Wir sollten es hier«, forderte Ula, »genauso machen wie auf der Original-Erde.«

»Wie meinen Sie das?« fragte ich quasi wider Willen.

»Komponenten integrieren, die ökologisch sinnvoll sind. Beispielsweise Krankheiten und Giftschlangen.«

»Und wenn der erste Besucher ums Leben kommt, sperrt man uns wegen Totschlags ein.«

»Wir erhalten keinen Besuch«, tat Ula meinen Einwand ab. »Warum also nicht? Eine Natter mit Nervengift in den Zähnen? Oder vielleicht eine Seuche, die durch die Stechmücken übertragen wird, auf die Sie so stolz sind?«

Zuerst glaubte ich noch immer, daß sie spaßte. Dann jedoch beschlichen mich unversehens einige Zweifel.

Ulas ganzes Gesicht lächelte, machte es alles andere als leicht, sie zu durchschauen. »Was ist gefährlicher? Stacheln oder keine Stacheln?«

»Gefährlicher?«

»Für uns.« Sie betastete meinen verletzten Fuß, behielt mich dabei aber im Auge.

»Stacheln«, sagte ich.

»Auf der Erde«, dozierte sie, »gab es getrennte Inseln. Die Pflanzen, die sich dort ansiedelten, hatten ihre alten Feinde hinter sich gelassen, verloren die Stacheln und toxischen Säfte. Vögel gewöhnten sich das Fliegen ab. Die Schildkröten hatten keine Konkurrenten mehr und wuchsen zu beträchtlicher Größe heran. Es war ein leichtes, unbekümmertes Dasein.«

»Auf was wollen Sie hinaus, Professorin?«

Sie lachte. »Dann sind Menschen dort eingetroffen«, sagte sie. »Mitsamt Ziegen und Ratten. Infolgedessen starb das einheimische Leben aus.«

»Ich habe Geschichtskenntnisse«, versicherte ich Ula.

»Deshalb ist es gefährlicher, auf Stacheln zu verzichten, als welche zu haben.«

Ich war der Meinung, daß ich verstand, was sie damit zu verdeutlichen beabsichtigte. »Da sehen Sie's selbst«, tönte ich. »So argumentieren auch wir NT immer. Etwas anders formuliert zwar, aber ...«

»Unsere Welten sind wie diese Inseln, man hat's dort leicht und ist sorgenfrei.«

»Sehr richtig.« Ich grinste selbstzufrieden und nickte. »Was ich hier tun möchte, eigentlich sogar überall ...«

»Sie sind doch nicht viel besser«, fiel sie mir ins Wort.

Nicht?

»Gar nicht viel«, murrte Ula mit auf einmal düsterer Miene. Trübsinnigen Gesichts. »Die Natur ist erheblich grausamer und ehrlicher, als Sie es je sein werden.«

Schlagartig dachte ich an Provo Leis Geschichte, seine Auslassung der vergessenen Kindheit Ulas. Ihre Kinderjahre waren bestimmt nicht leicht und sorgenfrei gewesen, und ich empfand deswegen Bedauern; doch ich war auch neugierig, ich überlegte, ob sie wohl Alpträume hatte, und schließlich fragte ich mich einen Moment lang, ob ich ihr wohl in irgendeiner wichtigen Hinsicht eine Hilfe sein konnte.

Ula beobachtete mich, forschte in meiner Miene.

Unvermutet beugte sie sich vor und küßte mich, bevor ich es verhindern konnte. Anschließend richtete sie sich auf und lachte wie ein albernes, junges Mädchen.

»Was soll das?« fragte ich.

»Warum ich aufhöre, meinen Sie?«

Ich schluckte und gab keine Antwort.

Sie beugte sich noch einmal herab, küßte mich ein zweites Mal. »Wieso machen wir nicht weiter?« flüsterte sie.

Ich wußte keinen Grund, der dagegen gesprochen hätte.

Schnell pellte sie mich aus der Montur, streifte auch ihre Kleidung ab, und ich blickte für ein Momentchen an ihr vorbei, so daß mich der grelle Glanz blendete, den die Leuchten und das weiße Eis verstrahlten, sah plötzlich jede Menge Gründe, aus denen wir aufhören sollten, aber ich brachte keinen davon über die Lippen.

Bei meinem Abgang von der Akademie war ich in Ulas Alter gewesen. Die älteste Dozentin des Lehrkörpers hatte mich in ihr Büro bestellt, mir zu meinen guten Anschlußnoten gratuliert und dann in sachlichem Tonfall eine Frage aufgeworfen. »Wo existieren eigentlich alle diese Welten, die wir schaffen, Mr. Locum? Können Sie mir zeigen, wo sie sind?«

Sie war eine greise, wackelige Frau gewesen, allein durchs schiere Alter wurde ihre schwarze Haut allmählich weißlich. Meine Vermutung lautete, daß die Ärmste inzwischen ein bißchen spann. Ich hob die Schultern, lächelte mit aller Nachsicht. »Ich weiß nicht, Madame«, sagte ich. »Ich denke mir, sie existieren da, wo sie sind.«

Wahrscheinlich die superschlauste Antwort, die jemand geben konnte.

Doch mein Ausweichen verdutzte die Dozentin nicht im mindesten und reizte sie auch nicht im geringsten. Vielmehr streckte sie zwischen uns einen langen, knotigen Finger in die Luft und deutete auf ihre Stirn. »In unserem Bewußtsein, Mr. Locum. Das ist der einzige Ort, an dem sie für uns existieren, denn wo sonst existieren denn wir selbst?«

»Darf ich gehen?« fragte ich, ohne mich zu belustigen.

»Ja«, sagte sie.

Ich schwang mich aus dem Sessel.

»Ich glaube, Sie sind ein bemerkenswert dummer Mensch, Mr. Locum«, eröffnete sie mir. »Ohne Talent, eitel und in bezug auf mancherlei relevante Angelegenheiten ein Ignorant, doch dadurch haben Sie größere Erfolgsaussichten als Ihre meisten Studienkollegen.«

»Dann gehe ich jetzt«, machte ich sie nochmals auf meine Absicht aufmerksam.

»Nein.« Sie schüttelte den Kopf. »Sie sind noch gar nicht angekommen.«

Nach einer Woche unserer Quasi-Flitterwochen – Sexualität und Schlaf, unterbrochen durch gelegentliche Anfälle von Arbeitswut und anschließenden Schwimmausflügen – fläzten wir uns nackt am Ufer des ersten Teichs. Ula sah mich an und lächelte, ihre Hand streifte mich. »Weißt du«, sagte sie, »dieser Planet war einmal voller Leben.«

Ihre Stimme hatte einen vordergründig traurigen Tonfall angenommen, war durchs ruhige, klare Plätschern des Klischee-Wasserfalls kaum hörbar. Ich nickte. »Dessen bin ich mir bewußt«, sagte ich. Dann wartete ich aufs Kommende. Im Lauf der letzten sieben Tage hatte ich herausgefunden, wie sie ihre Referate gestaltete.

»Vor knapp drei Milliarden Jahren war er eine Ozeanwelt.« Auf meiner Brust beschrieb sie die Umrisse eines Planeten. »Stell dir mal vor, er wäre nicht von seiner Sonne abgetrieben. Und hätte höheres Leben entwickelt. Eine Art intelligenter Fische, die Werkzeuge ersonnen und Raumschiffe gebaut hätten ...«

»Reichlich unwahrscheinlich«, wandte ich ein.

Sie zuckte mit den Schultern. »Hast du unsere Fossilien gesehen?« erkundigte sie sich.

Nein, aber es war auch überflüssig. Zweifellos waren es die üblichen Standardtypen. In der Kosmodomäne strotzte es von früher belebt gewesenen Welten.

»Der Meeresgrund war einmal mit Heißwasserlöchern übersät«, erklärte Ula, »Bakterien waren entstanden, ernährten sich durch den Verzehr metallischer Ionen ...«

»Die sie ausschieden und so die Erzflöze schufen, die ihr jetzt abbaut«, sagte ich dazwischen. »Ula, erzähl mir doch lieber etwas«, verlangte ich mit wachsender Ungeduld, »was ich noch nicht weiß.«

»Was glaubst du, wie dir zumute wäre? Deine Heimatwelt entfernt sich von der Sonne, wird immer kälter, gefriert ... und du kannst es nicht aufhalten ... Wie würdest du dich dann fühlen?«

Aus den Heißwasserlöchern hatte es weitergesprudelt, bis infolge zu geringer Radioaktivität – so daß das Unvermeidliche sich nicht hinausschieben ließ – auch der zähflüssige planetare Kern erkaltete. »Wir sprechen doch über Bakterien«, gab ich zu bedenken. »Kein denkendes, fühlendes Leben. Es sei denn, ihr hättet unter den Fossilien irgendwelche größeren Geschöpfe entdeckt.«

»Nein, ach was«, antwortete Ula. Sie setzte sich auf, so daß ihre kleinen Brüste sich gegen die Helligkeit abzeichneten und meinen Blick anzogen. »Ich stelle nur Überlegungen an ...«

Ich machte mich auf einiges gefaßt.

»Ich weiß noch, wie Vater mich zu einer alten Heißwasserquelle geführt hat ... der ersten, die ich je zu sehen kriegte ...«

Ich machte mich auf noch mehr gefaßt.

»Fünf oder sechs bin ich damals gewesen, und wir sind durch die Strecken eines neuen Bergwerks spaziert, das längs durch einen früheren Senkungsgraben verlief, zweihundert Kilometer unter einem gefrorenen Meer. Er ließ mich die Roherz-Flöze angucken, dann mußte ein Robot so eine Schicht ansägen, und er zeigte mir die verschiedenen Ablagerungen ... Billionen von Bakterien, die dort entstanden und vergangen waren ... Mehr Exemplare, hat er gesagt, als die ganze Menschheit zählte ... und ich habe geweint ...«

»Tatsächlich?«

»Weil sie sterben mußten.« Auch jetzt erweckte sie den Anschein, den Tränen nahe zu sein, doch mit einer Hand kratzte sie sich lässig am Busen. Plötzlich wurde ihr Gesicht wieder fröhlich, sie lächelte beinahe. »Was ist deine Lieblingswelt?« wollte sie erfahren.

Wechselte sie das Thema? Sicher war ich mir nicht.

»Ist es deine Heimatwelt oder sonst irgendeine? Sind dir manche Welten nicht lieber als andere?«

Doch, einige sehr wohl. Ich schilderte ihr die berühmteste dieser Welten – einen kleinen Asteroiden, in dem man einen Regenwald angelegt hatte –, erzählte ihr von den Künstlern, ausnahmslos Terraformern, die den von fremden Lebensformen bewohnten Planeten Pitcairn aufgesucht hatten. Sie waren die ersten Neotraditionalisten gewesen. Selbst besichtigt hatte ich ihre Arbeiten nie, zehn Lichtjahre trennten sie von uns, aber ich hatte mir die Holos angesehen, und zwar bestimmt Hunderte von Malen. Pitcairn hatte diese Künstler maßgeblich beeinflußt. Fremde Lebensformen hatten sie nie in ihre Arbeit einbezogen – gegen den

Export pitcairnschen Lebens gibt es strenge, unmißverständliche Gesetze –, allerdings waren erdstämmige Spezies von ihnen so modifiziert worden, daß sie Pitcairns Fremdartigkeit und Kraftfülle in gewißem Maße widerspiegelten. Leider wurden meine Beschreibungen ihren Leistungen nicht gerecht. Ich schwafelte über die Eigentümlichkeit des Lichts, die Pracht gewisser goldgelber Vögel ... und verstummte irgendwann, weil ich gewahrte, daß Ula mir überhaupt keine Aufmerksamkeit entgegenbrachte.

»Hört sich aufregend an«, sagte sie, sobald ich schwieg. Langsam nahm sie eine Pose ein, die fast einstudiert wirkte. »Aber ich möchte dir etwas noch Faszinierenderes erzählen.«

Im ersten Moment war ich verärgert. *Wie kann sie es wagen, mich so zu mißachten!* Doch mein Mißmut glich nur heißer Luft, er verpuffte sofort, und ich wartete ab, während sie sich allem Anschein nach innerlich sammelte; noch nie hatte ich bei ihr eine ernstere oder beherrschtere Miene gesehen, noch keinen konzentrierteren oder vollendeteren Ausdruck ihres Gesichts.

»Es war das zweite Milieu, das ich kreiert habe«, schickte sie voraus. »Meine erste Arbeit war zu groß und ziemlich plump aufgebaut, sie ist durch ein Mißgeschick zugrunde gegangen. Aber egal. Beim zweitenmal habe ich mir ein recht bescheidenes, außer Betrieb genommenes Bergwerk ausgesucht, vielleicht mit 'nem Hektar Ausdehnung, die Eiswände verstärkt und es mit Wasser gefüllt, dann im Felsgestein einen kleinen Reaktor installiert, die alten Auslässe geöffnet und dem Wasser ein Bakteriengemisch inokuliert ...«

»Wahrhaftig?« entfuhr es mir.

»... und auf diese Weise eine neue Heißwasser-Bakterienkolonie gegründet. Nach drei Milliarden Jahren Pause. Als Brennstoff für den Reaktor habe ich eine abgemessene Quantität Deuterium verwendet und das

Warmwasser mit den geeigneten Metallen angereichert.« Kurzes Schweigen. »Neue Ablagerungsschichten entstanden. Erhitzter schwarzer Schlamm preßte sich aus den fossilierten Hohlräumen. Schließlich habe ich einen extrem belastungsfähigen Druckanzug angezogen und diese Welt betreten, mich dort hingesetzt, so wie wir hier sitzen, und abgewartet.«

Ich schluckte. »Abgewartet?«

»Der Reaktor funktionierte immer schwächer und stellte zum Schluß die Tätigkeit ein.« Ula atmete tief durch. »Ich habe das weitere Geschehen genau verfolgt. Die Anzugscheinwerfer auf minimale Leistung geschaltet und beobachtet, wie das Ansteigen der Ablagerungen ein Ende nahm, das Wasser abkühlte, sich schließlich an den Wänden neues Eis bildete. Ich bin zur Mitte gegangen, habe mich zwischen die Auslässe gehockt … tagelang, beinahe zwei Wochen lang … Die Eiswände rückten immer näher auf mich zu …«

»Das war ja heller Wahnsinn«, platzte ich heraus.

Sie hob die Schultern, als wollte sie sagen: Einerlei. Ein Lächeln erschien auf ihrem Gesicht und verschwand, sie drehte sich mir zu und berührte mich mit der Hand. »Ich habe mich in dem neuen Eis einfrieren, meine Glieder festfrieren lassen, und allmählich leerten sich meine Akkus …«

»Aber weshalb denn?« fragte ich. »Um zu fühlen, wie so was ist?«

Es schien, als hörte sie mich gar nicht, sondern lauschte zur Seite geneigten Kopfs auf irgendwelche fernen, ihrer Beachtung würdigeren Laute. »Vater hat mich vermißt«, sagte sie nach einem Weilchen. Wieder Schweigen. »Als er von einer Inspektion abgelegenerer Minen nach Hause kam, war ich unauffindbar, er ließ Robots auf Suche ausschwärmen, und sie haben mich aus 'm Eis geborgen, bevor ich wirkliche Leiden durchstehen mußte.«

Das Mädchen war übergeschnappt. Jetzt erkannte ich es ganz klar.

Theatralisch holte sie Atem und lächelte erneut. Ihre dramatisch gequälte Miene verschwand im Handumdrehen, ohne jede Mühe, augenblicklich war sie wieder meine junge Schülerin und Geliebte. Eine einzelne Schweißperle rann von ihrem Brustbein hinab auf den straffen, braunen Bauch. »Weshalb hast du solchen Quatsch angestellt?« fragte ich unwillkürlich.

Aber das Mädel konnte oder wollte es mir nicht erklären; statt dessen senkte es den Kopf und kicherte mir ins Ohr.

»Du hättest umkommen können«, ermahnte ich sie.

»Bitte sei nicht wütend, Liebling«, sagte sie.

Eine psychisch instabile, verdrehte Kindfrau war sie; ich spürte, daß mein Herz plötzlich hörbar wummerte.

»Bist du etwa sauer auf mich arme Kleine?« Sie griff nach mir, packte mich regelrecht. »Wie kann ich dich glücklich machen, Liebling?« fragte sie.

»Sei normal«, empfahl ich mit leiser Stimme.

»Hast du denn gar nicht aufgepaßt?« Flüchtig zeigte ihr Gesicht wieder den Ausdruck der Besessenheit. »Ich bin nicht normal, bin es nie gewesen … mein Liebling.«

Nach langem Grübeln und eingehender Vorbereitung nahm ich eine Besprechung mit ihrem Vater zum Vorwand, um eine Untersuchung durchzuführen. »Ich will einen Reservereaktor einbauen. Für alle Fälle.«

Ula wies diese Möglichkeit von der Hand. »Er genehmigt uns keinen.«

»Und ich möchte an die Oberfläche. Um mal eine andere Umgebung zu sehen.« Einen Moment lang schwieg ich. »Magst du mitkommen?« Mit dieser Frage vertuschte ich meine wahren Absichten.

»O nein, danke, bloß nicht. Diese Spaziergänge hängen mir zum Hals raus.«

Nachdem ich mir so für diesen Tag Freiraum verschafft hatte, fing ich meine Ermittlungen mit einem Besuch der benachbarten Höhlen und eines zusammengesunkenen Hyperfaser-Zelts an, tappte durch abgestorbene Haine, hämmerte Proben des Erdreichs und gefrorenen Teichwassers heraus. Im Freien herrschte Kälte auf dem absoluten Nullpunkt. Über dem Planeten, auf dem Ula eine Anzahl blaßgrüner Milieus an die Kälte verloren hatte, war der Himmel schwarz und mit Sternen gespickt. Ich nahm Schnelltests vor, um festzustellen, was wo schiefgegangen war: in einigen Fällen war die Antwort offenkundig, einige Male blieb ich auf Mutmaßungen angewiesen. Aber jedes ihrer Milieus war unzweifelhaft tot, Hunderte und Tausende neuer Spezies waren ausgemerzt worden, ehe sie eine echte Chance zum Gedeihen erhielten.

Danach fuhr ich mit der Magnetbahn zu Provo Leis Heimstatt und machte die Stelle ausfindig, wo früher die Warmsaftbäume gewachsen waren; an dem flachen Tümpel, der nach dem Abtauen des Bodenfrosts entstanden war, ließ sie sich deutlich erkennen. Zwanzig Minuten lang konnte ich mich allein betätigen, dann traf der Hausherr ein. Anscheinend hatte er keine Eile, doch irgend etwas in seiner Stimme oder der nach vorn gebeugten Haltung drückte ehrliche Besorgnis aus. Oder vielleicht nicht. Ich hatte es aufgegeben, das Betragen dieser komischen Familie deuten zu wollen.

»Sie ist eine gute Gentechnikerin«, sagte ich zu Provo Lei, während ich meine Instrumente einpackte. »Zu gut.« Ohne Begrüßung. Ohne Vorwarnung. »Ich habe ihr genau zugeschaut«, setzte ich ihn ohne Umschweife in Kenntnis, »und niemand kann mir einreden, sie hätte einen toxischen Metaboliten irrtümlich hinzugefügt. Nicht Ula.«

Das Gesicht des Alten wurde ein wenig bleicher, ein Erschlaffen ging durch seinen ganzen Körper; er lehnte sich an einen Felsbrocken. »Daran habe ich auch schon gedacht, ja«, versicherte er mir trotzdem ohne das mindeste Anzeichen von Beunruhigung.

Ganz nach Ulas Manier wechselte ich das Thema. »Ich bin von Ihnen davor gewarnt worden, mich zu eng mit ihr einzulassen. Und nicht zu offen zu sein.«

»Ich entsinne mich.«

»Weshalb haben Sie das für nötig gehalten? Wer ist vor mir hier gewesen?«

Keine Antwort.

»Sie hat schon einmal einen Lehrer gehabt, stimmt's?«

»Nein, nie.«

»Aus welchem Grund denn sonst?«

»Meine Tochter hat zweimal Liebschaften gehabt«, teilte mir Provo Lei mit. »Zwei verschiedene Besatzungsmitglieder zweier Frachter. Beides Dummköpfe. Mit beiden erlebte sie eine selige Anfangszeit. Sie blieben hier und halfen Ula bei der Arbeit, aber jedesmal kam es dann zum Zerwürfnis. Einzelheiten sind mir unbekannt. Ich lehne es ab, meiner Tochter nachzuspionieren. Aber was die erste Liebschaft angeht, den Mann ... glaube ich, er hatte letzten Endes doch starkes Interesse daran ... in seinen Beruf zurückzukehren ...«

»Was war denn vorgefallen?«

»Ula hat die Zeltwandung durchstoßen. Innerhalb weniger Minuten war die Arbeit eines vollen Jahrs zunichte gemacht.« Lei stöhnte in einer Weise auf, die tiefe Müdigkeit verriet. »Es sei ein Unglück gewesen, hat sie beteuert, sie hätte ihm nur einen Schreck einjagen wollen ...«

»Hat sie ihn umgebracht?« quetschte ich mühsam hervor.

In regelrechter Erheiterung lachte Provo Lei. »Nein,

nein. Nein, der Schwachkopf konnte noch rechtzeitig in einen Schutzanzug steigen und sich retten.«

»Und was wurde aus der anderen Liebschaft?«

»Der Frau?« Kraftvoll zuckte Lei mit den Schultern. »Ein Feuer brach aus«, sagte er. »Ebenfalls ein Unfall. Darüber weiß ich noch weniger, vermute aber, daß die beiden einen Zank hatten. Eine lächerliche, überflüssige Streitigkeit. Ula besteht jedoch darauf, daß nicht sie den Brand verschuldet hat. Sie benahm sich völlig unschuldig, und ihr war keinerlei Bedauern anzumerken.«

Ich schluckte. »Ihre Tochter«, eröffnete ich Lei halblaut, »ist psychisch gestört.«

»Habe ich Sie denn nicht gewarnt?« entgegnete er. »Haben Sie mich nicht richtig verstanden?« Trotz der kühlen Luft hatte er Schweiß auf dem Gesicht. Zwischen uns schwebte ein Mückenschwarm und suchte ein geeignetes Opfer. »Wie viele deutliche Hinweise brauchen Sie eigentlich, Mr. Locum?«

Ich hielt den Mund.

»Aber Sie haben sich gut bewährt. Besser als ich's für möglich erachtet hatte, muß ich zugeben.«

Ich klappte den Mund auf, äußerte aber nichts.

»Sie hat mir erzählt ... erst gestern, glaube ich ... wie wichtig Sie für ihre Fortbildung sind, und daß ...«

»Bleiben wir mal bei dem Gift«, unterbrach ich ihn mitten im Satz.

Provo Lei verstummte.

»Hier ist im Erdreich ein Rückstand vorhanden.« Ich zeigte ihm auf dem Monitor meines tragbaren Analysators ein Molekül. »Ein synthetisches Alkaloid. Hochgradig schädlich und sehr beständig. Und nach meiner Ansicht nur durch volle Absicht erklärlich.« Kurz schwieg ich. »Ist Ihnen schon einmal durch den Kopf gegangen«, fragte ich anschließend, »daß sie versucht haben könnte, Sie zu ermorden?«

»Natürlich«, bestätigte er mir augenblicklich.

»Und?«

»Darauf war sie nicht aus. Nein.«

»Inwiefern sind Sie da so sicher?«

»Sie behaupten, daß meine Tochter tüchtig ist. Und begabt. Wenn sie die Absicht gehabt hätte, mich zu ermorden, glauben Sie nicht auch, daß ich dann, selbst wenn sie eine Idiotin wäre, längst tot sein müßte?«

Damit hatte er, überlegte ich, wahrscheinlich recht.

»Zwei Menschen allein auf einer leeren Welt. Da wäre doch wohl nichts einfacher als der perfekte Mord, Mr. Locum.«

»Was hat sie denn sonst damit verfolgt?« Ich wies auf den kleinen See. »Was *sollte* das?«

Provo Lei wirkte ungeduldig und mißgestimmt.

»Vielleicht habe ich ja gehofft«, erwiderte er, »daß Sie es mir erklären können.«

Ich stellte mir Ula auf dem Grund eines im Gefrieren begriffenen Meers vor, wo sie den Tod riskierte, um etwas herauszufinden … Und was? Dreimal hatte sie jemand anderen in Gefahr gebracht … Darüber hinaus ein weiteres Dutzend Milieus zerstört … Und war sie in jedem davon allein gewesen, während es der Vernichtung anheimfiel?

»Decken Sie den Zweck auf, den das alles für Ula hat, Mr. Locum, dann zahle ich Ihnen eventuell einen Bonus. Falls so etwas zulässig ist.«

Dazu sagte ich nichts.

»Sie haben sich doch an meinen Rat gehalten, ja? Sie lassen sich nicht zu sehr auf sie ein, oder?«

Ich sah Provo Lei an.

Er konnte in meiner Miene lesen, wie die Sache stand. In tiefem Kummer schüttelte er den Kopf. »O je, Mr. Locum«, seufzte er. »O je …«

Den Zweck.

Die Möglichkeit, daß Ula einen Zweck anstrebte, ließ mir keine Ruhe mehr. Ich vermutete, daß irgendeine Form geistiger Verwirrung ihr eigentliches Ziel verschleierte, egal welches, und wünschte mir, ich hätte Psychiatrie studiert oder wenigstens im Verlauf meines Lebens schon ein wenig Erfahrung mit Wahnsinnigen gesammelt. Alles wäre eine Hilfe gewesen. Während ich per Magnetbahn in unsere Höhle zurückkehrte, rekapitulierte ich in Gedanken die Ereignisse der vergangenen Monate, neigte teils zu blinder Flucht, zu der Konsequenz, auszusteigen und mich irgendwo zu verstecken, später an Bord des nächsten Frachters zu schleichen, der diese Welt anflog …

Doch ich sah sofort die Undurchführbarkeit dieses Vorhabens ein. Gar nicht zu reden von der Gefährlichkeit. Am wichtigsten war es, sagte ich mir, sich ganz arglos zu verhalten. »Damit sie bei Laune bleibt«, nannte ich mir laut den Grund.

Nie hatte ich vor einem menschlichen Wesen stärkeres Grauen empfunden.

Aber Ula betrug sich, als ob sie nichts merkte. Sie empfing mich mit einem Kuß und wollte mehr, nur schaffte ich es nicht, Nervosität und plötzliche Ermüdung vereitelten es. Sie nahm es mir nicht übel, erklärte es durch die Arbeitsbelastung und tat es als belanglos ab, schmiegte sich auf dem schattigen Waldboden des Dschungels an meine Seite. »Laß uns ein Nickerchen machen«, schlug sie vor; mir gelang es, die Lider zu schließen, ich döste hinüber in einen ruhelosen, traumreichen Schlaf, erwachte mit einem Ruck und stellte fest, ich war allein.

Wo war das Mädchen hin?

Ich kontaktierte sie auf unserer Kommunikationsfrequenz. »Wo bist du?« fragte ich mit heiserer, kloßiger Stimme, sobald sie sich meldete.

»Ich mutiere Baumfrösche, Liebling.«

Das hieß, sie hielt sich im Labor auf; also hatte ich sie aus der Quere. Ich ging zur nächstbesten Arbeitsstation, von denen wir etliche im Milieu herumstehen hatten, und befahl dem Terminal, mir die ursprüngliche Planung sowie alle Daten über die bisher geleistete Tätigkeit auf den Bildschirm zu laden. Als ich die schwere Schlechtwettermontur öffnete, die ich noch am Leib hatte, spritzte ein Tropfen salziger Flüssigkeit auf den Monitor. Ich suchte irgend etwas Seltsames oder offensichtlich Bedrohliches. Ein Schwachpunkt der Eisdecke? Ich konnte keinen finden. Ein tückisches Gift in unseren Jungbäumen? Die genetischen Diagramme enthüllten nichts. Um sicher zu sein, untersuchte ich auch mein eigenes Blut. Dem Test zufolge war es völlig einwandfrei. Was kam sonst in Frage? Eine Sonderbarkeit gab es, die mir eventuell schon vorher hätte auffällen können, die ich aber übersehen haben mußte. In der Biochemie der Bäume waren Unregelmäßigkeiten vorhanden. Keine gefährlichen, lediglich kuriose Abweichungen. Ich sah mir gerade einige Zuckerbestandteile an und überlegte, wann und wozu Ula die genetischen Anlagen darum ergänzt haben mochte, da ertönte deutlich und aus geringem Abstand, als hätte sie vorsätzlich den peinlichsten Moment gewählt, um mich anzusprechen, ihre Stimme. »Liebling«, rief sie, und fragte sofort: »Was machst du da gerade?«

Ich hob den Kopf und schaute mich um.

Ula stand hinter mir, ihr strahlendes Lächeln bezeugte Selbstsicherheit; gleichzeitig wirkte es befremdlich. »Hallo«, sagte sie. »Womit beschäftigst du dich, Liebling?«

Ich löschte den Bildschirm. »Eigentlich mit nichts«, log ich im festesten Ton, den ich zustande brachte. »Ich habe bloß 'n paar Details nachgesehen.«

Sie trat zu mir und schlang den Arm um meine Taille.

Ich drückte sie und fragte mich, was nun werden sollte.

Sie ließ mich los und strich das Haar nach hinten. »Was hast du mit meinem Vater beschlossen?« wollte sie wissen.

Mir war das Schlucken unmöglich; meine Kehle schien voller Staub zu stecken.

»Ich hatte ganz vergessen, dich danach zu fragen. Bekommen wir 'nen zweiten Reaktor?«

Es gelang mir, den Kopf zu schütteln. Nein.

»Eine unnötige Ausgabe«, sagte sie in vollauf gelungener Nachahmung des Tonfalls, den man von ihrem Vater hören konnte. Sie hätte nicht normaler wirken können, während sie meinen Platz vor dem Terminal umrundete. »Hat das Schläfchen dir geholfen?« fragte sie als nächstes.

Ich sah, daß sie sich unterdessen auszog.

»Ist dir jetzt nach Vergnügen zumute?«

Wieso fürchtete ich mich dermaßen? Unsere Arbeit war fehlerfrei, ich wußte es genau, und was könnte Ula, solange sie in meiner Nähe war, nackt in meiner Reichweite, mir antun? Nichts, und deshalb wurde ich wieder etwas mutiger. Immerhin forsch genug, um die Herausforderung zu bestehen, vor die sie mich stellte, obwohl der Vorgang sich – bei aller Harmlosigkeit – robotisch und unecht anfühlte.

»Das war das beste von allen Malen«, behauptete Ula danach. Ich merkte – erkannte es ohne jeden Zweifel –, daß sie log. »Das beste Mal überhaupt«, übertrumpfte sie sich, küßte mich auf Nase, Mund und den nach oben gewandten Hals. »Einen schöneren Augenblick werden wir nie haben. Darf ich dich was fragen?«

»Was ...?«

»Es geht um gewisse Überlegungen, die mir durch den Kopf kreisen«, sagte sie. »Ich mache mir schon seit längerem Gedanken über …«

»Über was?«

»Über die Zukunft.« Sie schwang sich auf mich, so daß ihr Gewicht auf meinen Bauch drückte. »Wenn Vater stirbt, erbe ich diese Welt. Den kompletten Planeten, all sein Geld und obendrein die Roboter. Alles.«

Knapp nickte ich. »Ja und?« drängte ich weiter.

»Was fange ich dann damit an?«

Das wußte ich natürlich auch nicht.

»Wie wäre es, ich kaufe eine künstliche Sonne? Das ist mein Ernst. Ich könnte sie herbefördern und in eine Umlaufbahn bringen lassen. Ich habe schätzungsweise Berechnungen dazu vorgenommen, wie lange es dauern würde, das Meer zu schmelzen, wenn ich zusätzlich kleine Reaktoren ins Eis senke …«

»Mehrere Jahrzehnte«, meinte ich.

»Zwei bis drei, meines Erachtens. Und anschließend könnte ich einen ganzen Planeten terraformen.« Sie verstummte, drehte den Kopf und lenkte den Blick aufwärts. »Hier das würde natürlich alles hinfällig. Traurig.« Sie seufzte, zuckte mit den Schultern. »Wie viele Leute verfügen über solchen Wohlstand wie ich, Hann? Wie viele in der gesamten Kosmodomäne?«

»Keine Ahnung.«

»Und die schon 'nen eigenen Planeten haben. Wie viele sind es?«

»Sehr wenige.«

»Und die gleichzeitig, um's nicht zu vergessen, auch noch Interesse am Terraforming haben.« Sie kicherte. »Unter Umständen bin ich einzigartig«, faßte sie zusammen. »Möglich ist es.«

Da hatte sie recht.

»Was ich fragen will«, kam sie zur Sache, »ist folgendes. Würdest du, Hann Locum, mir gerne dabei behilflich sein? Möchtest du gemeinsam mit mir diese Eis- und Steinmassen umgestalten?«

Ich öffnete den Mund, aber zögerte.

»Ich kann mir ja unmöglich so viel Spaß ganz allein gönnen«, führte sie als Begründung an, indem sie von mir stieg. »Na, wäre das nichts? Du könntest der erste NT-Terraformer mit eigenem Planeten werden. Würden deine Professoren dann nicht vor Neid platzen?«

»Doch, sicher«, raunte ich.

Ula schlenderte zu ihren Kleidungsstücken und zog sich an. »Also, bist du interessiert?«

»Ja, klar«, gab ich zur Antwort. Ich hatte das Bedürfnis, etwas Zustimmendes zu sagen, ganz gleich, ob ich es ernst meinte oder nicht. »Aber dein Vater ist bei guter Gesundheit«, rief ich ihr in Erinnerung. »Es kann noch lange dauern, bis ...«

»O ja, natürlich.« Ein geschmeidiges Schulterzucken; ein verschwommenes Kleinmädchenlächeln. »Ich hoffe, es bleibt auch viele Jahre so. Ehrlich.«

Ich beobachtete das Mienenspiel des Mädchens, ohne es durchschauen zu können. Was sie wirklich dachte, war mir völlig verschlossen, auch noch, als sie ein sonderbares Kontrollgerät aus der Tasche holte, ein einfaches, selbst angefertigtes Apparätchen, das sie nun in der Rechten hielt. Sie zwinkerte mir zu. »Ich weiß Bescheid«, flötete sie.

Bescheid?

»Über das, was ihr zwei heute besprochen habt. Selbstverständlich weiß ich Bescheid.«

Plötzlich schienen mir tausend Atü die Brust zusammenzupressen.

»Manche Stechmücken sind keine echten Tiere. Einige sind als Mücken getarnte, elektronische Vorrichtungen. Ich höre immer, was Vater redet ...«

Ach du Scheiße.

»... schon seit Jahren. Ich höre immer alles.«

Ich setzte mich auf, meine Hände krampften sich ins feuchte, schwärzliche Erdreich.

Ula lachte. »Du bist nicht die erste Person«, gestand sie, »die davon erfährt. Tut mir leid. Vater quält sich mit Schuldgefühlen, und es ist für ihn ein Ventil, wenn er seine Schuld Menschen beichtet, die ihm nicht gefährlich werden können. Ich denke mir, er wollte, daß du ihn bemitleidest und bewunderst ...«

»Woran erinnerst du dich?«

»Was meine Eltern betrifft? An nichts.« Sie schüttelte den Kopf. »Und an alles.« Ein Nicken, dann neigte sie den Kopf zur Seite. »Ein Bild habe ich deutlich im Gedächtnis. Ob es wirklich ein Stück Erinnerung ist oder aus einem Traum stammt, oder was es sonst ist, das weiß ich nicht. Aber ich bin ein Kind im Innern eines stinkigen Raumfrachters, kauere in einer Ecke und sehe, daß Provo Lei meine leibliche Mutter erwürgt. Natürlich merkt er nicht, daß ich zuschaue.« Schweigen. »Glaubst du, er hätte mich auch erwürgt, falls er auf mich aufmerksam geworden wäre? Vielleicht zu seinem Schutz?«

»Wirklich bedauerlich«, nuschelte ich.

Ula lachte, diesmal etwas schrill. Es war ein reichlich vieldeutiges Lachen. »Wieso? Alles in allem besehen, ist er ein sehr guter Vater. Ich mag ihn sehr gern, und ich kann ihm nicht für alles, was schiefgeht, Vorwürfe machen.« Wieder kurzes Schweigen. »Ich liebe ihn viel mehr«, bekannte sie anschließend mit merklicher Rührung, »als ich dich liebe, Hann.«

Unter meinem Gesäß knirschte der Erdboden, als ich mich bewegte. »Aber vergiftet« – das konnte ich mir nicht verkneifen – »hast du ihn trotzdem.«

»Ich habe alles vergiftet«, gestand Ula, fuchtelte schwungvoll mit dem Kontrollgerät. »Eigentlich war's nur meine Absicht, daß Vater zuschaut.« Erneutes Schulterzucken. »Um zu erreichen, daß er es versteht … es begreift … Aber ich glaube, er hat nie kapiert, was ich ihm zeigen wollte. Nie.«

Ich schluckte. »Was war es denn«, fragte ich, »was ihm gezeigt werden sollte?«

Sie sperrte die Augen auf und drohte mir mit dem Finger. »Nein, nein, o nein.« Sie trat einen kleinen Schritt rückwärts und schüttelte den Kopf. »Dafür ist es noch ein bißchen zu früh … Liebling.«

Ich wartete.

»Schau nach oben, Hann«, forderte sie schließlich, indem sie wieder das Kontrollgerät schwang. »Jetzt sofort, ja?«

»Nach oben?« wiederholte ich mit erstickter Stimme.

»In diese Richtung.« Sie deutete an die Höhlendecke. »Da ist *oben.*«

Ich hob den Blick, sah ein dichtes Blätterdach glänzenden Laubs, Geäst durchzog das Grün wie Adern; und da betätigte sie das Kontrollgerät, ich hörte deutlich ein Klicken. »Ich habe bei der Planung einiges unterschlagen, Hann«, hörte ich Ula mit ruhiger Stimme sagen. »Absichtlich. Weißt du, schon bevor du angeworben worden bist.«

Von fern dröhnte ein Grollen.

Der Untergrund erbebte, für eine Sekunde wackelten kleinere Bäume, dann folgte ein Aufflammen greller Helligkeit, ein elektrizitätsstarker Blitz, der durch die gesamte lange Höhle schoß und dem sich augenblicklich ein Donnerschlag anschloß; die Erschütterung schleuderte mich auf den Waldboden, Hitze schwallte mir ins Gesicht und auf den Brustkorb, für einen scheinbar gräßlich ausgedehnten Moment richtete sich mir jedes einzelne Haar auf, das ich am Leib hatte.

Gleich darauf war es vorbei.

Und alles war fort.

Die Beleuchtung war ausgefallen, vollkommen lichtlose Nacht hatte das Milieu verschlungen – und zweimal hörte ich Lachen, einmal nah, einmal entfernt.

Dann nichts mehr.

Ich schrie, brüllte so laut ich konnte, aber die Baumstämme und das Laub dämpften mein Aufheulen, verwandelte es in Echos, bis es verklang, als wäre es nie ertönt.

Meine Montur … Wo war meine Arbeitskluft …?

Ich raffte mich hoch und überlegte hellwachen Geistes, versuchte mich darauf zu besinnen, wo ich sie abgelegt hatte, zählte im Kopf die Schritte … Ein Schritt, zwei, drei Schritte. Danach kniete ich hin, griff jedoch ins Leere, hatte nichts als fruchtbare Scholle in der Hand, und im ersten Erschrecken fragte ich mich, ob Ula meine Kleidung gestohlen, mich nackt und blind zurückgelassen hatte.

Doch nach dem nächsten Schritt erhaschte ich meine Stiefel, dann die Arbeitsmontur. Hastig zog ich mich an und fand in den Taschen noch meine diversen Ausrüstungsgegenstände vor. Das Terminal hatte durch den Blitzschlag einen Kurzschluß erlitten, aber die Globusstrahler waren nach wie vor funktionsfähig. Ich aktivierte ein Exemplar und ließ es fliegen; es schwebte über mir, bewegte sich mit leisem, tonlosem Summen und verströmte gelbliches Licht.

Ich eilte zur nächsten Magnetbahn.

Sie war außer Betrieb.

In der Nähe stand ein Paar Roboter wie Statuen.

Lahmgelegt.

Ich lief in zügigem Tempo die Steigung hinauf. Wo war Ula? Hatte sie sich abgesetzt, oder lauerte sie in der Umgebung und beobachtete mich?

Vom Wasserfall und vom Ausgang trennten mich fünfzehn Kilometer. In der äußerst schwachen Helligkeit wirkten die Bäume größer, so daß man sich darunter unwillkürlich fast wie an einer Anbetungsstätte fühlte. In einem Heiligtum. Ich gelangte zu einem Dickicht aus Rankengewächsen und Dornensträuchern – unseren ersten Anpflanzungen – und rannte schonungslos hinein, durchquerte es, obwohl es mir die Haut zerstach, stürmte auf eine kahle, unfertige Lichtung, blieb stehen. Irgend etwas, merkte ich, stimmte nicht. Ich spürte plötzlich bitterkalte Luft im Gesicht. Natürlich, die Feldgeneratoren arbeiteten nicht mehr. Ebensowenig die Kühlelemente. In Betrieb befand sich nur noch das passive Sicherheitssystem, die Wärme wurde in hochgelegene Röhren abgeleitet, während andere Rohre von unten kubikkilometerweise gespeicherte Kaltluft entließen.

Wieviel Zeit beanspruchte der Kühlvorgang?

Es fiel mir nicht mehr ein, ich konnte ohnehin kaum noch klar denken. Meine Arbeitskleidung hielt mich automatisch warm, und das schnelle Laufen erwärmte mich zusätzlich, während ich dem Globusstrahler voraneilte, mir mein Schatten riesenhaft und ätherisch vorausheztte.

Im Kopf überschlug ich in vereinfachter Form die mathematischen Daten.

Joule, Rauminhalt, Turbulenzen, Zeit.

Auf halbem Weg zum Wasserfall, als ich die Strecke und ihre Steigung inzwischen spürte, packte mich mit einem Mal eine entsetzliche Befürchtung.

»Wo bist du?« rief ich, indem ich langsamer lief. »Ula!« schrie ich. »Ula?!«

In der kalten Luft hallte meine Stimme weit, und während sie verklang, erschollen aus größerer Entfernung, aber laut und deutlich, neue Laute. Ein Grölen, ein wildes, nichtmenschliches Maunzen. Ich vollführte einen schwächlichen Sprung zur Seite, mir schwanden die Kräfte. Irgendwie glaubte ich zu ahnen, welchen Ursprung die Töne hatten… und erinnerte mich an das achtbeinige, schnelle, gerissene Raubtier, das Ula sich gewünscht hatte, und ich sah es nun vor Augen, nach mir auf der Jagd. *Sie hatte es geschaffen …!*

Mein Blick erhaschte Bewegung, irgend etwas wirbelte aus dem Dunkel heran. Ich ächzte und warf mich herum, stürzte hin, und ein Blatt flatterte mir vor die Füße. Es war braun und kalt. Der Blitz hatte es, schlußfolgerte ich, zum Teil versengt. Als ich es anfaßte, zerbröckelte es. Dann gellte ein zweites Mal das Geheul – diesmal näher, war mein Eindruck –, und ich nahm wieder die Beine in die Hand, sprintete die Steigung aufwärts, barst durch einen weiteren Streifen dornigen Gesträuchs, schluchzte unterwegs wie ein geprügeltes Kind.

Die Temperatur des Milieus sank rasch.

Im gelben Licht des Globusstrahlers konnte ich meinen Atem sehen, der in die Luft stob und fortwehte, sich mit noch mehr abgefallenen Blättern mischte. Der Urwald verfiel in einen Winterschlaf. Ich war darüber froh und optimistisch der Erwartung, daß ich überlebte, was sich hier abspielte; mittlerweile hatte ich überwiegend beachtliche Wut auf Ula – schlicht und einfach erbitterte Wut –, und ich schwelgte schon in der Vorstellung, wie ich nach meiner Flucht eine Verbrechensmeldung einreichte. Mordversuch. Grob fahrlässige Milieuschädigung. Mordvorwurf gegen Provo Lei. Ich als Hauptbelastungszeuge. Dann fand das Treiben der beiden auf diesem Planeten ein Ende. Aus und vorbei.

»Ich komme hier raus«, knirschte ich den Schatten zu. »Ula? Hörst du mich? Ula?«

Ich zerrte Handschuhe aus der Tasche, schob meine kalten Hände hinein. Selbsttätig verknüpften sich die Handschuhe mit den Ärmeln. Danach entrollte ich die Kapuze der Montur, band sie mir eng um den Kopf, genoß die Wärme des Stoffs. Braunes Laub fiel in unablässigem Gestöber. Es bedeckte das Erdreich, das zusehends gefror, inzwischen knirschte jeder Schritt, und manchmal meinte ich, daß ich durch das Knirschen etwas oder jemanden sich bewegen hörte. Jedesmal verharrte ich und lauschte. Wartete. Das Raubtier? Oder Ula? Doch das nächste Geheul klang fern und verworren, also mußte es das Mädchen sein, das ich in meinem Umkreis hörte. Und Ula ließ sich durch mein wiederholtes Anhalten gewiß nicht täuschen.

Am oberen Ende der Höhle war es greulich kalt. Neben dem Ausgang hatte sich ein Rohr des Sicherheitssystems geöffnet, saugte aus Wasser, Erdboden und Bäumen die Wärme ab. Der Teich fror zu, die Eisschicht war noch durchsichtig, aber schon hart, bildete eine nahezu spiegelglatte Fläche. Ich umrundete das Ufer, stierte verkniffen in die Finsternis, nahm an, daß nach dem Ausfall der Energieversorgung auch das Fließen des Klischee-Wasserfalls geendet hatte. Zwar nicht sofort, aber das Reservoir war relativ klein – ich wußte es aus Ulas Plänen –, und für einen wundervollen Moment hegte ich die feste Überzeugung, daß mein Entweichen dicht bevorstand.

Aber was war das? Unvermutet ragte vor mir im Düstern etwas auf, das einer dicken Mauer weißen Marmors glich, erbaut, wo sich der Klischee-Wasserfall befunden hatte. *Der Wasserfall war gefroren … Vollständig gefroren …!*

Ich stöhnte, schrie, verlangsamte mein Tempo.

Am Rand des Teichs stand ein nutzlos gewordener Robot. Ich sprang zu ihm, mein Atem überfrostete seine Keramikbeschichtung, und mit mehrmaligem, verzweifeltem Gerucke und Gezerre gelang es mir, ihm einen seiner Arme abzubrechen. Die Extremität war zum Schneiden und Hacken konstruiert, darum schwang ich sie wie eine Axt. »Was glaubt ihr denn?«

schalt ich mit einem unsichtbaren Publikum. »Daß ich jetzt aufgebe?«

Keine Antwort. Die einzigen Geräusche entstanden durchs Herabrieseln des Laubs und wenn in den erstarrten Bäumen der Saft gefror, so daß das Holz knarrte.

Ich bestieg das vereiste Felssims am Fuß des Wasserfalls, schlitterte zu der Stelle, wo wir ihn sonst durchquert hatten und das Eis am dünnsten sein mußte. Dreimal drosch ich zu, zweimal ohne besonderen Kraftaufwand, das dritte Mal wuchtig, aber genauso ergebnislos; das Eis war hart wie Marmor, aber glatter. Meine improvisierte Axt rutschte ab, der Anprall brachte mich ins Schwanken, meine Stiefel rutschten, ich verlor das Gleichgewicht und purzelte aufs Felssims, glitt über die Kante und fiel hinab.

Der Teich fing meinen Sturz ab. Unter dem Aufprall gab das Eis nach, das gedämpfte, dunkle Berstgeräusch schien eine Ewigkeit zu dauern. Doch ich brach nicht ein. Und sobald ich, wenn auch unter Beschwerden, wieder Luft bekam, rappelte ich mich auf und humpelte ans Ufer, rang mit aller Entschlossenheit ums Durchhalten.

»Hast du's mit den anderen auch so gemacht?« fragte ich.

Stille.

»Behandelst du so deine Liebhaber, Ula?«

Ein plötzliches Kreischen, ziemlich nah und sehr schrill.

Dann hatte ich eine Idee. Ich stapfte in den stockfinsteren Dschungel, klaubte mit beiden Armen Laub auf und sammelte bei dem umgekippten Baumstamm, auf dem Provo Lei und ich gesessen hatten, einen erheblichen Haufen an. Mit einem Globusstrahler entzündete ich Laubhaufen und Baumstamm. Ich verursachte eine Überlastung des Strahlerglobus und ging auf Abstand;

der Strahlerglobus detonierte mit zischeligem Prasseln, und aus dem trockenen Blattwerk loderte mit starker Rauchentwicklung rotes Feuer.

Der obskure Zucker, den ich entdeckt hatte, brannte gut, die munteren Flammen lohten heiß und herrlich. Mir nichts, dir nichts setzten sie den Baumstamm in Brand, und ich schöpfte neuen Mut. Das Blätterdach reichte nicht bis übers Feuer. Zweimal vergewisserte ich mich, daß in der Nachbarschaft der Brandstelle keine Blätter auf dem Erdboden lagen, damit die Flammen nicht um sich griffen; dann machte ich mich ans Schuften, schleppte Arme voller Laub zum Klischee-Wasserfall, trampelte sie mit den Stiefeln fest, bis ein kleiner Laubhügel angehäuft war, der sich bis hinab auf die Eisdecke des Teichs erstreckte.

Hitze gegen Eis.

Gleichungen und Schätzwerte verliehen meinem Geist Halt, bewahrten mich vor Furcht.

Sobald ich mich bereit fühlte, benutzte ich die ›Axt‹, um ein langes, brennendes Stück Splintholz aus dem Baumstamm zu hacken. Am Ende, das nicht brannte, trug ich es zum Wasserfall. »Siehst du?« schrie ich. »Siehst du's? Ich bin kein Idiot. Ich bleibe nicht in deiner Falle, Ula!« An einem Dutzend Stellen zündete ich den Laubberg an, wich anschließend auf einen Abstand zurück, den ich als sicher erachtete; trotzdem holten Hitzewellen mich ein: trockene, bullige Wärme umwaberte mich, tat mir in diesem Moment sogar ganz gut.

Der Zucker hatte einen enormen Brennwert, erwies sich als beinahe explosiv.

Ich wurde den Verdacht nicht los, daß Ula vorgehabt hatte, mich lebendig zu verbrennen. Wahrscheinlich hätte sie das abgefallene Blattwerk entzündet, wenn die Laubschicht hoch genug gewesen wäre ... Allerdings hatte ich jetzt ihren Zeitplan zunichte gemacht. Oder?

»Euch verklage ich«, drohte ich in die Richtung der vom roten Feuerschein erhellten Bäume. »Du hättest's raffinierter durchziehen müssen, meine Liebe.«

Ein grelles Heulen gellte, verstummte jedoch so schlagartig, als wäre eine Aufzeichnung abgeschaltet worden.

Danach ertönte ein Krachen, und als ich herumfuhr, sah ich einen Brocken angeschmolzenes Eis vom Klischee-Wasserfall abbrechen und ins Feuer plumpsen, so daß Funken nach allen Seiten stoben. Der Anblick der Funken verursachte mir unwillkürlich tiefe Besorgnis, und ich spürte plötzlich neue Ermattung. *Was ist denn nun wieder?* dachte ich. Ich hob, vielleicht aus purem Gespür, die Augen und erkannte ein einzelnes Blatt, etwa so groß wie ein Eßteller, das in die Höhe schwebte, glühte und schwelte, und sich offensichtlich von den übrigen Blättern unterschied. Es brannte langsam, man könnte sagen, fast geduldig. Wie ein Feueradler stieg es mit der Warmluft aufwärts... Und ähnelte es nicht tatsächlich einem Feueradler? Wenigstens etwas? Eine Baumart unter Hunderten, die Ula speziell konzipiert und dafür gesorgt haben mußte, daß die Robots sie genau in diesem Bereich der Höhle anpflanzten...

Was für ein umständlicher, übertrieben komplizierter Plan. Übermäßig erpichte, an den Haaren herbeigezogene Ideen, lautete mein Urteil. Ein Teil meines Gemüts beharrte auf dem Standpunkt des überlegenen Kritikers. Obwohl ich wußte, wie ernst die Lage war, während ich beobachtete, daß das Blatt ins weite Schwarz über meinem Kopf entschwand – aus der Warmluft fortschwebte, und zwar zweifellos in eine vorhergeplante Richtung –, obschon ich absah, daß es bestimmt irgendwo ins Laubdach hinabtrudelte, Hunderte von Blättern und jungen Zweigen in Brand setzte, blieb ich bemerkenswert furchtlos... und der lehrerhafte Teil meines Ichs wünschte sich eigentlich nichts anderes, als meine Schülerin zur Seite zu nehmen, den Arm um ihre Schulter zu legen und ihr zu erklären: Nun hör mal zu. Das ist ja alles recht pfiffig ausgeheckt, und es ist auch ordentlich grausam, aber es hat weder Stil noch etwas mit Kunst zu tun, und du solltest die Sache noch einmal von vorn und völlig anders angehen. Das ist deine Hausarbeit für morgen, Ula. Sei bitte so gut und erledige sie, ja?

Der Urwald fing Feuer.

Ich hörte das Feuer, noch ehe ich seinen rötlichen Schein erspähte. Es klang, als ob ein starker Wind heranschmirgelte; dann scholl das Bersten von Eis, Matsch und Gebröckel hagelte in mein Feuer und löschte es vollständig aus.

Um ein zweites Feuer zu entfachen, fehlte es mir nun an Zeit und Konzentrationsvermögen.

Rote Flammen loderten in der Höhle, erst im Blätterdach, dann auch tiefer, ganze Baumstämme lohten und zerplatzten. Ich hörte die Detonationen, spürte ihre Hitze im Gesicht und die Erschütterung in den Zehen. Eine Veränderung zeichnete sich in der Luft ab, sie drang warm und rußig auf mich ein, ich hatte schon Asche an den Zähnen und auf der Zunge. Wie gebannt stand ich neben dem Teich auf der Lichtung, während dicke, schwarze Rauchsäulen sich emporkräuselten, die Decke der Höhle färbte sich rot, der Qualm sammelte sich darunter, verdichtete sich zu einem brodeligen Wolkengebirge hochgradig erhitzter Gase.

Durchs Brausen und Bullern des Feuers hörte ich in meiner unmittelbaren Nähe jemanden mit rauher Stimme sprechen... und nach einigen Sekunden angestrengten Lauschens merkte ich, es war meine eigene Stimme, ich stieß ein sinnloses Gestammel des Zorns aus. Ich preßte mir eine Hand auf den Mund, auf der Wange verschmierten Tränen und stinkige Asche mir die Finger … Ich vergoß Tränen … Offenbar weinte ich schon seit geraumer Zeit.

Ich mußte doch hier sterben.

Während mir ununterbrochen Tränen übers Gesicht rannen, befaßte ich mich krampfhaft mit prosaischen Berechnungen. Joulewerte der Verbrennung; Verbrauch des Sauerstoffs; relative Widerstandsfähigkeit der menschlichen Haut. Doch meine Zahlen gerieten durcheinander, ich war zu großem Stress ausgesetzt, die restliche Frist zu knapp. Teile der Feuersbrunst frassen sich auf mich zu, Baumstämme glosten und zerkrachten, sobald die Hitze ihren Saft kochte. Aber zu verbrennen, fand ich gleich darauf heraus, brauchte ich nicht. Denn mich traf etwas auf den Kopf, ins Haar, was sich wie ein kalter Finger anfühlte, und ich blickte nach oben, gerade als ein zweiter Tropfen Schmelzwasser auf mich klatschte. Er fiel zwischen die Finger meiner geballten Faust, und ich kostete ihn, er schmeckte nach Rauch und Asche, hatte einen scharfen, nahezu chemischen Nachgeschmack …

Geschmolzenes Eis von der Decke der Höhle …

Und ungefrorenes, uraltes Meerwasser.

Genau über mir war die schwarze Wolkenschicht, die droben wallte, am dicksten, den ersten Tropfen folgten zahlreiche weitere, dick und schwer prasselten sie herab. Anfangs wie Regen, dann wuchtiger. Sie hämmerten dermaßen auf mich ein, daß ich zu Boden ging, die Hände, obwohl sie mich kaum schützten, auf dem gesenkten Kopf. Durch meine zusammengekniffenen Lider konnte ich beobachten, wie das Feuer allmählich verebbte, erstickte.

Mir war bewußt, daß der Wasserfall unter diesem

Herabrauschen schmelzen mußte, doch ich schaffte es nicht aufzustehen, erst recht nicht wegzulaufen. Der Schlick schien mich festzuhalten, hinabzuziehen. Ich befand mich direkt unter einem gigantischen Wasserfall – wahrlich keinem Klischee-Wasserfall diesmal –, und ich hätte gelacht, wäre mir dafür genügend Atem geblieben.

Wie ulkig von der Ulknudel Ula.

Dem vielleicht größten Wasserfall, spekulierte ich, der gesamten Kosmodomäne. Jedenfalls im Moment. Von der sicheren Warte meiner Phantasie aus sah ich Feuer und Wasser um eine Welt ringen und sie zur gleichen Zeit zerstören. Irgendwann gelangte ich zu der Auffassung, daß ich inzwischen tot, das Atmen längst unmöglich sein mußte, ich mir nur einbildete zu atmen, weil der Tod eine Fortsetzung des Lebens abgab, in der man frühere Gewohnheiten beibehielt. Was für eine nette, ja reizende Überraschung. Ich fühlte mich vollkommen ruhig und vollauf zufrieden. Ich hörte das Rauschen des Wassers, war mir darüber im klaren, daß der Erdboden, die Bäume, sogar die Steine der Vernichtung anheimfielen, meine Knochen und mein zermalmtes Fleisch sich mit der Brühe vermengten … Und ich empfand es als tröstlich, daß ich als Geist meine Gliedmaßen, Gesicht, Mund und Herz behalten durfte. Derlei Gedanken kreisten durch meinen Kopf. Als ich mich inmitten der lauten, pechschwarzen Finsternis berührte, merkte ich, daß selbst meine durchnäßte Arbeitskluft noch intakt war … Nein, gänzlich pechschwarze Finsternis herrschte nicht, von oben schimmerte schwacher Glanz herunter … Langsam setzte ich mich auf, dachte wie ein Geist, fragte mich, welche besonderen Kräfte ich jetzt wohl haben mochte, und wünschte, meine Seele könnte sich nun endlich aus dem Dreck lösen, sich aufschwingen und davonfliegen.

Statt dessen wumste mein Kopf auf ganz ungeisterhafte Weise gegen eine harte Fläche.

Bums.

Ich taumelte, stöhnte, tastete mit beiden Händen umher und entdeckte über mir eine Wölbung aus transparentem Hyperglas. Die Kapsel umgab mich an allen Seiten. Größer als ein Sarg, wenn auch nicht viel größer ... Die Vorrichtung mußte im letzten Moment zu meiner Rettung aktiv geworden sein, von unten wurde Luft hereingepumpt, die Verriegelung hielt die Belastung aus. Diese Rettungskapsel stand eindeutig auf keinem Konstruktionsplan verzeichnet. Ich war am Leben, klatschnaß und benommen, aber noch aus Fleisch und Blut ...

Und nicht mehr allein.

Neben mir erhob sich, sichtbar im schwächlichen, kühlen Licht, eine nackte Gestalt aus dem Morast – Künstlerin, Foltermeisterin, Mutter Natur in Person –, wischte sich gelassen und voller Würde Matsch aus den Augen und vom zu einem Feixen verzogenen Mund. Und sie beugte sich zu mir herüber und legte die Lippen an mein Ohr. »Na, Schüler«, fragte sie mich durch das laute Brausen, »was hast du heute gelernt?«

Ich konnte nicht sprechen; ich war kaum zum Denken imstande.

Sie öffnete meine Arbeitsmontur und küßte mich auf die nackte Brust. »Das Geheul des achtbeinigen Ungeheuers war bloß 'ne Aufnahme. Nur 'ne kleine Illusion.«

Aber für mich hatte es echt geklungen; noch jetzt empfand ich es als echt.

»Ich würde dir doch niemals absichtlich etwas antun«, behauptete Ula. »Weder dir noch sonst irgendwem.«

Zu gerne hätte ich ihr geglaubt.

»Ich habe die ganze Zeit hindurch auf dich achtgegeben, Hann. Kein einziges Mal habe ich die Augen von dir gewandt.«

Vielen Dank.

»Ich bin nicht herzlos.« Schweigen. »Mir kam's nur auf eins an ...«

Ja?

»Ich wollte dir zeigen ...«

Was?

»Tja, was? Was habe ich dir gezeigt, Liebling?«

Verkniffenen Blicks schaute ich durch die dicke Wandung der Rettungskapsel. Das schwärzliche Wasser schäumte langsamer, kühlte ab, die Wogen glätteten sich. Mein Verstand klärte sich, Antworten lagen mir auf der Zunge, doch Ula war auf diesen Moment gefaßt, ihre Hand schmeckte nach Erde, als sie sie mir auf den Mund drückte.

Still lagen wir nebeneinander wie in einem Doppelgrab.

Zwei Tage lang mußten wir warten, während rings um uns das Wasser gefror und keiner von uns ein Wort sprach, das Knirschen der frischen Eisbildung vollkommenes Schweigen durchdrang. Es war ein besinnliches, verständiges Schweigen. In meinem Kopf formte ich Welten – großartige, schöne und authentische Milieus, die von den Schwächen und Kräften des Lebens strotzten –, dann näherte sich uns das Bohren und Hacken der Robots. Sie rissen halbverbrannte Bäume aus dem Eis und schleiften sie beiseite. Als erstes sah ich Bewegung, dann Sterne. Danach eine wohlbekannte, untersetzte Erscheinung. Provo Lei linste in die Rettungskapsel, das runde Gesicht gleichermaßen voller Grimm und Erleichterung; und als er sich anschickte, uns herauszuschneiden, wandte ich mich in diesen letzten Minuten der Einsamkeit an Ula, machte endlich doch den Mund auf.

»In Wahrheit wolltest du niemals Welten terraformen«, warf ich ihr vor.

»Welten sind Kleinkram«, erwiderte sie mit Verachtung. Der Laser, den Provo Lei benutzte, erleuchtete ihr verschwommenes Lächeln, und ein grünes Auge zwinkerte mir zu. »Sag's, Hann«, forderte sie. »Was ist mir wirklich wichtig?«

Etwas größeres als Welten, soviel wußte ich.

Und für einen Sekundenbruchteil begriff ich …

Aber als ich mir die Hand vor den Kopf schlug und die Antwort nennen wollte, zertrennte Provo Lei das Hyperglas und verdarb mir die Gelegenheit. Plötzlich hatte Ula sich verändert, war zum verschmollten kleinen Mädchen geworden, das die Unterlippe nach vorn schob. »Ach Vater«, rief sie mit kläglichem Stimmchen. »Ich bin so ein ungeschicktes Trampel, Vater. Es tut mir leid, es tut mir total leid. Wirst du mir je verzeihen? Bitte, bitte?«

Terry Bisson

DAS UHRWERK

Der Asteroidengürtel ist eine ruhige Gegend, die Sonne so weit entfernt, daß man sie nicht singen hören kann. Das Brausen der Abermillion von Sternen, die sich selbst verbrennen, verursacht keinen Lärm. Lediglich ein Piep-piep-piep störte die Stille.

Carol Ben Carol hörte das Piepen. Mit dem Sucher spürte sie die Quelle auf, fand sie mit dem Finder. Was sie entdeckte, war silbern, kugelförmig und hatte ungefähr die Größe eines Autos. Sie zog es mit einem Netz in die Kälteschleuse.

C.B. Carol war nach ihren Eltern genannt worden, so wie man diese wiederum nach ihren Eltern genannt gehabt hatte. Sie stammte aus einer Familie mit einer Namensgebungstradition, die die hundert Generationen des ›Hier bin ich‹ überlebt hatte, die jede Namenstradition durchläuft, von denen nur eine unter tausend so lang überdauert, daß sie sich durch die ganze galaktische Lebensspanne jeder fühlenden oder sonstigen Spezies zieht.

Kleiner als ich dachte, sagte sie; nicht auf englisch, sondern in einer Sprache, die lediglich noch Nachklänge des Englischen umfaßte, dieses uralten, einst erhabenen, knarrend-rauchigen Mischmaschs. Eine Sprache hält sich, so wie eine Douglas-Tanne, etwa 500 Jahre lang.

Carol führte viele Selbstgespräche; sie war eine gute Zuhörerin. Seit fast einem Jahr durchstreifte sie den

Asteroidengürtel und wühlte nach Schwermetallen. Was sie diesmal gefunden hatte, war – wie schon erwähnt – eine Silberkugel in der ungefähren Größe eines Autos.

Es ist kein Raumschiff, konstatierte C.B. Carol. Soviel stand fest. Keine Antriebsaggregate, keine Lebensformen-Milieus waren vorhanden, keine Anziehungskräfte gingen davon aus. In ihrem jungen Herz der Herzen dachte sie, daß vielleicht der alte Traum der Träume Wirklichkeit geworden sein könnte, als sie den Rauch eines fremden Feuers sah. Denn die Silberkugel war ein künstlich konstruiertes Produkt, und Carol war selbst produktiven Schlags.

Vorzeitig beendete sie ihr Durchstreifen des Asteroidengürtels und beförderte die Silberkugel nach Hause. Denn sie war vom häuslichen Typ, von der Art der Sammlerinnen, die die Zweige der Planeten aufgelesen und daraus eine Wiege gebaut hatten, um ihr Kind in den Schlaf zu wiegen. Über weite Ferne brachte sie die Silberkugel zur wasserreichen, windigen, kleinen Haims, Heimuoti, Heimuot, Hemode oder Heimat ihrer Ahnen.

Die Forschungsgruppe lud sie zur Mitarbeit ein (weil sie es gewesen war, die die Silberkugel mit dem Netz in die Kälteschleuse gezogen hatte). Außer ihr zählten zur F-Gruppe: T.R. an de Markus, Bitter Süß, Orson Farr und Grohn Elisabeth, zudem (um der Symmetrie willen) zwei Zwillingspaare. Alle waren sie vom neugierigen, wissensdurstigen Forschertyp.

Die F-Gruppe setzte sich zusammen, während ringsum Eichenlaub fiel, zu hübsch bunten, langgestreckten Haufen verwehte. Alle Beteiligten waren gute Zuhörer und lauschten dem Piep-piep-piep.

Jeder Piepser bestand aus kürzeren Piepsern, und diese aus noch kürzeren. Dem lag Mathematik zugrunde. Bitter Süß knackte die Mathematik. »Finde mich«, besagte sie.

Das ist schon erledigt, stellte Carol Ben Carol fest.

Schließlich bemerkte man an der Silberkugel eine Klappe, nicht ganz so groß wie eine Tür. Dahinter schwebte und eierte in einem stillen Lichtstrahl eine kleinere Kugel. Piep-piep-piep, musizierte sie.

T.R. an de Markus enträtselte die Musik. »Korrigiert mich«, lautete ihr Gesang. Und genau das tat die F-Gruppe, denn ihre Mitglieder gehörten auch zu der Sorte Leute, die Ordnung schufen. Ein kurzes Schlingern, die Aufgabe eine schlichte Angelegenheit von sicherer Hand und Augenmaß. Die silbernen Drähte der Sterne strafften sich. Die Piepser verschmolzen zu einem unablässigen, leisen, monotonen Summen.

Das Summen verstummte.

Doch das Schweigen war beredt. »Schickt mich weiter«, raunte es. Leicht enttäuscht nickten die Angehörigen der F-Gruppe. Sie hatten ihre Arbeit geleistet.

Carol Ben Carol transportierte die Silberkugel in den Asteroidengürtel zurück. Orson Farr begleitete sie. Die Planeten strudelten im Kreisen ihres Mahlstroms vorüber.

Carol Ben Carol dachte an die, von denen die Silberkugel zuvor gefunden und korrigiert worden war, und an die, die es vorher getan hatten. Die Silberkugel war so unvorstellbar alt. Carol fragte sich, wer sie wohl fand, nachdem sie sie repariert und weitergeschickt hatte. Wenn nun überhaupt niemand auf sie stieß? Es machte Carol angst, die Silberkugel weiterziehen zu lassen.

Sie muß rund alle Million Jahre gefunden und neu justiert werden, sagte sie, sonst wird sie langsamer. Fängt zu eiern an. Rotiert nicht mehr richtig. Irgendwann bleibt sie ganz stehen. Deshalb verursachte es in Carol Angstgefühle, die Silberkugel ziehen zu lassen.

Dann laß sie uns hier behalten, schlug Orson Farr vor. Vielleicht gibt es uns eine Million Jahre lang. Aber wahrscheinlich nicht.

Wahrscheinlich nicht, stimmte Carol Ben Carol zu, die die Silberkugel mit dem Netz in die Kälteschleuse geholt hatte. Sie wischte sie blank, bis sie wie ein Spiegel gleißte. Als sie die glänzende Fläche betrachtete, erblickte sie eine Million im Rotieren begriffener Riesenwirbel aus Strömen glimmernden Kohlenstoffs, von denen manche nur vielleicht, einige aber mit Sicherheit eines Tages anderes Leben hervorbrachten, das umherstreifte, suchte, fand und Ordnung schuf.

Und was betreibt sie? fragte Orson Farr.

Carol zeigte auf die Sterne. Das Universum, antwortete sie, gab der Silberkugel einen Schubs und schickte sie wieder auf den Weg.

Originaltitel: ›The Player‹ · Copyright © 1997 by Mercury Press, Inc. · Aus: ›The Magazine of Fantasy & Science Fiction‹, Oktober/November 1997 · Aus dem Amerikanischen übersetzt von Horst Pukallus

---

Ben Bova

DIE MARSPRINZESSIN

Ich lehnte mich in meinem Bürostuhl zurück und starrte auf den dreieckigen Bildschirm.

»Wie nennt ihr das Ding?« fragte ich den Marsianer.

»Das ist ein Interozitor«, antwortete er. Wie gewohnt lag er halb im Wasserbecken.

»Sieht aus wie ein Fernsehapparat«, sagte ich.

»Im Prinzip funktioniert er ähnlich wie euer Fernsehen, aber der Unterschied ist, daß die Bilder in Farbe sind, und man kann sich in der Vergangenheit aufgezeichnete Ereignisse anschauen.«

»Wir sollten uns die Rede des Präsidenten anhören«, meinte Professor Schmidt.

»Warum? Wir wissen doch, was er erzählen will. Er wird erklären, daß er noch vor neunzehnhundertsiebzig einen Menschen zum Mond schickt.«

Der Marsianer schlotterte. Sein Name bestand aus einer Aneinanderreihung von Zisch- und Knurrlauten, die ungefähr wie Wurzelsepp klangen. So rief ich ihn jedenfalls. Anscheinend hatte er nichts dagegen. Er war Baseball-Fan, genau wie ich.

Wir saßen in Culver City in meinem Büro und guckten uns Ted Williams' letztes Spiel an, das im Vorjahr stattgefunden hatte. Also *das* war ein Baseball-Spieler. Der beste Schlagmann seit Ruth. Und freimütig wie Harry Truman. Wenn ihm etwas nicht paßte, konnte ihn der Rest der Welt am Arsch lecken. Dafür habe ich ihn immer bewundert. Vergangenes Jahr hatte ich fast die ganze Spielsaison versäumt; ich war von den Marsianern auf Safari mitgenommen worden. Sie erwiesen mir andauernd kleine Gefälligkeiten; als neuestes hatten sie mir diesen Interozitor überlassen.

»Ich glaube«, quengelte Schmidt, »wir sollten uns trotzdem Präsident Kennedy ansehen.«

»Wenn Sie möchten, können wir ihn uns anschließend angucken», bot Wurzelsepp ihm diplomatisch an. Wie erwähnt, er hatte sich zu einem richtigen Baseball-Fan gemausert, und wir wollten beide sehen, wie der Harte Willi zum Abschluß seinen Lauf um sämtliche Male hinlegte.

Wurzelsepp ist ein typischer Marsianer. Manche Wissenschaftler sind noch nicht imstande, einen Marsianer vom anderen zu unterscheiden, weil sie sich alle so ähnlich sind, und ich vermute, der Grund ist, daß sie alle geklont statt durch Geschlechtsverkehr gezeugt worden sind. In dieser Hinsicht geht es auf dem Mars reichlich freudlos zu, muß man wissen. Aber natürlich sind die meisten Wissenschaftler außerhalb ihres besonderen Fachgebiets selten allzu helle. Zum Beispiel beachte man Einstein. Ein genialer Denker. Allerdings bildet er sich ein, sobald wir sämtliche Atombomben verschrotten, herrsche Friede auf Erden. Na klar.

Auf alle Fälle ist Wurzelsepp um eins fünfzig groß und hat dunkle, lederartige Haut, die an einen Fußball erinnert, der zu lang in der Sonne gelegen hat. Vom Wasser im Becken sieht er natürlich noch dunkler aus. Eine mächtig dicke Tonnenbrust hat er, ansonsten jedoch ist er regelrecht spindeldürr, Arme und Beine sind schmächtig wie Besenstiele. Zum Laufen im Sand haben die Füße zwischen den Zehen Häute entwickelt. An den Händen sind fünf Finger und ein abgewinkelter Daumen, nur stecken in den Fingern dermaßen viele kleine Knöchelchen, daß sie biegsam wie die Tentakel eines Tintenfischs sind.

Marsianer müßten eigentlich einen wirklich furchterregenden Eindruck machen, glaube ich, hätten sie nicht so einfältige Gesichter. Sie haben große, schwermütige Triefaugen mit langen Frauenwimpern, wie ein Kamel; die Nase ist so platt, daß sie von einer zur anderen Wange reicht; hinzu kommt ein breiter Mund ohne Lippen, der ständig albern grinst, ungefähr so, wie man es von einem Delphin kennt. Aber ohne Zähne. Sie verzehren nur flüssige Nahrung. Außerdem haben sie eine lange Zunge, ganz wie etliche Insekten, die gut für gewisse sexuelle Praktiken wären, wenn sie davon eine Ahnung hätten; das ist jedoch nicht der Fall, und meistens bewahren sie die Zunge aufgerollt in einer eigens dafür vorhandenen Grube innen in der Backe auf, damit sie uns Erdlinge nicht aus der Fassung bringen. Wie sie mit eingerollter Zunge sprechen, bleibt mir ein Rätsel.

Und Wurzelsepp lag, wie gesagt, halb im Wasserbehälter. Er brauchte den Auftrieb des Wassers, um sich in der irdischen Schwerkraft wohlzufühlen. Andernfalls hätte er seinen Exoskelett-Anzug tragen müssen, und nur für die Zusammenkunft mit Professor Schmidt mochte ich ihm so etwas nicht zumuten.

Unzufrieden zappelte der Professor auf dem Stuhl. Für Baseball interessierte er sich keinen Deut, aber wenigstens konnte er Wurzelsepp von den übrigen Marsianern unterscheiden. Und zwar deshalb, nehme ich an, weil er einer der wenigen Auserwählten ist, die die Marsianer schon seit ihrer Bruchlandung in Neu-Mexiko kennen, also seit neunzehnhundertsechsundvierzig.

Auf jeden Fall, Williams leistete als Läufer seinen schneidigen Durchgang, die Zuschauer im Fenway-Park-Stadion sprangen auf und jubelten – eine Stunde lang, schien es –, aber er kam kein einziges Mal aus dem Umkleideraum, um für sie nur zum Abschied an die Mütze zu tippen. Gut gemacht. Er selbst bis zum Ende. Das war sein letzter Auftritt auf einem Spielfeld gewesen. Ich merkte, daß mir Tränen in den Augen standen.

»Können wir *nun* zum Präsidenten umschalten?« fragte Schmidt gereizt. Im Grunde genommen hatte er wegen seines rundlichen, rotbäckigen Gesichts und des hellblonden Barts Ähnlichkeit mit einem jugendlichen Weihnachtsmann. Im allgemeinen war er ziemlich gutmütig, aber die Verantwortung, die auf ihm lastete, zermürbte ihm allmählich die Nerven.

Wurzelsepp schob einen langen, geschmeidigen Arm aus dem Wasser und fummelte an der Bedienung unter dem in einer Aufhängung angebrachten Dreieckbildschirm des Interozitors. In voller Farbe erschien – mitten in seiner Rede an beide Häuser des Kongresses – FJK auf der Scheibe.

»Ich bin der Meinung, unsere Nation sollte sich dem Ziel widmen, noch vor Ablauf dieses Jahrzehnts einen Menschen auf den Mond zu schicken und wohlbehalten zur Erde zurückzuholen. Ich glaube, wir sollten zum Mond fliegen.«

Wurzelsepp versank im Wasser, bis nur noch seine Glubschaugen herausschauten, und stieß mit lautem Blubbern Blasenschwälle aus; auf diese Weise zeigte er Bestürzung.

Schmidt wandte sich mir zu. »Das müssen Sie ihm ausreden«, forderte er unverblümt.

Ich hatte Kennedy nicht gewählt. Ich hatte sogar mein gesamtes Personal angewiesen, gegen ihn zu stimmen, kann mir allerdings vorstellen, daß manche Leute mir aus falschverstandenem Unabhängigkeitsdenken nicht gehorchten.

Aber jetzt, da er Präsident war, empfand ich Mitleid für das Bürschchen. Eisenhower hatte alles ziemlich übel schleifen lassen. Im Nahen Osten machten sich

Kommunistenschweine breit. Kommunisten hatten den ersten künstlichen Satelliten ins All geschossen und erst vor wenigen Wochen auch den ersten Menschen ins All befördert, einen gewissen Juri Sowieso. Unterdessen hatte der junge Kennedy diesen hirnrissigen Plan zur Rückeroberung Kubas abgesegnet. Die CIA-Kerls waren von mir darauf aufmerksam gemacht worden, daß man dafür starke Luftunterstützung brauchte, aber sie ließen sich nichts sagen und landeten in der Schweinebucht, ohne daß nur eine Piper Luftaufklärung geflogen hätte. Daher das Fiasko.

Und nun wollte der neue Präsident die Allgemeinheit von diesen Schlappen ablenken, indem er einen Menschen zum Mond schoß. Dadurch würde alles zunichte, für das wir uns seit dem ersten Erscheinen der Marsianer auf der Erde – ihrer verzweifelten Notlandung vor fünfzehn Jahren – mit solchem Aufwand eingesetzt hatten.

Mir war klar, daß *irgend jemand* den Präsidenten von dieser Schnapsidee des Mondflugs abbringen mußte. Und von der Handvoll Leute, die das Marsianergeheimnis kannten, kam wahrscheinlich als einziger, der mit dem Weißen Haus auf gleichberechtigter Ebene verhandeln konnte, ich in Frage.

»Na gut«, sagte ich zu Schmidt. »Aber er muß zu uns kommen. Ich gehe nicht nach Washington.«

So einfach war die Sache naturgemäß nicht. Der Präsident der Vereinigten Staaten gurkt nicht durch die Gegend, um einen Industriemagnaten zu besuchen, egal wie viele Dienste der Magnat seinem Vaterland erwiesen hat. Und von meinem bedeutendsten Dienst wußte er ja überhaupt nichts.

Die Lage verschlimmerte sich, während meine Leute mit seinen Leuten mauschelten, zudem dadurch, daß das Mädchen, das ich auf eine Laufbahn als Filmstar vorbereitete, sich als Spitzel der gottverdammten Steuerfahndung entpuppte. Ich hatte schon mancherlei Erfahrungen mit den Steuerschnüfflern gesammelt, aber selbst von ihrer Seite betrachtete ich es als Gemeinheit, ein so schönes Filmsternchen wie Jean gegen mich zu verwenden. Als wahren Tiefschlag.

Eigentlich waren Jean und ich glänzend miteinander ausgekommen. Sie war groß, dunkelhaarig und wirklich reizend, hatte eine nette Gemütsart und eine großäugige Unschuldsmiene, also alles, was einem alten Sausack wie mir das Dasein noch lebenswert macht. Und der Umgang mit mir gefiel ihr, sie konnte von allem, was ich ihr zu bieten hatte, gar nicht genug kriegen. Eines meiner Steckenpferde war das Filmedrehen, für mich der vorteilhafteste Weg, um Mädchen kennenzulernen. Man glaube es oder nicht, aber in Wahrheit bin ich sehr schüchtern. Allein im Flugzeug in viertausend Meter Höhe fühle ich mich wohler als auf Cocktailpartys in Hollywood. Aber hat man ein Filmstudio, drängen die Mädchen in Scharen herein.

Wie erwähnt, Jean und ich verstanden uns prächtig. Nur wachte ich während der Zeit, in der meine Mitarbeiter mit den Beamten im Weißen Haus kungelten, eines Morgens auf, sah Jean am Schreibtisch meines Schlafzimmers sitzen und meine Schubladen durchsuchen. Also meine Schreibtischschubladen.

Mit einem halboffenen Auge beobachtete ich sie. Da saß sie, nackt wie eine griechische Göttin, einfach wundervoll anzuschauen, und durchwühlte die Papiere in meinen Schubladen. Selbstverständlich habe ich nie irgend etwas Verfängliches in meinem Schreibtisch. Sämtliche Geschäftsunterlagen befinden sich in einem luftdicht verschlossenen, feuerfesten Panzerschrank meines Büros.

Etwas jedoch hatte sie entdeckt, das ihr höchstes Interesse erregte. Sie hatte es so in der Hand, daß ich es nicht sehen konnte, hielt den Kopf gut und gerne zehn Minuten lang über den Fund gesenkt; das schwarze Haar fiel ihr in Wellen auf die bloßen Schultern wie ein Fluß aus geschliffenem Onyx.

Plötzlich hob sie den Blick in den Spiegel und merkte, daß ich ihr zuschaute.

»Durchwühlst du immer die Schreibtische deiner Liebhaber?« fragte ich. Um ehrlich zu sein, ich war ziemlich wütend.

»Was ist das?« Sie drehte sich um, und nun sah ich, daß sie eine meiner Safari-Fotografien zwischen Daumen und Zeigefinger hatte, als wollte sie vermeiden, darauf Fingerabdrücke zu hinterlassen.

Verflucht noch mal! dachte ich. Diese Aufnahmen hätte ich wirklich im Pornofilm-Archiv wegschließen sollen.

Jean stand auf und kam zum Bett. Ganz lieb, als wäre nichts geschehen, hockte sie sich auf die Bettkante und streckte mir das Foto vor die schlaftrunkenen Augen.

»Was ist das?« fragte sie ein zweites Mal.

Es war ein Foto, das einen Marsianer namens Knacker, den Physiker James Gamow, James Dean und mich in einem triefnassen, düsteren Dschungel vor dem Brontosaurier zeigte, den ich erlegt hatte. Das heißt, einem Exemplar der venusischen Art von Brontosaurier. Er sah wie ein kleiner Berg getupften Leders aus. Ich hatte das Betäubungsstrahlengewehr, das mir von Knacker für die Safari geliehen worden war, in der Hand.

Blitzartig dachte ich nach. »Ach, das da. Das ist 'n Standfoto aus 'nem Science-Fiction-Film, an dem wir vor Jahren Dreharbeiten aufgenommen, den wir aber nie fertiggestellt haben. Die Trickaufnahmen waren zu teuer.«

»Das ist doch James Dean, oder nicht?«

Ich warf einen Blick auf das Bild, als versuchte ich mich an etwas recht Belangloses zu erinnern. »Ja, ich glaube schon. Der Junge verlangte mehr Zaster, als ich für das Filmprojekt ausgeben wollte. Das hat dem Vorhaben den Todesstoß versetzt.«

»Er ist seit fünf oder sechs Jahren tot.«

»So lang ist's schon her?« In Wahrheit lebte James Dean und arbeitete mit großem Vergnügen auf der Venus mit den Marsianern zusammen. Er hatte seine Schauspielerlaufbahn an den Nagel gehängt und das Leben auf der Erde weit hinter sich gelassen, um wirkungsvollerer Tätigkeit nachzugehen, als das Friedenskorps des Präsidenten es je im Traum erahnen könnte.

»Ich wußte gar nicht, daß er in einem deiner Filme mitgespielt hat«, sagte Jean mit träumerisch-schwärmerischem Tonfall. Wie jede Frau ihres Alters hatte sie eine Schwäche für James Dean gehabt. Und genau das hatte den armen Burschen schließlich zur Venus getrieben.

»Hat er auch nicht«, stellte ich barsch klar. »Wir konnten uns nicht über die Bedingungen einigen. Komm wieder ins Bett.«

Jean tat wie geheißen, aber da läutete mein elendes Privattelefon. Nur fünf Leute auf der ganzen Erde kannten die Rufnummer, und eine dieser Personen war kein Mensch.

Ich tastete nach dem Hörer. »Ich hoffe«, sagte ich in die Sprechmuschel, »es geht um was Wichtiges.«

»Die Frau, mit der Sie zusammen sind«, erklärte Wurzelsepp mit seiner Zischelstimme, »ist eine Regierungsagentin.«

Ach ja, übrigens sind die Marsianer auch Telepathen.

Also unternahm ich mit Jean in meinem Bentley-Kabriolett eine Spazierfahrt in die Wüste. Sie fand an der Landschaft Gefallen, hielt sie für romantisch. Wenigstens behauptete sie es. Was mich betrifft, so dachte ich, wenn ich das erbärmliche Strauchland der Mojave sah, an das, was darauf entstehen könnte: blühende Anbauflächen, großzügig angelegte Wohngebiete, wo Menschen, die jetzt in überfüllten Städten hausten, ihre Kinder aufzogen, prachtvolle Einkaufspassagen. Gegenwärtig war es zu nichts anderem gut, als daß Chuck Yeager und Scott Crossfield dort Testflugzeuge erprobten und gelegentlich die Marsianer ihre Fliegenden Untertassen landeten. Natürlich nach Anbruch der Dunkelheit.

»Schau dir bloß mal den Sonnenuntergang an«, rief Jean fast atemlos aus vielleicht echter, vielleicht aber auch vorgetäuschter Erregung. Immerhin war sie Schauspielerin.

Daß der Sonnenuntergang einen schönen Anblick bot, mußte ich ohne weiteres zugeben. Das Rot und Lila leuchtete strahlender als die Technicolor-Farben.

»Wohin fahren wir?« fragte Jean wiederholt und jedesmal ein wenig nervöser.

»Es ist 'ne Überraschung.« Ich mußte fahren, bis es dunkel genug war; es gab ohnehin genügend UFO-Sichtungen, und es wäre unzweckmäßig gewesen, irgendwem so einen Flugkörper auch noch auf dem Präsentierteller vorzuführen. Oder zu riskieren, was noch verhängnisvoller wäre, daß jemand ihn fotografiert.

Groß und hell traten die Sterne an den Himmel, sahen aus, als wären sie zum Greifen nah. Ich achtete auf einen, der herabschweben sollte, um vor uns neben der Straße zu landen. Das ganze Gerede über Fliegende Untertassen mit grünen Strahlen, die dazu dienen, Autos oder Flugzeuge an Bord zu ziehen, ist nur, wie sich von selbst versteht, purer Blödsinn. Über dergleichen verfügen die Marsianer nicht. Ich wünschte, sie hätten so etwas.

Wenig später sehe ich das Lichtchen.

»Guck mal«, ruft Jean. »Eine Sternschnuppe.«

Ich sagte nichts. Ein paar Minuten später fiel das Scheinwerferlicht auf die Untertasse, die an der Straße parkte und von der Hitze, die beim Einflug in die Erdatmosphäre entstanden war, noch ein wenig schimmerte.

»Erzähl mir bloß nicht, du bist so weit hinausgefahren, um mir wieder so eine Filmkulisse zu zeigen«, äußerte Jean. Man hörte ihr Enttäuschung an. »Das ist doch wohl nicht deine große Überraschung, oder?«

»Nicht ganz«, antwortete ich und fuhr zu der dünnen, kurzen Einstiegsleiter der Untertasse.

Jean war ziemlich verstimmt. Sogar als zwei Marsianer die Leiter herunterturnten, glaubte sie noch an Filmaufnahmen. Wegen der Schwerkraft mußten die Marsianer sich gehörig langsam und vorsichtig bewegen und erinnerten deshalb tatsächlich an gewisse Monsterfilme, die wir gedreht haben. Beeindruckt fühlte sich Jean überhaupt nicht.

»Ehrlich gesagt, Howard, ich weiß wirklich nicht, warum ...«

Da berührte der eine Marsianer sie mit seiner schlangenfingrigen Hand, und sie stieß einen Kreischer aus, den ein gut geschultes Filmsternchen gewöhnlich nicht von sich gab. Sie sank in Ohnmacht.

Wurzelsepp war nicht in dem Raumschiff. Die Marsianer wagten keine Landung in Culver City, um ihn an Bord zu nehmen, nicht einmal bei Nacht. Niemand außer mir und Professor Schmidt wußte, daß er sich dort in meinen Büroräumen aufhielt. Und selbstverständlich die anderen Marsianer.

Folglich setzte ich mich am Interozitor des Raumschiffs mit ihm in Verbindung, während seine Mitmarsianer Jean auf eine Liege betteten. Dabei schob ihr Rock sich weit nach oben und entblößte weitgehend ihre Beine.

»Es tut ihr doch niemand weh, oder?« fragte ich Wurzelsepp.

»Auf gar keinen Fall«, beteuerte mir sein auf dem dreieckigen Hängebildschirm sichtbares Konterfei. »Ich dachte, du kennst uns besser.«

»Ja, sicher kenne ich euch. Ihr könnt keiner Fliege ein Härchen krümmen. Trotzdem, sie ist praktisch noch 'n Kind ...«

»Es wird lediglich in ihr Bewußtsein Einblick genommen, um festzustellen, wieviel sie wirklich weiß. Das Verfahren beansprucht nur wenige Minuten.«

Ich will hier keine Einzelheiten auswalzen. Im Umgang mit anderen Geschöpfen sind die Marsianer außerordentlich empfindsam. Keiner Fliege etwas antun? Mann Gottes, im Vergleich zu ihnen könnte man den Dalai Lama als blutgierigen Irren bezeichnen.

Mit äußerster Behutsamkeit, fast wie eine Mutter, die ihr schlafendes Kind streichelt, legten drei Marsianer ihre tentakelähnlichen Finger auf Jeans Gesicht und Stirn. Auf diese Weise blickten sie ihr ins Hirn. Ein Drehbuchautor bekam aus zweiter oder dritter Hand Wind von dieser Technik und benutzte sie einige Jahre später in einem Fernsehfilm. Er nannte sie Velcro-Geistverschmelzung oder so ähnlich.

»Wir haben für Sie«, wandte der Wissenschaftsoffizier des Raumschiffs sich anschließend an mich, »eine gute und eine schlechte Neuigkeit.«

Sein Name klang ungefähr wie Knitsch. Streng genommen ist jeder Marsianer ein ›es‹, kein ›er‹ und keine ›sie‹. Trotzdem, für mich waren sie immer männlich.

»Die gute Neuigkeit ist«, erklärte Knitsch, »daß diese Frau von unserer Existenz keinerlei Kenntnis hat. Sie hegt nicht den leisesten Verdacht, daß es Marsianer gibt oder daß Sie mit uns in Kontakt stehen.«

»Na, aber jetzt weiß sie's«, grummelte ich.

»Die schlechte Neuigkeit lautet«, sagte der Marsianer, indem das dümmliche Grinsen seiner Deppenvisage noch breiter wurde, »daß sie neben der Schauspielerei als verdeckte Ermittlerin für die Steuerfahndung tätig ist.«

Ach du Schande.

Ich besprach die Sache mit Wurzelsepp. Danach verständigte er sich auf marsianisch mit Knitsch. Zum Schluß redeten wir alle durcheinander. Schon längst hatten wir für derartige Fälle – wenn irgendwer auf unser Geheimnis stößt – eine Standardmaßnahme ausgeheckt, nur paßte es mir nicht so recht, sie auch bei Jean anzuwenden. Allerdings blieb uns kaum eine Wahl.

Also stimmte ich widerwillig zu. »Aber seid mir bloß verdammt rücksichtsvoll mit ihr«, mahnte ich nochmals. »Sie ist kein doofer Dorfpolizist, den eine eurer beschissenen, unzuverlässigen Untertassen aus dem Dösen aufgeschreckt hat.«

In Wahrheit erwiesen sich ihre Untertassen als überwiegend zuverlässig, ab und zu jedoch gerät eine von ihnen bei atmosphärischen Turbulenzen in geringer Höhe in Schwierigkeiten. Die meisten UFO-Sichtungen ereignen sich, wenn so ein verwünschtes Ding zu tief über der Erde herumschwirrt.

Wurzelsepp und Knitsch versprachen mir ganz besondere Vorsicht.

Folglich löschten und veränderten die Marsianer mit äußerster Einfühlsamkeit gewisse Teile aus Jeans Gedächtnis, so daß sie sich am nächsten Morgen, als sie, nur einen halben Kilometer von einer Tankstelle entfernt, in der Mojave-Wüste erwachte, daran entsann, durch Außerirdische einer fremden Welt entführt und an Bord einer Fliegenden Untertasse gebracht worden zu sein.

Natürlich wollten die Behörden sie gleich in die

Klapsmühle stecken. Ich schickte ihnen aber unverzüglich eine Horde Rechtsanwälte auf den Hals, um sie loszueisen, weil sie bei meinem Filmstudio unter Vertrag stand. Das Filmstudio übernahm für sie die Verantwortung, und meine Anwälte machten den Beamten weis, sie müßte eine Starrolle in einem bedeutenden Film spielen. Sofort glaubten die Dussel, der Vorfall in der Wüste wäre nur Effekthascherei gewesen, um die Beachtung der Öffentlichkeit auf uns zu lenken, und ließen sie gehen. Und in der Tat schanzte ich Jean ein paar größere Rollen zu, die ihrer Tätigkeit für die Steuerfahndung ein Ende bereiteten; allerdings bin ich der Ansicht, nachdem ihre Behauptung, UFO-Außerirdische hätten sie entführt, Schlagzeilen gemacht hatte, mochten die Bonzen im Finanzministerium ohnedies nichts mehr mit ihr zu tun haben. Jedenfalls habe ich mich treu um sie gekümmert. Schließlich habe ich sie sogar geheiratet. Das kommt dabei heraus, wenn man sich mit Marsianern abgibt.

Man muß wissen, daß die Marsianer sich tatsächlich nach *sehr* hohen ethischen Normen richten. Willentlich schädigen sie nichts und niemanden. Sie treten nicht einmal auf eine Ameise. Dann und wann sind wir deshalb schon in ernste Verwicklungen verstrickt worden. Gelegentlich läuft ihnen ein Mensch in die Arme, und das gesamte Geheimnis droht aufzufliegen. Sie könnten im Gehirn desjenigen gewissermaßen reinen Tisch machen, aber dadurch würde das arme Schwein zum Zombie. Darum beschränken sie sich darauf, im Gedächtnis des Betroffenen nur möglichst kleine Bereiche abzuwandeln.

Und jedesmal pflanzen sie die Erinnerung ein, in eine Fliegende Untertasse geholt worden zu sein. Es sei erforderlich, sagen sie mir. Auch diese Haltung ergibt sich aus ihren Moralbegriffen. Sie stellen uns ständig auf die Probe – das heißt, die Menschheit als Ganzes –, um herauszufinden, ob wir reif dafür sind, Besucher von einer anderen Welt zu begrüßen. Bisher ist die Menschheit insgesamt noch bei jedem Test durchgefallen.

Eine winzige Anzahl Auserlesener weiß über sie Bescheid. Ich bin verdammt stolz darauf, zu diesen Menschen zu zählen, das muß ich gestehen. Aber der Rest der Menschheit, der Mann auf der Straße, die Zeitungsreporter, Prediger und selbst der durchschnittliche Universitätsgelehrte – samt und sonders belustigen sie sich über die bloße Vorstellung, es könnte auf einer fremden Welt irgendeine andere Art von Leben vorhanden sein, oder aber, diese Möglichkeit erschreckt sie schier zu Tode. Man schaue sich nur einmal die Filme an, die wir abkurbeln.

»Wie traurig, daß euer Volk dermaßen fremdenfeindlich ist«, hat Wurzelsepp mehr als einmal zu mir gesagt, und die großen, feuchten Augen widerspiegelten trotz des überbreiten Clown-Grinsens seines Gesichts regelrechte Schwermut.

Ich erinnerte mich an Orson Welles' neunzehnhundertachtunddreißig ausgestrahltes Hörspiel *Der Krieg der Welten*. Die Hörer wurden hysterisch, weil sie sich einbildeten, es wären wirklich Marsianer in New Jersey gelandet, obwohl nicht im entferntesten begreiflich ist, wieso irgend jemand daran Interesse haben sollte, eine Invasion ausgerechnet in New Jersey durchzuführen. Ich hatte andauernd mit Marsianern zu tun, und sie waren so sanft wie Schmetterlinge. Doch mir würde niemand glauben; Otto Normalverbraucher schösse erst seinen Fünfundvierziger leer und erkundigte sich anschließend nach ihrer Herkunft.

Darum mußte ich den Präsidenten davon überzeugen, daß es katastrophale Folgen hätte, wenn er Astronauten zum Mond schickte.

Endlich einigten sich meine Mitarbeiter und Kennedys Leute über die Umstände der Zusammenkunft, und das Ergebnis war die Abmachung, daß wir uns auf dem Luftwaffenstützpunkt Edwards in der Mojave-Wüste treffen sollten. Zu einer hochgeheimen Unterredung. Am Abend hatte JFK in Los Angeles im Beverly Wilshire eine Rede zu halten. Ich schickte einen Firmenhubschrauber, der ihn abholte und zum Luftwaffenstützpunkt Edwards flog. Nur ihn und zwei seiner engsten Vertrauten. Nicht einmal seine Geheimdienst-Leibwächter durften mitkommen; er konnte es allerdings ohnehin nicht ausstehen, wenn diese Typen ihn umschwirrten. Es engte sein Liebesleben zu stark ein.

Wir trafen uns in Hangar 9, wo man damals, neunzehnhundertsechsundvierzig, die erste marsianische Untertassenbesatzung, die infolge der Bruchlandung reichlich angeschlagen gewesen war, untergebracht gehabt hatte. Dort hatte sie sich befunden, als ich von ihr erfuhr. Ich war von Professor Schmidt, der zu dem Zeitpunkt wie ein aufgeregter junger Weihnachtsmann ausgesehen hatte, gebeten worden, so viele Kühlanlagen hinzuschaffen, wie meine Firma auftreiben konnte. Schmidt hatte es den Marsianern angenehm einzurichten beabsichtigt, und weil es auf ihrem Heimatplaneten so kalt ist, ging er davon aus, sie bräuchten dringend Kühlung. Das war allerdings, bevor ihm zur Kenntnis gelangte, daß die Marsianer daheim die halbe Energieproduktion für die Gewährleistung einer einigermaßen behaglichen Temperatur aufwenden. In Südkalifornien fühlten sie sich geradezu sauwohl. Vor allem in den Swimmingpools.

Auf jeden Fall, da warte ich also im guten, alten Hangar 9, der seit sechsundvierzig derart geheim ist, daß nicht einmal der Stützpunktkommandant ihn betreten darf, auf den Präsidenten. Wir hatten darin eine Ecke abgeteilt, sie mit gediegenen Möbeln und sämtlichen Vorrichtungen eines modernen Haushalts bequem ausgestattet. Wie ich sah, hatte Wurzelsepp neuerdings sogar einen Interozitor angeschlossen. Im größeren Bereich des Hangars stand natürlich ein riesiges Wasserbecken für Wurzelsepp und seine Mitmarsianer. In gewisser Hinsicht glich diese Umgebung durchaus einer Filmkulisse: schönes Mobiliar nach letztem Schrei, aber guckte man über die drei Meter hohen Raumteiler, die als Zwischenwände dienten, konnte man in den Schatten unter der Decke das Kreuz und Quer der Metallstreben erkennen.

In derselben Limousine, die Professor Schmidt brachte, kam auch Wurzelsepp aus Culver City gefahren. Sobald er den Hangar betrat, hakte er sich das Exoskelett vom Leib und tauchte ins Wasserbecken. Nervös latschte Schmidt auf dem Perserteppich, den ich hatte auslegen lassen, hin und her; er war bis zum äußersten angespannt, denn es bedeutete ohne Zweifel ein gewaltiges Risiko, den Präsidenten in unser Geheimnis einzuweihen. Weniger allerdings für uns als für die Marsianer.

Gegen Mitternacht war es, da hörten wir in der Ferne das Motorgeräusch eines Hubschraubers rumoren. Ich schlenderte ins Freie und sah überm ganzen Wüstenhimmel die Sterne wie Diamanten glitzern. Wie viele davon sind wohl bewohnt? fragte ich mich. Wie viele Wesen gibt es dort, die unsere Sonne sehen und sich fragen, ob da intelligentes Leben wohnt?

Gibt es Intelligenz im Weißen Haus? So hieß die große Frage, die mich in dieser Nacht beschäftigte.

Jack Kennedy wirkte müde. Nein, sogar schlimmer, er sah zermürbt aus. Niedergedrückt. Wie ein Mann, auf dessen Schultern die Bürde der ganzen Welt lastete. Und sie drückte ihn ja tatsächlich. Nur dank einer hauchdünnen Mehrheit war er gewählt worden und hatte infolgedessen die größte Mühe, für seine

Vorlagen im Kongreß Zustimmung zu erringen. Steuersenkungen, höhere Verteidigungsausgaben, Bürgerrechte – alles stand auf der Kippe, blieb blockiert durch einen Kongreß, der für ihn keinen Finger rühren mochte. Und jetzt war ich drauf und dran, ihm noch mehr Sorge und Verantwortung zuzumuten.

»Guten Abend, Mr. Präsident«, begrüßte ich ihn, als er sich durch die kühle Wüstennacht vom Hubschrauber dem Hangartor genähert hatte. Ich nahm annähernd Haltung an – um des Amts willen, das er ausübte, nicht wegen seiner Person, um es klar zu sagen. Man darf nicht vergessen, daß ich Nixon gewählt hatte.

Er nickte mir zu, lächelte matt und streckte mir die Hand auf die Art entgegen, wie alle Politiker es halten. Ich duldete, daß er mir die Hand schüttelte, faßte jedoch den Vorsatz, bei erstbester Gelegenheit unauffällig ins Bad zu gehen und mir die Hände zu waschen.

Wie besprochen, hatten seine zwei Mitarbeiter am Eingang des Hangars zu warten, mußte er mich allein ins Innere begleiten. Er schauderte leicht.

»Es ist kühl hier draußen, was?« meinte er.

Er trug einen dünnen Sommeranzug. Ich hatte über Hemd und langer Hose eine alte Windjacke an.

»Drinnen läuft die Heizung«, sagte ich, führte ihn mit einem Wink durch die Tür in den vorderen Hangarabschnitt, durch den Wohnbereich und in den weiten, mit Teppichen ausgelegten Raum in der Mitte, in dem sich das Wasserbecken befand. Schmidt klebte so dicht an meinen Fersen, daß ich fast seinen Atem im Nacken spürte. Mich befiel das gruselige Kribbeln, das ich immer empfinde, wenn ich mir verdeutliche, wie viele Millionen Keime andauernd durch die Luft schweben.

»Das ist aber ein sonderbarer Ort für ein Schwimmbecken«, bemerkte der Präsident, sobald wir in den Mittelraum gelangten.

»Weniger sonderbar, als Sie glauben«, entgegnete ich. Wurzelsepp war abgetaucht, blieb vorerst außer Sicht.

Meine Leute hatten zwei große Sofas und mehrere weiche Sessel um einen Couchtisch verteilt und auf dem Tischchen eine Auswahl an Getränken bereitgestellt, die dem Inhalt einer mittelprächtigen Hausbar entsprach. Flaschen aller Sorten waren da, sogar Champagner eigens im Eiskübel.

»Was möchten Sie trinken?« fragte ich. Da wir drei zunächst unter uns blieben, hatten wir beschlossen, daß ich mich mit dem Einschenken befassen sollte.

Sowohl der Präsident wie auch Schmidt baten um Scotch. Ich schüttete ihnen, weil ich der Meinung war, daß sie es gleich brauchten, die Gläser ziemlich voll.

»So, um was dreht's sich denn nun eigentlich?« fragte Kennedy, nachdem er das erste Schlückchen geschlürft hatte. »Wozu all diese Geheimniskrämerei und Wichtigtuerei?«

Mein Blick streifte Schmidt, der aber saß wie versteinert da. In solchem Maße war er zur Handlungsunfähigkeit erstarrt, daß er weder den Mund öffnen noch sein Glas zur Hand nehmen konnte. Er stierte, gebannt durch die ungeheure Tragweite dessen, was wir tun mußten, den Präsidenten nur an.

Also ergriff ich das Wort. »Mr. Präsident«, sagte ich unumwunden, »Sie müssen das Mondflugprogramm streichen.«

Über den schweren Tränensäcken blinzelten seine Augen. Dann grinste er. »Wahrhaftig?«

»Jawohl, Sir.«

»Warum?«

»Weil es zum Schaden der Marsianer wäre.«

»Der Marsianer, haben Sie gesagt?«

»Der Marsianer«, wiederholte ich. »Ja, völlig richtig.«

Kennedy trank noch einen Schluck Scotch, ehe er das Glas auf den Couchtisch stellte. »Mr. Hughes, daß Sie völlig ausgerastet sein sollen, zum Einsiedler geworden seien und angeblich ein Fall von geistiger Verwirrung sind, ist mir längst zu Ohren gekommen, aber daß Sie auch ...«

Schmidt schrak aus seiner Lähmung. »Mr. Präsident, er spricht die Wahrheit. Es gibt Marsianer.«

Kennedy warf ihm einen Blick zu, der besagte: Mich könnt ihr doch nicht auf den Arm nehmen. »Professor Schmidt, mir ist bekannt, daß Sie ein hochgradig angesehener Astronom sind, aber wenn Sie von mir verlangen, Ihnen zu glauben, daß auf dem Mars Lebewesen hausen, müssen Sie mir schon Beweise vorlegen.«

Auf dieses Stichwort hin kletterte Wurzelsepp aus dem Schwimmbecken. Der Präsident sperrte die Augen auf, während unser alter Wurzelsepp sich, indem er Wasser auf den Teppich tropfen ließ, zu einem Sessel schleppte und halb hineinsackte.

»Mr. Präsident«, sagte ich, »ich darf Ihnen Wurzelsepp vom Mars vorstellen. Wurzelsepp, das ist Präsident Kennedy.«

Der Präsident machte nur unverwandt große Augen. Wurzelsepp streckte ihm, sein ständiges Clown-Grinsen im Gesicht, die Rechte hin; und Kennedy, dem das Kinn herabhing, nahm seine Hand. Und zuckte zusammen.

»Ich versichere Ihnen«, erklärte Wurzelsepp, ohne die Hand des Präsidenten loszulassen, »daß ich wirklich vom Mars stamme.«

Kennedy nickte. Er glaubte es. Weil er mußte. Marsianer sind dazu imstande, ihrem Gegenüber die Wahrheit zu zeigen. Vermutlich aufgrund ihrer telepathischen Begabung.

Schmidt erläuterte die Lage. Er erzählte, daß die Marsianer, sobald sie absahen, daß ihre Welt dem Untergang entgegenstrebte, Kanäle gebaut hatten, um von den Polkappen Wasser zu ihren Städten und Pflanzungen zu befördern. Einige Jahrhunderte lang hatte diese Vorkehrung genutzt, jedoch letzten Endes nicht hingereicht, um die Marsianer vor dem langsamen, aber sicheren Aussterben zu bewahren.

Die Marsianer waren tüchtige Ingenieure, großartige Denker und uns technisch um rund ein Jahrhundert voraus. Um ein Beispiel anzuführen: die elektrische Glühbirne hatten sie schon während unserer Kriege gegen die Franzosen und Indianer erfunden.

Als feststand, daß der Mars trotz all ihrer Anstrengungen unabwendbar austrocknete und versandete, hatten sie bereits in Anfängen die Raumfahrt entwikkelt gehabt. In ihrer Verzweiflung hofften sie, vielleicht von anderen Planeten des Sonnensystems natürliche Ressourcen besorgen zu können, um ihren vom Niedergang heimgesuchten Planeten zu retten. Sie wußten, daß es auf der Venus – unter der Wolkenschicht – einen belebten Urwald nach Art des einstigen irdischen Mesozoikums gab. Mit gewaltigen Mengen an Wasser, das ihnen als Abhilfe nützlich sein konnte, falls es ihnen gelang, es zum Mars zu schaffen.

Doch der Plan ging in die Binsen. Alle anfänglichen Versuche praktischer Raumfahrt endeten mit Pleiten. Von den ersten fünf Untertassen, die Sie zur Venus schickten, explodierten drei kurz nach dem Start, eine wich vom Kurs ab und wurde nie wiedergesehen, und die fünfte sah sich zur Notlandung in Neu-Mexiko gezwungen, also verdammt weit ab von der Venus.

Zum Glück baute die Untertasse ihre Bruchlandung in der Nähe einer kleinen Wüstensternwarte. Ein junger Astronomiestudent – unser heutiger Professor Schmidt – war der erste Mensch, der sie entdeckte. Die Marsianer waren in der Untertasse heftig durchgeschüttelt worden, aber drei von ihnen am Leben. Als noch größerer Glücksfall für die Marsianer erwies sich, daß wir hatten, was sie so dringend benötigten: die Rohstoffe und Fertigungskapazitäten, um für sie Fliegende Untertassen in Massenproduktion zu fabrizieren. Und in diesem Zusammenhang habe ich als Tycoon der Luftfahrtindustrie eine bedeutende Aufgabe erfüllt.

Präsident Kennedy fand wieder Worte. »Wollen Sie damit sagen, daß die Existenz der Marsianer – lebender, atmender, intelligenter Marsianer – seit neunzehnhundertsechsundvierzig geheimgehalten wird? Seit über fünfzehn Jahren?«

»Manchmal stand's unmittelbar vorm Auffliegen«, bekannte Schmidt. »Aber es stimmt, ja, im wesentlichen haben wir es die ganze Zeit hindurch recht gut gehütet.«

»Recht gut?« Kennedy wirkte betroffen, aufgewühlt. »Um Himmels willen, nicht einmal die CIA hat davon eine Ahnung ...!« Dann beherrschte er sich. »Oder wenn sie's weiß, hat sie's mir jedenfalls nicht verraten.«

»Wir haben keine Mühe gescheut«, sagte Schmidt, »um es Politikern jeglicher Couleur zu verheimlichen.«

»Daß Sie Eisenhower nichts mitgeteilt haben, kann ich nachvollziehen«, antwortete der Präsident. »Wahrscheinlich hätte er einen tödlichen Herzanfall erlitten.« Er grinste. »Ich frage mich, was wohl Harry Truman mit dieser Information angefangen hätte.«

»Wir hatten daran gedacht, Präsident Truman einzuweihen, aber ...«

»Das ist doch alles Schnee von gestern«, unterbrach ich Schmidt, um das Gespräch aufs eigentliche Thema zurückzulenken. »Wir haben uns hier mit Ihnen getroffen, um Sie zu überreden, das Apollo-Projekt abzublasen.«

»Aber warum denn?« fragte der Präsident. »Wir könnten marsianische Raumflugkörper benutzen und die amerikanische Flagge schon morgen mittag auf dem Mond aufstellen.«

»Nein«, flüsterte Wurzelsepp. Schmidt und ich wußten, wenn ein Marsianer in Flüsterton verfällt, ist das ein Anzeichen dafür, daß er mörderischen Bammel hat.

»Warum nicht?« fragte Kennedy barsch.

»Das wäre das Ende der Marsianer, darum«, entgegnete Schmidt mit richtiggehender Ironie in der Stimme.

»Ich verstehe nicht, was Sie meinen.«

Wurzelsepp richtete seine großen, glänzenden Augen auf den Präsidenten. »Gestatten Sie, daß ich Ihnen ... die marsianische Lebensweise darlege?«

Eines muß ich Jack Kennedy zugestehen. Der Junge hatte Mumm. Es war offensichtlich, daß die eingefleischte Fremdenfeindlichkeit der Menschen sich auch bei ihm stark ausgeprägt hatte. Als Wurzelsepp ihm die Hand drückte, war er fast auf den Hintern gefallen. Nun jedoch erwiderte er den Blick des Marsianers und nickte zum Zeichen der Zustimmung ernst, ohne zu wissen, was als nächstes auf ihn zukam.

Wurzelsepp streckte seinen schlangenähnlichen Arm nach Kennedys Gesicht aus. Ich sah, daß sich auf der Stirn des Präsidenten Schweißperlen bildeten, aber er blieb still sitzen und ließ die Tentakelfinger des Marsianers seine Stirn und die Schläfe berühren.

Man könnte den Vorgang mit der Verwendung einer Autobatterie vergleichen. Aus Wurzelsepps Hirn strömten Gedanken in Kennedys Gehirn über. Ich wußte, was für Gedanken.

Sie betrafen das moralische Empfinden der Marsianer. Der Durchschnittsmarsianer hat einen sogenannten Ethikquotienten, der ihn ungefähr Franz von Assisi gleichstellt; ich betone, der *Durchschnitts*marsianer. Technisch sind sie uns zwar nur um ein Jahrhundert voraus, in moralischer, sozialer und ethischer Hinsicht dagegen um Lichtjahre. Seit tausend Jahren ist auf dem

Mars kein Krieg ausgefochten worden. Nicht einmal einfacher Diebstahl ist seit Jahrhunderten mehr vorgekommen. Bei Tag und Nacht kann man die Prunkstraßen ihrer schönen, glanzvollen Städte in völliger Sicherheit benutzen. Und weil ihr Planet der gänzlichen Verödung schon so nahe steht, halten sie nahezu jeden einzelnen Grashalm heilig.

Sollten die streitsüchtigen, kriegerischen Nationen unserer Menschheit die sanftmütige, ja zarte Kultur der Marsianer entdecken, wäre eine Katastrophe das Ergebnis. Eine Flut aus Politikern, Industriellen, Immobilienmaklern, auf Rettung ihrer Seelen erpichten Missionaren, Abenteurern, Gaunern, Betrügern, kleinen und großen Dieben würde die Marsianer überschwemmen, niederwalzen und zugrunde richten. Ganz zu schweigen von den Militärs und ihrer krankhaften Ausländerfeindlichkeit. Dagegen müßte die Eroberung Amerikas durch die Spanier den Eindruck eines Pfadfindertreffens erwecken.

Ich merkte Kennedys Augen an, daß er die Angelegenheit durchschaute. »*Wir* würden *Ihre* Kultur zerstören?« vergewisserte er sich.

Wurzelsepp hatte den menschlichen Brauch des Nickens gelernt. »Die Folge wäre nicht nur der Untergang unserer Kultur, Mr. Präsident. Es wäre auch unser Tod. Wir müßten allesamt sehr bald sterben.«

»Aber Sie haben doch eine überlegene Technik ...«

»Wir sind dazu außerstande, sie gegen Sie einzusetzen«, sagte Wurzelsepp. »Lieber würden wir uns hinlegen und sterben, als absichtlich einem Pantoffeltierchen das Leben zu nehmen.«

»Ach ...«

Schmidt mischte sich ein. »Jetzt wissen Sie also, Mr. Präsident, warum das Mondflugprojekt gestrichen werden muß. Wir dürfen nicht zulassen, daß die gesamte Menschheit von der Existenz der Marsianer erfährt.«

»Das sehe ich ein«, brummelte Kennedy gedämpft.

Schmidt erlaubte sich ein lautes Aufseufzen der Erleichterung. Zu früh.

»Aber ich kann das Apollo-Projekt nicht absagen.«

»Sie können es nicht?« keuchte Schmidt.

»Warum nicht?« fragte ich.

»Weil es das Ende meiner Regierung wäre«, teilte Kennedy uns sichtlich bekümmert mit. »Zumindest in jeder praktischen Beziehung.«

»Ich verstehe nicht, was ...«

»Außer dem Mondflugprojekt habe ich im Kongreß nicht das geringste durchbringen können. Alles andere wird mir abgelehnt, meine Wirtschaftsreformen, der Verteidigungsetat, neue Bürgerrechte, das Wohlfahrtsprogramm ... Mit Ausnahme des Mondflugs wird im Kongreß alles blockiert. Wenn ich das Mondflugprojekt zurückziehe, kann ich genausogut meinen Rücktritt einreichen.«

»Sie sind bei Ihrer Tätigkeit nicht glücklich«, stellte Wurzelsepp fest.

»Nein, ich bin es nicht«, gestand Kennedy mit leiser Stimme. »Eigentlich wollte ich nie in die Politik gehen. Das war die Idee meines Vaters. Besonders weil mein älterer Bruder im Krieg gefallen ist.«

Uns befiel düsteres Schweigen des Trübsinns.

»Es ist alles ein einziger Schlamassel«, meinte der Präsident halblaut. »Meine Ehe ist ein Witz, meine Präsidentschaft eine Farce, und obendrein liebe ich eine Frau, die mit einem anderen Mann verheiratet ist ... Ich wünschte, ich könnte einfach vom Angesicht der Erde verschwinden.«

Und genau das haben wir dann für ihn eingefädelt.

Es war schwierig, das kann man mir glauben. Erst mußten wir den Abgang seiner blonden *inamorata* hinkriegen, keine leichte Aufgabe, weil sie mindestens so stark im Brennpunkt der öffentlichen Aufmerksamkeit wie der Präsident stand. Anschließend mußten wir seine Ermordung vortäuschen, um ihn sicher aus dem Verkehr ziehen zu können. Zunächst zögerte er und zierte sich gehörig, aber dann kam es zum Bau der Berliner Mauer, die Medien schoben ihm daran die Schuld zu, und da hatte er zuletzt doch die Schnauze voll und wollte aussteigen, und zwar endgültig. Wir standen unmittelbar vor der Verwirklichung unserer Absicht, als sich die Kuba-Krise ergab und wir sie um über einen Monat verschieben mußten. Nachdem wir auch diese Unannehmlichkeit bewältigt hatten, war er mehr als reif zum Abschied von der Erde. Also veranstalteten wir das Affentheater in Dallas.

Natürlich wagten wir es nicht, Lyndon Johnson etwas über die Marsianer zu erzählen. Der hätte sofort zum Mars fliegen wollen, um den ganzen Planeten zu annektieren, wahrscheinlich um ihn Texas anzuschließen. Und Nixon brauchten wir nichts zu sagen; nachdem er sich von den Medien für das Gelingen der ersten Mondlandung bejubeln ließ, strich er das Apollo-Programm frohen Herzens zusammen.

Am aufwendigsten war es, die Astronomen, Planetenkundler sowie die Ingenieure, die zur Erforschung der Planeten Weltraumsonden bauten, hinters Licht zu führen. Es bedurfte sämtlichen Einfallsreichtums Schmidts und aller technischen Fähigkeiten der Marsianer, um die verschiedenen *Mariner*- und *Pioneer*-Sonden so zu frisieren, daß sie statt des üppigen mesozooischen Dschungels, der sich dort in Wahrheit unter der Wolkendecke erstreckt, eine infolge verheerenden Treibhauseffekts staubtrockene Venus zeigten. Ich mußte hinter den Kulissen alle mir greifbaren Fäden ziehen, um zu erreichen, daß die Genies im JPL ihre beiden *Viking*-Lander zu den marsianischen Gegenstücken des Death Valley und der chilenischen Atacama-Wüste schickten. Die Städte und Kanäle entgingen ihnen völlig.

Schmidt brachte seine internationalen Beziehungen ins Spiel. Vergnügen fand ich nicht daran, mit Kommunisten zu konspirieren, aber ich muß zugeben, daß die zwei russischen Wissenschaftler, denen ich begegnete, ganz patente Kerle waren.

Und es klappte. Nach der Veröffentlichung unserer falschen *Mariner-6*-Bilder sank die Zahl der Fälle, daß jemand behauptete, er hätte Marskanäle entdeckt, auf null. Astronomiestudenten, die zum erstenmal durch ein Fernrohr den Mars betrachteten, taten ihre Beobachtungen als Ausfluß übermüdeter Augen ab. Sie *wußten* doch, dort verliefen keine Kanäle, darum trauten sie sich nicht, es auszusprechen, daß sie welche sahen.

Auf diese Weise ist es dazu gekommen, daß wir auf dem Mond landeten und man danach einen Schlußstrich zog. Das Apollo-Programm hatte nur noch den Zweck, ein Grüppchen Amerikaner auf den Mond zu schießen, damit sie da oben die US-Flagge und ihre Fußabdrücke zurücklassen konnten, und dann war Feierabend. Während der vier Jahre, in denen wir Raumkapseln zum Mond starteten, mieden die Marsianer umsichtig das ganze benachbarte Gebiet des Weltalls. Ich muß selbst sagen, wir deichselten die ganze Geschichte ganz gut.

Ich schuftete mehr denn je zuvor in meinem Leben, um zu bewirken, daß die Medien das Raumfahrtprogramm herunterspielten und zu langweiligem Routinekram ohne bemerkenswerte Neuigkeiten abstempelten. Ziemlich bald vergaß der Mann auf der Straße, der durchschnittliche Mitbürger, den anfänglichen Glorienschein der Weltraumforschung. Es grämte mich, so etwas treiben zu müssen, aber uns blieb gar keine Wahl.

Heute nutzen wir also die Ressourcen des Planeten Venus, um den Mars wieder auf Vordermann zu bringen. Schmidt hat eine kleine Gruppe von Astronomen um sich geschart, die seit Ende der vierziger Jahre die echten Erkenntnisse über das Sonnensystem vor dem Rest ihres Berufsstands vertuschen. Mit Hilfe der Marsianer fälschen sie ständig die Fotos und Daten, die die Raumsonden der NASA zur Erde übermitteln.

Alle Welt außer uns glaubt, der Mars sei ein kahler, unbelebter Wüstenplanet, die Venus unter den ewigen Wolkenschleiern ein knochentrockener Backofen und der Weltraum insgesamt eine reichlich uninteressante Gegend. Inzwischen haben wir unter Beratung durch Wurzelsepp und ein paar andere Marsianer auf der Erde eine Umweltschutzbewegung gegründet. Vielleicht schaffen wir, wenn es uns gelingt, die Menschen dahin zu bringen, daß sie ihren Planeten als lebendes Ganzes erkennen, die Tiere und Pflanzen unserer Heimatwelt als Mitbewohner des Raumschiffs Erde zu würdigen, anstatt lediglich Nahrungs- und Rohstoffquellen, die man töten oder aufbrauchen darf, eine Grundlage dafür, die tiefsitzende Fremdenfeindlichkeit der menschlichen Psyche allmählich abzubauen.

Ich werde nicht lange genug leben, um noch mitansehen zu können, daß die Menschheit die Marsianer als Brüder umarmt. Es dürfte Generationen beanspruchen, Jahrhunderte, bis wir zu ihrer moralischen Ebene aufsteigen. Aber vielleicht gehen wir jetzt den richtigen Weg. Ich hoffe es.

Immer wieder denke ich an das, was Jack Kennedy sagte, als er schließlich einwilligte, das Apollo-Projekt so abzuändern, wie es sich noch hinbiegen ließ, sowie sein und das Ableben seiner Freundin zu inszenieren.

»›Es ist ein Gesetz im Leben‹«, zitierte er. »›Wenn sich eine Tür vor uns schließt, öffnet sich dafür eine andere …‹«

Wenn ich mir vorstelle, wie er und Marilyn sich auf dem Mars in den Hochzeitsgemächern einkuscheln, ist mir allerdings klar, daß der zweite Teil des Zitats gänzlich unangebracht gewesen wäre: »›Die Tragik jedoch ist, daß man meist nach der geschlossenen Tür blickt und die geöffnete nicht beachtet.‹«

Aber was denn, wozu rede ich über andere? Zum erstenmal liebe ich. Ja, ich weiß, ich bin mehrere Male verheiratet gewesen, diesmal ist es jedoch tatsächlich die große Liebe, und ich werde mit ihr das ganze restliche Leben auf einer tropischen Insel genießen, nur wir beide allein, fern vom aufdringlichen Gewimmel der Menschen.

Nun ja, vielleicht nicht das gesamte Leben. Auch in der Medizin sind die Marsianer nämlich erheblich weiter als wir Menschen. Eventuell ziehen wir von der Pazifikinsel, wo die Marsianer sie gefunden haben, auf den Mars um und leben zweihundert Jahre lang oder so. Ich glaube, das könnte Amelia gefallen.

Originaltitel: ›The Great Moon Hoax or A Mars Princess‹ · · Aus: ›The Magazine of Fantasy & Science Fiction‹, September 1996 · Aus dem Amerikanischen übersetzt von Horst Pukallus

---

Michael A. Martin

RIESEN AUF ERDEN

Captain Paradox' Anrufe kamen immer bei den unpassendsten Gelegenheiten. Soeben waren Fiona und ich nach Dusche, einem raschen marokkanischen Abendessen, einer neuen Auseinandersetzung über meine Lebensweise und schließlich einem Anfall rasender Geilheit mit verschlungenen Leibern auf ihren kühlen Laken zusammengesackt. Wie ein schwerer Vorhang senkte sich Schlaf über meine Augen, da drang das deutliche *Ping*-Signal aus meinem Kommu, den ich auf der Kommode abgelegt hatte.

»Geh nicht dran, Craig«, stöhnte Fiona, faßte meinen Arm.

Ich wickelte mich aus der Bettdecke und entzog mich behutsam Fionas Griff. »Leider muß ich drangehen.« Ich zog die Hose an und suchte nach meinen Schuhen.

»Wegen 'ner Reportage?«

Ich nickte und bemühte mich, eine schuldbewußte Miene zu vermeiden. Sie zu belügen, war mir unangenehm.

»Mir könnte ja der Pulitzer-Preis winken«, sagte ich, so wie jedesmal. Ich streifte das Hemd über, schob die Füße in die Schuhe und küßte Fiona auf die Stirn. Sie schmollte noch, wie immer, als ich die Wohnungstür von außen schloß. Wieder war uns ein tadelloser, wunderschöner Sonntag verdorben worden.

Gerade färbte die Morgensonne den Himmel gelbblau. Einen halben Häuserblock von Fionas Wohnung entfernt bog ich in eine Gasse ein. Niemand war zu sehen.

»Ist es schlimm, Paradox?« fragte ich in den Kommu, nachdem ich die Sendetaste gedrückt hatte.

»Das kann man wohl sagen«, antwortete Paradox' tieftönende Stimme, sogar aus einem so kleinen Lautsprecher mit nahezu übernatürlicher Klarheit hörbar. Stets redete er, als wollte er Curd Jürgens nachahmen. Aber Captain Paradox war selbst ein echtes Original. Seine eigene Stimme klang wirklich und wahrhaftig so. Manchmal lief mir bei ihrem Klang ein Schaudern über den Rücken.

»Wie schlimm?« fragte ich, als ob ich nicht wüßte, was er als nächstes sagte.

»Ich habe endlich meine Arbeit am Wahrscheinlichkeitsschlüssel beendet«, teilte er mir mit; seine Stimme glich dem würdevollen Wogen eines Ozeans. »Nun können wir zu guter Letzt die … die diskutierten *Abänderungen* durchführen.«

Das klang zu schön, um wahr zu sein. »Und was ist der Haken, Sir?«

Der Captain schlug den düsteren Tonfall eines Totengräbers an. »Thibodeaux ist wieder da«, erklärte Paradox. »Er will den WS, Junge, er will ihn unbedingt haben. Sein Auftauchen sorgt entweder für eine baldige Vollendung unseres Plans, oder er macht ihn vollständig zunichte. Komm her, so schnell du kannst, Quantenboy.«

Eine dramatische Situation, wie jedesmal. Aber dieses Mal klang, was ich hörte, gar nicht gut. Ich drückte am Kommu eine andere Taste und träufelte per Fernbedienung ein winzigkleines Tröpfchen des Quantenschaums aus der Magnetflasche. Frostkalte Tausendfüßler schienen an meinem Rückgrat auf und ab zu kriechen, während Wahrscheinlichkeiten rearrangiert wurden. Meine Jacke und Hose verflüssigten sich, umströmten meine Gestalt, formten sich zu meinem altgewohnten, hautengen, zitronengelben Kostüm um.

»Bin schon unterwegs«, beteuerte ich und steckte den Kommu in eine Gürteltasche. Bauchig blähte sich mein Umhang, während ich mich in den im Aufhellen begriffenen Himmel emporschwang und daran dachte, wie sehr ich den Spitznamen ›Quantenboy‹ allmählich verabscheute.

Captain Paradox verbarg sein Laboratorium und geheimes Hauptquartier unauffällig in der dritten Etage hinter der Fassade eines Gebäudes auf Portlands schicker Nordwest 23. Avenue. Für einen Superling ist die Zurückhaltung, ja Geheimniskrämerei des Captains durchaus nichts Ungewöhnliches. Dergleichen ist, seit der Große Lawrence-Livermore-Paukenschlag damals, Anfang der 70er Jahre, die meisten von uns erschaffen hat, *de rigeur* für den Superling-Lebensstil.

In der ersten Zeit galten Superlinge als Monstren, Ketzerei, sogar Blasphemie. Nun blieben bis zur Jahrtausendwende nur noch wenige, kurze Jahre, und manche Menschen erwarten von uns Superlingen das Heil, wogegen andere uns als die Reiter der Apokalypse betrachten.

Unter mir glitzerte ruhig-heiter der Willamette River, und für einen Moment genoß ich den pubertären, rauschhaften Nervenkitzel des Fliegens um des Erlebens selbst willen. Straff reckte ich meinen Körper in den Wind, die Gliedmaßen ausgestreckt wie ein Kind, das Flugzeug spielt. Ich sah den Fluß, noch frei von Schiffen, hinter mir zurückbleiben.

Auf Morrison und Burnside Bridge dagegen hatte der westwärtige Morgenverkehr schon eingesetzt. Hupen gellten, aus einem Dutzend Autos wiesen Arme herauf.

Fans oder Feinde?

Über den Avenues der Nordwest-Stadtviertel Portlands verlief meine Flugbahn gemächlich abwärts. Im Tiefflug überquerte ich Dächer, sah ein paar Frühaufsteher ihre Büros oder Läden aufsperren, um sich auf den Tag vorzubereiten. Eine stämmige Frau in mit Blumenmuster bedrucktem Kleid hob den Blick und bemerkte mich, unwillkürlich bildeten ihre Lippen ein Kreisrund der Überraschung. Am nächsten Häuserblock hielt ein Zeitungsjunge, der auf einem Fahrrad seine Tour machte, mir seinen ausgestreckten Daumen hoch, nachdem er eine Zeitung vor eine Haustür geworfen hatte. Auf der anderen Straßenseite zeigte ein Mann in typischem Angestelltenanzug und mit mürrischem Gesicht mir den Stinkefinger.

Ich beschloß, das Publikum, ob Bewunderer oder nicht, nun nicht mehr zu beachten und mich auf die im Grunde genommen unmögliche Handlung des körperlichen Fliegens zu konzentrieren. Ich wußte so gut jeder andere, daß Superlinge die öffentliche Sicherheit so oft gefährdet wie geschützt haben, deshalb befremdete es mich keineswegs, daß einige Leute für uns, egal welche Ideologie wir vertreten, nichts übrig haben.

Ihre Abneigung ist verständlich. Heutzutage bringen die Nachrichten, wie es scheint, nur noch Meldungen über die Schandtaten übermenschlicher Räuber, Diebe, Terroristen und Welteroberer sowie den von ihnen angerichteten Schaden. Bisweilen werden sie durch die altruistischer gesonnenen Superlinge gefangengenommen, getötet oder verjagt. Aber manchmal gibt es einfach zu wenige wohltätige Superlinge, um jedes abstürzende Flugzeug aufzufangen, jede Terroristenbombe zu entschärfen oder zu verhindern, daß ein Innenstadt-Wolkenkratzer aus dem Fundament gerissen und mittels Antigravfeldern in einen Tieforbit um die

Erde befördert wird. Bei solchen Gelegenheiten werden nun einmal jede Menge Zivilisten massakriert. Darum ist ein gewisser Widerwille gegen Superlinge so leicht nachvollziehbar.

Schon aus der Luft erkannte ich, daß Captain Paradox' Wohnsitz das halbe Dach fehlte, als hätte ein unvorstellbares Riesenmesser diesen Teil des Hauses von den vier Wänden getrennt. Von weitem konnte ich ins mit umgekippten Computertischen übersäte Labor hineinschauen, das aus meiner Perspektive einer dreidimensionalen Rißzeichnung ähnelte. Mein Pulsschlag beschleunigte sich. Was mochte eine derartige Verheerung bewirkt haben?

Ich sauste hinab, landete achtsam abgefedert, in geduckter Haltung, auf dem restlichen Dach von Captain Paradox' Laboratorium.

Ich zückte den Kommu. »Captain Paradox?« flüsterte ich hinein. Dann noch einmal. Nichts. Hinter meiner schmalen Domino-Maske schloß ich die Lider und sah Fionas Schmollmiene vor mir. ›Quantenboy‹ Craig Cavanaugh, Scheiße noch mal. Weshalb zappelte ich mich mit dreißig noch derartig ab? Ich atmete tief durch, gab mir einen Ruck und sprang durch das Loch im Dach hinunter ins Labor, mein Umhang wallte mir nach wie ein smaragdgrüner Schweif.

Im Laufe der zehn Minuten, die ich für meinen Flug vom südöstlichen Portland über den Willamette und daran entlang zu den Nordwest-Stadtvierteln gebraucht hatte, war das Labor offenbar gründlich durchstöbert worden. Computer, Monitoren, Glasröhren und Aluminiumrohre lagen zerbrochen herum, als wären sie nicht nur durch irgendeine enorme Zerstörungskraft durcheinandergeschleudert worden, sondern zudem von innen heraus explodiert. Allerdings traf ich in der gesamten Räumlichkeit niemanden an.

Ich überlegte, welcher von Captain Paradox' Widersachern dafür verantwortlich sein könnte. An zu ihm feindselig eingestellten Superlingen, denen Paradox im Verlauf der Jahre Anlaß zur Rachsucht gegeben hatte, bestand kein Mangel. Die weitgehende Demolierung des Labors verwies auf einen der körperlich kraftvolleren Superlinge, etwa das Rote Reptil oder Jaguar-Jack. In Gedanken versuchte ich wenigstens einige der Gegenspieler Captain Paradox' von der Verdächtigenliste zu streichen. Wäre zum Beispiel Top-Quarck der Angreifer gewesen, hätte er wahrscheinlich vom ganzen Häuserblock lediglich einen ringsum mit radioaktivem Glas verkrusteten Krater zurückgelassen. Kapitän Krake und seine Agenten gingen normalerweise subtiler vor, doch hundertprozentig ausschließen mochte ich sie nicht.

Ich fragte mich, ob ein raffinierter Wissenschaftler-Superling, jemand wie Vitriol-Viktor oder der Nigromant ein Durchwühlen des Labors mit einer so beträchtlichen Verwüstung getarnt haben mochte, um Paradox und mich von seiner Spur abzulenken.

Da sah ich mitten in den Trümmern Captain Paradox' Kostüm liegen. Die Kappe, die rote Hose, auch Handschuhe und Stiefel, beides gelb, alles war da, als hätte er in vollem Wichs im Labor gestanden, gerade als …

Vorsichtig hob ich das Kostüm vom Fußboden auf und durchsuchte die Taschen des gleichfalls vorhandenen Gürtels. Ein paar weiße Kristalle, Zuckerwürfeln nicht unähnlich, rieselten aus der schlaffen, scharlachroten Kappe zu Boden. Voller Abscheu ließ ich das Kostüm sinken.

»Willkommen zu deinem Ableben«, grüßte mich hinterrücks eine schmirgelpapierrauhe Stimme. Gesehen hatte ich den Mann nicht, doch es war anzunehmen gewesen, daß ich mich nicht allein im Labor aufhielt; nicht nach dem, was sich hier offensichtlich erst vor Minuten abgespielt hatte. Es wäre, gelinde gesagt … unwahrscheinlich gewesen.

»Professor Thaddäus Thibodeaux«, sagte ich, täuschte Gelassenheit vor. Besonnen drehte ich mich um, beobachtete ihn wachsam. Ich wollte auf alles gefaßt sein, jede rasche Bewegung, jedes plötzliche Haschen nach einer Waffe.

Er grinste wie ein Totenschädel. Als er eine tiefe, höhnisch-höfliche Verbeugung vollführte, erinnerte er mich an den Sensenmann, ein so dürrer, alter, kadaverhafter Kerl war er. Thibodeaux konnte nur melodramatisch als der klassische Inbegriff des *Bösen* bezeichnet werden.

Ich bemühte mich, meiner Stimme einen bedrohlichen Tonfall zu verleihen. »Was zum Teufel haben Sie mit Captain Paradox angestellt? Ich schwöre Ihnen, wenn Sie ihm etwas getan haben …«

»Tz-tz-tz«, machte Thaddäus Thibodeaux, ohne daß das scheußliche Feixen aus seiner Miene wich. »Mein Junge«, entgegnete Thibodeaux in seinem ach so sorgsam kultivierten Mittelatlantikküstenakzent, »der Mann, von dem du redest, ist … oder war … Wie soll ich mich ausdrücken? Er war immer ein ziemlich *unwahrscheinlicher* Typ. Und jetzt ist er zum Schluß sogar *unmöglich* geworden.«

Diese Äußerung stürzte mich in tiefe Betroffenheit und gab Thibodeaux einen Vorteil, den er augenblicklich ausnutzte. Aus seinem makellos weißen Laborkittel zückte er eine kleine Pistole. In Hüfthöhe richtete er sie auf mich. Ich spannte die Muskeln, rührte mich jedoch nicht vom Fleck. Zwischen uns lagen fast zwanzig Schritte. Konnte ich diesen Abstand überwinden, ehe er schoß?

Ich mußte ihn zu noch mehr Gerede verleiten, Zeit herausschinden. »Warum so etwas, Thibodeaux? Sie haben doch dauernd ein höheres Niveau gehabt. Erst zerdeppern Sie Captain Paradox' Labor, dann kommen Sie mir mit einer Pistole. Das widerspricht gänzlich Ihrem Stil.«

Thibodeaux senkte geringfügig die Waffe. Ich hoffte, daß mein inwendiger Seufzer der Erleichterung unbemerkt blieb. Mir war klar, daß Schurken sich keine Gelegenheit entgehen lassen, um über sich selbst zu schwafeln oder in aller Länge und Breite ihre Pläne zur Erringung der Weltherrschaft darzulegen.

Beinahe gutmütig lachte Thibodeaux gedämpft auf. »Es gibt eine große Anzahl von Zeitgenossen, mich mitgerechnet«, lautete seine Antwort, »die mit Vergnügen sowohl Sie wie auch Captain Paradox umbrächten, um sich seine gewaltigste Waffe anzueignen, den Wahrscheinlichkeitsschlüssel.«

Scheiße!

»Du bist *dreißig*, Craig«, hatte Fiona festgestellt, während sie einen Mundvoll Dolmadakia kaute. »Es ist doch albern, daß du durchs ganze Land hetzt, um Reportagen über diesen superbetagten Kinderfilmhelden und sein junges Helferlein zu schreiben.«

Ich wollte ihre Hand tätscheln, aber sie entzog sie mir. »Das ist wichtige Arbeit«, erwiderte ich lasch und zuckte mit den Schultern, während sie sehr langsam kaute und mich ungnädig musterte.

Wichtige Arbeit? Vielleicht. Unwahrscheinliche Arbeit? Bestimmt. Ohne Zweifel war es geradezu unwahrscheinlich, daß Zeitungen selbst Jahre, nachdem die Superlinge zu Alltagserscheinungen geworden waren, noch so gute Honorare für Artikel über ihr Wirken zahlten. Ab und zu fragte ich mich, ob es genauso unwahrscheinlich war, eine Verlobte zu haben, die mich nicht erkennt, nur weil ich keinen hautengen Klafott und keine Domino-Maske trage.

»So was ist kein richtiges Leben, Craig«, behauptete Fiona. Ihre Augen wurden tiefer im Blau und feucht. »Häuslich werden, heiraten, vielleicht Kinder kriegen, das ist richtiges Leben. Eine berufliche Laufbahn mit einer gewissen Berechenbarkeit. Irgendeine Tätigkeit, bei der du nicht kopfüber unter einem Hubschrauber hängen mußt oder ums Haar einem Vulkangott geopfert wirst, nur um 'n paar Exklusivfotos zu ergattern.«

Ich wußte darauf keine Antwort. Und die Wahrheit über mein *wirkliches* Leben konnte ich ihr nicht verraten. Captain Paradox brauchte mich. Das *Universum* brauchte mich.

Von Thibodeaux' Kugel erwischt zu werden, wäre eventuell eine weniger anstrengende Sache als die Option gewesen, für die ich mich entschied. Anstatt die Kugel zu absorbieren, ballte ich jedes Erg der mir verfügbaren Superkraft um Thibodeaux' Rechte. Mit einem Aufschrei ließ der klapperdürre Alte die Waffe auf den mit Trümmern bedeckten Fußboden des Labors fallen. Er umklammerte die nutzlos gewordene Hand, die jetzt der Flosse eines Seehunds ähnelte, mit der anderen Faust.

Die Wahrscheinlichkeiten in dem Maße zu modifizieren, daß die Körperform eines Gegners verändert wird, hatte mich seit eh und je große Mühe gekostet, ganz davon zu schweigen, daß es im Gegensatz zur übertrieben skrupulösen Superhelden-Ethik des Captains stand. Aber es war keine Methode, die ich leichtfertig anwandte, wenigstens nicht unter normalen Umständen. Captain Paradox hatte auf meine zum Überschäumen tendierende Impulsivität stets einen mäßigenden Einfluß ausgeübt.

Jetzt jedoch stand ich Auge in Auge mit dem Mann, der höchstwahrscheinlich vorhin Captain Paradox ermordet hatte. Ich lief zu Thibodeaux, versuchte unterwegs nicht zu taumeln. Ich nahm alle verbliebene Kraft zusammen, packte den alten Drecksack am Kragen und zerrte ihn auf die Beine.

»Für das, was Sie Captain Paradox angetan haben, sollte ich Sie auf der Stelle zermalmen«, fauchte ich. Wie oft hatte Captain Paradox mich mit Engelszungen vom Abgrund der Selbstjustiz zurückgezogen?

Thaddäus Thibodeaux lachte nur, aber in unpassend wohlwollendem Ton. Seine Linke fuhr in die Tasche des Laborkittels. Ich grabschte mir sein Handgelenk, fühlte die Knochen knirschen und knacken wie trockenes Reisig. Er hatte irgend etwas in der Tasche, vielleicht eine Waffe, und ich wollte es sehen. Ich gab sein Handgelenk frei, während Thibodeaux zu Boden sackte, und holte den Gegenstand heraus.

Es war ein rund dreißig Zentimeter langer, eingekerbter Metallstab, der unnatürlich silberhell glänzte. Er hätte mindestens fünf Kilo wiegen müssen, hatte jedoch buchstäblich überhaupt kein Gewicht. Ich entsann mich an einige Beschreibungen Captain Paradox' hinsichtlich des inneren Aufbaus dieses Gegenstands: ultraleichte Halbleiterscheiben, getrennt nur durch einen Abstand in der Breite eines Wasserstoffatoms. Quanteneffekte. Hinter den milchig-weißen Sehschlitzen der Domino-Maske machte ich große Augen. Durchs zerstörte Dach wehte eine Bö herein, so daß mein Umhang mir um die Knie raschelte und knisterte.

Diesen Gegenstand hatte ich noch nie in der Hand gehabt, ja noch nicht einmal aus der Nähe gesehen. Dennoch war mir vollauf klar, daß dieser Stab Captain Paradox' Wahrscheinlichkeitsschlüssel sein mußte.

Vom Fußboden des Labors griente Thibodeaux mich spöttisch an. Allerdings widerspiegelte seine Fratze nicht das Ausmaß an Bosheit, das ich von jeder unserer vorherigen Begegnungen kannte. Seit ich Thibodeaux'

Totenkopfvisage das erste Mal erblickt hatte, war sie meinem Gedächtnis als pure Verkörperung des Bösen eingeprägt geblieben.

Damals war ich ein kleiner Junge gewesen. War es Mitleid, was ich jetzt, statt Bösartigkeit, in seinen Augen las?

»Ihr Idioten in Mikrofasersackhaltern«, polemisierte er, indem er den Kopf schüttelte. »Ihr Deppen, die ihr eure Unterwäsche über der Hose tragt. Glaubt ihr wirklich, so müßte die Welt beschaffen sein? Voller endloser, unentschiedener Kämpfe zwischen kostümierten Helden und kostümierten Unholden? Vor dem Großen Paukenschlag hatte die Welt noch ihren Sinn. Eine Art prosaischen, langweiligen Sinns, aber zumindest hatte das Universum noch eine gewisse Würde. Kleine Siege zählten noch. Es gab keine Götter in Polyamid, die nach Lust und Laune Planeten aus der Bahn werfen konnten.«

Ich schluckte, doch meine Kehle fühlte sich plötzlich wie ein Kiesweg an. Auch ich erinnerte mich noch an die Zeit, als die Welt einen Sinn gehabt hatte. Ich entsann mich an meine Flegeljahre. Ich war ein mißratener Teenager gewesen, der in der umgekrempelten Welt unmittelbar nach dem Großen Paukenschlag einen Ausweg sah. Ein junger Bursche, der die Aufgabe, gemeinsam mit Captain Paradox die Welt zu retten, sowohl als höhere Berufung wie auch als Abenteuer mit hohem Unterhaltungswert verstanden hatte, durch den sich nicht einmal die besten Comics und tollsten Videospiele auszeichneten.

»Du warst schon mit Captain Paradox zusammen, als es zum Großen Paukenschlag kam, nicht wahr?« fragte Thibodeaux. »Er war dein Onkel, in dessen Obhut deine verstorbene Mutter dich gegeben hatte.«

Ich wurde blaß. Woher wußte er darüber Bescheid? Wann hatte er dazu Zeit gefunden, ins Privatarchiv des

Captains Einsicht zu nehmen? Bevor Captain Paradox zu Captain Paradox *geworden* war, hatte er schlichtweg Dr. Harold Harwood geheißen und im Lawrence-Livermore-Forschungsinstitut – in Nordkalifornien – an einem wissenschaftlichen Projekt gearbeitet. Onkel Harry hatte den Quantenschaum untersucht, der die Grundlage des Universums bildet. Er beschrieb den Quantenschaum als ›den Futon, auf den die passenden Laken und Decken der Realität gespannt und gebreitet werden‹. Meinetwegen, hatte ich damals gedacht. Ich hatte das Projekt lediglich als einen Haufen uninteressanter Mathematik und einen im Forschungsinstitut installierten, immerhin wirklich eindrucksvoll aussehenden Ringform-Partikelbeschleuniger in Erinnerung behalten.

Und natürlich entsann ich mich an den Tag im Forschungsinstitut, an dem ein Segment des Ringform-Partikelbeschleunigers platzte und durch diesen Unfall eine gewisse Menge des Quantenschaums ins Grundwasser gelangte, die Gesetzmäßigkeiten der Wahrscheinlichkeit und die grundsätzliche Physik des Universums für immer veränderte. An demselben Tag entstanden die Superlinge. Die guten ebenso wie die bösen.

»Dein Onkel Harry war kein besonders verantwortungsbewußter Vormund«, behauptete Thibodeaux. »Der sogenannte Große Paukenschlag beruhte auf keinem Zufall. Dr. Harwood wußte ganz genau, was er tat. Er setzte die fundamentalen Regeln des Universums neu fest, um es nach seinem Belieben abzuwandeln. Er wünschte eine Welt im Schwarz-Weiß-Schema. Helden und Schufte. Was könnte einfacher sein? Aber es klappte beim ersten Anlauf nicht gleich ganz nach seinem Gusto. Die Welt der Comic-Helden, die er sich erträumt hatte, erwies sich als zu kompliziert. Zu viele Variablen waren dabei herausgekommen. Zu viele unkontrollierbare Faktoren, zu viele Superlinge, die keine Neigung zum Bravsein hatten. Deshalb sah er das Erfordernis, einen zweiten, umsichtigeren Griff nach der Allmacht zu unternehmen.«

Ich drehte den silbernen Wahrscheinlichkeitsschlüssel in den Fäusten. Dabei hatte ich das Empfinden, als zappelte er in meinen Fingern, strotzte er innen von ruhelosen Energien, die keinen langen Stillstand duldeten.

»Schau dir den Schlüssel gut an, Quantenboy«, empfahl mir Thibodeaux mit einer Andeutung des Hohns in der Stimme, als er meinen Spitznamen nannte. Oder bildete ich es mir nur ein? »Und denke darüber nach. *Du* hältst jetzt den Schlüssel zur gesamten Wahrscheinlichkeit in der Hand. Du, nicht Captain Paradox. Du hast nun die Möglichkeit, entweder in Paradox' Phantasiewelt weiterzuleben, oder du kannst das Universum in einen vernünftigeren Zustand ummodeln. Die Entscheidung liegt bei dir.«

Entscheidungen. Spontane Entscheidungen, so wußte ich, mochte ich am allerwenigsten fällen. Zumindest nicht, ohne den Captain um Rat zu fragen. Wäre er bloß nicht, jammerte ich bei mir, auf eine Handvoll Zuckerwürfel geschrumpft worden! Doch schon während dieses Gedankens kam ich mir wie ein Schwächling vor und war mir selbst zuwider.

Da dröhnte hinter mir eine tiefe, wohlbekannte Stimme.

»Gut gemacht, Quantenboy. Ich sehe, du hast den Wahrscheinlichkeitsschlüssel zurückerrungen, und daß Thibodeaux seine Energien noch nicht deformiert hat. Halte dich bereit, Quantenboy!«

Da stand Captain Paradox, gesund und munter, auf unerklärliche Weise wiederhergestellt, ein paar Meter von der Stelle entfernt, wo er scheinbar umgekommen gewesen war, und zeigte keinerlei Anzeichen des seltsamen Kristallisationseffekts mehr. Statt dessen war Paradox' rot-gelbes Kostüm tadellos schmuck, fältelte sich selbst an den Gelenken kaum. Unter der ockerroten Kappe funkelten seine Augen, sein Umhang wallte und wehte, obwohl durchs Loch im Dach kaum Wind herabdrang. Es schien, als hätte sich die Realität, ausschließlich für mich, erneut rundum verändert.

Oho, dachte ich, stellte Überlegungen in bezug auf Thibodeaux verkümmerten rechten Arm und das fast völlig gewichtslose Stück Metall an, das in meiner Hand vibrierte.

»Schwachsinn!« zischelte Thaddäus Thibodeaux. Dieser Ausruf war quasi sein Markenzeichen.

Ich mißachtete ihn, merkte gleichzeitig, daß mir das Kinn nach unten hing. Eigentlich dürfte mich bei meinen Abenteuern mit Captain Paradox, sinnierte ich, nichts mehr überraschen.

»Bereit?« wiederholte ich.

»Bereit zum Fokussieren deiner wahrscheinlichkeitsverändernden Fähigkeiten durch den Wahrscheinlichkeitsschlüssel. Dadurch wird, wie wir es diskutiert haben, die Wahrscheinlichkeit komplett modifiziert werden. Anscheinend haben deine Kräfte die Energien des Schlüssels schon aktiviert. Spürst du, wie sie sich ballen?«

Ich spürte es und nickte.

»Sobald der Schlüssel den vollen Betrieb aufgenommen hat«, erläuterte Captain Paradox, »haben wir nur eine Chance, mußt du wissen.«

Stumm nickte ich ein zweites Mal. Schließlich war ich nur der Quantenboy. *Er* war Captain Paradox, die lebende Legende, der Superheld mit dem kantigen Kinn, der immerzu in kuriosen Floskeln sprach, Schoten wie zum Beispiel ›wie Sie sicherlich selbst wissen, Professor‹ von sich gab.

»Ist klar, Captain Paradox«, antwortete ich, faßte den

schmalen Metallstab fester, der sich trotz meiner zitronengelben Handschuhe schlüpfrig und feuchtkalt anfühlte. Unter der Domino-Maske kniff ich resolut die Lider zusammen. Ich versuchte mich auf den Wahrscheinlichkeitsschlüssel zu konzentrieren, auf das, wovon ich wußte, daß ich es vollbringen konnte. Auf Captain Paradox' sorgfältige Unterweisungen.

Ich öffnete die Augen und sah Captain Paradox bei Thibodeaux stehen und sich über ihn beugen. Der weiße Laborkittel umschlotterte den armseligen kleinen Alten wie ein erschlafftes Segel.

»Es gibt zu viele Superlinge, die für ihre Befähigungen keine Verantwortung übernehmen«, sagte Paradox. Mittlerweile war er mal wieder in seinen längst weltberühmten Belehrungston verfallen. »Zu viele, solche wie Sie, die mit den wehrlosen Milliarden Schlitten fahren. Der große Ursprung hat die Welt in die Obhut einiger weniger Männer und Frauen gegeben, die nach nichts als Gerechtigkeit trachten. Aber zur gleichen Zeit ist Böses und Unheil unüberschaubaren Maßstabs entfesselt worden.«

Nie hatte der Captain mir gestattet, in seiner Gegenwart die Bezeichnung ›Großer Paukenschlag‹ zu verwenden. *Superkräfte sind ein Geschenk der Vorsehung,* hatte er mir gegenüber bei mehreren Anlässen klargestellt, *kein Resultat eines Remmidemmis, das man später bereut.*

Der Metallstab in meiner Hand vibrierte stärker; er wurde warm. Ich setzte meine Bemühungen fort, mich zu konzentrieren, hatte damit jedoch meine liebe Not.

Der Captain dozierte weiter; er konnte nicht anders.

»Nun können wir unter die Schlechtigkeiten, die irregeleitete Superwesen angerichtet haben, einen Schlußstrich ziehen«, kündete er an. »Der Wahrscheinlichkeitsschlüssel ist dazu geeignet, den Großen Ursprung ganz minimal zu korrigieren. Dadurch führen wir eine

Wende herbei. Die Anzahl der Superschurken wird im Verhältnis zur Zahl der Superhelden entscheidend verringert.«

Grimmig schmunzelte Thibodeaux zu dem Superhelden auf, der neben ihm stand. »Warum so bescheiden?« fragte der Professor, während er vor sich hinlachte. »Weshalb reorientieren Sie den Quantenschaum nicht einfach dahingehend, daß er unsere Existenz völlig überschreibt? Wieso bevölkern Sie die Welt nicht *ganz* mit in Elasthan gekleideten Wohltätern?«

Captain Paradox strich sich über die glatte Bastion seines markigen Kinns, als zöge er diese Alternative ernsthaft in Erwägung. Wie abstrus es auch sein mochte, sofort überlegte ich, wie wohl die Frau im geblümten Kleid oder der Mann, der mir heute früh den Stinkefinger gezeigt hatte, in primärfarbenem Nylon-Kostüm aussähen, während sie Portlands Dächerlandschaft überflogen.

Der Stab wollte meinem Griff entgleiten. Doch je verbissener ich mich darauf konzentrierte, ihn festzuhalten, um so mehr unerbetene Vorstellungen kamen mir, lenkten mich ab.

Ich malte mir aus, wie ich sechzig wäre und Captain Paradox mich noch immer ›Quantenboy‹ riefe.

Und ich sah Fiona vor mir, ihre hübschen Gesichtszüge durch einen düsteren Ausdruck entstellt. Sie schimpfte mich einen verantwortungslosen Peter Pan. Mit Recht. Wo könnte sie in dem infantilen Superhelden-Paradies, das Paradox wohl in diesem Moment vorschwebte, ihren Platz finden?

Wo sollte *mein* Platz sein?

Inzwischen konnte ich den Wahrscheinlichkeitsschlüssel kaum noch halten. Ich umklammerte ihn mit beiden Fäusten, die von der Anstrengung taub wurden. Mit aller Willens- und Superkraft bewahrte ich ihn im Griff. Donnergrollen umhallte mich, durchfuhr die dünne, runde Stange in meinen Händen.

Captain Paradox' Stimme druchdrang sämtliche Ablenkungen. »Nun muß die Energie freigesetzt werden, Quantenboy! Wir haben nur diese eine Gelegenheit. Du weißt, was du zu tun hast! Dein Wunsch, Quantenboy! Dein Wunsch!«

»Überlege dir genau, was du wünschst«, glaubte ich Thibodeaux schnarren zu hören. Sicher war ich mir jedoch nicht.

Ich schloß die Augen, wünschte mir mit aller Macht etwas und ließ den Stab los. Dann hörte ich einen Knall, danach …

… ein Klirren, als wäre etwas Zerbrechliches gewaltsam auf einem Linoleumfußboden zersprungen.

Und so verhielt es sich tatsächlich. Der rosa Steingut-Kaffeebecher war meinen von Seife rutschigen Fingern entglitten und wie eine Bombe auf den Küchenboden geprallt.

»Verdammte Scheiße noch mal«, schimpfte ich. Es war mein Lieblingskaffeebecher gewesen. Für einen langen Moment konzentrierte ich mich auf die feuchten Scherben, die auf dem Fußboden lagen, und wünschte die Wiederherstellung des Bechers.

Nichts geschah. Ich lächelte, warf die Bruchstücke in den Mülleimer, spülte zwei andere Kaffeebecher und Fionas modischen Designer-Käseschneider, der Käse in so wunderbare saubere, gleichmäßige Scheiben zertrennte. Der Toast hüpfte aus dem Toaster, der Wasserkessel pfiff. Leise Schritte tappten in die Küche, näherten sich mir hinterrücks. Zärtliche Hände umschlangen meine Taille.

»Craig«, rief Fiona, »du machst ja Frühstück.«

Über die Schulter lächelte ich ihr zu. »Man könnte ja meinen, daß du überrascht bist.«

»Sonst machst du doch *nie* Frühstück. Außerdem war da der Anruf. Wegen einer wichtigen Reportage. Mit eventueller Aussicht auf den Pulitzer-Preis, hast du erwähnt.« Sie zog ein Frätzchen, als sie ›Pulitzer-Preis‹ sagte, eines meiner ermüdend häufig wiederholten Schlagwörter.

»Ich habe beschlossen, mich doch nicht um den Anruf zu scheren«, antwortete ich ihr. »Ich glaube, ich kümmere mich mal um andere Arbeit. Oder ich befasse mich freiberuflich mit 'n paar interessanten, lukrativen Projekten, an denen ich daheim schreiben kann.«

Fionas Augen waren größer als die Teller, mit denen ich den Küchentisch deckte. Sie schwieg, während ich überm Spülbecken erst die Gardine zur Seite streifte, dann das Fenster öffnete, frische Morgenluft einließ. Die dünne Gardine bauschte sich sanft im leichten Wind, ähnlich wie Captain Paradox' Umhang.

Ping!

Ich bemerkte, daß mein Kommu auf dem Küchentisch lag. Hatte ich ihn an diese Stelle gewünscht? Ich nahm ihn zur Hand und verabschiedete mich ins Badezimmer, während Fiona den Kaffee einschenkte.

»Quantenboy!« knisterte Captain Paradox' Stimme mit leichtem Hall aus dem Gerät. »Thibodeaux muß den Wahrscheinlichkeitsschlüssel irgendwie gegen uns benutzt haben. Hier ist es stockfinster. Ich weiß nicht, wo ich bin …«

Ich fand an dem Wandel keine rechte Freude. Captain Paradox' Stimme hätte kraftvoll und selbstbewußt klingen müssen. Jetzt redete er mit der Stimme einer verirrten Waise. In diesem Moment wurde mir klar, daß das Dasein als Superheld für Captain Paradox alles bedeutete. Seine Welt war samt und sonders davon beherrscht gewesen. Wie sollte er in einer Welt ohne Superlinge überleben?

»Ähm, ich glaube«, sagte ich, »irgendwas ist mit dem Wahrscheinlichkeitsschlüssel schiefgegangen. Wahrscheinlich ohne sonderliche Überzeugungskraft.

»Dahinter steckt Thibodeaux«, schlußfolgerte Captain Paradox; mittlerweile klang seine Stimme so leise, daß ich ihn kaum noch verstand. »Such ihn, Quantenboy! Du mußt ihn finden.«

Ich schnitt eine Grimasse und schaltete das Apparätchen ab. *Quantenboy.* Scheiße!

Ich finde ihn schon, keine Sorge.

Ich kehrte in die Küche zurück und setzte mich zu Fiona an den Frühstückstisch. Über den Rand des Kaffeebechers hinweg lächelte sie mich an.

»Laß uns heiraten«, meinte sie.

Ich hob die Brauen. »Gebongt«, sagte ich. Meine Lippen kräuselten sich auf eine Weise, die sich nach einem erneuten Lächeln anfühlte.

Ich trank Kaffee und kaute Toast, während ich im auf meinen Knien aufgeklappten Telefonbuch blätterte. Meine Aufmerksamkeit galt dem Buchstaben *Th.*

»Wenn wir heiraten wollen«, sagte ich, »müssen wir uns Gedanken über unsere finanziellen Verhältnisse machen.«

»Wen oder was suchst du?«

Aha, da steht er ja. Thibodeaux, Thaddäus.

»Einen alten Kollegen«, gab ich ihr Auskunft. »Ich würde wetten, er guckt sich zur Zeit auch nach 'ner neuen Beschäftigung um.«

Ich wußte schon den Titel des Buchs, das ich zu verfassen beabsichtigte: *Porträt eines Paradoxons. Leben und wirken des Dr. Harold Harwood.* Bestimmt konnte ich zahlreiche Erste-Hand-Informanten gebrauchen, so wie Thibodeaux. Vielleicht sogar einen Koautor für die Biografie. Jawohl, eine Biografie sollte es werden. Von nun an hatten die Superlinge den gleichen Rang wie Dinosaurier. Zweifellos gefiel es den Menschen weit mehr, etwas über sie zu lesen, als durch sie gefährdet zu sein. Ich hatte das Gefühl, daß das Buch – sobald erst einmal alle Leute begriffen hatten, die Superlinge waren ein für allemal abserviert, auf die Vierfarbseiten der Comics verbannt, wohin sie gehörten – sich millionenfach verkaufen würde.

Ich langte nach dem Telefon.

Originaltitel: ›Giants in the Earth‹ · Copyright © 1997 by Mercury Press, Inc. · Aus: ›The Magazine of Fantasy & Science Fiction‹, August 1997 · Aus dem Amerikanischen übersetzt von Horst Pukallus

---

Marc Laidlaw

SCHLAMMSTADT

Er war ein plumper Barde, ungeschickt im Greifen schwieriger Fingersätze, die, wenn sie von der Hand eines Meisters gespielt wurden, die Eduldamer Saiten so süß zum Klingen brachten.

Seine musikalische Schwäche verdankte er vor allem seiner rechten Hand, die zur Gänze aus poliertem schwarzem Stein bestand – die perfekte Imitation einer menschlichen Hand. Sie war so naturgetreu geformt, daß selbst das zarte Muster von Adern, Sehnen, Muttermalen, die Kuppen der Fingerknöchel und die Monde auf den Nägeln in dem harten, glänzenden Stein zum Ausdruck kamen. Die feinen Haare wuchsen auf zarten, kunstvoll wie Diamanten geformten Poren. Man konnte sie nur noch als hartnäckige Stoppeln fühlen. Seine linke Hand war geschickter als die rechte der meisten Menschen, und die schwieligen Finger zupften die Saiten so gut sie nur konnten, um die Untauglichkeit der anderen Hand zu überspielen. Seine rechte steinerne Hand taugte nur zum rohen Hämmern und Schlagen.

Er konnte das Plektrum nicht halten. Der Klangkörper war zerkratzt und zeigte an vielen Stellen Spuren der Abnutzung. Das dünne Holz war an mehreren Stellen ersetzt worden.

»Meinen Makel verdanke ich einem Wasserspeier«, sagte er immer, wenn man ihn dazu befragte. »Er kommt und geht. Ich suche den hinterhältigen Klotz, der mir das zugefügt hat und verschwunden ist, bevor er es rückgängig machen konnte.«

Wenn man ihn fragte, warum er in der Zwischenzeit kein anderes Instrument gelernt habe, das besser zu seiner Behinderung paßte, verdüsterte sich das Gesicht des Barden und wurde steinern wie seine Hand.

»Früher habe ich es besser gespielt«, sagte er. »Die Eduldamer haben mir jede Möglichkeit genommen. Aber es begleitet meine Stimme. Und überhaupt, was sollte ich sonst mit einer Hand spielen? Welcher Barde begleitet sich schon mit Löffel und Schlegel? Und ich kann nicht sauber singen, wenn ich gleichzeitig die Ullala-Pfeife blase …«

In diesem Punkt hatte er recht. Sein steinerner Daumen kratzte zwar über die Saiten, doch seine Stimme war kräftig. Durch den Widerstreit der beiden Klänge – der eine roh und ungeschlacht, der andere klar und ausgewogen – wurde sein Vortrag mehr als nur erträglich. Wohin er auch ging, erregte er Aufsehen. Und wenn er gefragt wurde, warum er sich nicht mit einem anderen Musiker zusammentat, der seinen Gesang auf einem Instrument begleiten konnte, spottete er nur traurig:

»Ich reise allein, weil ich mein trauriges Los niemandem zumuten möchte.«

Aus all dem konnte man schließen, daß dies nicht immer so gewesen war.

Der Name des mürrischen, sarkastischen Einzelgängers mit den steinernen Fingern und der lieblichen Stimme war Gorlen Vizenfirth.

Gorlen taumelte in die Stadt Dankden, begleitet von einem sintflutartigen Regen. Ein Phänomen in dieser Region, das so alltäglich war, daß die schlammüberfluteten Straßen dieser schlammfarbenen Stadt mit Trittsteinen ausgelegt waren, wie man sie in seichten Wasserläufen findet. In den tiefen Straßenschluchten, zwischen abgesackten Läden und Häusern, verkehrten handbetriebene, mit Seilen gezogene Holzflöße.

Als er die Dächer wie gewohnt nach einem Wasserspeier absuchte, entdeckte er auf der Straßenseite gegenüber ein Wirtshaus mit einem beleuchteten Vordach. Er setzte den Fuß auf die glitschigen Planken eines Holzfloßes und zog sich mit dem Floß gegen den trägen Schlammstrom. Kaum hatte er dreimal kräftig gezogen – die ruckartige Fortbewegung wurde noch dadurch erschwert, daß er das Seil nur mit einer Hand packen konnte – hörte er vom Gehweg, den er soeben verlassen hatte, einen Ruf. Er drehte sich um und sah eine Frau mit einem Jungen; beide waren in glänzend schwarze Umhänge gehüllt, die nur ihre weißen Gesichter freiließen.

Die Frau hieß ihn mit einem Wink zurückzukehren.

Etwas, das mehr war als reine Höflichkeit, zwang ihn zu gehorchen. Er hatte schon Blasen an der gesunden Hand. Unter diesen Umständen konnte er drüben, auf der anderen Straßenseite, die Eduldamer Saiten unmöglich spielen und seinen Lebensunterhalt verdienen. Er trat zur Seite und ließ das Paar auf das Floß. Die Frau belohnte ihn mit einem Lächeln und bedankte sich. Regen und Kälte hatten ihr Gesicht gerötet. Ihre Augen waren dunkel und glühten, gespeist aus einer für ihn an diesem düsteren Nachmittag unsichtbaren Lichtquelle. Sie war viel zu jung, um die Mutter des Jungen zu sein, was Gorlen wegen ihrer Schönheit unversehens mit Freude erfüllte.

Als sie sich hinter ihm in einer Ecke des Holzfloßes zusammendrängten, begriff Gorlen, daß sie erwarteten, von ihm gezogen zu werden.

Sein Mut sank, seine Kraft begann ihn zu verlassen. Aber wie um ihnen das Gegenteil zu beweisen, packte er das Seil und zog das Floß mit einem heftigen Ruck hinaus auf den Schlammfluß. Das Gesicht hatte er in den tropfnassen Ärmel gepreßt, um die Grimassen, die er bei jedem schmerzvollem Zug machte, vor ihnen zu verbergen.

Die kurze Reise zog sich wohl länger hin, als die Frau aus Dankden es gewohnt war.

Gorlens Handfläche brannte nicht einmal mehr, als sie plötzlich neben ihm stand und nach dem Seil griff. Die Innenseiten ihrer Handschuhe waren mehrfach verstärkt, und das aus gutem Grund. Sie zog mit solcher Kraft und verursachte damit solche Stöße, daß das Seil fast aus seiner Hand gerissen worden wäre. Mit einem Dutzend Zügen, an denen Gorlen nur bescheiden mitgewirkt hatte, jagte das Floß zur anderen Straßenseite.

Dort angekommen, tippte Gorlen leicht nachdenklich an seinen Hut, wodurch ein kleines Rinnsal Regenwassers über die Krempe schwappte, und bedankte sich bei der Frau. Er bemerkte, daß sie seine rechte Hand anstarrte, und sie schaute verlegen weg.

»Was ist mit Ihrer Hand passiert?« fragte der Junge schroff.

Die Frau drehte sich um und herrschte ihn an: »Jezzle! – Bitte beachten Sie meinen Bruder nicht, Herr.«

»Das ist schon in Ordnung«, antwortete Gorlen und reichte ihr seine gesunde Hand, als sie sich anschickte, an Land zu gehen. »Kinder sagen immer, was sie denken. Wann verlieren wir wohl diese Unschuld?«

»Es geht ihn nichts an«, erwiderte sie, »das ist alles.«

»Ich will es Ihnen trotzdem sagen«, antwortete er. »Es ist jetzt einige Jahre her, da geriet ich in Schwierigkeiten mit den Priestern von Nardath. Ich erledigte Botengänge für sie, und einer ihrer geliebten Wasserspeier verwandelte meine Hand in einen Stein, um meinem Gedächtnis auf die Sprünge zu helfen. Immer wenn ich als Laufbursche herumbummelte oder vorsätzlich in die falsche Richtung ging, wurde sie schwärzer. Der Stein verschluckte sie, Finger für Finger. Wie man sieht, tat ich nur sehr widerwillig, nicht einmal um meiner rechten Hand willen, was die Priester von mir forderten.«

Der Junge klopfte an Gorlens Hand und zog seine beweglichen Finger zurück. »Schließlich haben Sie dann doch getan, was sie wollten, sonst wären Sie ganz zu Stein geworden.«

»Das tat ich auch zu deinem Nutzen. Statt mich zu retten, rettete ich die ganze Welt. Manche würden sogar sagen, das Universum.«

Jezzle blickte ihn kühl an. »Ich wünschte, ich hätte auch so eine.«

Gorlen lächelte die Frau an und erschrak über ihre Miene.

»Sie sollten ihn nicht anlügen«, sagte sie zu ihm, als das Lächeln auf seinem Gesicht erstarb. »Er ist ein Kind, kein Idiot.«

Sie ergriff die Hand des Jungen und zog ihn fort, noch bevor Gorlen irgend etwas zu seiner Verteidigung oder etwas anderes sagen konnte.

Es wird mir eine Lehre sein, dachte er, und beobachtete, wie sie über die Steine schritten. Mich mit meinen Heldentaten zu brüsten, nur um eine Dame zu beeindrucken. Natürlich hält sie mich für einen Narren. Und wer täte es nicht?

Von nun an werde ich sagen, es sei eine Prothese.

Er ließ die beiden in der Dunkelheit vorangehen, folgte ihnen kurze Zeit später, bis er zu dem Wirtshaus kam, das er von der anderen Straßenseite aus erspäht hatte.

Das Lokal trug den Namen ›Trockendock‹. Schilder mit handgemalten schrägen Buchstaben in leuchtendem Orange waren an die Fassade genagelt – sie priesen die Vorzüge des Wirtshauses: Kommen Sie und trocknen Sie sich – Die gemütliche Zuflucht – Völlig trocken – Fußwärmer erhältlich – Alle Zimmer geheizt – Trockene Betten und Laken – Freundliche Bedienung garantiert. Auf der Wand war ein riesiger steinerner Kamin abgebildet. Gorlen glaubte, die Hitze der gemalten Flammen zu spüren.

Er grinste und stieß die Tür in Erwartung eines warmen Luftzuges auf. Statt dessen schlug ihm feuchtkalter modriger Gestank entgegen. Er wußte nicht genau, ob seine durchnäßten Stiefel oder der matschige Teppich unter seinen Füßen quietschte, als er in die schummerige Grotte hineinging. Sie war so feucht wie die Höhle eines Frosches. An mehreren Stellen warfen Lampen schwaches wäßriges Licht, an ihren Zylindern kräuselten sich winzige Tropfen zu kleinen Wellen. Im Inneren des Gebäudes hallte stetiges Plätschern. Es war lauter als das gedämpfte Rauschen des Regens und kam von den unzähligen undichten Stellen, aus denen Wasser in kleine Eimer und bebende Schüsseln prasselte. Behelfsmäßige Rinnen liefen an den Wänden entlang und leiteten das aufgefangene Wasser zu einer Fensterreihe an der Rückseite des hohen Raumes. Winzige Wasserfälle stürzten von der Decke und verschwanden in den Löchern, die man in den Fußboden gegraben hatte. Sprühregen aus unzähligen Quellen benetzte Gorlens Gesicht und Hände. Bemooste Treppen erhoben sich an beiden Seiten des Raumes und führten zu zwei gegenüberliegenden Galerien. Oben war eine Reihe offener Türen; ihr Holz hatte sich so verzogen, daß sie wohl nicht mehr schlossen.

Weiter hinten, hinter der Theke, stand ein Mann, eingehüllt in die leuchtend gelbe Haut eines zweifellos giftigen Lurches aus der Gegend, den man nur sehr wohlwollend (und beleidigend für Kröten) ›krötenähnlich‹ nennen konnte. Grauwangig, und mit Augen, die aus einem wulstigen Gesicht hervortraten, befreite er mal mit den Schlägen eines Gummimessers, mal mit Hilfe eines Schwamms den Tresen geduldig vom Wasser. Das Wasser platschte auf den Boden. Er wrang den Schwamm in einen Eimer aus. Der Schanktisch war auf der Stelle wieder tropfnaß, und der Eimer mußte bald wieder entleert werden. Als Gorlen hereinkam, unterbrach er kurz seine sinnlose Arbeit, dann wischte er weiter.

Gorlen wäre lieber gleich gegangen. Es gab eigentlich keinen anderen Grund zum Bleiben, als die Feindseligkeit des Barkeepers anzustacheln. Aber der offenkundige Betrug, der schreiende Werbebetrug der grellen Außenschilder reizten seine Entrüstung und seinen Sinn fürs Absurde. Dieser Kombination konnte er nicht widerstehen.

Er schritt über die durchweichten Planken und rief dem Gelbgekleideten zu: »He, Sie da! Herr – wenn ich Sie so nennen darf. Was bezwecken Sie mit diesen dreisten und überaus frechen Versprechungen? Ich habe noch nie einen so offenkundigen Köder und eine solche Vorspiegelung falscher Tatsachen gesehen, die einen erwartungsvollen Besucher für den Bruchteil einer Sekunde einlullt, Ihnen aber nichts einbringt als seinen Groll, und das in Rekordzeit.«

Der Besitzer des Lokals, wenn er es überhaupt war, blickte auf ein Büschel eßbarer Pilze am äußersten Ende des Tresens, graue Wölkchen, die auf modrigen Stengeln wuchsen. Plötzlich begriff Gorlen, daß es Kunden waren. Mehrere klumpenförmige Kreaturen hockten eingehüllt in graue Mäntel auf eisernen langbeinigen Schemeln und schlürften Branntwein aus hohen Gläsern. Sie umfingen die Gläser mit der hohlen Hand, damit die Flüssigkeit nicht durch die undichten Stellen sickerte. Gorlen ahnte, daß sie solche Beschwerden wohl schon früher gehört hatten, und er konnte, obwohl sie keinen Laut von sich gaben, aus dem Beben ihrer sonderbar gleich großen Körper schließen, daß sie lachten.

»Wir haben einen neuen Geschäftsführer«, krächzte der Krötenmensch, worauf das Lachen auch laut erscholl. »Ich bin nicht verantwortlich für die Behauptungen meiner Vorgänger!«

»Sehr gut«, antwortete Gorlen und lachte selbst. »Ich kann Ihre Gründe gut verstehen. Aber was würden Sie sagen, wenn ich diese Behauptungen mehr mit der Realität in Einklang bringen würde?«

»Was meinen Sie damit?«

»Ich meine, daß ich mich gern bereit erkläre, die Schilder von Ihrem Wirtshaus zu entfernen, die sicherlich nur dazu dienen, unglückliche und irregeführte Kunden durch die Tür zu locken. Der Name selbst muß selbstverständlich bleiben. Sicher haben Sie eine Menge Goldstücke für dessen ironische Eigenschaften aufgewendet, denen ich keine Abhilfe schaffen kann, die ich aber bewundere.«

»Meine Schilder entfernen?« entrüstete sich der Wirt, während er seine Kunden scharf anblickte, um sie zum Schweigen zu bringen.

»Sie sagten doch, sie seien das Eigentum des vorigen Besitzers und keineswegs das Ihre.«

»Ich habe dafür bezahlt, also gehören sie mir.«

»Dann werde ich sie sofort reinholen, damit sie keinen Schaden mehr anrichten. Ich wüßte schon ein paar Plätze, wo Sie sie hinstellen könnten.« Gorlen drehte sich um und ging auf dem gleichen Weg hinaus, den er hereingekommen war.

Die feuchte Luft, die vorher drückend gewesen war, schmeckte nun frisch und belebend; sie war nicht mehr mit modrigen Keimen gefüllt, die sich anschickten, grüne Kolonien in seinen Nasenhöhlen anzusiedeln. Draußen am Trockendock, vor dem Portal, schraubte er das erstbeste lächerliche Schild ab. Das aufgedunsene Holz zersplitterte und zerbröselte in seinen Händen. Er stellte das, was von ihm übrig blieb, sorgfältig neben die Tür und wandte sich gerade dem zweiten Schild zu, als der Besitzer ihn anfiel wie ein geölter Blitz.

Gorlen blieb nur eine Sekunde, um sich zu schützen – es reichte nicht. Große dicke Hände packten und stießen ihn erst auf den Hosenboden, dann über glitschige Planken. Gorlen trug seinen Eduldamer Koffer über der Schulter und spürte, daß sich der Trageriemen samt Reisesack am Portal verfangen hatte. Er wünschte sich nichts sehnlicher, als mitsamt dem Sack dort zu bleiben, doch die aufrechtstehende Kröte versetzte ihm einen tüchtigen Schubs und zögerte nicht, ihn weiter zu schlagen. Gorlen wurde gegen die Ecke des Portals geschleudert, stolperte tolpatschig über die Trittsteine und stürzte in den schlammigen Strom. Er schlug wild um sich und sank um so mehr.

Augen und Mund voller Schlamm, wollte er sich hinstellen, bekam aber keinen Boden unter den Füßen. Dies war keine Straße – es war ein Fluß.

Früher war er ein guter Schwimmer gewesen, so wie er ein guter Musiker war. Der Wasserspeier hatte ihn mit einem Schlag beider Fertigkeiten beraubt. Auch war er noch nie in einem solch fürchterlichen Matsch geschwommen, der ihn nicht so bereitwillig wie freundliches Wasser tragen wollte. Es war schon ein Wunder, daß er in diesem Strom länger als ein paar Sekunden oben blieb. Und es war ebenso ein Wunder, daß ihn die Strömung zu einem Anlegeplatz trieb, von dem aus gerade jemand übersetzen wollte, der ihm etwas zurief – was er wegen des Schlamms in den Ohren nicht hörte – und das Floß in seine Richtung lenkte.

Blind vom Schlamm, stieß er hart gegen das Floß und warf die Arme aufs Deck. Er kletterte mit Hilfe seines Retters hinauf und lag erst wie tot, alle viere von sich gestreckt, rappelte sich auf, kam auf die Knie, blickte in das Gesicht einer Frau – und mußte würgen.

»Na, wenn das nicht der Retter des Universums ist!« rief seine Retterin vergnügt aus und schleppte das Floß zurück zum Anlegeplatz, wo ihr Bruder Jezzle wartete.

»Zu Ihren Diensten«, antwortete Gorlen und kotzte ihr prompt reichlich wäßrigen, sandigen Brei vor die Füße.

Sie hieß Taian. Sie und Jezzle lebten mit ihrem Vater, einem Amphibienjäger und Händler von Amphibienhäuten, in einer kleinen, aber völlig trockenen Wohnung im oberen Stockwerk eines Hauses mit hohem Spitzdach, auf das der Regen zwar laut niederprasselte, aber nirgendwo hineintropfte. In fast allen Zimmern waren Amphibienhäute zum Trocknen aufgehängt, was die an sich schon enge Wohnung völlig verstopfte. Von seinem Platz neben dem Feuer, wo er bedächtig einen Becher mit warm gegorenem Plapioc trank, konnte Gorlen von Taian oder Jezzle nicht viel erkennen, obwohl beide dicht bei ihm saßen. Sie waren nur Fragmente zwischen den baumelnden, wogenden Häuten. Jetzt, nachdem er sich an den warmen und morastigen Geruch der Wohnung gewöhnt hatte, gab er sich gern damit zufrieden, das zähflüssige süße weiße Getränk zu schlürfen und den Gesprächen der beiden zuzuhören, während seine Kleider – frisch geseift und in Regenwasser gespült – auf einem Ständer neben dem Feuer trockneten.

Metall klapperte in der Diele, eine Tür wurde zugeschlagen und Stiefel stampften näher. Jezzle sprang auf, um seinen Vater zu begrüßen, einen schlanken, breitschultrigen und bärtigen Mann, der in der Tür zum Wohnzimmer stehenblieb und sehr still und mißtrauisch wurde, als er Gorlen – nur mit einer Decke bekleidet und in seinem Lieblingsstuhl zurückgelehnt – erblickte.

Gorlen sprang schnell auf, doch Taian beeilte sich, alles zu erklären. Der Jäger platzte vor Lachen und kam näher, um ihm auf die Schulter zu klopfen. »So, so, junger Mann. Kaum fünf Minuten in Dankden, schon haben Sie sich einen erbitterten Feind gemacht! Der alte Stoag und seine Kumpane werden Ihnen auf den Fersen bleiben, darauf gebe ich mein Wort, jetzt, nachdem Sie die Vorzüge seines Wirtshauses angefochten haben.«

Gorlen war sich nicht ganz sicher, ob der Mann scherzte, obwohl sein Lachen ehrlich klang. Allerdings mußte er Gorlens Unsicherheit bemerkt haben.

»Jetzt beruhigen Sie sich erst mal. Das Wirtshaus wird schon bald unter seiner eigenen durchweichten Masse zusammenbrechen und Stoag wieder mit sich in die Sümpfe tragen, wo er hingehört. Sie haben die Schilder zum Spaß hängenlassen, um sich über die Miene jedes Fremden, der dort einkehrt, zu belustigen. Und Sie wollten einem Amphibium den Spaß verderben, deshalb hat er Sie in die Flut geworfen.«

»Ein Phib?« fragte Gorlen. »Ist er denn nicht ganz Mensch?«

»Nicht einmal zur Hälfte. Seine Kunden auch nicht. Sie kriechen bei Flut aus den Sümpfen und erheben Anspruch auf Dankden, mit der Behauptung, die Stadt gehöre rechtmäßig ihnen. Ein hoffnungsloser Haufen, zudem äußerst nutzlos – außer den guten Häuten ihrer reinrassigen Brüder. Ha!«

Und mit diesen Worten stieß er eine frische Phib-Haut, die noch weich und naß war vom Gerbstoff und weitaus fischiger roch als die getrockneten Häute, die überall in der Wohnung herumhingen, in Gorlens Richtung. Sie war von gräulich-grüner Farbe. Andere, in einem ähnlich dumpfen Farbton, hingen über der

Schulter des Jägers. Er ließ sie von der Schulter gleiten und gab sie Taian, die sie in den Flur trug.

»Paß gut auf sie auf, Mädchen!« rief er ihr nach. »Es ist die beste Beute meines Lebens.«

Die Sehnsucht, mit der er seinen Stuhl ansah, war so unverhohlen, daß Gorlen aufsprang und ihm Platz anbot. »Ich bestehe darauf, daß Sie sich setzen!«

»Nun, wenn es Ihnen nichts ausmacht...« Er ließ sich in den Stuhl sinken, seufzte erleichtert und zog die durchnäßten Stiefel aus. Diese und seine übrige Kleidung waren schnell vor dem Feuer aufgehängt, er selbst hüllte sich in ein dickes Gewand, das an einem Haken neben dem Feuer gewärmt worden war. Jezzle erschien mit einem großen Kelch Plapioc. Der große Mann trank ihn mit einigen wenigen Schlucken leer, gab ihn dem Jungen zurück und wischte sich den milchigen Schaum aus dem Schnurrbart. »Noch einen«, bat er lachend. Dann streckte er Gorlen die Hand entgegen. »Ich bin Claddus.«

»Sehr erfreut. Ich heiße Gorlen Vizenfirth.«

Gorlen streckte ihm die rechte Hand entgegen. Claddus stutzte zuerst, dann wurde er neugierig. »Eh?« Er nahm die Hand und ließ sie gleich wieder los. »Könnte ich sie mir näher ansehen?«

»Gewiß«, erwiderte Gorlen.

Claddus rückte näher zum Feuer, und Gorlen drehte die Handfläche mal nach oben, mal nach unten, damit der alte Mann die perfekt gemusterte Hand untersuchen konnte.

»Schicksalslinien«, sagte er nach einer Weile. »Ich kann sie nicht lesen, aber sie sind sehr symmetrisch. Sie haben sie selbst eingemeißelt, nehme ich an?«

»Stimmt«, sagte Gorlen. »Es sind die Linien, mit denen ich geboren wurde, und Sie sind nicht der Erste, dem ihre Symmetrie auffällt. Manche sagen, daß sie großes Glück bedeuten, andere lesen ein schlimmes

Schicksal daraus. Beide Prophezeiungen sind bis heute in Erfüllung gegangen. Mal verwandeln sie ein gräßliches Los in ein erfreuliches, so wie heute, als ihre Tochter mich gerettet hat. Die übrige Zeit bin ich hin- und hergeworfen zwischen leidlichem Wohlsein und haarsträubenden Abenteuern. Wohlüberlegte Entscheidungen bringen mir den schlimmsten Ärger ein, und nur die riskantesten Unternehmungen bescheren mir so etwas wie einen kurzen Frieden.

»Frieden?« sagte Claddus. »Die meisten von uns sind viel zu sehr damit beschäftigt, ihren Lebensunterhalt zu bestreiten. Ist das Ihr Instrumentenkasten ...?«

»Es ist mein Lebensunterhalt.«

»Ist es ein guter?«

»Nun, ich habe kein Heim ...«

»Diese schäbige Wohnung ist gemietet, mein Junge. Was besitze ich denn?«

»... und keine Familie.«

»Eh ... ja.« Claddus blinzelte traurig, mitfühlend.

»Und meine Freunde leben weit verstreut. Manche von ihnen bedauern den Tag, an dem ich in ihr Leben trat und feiern den Tag, an dem ich daraus verschwand.«

»Das wird mit uns bestimmt nicht passieren. – Jezzle, noch ein Plap für mich und Gorlen Vizenfirth!«

Der Junge tat, worum der Vater ihn gebeten hatte. Eine Zeitlang saßen sie schlürfend zusammen am Feuer. Jezzle brachte seinem Vater ein Tablett mit gewürztem Fleisch und Essiggurken, setzte sich neben seinen Stuhl und befragte ihn über die Jagd dieses Tages. Während Claddus seine Erlebnisse in der überschwemmten Gegend um Dankden beschrieb, bemerkte Gorlen, daß seine Gedanken zu Taian wanderten, die er im Flur summen hörte. Er zog seine warmen, trockenen Kleider an und folgte dem Klang ihrer Stimme, bis er an eine geschlossene Tür kam. Er klopfte leise, ging hindurch und befand sich über der belebten Straße auf einem überdachten Balkon. Er prüfte wie gewohnt die Dächer auf der anderen Straßenseite. Manche waren höher als die des Hauses, in dem er zu Gast war, und allen mangelte es an den einfachsten Steinmetzarbeiten oder gar dekorativem Putz. Und nirgendwo ein Wasserspeier.

In einem riesigen Ofen in der Balkonecke brannte ein starkes Feuer. Dichter Rauch entwich aus dem durchlöcherten Ofenrohr, das in den Schornstein mündete. Taian präparierte die Häute und hängte sie über den Rauch, der sich bald hinter den Ecken des Dachgesims verflüchtigte. In der Ecke stand ein halbes Fäßchen mit schleimigem kugelförmigem Grünzeug, und ab und an griff Taian hinein, rupfte eins heraus und schleuderte es in den Ofen. Es explodierte mit einem feuchten Knall und verbreitete ein durchdringendes Parfüm, das Farbe und Konsistenz des Rauches für fast eine Minute veränderte.

»Es ist unentbehrlich fürs Trocknen der Häute«, erklärte sie, »sonst brechen sie und schrumpeln, und stinken fürchterlich. Auch würden sie das Wasser nicht lange abweisen.«

»Schöne Regenmäntel sind das, die ihr da macht«, sagte Gorlen. »Ich hätte auch gern so einen Mantel. Meine gewöhnlichen Kleider werden von einem kräftigen Schauer sofort durchnäßt.«

»Gut«, antwortete sie schüchtern, »vielleicht ließe sich da etwas machen.«

»Ich will mir keine Vorteile verschaffen«, sprach er und kam näher.

»Nicht mehr als du schon hast, meinst du?« warf sie ein. Sie wandte sich rasch ab, um einen neuen Stapel Häute zu nehmen.

»Ist dies dein Lebensunterhalt?« fragte er und ließ seine Hand sinken.

»Im Augenblick, ja. Häute haltbar machen, Mäntel nähen und auf meinen Bruder aufpassen. Ich wollte Jäger werden, wie mein Vater, aber bis Jezzle alt genug ist, um auf sich selbst aufzupassen … sitze ich hier fest. Vater nahm mich immer mit in die Sümpfe, damit ich auf das Boot aufpaßte und die Leine zusammenhielt, wenn er tauchte. Aber seit Mutter gestorben ist, muß ich zu Hause bleiben. Bei meinem Glück wird Jezzle eines Tages Jäger werden, und ich werde dann meine Jugend und meine Kraft an Hausarbeit vergeudet haben.«

»Das bezweifle ich«, antwortete Gorlen. »Du bist jung und stark genug, Jäger zu werden, wenn die Zeit kommen wird.«

»Glaubst du?«

»Na ja«, sprach er lächelnd, »wenn ich daran denke, wie geschickt du heute nachmittag das Floß gezogen und mich an Bord genommen hast – dann glaube ich, daß du alles kannst, was du nur willst. Und Jezzle sieht aus wie ein Junge, der schnell erwachsen wird. Er wird schneller reif sein für die Sümpfe, als du glaubst.«

»Ich hoffe, du hast recht. Aber eigentlich weißt du nichts über unser Leben. Du vermutest nur.« Sie lehnte sich gegen das Geländer, sah mit einem sehnsüchtigen Blick zu ihm hoch.

»Im Grunde, ja«, sagte er. »Aber weil ich so weit gereist bin und eine vielseitige Bildung genossen habe, glaube ich, daß meine Vermutung gut begründet ist.« Er legte seine linke Hand auf das Geländer neben sie und beugte sich zu ihr hinunter. Sie war warm vom Ofen, und er war nah genug, es zu spüren.

»Du bist ein gebildeter Mann?«

»Nur in weltlichen Dingen«, antwortete er.

Sie schloß die Augen. Nun konnte er sie küssen.

In diesem Augenblick hörten sie von der Straße her Rufe.

Ein Chor rauher Stimmen ertönte, so stürmisch wie der Regen. Gorlen glaubte erst, daß es sich um gewöhnlichen Mob handelte, nichts, weswegen er die Beschäftigung mit Taians Lippen unterbrechen sollte. Aber sie riß mit einem ängstlichen Schrei die Augen auf. »Nein! Nicht schon wieder!«

Sie machte sich los und rannte, nach dem Vater rufend, so eilig durch die Tür, daß Gorlen fast den Halt verloren hätte. Er konnte gerade noch vermeiden, kopfüber auf die schmutzige Straße zu stürzen und starrte hinunter auf das bunte Gesindel, das sich vor Claddus' Haus an den Anlegeplätzen und Trittsteinen auf der gegenüberliegenden Straßenseite zusammengerottet hatte. Er hörte nicht genau, was sie riefen, noch konnte er sich vorstellen, warum sie sich speziell an diesen Balkon wandten. So wie Stoag und seine unansehnlichen Kunden, waren auch sie plumpe, mißgestaltete Leute, obwohl viele von ihnen in den schönsten Farben leuchteten: Orange, Gelb oder frischem Grün. Zu seiner Überraschung erkannte Gorlen, daß die glänzende Kleidung ihre eigene Haut war.

Claddus trat an seine Seite. »Wo sind sie – oh! Hört endlich auf, meine Familie zu belästigen!« brüllte er zu der Menge hinunter.

»Und was ist mit unseren Familien?« rief einer zurück – man konnte nicht erkennen, wer es war.

»Wir verdienen unser Brot auf ehrliche Weise, auf Land, das rechtlich uns gehört!«

»Rechtlich? Ihr überfallt unsere Höhlen, stellt Fallen und mordet!«

»Bah, Unsinn! Geht, oder ich hole die Wachen!« Er drehte sich zur Tür, wo Taian stand und ihren Vater ansah. Gorlen konnte nicht verstehen, warum. Jezzle wollte hinter ihr etwas erspähen, aber Claddus trieb beide wieder hinein.

»Was wollen sie denn jetzt?« fragte Taian.

»Kümmere dich nicht darum. Gehen wir hinein, Gorlen. Es erledigt sich von selbst.«

Aus den hinteren Reihen der Menge kam ein klagendes Weib hervor, bis zu diesem Moment verdeckt von einem Vordach. Es trug ein großes Bündel in den Armen. Gorlen konnte im tropfenden Regen und der Dunkelheit des Abends nicht erkennen, was es war, obwohl sie es hochhob, damit alle es sehen konnten. »Sieh, was du angerichtet hast!« schrie sie. »Wie kann das rechtens sein?«

Sie rutschte auf den Steinen aus, fiel vor Schwäche zu Boden und ließ das Bündel fallen. Gorlen sah einen rohen, schleimigen Körper, ungefähr von der Größe eines Kindes. Es war mit grauen, blauen und gelben Streifen bedeckt. Gorlen hörte Taian keuchen – sie stand jetzt neben ihm am Geländer.

»Ich weiß nicht, was ihr wollt«, rief Claddus. »Und ich will nach einem harten Tag nicht noch einen verwesten Amphibien-Kadaver sehen!«

Die Frau war unfähig zu antworten. Nachbarn halfen ihr auf die Beine und kümmerten sich um das Bündel. Einer von ihnen blickte zum Balkon hinauf.

»Nicht das erste Mal? Dies war ihr einziges Kind.«

»Vater!« rief Taian.

Claddus drehte sich schnell um, packte seine Tochter am Arm und schob sie Richtung Tür. Jezzle sprang zur Seite, als sie durch die Tür eilten. »Lügner«, sagte er. »Es ist nur irgendein Phib. Und wenn es meiner ist, habe ich ihn in den Sümpfen erlegt. Sie wollen einen Aufruhr, das ist alles.«

»Du hast unsere Brut gestohlen!« rief es hinter ihm. Der Ruf wurde durch das Zuschlagen der Tür abgebrochen.

»Ich habe genug von ihnen«, wütete Claddus, als er den Flur hinunterstürmte und seine Kinder vor sich hertrieb. »Von Woche zu Woche werden sie lauter und hartnäckiger. Als ob es nicht für jeden von uns schwer ist.«

»Es ist viel härter für die Phibs«, widersprach ihm Taian, während sie im Wohnzimmer die Häute beiseite räumte.

Claddus ließ sich in seinen Stuhl fallen und fuhr mit dem Daumen über den Teller, um den letzten Rest Schmalz aufzunehmen. »Wie wahr. Das Jagen in den Sümpfen ist nicht mehr das, was es früher einmal war; wie ich es noch als Junge kannte. Die ganze Stadt leidet darunter. Diese Halbrasse gibt uns Jägern die Schuld für ihre Not, weil wir die einzigen sind, die hier irgend etwas auf die Beine gestellt haben.«

»Es gab hier nichts, bevor wir kamen«, ergänzte Jezzle finster, im gleichen Tonfall wie sein Vater. »Nur Sümpfe und Marsch und knöchrig verwurzelte Bäume, und überall die blöden Phibs.«

»Sprich nicht schlecht über die Phibs, Junge. Sie sind dein redlicher Broterwerb, und der einzige.«

»Aber Papa, wie sie uns auf der Straße beschimpfen…«

»Weil sie halbrassig sind – es ist der menschliche Teil in ihnen, der das sagt. Ein Phib aber ist ein Tier, weder gut noch böse, abgesehen von der Qualität seiner Haut. Und alles was du hast, schuldest du ihrer Haut.«

Mit diesen Worten setzte Claddus sich nieder, verschränkte die Hände und blickte finster ins Feuer. Taian und Jezzle gaben klein bei, und Gorlen hielt es für das Beste, es ihnen gleichzutun. »Jetzt ist wieder ein Abend verdorben«, bemerkte Taian, als sie in die Küche gingen.

»Ich will nachsehen, ob sie noch auf der Straße sind«, sagte Jezzle boshaft.

»Mach es nicht noch schlimmer«, warnte ihn Taian. »Vater will das nicht.«

»Er wird es nicht erfahren. Jemand muß sie im Auge

behalten, damit sie nicht das Haus anzünden oder noch Schlimmeres tun.«

»Beobachte sie vom Balkon aus, wenn es unbedingt sein muß«, sagte sie. »Aber geh nicht zu nah an sie heran – vor allem nicht jetzt!«

Als der Junge gegangen war, beobachtete Gorlen Taian, die die Teller vom Abendessen abspülte. Sie hielt sie unter einen Wasserstrahl, der vom Dach aus in einem Rohr in die Küche geleitet wurde.

»Was hat dich nach Dankden geführt?« fragte sie.

»Ich suche einen Wasserspeier«, antwortete er und rieb unruhig seine steinerne Hand. »Wo jagt dein Vater?«

»Weit draußen in der Marsch. Die Phibs haben ihren Unterschlupf in Unterwasserhöhlen neben knöchrig verwurzelten Bäumen. Es ist eine dreckige, gefährliche Arbeit – tief in die schlammigen Fluten zu tauchen, sich bis zu einem Eingang vorzutasten, dann hineinzuklettern und ihnen in ihrem Bau gegenüberzustehen.«

»Und, sind sie grausame Kämpfer?«

Sie zuckte mit den Achseln. »Da solltest du mal meinen Vater bitten, dir seine Brandnarben zu zeigen. Die leichteste Berührung mit ihrer Haut reicht aus, um Löcher ins menschliche Fleisch zu brennen. Mein Vater krümmte sich wochenlang vor Schmerzen, erlitt Höllenqualen wegen der ätzenden Umarmung eines Phibs.«

»Dennoch tragt ihr diese Häute, ohne Schaden zu erleiden. Wie kann das zugehen?«

»Nur die starken, reifen Phibs liefern einen giftigen Mantel. Die leuchtenden Farben, die man manchmal bei den Halbblütern sieht, sind alles, was sie von ihren Phib-Vorfahren zurückbehalten haben. Wir meiden ausgereifte Häute – sie sind wertlos für den Handel. Nur die unreifen oder alten Häute sind wirklich geeignet. Ein Phib braucht mehrere Jahre, bis er seine volle Giftigkeit erreicht hat, und gegen Ende seines Lebens, na ja – ich nehme an, daß es die Natur wenig kümmert, ob sie überleben.«

»Mit anderen Worten: diejenigen, die ihr jagt, sind wehrlos.«

»Würdest du, einfach so, in vollkommener Dunkelheit in ihre Höhle steigen, ohne zu wissen, wo du stehst und wie viele dich umzingeln oder ob die Farbigen auf dich warten?«

Gorlen schauderte. »Es erfordert schon einen tapferen Jäger.«

»Ja, ganz besonders jetzt, wo es nur noch wenige gibt. Einst waren die Sümpfe überfüllt mit ihnen. Jetzt sind die wenigen, die überlebt haben, schlauer als zuvor, und man muß ihre Spuren sorgfältig verfolgen, oft genug bis tief in die Haine der knöchrig verwurzelten Bäume. Mein Vater hat ihnen wochenlang nachgespürt, den Häuten, die er heute nach Hause gebracht hat.«

»Es muß eine wahre Kunst sein.«

»Und eine Wissenschaft, ja. Jetzt entschuldige mich – ich kann die neuen Häute nicht länger draußen hängenlassen.«

»Ich komme mit«, sagte Gorlen. »Für den Fall, daß der Pöbel noch da ist.«

Als sie hinauskamen, hatte der Regen nachgelassen. Die Wolkendecke war stellenweise aufgerissen, so daß man das Leuchten der Sterne sehen konnte. Da war kaum ein Laut, nur das Tröpfeln von Dingen, die trockneten, das gleichmäßige Blubbern des Schlammstromes und Claddus' Schnarchen aus dem Wohnzimmer. Gorlen schaute über die Brüstung und wunderte sich, daß die Versammlung auf der anderen Straßenseite zwar an Größe zugenommen hatte, aber nicht an Dichte. Diese Nachtwache war in der aufklarenden Nacht auf unheimliche Weise friedlich.

Die Halbblut-Phibs hatten sich hingehockt und beobachteten das Haus – genau diesen Balkon. Während Gorlen auf sie hinunterspähte, erwachte eine kleine Kerze zum Leben und wurde dazu benutzt, einen zweiten Docht anzuzünden.

Jedes dieser Paare berührte zwei weitere, und die sternförmigen Flammen breiteten sich aus, bis Dutzende von ihnen brannten und sich im unruhigen Strom spiegelten.

Gorlen sah einen Schatten über den reflektierten Flammen vorbeiziehen. Dahinter kräuselte sich das Wasser.

Es war ein sehr schmales Boot, unbeleuchtet, mit einer kleinen paddelnden Gestalt. Es glitt nahe an die Gruppe der Gaffenden, und plötzlich hörte Gorlen eine Stimme, die er kannte: »Phibby-Pack! Bleibt in euren Höhlen!« Der Ruderer warf etwas Nasses in die Menge. Mit den Spritzern wurden zahlreiche Flammen ausgelöscht, und viele Stimmen begannen zu fluchen und zu rufen.

»Ich hoffe, daß ich mich irre«, sagte Gorlen zu Taian, die die geräucherten Mäntel einsammelte, »aber ist das nicht Jezzle da unten?«

Taian schnappte nach Luft und sprang zum Geländer. »Nein!«

Um das kleine Schiff herum schäumte plötzlich das Wasser. Die Trauernden hatten ihre Kerzen fallen gelassen und sprangen auf die Straße. Andere Schreie gesellten sich zu den Verwünschungen – die Schreie eines Jungen in Not. Das Boot schaukelte und kippte, kenterte und kam wieder hoch.

Jezzle versuchte einen gurgelnden Schrei, aber das Boot drehte sich immer wieder und brachte ihn zum Schweigen. Als es sich von selbst aufrichtete, war das Boot leer.

Gorlen sah, wie das Paddel langsam davontrieb.

»Jezzle!« schrie Taian.

Sie rannte zurück in den Flur und stieß mit Claddus zusammen, der aus einem leichten Schlaf aufgewacht war. Er packte sie bei den Schultern »Was ist los? – Wo ist er?«

»Auf der Straße«, antwortete sie »Sie ertränken ihn!«

Vater und Tochter, gut vertraut mit der Treppe, die aus ihrer Wohnung auf die Straße führte, ließen Gorlen hinter sich zurück. Der hielt sich mit der gesunden Hand am glatten Treppengeländer fest und tastete sich vorsichtig durch die nach Moder riechende Dunkelheit.

Als er auf die Straße kam, hatte sich die Aufruhr schon auf beide Straßenseiten ausgebreitet. Nur vereinzelt brannten noch Kerzen. Diejenigen, die sie hielten, standen unschlüssig am Wasserrand. Sie waren in der Minderheit gegenüber den vielen eindeutig menschlichen Gestalten, die hin- und hereilten. Lampen wurden angezündet, auf Stangen befestigt und über dem Wasser hin- und hergeschwenkt, um die wogende Straße zu beleuchten. Ungefähr in ihrer Mitte erhellte eine Lampe ein mit Phib-Haut überzogenes Ruderboot. Darin stand Claddus und schrie, während Taian flink paddelte und stakte. Endlich erreichte ihr Boot das entfernte Ufer, und Claddus sprang hinaus. Jetzt hörte Gorlen nur noch vereinzelt Wortfetzen gebrüllter Sätze. Weitere Boote wurden schnell stromabwärts gerudert, Menschen sprangen von Stein zu Stein, schrien laut und versuchten das dunkle Wasser mit Laternen zu erleuchten. Alles passierte so schnell …

Gorlen wußte nicht, wie er sich am besten verhalten sollte. Er bemerkte, daß die amphibischen Gestalten bald völlig verschwunden waren, und das aus gutem Grund, denn auf den Booten um Claddus' Haus herum scharten sich starke, schäbige Typen, die fast alle strapazierfähige Phib-Kleidung trugen. Nach den krausen Brandnarben zu urteilen, die sie auf Armen und Gesichtern wie eine Art Zunftabzeichen zur Schau trugen, nahm er an, daß sie, wie Claddus, Hautfänger waren. Es schien, als sprächen sie eine geheime Sprache, und mehr als einer beäugte ihn argwöhnisch, als er in einer dunklen Ecke an einem Pfosten lehnte. Sie sprachen mit lauter Stimme, auch dann noch, als Taian und Claddus mit ihrem Boot zurückkehrten und das leere Boot des Jungen hinter sich herzogen.

Der Jäger sah mitgenommen und müde aus – er war innerhalb einer Stunde um Jahre gealtert. Als er, gestützt von der kreidebleichen, wütenden Taian, ans Ufer ging, umringten ihn die anderen Jäger. Gorlen hörte, daß sie ihm ihr Beileid bekundeten und Rache schworen.

Aber Claddus war nicht in der Lage, auf diese Worte zu reagieren. Taian führte ihn zu einer Bank an der Hauswand und ließ ihn sich setzen. Sie drehte sich um und starrte mit leerem Blick aufs Wasser.

»Was kann ich tun, Taian?« fragte Gorlen.

Es dauerte eine Weile, bis ihre Augen ihn wahrnahmen. »Nichts. Da ist nichts, was man noch tun könnte.«

Just in diesem Augenblick berührte ihn jemand von hinten, aufgetaucht aus einer dunklen Stelle des Flusses – jemand, der vor Nässe tropfte, dessen Berührung aber brannte. Es zischte, als Gorlen den Arm zurückzog. Seine Haut brannte. Er wandte sich um und sah ein Gesicht von unglaublicher Bösartigkeit, eine Gestalt, die sich an ihm vorbei ins Lampenlicht drängte. Das war weit mehr Amphibie als Mensch. Das blaue Gesicht war orangenfarben marmoriert. Leuchtende Linien und gelbe Streifen mit tiefschwarzen Tupfern. Alle Jäger starrten auf den Phib, und er sah auf ihren Gesichtern Angst und Wut und enttäuschte Begierde. Ohne Zweifel hätten sie sich seiner am liebsten bemächtigt und die leuchtend satten Farben selbst getragen. Die Kreatur blieb vor Claddus stehen und blickte stolz auf ihn hinab. Sie sprach in einer klaren menschlichen Sprache, obwohl leicht sabbernd von Schleim oder Schlamm.

»Wenn du deinen Jungen wiederhaben willst«, sprach das Wesen, »mußt du zu der Stelle kommen, wo du den meinen ermordest hast.«

Claddus sprang auf die Füße. »Ich hole meine Häute aus den Sümpfen!«

Der Phib streckte eine tödliche Hand aus und hielt sie wenige Zentimeter vor Claddus' Mund. Der Jäger schreckte nicht zurück, verharrte aber in Schweigen.

»Dein Sohn ist nicht in den Sümpfen«, erwiderte die Kreatur. »Ich wiederhole: du findest ihn dort, wo du deine letzte Beute gemacht hast.«

Claddus und der Phib standen sich einige Sekunden lang Auge in Auge gegenüber, dann drehte sich der Phib um, ging bis zum Rand des Ufers und sprang. Der Schlamm verschluckte ihn.

»O Zerstörer!« fluchte Claddus. »Was nun? Der Phib ist wahnsinnig. Diese ganze verdammte Rasse ist …«

»Aber Vater, Jezzle lebt!« Taians Gesicht lebte wieder auf. »Irgendwo haben sie ihn!«

»Ja, Mädchen, ja, ja – aber er könnte überall sein.«

Die anderen Jäger lösten ihre Blicke von der Stelle, wo der Phib versunken war, und näherten sich Claddus und Taian. Sie bestürmten Claddus mit tausend Ratschlägen.

»Es ist eine Falle!«

»Sie wollen dich in die Sümpfe locken!«

»Ich kenne den Phib – laß mich ihn erledigen!«

»Es ist sinnlos«, sagte Claddus. »Völlig sinnlos.«

»Vater«, flüsterte Taian. Aber er beachtete sie nicht, weil seine Kollegen, von denen jeder seine eigenen Vorstellungen vorbrachte, was zu tun sei, ihn völlig in Beschlag nahmen. Sie ging zu Gorlen. »Wir müssen ihn reinbringen – das kann er jetzt nicht gebrauchen.«

Gorlen nahm Claddus' Arm, Taian den anderen.

»Gute Leute«, sagte Gorlen, »tapfere Jäger, ich bin sicher, daß Claddus eure Anteilnahme und eure Warnungen hochschätzt.« Er und Taian führten ihren Vater zur Tür. »Und er wird bestimmt nicht zögern, all euer Können in Anspruch zu nehmen, wenn er sich entschieden hat, was zu tun ist. Aber im Moment bitte ich euch, einen Vater seinem Kummer zu überlassen. Ich danke euch.«

Mit diesen Worten zogen sie ihn rückwärts durch die Tür ins Haus.

Gorlen schlug schnell die Tür hinter sich zu und schnitt damit den erwarteten Spottruf der Leute ab, der da lautete: »Wer bist *du* denn, verdammt?«

Der Hausbesitzer stand im Flur, eifrig bemüht, niemanden durchzulassen. Er verriegelte die Tür. Taian dankte ihm dafür. Sie eilten die Treppe hinauf.

»Er ist wahnsinnig«, wiederholte Claddus immerfort. »Er vernichtet meinen Sohn durch seine Tollheit – meinen Sohn! Ich habe ihm nichts getan! Er ist kein reiner Phib! Er gehört nicht zu denen, die ich jage!«

»Vater«, beschwor ihn Taian, »Sei ruhig, bitte, und hör mich an. Hör mich jetzt an, und du wirst etwas hören, was du selbst sehr wohl weißt, obwohl du es niemals zugegeben hast. Aber heute nacht wirst du es zugeben – oder du wirst deinen Sohn verlieren. – Vater?«

»Ich höre«, grollte er. Sie erreichten den Treppenabsatz und gingen durch die noch offene Wohnungstür. In der Wohnung war es kalt, weil der Wind vom Balkon durch den Flur blies. Die trocknenden Häute flatterten, und der Rauch aus dem Ofen kringelte sich in den Ecken. Gorlen schloß die Balkontür. Als er wieder ins Wohnzimmer kam, fand er Taian vor, die vor ihrem Vater kniete – er saß in seinem Stuhl neben dem Feuer – und sein Haar streichelte.

»Du weißt, daß es wahr ist«, sagte sie.

»Ich weiß nichts davon. Es sind Gerüchte, die die Halbblüter verbreiten, um Aufruhr und Unfrieden zu erzeugen. Sie wollen nur Chaos und Blutvergießen, und den Untergang von Dankden.«

»Vater, ich sage dir, Freunde von mir bezeugen die üblen Machenschaften mancher Jäger – von Männern, die du kennst, von Männern, mit denen du aufgewachsen bist, von Männern, die du deine Brüder nennst. Das ist es, warum du dich vor der Wahrheit verschließt.«

»Lügen!«

»Sei nicht so stur! Ich habe versucht, dir die Augen zu öffnen, aber ...«

»Sie haben recht! Es ist eine Falle!«

»Vielleicht wollen sie nur, daß du es mit eigenen Augen siehst, Vater. Daß du siehst, was einige von uns schon seit Jahren wissen.«

»Ich könnte es nicht ertragen«, antwortete er.

Sie erhob sich voller Zorn und wandte sich an Gorlen. »Er wird es hören. Er hat es schon vorher gehört. Es sind Jäger, die er gut kennt. Männer, die ich früher Onkel nannte. Männer, die ihrem Beruf keine Ehre machen, die Kunst und Wissenschaft verspotten. Männer, die zu faul und unwissend sind, um die Phibs in den Sümpfen zu verfolgen oder sie in ihren Höhlen zu fangen. Seitdem es weniger Phibs gibt und das Leben härter geworden ist, gibt es Männer, die durch die vielen fetten Jahre in Dankden verdorben sind und sich nicht mehr die Mühe machen, sich ins knöchrig wurzelige Gehölz hinauszuwagen.«

»Hör nicht auf meine Tochter«, sagte Claddus, aber er war nicht mit ganzem Herzen dabei. »Es ist Wahnsinn.«

Sie senkte die Stimme und hielt sich an Gorlens schwarzer Hand fest. »Ja, es ist Wahnsinn. Diese Männer jagen in Dankden, Gorlen. In den Slums, in der Armengegend am Rande der Stadt, in den Höhlen, in denen die Jungen und Alten oft sich selbst überlassen werden. Diese sogenannten Jäger machen Jagd auf Halbblüter, die halb menschlich sind! Auf unsere Gattung!«

»Nein, nein, neeein«, sagte Claddus, als ob er überdrüssig wäre, es abzustreiten.

»Vater, du weißt, daß es so ist. Was ist mit der Leiche, die wir heute nacht gesehen haben? Die Mutter, die das Kind geboren hat, hat den Beweis hierhergebracht, damit du es siehst. Sie war keine reinrassige Phib.«

»Aber ich habe das Kind nicht erschlagen«, beteuerte ihr Vater mit herzzerreißendem Schluchzen.

Taian schaute ihn nur an und sagte nichts. Als er zusammensackte, das Gesicht in den Händen, warf sie einen Seitenblick auf Gorlen. Der verließ das Wohnzimmer, sie folgte ihm einen Moment später und schloß die Tür hinter sich.

»Er muß einsehen, was er schon lange vermutet hat«, flüsterte sie. »Aber langsam ist es soweit, und ich bin stolz auf ihn. Jetzt wird er tun, was getan werden muß.« Sie preßte Gorlens Hand. »Jezzle wird zurückkehren.«

»Ich wünschte, ich könnte etwas tun«, begann er. »Als Fremder kann ich …«

»Als Fremder bringst du mich dazu, Dankden durch deine Augen zu sehen. Hier herrscht ein Übel, das geheilt werden muß, sonst tötet es uns alle.«

»Wofür du mich auch brauchst, bitte, du kannst über mich verfügen«, sagte er.

Sie nahm seine Hände, beide Hände, aber in diesem Augenblick hörten sie ein Seufzen hinter der Tür. Sie wurde geöffnet, und Claddus erschien. Alle Schwäche war aus seinem Blick verschwunden.

»Gut«, sagte er. »Ich werde mit ihnen reden. Sie können mich dorthin bringen, wo sie heute hingegangen sind.«

»Ich weiß, daß es dir schwerfällt«, sagte Taian.

»Nein ... nein, es ist plötzlich sehr leicht. Die Tatsache, daß keiner von ihnen zu mir gekommen ist, keiner mir angeboten hat, mich zu der Stelle zu bringen ... Es ist abscheulich. Sie wissen, wo mein Junge versteckt ist, aber sie sagen nichts. Sie sind nur damit beschäftigt, ihren kläglichen und gesetzlosen Handel zu schützen. Es wird mir jetzt leichtfallen, sie zu überzeugen.«

Er stolzierte an ihnen vorbei in den Flur, und Taian drehte sich zu Gorlen, ihre Augen blitzten voller Stolz.

»Siehst du?

»Beeil dich!« rief Claddus. »Dein Bruder wartet auf uns!«

Taian warf ihre Arme um Gorlen, dann ließ sie ihn los – und rannte.

Wieder einmal wurde er allein gelassen und mußte den Weg die Treppen hinunter allein finden.

Als er sich im diffusen Dunkel in der hinteren Ecke des Bootes niederhockte, wünschte sich Gorlen eine eigene Phib-Haut. Es hatte wieder zu regnen begonnen – keineswegs leichter Regen – und goß in Strömen. Seine Stiefel waren voll Wasser, und so wie er im eine Handbreit hohen Wasser kniete, hätte er genausogut neben dem Boot schwimmen können. Währenddessen stakte Taian, ebenfalls in Hockstellung, das Boot meisterhaft an der Wasserschneise entlang, vorbei an altersschwachen Gebäuden, an morschen, abgesackten Pfählen aus gequollenem Holz, in Ecken, in denen Fackeln in feucht-düsterem Glanz glühten. Um die Flammen drängten sich Gestalten mit weit aufgerissenem Mund, das Fleisch graublau gestreift, manchmal grellrot. Gorlen konnte sich nur schwer vorstellen, daß hier jemand lebte. Obwohl einige andere Boote durch den wirbelnden Strom der Straßen fuhren, mußten sie manchmal Objekte umfahren, die durch die Wasseroberfläche brachen, Blasen schlugen und wieder sanken.

Schwimmer, kam es ihm in den Sinn. Boote bedeuteten in dieser Gegend Luxus, sie waren für den Personenverkehr nicht nötig.

Dennoch fuhren zwei Boote vor ihnen, die er wegen des starken Regens nur hin und wieder sah. Über den Straßen hingen zierliche Laternen, die vom Wind hin und her geschleudert wurden. Die meisten waren bereits erloschen oder ausgebrannt. Sie quietschten und klapperten an rostigen Haken. Taians Augen waren wohl schärfer als Gorlens, denn als sie eine Reihe enger Kurven glücklich hinter sich gebracht hatten, öffnete sich einen Moment der Regenvorhang, und er konnte jene erkennen, denen sie folgten. Die Jäger hatten ihre Anwesenheit noch nicht bemerkt.

»Bleib hier, bis ich zurückkomme.« Mit diesen Worten stieg Claddus in sein eigenes Boot beim Anlegeplatz vor der Phibby-Taverne. Zu Gorlen gewandt, fügte er hinzu: »Sorgen Sie dafür, daß sie es tut.«

Im anderen Boot waren zwei Männer, die Claddus fast handgreiflich vom Eingang des Wirtshauses zerrte, Hautjäger mit sauren Gesichtern, die erst höhnisch grinsten, doch seine Drohung dann doch ernst nahmen. Gorlen und Taian standen an seiner Seite zwischen den besetzten Tischen des Wirtshauses. Alle Jäger, die sich dort versammelt hatten und heißen Plapioc tranken, mußten gewußt haben, warum Claddus gekommen war, aber am allerwenigsten freuten sich diese beiden, ihn dort zu sehen.

Taian und Gorlen beobachteten sie vom Heck aus, während sie Claddus' Boot von der Kneipe wegführten. Als sie um die Ecke kamen, sprang sie in ein angedocktes Boot und winkte Gorlen zu ihr, er solle ihr folgen.

»Ich traue ihm nicht, wenn er mit denen zusammen ist!« sagte sie. »Kommst du?«

Gorlen dachte einen Augenblick an den Besitzer des Bootes, das sie losmachte, bedachte aber, daß sie die Gepflogenheiten in Dankden weit besser kannte als er. Er sprang neben sie ins Boot und verlor das Gleichgewicht, als sie es vom Dock löste. Er fiel auf den Boden und blieb dort die ganze Zeit, während sie die Jäger verfolgte.

Er schaute sich die Dächer genau an, an denen sie vorbeifuhren, die tropfenden Dachgesimse und wakkeligen Fenstervorsprünge. Ein Stück polierter Steinarbeit wäre hier so ins Auge gefallen wie ein goldener Palast. Dies war nicht der Ort, um einen umherziehenden Wasserspeier zu verbergen, also brachte ihn der Besuch von Dankden bei seinem eigentlichen Vorhaben nicht weiter. Aber es bekümmerte ihn auch nicht, daß er seine Suche einer anderen Sache zuliebe verzögerte. Schließlich hatte die dunkle steinerne Beschaffenheit seiner Hand nicht zugenommen, wirklich nicht – und obwohl er nicht ganz sicher war, hatte er sogar den Eindruck, daß sie leicht zurückging und etwas mehr Fleisch um sein Handgelenk herum freigelegt hatte. Dies gab ihm einen gewissen Trost, aber wie es sich auch wirklich verhielt, es freute ihn sehr, mit der schönen Taian zusammen zu sein. Sie war stark und stolz und gefiel ihm sehr. Er streichelte die steinerne Hand mit seinen kühlen Fingern aus Fleisch und fragte sich, ob er ihre Schwärze in dieser Nacht nicht noch weiter verringern konnte, bis nichts mehr von ihr übrig blieb als die Spitze eines Fingers. Wie oft hatte er das Gebrechen, das ihm der Wasserspeier zugefügt hatte, um ein, zwei Fingerbreit reduzieren können, und dann – in einem Augenblick der Unbekümmertheit, der Habgier oder der Zügellosigkeit auf Kosten anderer – fühlte er mit einem Mal, wie sie kalt hochkroch und seine Hand wieder forderte, wie die Schwärze seinen ganzen Unterarm zu verschlucken drohte. Er war kein richtiger Wasserspeier. Er konnte als Wesen aus purem Stein nicht überleben. Wenn die Schwärze sein Herz erreichte, würde er augenblicklich sterben. Er mußte bis zu dem Tag, an dem er das mineralische Biest fand, das ihn gestraft hatte, bei jedem Schritt seine Motive hinterfragen und durfte seinen Launen, denen jeder andere ohne Konsequenzen gehorchte, nicht nachgeben. Es wäre anders, wenn der Stein direkt mit seinem wahren Herzen verbunden wäre, seinem Gewissen, seiner Seele – wie immer man es nennen wollte. Dann hätte er einen getreueren Führer für seine Handlungen; dann würde er im voraus wissen, wenn er seiner tiefsten Natur nicht gehorchte. Aber die Schwärze war das Fleisch eines Wasserspeiers und antwortete auf seine Handlungen in der Art eines Wasserspeiers. Wenn auch das Bewußtsein dieses Wasserspeiers im Großen und Ganzen sein eigenes überlappte, war es letzten Endes ein fremdes, unvorhersehbar und unergründlich. Handlungen, die er für trefflich erachtete, konnten ihm ein oder zwei Zoll Schwärze mehr eintragen, während eine beliebige Handlung, die man für verräterisch halten konnte, bewirkte, daß sie sich zurückzog.

Er spürte, daß er, wenn er Taian half, sich auch selbst half, soweit ihm seine steinerne Hand keinen anderen Hinweis lieferte. Wenn nur sein Einsatz bei Jezzles Befreiung groß und stark genug ausfiel, würden sich seine Finger vielleicht wieder frei bewegen können. Vielleicht konnte er dann in dieser Nacht zu ihrer Freude die Eduldamer zupfen, statt plump auf sie einzuhämmern. Er würde Taians Wange mit einer Haut streicheln, die so zart war wie die ihre, statt mit eisigem Stein.

Plötzlich schoß das Boot seitwärts in eine Gasse.

Taian packte die Ecke einer glitschigen Wand und schmiegte sich daran. Sie spähte zurück in die Straße. Gorlen schlich sich neben sie. In den immer enger werdenden Straßen wurde der Wind zum größten Teil abgeschnitten, außer an einigen Kreuzungen, wo er den Regen wie bei einem Wirbelsturm peitschte. Nicht weit entfernt konnte er die beiden Boote hin und her treiben sehen. Claddus brachte sein Boot näher an das der Jäger. Einer der beiden Jäger stieg ein und stellte sich neben Claddus. Es schien, als ob sie auf ein Gebäude direkt vor ihnen zeigten. Der Mann, der allein im anderen Boot zurückblieb, schaute sich langsam um. Fast hätte er Taian und Gorlen erblickt, doch Taian zog Gorlen am Ärmel, und sie rückten aus seinem Blickfeld.

»Das ist bestimmt die Stelle«, flüsterte sie. »Wenn die Halbblüter nicht kommen, muß er tauchen. Ich hätte mit Vater gehen sollen. Ich hätte darauf bestehen müssen. Wenn er hinuntergeht, dann überläßt er denen das Boot. Es hat sich schon erwiesen, daß ihnen nicht zu trauen ist.«

»Vielleicht sollten wir uns dafür anbieten«, sagte Gorlen.

»Vater wäre sehr böse geworden, wenn er gemerkt hätte, daß wir ihm gefolgt sind.«

»Wenn wir ihm damit den Sprung ins Wasser ersparen, sollten wir es in Kauf nehmen. Ich traue den beiden nicht, keinem von ihnen!«

Taian hielt einen Finger vor ihren Mund und spähte noch mal um die Ecke. Sie zog sich sofort zurück.

»Sie kommen, schnell!«

Sie schnappte sich den Stab und schob das Boot weiter in die Gasse, von Nische zu Nische tiefer in die Dunkelheit hinein. Einen Augenblick später schoß das Boot der Jäger an ihnen vorbei. Einer der Männer stakte, der andere blickte nach hinten. Beide lachten.

Gorlen wartete darauf, daß ihnen Claddus folgte, aber das Lachen der Männer verhallte in der Ferne und von Taians Vater war immer noch nichts zu sehen.

Sie mußten zur gleichen Zeit dasselbe gedacht haben. So kam es, daß in dem Moment, als Gorlen auf die Füße kam, Taian das Boot vorwärts trieb, und wieder einmal verlor Gorlen das Gleichgewicht und stürzte – diesmal über Bord.

Er tauchte wieder auf, würgte und sah, daß Taian bestürzt die Straße hinunterschaute. Im Wasser strampelnd, folgte er ihrem Blick und sah Claddus' Boot, wie es mitten in einer Kreuzung leer im Wasser trieb.

Ohne auch nur einen Augenblick zu zögern, warf sie sich dem Boot entgegen. Gorlen rief gnädig: »Nur vorwärts!«

Er selbst kam in diesen Straßen, in denen das Wasser so träge floß, zum Verrücktwerden langsam vorwärts, noch dazu mit einer Hand, die so schwer wog. Auch wollte er seine Stiefel nicht zurücklassen, obwohl sie ihn zusätzlich behinderten. So war er nicht wenig überrascht, als er, nachdem er Taian mühsam gefolgt war, einen Moment innehielt, um Luft zu holen, und die Füße sinken ließ, auf festem Boden stand.

Er stand auf solidem, wenn auch schleimig dreckigem Grund. Das Wasser war nicht tiefer als fünf Fuß, sein Mund reichte gerade übers Wasser. Stehend rief er Taian zu, die ganz außer sich in das Ruderboot ihres Vaters starrte: »Es ist seicht!«

Taian drehte sich mit dem Boot im Kreis, schaute auf die dunklen zerfallenen Gebäude, als könnten sie ihr etwas erzählen. Sie legte die hohlen Hände um ihren Mund und schrie: »Vater … Vater!«

»Claddus!« rief Gorlen.

Aber es kam keine Antwort, und nichts deutete auf einen großen schwimmenden Mann hin. Nicht mal ein ausgebildeter Taucher hätte sich so lange unter Wasser halten können.

»Claddus!« rief er noch mal.

In diesem Augenblick nahm er zahllose feuchte Gesichter wahr, die sie aus den Gebäuden ringsumher beobachteten. Sie spähten aus überschwemmten Toreingängen, aus wasserüberfluteten Räumen, sie schauten hinunter aus tropfenden Rahmen zwischen nicht mehr erkennbaren Pfeilern, die einst genausogut Kathedrale wie Lagerhaus gewesen sein mochten.

Da war ein Geräusch wie mühsames Luftholen – ein ungeheurer würgender Husten –, das von irgendwoher aus den Ruinen kam.

»Vater!« schrie Taian.

»Da bist du also«, sagte eine Stimme, nahe, wie es schien, obwohl Gorlen die Quelle nicht ausmachen konnte. Das kehlige Husten wollte nicht aufhören; es klang tatsächlich nach Claddus.

»Spielchen spielen, ihr alle, um uns herumschleichen? Das ist nicht der Ort, an dem wir euch treffen wollten.«

»Bitte«, rief Taian. Gorlen kam langsam auf ihr Boot zu. »Nicht ihn wollt ihr haben – er jagt nur in den Sümpfen, er ist stolz auf sein Handwerk, er respektiert euch und euer Volk! – Und wir wollen nur seinen Sohn – meinen Bruder.«

»Hier gibt es viele Eltern, die ihre Kinder zurückhaben wollen, auch Phibs«, antwortete die Stimme dunkel und rauh.

»Wir haben sie nicht verletzt! Die beiden, die ihn hergelockt haben – sie und ihresgleichen haben es getan!«

»Während du wegschautest? Und was hat das mit menschlich sein zu tun? Warum sollten wir glauben, daß es freundlicher von euch sei, nur reine Amphibien zu jagen, unsere Vettern in den Sümpfen? Warum jagt ihr nicht statt dessen Affen?«

»Manche tun es«, antwortete Taian. Ihre Stimme war kaum noch hörbar. Gorlen konnte sie nur verstehen, weil er gleich neben dem Boot stand, die linke Hand am Bootsrand. Er hatte keine Ahnung, wer mit ihnen sprach und wo der Sprecher stand. Kein Phib-Gesicht regte sich. Alle waren unbeweglich und voll von unmißverständlichem Haß.

»Verzeihung«, sprach Gorlen laut, obwohl er nicht den geringsten Wunsch verspürte, die Aufmerksamkeit aller Amphibien auf sich zu lenken. »Vielleicht bin ich als Fremder in dieser Stadt unparteiisch genug, um beiden Seiten von Nutzen zu sein.«

»Unparteiisch?« sagte eine schnarrende Stimme. »Welcher Mensch ist unparteiisch? Sie verkehren mit Jägern, mit genau denen, die unsere Kinder und unsere Alten töten, die unsere Brut rauben, uns die Haut abziehen, um sie zu räuchern.«

»Der Zufall brachte mich zum gastfreundlichen Claddus und seinen Kindern. Ich hätte ebensogut zu euch gelangen können, wenn ich Dankden vom sumpfigen Ende der Stadt aus betreten hätte. Auch bin ich nicht vollkommen menschlich – ich bin Halbblüter, wie ihr.«

Es folgten Rufe des Unglaubens aus vielen grauzüngigen Mündern. Gorlen hob die rechte Hand, um sie zum Schweigen zu bringen.

»Mein Vater war ein Wasserspeier!« rief er. »Ich habe Zeit meines Leben menschliche Belange mit den Augen eines Fremden gesehen, wie ein Außenstehender. Nur die freundlichsten Menschen hießen mich in ihren Häusern willkommen, so wie Claddus. Ich möchte jetzt für ihn und seine Kinder sprechen.«

»Auch Sie sind ein Teil der Korruption hier! Welcher Jäger ist es nicht?«

»Ich kann es nicht beantworten. Ich kann auch nicht die ganze Nacht über politische Dinge debattieren. Es muß etwas getan werden – wir müssen eine Lösung finden.«

Auf einmal hörte man Claddus stöhnen. »Die Jäger wollten mich hier ertränken, um es euch in die Schuhe zu schieben. Welchen Beweis verlangt ihr noch, um mir zu glauben, daß ich ihr Feind bin?«

»Deshalb bist du noch lange nicht unser Freund.«

»Ich wünsche nur ... Frieden ... für uns alle. Daß wir zusammen leben können. Ich schwöre, daß ich mich dafür einsetze, dem illegalen Handel mit Halbbluthäuten Einhalt zu gebieten. Ich bin ein einflußreicher Mann in Dankden.«

»So ist es«, antwortete der Sprecher. »Warum, glaubst du, haben wir uns so gefreut, als wir deines Sohnes habhaft wurden?«

Gorlen trat vom Boot weg. Er hielt seine schwarze Hand in die Luft, der Schlamm zog ihm die Stiefel von den Füßen – er ließ es geschehen. Barfuß fühlte er sich beweglicher, und er hatte das lebhafte Gefühl, für eine Weile in einer Flüssigkeit zu stehen.

»Nehmt mich«, rief er. »Laßt mich den Jungen besuchen. Laßt Claddus und seine Tochter, die mit den Verhältnissen des Hauthandels in Dankden besser vertraut sind, zu ihren Leuten zurückkehren und eure Mörder anklagen. Ich werde eure Geisel sein, mit Claddus' Sohn.«

Er bemerkte, daß Taian ihn anstarrte. Er konnte ihren Gesichtsausdruck nicht deuten, aber er fühlte, daß etwas mit seiner Hand geschah ... Ein Prikkeln regte sich an der Stelle, wo er sonst kein Gefühl hatte.

Nicht jetzt, dachte er.

Er schob schnell die Hand ins Wasser. Unterdessen wurde in den Ruinen um ihn herum weiter verhandelt. Auch Claddus' Stimme war zu hören. Zum Schluß hörte Gorlen den Jäger sagen: »Selbstverständlich schwöre ich. Ich würde es auch dann tun, wenn mein Junge nicht in eurer Gewalt wäre.«

Einen Moment später löste sich Claddus' Gestalt aus den Schatten und patschte durch das Wasser zu den Booten. Taian lenkte das Boot in seine Richtung, kniete sich hin und streckte ihm die Arme entgegen. Claddus war mit Schlamm und Tang bedeckt, aber er machte sich nicht die Mühe, sich zu säubern. Er stieg schnell ein, umarmte Taian und wandte sich Gorlen zu, als ob es ihm erst nachträglich eingefallen wäre.

»Wir holen dich schnell heraus«, sagte er. »Danke, Gorlen.«

Gorlen wollte die Hand zum Zeichen des Einverständnisses heben, aber als er sie knapp aus dem Wasser gezogen hatte, sah er es: die Schwärze war schon bis zur Hälfte, bis zum ersten Knöchel seines Daumens zurückgegangen. Er machte seine Sache viel zu gut! Dann sagte er schlicht: »Ich bin dankbar, daß ich helfen kann«, und behielt die Hand unten.

Claddus warf die Schlinge eines Seils in sein Ruderboot, zog es zu sich und verband die beiden Boote miteinander. Dann griff er zu der Stake und begann sich von der Kreuzung fortzubewegen, in die Gasse, durch die sie gekommen waren. Taian schaute zurück, sie war blaß, als stünde sie unter Schock. »Nur Mut!« rief sie.

Der Regen wurde immer schlimmer. Gorlen wischte ihn mit der linken Hand aus den Augen und blinzelte in der Dunkelheit umher, die von den pendelnden Lampen nur spärlich erhellt wurde. Er wartete darauf, daß einer oder alle Amphibien aus den Schatten hervorkamen, um das Abkommen zu besiegeln. Statt dessen ergriffen plötzlich kalte Finger seine Beine, Arme und Schultern. Sie umschwärmten ihn von allen Seiten, zogen ihn zu sich hinunter – es blieb ihm kaum Zeit für einen letzten Atemzug. Er hätte wissen müssen, daß sie sich unter Wasser schneller bewegten.

Recht rücksichtsvoll brachten sie ihn ab und zu an die Wasseroberfläche, damit er Luft holte, wenn auch nicht so oft, wie er es sich gewünscht hätte. Er zwang sich, sich zu entspannen, sich nicht zu widersetzen, als sie ihn fortschleppten, und er zwang sich, die Luft anzuhalten, bis zu dem Augenblick, in dem er spürte, daß sie mit ihm aufstiegen. Dann bereitete er sich vor, so tief Luft zu holen wie er konnte. Am schlimmsten war es, wenn das Wasser immer dichter wurde, wenn sie ihn durch den Schlamm schleppten. Er legte sich schwer auf seine Brust, als ob ihn etwas zusammendrückte, und er konnte nicht mehr so tief atmen, wie es nötig gewesen wäre. Dann geriet er in Panik, so heftig, daß er nicht mehr ruhig bleiben konnte, um sich schlug und versuchte, sich länger über Wasser zu halten – aber gerade das Strampeln machte es ihm noch schwerer, die Luft zu bekommen, die er brauchte.

Zum Schluß hielten sie ihn viel zu lange unter Wasser.

Er strampelte immer wilder, bis Funken in seinen Augen explodierten und er allmählich das Bewußtsein verlor. In diesem Augenblick spürte er Regen auf dem Gesicht. Er wusch den Schmutz von ihm ab, und Gorlen tat einen verzweifelt tiefen Atemzug, gleich darauf noch einen, und noch einen. Er öffnete die Augen und sah über sich die seltsam verschlungenen Umrisse von Pflanzen. Die Phibs zogen ihn durchs Wasser, zwischen gewaltigen Bäumen hindurch. Es war nicht nur der Regen, der ihn wusch, sondern auch das Wasser, das von dem dichten Laubdach fiel. Durch Lücken zwischen den Blättern sah er Lücken zwischen den Wolken, und wieder schien die Nacht zu leuchten, und das so lange, bis der Sumpf sich verdichtete und über ihm schloß. Er hoffte, daß die Phibs klug genug waren, ihn nicht in der Stadt zu behalten. Er wußte, daß Claddus' Worte die Jäger von Dankden nur zu einem rasenden Vernichtungsfeldzug anstacheln würden, daß sie in Massen die überfluteten Gettos stürmen und in die feuchten Höhlen steigen würden, wo sie die verräterischen Halbblüter vermuteten, um alle aus ihren Verstecken zu holen. Gorlens Leben war dann nichts mehr wert, wie auch das von Jezzle.

Sie zogen ihn ohne Warnung wieder hinunter. Er tauchte prustend unter und hustete das bißchen Luft wieder aus, das er noch in den Lungen hatte. Diesmal hatten sie ihn ganz tief hinuntergezogen. Er wußte nicht, wie er es aushalten sollte. Dann packten sie noch mal zu und zogen ihn hinauf, hinauf an die Luft – aber es war eine erstickende Luft, dick und ölig, mit fauliger Schärfe, als gärte das Moor. Er streckte die Hand aus und fühlte einen modrigen Wall – sie schoben ihn hinauf. Dort lag er bewegungslos und blinzelte, suchte nach Anzeichen für Wolken oder Sterne – aber der Himmel war so schwarz wie eine Höhle.

Eine Höhle, dachte er. Ziemlich eng. Ein Ort, an dem sie sich versteckten.

Er hob die Hände, um zu tasten, ob es eine Decke gab.

Nach den schwappenden Geräuschen und den hohlklingenden Stimmen um ihn herum wußte er, daß er sich in einer Art geschlossener Kammer befand.

Er erinnerte sich an das, was Taian ihm erzählt hatte, daß man oft nicht wissen konnte, wie weit die giftigen Kreaturen von einem entfernt waren, und daß man als Jäger genau dieser Gefahr ausgesetzt war, um seinen Lebensunterhalt zu verdienen. Er schauderte. Die Kälte hatte seinen ganzen Körper erfaßt. Er fragte sich, wie gut sie die Bedürfnisse der Menschen kannten. Wenn sie ihm nur erlauben würden, sich zu wärmen und zu trocknen …

»Hallo«, versuchte er sein Glück, um herauszufinden, ob jemand auf seine Fragen reagierte. Es gab keine Antwort, nur das ständige Platschen im Hintergrund.

Die Stimmen verstummten. Er hielt den Atem an und horchte, aber es war nichts mehr zu hören. Sie hatten ihn hier hineingeworfen und waren verschwunden.

Gorlen lag eine Weile auf dem nassen Wall, doch als er immer mehr auskühlte, entschied er, daß es klüger war, sich zu bewegen. Er kroch auf allen vieren, krabbelte fort vom Wasser, aber schon nach wenigen Metern stieß er an eine Wand – eine schleimige Masse fest verknoteter Seile und Taue. Er kroch an der Wand entlang und war nach einigen Metern wieder beim Wasser angelangt. Er konnte sich nicht vorstellen, daß dies ein Heim sein sollte, nicht einmal das Heim eines Amphibiums. Auch verhieß es ihm kein Wohlbehagen. Er preßte die Kiefer zusammen, um das Zähneklappern zu unterdrücken.

Plötzlich gab es ein blubberndes Geräusch, ein würgendes Atmen und Husten. Ein Platschen. Gorlen zog sich bis zur Wand zurück, versuchte etwas zu sehen – vergebens. Aber auch ohne etwas zu sehen erkannte er das Fluchen eines Jungen.

»Jezzle?« Der Junge gab keine Antwort. Er hörte ihn leise platschen, und es tropfte, als er sich den Wall hinaufzog.

»Bist du es? – Der Barde?«

»Ja, ich bin's, Gorlen.« Er bewegte sich zur Stimme hin, streckte die Hand aus, betastete das Gesicht des Jungen, packte Jezzles Schulter.

»Wie bist du hierher gekommen?«

Schnell erzählte Gorlen ihm alles, was seit seiner Entführung passiert war.

»Sie verhandeln«, versprach er. »Da bin ich ganz sicher.«

»Gut. Aber ich werde nicht hier herumsitzen«, erwiderte Jezzle. »Wenn die glauben, daß sie einen Jäger festhalten können ...«

»Jezzle, beruhig dich, sei geduldig! Das ist es, was dein Vater und deine Schwester wollen.«

»Mein Vater jagt Phibs, er verhandelt nicht mit ihnen. Du kannst den Halbblütern nicht trauen, du Idiot, sie sind die Schlimmsten von allen. Wir sollten hier verschwinden, bevor sie zurückkommen und uns töten.«

»Ich glaube nicht, daß sie es vorhaben. Warum sollten sie uns hier festhalten, wenn sie uns töten wollen?«

»Verdammt, keiner versteht die Phibs – sie sind dumme Tiere. Du wirst schon sehen, was ich meine, wenn wir hier herausschwimmen.«

»Schwimmen – wohin?«

»Runter, raus und rauf. Das tue ich schon die ganze Zeit. Ich schwimme in den leeren Höhlen, zur Übung, siehst du? Es ist ganz einfach. Komm!«

»Ich ... Das kann ich nicht zulassen. Ich habe mein Wort gegeben.«

»Kannst du mich etwa aufhalten?«

Er ließ Gorlen keine Zeit zu antworten und sprang ins Wasser. Gorlen konnte sich lebhaft vorstellen, wie Taian reagierte, wenn sie erfuhr, daß er ihren Bruder allein in die Sümpfe gelassen hatte. Wer konnte schon mit einem unbedarften Jugendlichen über die Vorteile der Diplomatie reden ...

Gorlen stand unbeholfen auf der Kante des Walls, füllte seine Lungen mit Luft und tauchte. Er war sich der Richtung, aus der er in die Höhle gekommen war, relativ sicher – wenigstens bis zu dem Zeitpunkt, als er sich in einem Wurzelholzdickicht verlor, das unter Wasser wucherte. Er umklammerte die Wurzeln, um nicht dem dringenden Verlangen nachzugeben, mit einem Ruck die Oberfläche des eingeschlossen Teiches zu erreichen und die Rückkehr jener Kreaturen abzuwarten, die sein Leben in ihren Schwimmfüßen hielten. Entschlossen, der Versuchung einer passiven Gefangenschaft zu widerstehen, preßte er die Luft aus seinen Lungen und zog sich tiefer und tiefer, Hand über Hand, Fleisch auf Stein.

In seinem Kopf fing es an zu pochen. Die Öffnung zwischen den Wurzeln war weit genug, um hindurchzuschlüpfen. Durch einen davon waren die Phibs hineingekommen. Er wagte sich blind durch eine vielversprechende Öffnung und stieß sich verzweifelt zur Oberfläche empor, das Gesicht aufwärts gerichtet, um im Augenblick des Auftauchens Luft einzusaugen.

Er war mehr als entmutigt, als er mit dem Gesicht in ein Wurzelgeflecht stieß. In der Hoffnung, es umgehen zu können, tastete er mit den Händen nach offenem Wasser, fühlte aber nur noch dickere hölzerne Taue, die ihn umfingen. Gorlen mußte sich eingestehen, daß er in dem Wurzelgeflecht gefangen war. Nach dem Pochen in seiner Stirnhöhle zu urteilen, schätzte er die Entfernung bis zur Wasseroberfläche auf zehn Fuß – in seiner jetzigen Lage hätte sie aber auch vier Meilen betragen können. Er hielt sich krampfhaft an den Wurzeln fest, schwor sich, ruhig zu bleiben, nicht in Panik zu geraten.

Das Wasser, bis jetzt völlig schwarz, wurde von gleißendem Licht durchdrungen. Er hörte einen fernen wohlklingenden Ton, der anschwoll, wie das Geräusch eines Flußbootes, das über ihm vorbeifuhr. Der Ton entwickelte sich zu einem reichen, kehligen Vibrieren, zum Schnurren eines Katzenfischs. Wollte man den Berichten von Menschen Glauben schenken, die unmittelbar vor dem Tod durch Ertrinken gerettet wurden, ist das Ertrinken eine nahezu friedliche Art des Sterbens,

vorausgesetzt, man hat sich einmal damit abgefunden, Wasser eingeatmet, sich vom Körper losgesagt und der Seele freien Lauf gelassen. Gorlen klammerte sich an diese letzte Hoffnung, öffnete den Mund und inhalierte …

Warme, fischige Luft.

Er erstickte fast. Kalte Lippen aus dem Nirgendwo drückten sich an seine. Er öffnete die Augen in ungläubiger Panik, sah aber nichts. Er konnte sich auch nicht bewegen. Irgend etwas Starkes hatte seine Arme an die Seite gebunden; allerdings bereitete es ihm keinen Schmerz. Er atmete unwillkürlich in tiefen, dann noch ruhigeren und tieferen Zügen ein, unfähig zu glauben, daß genug Luft vorhanden war, um ihn zu füllen.

Da war ein kräftiger Geschmack auf seiner Zunge, eine Beimischung der feuchtkalten Essenz, ein Parfüm, das zart wie ein Flüstern in sein Gehirn strömte, in seine Nerven sickerte und ihn mit einem Hauch geheimen Wissens berührte, ihn durchdrang, daß es ihm war, als würden seine Atome durch die Atome eines Fremden ersetzt. Der Mund, der sich um seinen Mund schloß, fing sanft an zu saugen und spornte ihn so an zu atmen. Glücklich ließ Gorlen die abgestandene Luft heraus. Der zweite Atemzug war schon etwas flacher, weniger verzweifelt – seine geblendeten Augen wurden von der Vorstellung der Sümpfe erhellt, all ihre verschlungenen Wasserwege durchdrangen ihn wie ein glühendes Netz, deren Verworrenheit aber so heimelig und vertraut war wie sein eigener Pulsschlag.

Er wußte wo er war, in der Nähe des Sees, nicht weit von Dankden. Dankden! Eine Menschenstadt! Und bei diesem Gedanken spürte er den unbändigen Drang, um jeden Preis zu fliehen, zu schwimmen und immer weiter zu schwimmen, bis er diesen abscheulichen Fleck weit hinter sich gelassen hatte. Im gleichen Augenblick stellte sich ein böses Paradoxon ein: man konnte im wahrsten Sinne des Wortes nirgendwohin gehen. Die Sümpfe, die früher nicht mal von ihren früheren Bewohnern erforscht worden waren, zogen sich innerhalb weniger Generationen zurück – mißbraucht für menschliche Wohnungen, entwässert, vergiftet und urbar gemacht durch Belüftungsschächte, auf wenige Flecken reduziert.

Furcht und Trauer erfüllten Gorlen. Und je stärker er diese Gefühle in sich aufnahm, desto weiter entfernte er sich vom Abgrund des Todes. Sein Herzschlag wurde ruhiger. Er sank tiefer – die Wurzeln gaben ihn frei. Er atmete ruhig weiter, sein Retter versorgte ihn irgendwie mit frischer Luft, aber sie war nicht mit den starken Visionen durchsetzt wie die Luft, die er durch die ersten Atemzüge erhalten hatte. Seine Zehen versanken im Schlamm. Das Wesen, das ihn gefangengenommen hatte, pumpte ihn mit Luft voll, umschloß seine Lippen sanft mit dem Mund, stieß ihn hinauf. Gorlen strampelte schwach, aber er hielt mit. Einen Moment später durchbrach er die Oberfläche, schmeckte den Wind und den Regen, blickte in die weite, klare Nacht. Er schaute hinunter, aber das schwarze Wasser verriet ihm nichts. Er dachte über das nach, was sich dort unten wohl verbarg, was ihn oben erwartete – und rief leise: »Jezzle!«

Der Junge antwortete nicht mit Worten. Statt dessen spürte Gorlen einen Augenblick später eine Hand auf seinem Arm. Darauf folgte Jezzles Flüstern: »Gut, daß du da bist. Jetzt müssen wir nur noch den Weg finden bis zum See. Dann sind wir zu Hause und frei.«

»Genau hier ist ein offener Kanal«, sagte Gorlen. »Wenn wir hineinkommen, wird uns die Flut hinausspülen.«

»Aber die Flut ist immer auf Höchststand«, entgegnete Jezzle. »Du kannst hier drin nicht mal die Strömung spüren – und wenn es losgeht, entstehen nur künstliche Strudel.«

»Mach dir keine Sorgen«, sagte Gorlen, der den Sumpf um sie herum wahrnahm wie eine lebendige Landkarte. »Ich weiß, was ich tue!«

»Wie könntest du das? Du bist ein Barde. Sogar mein Vater ist von den Strudeln irregeführt worden.«

Gorlen unterdrückte einen flüchtigen Impuls, sein Erlebnis mit dem Jungen zu teilen. Sie durften jetzt keine Zeit verlieren, aber das war nicht der Grund für sein Schweigen, vielleicht schien ihm jene Rettung erhaben, ja magisch zu sein, und er wußte, daß er keine Worte dafür finden würde ... Noch nicht.

»Wir können nicht hierbleiben«, sagte er. »Du hättest genausogut in der Höhle bleiben können, wenn du dich vor der Flut fürchtest.«

Der Junge schwieg.

»Wenn du mir nicht folgen willst – gut«, sagte Gorlen. »Ich werde jetzt gehen – Richtung See.«

Er schwamm los in die Richtung, die er für die richtige hielt. Jezzle folgte ihm widerwillig.

Gorlen fürchtete sich nicht vor dem Wasser, als er schwamm. Alles hatte sich verändert, seit er den Sumpf betreten und ihn jeder Schatten wie eine Drohung angemutet hatte. Er wußte zwar, daß hier Gefahren lauerten, aber er wußte auch, wie er sie erkennen konnte. Das Schwierigste war, kühlen Kopf gegenüber jenem düsteren Ort des Verrats zu bewahren, der sich gefräßig an den Rändern des Sumpfes ausbreitete: der Stadt Dankden. Tief in seinem Herzen wollte Gorlen dem Ort entfliehen, aber er schuldete dem Jungen eine sichere Heimkehr. Auch hoffte er, Taian wiederzusehen und die Phibs mit den Jägern zu versöhnen.

Sie schwammen durch Kanäle, die immer breiter wurden. Die Bäume ringsumher lichteten sich, bis die beiden über einem glatten, weiten Wasserspiegel emportauchten – vor ihnen lag breit der See. Hinter den Wellen ragten die Spitzen nebelverhangener Felsen hinauf.

»Ich kann es nicht glauben«, sagte Jezzle. »Ich kenne diese Stelle. Wie hast du sie gefunden?«

»Wasserspeier haben einen unfehlbaren Orientierungssinn«, log Gorlen. »Die Verwünschung bringt auch Vorteile mit sich.«

Sie schwammen von Baum zu Baum, überwanden manchmal Sandbänke, die von der Flut verschont worden waren, hielten sich aber meist an die Bäume. Gorlens Furcht wuchs, je näher sie Dankden kamen. Die Stadt warf Lichtstrahlen auf den Wasserspiegel.

Eine Welle des Trostes ergriff Gorlen, als er weiter vorn im Sumpf, unter den Bäumen, einen klares, silbernes Schimmern sichtete, ein Bild, das sein Herz mit Hoffnung erfüllte, ohne daß er genau verstanden hätte warum, das aber mit dem naßkalten Lebensodem zu tun hatte, den er erhalten hatte. »Schau her!« rief er Jezzle zu und watete durch den Sumpf, bis er den Gegenstand so vieler Freuden erreichte. Es war eine Anhäufung feuchter silberner Kugeln, die unter den Zweigen einer Trauerweide lagen, kaum sichtbar im Lichte des Mondes, der durch einen schmalen Wolkenspalt hervorlugte.

»Wie ... hast du sie entdeckt?« fragte Jezzle. Gorlen lächelte in sich hinein, als er merkte, wie sehr der Junge beeindruckt war von seiner besseren Kenntnis des Sumpfes, obwohl er selbst noch nicht genau verstand, was er gefunden hatte. Er kniete sich hin und sah im Inneren jeder Kugel winzige Gestalten schwimmen. Es schien, als ob sie sich auf ihn zubewegten und ihm im silbernen Licht etwas vorsangen.

Er blickte zu Jezzle auf und sah, daß der Junge still und geschwind mit seinem Messer in die Kugeln stach. Schon hatte er Dutzende von ihnen durchbohrt.

»Es sind ganz viele, und voll ausgereift!« sagte er. »Wenn ich ein Netz dabei hätte, könnte ich sie nach Hause schleppen!«

»Was tust du?« Gorlen packte Jezzle am Ellbogen, aber Jezzle riß sich los. Er verstand nicht.

»Was meinst du? Ich binde sie fest, und morgen werde ich sie ernten. Aber ich kann doch nicht zulassen, daß sie größer werden!«

»Wie … wieso?«

»Weil sie dann zum Räuchern nicht mehr taugen, du Schwachkopf!«

»Zum Räuchern?«

»Was hast du denn gedacht, zu was sie gut sind? Ich kann kaum erwarten, Vaters Gesicht zu sehen, wenn ich ihn herhole.«

Gorlen erinnerte sich an die lederartigen Kugeln, die Taian an jenem Nachmittag in die rauchende Glut geworfen hatte, um den Häuten den letzten Schliff zu geben. Er hatte sie für Pflanzen gehalten!

Jezzle stach weiter auf die Kugeln ein. Gorlen stürzte sich auf ihn, riß ihn zurück und schleuderte ihn in den Schlamm.

»Was ist denn in dich gefahren?« brüllte Jezzle und spuckte ihn wütend an.

Gorlen antwortete nicht. Er starrte auf die schwimmenden Gestalten, die noch in den wenigen unversehrt gebliebenen Kugeln gefangen waren. Eine Generation unschuldiger Phibs, abgeschlachtet. Ihm war übel. Er wandte sich Jezzle zu, sah die Gier, die größer war als der Junge, und schwieg.

»Dafür ist keine Zeit«, sagte er mit gedämpfter Stimme, packte Jezzle am Ellenbogen und half ihm auf die Beine. »Jetzt zählt nur, daß du sicher nach Hause kommst, zu deinem Vater.«

»Du bist kein Jäger«, sagte Jezzle.

»Gib mir dein Messer.«

»Was?«

Gorlen verdrehte Jezzles Handgelenk, bis das Messer zu Boden fiel. Er bückte sich, um es aufzuheben, kniete hin und preßte die Messerspitze gegen eine Kugel.

»Schau auf meine Hand«, sagte er.

»Deine Hand – he, der Stein ist fast weg. Was ist passiert?«

»Er kommt und geht. Sieh es dir an, und du wirst verstehen, warum ich kein Jäger bin. Warum ich nicht töten kann.«

Die Klinge bebte, zeichnete kleine Wellen auf der nassen Oberfläche der Kugel. Die kleine Gestalt darin rührte sich, und es sah so aus, als ob sie sich auf den Punkt wie auf etwas Vertrautes zubewegte. Gorlen wartete, preßte wieder leicht gegen die Kugel, wartete nochmals. Wartete darauf, daß der Stein wieder zunahm, aber er spürte nichts. Er preßte stärker, bis eine klare dicke Flüssigkeit langsam in Richtung seiner Finger über die Klinge rann – Finger, die sich standhaft weigerten, zu erstarren.

Er riß das Messer hoch, hoffend, daß es noch nicht zu spät war. »Das verstehe ich nicht«, sagte er. Das Ei lief weiter aus.

»Gib es mir«, sagte Jezzle und packte das Messer. Er stieß es in das Ei und zog es wieder heraus. Die schwimmende Gestalt war tot. »Du hast es nur verletzt, Gorlen. Du mußt es schnell tun.«

Gorlen starrte auf seine Hand, auf die schwarze Fingerspitze, die sich weigerte, mehr von seinem Finger einzufordern. »Du elender Stein«, flüsterte er. »Du Wasserspeier-Gewissen!«

»Am Ende hast du recht«, sagte Jezzle. »Wir sollten zurückkehren. Es kann die ganze Nacht dauern.«

Diesmal half Jezzle Gorlen auf die Füße.

»Alles in Ordnung? Du siehst krank aus.«

»Es wird schon gehen«, sagte Gorlen.

»Ich habe es vorhin schon gesagt: du bist kein Jäger.«

Der Mond verschwand hinter dem Horizont und überließ sie einmal mehr der Dunkelheit, eben zu der Zeit, als sie Dankden von der Seeseite aus erreichten. Die Ebbe hatte Dankden in eine völlig andere Stadt verwandelt. Das Wasser war aus den Straßen in den Ozean und die Sümpfe geflossen. Die tiefer gelegenen Steinplatten, sogar die mit Schlamm überzogenen Kopfsteine waren freigelegt. Fische zappelten, Aale wanden sich in vereinzelten Tümpeln. Braune und grüne Algen umfingen die Pfähle unter manchen Häusern, goldbraune Büschel baumelten an Pfeilern; Schildkröten klammerten sich unter ihren Panzern dicht ans Mauerwerk, obwohl es ihnen wenig half, wenn die Ernte mit Hammer und Zange eingeholt wurde. All das wurde beleuchtet – abgesehen von den Laternen – von flackerndem orangenfarbenem Licht, das an der Wolkendecke widerspiegelte und die Dachkanten scharf umriß; es kam von einem entlegenen Stadtteil herüber. Als er das flackernde Licht bemerkte, überkam Gorlen das Gefühl, versagt zu haben. Er hatte schon mehr als eine Stadt in Flammen gesehen.

»Es kommt aus den Elendsquartieren der Phibs«, sagte Jezzle, als sie im Wasser wateten. »Ich wußte, daß mein Vater sie nicht verschonen würde.«

»Das kann nicht Claddus gewesen sein«, versicherte Gorlen. »Er hat Feinde, mußt du wissen.«

»Jäger müssen zusammenhalten! Jawohl!« Jezzle rannte los in Richtung des Brandes.

Auf sich allein gestellt, bewegte Gorlen sich langsamer vorwärts, wie ein Verurteilter. Wenn er etwas in diesem Leben gelernt hatte, dann das Wissen darum, wann er gehen mußte. Er würde seinen Eduldamer holen, sich ein paar Stiefel besorgen und weiterziehen.

Vielleicht mit einem Abschiedskuß von Taian – noch wahrscheinlicher ohne. Selbst sie – das liebenswerte, sensible Mädchen – warf lebende Phib-Eier ins Feuer und wunderte sich, warum es immer weniger Phibs gab. Nichts von alledem, was er hier getan hatte, war von irgendeiner Bedeutung. Er taugte nicht einmal zur Geisel.

Die Menschen strömten in die Straßen, mehr fröhlich als besorgt, als ob das Feuer die Hauptattraktion eines Festes wäre. Die Flut würde zurückkehren, und es hatte wieder angefangen zu regnen, also fühlten sie sich sicher vor dem Feuer.

Gorlen fragte nach dem Weg, der zu Claddus' Haus führte, und traf zufällig auf einen Mann, der den Jäger kannte. Er klopfte an der Haustür. Der Hauswirt erkannte ihn noch vom frühen Abend her und ließ ihn herein. Gorlen tastete sich im düsteren Treppenhaus hinauf, wissend, daß er diese Treppe nicht oft genug erklimmen konnte, um sie sicher zu bewältigen.

In Claddus' Wohnung schlug ihm der Gestank vom Räuchern der Häute entgegen, aber er kämpfte sich durch und suchte nach seinen Sachen, die er am Feuer zurückgelassen hatte. Als er sich aufrichtete und seine Taschen über die Schulter geworfen hatte, hüpfte sein Herz vor Überraschung.

Taian stand in der Tür. Sie war in ihre Phib-Haut gehüllt, das blasse Gesicht war schlammbeschmiert. Sie schien erschrocken zu sein, ihn zu sehen.

»Ich… ich habe deinen Bruder zurückgebracht«, sagte er.

»Es ist etwas Schreckliches passiert!«

»Das habe ich befürchtet. Aber Jezzle ist in Sicherheit. Ich glaube, er sucht deinen Vater.«

Steif wie eine aus Holz geschnitzte Frau durchschritt Taian den Raum und ließ sich in Claddus' Stuhl vor dem Kamin nieder.

»Wir sind zum Wirtshaus der Phibs gegangen«, sagte sie. »Es gab Krawalle. Jeder glaubte, die Phibs hätten meinen Vater getötet. Alle wollten über die Halbblüter herfallen und sie in den Elendsquartieren vernichten. Als wir dann erschienen, hätten sie innehalten müssen. Sie hätten erkennen müssen, daß sie belogen wurden. Aber … es nützte nichts. Wir konnten sie nicht aufhalten. Es kümmerte sie nicht einmal, daß du und Jezzle da draußen wart.«

Gorlen ließ sich neben ihr nieder. Er legte seine rechte Hand auf ihren Nacken – und merkte kaum, daß jetzt sogar die Finger bis hin zu den glänzend schwarzen Spitzen aus Fleisch waren.

»Es tut mir leid«, sagte er.

»Ich … ich bin gekommen, um ein paar Dinge zu holen«, sagte sie. »Ich werde fortgehen.«

»So? Wo willst du hin?«

Sie schüttelte den Kopf. »Ich kann nicht hierbleiben, mehr weiß ich nicht. Vater kann mit ihnen leben oder sie bekämpfen – wie er will. Er kann sich jedenfalls um Jezzle kümmern. Alles, was der Junge will, ist jagen.« Sie wandte sich zu Gorlen um. Ihre Augen waren tränennaß. »Sie haben alle Halbblüter, die nicht schnell genug in die Sümpfe flohen, in ihren Behausungen ermordet. Sie sind aber keine reinrassigen Phibs, Gorlen! Sie sind abhängig von Dankden. Sie können draußen in den Sümpfen nicht überleben – nicht mehr. Sogar die Bezeichnung Halbblut ist unfair. Es sind Menschen. Menschen wie wir!«

Er zog ihre Kapuze herunter und streichelte ihr übers Haar. Er spürte die Wärme in seinen Fingern und bewegte sie voller Verwunderung. Wenn er dieses Gefühl nur für immer festhalten konnte, das Wissen darum, daß er das Richtige tat, gleichgültig wie schwer es war (obgleich es ihm in diesem Augenblick so leicht fiel) …

»Ganz richtig«, sagte er.

Sie verbarg ihr Gesicht in den Händen. »Ich habe... Ich habe eine Mutter mit ihrer Brut gesehen... Ich meine, mit ihren Kindern. Sie fürchtete sich so sehr, daß sie sie noch unreif aus den Eiern holte und ihnen den Lebensodem eingab – dann warf sie sie in den Kanal, in der Hoffnung, daß einige in die Freiheit schwimmen. Ich sah, daß sie zappelten und würgten. Sie trieben an mir vorbei, und ich stand einfach da, unfähig, auch nur eines von ihnen zu retten.«

»Den Lebens... odem?« wiederholte er.

Sie schaute ihn an, als würde sie ihn erst jetzt bewußt wahrnehmen. »Phibs, auch Halbblüter, werden unter Wasser geboren«, sagte sie. »Sie empfangen den ersten Atemzug von ihrer Mutter, die ihnen frische Luft hinunterträgt; genau die Menge, die sie brauchen, um an die Oberfläche zu kommen. Aber diese Phibs waren zu jung... mit unentwickelter Lunge...«

»Allmächtiger...«, flüsterte Gorlen. Er erinnerte sich an den Geschmack der fischigen, lebensspendenden Luft, des Atems, der ihn im Wurzelkäfig gerettet und ihm die lebendige Landkarte des Sumpfes eingehaucht hatte. Er schloß die Augen und spürte die Sümpfe so nah... Er spürte sogar die Stelle, an der sie sich in ihrem ursprünglichen Zustand befunden hatten und verstand, warum sie den gleichen Boden für sich beanspruchten, auf dem jetzt Claddus zu Hause war. Er trug die Sümpfe in sich, als sei in seinem Kopf eine Kompaßnadel in Gang gekommen. Sicher verfügten die Phibs über eine Art Heimkehrerinstinkt, das Vermächtnis ihrer Mütter – das sie auch dann behielten, wenn man ihr Heim zerstörte. Und jetzt war es auch sein Instinkt – in dem eingeschränkten Maße, das sein Menschsein zuließ. Wohin er auch ging, würde er den Sumpf irgendwo hinter sich spüren, sterbend, verdammt, schreiend... bis man ihn zum Schweigen gebracht hatte. Und selbst dann würde er das Weinen der gemordeten Gespenster hören.

Er spürte Taian, die sich an ihn lehnte, und öffnete die Augen. Sie schluchzte. Seine hochempfindlichen Finger strichen ihr durchs Haar. Sie fühlten jede einzelne Strähne. Sie fühlte sich kühl an, und seine erste Regung war, sie zu wärmen, aber auch er war noch immer kalt und naß von den Sümpfen. Sie rückten näher an die glühenden Kohlen.

»Ich muß fort«, sagte sie ihm ins Ohr. »Bevor mein Vater heimkehrt. Ich muß jetzt gehen, bevor ich meinen Entschluß bereue.«

»Ja«, sagte er, aber sein Herz raste, und er spürte, daß es ihr genauso erging. »Ich werde mit dir gehen. Ich kenne die Straßen.«

»Nein«, sagte sie. »Ich muß allein gehen. Das ist die einzige Möglichkeit.«

Seine Finger – beide warm – wanderten langsam über ihren Körper.

»Bitte, Gorlen, ich … kann nicht warten. Ich darf keine Zeit verlieren.«

Gorlen achtete nicht auf ihre Worte. Er wollte sie streicheln, ihre Nacktheit unter dem Mantel spüren. Er wollte die Wärme zwischen ihnen zu einem Feuer schüren; er wollte Zeit mit ihr verbringen. Aber da war keine Zeit.

»Bitte«, flehte sie, aber er brachte es nicht über sich, sie gehen zu lassen. Er griff nach ihr, sie entwand sich, er griff wieder zu, in der Gewißheit, daß sie ihm nicht entkommen konnte, wenn er ihr Handgelenk zu fassen bekam. Er griff zu …

Und spürte, daß seine Hand erstarrte.

»Ohhhh …«

Es war ein müdes, langgezogenes Stöhnen. Vom anderen Ende des Raumes – nachdem sie seiner Hand, die nicht mehr greifen konnte, mühelos entwichen war – sah Taian bestürzt zu ihm zurück. »Was ist los? Gorlen, das verstehst du doch, nicht wahr?«

»Sicher«, sagte er, und zog seine steinernen schwarzen Finger zurück in die durchweichten Ärmel seines Mantels, um den Makel zu verbergen. »Es ist nichts. Geh jetzt. Ich werde es deinem Vater erklären, so gut ich kann. Es ist deine Entscheidung, und er wird sie verstehen, Taian.«

Sie zögerte.

»Geh schon«, sagte er. »Schnell. Bevor du dich noch anders entscheidest!«

Taian lächelte und hauchte ihm einen Kuß zu. Er hörte ihre Schritte auf der Treppe, sprang auf die Beine und rannte über den Flur auf die Terrasse. Er sah, daß sie die Straße betrat, eine Fremde im Regen, in einem dunklen Umhang aus Phib-Haut, mit einer Tasche über der Schulter. Die Ebbe hatte nicht lange gewährt, die Straßen waren wieder überflutet.

»Viel Glück, Taian«, sagte er ruhig. »Mögen wir uns wiedersehen, wenn wir beide Zeit füreinander haben.«

Der kalte Wind wehte Regen auf die Terrasse, aber Gorlen war auch so schon völlig durchnäßt. Er blickte die verdorrten Kugeln neben dem Räucherofen an und fröstelte in seiner durchnäßten gewöhnlichen Kleidung. Gewöhnliche Kleidung, ja, aber von nun an wünschte er sich nichts Feineres mehr.

Er schob den feuchten Ärmel zurück und hob die rechte Hand. Verstockt, steinern, schwarz und unerbittlich erstarrt in der Geste des Zugreifens.

»Du Narr«, sagte er, wie zu einem Fremden.

Jerry Oltion

DER GEIST DER HOFFNUNG

Sechs Stunden nachdem der Astronaut Deke Slayton an Krebs gestorben war, hob sein Flugzeug von einem Flughafen in Kalifornien ab und kehrte nie zurück. Der Pilot antwortete dem Tower nicht, und das Flugzeug verschwand kurz nach dem Start von den Radarschirmen. Zeugen identifizierten es aber eindeutig als Slaytons Maschine, was völlig unmöglich war, da eben dieses Flugzeug gleichzeitig in einem Museum in Nevada ausgestellt wurde.

Die Geschichte verbreitete sich schnell in Kap Kennedy. Ingenieure, Bürokräfte und Astronauten erzählten sie weiter wie eine Schauergeschichte, die Pfadfinder am Lagerfeuer erzählen. Aber niemand nahm sie ernst. Es konnte leicht vorkommen, ein Flugzeug mit einem anderen zu verwechseln; es war ja bekannt, wie schnell Gerüchte aufkommen. Und Gerüchte hatten sie reichlich gehört: angefangen mit dem Kerl, der behauptete, nach dem *Apollo 1* Feuer habe ihn Grissams Corvette von der Straße abgedrängt, bis hin zu dem Australier, der im australischen Hinterland ein Stück von Juri Gagarins Raumanzug in den Trümmern des abgestürzten *Skylab* gefunden haben wollte. Dies war nur eine weitere seltsame Sage zur Apollo-Ära, die selbst schnell zu einer Legende verblaßte.

Dann starb Neil Armstrong, und eine Saturn-V-Rakete hob von Startrampe 34 ab.

Rick Spencer war an dem Morgen dabei, als sie startete. Er war sofort nach der Beerdigung in seiner T-38 zurückgeflogen, hatte direkt in Kap Kennedy ein paar Stunden geschlafen und war noch vor Sonnenaufgang zum Space-Shuttle-Gelände hinausgefahren, um der Bodenmannschaft dabei zuzusehen, wie sie einen Kommunikationssatelliten auf der Atlantis verstaute. Die unansehnliche Mischung aus Rakete und Flugzeug auf Startrampe 39A würde ihn in nur einer Woche in den Orbit befördern, wenn sie das verdammte Ding jemals vom Boden wegbekommen würden. Einer der Techniker hatte vergessen, einen Punkt auf seiner Liste abzuhaken, und der ganze Vorgang wurde unterbrochen, während der verantwortliche Ingenieur versuchte zu entscheiden, ob man einen großen Teil der Arbeit wiederholen mußte, oder ob man dem Techniker glauben konnte, daß er den Schritt durchgeführt hatte. Da Rick es leid war, auf die Entscheidung zu warten, ging er vor das versiegelte Verladezentrum, um etwas frische Luft zu schnappen.

Die ersten Sonnenstrahlen schauten gerade über den Horizont. Der Gittersteg unter seinen Füßen und die Stahlträger um ihn herum glühten rotgolden im Morgenlicht. Der Kran sah aus wie der lange, schlanke Hals und der Kopf eines Drachen, der sich neugierig vorbeugt, um an dem riesigen geflügelten Raumschiff zu schnüffeln, das unter seinem Blick Tauperlen schwitzte. Sechzig Meter tiefer war der Boden immer noch in Dunkelheit getaucht. Das Sonnenlicht hatte ihn noch nicht erreicht und würde es auch erst in ein paar Minuten tun. Auch das Meer war noch dunkel, außer am Horizont, wo die gleißende Sonnenscheibe sich im Wasser spiegelte.

Rick schaute von seinem hohen Laufsteg nach Süden die lange Reihe der Startplätze entlang, deren Bedienungstürme gleichfalls ins Licht ragten. Hiervon ausgenommen waren nur die Startplätze 34 und 37, die nach dem Apollo-Programm stillgelegt worden waren. Alles was von ihnen geblieben war, waren die Betonbunker und die Feuerschutzwände, die nicht entfernt werden konnten, flache graue Silhouetten, die immer noch träge im Schatten der frühen Dämmerung ruhten. Genau wie das ganze verdammte Raumfahrtprogramm, dachte Rick. Sie hatten Neil ein Heldenbegräbnis zukommen lassen, und der Präsident hatte vielversprechend über eine erneute Unterstützung bemannter Weltraumflüge gesprochen, aber es war jedem klar, daß das alles nur heiße Luft war. Amerika hatte nur die alternde Raumfährenflotte, und dabei würde es auf absehbare Zeit auch bleiben. Selbst wenn die NASA ihre bürokratische Trägheit endlich abschütteln könnte und ein neues Programm vorschlagen würde, würde der Kongreß niemals die anfallenden Materialkosten bewilligen.

Rick schaute weg, doch lenkte die Andeutung einer Bewegung seine Aufmerksamkeit zurück zur Startrampe 34, an der urplötzlich grelles Flutlicht eine weiße Rakete und ihren orangenen Bedienungsturm erleuchteten! Rick blinzelte, aber sie verschwand nicht. Er ging näher an das Geländer heran und betrachtete die Erscheinung aus angestrengt zusammengekniffenen Augen. Wo war *das* Ding denn hergekommen? Mehr als die Hälfte davon wurde schon vom Sonnenlicht erfaßt. Rick schaute über den Rand des Bedienungsturms der Atlantis und überschlug anhand seiner eigenen Größe schnell die Maße der Rakete. Sie mußte mindestens hundert Meter hoch sein.

Einhundertzehn, um genau zu sein. So exakt konnte Rick sie zwar nicht messen, aber das mußte er auch nicht. Er erkannte die schwarzgestreifte Saturn V auf den ersten Blick, und er kannte ihre Maße auswendig. Die hatte er als Kind gelernt, während er vor dem

Schwarzweißfernseher seiner Eltern auf den Start gewartet hatte. Einhundertzehn Meter hoch, vollgetankt fast dreitausend Tonnen schwer. Ihre fünf F-1-Triebwerke erzeugten in der ersten Phase eine Schubkraft von fast dreieinhalb Millionen Kilopond – sie war die größte Rakete aller Zeiten.

Außerdem war es über dreißig Jahre her, daß eine von ihnen geflogen war. Rick schloß die Augen und rieb sie mit seiner linken Hand. Offensichtlich hatte Neils Tod ihn doch mehr mitgenommen, als er gedacht hatte. Aber als er wieder nach Süden blickte, stand da immer noch die strahlendweiße Rakete im Rampenlicht, und Nebel wirbelte um ihre Hülle, der von der Kälte des flüssigen Sauerstoffs in ihren Treibstofftanks erzeugt wurde.

Rick stand allein auf dem Bedienungsturm. Alle anderen diskutierten drinnen darüber, wie die Fracht am besten verladen werden sollte. Er dachte darüber nach, jemanden herauszubitten, um ihm zu bestätigen, ob er verrückt war oder nicht, doch gab er diese Idee sofort wieder auf. Eine Woche vor seinem ersten Flug konnte er es sich nicht leisten, Halluzinationen zuzugeben.

Es wirkte alles schon sehr echt. Rick sah zu, wie das Sonnenlicht langsam mehr von der Saturn-Rakete erhellte, von den immer breiter werdenden Stufen bis zum langen, zylinderförmigen Hauptteil der Rakete. Das Schauspiel war absolut geräuschlos. Man konnte nur das Knarren des Raumfähren-Bedienungsturms hören, der sich in der Morgensonne erwärmte und ausdehnte.

Ohne Vorwarnung brach plötzlich eine wogende rötliche Rauchwolke aus dem Unterteil der Rakete. Die Wolke wurde von innen durch die blendende Helligkeit von Kerosin und brennendem Sauerstoff erleuchtet, und seitlich drang noch mehr Abgas aus den Feuerdeflektoren.

Rick spürte, wie der Bedienungsturm unter ihm vibrierte, aber es war immer noch nichts zu hören. Die Abgaswolke, die sich wie ein Atompilz ausbreitete, reichte fast bis zur Raketenspitze. Dann hob die Rakete langsam ab. Die gesamte Startrampe wurde von gleißendem, weißem Feuer überflutet, als der donnernde Antrieb, der jede Sekunde hektoliterweise Treibstoff verschlang, die Rakete langsam emporhob. Erst als die fünf glockenförmigen Düsen den stützenden Bedienungsturm hinter sich gelassen hatten, franste der dichte Feuerschweif am Rand aus. Dies geschah etwa zehn Sekunden nach dem Start. Ein paar letzte Flammenzungen berührten den Boden noch, dann hatte die Rakete vollständig abgehoben.

Der Bedienungsturm unter Ricks Füßen bebte heftiger. Gerade, als er sich fest an eine Stange klammerte, erreichte ihn der Lärm in Form einer donnernden, knisternden Attacke, die ihn mit den Händen auf den Ohren an das innere Geländer des Laufstegs zurücktaumeln ließ. Der Bedienungsturm schwankte wie ein Hochhaus bei einem Erdbeben, so daß Rick auf dem rutschfesten Gitter auf die Knie fiel. Er bemühte sich gar nicht erst, wieder aufzustehen, sondern starrte nur ehrfürchtig auf die nun rasch davonschwirrende Saturn V, deren Antriebsgeräusch mit wachsender Entfernung abnahm.

Das grelle Leuchten hinterließ Nachbilder auf seiner Netzhaut. Ihm war das egal. Er beobachtete, wie die Rakete sich neigte und an Geschwindigkeit zunahm, da sie den dichtesten Teil der Atmosphäre bereits hinter sich gelassen hatte.

Die Tür hinter ihm flog auf, und eine Flut weißgekleideter Techniker drängte nach draußen. Die ersten blieben stehen, als sie die gigantische Abgaswolke in den Himmel steigen sahen, und die hinter ihnen mußten von hinten drängeln, bis alle sich auf den Bedienungsturm gezwängt hatten. Molly, die für das Frachtgut verantwortlich war, gab Rick ein Zeichen und beugte sich vor, um über den Lärm der Düsen und der durcheinander redenden Stimmen zu rufen: »Was zum Teufel war das?«

Rick schüttelte den Kopf. »Ich hab' nicht die leiseste Ahnung.«

»Für heute war doch gar kein Start geplant«, sagte sie.

Rick sah der entschwindenden Rakete nach, die nur noch ein heller Funke auf dem Weg zur Sonne war, und sagte: »Ich habe so ein Gefühl, als ob die Flugleitung davon genauso überrascht war wie wir.« Er zeigte auf das untere Ende der Abgaswolke, die sich weit genug verdünnt hatte, um den Blick auf den Bedienungsturm wieder freizugeben.

»Was?« fragte Molly, als sie angestrengt in die wogenden Dampfwolken starrte. Dann wurde ihr klar, worauf er deutete. »Ist das nicht Startrampe vierunddreißig?«

Molly und die anderen gingen widerwillig in das Verladezentrum zurück, um nachzusehen, ob die Erschütterung ihren Satelliten beschädigt hatte. Da Rick gerade noch frei hatte, beteiligte er sich nicht , sondern fuhr im Aufzug nach unten, stieg in seinen Wagen und schloß sich der wachsenden Zahl der Fahrzeuge an, die auf die Startrampe zu fuhren.

Die Büsche und Palmen, die den Weg säumten, versperrten den Blick auf die Startrampe, bis man sie fast erreicht hatte. Rick wunderte sich, daß man noch nicht einmal den 120 Meter hohen Bedienungsturm sehen konnte. Als er an der Startrampe ankam, wurde ihm auch klar, warum. Der Turm war ebenso rätselhaft verschwunden wie er aufgetaucht war, ohne eine Spur zu hinterlassen.

Rick fuhr über die weite Betoneinfassung zum alten Sockel der Startrampe. Dieser sah aus wie eine riesige Fußbank aus Beton: eine drei Meter dicke Plattform, die auf vier breiten, zwölf Meter langen Beinen stand, in der Mitte mit einer zehn Meter weiten Öffnung für die Abgase. Daneben standen das Fundament und die dicke Schutzmauer des Gebäudes, in dem früher Treibstoffpumpen und Werkzeuge gelagert wurden. Beides sah alt und verfallen aus. Rostflecken hatten sich auf dem grauen Material gebildet, und die Worte ›Am Standort stillgelegt‹ waren darauf gesprüht worden.

Das Unkraut, das sich seinen Weg durch den Betonboden gebahnt hatte, war noch bis an den Sockel heran frisch und grün. Rick begann an seinen Sinnen zu zweifeln, da offensichtlich seit mindestens zehn Jahren nichts mehr von dieser Startrampe abgehoben hatte.

Aber über ihm war immer noch der Kondensstreifen deutlich zu sehen, der von Höhenwinden in verschiedene Richtungen zerrissen wurde, und Rick konnte den unverkennbaren Geruch von verbranntem Raketentreibstoff, Dampf und versengtem Beton immer noch deutlich wahrnehmen, als er aus seinem Auto stieg.

Noch mehr Leute schlugen die Türen ihrer Autos hinter sich zu. Dutzende waren schon da, und ständig kamen weitere dazu, aber die Leute, von denen man eigentlich aufgeregtes und rücksichtsloses Verhalten hätte erwarten können, waren erstaunlich ruhig. Niemand wollte zugeben, was er gesehen hatte, insbesondere, da derart widersprüchliche Beweise vorlagen.

Rick erkannte Tessa McClain, eine erfahrene Astronautin, mit der er in der letzten Zeit ein paarmal ausgegangen war. Sie stieg mit einem halben Dutzend Monteure hinten aus einem weißen Transporter aus. Als sie ihn gesehen hatte, lief sie zu ihm hin und fragte ihn: »Hast du das gesehen?« Ihr Gesicht glühte vor Aufregung.

»Ja«, sagte Rick. »Ich war auf dem 39er Bedienungsturm.«

Sie warf ihr langes blondes Haar zurück und schaute zu dem Kondensstreifen auf. »O Mann. Das muß ja ein unglaublicher Anblick gewesen sein. Ich habe die Erschütterung gespürt, aber bis ich draußen war, war sie schon ziemlich weit oben.« Sie sah ihn wieder an. »Es war eine Saturn V, nicht?«

»Danach sah's aus«, gab er zu.

»Mein Gott, das ist unglaublich.« Sie drehte sich einmal um die eigene Achse, um die gesamte Startrampe zu begutachten. »Eine Mondrakete! Hätte nie gedacht, daß ich so was noch mal zu Gesicht bekommen würde!«

»Ich auch nicht«, sagte Rick. Er suchte nach Worten, die seinen Gefühlen gerecht werden konnten. »Aber wie können wir überhaupt etwas gesehen haben? Hier ist kein Turm, keine Treibstofftanks – gar nichts. Und der Startsockel ist für eine vollgetankte Saturn-V-Rakete viel zu klein. Die Einrichtung hier war für die S-1B-Modelle.«

Sie strahlte wie ein Kind an Weihnachten. »Bestimmt konnte wer – oder was – auch immer für diese kleine Vorführung verantwortlich war, sich die nötigen Hilfsmittel erzeugen. Und sie hinterher wieder verschwinden lassen.«

Rick schüttelte den Kopf. »Aber das ist unmöglich.«

Tessa mußte lachen. »Wir haben's alle gesehen.« Sie zeigte nach oben. »Und der Kondensstreifen ist immer noch da.« Plötzlich wurden ihre Augen noch größer.

»Was ist?« fragte Rick.

Sie schaute durch die wogenden Palmenhügel auf das fünfzigstöckige Montagegebäude und das davorgelegene Kontrollzentrum. »Meinst du, sie funkt Daten zurück?«

Es dauerte eine Zeitlang, das herauszufinden. Niemand erinnerte sich mehr, auf welchen Frequenzen die Apollo-Raumschiffe gesendet hatten, und wie die Daten kodiert waren. Die Bodenkontrolle mußte erst tief in den Archiven graben, bevor sie fündig wurde. Es dauerte sogar noch länger, die Empfänger auf die veralteten Signale einzustellen, doch als die Techniker endlich die richtige Frequenz eingestellt hatten, empfingen sie einen stetigen Datenfluß. Sie konnten diesen größtenteils nicht entschlüsseln, da die dafür vorgesehenen Programme noch für das alte RCA-Computersystem geschrieben waren, aber so konnten sie wenigstens gesichert feststellen, daß die Rakete nicht zusammen mit ihrem Bedienungsturm verschwunden war.

Rick und Tessa beobachteten die Bildschirme im Kontrollzentrum, während die Programmierer im zentralen Gerätetrakt fieberhaft daran arbeiteten, die neuen Geräte an die alten Programme anzupassen. Die meiste Zeit bekamen sie nur lange Zahlenreihen zu Gesicht, aber gelegentlich tippte einer der Programmierer einen Abschnitt des übersetzten Codes ein, und eine weitere Anzeige erschien plötzlich auf dem Bildschirm. Innentemperatur und Luftdruck hatten sie bereits entschlüsselt, auch Treibstoffreserve in den Tanks der oberen Raketenstufe und einige andere einfache Systeme.

Bei einem normalen Flug wäre zu diesem Zeitpunkt das ganze Projekt vom Flugkontrollzentrum in Houston gesteuert worden. Aber an diesem Flug war rein gar nichts normal. Als der Flugleiter in Houston hörte, was die Kollegen in Kap Kennedy anstellten, wollte er so oder so nichts damit zu tun haben. Er wollte sein eigenes Genick in Sicherheit wissen, wenn nach diesem verrückten Debakel die Köpfe rollen würden.

Aber die Rakete weigerte sich hartnäckig zu verschwinden. Auf dem Radar konnte man eine ganze Erdumrundung ablesen. Kurz nachdem das Schiff zu einer zweiten angesetzt hatte, stiegen Geschwindigkeit und Flughöhe allmählich an. Gleichzeitig sanken die Treibstoffreserven in den Tanks der dritten Stufe. Das konnte nur eins bedeuten: der Antrieb war wieder gezündet worden.

»Einschuß in die Flugbahn zum Mond«, flüsterte Tessa. »Sie wollen zum Mond.«

»Wen meinst du mit ›sie‹?« fragte Rick. Bis jetzt hatte bei den gesendeten Daten nichts auf einen Piloten – ob Mensch oder Geist – hingewiesen.

»Es muß wohl Neil sein«, sagte Tessa. »Und wer weiß, wen er sonst noch dabei hat.«

»Neil liegt in einer Kiste auf dem Arlington-Friedhof«, sagte Rick. »Ich war dabei, als sie den Deckel geschlossen haben.«

»Und heute morgen hast du den Abflug gesehen«, erinnerte ihn Tessa. »Daß Neil an Bord ist, ist nicht unwahrscheinlicher als die Rakete selbst.«

»Da ist was dran.« Rick zuckte mit den Schultern. Angefangen mit Juri Gagarin konnte jeder tote Astro- oder Kosmonaut in der mysteriösen Apollo-Kapsel sein. Diese bizarre Erscheinung war absolutes Neuland, auf dem sich noch niemand auskannte.

Es gab natürlich reichlich Experten, die gerade das von sich behaupteten. Leute mit übersinnlichen Fähigkeiten kamen aus allen Ecken, und jeder von ihnen hatte seine eigene Interpretation des Vorfalls. Die NASA sah sich gezwungen, die Tore zu schließen und Wachen rund um das Gelände des Raumfahrtzentrums zu plazieren, um neugierige Esoteriker fernzuhalten. Aber das führte lediglich zu Gerüchten, denen zufolge ein streng geheimes Raumschiff auf Kosten des Steuerzahlers gebaut werde.

Die Verwaltung hatte sich zunächst in Schweigen gehüllt, doch als dieser Vorwurf erhoben wurde, gab sie widerstrebend zu, daß dieses Mal die Spinner näher an der Wahrheit waren als die Skandalaufdecker. In einer sorgfältig formulierten Presseerklärung teilte der für Öffentlichkeitsarbeit zuständige Mitarbeiter der NASA mit: »Ein Objekt, das einer Saturn-V-Rakete ähnelte, schien von der stillgelegten Startrampe vierunddreißig abzuheben. Dieser vorgebliche Abflug war weder von der NASA autorisiert, noch war er Teil irgendeines der NASA bekannten Programms. Eine umfassende Untersuchung des Vorfalls wurde eingeleitet. Die Ergebnisse dieser Untersuchung werden der Öffentlichkeit zugänglich gemacht, sobald endgültig geklärt werden kann, was genau vorgefallen ist.«

Das war Behördenlatein und hieß soviel wie: »Wir haben auch keinen blassen Schimmer.« Rick verbrachte Tage vor dem Untersuchungsausschuß, dem er immer wieder seine Geschichte erzählen mußte. Er achtete darauf, an den richtigen Stellen die Ausdrücke ›ähnelte‹ und ›schien‹ zu verwenden. Schließlich konnte er die Geschichte rückwärts im Schlaf aufsagen, schlauer war hinterher aber trotzdem niemand. Sie untersuchten die Startrampe, die keine Spur eines jüngst erfolgten Abflugs zeigte. Das einzige, was sie tun konnten, war, die Daten zu beobachten, die die Rakete sendete, und Vermutungen zu äußern.

Drei Tage nach ihrem Start erreichte die Geister-Apollo eine Mondumlaufbahn. Ein paar Stunden später löste sich die Mondfähre von der Raumkapsel und machte sich auf den Weg zur Oberfläche. Sie steuerte nicht das Meer der Stille an, sondern schien am Kopernikus-Krater landen zu wollen, der als möglicher Landeplatz für die gestrichenen drei letzten Apollo-Missionen im Gespräch gewesen war. Aber als sie eine Flughöhe von etwa 150 Meter erreicht hatte, brach der Funkkontakt urplötzlich ab.

»Was zum Teufel ist da passiert?« wollte Dale Jackson, der Stegreif-Flugleiter, wissen. Er stand neben einer der Konsolen auf der niedrigsten Reihe im abgestuften Kontrollraum und schaute fragend die diversen Techniker an, die hektisch versuchten, das verlorene Signal wieder aufzufangen.

Tessa und Rick sahen von weiter oben zu. Sie saßen nebeneinander an einem unbenutzten Arbeitsplatz und hielten Händchen wie zwei Jugendliche, die sich zusammen den besten Film aller Zeiten ansehen. Als der Funkkontakt abbrach, zuckte Tessa zusammen, als ob gerade ein Monster aus einem Wandschrank herausgesprungen wäre.

»Was ist los?« fragte Rick. »Ist sie explodiert?«

Tessa schüttelte den Kopf. »Alles hat aufgehört«, sagte sie. »Auch die Signale der Raumkapsel, und die war noch im Orbit.«

»Hundertfünfzig Meter«, murmelte Rick. Was würde normalerweise auf dieser Höhe bei einer Mondlandung geschehen? »Ich hab's!« rief er plötzlich, laut genug, um jeden im Raum dazu zu bringen, wieder auf die Bildschirme zu sehen. Als sie diese immer noch leer vorfanden, wandten sie sich Rick zu.

»Hundertfünfzig Meter war die Höhe, von der aus der Pilot vom Computer übernehmen und die Mondfähre von Hand landen sollte«, erklärte er ihnen. »Der Computer konnte die Landung nicht bis zur Oberfläche hin steuern. Er war nicht ausgereift genug, um einen Landeplatz auszuwählen.«

»Und dann? Denken Sie, sie ist abgestürzt? Sie war doch noch hundertfünfzig Meter hoch«, wandte Jackson ein.

Rick zögerte. Er hatte sich seit Tagen jeden Kommentar verkniffen, weil er befürchtete, sich mit einer unglücklichen Formulierung für die Atlantis-Mission zu disqualifizieren. Aber jetzt war er die schüchterne Zurückhaltung leid. Also räusperte er sich und sagte:

»Ich glaube, als es an der Zeit für einen Menschen war, wieder zu übernehmen, ist sie wieder dahin verschwunden, wo sie hergekommen war.«

»Natürlich, so muß es sein.« Jackson wandte sich den Technikern zu. »Jetzt findet mir dieses Signal.«

Sie versuchten es, aber es wurde schnell klar, daß es schlicht und einfach kein Signal mehr gab. Selbst der Radar konnte das Raumschiff nicht finden. Die rätselhafte Apollo war spurlos verschwunden.

Die NASA verschob Ricks Atlantis-Mission um eine Woche, um sicherzustellen, daß das Schiff durch die Erschütterungen keinen Schaden genommen hatte. Endlich erklärten sie es für flugtüchtig. Am Morgen des Abflugs fuhren Rick und vier weitere Astronauten im Aufzug den Bedienungsturm hinauf, kletterten durch die Luke in die Seite der Raumfähre und schnallten sich in ihren Sitzen an. Nachdem der Countdown nur zweimal wegen eines defekten Drucksensors in einer Treibstoffleitung unterbrochen worden war, zündeten sie endlich die drei Hauptriebwerke und die beiden Zusatzraketen und brachten den Lastwagen der amerikanischen Raumfahrt in eine Umlaufbahn um die Erde.

Rick war zum ersten Mal im All. Irgendwie war er aufgeregt, aber nicht so sehr, wie er erwartet hatte. Er schenkte seine Aufmerksamkeit nicht dem ungewohnten Anblick der Erde unter ihm, sondern verbrachte den größten Teil seiner Freizeit damit, den Mond zu beobachten. Genau wie bei regulären Flügen vor über fünfundzwanzig Jahren hatte die Apollo bei Sonnenaufgang auf dem Mond zur Landung angesetzt. Das sollte der Mannschaft das beste Licht zur Landung sichern und ihnen genug Zeit geben, ihre Erkundungen – und notfalls auch Reparaturen – bei Tageslicht durchzuführen.

Was für eine aufregende Zeit das gewesen sein muß, dachte er, als er zwischen dem Piloten- und dem Copilotensessel schwebte und die blasse, vierhunderttausend Kilometer entfernte Scheibe betrachtete. Immer mit dem Leben an einem seidenen Faden, und die ganze Welt schaut einem neugierig über die Schulter, ob man es wohl schaffte, mit heiler Haut davonzukommen. Aldrin hatte versehentlich den Hebel, der den Rückflug auslöste, mit seinem Rucksack abgebrochen. Er mußte einen Filzstift in die Öffnung stecken, um den Antrieb zu starten, bevor er und Armstrong den Mond verlassen konnten. Einen Filzstift! Wenn so etwas an Bord des Space Shuttles passieren würde, wären die Befehle aus Houston wahrscheinlich, Energie zu sparen und auf eine Rettungsmission zu warten. Nur, daß es immer noch einen Monat dauern würde, eine zweite Raumfähre startklar zu machen. Vielleicht würden die Russen in die Bresche springen und den Knopf mit einem *ihrer* Filzstifte betätigen.

Das war ungerechtfertigt. Die Reparatur des Hubble-Teleskops war ein Geniestreich gewesen, und die Wissenschaftler von Spacelab reparierten ständig kaputte Geräte. Aber nichts davon kam auch nur annähernd an einen Flug zum Mond heran. Heutzutage erinnerten die Shuttle-Astronauten mehr an biedere Handwerker denn an unerschrockene Entdecker. Rick hatte sich klargemacht, daß das Shuttle der Wissenschaft große Dienste leistete. Aber nun, nachdem er vor kurzem den Start einer Saturn-V-Rakete miterleben durfte, wurde ihm klar, daß es nicht die Wissenschaft war, die ihn als Kind so fasziniert hatte, genau so wenig wie sie dafür verantwortlich war, daß er sich nun hier oben befand. Er war im Weltraum, weil er ihn erobern wollte, und man ließ ihn nur diese erbärmlichen dreihundert Kilometer vom Boden weg.

Er wünschte sich, Tessa wäre mitgeflogen. Sie würde

seine Gefühle verstehen. Während ihrer Verabredungen hatten sie viel über ihre Beweggründe gesprochen, Astronaut zu werden, und sie hatte dieselben Motive wie er zugegeben. Aber sie war für den nächsten Discovery-Flug in anderthalb Monaten eingeteilt worden.

Er hörte einen Aufschrei vom mittleren Deck. »Merde!« Kurz darauf kam Pierre Renaud, der kanadische Wissenschaftler, dem seine Firma die Fahrt ins All bezahlt hatte, durch die Luke geschwebt.

»Was ist los?« fragte Rick, als er den bestürzten Ausdruck auf Pierres Gesicht sah.

»Die Toilette ist kaputt«, sagte Pierre.

Rick genoß seinen obligatorischen Urlaub nach dem Flug, als es das nächste Mal passierte: Das Telefon riß ihn kurz nach Anbruch der Dämmerung aus tiefen Träumen. Als er verschlafen den Hörer ans Ohr hielt, hörte er Dale Jackson mit Grabesstimme sagen: »Es ist wieder eine Saturn-Rakete gestartet. Setzen Sie Ihren Hintern in Bewegung, damit wir die beiden Vorfälle vergleichen können.«

Rick war schlagartig hellwach. Weniger als eine Stunde später war er auf einem Flug nach Norden. Als er Lake Okeechobee überquerte, konnte er noch die verwaschenen Überreste des Kondensstreifens sehen. Als er am Kap ankam, sah dieses wie ein aufgestörter Ameisenhaufen aus. Autos rasten die Servicewege auf und ab, und die öffentlichen Schnellstraßen außerhalb der Tore waren in alle Richtungen verstopft.

Zwei junge Air Force-Kadetten begleiteten ihn vom Flughafen zu einem Konferenzzimmer, in dem der Vorsitzende der NASA, ihr Flugleiter, Sicherheitsoffizier des Flugbereichs und ein gutes Dutzend weiterer hochrangiger Beamte versammelt waren. Sie diskutierten den Vorfall bereits eingehend. Rick stellte amüsiert fest, daß sogar der Arzt anwesend war und sich offenbar auch noch Notizen machte. Jackson, der Flugleiter, erläuterte gerade, was für ein Aufwand nötig wäre, um eine vollgetankte Saturn V von der Rampe zu entfernen, falls noch einmal eine auftauchen sollte.

»Wir haben da gar keine Einrichtungen mehr, um den Treibstoff zu lagern, geschweige denn, eine Rakete leerzupumpen«, sagte er. »Erst recht nicht in den fünfzehn Minuten, oder wie lang diese Dinger da sind. Das reicht gerade mal knapp, um die Schläuche anzuschließen.«

Tessa war auch da, und sie winkte Rick mit einem breiten Lächeln zu. Er schlängelte sich am Konferenztisch vorbei und zog sich einen Stuhl heran, um neben ihr sitzen zu können. »Was machst du hier?« flüsterte er.

»Ich werde verhört«, antwortete Tessa. »Ich war an der Rampe, als die Rakete gestartet ist.«

»An welcher Rampe?«

»Vierunddreißig.«

»Im Ernst? Du wärst doch nur noch ein Aschehäufchen, wenn du so nah dran gewesen wärst.«

»Ich war im Bunker.«

Rick nahm an, daß dies etwas Schutz bieten würde. Außerdem war Schutz wahrscheinlich gar nicht nötig. Das Unkraut war schließlich auch nicht verbrannt oder weggeweht worden. »Warum warst du da?« fragte er. »Wußtest du, daß es wieder passieren würde?«

Sie grinste. Offensichtlich war sie sehr stolz auf sich. »Weil Geistererscheinungen sich normalerweise so lange wiederholen, bis sie das haben, was sie wollen. Und heute war das nächste Startfenster.«

Am Kopfende des Tisches palaverte Jackson immer noch. »Auch steht uns gar kein Raupenschlepper zur Verfügung, um die Rakete abzutransportieren, falls es uns doch gelingen sollte, sie leerzupumpen. Auch die Fahrstraße dafür müßten wir komplett wieder neu bauen. In der Zwischenzeit stünden wir mit dieser sechsunddreißigstöckigen Schande da.«

Rick verstand sofort, worum es bei dieser Konferenz ging: Die NASA sah diese Raketen als eine Bedrohung an und wollte, daß ihnen ein Ende bereitet würde.

»Warum bringen wir nicht statt dessen einfach Astronauten an Bord?« fragte er. »Man hätte genug Zeit, um vor dem Start im Bedienungsturm raufzufahren und einzusteigen.«

Jackson blinzelte ihn über den Tisch hinweg an. »In ein durchweg unbekanntes und ungetestetes Raumschiff? Im Leben nicht!«

»Aber es ist gar nicht unbekannt und ungetestet«, sagte Tessa. »Es ist eine Saturn Fünf.«

»Es ist ein verdammtes Rätsel«, sagte Jackson, »und es gibt keinen vernünftigen Grund, irgendein Leben dafür zu riskieren, weder am Boden noch im All.«

»Was schlagen Sie denn sonst vor?« fragte der Sicherheitsoffizier des Flugbereichs. »Sie abschießen?«

Die Leute am Tisch brachen in nervöses Gelächter aus, das aber schnell wieder verebbte. Jackson schüttelte den Kopf. »Ich schlage vor, daß wir sie abheben lassen. So denn noch welche kommen. Sie richten keinerlei Schaden an, außer an unserem Image.«

Warren Altman, der fünfte NASA-Chef in nur zwei Jahren, sagte: »Genau, unser Image. Wir haben auch so schon genug Ärger, ohne daß der Kongreß denkt, daß hier unten alles außer Kontrolle geraten ist.« Er hielt inne, um seine Brille abzunehmen und einen der Bügel als Zeigestock zu mißbrauchen. »Nein, Dale. Wir können es uns nicht leisten, nichts zu tun. Egal, wie bizarr diese Situation ist, wir müssen die Kontrolle darüber gewinnen, dem Kongreß zeigen, daß wir uns darum kümmern, oder wir verlieren noch mehr an Glaubwürdigkeit, als wir jetzt schon eingebüßt haben. Mit anderen Worten: Wir müssen die Scheißdinger aufhalten, und wenn das am Boden nicht möglich ist, dann eben im Orbit.«

»Wie?« fragte Jackson.

»Genau, wie Rick es vorgeschlagen hat. Setzen Sie einen Astronauten hinein und lassen sie ihn die Mission abbrechen, sobald die Rakete auf einer Erdumlaufbahn ist. Nächsten Monat wird doch sowieso ein Shuttle oben sein, das kann die Apollo abpassen und unseren Astronauten mit nach Hause nehmen.«

»Wobei man die dritte Stufe und den Rest des Raumschiffes im Orbit läßt«, wandte Jackson ein.

»Besser als auf der Startrampe«, antwortete Altman. »Außerdem, vielleicht kann sich das Ding noch irgendwie nützlich machen. Skylab war auch nur die leere dritte Stufe einer Saturn-Rakete.« Er lachte. »Teufel, wenn das noch ein paar Monate so weiter geht, könnten wir genügend Einzelteile im Orbit haben, um uns eine richtige Raumstation zu bauen.«

»Und wenn sie wieder vor unseren Augen verschwinden, so wie letztes Mal?«

Altmans Augen verengten sich zu Schlitzen. Daran hatte er nicht gedacht. Aber er zuckte nur mit den Schultern und sagte: »Darüber können wir uns später noch Sorgen machen. Wahrscheinlich verschwinden die verdammten Dinger sowieso, sobald wir uns einmischen. Ist ja wohl meistens mit Geistern so.« Er zeigte mit seinem Brillenbügel auf Rick. »Es war Ihre Idee, wollen Sie sich freiwillig melden?«

»Klar doch«, sagte Rick.

»Du verdammter Glückspilz«, flüsterte Tessa.

So fühlte er sich auch, bis das Training begann. Den ganzen nächsten Monat ließ Jackson ihn Sechzehn-Stunden-Tage in den Simulatoren verbringen, um ihn auf eine Mission vorzubereiten, die seit zwei Jahrzehnten noch nicht einmal im entferntesten in Betracht gezogen worden war. Er studierte jeden Hebel und jeden

Knopf in der Apollo-Kommandokapsel, bis er das Schiff mit geschlossenen Augen steuern konnte. Er wurde auf jeden Notfall vorbereitet, der den Ingenieuren einfiel, sogar auf eine Mondumrundung, um den Schwung für einen Rückflug zu nutzen, falls er den Einschuß in die Flugbahn zum Mond nicht verhindern können sollte. Mit dieser Art von Abbruch hatten sie schon reichlich Erfahrung: Apollo 13 war so zur Erde zurückgekehrt, nachdem auf dem Weg zum Mond ein Sauerstofftank geplatzt war.

Rick überredete sie sogar, ihn in einer simulierten Mondfähre üben zu lassen, mit dem Argument, daß er diese in einem vergleichbaren Notfall als Rettungsboot nutzen könne. Sie ließen ihn auch die Start- und Landeantriebe ausprobieren, um sie bei Bedarf als zusätzlichen Schub nutzen zu können. Nachdem er ein paar Tage gebettelt hatte, ließen sie ihn sogar die Landung einstudieren.

»Aber nur, weil Sie so ein besseres Gefühl für die Steuerung entwickeln können«, teilte Jackson ihm mit. »Sie könnten gar nicht wirklich landen, selbst wenn Sie das vorhätten. Wenn sie die Mondfähre von der Kommandokapsel loskoppeln würden, wären Sie tot. Das Wiederandocken wird von der Kommandokapsel aus gesteuert, und Sie werden keinen Piloten dabei haben.«

Da war sich Rick nicht so sicher. Sie hatten keine Ahnung, wer oder was sich im Inneren der Raumkapsel auf der Spitze der riesigen Rakete befand. Es hätte von der konservierten Leiche Armstrongs bis zum Geist der kommenden Weihnacht alles sein können. Das einzige, was die NASA ganz sicher wußte, war, daß sie nicht mehr als ein Leben bei diesem Flug riskieren würden.

Also war Rick allein am Fuß des Betonsockels am frühen Morgen des Starttages. Er trug einen Shuttle-

Raumanzug, der so geändert war, daß Rick damit in den Apollo-Sitz paßte. Das war das beste, was sie in der Kürze der Zeit für ihn tun konnten. Die wenigen verbleibenden Apollo-Anzüge, die vom Smithsonian Institut und anderen Museen ausgestellt wurden, waren alle über dreißig Jahre alt und wären ohne langwierige Reparaturen nicht luftdicht gewesen. Zusätzlich trug er einen Fallschirm auf dem Rücken. Jackson bestand darauf, für den Fall, daß die ganze Saturn V mit Bedienungsturm und allem Drum und Dran sich plötzlich in Luft auflösen würde, während Rick gerade in 110 Meter Höhe die Kapsel besteigen wollte.

Startrampe 34 war in ein unheimlich anmutendes Zwielicht getaucht. Vereinzelte Windböen raschelten in den Büschen, die aus den Rissen im Beton herauswuchsen. Rick fühlte sich beobachtet. Das wurde er natürlich auch – von den NASA-Mitarbeitern, die etwa dreihundert Meter entfernt im Bunker warteten. Aber ein Kribbeln im Nacken gab Rick das Gefühl, daß ihn auch noch jemand anderes abschätzend beobachtete. Was für einen Eindruck würde er machen? Er war bei der Landung der Eagle noch keine zehn Jahre alt gewesen, war im Gegensatz zu den ersten Astronauten nie Militärpilot gewesen, noch nicht einmal Soldat. Nur ein kleiner Junge, der immer schon Astronaut hatte werden wollen. Und jetzt stand er hier in seinem Raumanzug, sein koffergroßes Beatmungsgerät in der Hand, wie ein Bankbeamter mit seinem Aktenkoffer, der auf die U-Bahn wartete, während die leere Startrampe jeden Atemzug, den er machte, verspottete.

Selbst die weiter nördlich gelegenen Startrampen waren leer. Die Discovery war bereits vor drei Tagen mit Tessa und fünf anderen sowie dem Spacelab an Bord gestartet. Die Besatzung beschäftigte sich mit den Auswirkungen des freien Falls auf das Paarungsverhalten der Stubenfliege – und wartete auf Ricks Ankunft. Sie befanden sich in der für die Apollo wahrscheinlichsten Flugbahn, aber es war immer noch eindeutig ein Glücksspiel. Wenn sie sich verschätzt hatten, bliebe für Rick nur noch Plan B: Wiedereintritt in der Apollo-Kapsel.

Wenn das nicht funktionierte, gäbe es keine Rettung. Keine der anderen Raumfähren war auch nur annähernd startbereit; die Atlantis wartete immer noch in Edwards auf Abtransport, der vielleicht niemals kommen würde, weil man beim Trägerflugzeug Risse in den Flügelstreben entdeckt hatte, und Columbia und Endeavor parkten auf unbestimmte Zeit in der Montagehalle mit ihren angeblich wiederverwendbaren Motoren auf dem Boden verteilt, während die Techniker versuchten, genügend Einzelteile für wenigstens *einen* funktionierenden Motor zusammenzuklauben.

Wenigstens war Rick da. Sein Herz klopfte, aber er war da und zu allem bereit. Er atmete tief durch und sah auf die Uhr. Jeden Moment würde es soweit sein.

Unvermittelt und geräuschlos erschien die Rakete. Gleißendes Flutlicht blendete Rick, bis er sein getöntes Visier senkte. Er drehte sich einmal um sich selbst, um sich zu orientieren. Der Bedienungsturm war genau da, wo er ihn erwartet hatte und die Saturn-V-Rakete… Rick hob den Kopf weiter und spürte sein Herz höher schlagen. Sie war gigantisch. Vom unteren Ende aus betrachtet sah das Ding so aus, als ob es schon jetzt bis zum Mond reichen würde.

Er hatte keine Zeit zu staunen. Ungelenk rannte er zum Aufzug, stieg ein und fuhr bis ganz oben, wobei er den immer weiter zurückfallenden Boden nervös im Auge behielt. Nach zwei Drittel der Strecke wurde er von der Morgensonne erfaßt.

Die Metallkonstruktion quietschte und ächzte genauso wie der Bedienungsturm des Space Shuttles. Seine Stiefel machten schlurfende Geräusche auf dem

Gitter der Brücke, die ihn zur Kapsel brachte. Die Luke war offen, als ob sie ihn erwarten hätte. Normalerweise würde ihm eine Gruppe von Technikern beim Einsteigen helfen, doch hier war er ganz auf sich gestellt. Auch in der Kapsel selbst wartete niemand auf ihn. Er stieg so schnell wie möglich ein, damit die Rakete nicht abhob, während er noch auf dem Gerüst war, trennte sein Beatmungsgerät von seinem Raumanzug, warf es zur Luke heraus, und schloß statt dessen einen der drei Versorgungsschläuche des Schiffs an. Er ließ sich ein-, zweimal in seinen Sitz fallen, klopfte mit seiner behandschuhten Hand auf den Rand der Luke. Fest. Zufrieden warf er auch den Fallschirm aus der Luke, zog diese zu, verschloß sie und ließ sich auf dem mittleren Sitz nieder.

Die Instrumentenkonsole war ein Durcheinander aus Schaltern und Knöpfen und unangenehm nah an seinem Gesicht. Er betrachtete die Meßwerte, suchte nach Abweichungen, während er tief einatmete und den kühlen, metallischen Geruch der Preßluft wahrnahm. Der Versorgungsschlauch an seinem Anzug funktionierte also. Er müßte demnach jetzt auch Funkkontakt aufnehmen können. Er sprach in das Mikrofon seines Anzugs. »Leitstelle, hier ist Apollo. Können Sie mich hören?«

»Laut und deutlich«, antwortete Jacksons Stimme.

»Bereit zum Abflug«, teilte Rick ihm mit.

»Gut. Geschätzte Zeit bis zum Start … ach, sagen wir zwei Minuten.«

»Roger.« Ricks Puls raste. Er versuchte sich zu beruhigen, aber der fehlende Countdown schien nur zu unterstreichen, wie verrückt diese ganze Angelegenheit eigentlich war. Er saß auf einem Gespenst!

Er zwang sich, seine Konzentration auf die Geräte vor ihm zu richten. Hauptstromversorgung – grünes Licht. Innentemperatur – normal. Treibstoff …

Goldene Lämpchen leuchteten auf und ein tiefes Grollen erschütterte die Wände.

»Zündungssequenz hat begonnen.« sagte Jackson.

»Roger. Ich kann es fühlen.«

»Alle Triebwerke sind in Betrieb.«

Durch das Fenster in der Luke konnte Rick die Brücke wegklappen sehen, und die Kabine schien sich leicht nach rechts zu neigen.

»Sie heben ab.«

Das Grollen wurde lauter, und Rick spürte die Beschleunigung anwachsen. Der Bedienungsturm verschwand aus seinem Blickfeld, und er konnte nur noch den blauen Morgenhimmel sehen. Er hatte erwartet, daß ihn der Druck der Beschleunigung schlagartig in den Sitz pressen würde, doch baute sich dieser nur nach und nach auf, als die Antriebe ihren Treibstoff verbrannten und die Rakete leichter wurde. Als die zweite Stufe zündete, gab es einen Ruck, und der Druck wurde stärker, war aber immer noch auszuhalten.

Diesmal war Houston voll bei der Sache. Die Leitstelle nahm den Flug in ihre Hände, und Laura Turner, die die Sprechfunkverbindung aufrecht erhielt, meldete sich. »Sieht alles sehr gut aus, Apollo. In zwanzig Sekunden wird der Rettungsturm abgesprengt.«

Rick spürte die pünktliche Erschütterung, und ohne den Turm und den Schutzschirm konnte er auch aus den seitlichen Fenstern sehen. Florida war schon ein ganzes Stück weit weg und fiel schnell noch weiter zurück.

Ein paar Minuten später zündete die dritte Stufe und schoß das Raumschiff weiter in den Orbit. »Genau ins Schwarze«, sagte Laura. »Sie steuern geradewegs auf die Discovery zu.«

»Roger.«

Nun war es an der Zeit für Rick, sich sein Fahrgeld

zu verdienen. Er hatte nicht viel zu tun, da die NASA ihn die Apollo nicht auf die Raumfähre zusteuern ließ. Seine Aufgabe war es, den Antrieb zu deaktivieren und darauf zu warten, daß Tessa das Shuttle zu ihm brachte. Er hielt die Luft an und richtete seinen behandschuhten Zeigefinger auf die aufdringlich nahe Instrumentenkonsole. Würde das Schiff ihn nun übernehmen lassen, oder würde es ihn bis zum Mond gefangen halten? Oder würde es in einer Rauchwolke verschwinden, sobald er die Steuerung berührte?

Das war nur auf eine Art herauszufinden. Die Schalter ließen sich mit einem beruhigenden Geräusch umlegen, und die Anzeigen wiesen die entsprechenden Schaltkreise als abgeschaltet aus. Der Rest der Instrumente und die Kapsel selbst blieben unverändert. Rick atmete durch und meldete dann: »Antrieb deaktiviert. Apollo erwartet nun Rendezvous.«

»Roger, Apollo. Lehnen Sie sich zurück und genießen Sie den Flug, Rick.«

Rick öffnete seinen Gurt und schwebte aus seinem Sitz heraus. Die Apollo-Kapsel mag im Vergleich zur Raumfähre zwar eng gewesen sein, aber da er allein war, hatte er genug Platz, um von einem Fenster zum anderen zu schweben und sich die blauweiße Erde unter ihm anzuschauen.

Und den Mond, der gerade zunehmend war. Er übte eine größere Anziehungskraft auf ihn aus als je zuvor, da er nun tatsächlich in einem Raumschiff saß, das ihn dorthin bringen konnte. Dorthin bringen und auf ihm landen, wenn er bloß zwei weitere Astronauten hätte, die mit ihm fliegen würden.

Das Space Shuttle war ein weißer Fleck vor der dichten Schwärze des Weltalls, der ständig näherkam. Rick sah zu, wie der Fleck langsam in die bekannte Form mit den kurzen Flügeln überging.

»Apollo, hier Discovery«, meldete sich Tessa über

Funk. »Kannst du mich hören?« Ihre Stimme klang aufgeregt. Und warum auch nicht? Man traf sich ja schließlich nicht jeden Tag mit einem Geist.

Rick lächelte, als er den Klang ihrer Stimme hörte. Er hatte immer schon eine Mission mit ihr zusammen fliegen wollen, hatte aber bestenfalls darauf gehofft, als relativ unerfahrener Astronaut die Rattenkäfige im Spacelab für sie saubermachen zu dürfen; doch jetzt befehligte er sogar sein eigenes Schiff und schrieb Raumfahrtgeschichte.

»Discovery, hier ist Apollo. Ich höre euch laut und deutlich. Schön dich zu sehen, Tessa.«

»Bist du bereit für den Weltraumspaziergang?«

Weltraumspaziergang. Es war nicht möglich, das Shuttle an die Apollo-Kapsel anzudocken, also mußte Rick den Weg allein schaffen und die Apollo leer, tot und unverrichteter Dinge zurücklassen. Was immer diese Dinge auch gewesen sein mochten.

Aber wenn sie wirklich ein weiteres Skylab aus ihr machten, würde das vielleicht den rätselhaften Urheber dieser Starts besänftigen. Dann wäre vielleicht nicht alles umsonst gewesen.

Rick schüttelte den Kopf. Wem wollte er hier etwas vormachen? Die NASA würde dieses Schiff niemals für irgend etwas nutzen. Das war ihm klar geworden, als er Altmans Gesichtsausdruck gesehen hatte, nachdem Jackson gefragt hatte, was man tun würde, falls das Schiff einfach verschwand. Altman wollte lediglich dem Kongreß – und der Macht hinter diesen Apolloflügen – beweisen, daß die NASA immer noch die Kontrolle über die Situation hatte. Er setzte darauf, daß dies das letzte der geheimnisvollen Schiffe sei, jetzt, da Rick es deaktiviert hatte.

»Apollo, hast du verstanden?« fragte Tessa.

Rick schluckte trocken. Wenn er sich nicht an den Plan halten würde, wäre es der letzte Flug seines Lebens. Schlimmer noch, das Raumschiff konnte sich jeden Moment in Wohlgefallen auflösen und ihn im leeren Raum schweben lassen, mit nichts als einem Raumanzug und einem äußerst begrenzten Sauerstoffvorrat. Oder es könnte wieder darauf warten, bis er am Mond angekommen war, und dann noch verschwinden, wie das erste am Krater Kopernikus und das zweite über der Aristarchus-Ebene. Aber wenn er es nicht wenigstens versuchen würde, könnte er den Rest seiner Tage damit leben, die Chance verspielt zu haben, zum Mond zu fliegen.

Er hatte immer schon das Unbekannte erforschen wollen, und dies war sicherlich eine mehr als günstige Gelegenheit, genau das zu tun. Er hatte keine Ahnung, wessen Geist dies war oder welchem Zweck all das diente, aber das Schiff gehörte jetzt ihm, er hatte es sich erobert. Was also würde er damit anstellen?

Tessa meldete sich erneut. »Hallo, Apollo. Bist du bereit für den Weltraumspaziergang?«

Wieder atmete er tief durch. »Negativ«, sagte er. »Negativ. Genaugenommen könnte ich hier ein bißchen Hilfe gebrauchen.«

»Welche Art von Hilfe, Apollo?«

Die strahlendweiße Sichel im Blick, sagte er: »Ich brauche einen Freiwilligen, der mit mir zum Mond fliegen will. Am besten gleich zwei. Kennst du jemanden, der Interesse hätte?«

Tessas Aufschrei war eine unartikulierte Mischung aus Überraschung, Erleichterung und Gelächter, aber noch bevor Rick fragen konnte, was davon überwog, sagte Laura in Houston: »Vergessen Sie es, Rick. Eine erweiterte Mission wird Ihnen nicht genehmigt. Ist das klar?«

Rick seufzte. Aber vor seinem inneren Auge konnte er bereits sehen, wie ihm der Rückweg versperrt wurde. »Klar wie das Weltall selbst, Laura, aber ich tu's trotzdem. Und wenn ich eine komplette Besatzung zusammenbekomme, dann werde ich auch landen. Sie können mich nicht aufhalten.«

»Negativ, Rick. Sie sind auf die Bodenkontrolle angewiesen. Nachdem Sie den Antrieb abgeschaltet haben, haben Sie keine Garantie mehr dafür, daß der Rest der Mission normal verlaufen wird. Sie müssen den Antrieb selbst wieder startbereit machen und zünden, aber ohne uns wissen Sie nicht, wann. Wenn Sie unterwegs sind, brauchen Sie unsere Radarüberwachung, Sie brauchen unsere Computer, um Kurskorrekturen zu berechnen und ...«

»Ich weiß, worauf Sie hinauswollen, Houston.« Laura hatte offensichtlich mit all dem schon gerechnet, sonst hätte sie nicht so schnell so viele Argumente parat gehabt, aber das war ihm egal. »Sie bluffen«, sagte Rick zu ihr. »Sie würden uns hier draußen nicht sterben lassen, wenn Sie es verhindern könnten.«

Sie reagierte nicht. Das war Rick Antwort genug. Tessa offenbar auch. »Wir kommen rüber«, sagte sie.

»Sie bleiben, wo Sie sind«, meldete sich eine andere Stimme, die von Dale Jackson. »Rick, wir werden einen Mondflug nicht unterstützen. Es ist mir egal, ob Sie geradewegs aus dem Sonnensystem driften, wir werden nicht das gesamte Raumfahrtprogramm aufs Spiel setzen, nur um Ihre Neugier zu befriedigen.«

»Was denn für ein Raumfahrtprogramm?« fragte Tessa. »Wir züchten hier oben Stubenfliegen.« Das war nicht gerade fair. Eine der kommerziellen Spezialisten an Bord war eine Astronomin, die eine Instrumentenplattform in der Schwerelosigkeit testete, aber sie war aus Japan.

»Ich werde gar nicht erst mit Ihnen streiten, Tessa. Wenn Sie die Discovery verlassen, werden Sie wegen Befehlsverweigerung und rücksichtsloser Gefährdung der restlichen Besatzung angeklagt. Und ich bluffe nicht. Wenn Sie versuchen, die Erdumlaufbahn in der Apollo zu verlassen, sind Sie auf sich allein gestellt!«

Rick betrachtete die leeren Sitze neben seinem. Dahinter waren in einer vollgepackten Nische die Navigationsgeräte untergebracht: ein Teleskop, ein Sextant und ein primitiver Steuerungscomputer, was ihm theoretisch ausreichend Informationen zur Verfügung stellen würde, um auf Kurs zu bleiben. Aber er hatte sich nicht darauf vorbereitet, mit diesen Geräten zu arbeiten, auch zweifelte er stark daran, daß Tessa oder ihr möglicher Begleiter sich mit den veralteten Gerätschaften genug auskannte, um ihre Flugbahn zu berechnen.

»Was meinst du, Tessa?« fragte er. »Schaffen wir's ohne Bodenkontrolle?«

»Also, ich ...«

»Das wird nicht nötig sein«, sagte eine neue Stimme, die Tessas übertönte. Der Sprecher hatte einen schweren Akzent, den Rick nicht genau einordnen konnte. Ein Amateurfunker, der auf Raumfahrt-Satellitenfrequenzen sendete?

»Wer spricht da?« fragte er.

»Ich bin Gregor Iwanow vom russischen Weltraumbüro in Kaliningrad. Ich habe Ihre Funksprüche mitgehört und biete Ihnen unsere Unterstützung an.«

Houston konnte ihn offensichtlich auch hören. »Das können Sie nicht tun!« brüllte Jackson.

Der Russe lachte. »Das kann ich sogar ganz bestimmt. Genau genommen muß ich das sogar. Internationale Verträge verpflichten Rußland, funktionsuntüchtigen und aufgegebenen Schiffen auf See wie im All Hilfe anzubieten.«

»Halten Sie sich da raus!« Jackson brüllte wieder. »Dieses Schiff ist weder funktionsuntüchtig noch aufgegeben.«

»Ach was? Vielleicht habe ich mich verhört. Wollen Sie etwa doch die Mondlandung begleitend unterstützen?« Gregor, der seine Position hörbar genoß, lachte wieder.

Jackson fand dies weniger amüsant. »Räumen Sie die Frequenz, Russki«, knurrte er. »Sie beschwören einen diplomatischen Zwischenfall herauf.«

»Das will ich hoffen«, antwortete Gregor. »Apollo, ich wiederhole mein Angebot. Die Flugleitstelle Kaliningrad wird Sie bei Ihrer geplanten Mondlandung mit einer Gesteinsprobensammlung unterstützen und ebenfalls bei den Vorbereitungen zum Rückflug behilflich sein. Sind Sie daran interessiert?«

Rick verspürte selbst das Bedürfnis zu lachen. Konnte er den Russen vertrauen, eine Apollo-Mission zum Mond zu leiten? Würden sie tatsächlich einem Amerikaner helfen, gerade die Mission zu wiederholen, die ihr Land vor über dreißig Jahren derart beschämt hatte? Wahrscheinlich. Der kalte Krieg war tot und begraben, und die Berliner Mauer war sein Grabstein. Ob sie aber der Aufgabe gewachsen sein würden, stand auf einem anderen Blatt. Ihre EDV-Ausrüstung war fast genauso veraltet wie der 32-Kilobyte-Rechner unter Ricks Navigationskonsole.

Aber eigentlich hatte Rick gar keine andere Wahl. Houston würde ihn ununterbrochen bekämpfen. Außerdem klang eine internationale Mission in diesem Augenblick gar nicht so schlecht. Rick mußte bei seiner Rückkehr irgend jemanden auf seiner Seite wissen. Falls es überhaupt eine Rückkehr geben würde. Rick schüttelte den Kopf und sagte: »Im Sturm ist jeder Hafen der richtige, Kaliningrad. Ich nehme Ihr Angebot an.«

»Das ist Hochverrat!« schrie Jackson, aber Rick ignorierte ihn.

»Wir kommen, Apollo«, sagte Tessa.

»Habt Ihr etwa schon eure Anzüge an?« Man mußte zwei Stunden lang reinen Sauerstoff atmen, um den

Stickstoff aus dem Blutkreislauf eines Astronauten zu entfernen, bevor er oder sie das Schiff verlassen konnte. Tessa, und wer sonst noch mitkommen würde, mußten mit der Vorbereitung schon begonnen haben, bevor Rick gestartet war.

»Allzeit bereit«, antwortete Tessa mit einem amüsierten Unterton. »Wir hätten dich im Notfall da herausholen müssen.«

»Ach, natürlich«, sagte Rick.

Jackson versuchte es noch einmal. »Tessa, überlegen Sie sich genau, was Sie tun. Sie werfen Ihre Karriere aufs Spiel – für nichts und wieder nichts.«

»Ich würde eine Mondlandung keineswegs als ›nichts‹ bezeichnen.«

»Es ist ein gottverdammter Geist! Es ist schlimmer als nichts, es könnte Sie umbringen!«

»Ja, das könnte es wohl«, sagte Tessa. »Wir könnten alle umkommen. Ich fände es aber schlimmer, wenn wir alle unseren Traum aufgäben und Raumfähren in Umlaufbahnen schicken, bis die nicht mehr flugtüchtig sind, und der Kongreß entscheidet, daß die bemannte Raumfahrt Zeitverschwendung ist. Ich will nicht in einem Altenheim sterben und wissen, daß ich meine Chance auf eine richtige Weltraummission verpaßt habe.«

Sie keuchte angestrengt, und Rick sah, wie sich die Tür zur Luftschleuse der Raumfähre öffnete. Eine Gestalt in einem weißen Raumanzug stieg hindurch, dann eine zweite. Rick fragte sich, wer die andere Person sein mochte. Ein weiteres Mitglied der regulären Besatzung? Eher unwahrscheinlich. Sie brauchten jemanden, um das Ding wieder nach Hause zu fliegen. Also blieben nur die Spacelab-Wissenschaftler übrig. Rick ging im Kopf die Liste durch und entschied, daß es eigentlich nur Yoshiko Sugano sein konnte, die japanische Astronomin. Sie hatte gelernt, die von ihr entwickelte Instrumentenplattform per Fernbedienung zu steuern. Auch kannte sie sich mit Andockmanövern besser aus als die meisten regulären Astronauten, somit wäre sie die ideale Pilotin für die Kommandokapsel. Außerdem würde sie noch mehr zum internationalen Charakter der Mission beitragen. Dies hatte Tessa bestimmt schon lange, bevor Kaliningrad sich gemeldet hatte, berücksichtigt.

Rick hatte sich nicht getäuscht. Als die beiden Gestalten in ihren Raumanzügen gegen die Apollo stießen und sich ihren Weg in die offene Luke suchten, sah er Tessas grinsendes Gesicht durch ihren Helm, und hinter ihr, etwas zu klein für den Einheitsgrößenanzug, kam Yoshiko. Sie schien nicht ganz so selbstzufrieden wie Tessa, aber sie war mitgekommen.

»Bitte um Erlaubnis, an Bord zu kommen«, sagte sie etwas außer Atem.

»Ja, ja, natürlich!« sagte Rick, als er ihr und Tessa durch die schmale, rechteckige Öffnung half. Es wurde eng: sein geänderter Anzug war kein Problem gewesen, aber die Shuttle-Anzüge waren auf andere Kabinenmaße zugeschnitten. Rick erlebte einen kurzen Moment der Panik, als er sich plötzlich fragte, ob sie wohl durch die Luke zur Mondfähre passen würden. Sie könnten es bis zum Mond schaffen, nur um dann in einer Tür steckenzubleiben.

Jetzt war es zu spät, sich darüber Gedanken zu machen. Wie Aldrin und Armstrong mit dem abgebrochenen Zündhebel, würden sie sich einfach vor Ort etwas einfallen lassen müssen.

Als sie sich in die drei Sitze zwängten, machte Jackson sich noch einmal wichtig, indem er drohte, sie und die gesamte russische Föderation wegen Piraterie zu belangen. Aber Rick sagte einfach: »Die NASA hat keinerlei Anspruch auf dieses Schiff. Niemand hat das. Oder vielleicht auch jeder. Wie dem auch sei, wenn Sie uns nicht helfen wollen, dann stellen Sie bitte den Sendebetrieb auf dieser Frequenz ein. Wir brauchen Sie für den Kontakt zur Bodenkontrollstation.«

»*Wir* sind die Bodenkontrollstation, verdammt noch mal!«, schrie Jackson, »und ich befehle Ihnen hiermit, sich wieder an den geplanten Ablauf der Mission zu halten.«

»Tut mir leid«, sagte Rick. »Kaliningrad hat jetzt die Kontrolle über diesen Flug. Bitte gehen Sie vom Sender.«

Jackson sagte noch etwas, aber da Gregor Iwanow gleichzeitig sprach, war keiner der Funksprüche verständlich.

»Bitte wiederholen Sie das, Kaliningrad, bitte wiederholen«, sagte Rick, und Jackson blieb tatsächlich still.

»Wenn Sie in den nächsten fünfzig Minuten den Antrieb wieder startklar bekommen, können Sie immer noch das ursprünglich veranschlagte Startfenster nutzen«, sagte Gregor. »Halten Sie das für machbar?«

Rick schaute Tessa an, die zuversichtlich nickte. Yoshiko zuckte nur mit weit offenen Augen die Schultern. Dies war ihr erstes Mal im Weltraum, und sie hatte sich die Erfahrung offenbar etwas anders vorgestellt.

»Wir müssen aus diesen elenden Raumanzügen raus«, entschied Tessa. »Unsere sind nicht für diese Sessel geändert worden, und der Einschuß in die Flugbahn zum Mond würde uns wahrscheinlich das Genick brechen, wenn wir sie dabei anbehielten.«

»Dann ziehen Sie sie aus«, sagte Gregor, »und bereiten Sie sich auf die Beschleunigung in dreiundfünfzig Minuten vor.«

»Roger.« Rick vergewisserte sich, daß die Luke fest verschlossen war, dann ließ er wieder Luft in die Kabine. Als der Druck sich annähernd normalisiert hatte, drehte er seinen Helm, bis die Verschlüsse aufschnappten, und nahm ihn ab. Tessa und Yoshiko taten es ihm nach.

Ihre drei Helme nahmen fast den gesamten Raum zwischen ihren Köpfen und der Steuerung ein. Das Ausziehen ihrer Anzüge artete in eine Komödie auf engstem Raum aus: Ständig stießen sie sich gegenseitig Ellbogen in die Seite, knallten mit den Köpfen und den Schultern aneinander. Die Kontrollhebel waren alle durch Metallringe geschützt, die wie die Verschlüsse alter Getränkedosen aussahen und durch die die Steuerung nicht versehentlich betätigt werden konnte. Trotzdem zuckte Rick jedesmal zusammen, wenn einer von ihnen an die Instrumentenkonsole geriet.

»Das ist lächerlich«, sagte Tessa kichernd. »Am besten ziehen wir uns nacheinander aus und helfen uns gegenseitig.«

»Gut«, sagte Rick. »Du zuerst.« Er und Yoshiko entsicherten den Taillenring an Tessas Anzug und hoben die obere Hälfte über ihren Kopf. Dann hielt Yoshiko ihre Schultern fest und Rick kümmerte sich um die Beine. Tessa hatte nun nur noch den hautengen Kühl- und Belüftungsanzug an, der zwar dank der eingebauten Schläuche und Röhren nicht so bequem wie normale Kleidung war, aber immer noch um Längen besser als der Raumanzug. Sie behielt auch den Kopfhörer mit dem eingebauten Mikrofon auf, um weiterhin an der Sprechfunkverbindung mit der Erde teilnehmen zu können. Rick stopfte den Anzug in die Ausrüstungsbucht hinter den Sitzen, dann halfen er und Tessa Yoshiko aus ihrem Anzug. Schließlich halfen die beiden Frauen auch ihm beim Ausziehen. Es war immer noch sehr umständlich, und einmal fand Rick sich mit seinem Gesicht direkt an Yoshikos rechter Brust wieder, aber als er »Hoppla, 'tschuldigung« sagte und seinen Kopf zurückriß, stieß er mit Wucht gegen die Instrumentenkonsole.

Yoshiko lachte und sagte: »Machen Sie sich keine Gedanken darüber. Bis das hier vorüber ist, werden wir uns alle ziemlich gut kennengelernt haben.«

Rick warf Tessa einen Blick zu, da er sie ja schon auf der Erde mehr als gut kennengelernt hatte, und sah, daß sie grinste.

»Träum weiter, Rick«, sagte sie. »Hier ist noch nicht einmal genug Platz zum Nasebohren.«

Yoshiko errötete, und Rick schloß sich ihr an. »Daran habe ich gar nicht gedacht!« beteuerte er schnell.

»Natürlich nicht. Paß auf dich auf, Yo. Der ist unersättlich. Nur gut, daß die Checkliste ihn so sehr auslasten wird, daß er nicht viel Zeit hat, uns zu begrabschen.«

Yoshiko lachte nervös. Rick sah ein, daß Tessa ihn eiskalt erwischt hatte. Er konnte nichts mehr zu seiner Ehrenrettung sagen.

Glücklicherweise hatte Tessa mit ihrer Einschätzung der Checkliste recht gehabt. Nachdem sie die Raumanzüge verstaut hatten, mußten Sie die Apollo von der Raumfähre weg bewegen, die sich selbst allerdings auch schon von ihnen entfernte. Dann mußten sie das Schiff drehen, damit die Zündung sie auch wirklich in Richtung Mond beschleunigte, wobei sie die ganze Zeit dafür sorgen mußten, daß die gesamte elektronische und mechanische Ausrüstung funktionierte.

Nur eine halbe Erdumdrehung später waren alle Regler im grünen Bereich, und sie warteten nervös das Verstreichen der letzten Minuten ab. Der Antrieb war startbereit, der Steuerungscomputer war in Betrieb, und Kaliningrad hatte die genaue Startzeit und die Zündungsdauer berechnet, falls sie den Start doch manuell auslösen mußten. Als Rick mit dem Finger am Startknopf über dem linken Sitz schwebte, sagte Tessa: »Hey, wir haben das Schiff noch gar nicht getauft. Wir können doch nicht in einem namenlosen Raumschiff zum Mond fliegen!«

»Nein, das würde Unglück bringen«, stimmte Yoshiko zu.

Sie sahen beide Rick an, der mit den Schultern zuckte und sagte: »Also, ich weiß nicht. Da hatte ich mir noch gar keine Gedanken drüber gemacht. Wie wär's mit ›Das Gespenst‹ oder ›Der Spuk‹?«

Tessa schüttelte den Kopf. »Nein, das vermittelt die falsche Botschaft. Wir brauchen etwas Positives, Hoffnungsvolles. Wie ›Zweite Chance‹ oder ... oder ...«

»Jawohl, das ist es. Hoffnung«, sagte Yoshiko. Dann sah sie Rick an und fügte hinzu: »Oder ›Der Geist der Hoffnung‹, wenn du's unbedingt gespenstisch haben willst.«

Rick nickte. »Also, mir gefällt's.«

»Mir auch.« Tessa leckte an ihrem Zeigefinger, berührte den vordersten Teil der Kapsel, den sie erreichen konnte, und sagte: »Ich taufe dich auf den Namen *Der Geist der Hoffnung*.«

Gregor meldete sich wieder über Funk. »Sehr gut, *Geist der Hoffnung*. Halten Sie sich bereit für den Einschuß in die Flugbahn zum Mond in dreißig Sekunden.«

Das primitive ›Bereit ja/nein?‹-Display leuchtete auf. Das war ihre letzte Gelegenheit, abzubrechen. Rick zögerte fast gar nicht, als er den ›Ja‹-Knopf betätigte. Für ihn gab es schon kein Zurück mehr.

Die drei Astronauten behielten die Kontrollen im Blick und achteten auf Anzeichen von Ärger, während Gregor den Countdown sprach. Die Sekunden schienen sich wie Gummi zu ziehen, bis Gregor endlich ›Jetzt!‹ rief, und wie aufs Stichwort der Antrieb der dritten Stufe zum letzten Mal automatisch zündete, und sie mit knapp über Normalschwerkraft in die Sitze drückte. Rick ließ seine Hand von der manuellen Steuerung zurück auf die Armlehne fallen.

Ein sanftes Grollen ertönte in der Kabine. Die Beschleunigung verlief außerhalb der Atmosphäre sehr viel reibungsloser. Rick schaute aus dem seitlichen Fenster die Erde an, doch der Druck durch die Beschleunigung trübte seinen Blick, so daß er nur einen blauweißen Klecks sehen konnte.

Die Beschleunigungsphase dauerte über fünf Minuten, in denen der Antrieb sie von siebenundzwanzigtausend Stundenkilometern auf über vierzigtausend brachte, genug, um sie der Anziehungskraft der Erde zu entreißen. Gegen Ende bemühte sich Rick, seine Hand in Richtung des Abschaltknopfs zu zwingen, falls der Antrieb nicht rechtzeitig aufhören würde, aber Gregors ›Jetzt!‹ und die plötzliche Stille kamen gleichzeitig. Ricks Hand machte einen Ruck nach vorn und drückte den Knopf überflüssigerweise trotzdem. Sie glitten jetzt dahin, geradewegs zum Mond.

Sie begannen mit ihren Erkundungen, sobald sie sich von ihren Sitzen losgeschnallt hatten. Bis sie den Mond erreichen würden, hatten sie drei Tage Zeit, um jede Ecke und Kante der winzigen Kapsel zu erforschen. Jeder Kubikzentimeter schien mit irgendwas gefüllt zu sein, und man konnte nur herausfinden, worum es sich handelte, indem man es herausnahm, auspackte, untersuchte und wieder zurückstellte. Es war nicht genug Platz, um irgend etwas nicht zurückzustellen. Es war kaum genug Platz, um sie alle drei gleichzeitig herumstöbern zu lassen.

Yoshiko hatte recht gehabt: nach der ersten halben Stunde machte es ihnen nichts mehr aus, wenn sie aneinander stießen. Tatsächlich machte der Versuch, es zu vermeiden, ihnen die gegenseitige Nähe nur noch bewußter. Also beachteten sie die erzwungene Intimität einfach gar nicht und machten sich an die Arbeit. Die Füße, Ellbogen und anderen Körperteile, die ihnen gelegentlich in die Quere kamen, schoben sie einfach sanft beiseite. Wenigstens wirkten ihre Kühlanzüge halbwegs züchtig, mehr konnten sie unter diesen Bedingungen wohl nicht verlangen.

Es machte Rick nichts aus, mit Tessa zusammenzustoßen, und ihr auch nicht. Die beiden grinsten wie Jungverheiratete, und die Luft zwischen ihnen knisterte, als ob sie elektrisch aufgeladen wäre. Sie küßten sich einmal, als Yoshiko gerade in der Ausrüstungsbucht beschäftigt war. Ihre Lippen berührten sich nur kurz, aber Rick spürte trotzdem Schauer seinen Rükken herunterkriechen. Das hier war besser, als ein Shuttle-Flug jemals hätte sein können.

Mit gewissen Ausnahmen, versteht sich. Ricks Überzeugung wankte, als Yoshiko das Essen gefunden hatte: Vakuumversiegelte Plastiktüten mit kleinen Ziehharmonikaröhrchen, durch die zunächst Wasser hineingedrückt wurde, um das Essen zu rehydrieren, und durch die der entstandene Brei dann in die Astronautenmünder gequetscht wurde. Rick und Tessa lachten über Yoshikos ungläubigen Gesichtsausdruck, als sie das Prinzip verstanden hatte. »Wie Zahnpasta?« fragte sie. Rick, der im Herbst '69 die freiverkäufliche Version dieses Leckerbissens auf seinem Schulhof gegessen hatte, sagte lachend: »Ja. Schmeckt auch so ähnlich.«

»Es wird uns am Leben halten«, sagte Tessa. »Darauf kommt's an. Ich werde wahrscheinlich so oder so nichts schmecken.«

Sie spielte mit etwas herum, das sie in einem der Spinde gefunden hatte. Plötzlich lachte sie und sagte: »Lächeln!«, und Rick und Yoshiko sahen, daß sie eine Fernsehkamera auf sie richtete. »Hey, Gregor, empfangen Sie ein Bild?« fragte sie, wobei sie abwechselnd Rick und Yoshiko ins Bild nahm.

»*Ja*, tu ich«, sagte Gregor. »Sehr guter Empfang.«

»Klasse!« Tessa schwenkte langsam durch die Kabine, dann ging sie zum Fenster und filmte die Erde, die schon viel kleiner hinter ihnen aussah.

»Wunderbar!« sagte Gregor. »Wir nehmen alles auf Band auf, aber wenn Sie ein paar Minuten warten können, bringen wir sie live ins russische Fernsehen.«

»Im Ernst?« fragte Tessa und richtete die Kamera wieder nach innen.

»Im vollen Ernst. Wir arbeiten gerade noch daran. Im Großteil Rußlands ist es mitten in der Nacht. Was macht es schon, wenn wir ein paar alte Gruselfilme unterbrechen? Das hier ist doch viel interessanter.«

»O Mann! Hört ihr das, Houston? Die Russen sehen uns live im Fernsehen!«

Die Leitstelle hatte keinen Ton mehr von sich gegeben, seitdem sie die Erdumlaufbahn verlassen hatten, aber jetzt sagte Laura Turner »Wir hören Sie, äh… *Hoffnung*. Wir empfangen Ihr Signal auch. Hallo, Rick. Hallo Yoshiko.«

»Hallo!« Rick und Yo winkten in die Kamera. Sie hörten irgendeinen Lärm im Hintergrund, aber ob der aus Houston oder aus Kaliningrad kam, konnten sie nicht ausmachen.

»Ich wüßte zu gerne, ob das in Japan auch irgend jemand empfängt«, sagte Yoshiko.

Ein paar Sekunden später erteilte eine weitere unbekannte Stimme ihr die Antwort. »Ja, das tun wir. Hier spricht Tomiichi Amakawa vom Tanegashima Raumfahrtzentrum. Ich bitte um Erlaubnis, am Funkverkehr teilzunehmen.«

»Erteilt«, sagte Gregor. »Und herzlich willkommen zur Party.«

»Vielen Dank. Auch wir arbeiten daran, Ihr Signal zu senden. Und Yoshiko, ich habe eine Botschaft für Sie von Ihren Kollegen von der Universität. Sie sind Ihnen sehr böse, weil Sie Ihr Observatorium zurückgelassen haben und sie wünschen Ihnen außerdem viel Glück.«

Sie grinste. »Teilen Sie ihnen meine Entschuldigung mit, und meinen Dank. Und sagen Sie ihnen, wenn einer von ihnen sich anders entschieden hätte als ich, dann hätten sie Herzen aus Stein.«

»Ha! Sie beneiden Sie. Das tun wir alle.«

»Nur zu Recht. Es ist ein unglaubliches Erlebnis.«

Gregor meldete sich zu Wort. »Wir sind soweit. Vielleicht sollten Sie ein paar einführende Worte sprechen, damit die Zuschauer verstehen, warum sie auf einmal Bilder aus dem All sehen.«

»Gewiß«, sagte Tessa. Sie richtete die Kamera auf Rick. »Hau rein, Rick. Du kennst dich mit der Sache noch am besten aus.«

Rick mußte plötzlich nervös schlucken. Ganz Rußland und Japan sahen zu. Und Gott weiß wer sonst noch. Jeder mit einer Satellitenschüssel und dem richtigen Receiver konnte sie empfangen. Er strich sein Haar glatt und leckte sich hektisch über die Lippen. »Äh, klar. Na ja, gut, hallo. Ich bin Rick Spencer, Astronaut aus Amerika. Das ist Yoshiko Sugano aus Japan, und die Frau an der Kamera heißt Tessa McClain, ebenfalls aus Amerika.« Tessa drehte die Kamera herum, ließ sie frei schweben und gesellte sich zu den beiden anderen. Sie winkte, während sie immer weiter zur Seite abdriftete, bis sie mit dem Kopf gegen einen der Sitze stieß. Die drei Astronauten mußten lachen, und Rick wurde etwas lockerer. Als Tessa die Kamera wieder hielt, sagte er: »Wie Sie sicherlich mittlerweile wissen, wird die NASA seit drei Monaten von Geistern heimgesucht. Geisterhaften Apollo-Raketen, genau gesagt. Wir haben uns schließlich entschieden, auszuprobieren, ob man mit den Dingern in eine Umlaufbahn mitfliegen kann. Als mir das gelungen war, sind Tessa und Yoshiko von der Discovery aus an Bord gekommen, und soweit sind wir erst mal.« Er erwähnte nicht, daß sie sich Befehlen widersetzten. Das sollten die von der NASA ruhig selbst sagen, wenn sie wollten. Wenn sie es jetzt versuchen würden, sähen sie wie die großen Spielverderber aus.

Rick fuhr fort. »Trotz seiner rätselhaften Herkunft verhält es sich genauso wie ein normales Apollo-Raumschiff. Es ist genauso stabil wie das Original.« Er klopfte auf eine der wenigen freien Stellen auf der Wand. »Und, wie sie sehen, ist es genauso eng. Trotzdem wurde eine unglaubliche Menge Kram in dieser vier Meter breiten Röhre untergebracht. Schauen wir uns mal einen Teil davon an.« Mit dieser Einleitung führte er die Kamera durch die Kommandokapsel, erklärte einige der Steuerungselemente und die wenigen Annehmlichkeiten, die ihnen zur Verfügung standen, so die Fäkalientüten, zu denen er bemerkte: »Sie sind zwar primitiv, geben aber garantiert nicht im falschen Augenblick den Geist auf. Ganz im Gegensatz zu den Space-Shuttle-Toiletten.« Er zeigte wieder auf die Instrumentenkonsole mit ihren Hunderten von Schaltern, Knöpfen und Hebeln und sagte: »Und das wäre auch das ganze Apollo-Konzept im groben: Nichts Luxuriöses, aber es erfüllt seinen Zweck. Und so Gott will, oder wer sonst hinter dieser Aktion stecken mag, wird es seinen Zweck auch dieses Mal wieder erfüllen.«

Tessa filmte die Instrumentenkonsole, bis Gregor sagte: »Vielen Dank, Rick. Wir blättern hier unten gerade im Handbuch. Es wäre jetzt an der Zeit, an die Mondfähre anzukoppeln und sie aus der dritten Stufe zu ziehen. Sind Sie bereit?«

Rick fragte sich, welches Handbuch sie wohl herangezogen hatten. Wahrscheinlich eine Ausgabe von Buzz Aldrins *Men from Earth*, oder eins der später veröffentlichten Bücher zum fünfundzwanzigjährigen Jubiläum der ersten Mondlandung. Es war genausogut möglich, daß ihnen Kopien der Originalunterlagen der damaligen Flüge zur Verfügung standen. Die Russen hatten in den Sechzigern sehr tüchtige Spione gehabt.

Aber das tat nichts zur Sache. Sie mußten dringend an die Mondfähre andocken. Rick sah Yoshiko an. »Wie wär's?« fragte er. »Ich habe ein bißchen mit den Stabilisierungsdüsen im Simulator geübt, aber du bist hier die Expertin für Kopplungsmanöver. Möchtest du's probieren?«

Sie schluckte, als ihr klar wurde, daß dies die erste Gelegenheit für sie war, sich zu beweisen – oder zu blamieren. »Ja, sicher«, sagte sie trotzdem und nickte. Dann zog sie sich auf den Pilotensitz herab.

Rick und Tessa schnallten sich in den anderen Sitzen an. Unter Gregors Anweisungen sprengten sie die Bolzen ab, die die Kommandokapsel mit der dritten Stufe verbunden hatten. Damit gaben Sie den Blick auf die Mondfähre frei, die die ganze Zeit direkt unter ihnen mitgereist war. Yoshiko probierte ein paar Minuten lang die Handsteuerung aus, um ein Gefühl für die Stabilisierungdüsen zu entwickeln. Tessa, die den ganzen Vorgang filmte, zeigte den Leuten zu Hause die unansehnliche, kantige Mondfähre, die auf dem ausgebrannten Triebwerk der dritten Stufe saß, und Yoshiko, die angestrengt aus dem kleinen Fenster starrte, als sie versuchte, die Kontrollkapsel um 180 Grad zu drehen, um das zum Andocken richtige Ende vor die Luke der Mondfähre zu bringen. Sanftes Anschieben mit den Vorwärtsdüsen brachte sie mit wenigen Metern pro Sekunde näher, wobei sie leicht zur Seite abdrifteten, was Yo mit Hilfe der Steuerungsdüsen ausglich. Schließlich verfehlten sie ihr Ziel nur um wenige Zentimeter, aber die für diesen Fall vorgesehenen Leitstangen erfüllten ihren Zweck einwandfrei. Mit einem sanften Ruck zur Seite und dem klaren

Scheppern von Stahl auf Stahl trafen sich die beiden Schiffe.

»Verschlüsse sind zu«, meldete Rick, als die Anzeige aufleuchtete. Er drückte Yoshiko die Hand. »Das war großartig«, sagte er. »Kaliningrad, wir haben's geschafft.«

Yoshiko seufzte und schloß zum ersten Mal seit Minuten die Augen. Über Funk gratulierte Gregor. »Herzlichen Glückwunsch. Und vielen Dank für die Live-Übertragung. Millionen von Menschen in Rußland und großen Teilen Europas schauen Ihnen über die Schulter.«

»Und in Japan«, sagte Tomiichi Amakawa.

Tessa pfiff leise. »Donnerwetter. Die Leute schauen bei einer Weltraummission zu. Fast wie in der guten, alten Zeit, was?«

»Ist lange her«, erwiderte Yoshiko. »Es gibt eine ganze Generation, die keine Mondlandung mehr miterlebt hat. Es ist wieder echtes Interesse vorhanden.«

Rick schaute aus dem Fenster auf einen der Landefüße der Mondfähre, der ihm den Blick auf die Erde teilweise versperrte. Die Leute zeigten wieder Interesse? Nach Jahren von Shuttle-Flügen und Astronauten, die wissenschaftliche Vorführungen filmten? Da diese allerdings nur im Telekolleg gesendet wurden, wenn ihnen die Koch- und Bastelsendungen knapp wurden, war das schwer zu glauben. Aber es war offensichtlich wahr. Zumindest für den Augenblick wendete die ganze Welt ihren Blick wieder den Sternen zu.

Die Erde schien heller, schärfer zu werden, während er sie beobachtete. Rick blinzelte, dann zuckte er zusammen, als Tessa in sein Ohr schrie.

Rick riß den Kopf herum. Sie zeigte auf die Instrumentenkonsole. »Es verschwindet!« rief sie.

Und tatsächlich war das ganze Schiff leicht durchsichtig geworden. Die Erde konnte auch ohne Fenster gesehen werden. Es erinnerte an stark getöntes Glas, bei dem man zuschauen konnte, wie es heller wurde.

»Ach du Scheiße«, flüsterte Rick. Sein Herz hämmerte plötzlich in seiner Brust. Sie hatten noch keine Luft verloren, aber wenn das Schiff weiter verschwinden würde …

»Raumanzüge!« rief Yoshiko und zog einen davon hinter den Sitzen hervor.

»*Hoffnung*, was passiert da?« fragte Gregor mit angespannter Stimme.

»Wir haben …«, setzte Rick an, bevor seine Stimme versagte. »Kaliningrad, wir haben ein Problem.« Er half Yoshiko in ihren Anzug, aber ihm war klar, daß sie es so oder so nicht überleben würden, wenn das Schiff gänzlich verschwände. Mit nichts als ihren Raumanzügen konnten sie maximal sieben Stunden überleben, bevor ihnen die Luft ausgehen würde.

»Was für ein Problem?« fragte Gregor.

»Das Schiff verschwindet«, antwortete Rick, während er das Unterteil von Yoshikos Anzug festhielt, damit sie ihre Füße hineinstecken konnte.

»Können Sie es bei den übertragenen Bildern auch sehen?« fragte Tessa und richtete die Kamera auf die durch die Wand der Kapsel scheinende Erde. Sie atmete schwer, hatte sich aber ansonsten nach ihrem ersten Aufschrei wieder unter Kontrolle.

»Jawohl«, antwortete Gregor.

»Verdammt. Es passiert also wirklich.«

Rick fiel es schwerer als Tessa, seine Angst zu unterdrücken, aber ein plötzlicher Gedanke ließ ihn seine eigene Situation kurz vergessen. »Schalt die Kamera ab«, sagte er.

»Warum?«

»Denk an die *Challenger*.«

»Oh.« Tessa beendete die Übertragung. Sie wußte genau, worauf er hinaus wollte. Das wirklich Katastrophale an dem *Challenger*-Unglück, was die Raumfahrt an sich angeht, war nicht, daß sie explodiert ist – sondern daß Millionen von Menschen die Explosion gesehen haben. Die NASA hatte sich nie vollständig davon erholt. Wenn die ganze Welt mit anschauen würde, wie die *Geist der Hoffnung* ihre Besatzung umbrachte, dann würde dies auch das von ihnen neu erweckte Interesse an der Raumfahrt wieder zerstören.

»Es ist zu spät«, sagte Tessa. »Sie wissen schon, was uns umgebracht hat.«

Aber noch während sie diese düsteren Worte sprach, wurden die Wände wieder deutlicher. Yoshiko hörte auf, sich in ihren Anzug hineinzukämpfen, und Rick starrte einfach nur die Stahlwände an, die ihn wieder umgaben.

»*Hoffnung*, was ist ihr Status?« fragte Gregor.

»Es ist zurück«, sagte Rick. »Das Schiff ist wieder fest.«

»Was ist passiert? Haben Sie irgendeine Ahnung, was es ausgelöst haben könnte?«

»Negativ. Es ist einfach so verblaßt. Dann war es wieder voll da.«

»Haben Sie irgend etwas getan, was es beeinflußt haben könnte?«

Rick schaute Tessa an, dann Yoshiko. Die beiden Frauen schüttelten den Kopf. »Schwer zu sagen«, meinte Rick. »Wir haben geschrien. Wir haben versucht, unsere Raumanzüge anzuziehen. Tessa hat die Kamera abgeschaltet.«

»Uns allen wurde klar, daß wir sterben würden«, fügte Tessa hinzu. Als Rick sie finster anschaute, sagte sie: »Na ja, wir haben's hier mit Geistern zu tun. Vielleicht ist es wichtig.«

»Kann sein«, gab Rick zu.

»Liegen denn momentan irgendwelche anormalen Meßwerte vor?« fragte Gregor.

Rick überprüfte die Anzeigen auf einen Hinweis, aber den gab es nicht. Kein Druckverlust, kein Energierückgang, gar nichts. »Negativ, Kaliningrad«, sagte er. »Den Anzeigen zufolge ist alles okay.«

Gregor lachte gezwungen und rauh. »So langsam bereue ich meine übereilte Entscheidung, diese Mission zu leiten. Aber keine Bange! Ich werde Sie nicht im Stich lassen. Trotzdem ist das sehr bedenklich. Soll ich mich an Ingenieure wenden oder an ein Medium?«

»Warum versuchen Sie nicht beides?« fragte Rick.

Gregor schwieg einen Moment. »Ja, natürlich«, sagte er dann. »Sie haben recht. Wir machen uns sofort an die Arbeit.«

Die Astronauten saßen eine Zeitlang still, um ihrem Atem und ihrem Herzschlag Zeit zu geben, sich wieder zu normalisieren. Rick sah seine beiden Begleiterinnen an: Yoshiko halb in ihrem Raumanzug, Tessa hielt die Kamera, als ob diese eine tickende Bombe sei, die jeden Moment hochgehen könnte. Yoshiko berührte die Instrumentenkonsole, um sich zu vergewissern, daß sie wieder fest war, dann erhöhte sie die Innentemperatur. »Mir ist kalt«, erklärte sie.

Rick kicherte. »Das wundert mich nicht. Geister machen es angeblich immer kälter.«

Tessa sah ihn scharf an.

»Wie bitte?«

»Ich hab' nur laut gedacht. Geister lassen Menschen erschauern. Sie wiederholen sich. Was tun sie sonst noch? Wenn wir uns die Regeln klar machen, bleibt uns das Schiff vielleicht erhalten, bis wir wieder zu Hause sind.«

Vielleicht war es nur die Erleichterung nach der erlittenen Todesangst, aber der Blick in Tessas Augen erregte ihn irgendwie. Trotzdem versuchte Rick, sich auf das zu konzentrieren, was sie sagte. Sie mußten wirklich die Regeln verstehen. »Manchmal«, sagte er, »geben sie heulende Geräusche von sich.«

Tessa nickte. »Und sie schleimen alles voll.«

Rick strich über die Kante seines Sitzes. Blankes Metall und rauher Nylonbezug. »Ich glaube nicht, daß wir es mit dieser Art von Geist zu tun haben.«

»Sagt man nicht«, fragte Yoshiko, »daß Geister entstehen, wenn ein Schicksal unerfüllt bleibt?«

»Ja«, sagte Rick. »Ich denke, in diesem Fall ist auch klar, wessen Schicksal.«

»Du meinst wohl Neil Armstrong?«

»Wen sonst?«

»Ich weiß nicht«, erwiderte Yoshiko. »Armstrong wäre unlogisch. Er hat es schon bis zum Mond geschafft. Wenn das hier sein unerfülltes Schicksal wäre, dann säßen wir jetzt in einer Marsrakete, einer Raumstation oder so.«

»Nicht dumm«, sagte Tessa. »Aber wenn es nicht Armstrongs Geist ist, wessen dann?«

Rick schnaufte. »Die NASA hat ihren Anspruch schon geltend gemacht. Vielleicht ist die Organisation wirklich tot, und wir wissen es nur noch nicht.«

»Hat uns der Kongreß etwa schon wieder die Zuschüsse gekürzt?« scherzte Tessa.

Rick lachte, aber Yoshiko schüttelte energisch den Kopf. »Nein, nein. Ich glaube, das ist es wirklich.«

»Wie bitte? Es ist der Geist der NASA?«

»Ja. Was, wenn es der Geist eures gesamten Raumfahrtprogramms ist? Als Neil Armstrong gestorben ist, sind die Träume unzähliger Weltraumfans in ganz Amerika mit ihm gestorben. Vielleicht sogar in der ganzen Welt. Es hat sie daran erinnert, daß Ihr einmal zum Mond geflogen seid und es jetzt nicht mehr könnt. Vielleicht haben die unerfüllten Träume all dieser Menschen dieses Raumschiff erschaffen.«

Rick schaute durch das kleine, dreieckige Fenster

wieder die Erde an. War es möglich, daß er in einem globalen Wunschtraum unterwegs war? »Nein«, sagte er. »Das kann nicht sein. Geister sind individuelle Erscheinungen. Mordopfer. Leute, die sich in Unwettern verirrt haben.«

»Schiffskatastrophen«, sagte Tessa. »Sie können auch als Gruppe erscheinen.«

»Na gut«, sagte Rick. »Aber sie brauchen einen Ausgangspunkt. Einen Beobachter. Sie treten nicht einfach so von selber auf.«

Tessas schob sich die Haare aus dem Gesicht. »Woher weißt du das? Wenn im Wald ein Geist heult, und niemand ist da, um ihn zu hören …«

»Ja, ja. Aber aus irgendeinem Grund ist das Schiff gerade fast verschwunden und dann wieder aufgetaucht. Das sieht mir nach dem Willen eines einzelnen aus, nicht nach einem unbestimmten Gruppenphänomen.«

Yoshiko nickte energisch. »Was ist?« fragte Rick sie.

»Ich glaube, du hast recht. Und dann weiß ich auch, wessen Geist es ist.«

»Und?«

»Es ist deiner.«

Rick, der jeden anderen erwartet hätte, lachte. »Meiner?«

»Ja, deiner. Du leitest den Flug, es ist nur logisch, daß du auch seine, sagen wir mal, eher spirituellen Aspekte kontrollierst.«

Die beiden Frauen schauten ihn abschätzend an. Eben noch hatte Rick Tessas Eindringlichkeit attraktiv gefunden, jetzt schien derselbe Blick etwas Anklagendes zu haben. »Das ist doch lächerlich«, sagte er. »Ich habe keinerlei Kontrolle über dieses Schiff. Abgesehen vom Üblichen«, fügte er hinzu, bevor ihm eine der Frauen zuvorkam. »Außerdem war bei den anderen beiden Starts gar niemand an Bord. Und beim zweiten war ich noch nicht einmal dabei.«

»Nein, aber beim ersten, am Tag nach Neils Beerdigung«, sagte Tessa. »Und du warst gerade von deinem Shuttle-Flug zurückgekommen und warst wegen der ganzen Pannen deprimiert, als es zum zweiten Mal passiert ist. Wenn irgend jemand davon überzeugt war, daß das Raumfahrtprogramm tot ist, dann warst du das.«

Rick hielt sich am oberen Haltegriff der Instrumentenkonsole fest. »Willst du etwa sagen, daß ich der kollektiven Frustration aller Star Trek-Fans und aller vierzehnjährigen Möchtegern-Astronauten Gestalt gebe?«

»Vielleicht. Woran hast du eben gedacht?«

»Als es fast verschwunden wäre? Ich habe darüber nachgedacht ...« Rick runzelte bei dem Versuch, sich zu erinnern, die Stirn. »Ich dachte, wie schön es ist, daß sich die Leute wieder für die Raumfahrt interessieren.«

»Siehst du?«

»Gar nichts sehe ich«, sagte Rick verärgert. »Was hat das denn mit irgend etwas zu tun?«

»Es ist eine perfekte Korrelation. Als du dachtest, daß es allen egal ist, ob die Erforschung des Weltalls aufgegeben wird oder nicht, hast du deine eigene Apollo bekommen. Und als du dachtest, daß die Welt doch wieder zu den Sternen fliegen will, ist sie fast verschwunden.«

»Und als du dachtest, unser Tod würde das wiedergefundene Interesse wieder verschwinden lassen«, fügte Yoshiko hinzu, »ist sie wiedergekommen.«

Rick schwirrte der Kopf bei dem Gedanken, daß er für all das verantwortlich sein könnte. So wie Tessa und Yoshiko es darstellten, klang es alles sehr logisch, aber er konnte es einfach nicht glauben. »Kommt schon«, sagte er. »Das ist ein *Raumschiff*, kein verschwommener Schatten im Nebel. Es hat Nieten und Schalter ... und, na ja, Teile!« Er deutete auf die Wände, die sie umgaben.

»Na und?« erwiderte Tessa. »Daß es ein Geist ist, wissen wir schon. Darum geht es doch gar nicht. Es geht darum, ob du dahinter steckst.«

»Tu ich nicht«, sagte Rick.

»Nein? Das glaube ich aber doch. Und es ist gar nicht schwer, das herauszufinden. Laß es uns überprüfen.«

Ricks Herz setzte kurz aus. Alle Gefühle, die er eben noch für Tessa empfunden hatte, wurden von einer unvernünftigen Panik überlagert. Geisterhafte Geräte waren eine Sache, damit konnte er sich abfinden, auch wenn er es nicht verstand. Aber die Vorstellung, daß er eine Art unterbewußte Kontrolle darüber ausübte, bereitete ihm eine Heidenangst. »Lassen wir das lieber, ja?« sagte er.

Tessa zog sich näher zu ihm hin. »Du hast selber gesagt, daß wir die Regeln herausbekommen müssen, wenn wir verhindern wollen, daß es noch einmal verschwindet. Wir haben jetzt eine Theorie, dann sollten wir sie auch mit einem Experiment überprüfen.«

Rick sah wieder aus dem Fenster. Rundherum nur schwarzes All, keine Sterne, und die Erde wurde auch merklich kleiner. Dieser Anblick ließ ihn erschauern. Zum ersten Mal seit dem Start wurde ihm bewußt, wie weit sie wirklich von jeglicher Hilfe entfernt waren. Egal, ob er für die Erscheinung verantwortlich war oder nicht, für drei Menschenleben war er jetzt auf jeden Fall verantwortlich. Und vielleicht auch noch für ein paar Träume unten auf der Erde. Er wandte sich wieder den beiden anderen zu und sagte: »Wir haben auch ohne verrückte Experimente schon genug zu tun. Wir müssen das Schiff zum Rotieren bringen, damit die Sonnenseite nicht zu heiß wird. Wir müssen uns um die Navigation kümmern, die Mondfähre testen und so weiter. Stimmt's, Kaliningrad?«

»Ja«, sagte Gregor. »Die Temperatur der Backbordseite steigt. Außerdem …« Stimmen, die das Mikrofon gerade nicht mehr erfaßte, ließen ihn unterbrechen. »Unsere Ingenieure stimmen mit Ihrer Theorie überein«, sagte er dann, »aber raten davon ab, sie zu diesem Zeitpunkt zu überprüfen.«

»Ihre *Ingenieure* sagen das?« fragte Tessa.

»Das ist korrekt.«

»Sie machen sich über uns lustig.«

»*Njet*. Ich …« Mehr Stimmen, dann sagte Gregor: »Ich kann Ihnen noch nichts Genaueres sagen. Aber bitte, lassen Sie uns die Theorie noch etwas überdenken, bevor Sie etwas … Ungewöhnliches unternehmen.«

Rick nickte und zog sich wieder auf seinen Sitz hinab. Offensichtlich verbarg Gregor etwas, aber ob es Informationen oder Unwissenheit waren, wußte er nicht. Er jedenfalls war aus dem Schneider. »Ich stimme voll und ganz zu«, sagte er. »Gut, dann an die Arbeit. Wir fangen mit dem Rollmanöver an, also schnallt euch an.«

Tessa schien ihm widersprechen zu wollen, aber schließlich packte sie die Kamera weg und schnallte sich auch an. Yoshiko schüttelte lächelnd den Kopf. »Du hast nur Angst vor der Wahrheit«, sagte sie, schnallte sich dann aber ebenso an.

Rick wußte, daß sie recht hatte. Er dachte über Yoshikos und Tessas Worte nach, als sie sich bemühten, dem Schiff eine Drehbewegung zu verleihen. Wenn tatsächlich ein einzelner Mensch für die Apollo-Erscheinungen verantwortlich war, dann konnte das natürlich genausogut er sein. Aber es war nicht seine Angst vor unüberlegten Experimenten, die es ihm unmöglich machte, die Sache wirklich zu glauben. Er *fühlte* sich für nichts verantwortlich; ganz sicher nicht für das Verblassen des Schiffs, das sie gerade miterlebt hatten.

Sein eigenes Leben war schließlich auch in Gefahr, und er hatte keinerlei Todeswunsch.

Darüber war er sich plötzlich nicht mehr so sicher, als sie die Checkliste durchgingen. Wäre er hier, wenn er so sehr am Leben hängen würde? So viel konnte schief gehen, fast alles davon mit tödlichem Ausgang. Selbst die alltäglichsten Handgriffe waren nicht ganz ungefährlich. Als sie zum Beispiel die dritte Stufe unter der Mondfähre weggesprengt hatten, war die lange Röhre ihnen bedrohlich nah gekommen, war treibstoffverspritzend auf sie zu gewirbelt. Sie mußten zweimal die Stabilisierungsdüsen einsetzen, um ihr auszuweichen. Die ›Grillspieß-Rolle‹ gelang ihnen ohne Zwischenfall, und die Außentemperatur des Schiffes egalisierte sich. Als Rick sich aber von seinen Gurten befreite und sich zu den Navigationsinstrumenten bewegte, stellte er fest, daß ihre vielen Manöver sie vom Kurs abgebracht hatten.

»Wir scheinen mehr auf einer polaren Flugbahn zu sein als auf einer äquatorialen«, meldete er Kaliningrad, nachdem er die Geräte an einem Fixstern und einem Kennzeichen auf der Mondoberfläche ausgerichtet und der Computer ihre Position berechnet hatte. Ein polarer Kurs war ungünstig, Landung und Wiederankopplung würden sehr viel einfacher sein, wenn sie näher am Äquator des Mondes bleiben würden. Dadurch würde die Raumkapsel bei jeder Mondumdrehung einmal über dem Landeplatz vorbeikommen, und sie hätten alle zwei Stunden die Gelegenheit zum Start, ohne treibstoffverschwendende Standortänderungen vorzunehmen.

»*Da,* unser Radar bestätigt Ihre Messungen«, sagte Gregor. »Warten Sie einen Moment, dann berechnen wir eine Kurskorrektur für Sie.«

»Roger.« Rick schnallte sich wieder an, und mit einem kurzen Stoß einer der Düsen der Mondfähre brachten sie sich wieder auf Kurs. Das beruhigte auch zusätzlich ihre Nerven, denn der Antrieb der Mondfähre war das letzte Glied in der Kette mechanischer und elektronischer Hilfsmittel, die sie bis hierhin gebracht hatten. Wenn dieser Antrieb nicht gezündet hätte, hätten sie nicht in eine Mondumlaufbahn einbiegen können, noch hätten sie die nötigen Kurskorrekturen für die Art von Notrückkehr einleiten können, die die Besatzung von Apollo 13 gerettet hatte.

Nach der Korrektur mußten sie die Mondfähre überprüfen. Yoshiko hielt Tessa an den Füßen fest, damit diese die Luke zwischen den beiden Raumschiffen öffnen und den Andockmechanismus entfernen konnte, so daß sie durch den Tunnel paßten. Rick brachte das Gerät in der Ausrüstungsbucht unter und folgte den Frauen in die Mondfähre, aber in dieser war noch weniger Platz als in der Raumkapsel, also blieb er im Tunnel. Er fühlte sich ein wenig desorientiert, da er von oben auf die rechteckige Instrumentenkonsole und die Steuerung blickte. Der Startantrieb, ein großer Zylinder zwischen den Stehplätzen für Piloten und Kopiloten, erinnerte an den Motor eines alten Lastwagens, der zwischen Fahrer- und Beifahrersitz hervorragte.

»Sitzt man darauf bei der Landung?« fragte Yoshiko.

Tessa lachte. »Nein, man fliegt im Stehen und ist am Boden angebunden.«

»Im Ernst?«

»Jawoll.«

Yoshiko betrachtete die spärliche Einrichtung. Um Gewicht zu sparen, hatte man auf alles nicht dringend Notwendige verzichtet, eingeschlossen Schalterabdekkungen und Kabelschächte. Kabelstränge waren einfach zusammengebunden, Treibstoff und Sauerstoffleitungen verliefen offen an den Wänden, und der geringfügige Stauraum war nicht mit Metallklappen, sondern mit Nylonnetzen abgedeckt. Das ganze Schiff

wirkte zerbrechlich. Und das war es auch. Man hätte mit einem Schraubenzieher ein Loch in die Wand stechen können, wenn einem danach gewesen wäre. »Ich glaube, ich bin froh, daß Ihr beide diesen Vogel fliegen werdet« sagte Yoshiko.

Sie hatten bis jetzt noch gar nicht darüber gesprochen, wer in der Raumkapsel bleiben würde, wenn die beiden anderen zum Mond flogen. Obwohl Yoshiko mit ihren Andock-Künsten die logische Wahl für die Raumkapsel war, sagte Rick: »Bist du sicher? Ich war bereit, Strohhalme darum zu ziehen, wenn du gewollt hättest.«

Sie schüttelte den Kopf. »Nein. Das hier ist mir abenteuerlich genug. Und wer weiß, vielleicht inspirieren wir so viele Leute, daß ich noch mal eine Chance bekomme, selber zu landen, wenn mein Heimatland eine eigene Mission unternimmt.«

Rick fragte sich, wie eine japanische Mondfähre wohl aussehen würde. Wahrscheinlich ein ganzes Stück eleganter als die, in der er sich jetzt befand. Aber ehrlich gesagt würde jede Fähre besser aussehen, die mit modernen Materialien gebaut würde, egal woher sie kommt. Den Großteil der Ausrüstung – wie die Computer und Triebwerke – konnte man heute einfach von der Stange kaufen. Es wäre so viel einfacher, eine Mondfähre zu bauen als damals, wenn man nur wollte.

Und wer weiß, vielleicht würden Sie es ja wirklich wieder wollen.

»Da hast du bestimmt bessere Karten als wir«, sagte Tessa. »Rick und ich können von Glück sagen, wenn man uns nicht ins Gefängnis steckt, sobald wir – hey!«

Eine Sekunde lang hatte der Mond hell durch die Steuerungskonsole geschienen. Es war nur ein Aufflackern, so schnell vorbei, wie es gekommen war, aber es war wieder passiert.

»Es liegt wirklich an dir!« Tessa zeigte vorwurfsvoll auf Rick. »Du hast dir wieder positive Gedanken gemacht, oder?«

Ricks Schläfen pochten, und ihm brach der kalte Schweiß aus. »Das Gefängnis ist nun nicht gerade einer meiner Wunschträume«, sagte er.

»Nein, aber ich würde größere Summen darauf verwetten, daß du davor an etwas Positives gedacht hast.«

»Na gut, aber …«

»Kein aber. Jedesmal, wenn du denkst, daß wir mit unserem kleinen Kunststück der Raumfahrt wieder Leben einhauchen, beginnt das Schiff zu verschwinden. Und wenn du das nicht denkst, kommt es zurück. Gib's zu.«

Ein Anflug von Klaustrophobie überkam Rick in seinem engen Tunnel. »Im Leben nicht!« sagte er. »Es könnte Millionen anderer Faktoren geben, die hier eine Rolle spielen. Mein Optimismus und Pessimismus haben jedenfalls keinerlei Auswirkung auf das Schiff.«

»Das denke ich doch.«

Sie starrten sich eine Zeitlang an, dann meldete sich Gregor über Funk. »Tessas Theorie könnte stimmen. Unsere Studien deuten darauf hin, daß Geister häufig eng an Gefühlszustände gekoppelt sind.«

Rick und Tessa sahen sich sichtbar überrascht an. Die Russen hatten tatsächlich *Ergebnisse* erzielt? Unmöglich. »Das kaufe ich Ihnen nicht ab«, sagte Rick.

Der japanische Flugleiter, Tomiichi, war lange still gewesen. »Glauben Sie's lieber«, sagte er jetzt. »Die Russen sind nicht die einzigen, die sich mit diesem Thema befaßt haben.«

Jetzt auch noch die Japaner? Rick sah Yoshiko fragend an, aber die sagte nur: »Ich bin Astronomin, keine Parapsychologin.«

»Das bist du wirklich nicht«, murmelte Rick und wünschte sich, daß sie daran schon gedacht hätte, als sie mit Tessa zusammen derart abwegige Erklärungen für ihre Situation gesponnen hatte. Aber offensichtlich glaubte in Rußland, und vielleicht auch in Japan, jemand, daß die beiden die Sache erfaßt hatten. »Und wenn Sie recht haben, Kaliningrad?« fragte Rick. »Was sollen wir Ihrer Meinung nach dann machen?«

»Vergessen Sie niemals, daß Sie da draußen sterben können«, sagte Gregor. »Und wenn Tessa recht hat, sollten Sie sich gelegentlich vor Augen führen, daß Ihr Tod der bemannten Raumfahrt irreparablen Schaden zufügen würde.«

»Ich war es doch, der sie gebeten hat, die Kamera auszuschalten«, erinnerte Rick ihn. Zu Tessa sagte er: »Ich weiß, daß wir hier draußen in Gefahr sind.«

»Du mußt es *fühlen*«, sagte Tessa. »Darauf kommt es einem Geist an. Du mußt dir ständig klarmachen, daß das hier kein Kinderspiel ist.«

Rick erschauerte bei dem Gedanken, daß das Schiff wieder verschwinden könnte, diesmal vielleicht vollständig, und die drei Passagiere von der verpuffenden Luftblase auseinander getrieben würden. »Das wird kein Problem sein«, sagte er.

Es stellte sich doch als schwieriger heraus, als er gedacht hatte. Im Verlauf der nächsten beiden Tage ihrer Reise zum Mond verblaßte das Schiff noch zweimal, einmal fast bis zur vollständigen Durchsichtigkeit, bevor die rätselhafte Macht, die hinter der Erscheinung stand, es wieder zurückbrachte. Vielleicht lag es wirklich an ihm, dachte Rick nach dem zweiten Mal. Es war passiert, während er geschlafen hatte, und als Yoshiko ihn wachrüttelte, mußte er zugeben, daß er von einer Kolonie auf dem Mond geträumt hatte.

Yoshiko und Tessa sahen ihn an wie Geiseln bei einem Banküberfall. Ihre vorwurfsvollen Blicke und der Adrenalinstoß beim Aufwachen ließen ihn plötzlich stinksauer werden. »Na gut, verdammt!« sagte er, als er sich die verschlafenen Augen rieb. »Vielleicht kontrolliere ich dieses Ding wirklich. Und wenn Ihr damit recht habt, dann habt Ihr mit dem Experimentieren vielleicht auch recht.«

»Was willst du damit sagen?« fragte Tessa nervös.

»Ich meine, wenn ich auf einmal Gott bin, warum mach' ich mich nicht irgendwie nützlich? Ich könnte uns ein größeres Schiff erschaffen, oder wenigstens ein moderneres. Eins mit Dusche zum Beispiel. Oder wie wär's mit dem *Millennium Falken*? Wenn wir schonmal unterwegs sind, warum fliegen wir nicht gleich zum Alpha Centauri?«

»*Njet*!« sagte Gregor laut. »Nicht experimentieren! Sie können sich nicht vorstellen, wie gefährlich das ist.«

»Also, Genosse«, sagte Rick verächtlich, »wenn ich keine Ahnung habe, dann nur, weil Sie Informationen zurückhalten. Wenn Sie wissen, was sich hier oben abspielt, dann sagen Sie es mir. Warum soll ich uns nicht ein schönes, großes Traumschiff heraufbeschwören statt dieser Sardinenbüchse?«

»Weil E gleich mc^2 ist«, sagte Gregor. »Ihr Geist kann nicht gegen alle bekannten Naturgesetze angehen. Wir wissen nicht, woher die Energie für die ... äh ... materielle Manifestation kommt, aber wir sind uns sicher, daß plumpe Manipulation zu einer katastrophalen Entladung dieser Energie führen kann.«

»Und woher nehmen Sie diese Sicherheit?«

Gregor beratschlagte sich einen Augenblick mit jemand anderem in der Leitstelle, bevor er sein Mikrofon wieder anschaltete. »Sagen wir einfach, nicht alle unsere unterirdischen Explosionen in den Siebzigern waren Atombombentests.«

Rick schaute aus dem Fenster in die Schwärze des Weltalls. »Sie haben aus Geistern eine Waffe gemacht?« fragte er ruhig.

»Ist ein Arbeitsunfall eine Waffe?« fragte Gregor. »Es hat keinen praktischen Nutzen, solange man es nicht steuern kann. Das ist es, was ich Ihnen klarmachen will. Sie sind im Brennpunkt des Phänomens, aber Sie sind nicht sein Herr und Meister. Wenn Sie sehr vorsichtig sind, können Sie es aufrechterhalten, aber wenn Sie versuchen, es zu manipulieren, werden die Folgen katastrophal sein.«

»Sagen Sie.«

»Vermuten wir, auf der Basis unserer Erfahrungen. Wir haben auch nicht alle Antworten.«

»Und warum finden Sie dann nicht noch ein paar?« fragte Rick frustriert, obwohl sein Ärger verebbte. »Ich bin es leid, hier oben der Sündenbock zu sein.«

Gregor lachte leise. »Wir tun unser Bestes, aber das reicht jetzt nicht mehr aus. Es gelingt uns nicht ganz, Ihre Situation in unseren Flugsimulatoren zu reproduzieren.«

»Ha! Das glaube ich gern.« Rick atmete tief ein und langsam wieder aus. »Na gut«, sagte er schließlich. »Ich versuche, brav zu sein. Aber wenn Sie noch irgend etwas herausfinden, möchte ich das sofort wissen. Einverstanden?«

»Einverstanden«, sagte Gregor.

Rick rieb sich wieder die Augen und öffnete seinen Gurt. »Okay, wenn niemand was dagegen hat, dann würde ich jetzt gerne frühstücken«, sagte er pikiert.

»Kein Problem«, erwiderte Tessa mit erhobenen Händen. Yoshiko nickte, und beide drehten sich um, entweder, um ihn in Ruhe essen zu lassen, oder um seinem Ärger auszuweichen. Was es auch war, ihn kümmerte es nicht.

Tessa zog sich in die Ausrüstungsbucht und begann, Navigationsmessungen vorzunehmen, während er einer Tüte Trockenrührei Wasser zufügte.

»Hey«, sagte sie kurz darauf. »Wir sind wieder auf

einer polaren Flugbahn.« Sie sah Rick, der gerade an einem Paket Orangensaft saugte, in die Augen.

»Ist nicht meine Schuld«, wehrte er sich. »Eine polare Umlaufbahn würde bedeuten, daß wir nicht landen können. Die Raumkapsel würde einen ganzen Mondtag nicht mehr über unserem Landeplatz vorbeikommen.« Das bedeutete achtundzwanzig Erdentage, viel zu lang für die Besatzung, um auf der Oberfläche zu warten. Um zur Raumkapsel zu gelangen, müßten sie während des Starts eine andere Umlaufbahn ansteuern, was viel zu schwierig und treibstoffintensiv war. Wahlweise könnte auch die Raumkapsel die Umlaufbahn ändern, was genauso kompliziert war.

Yoshiko wirkte einen Moment lang abwesend. »Außer, ihr landet am Pol«, sagte sie dann. »Die Raumkapsel würde bei jeder Mondumrundung einmal über dem Pol vorbeikommen.«

»Wir können nicht am … Geht das?«

»Auf keinen Fall«, hörten sie Gregor sagen. »Ein derartiges Risiko lasse noch nicht einmal ich zu. Sie würden schlechtes Licht haben, extreme Temperaturschwankungen, keinen Spielraum bei der Landung, vielleicht sogar Nebel, der Ihre Sicht dabei beeinträchtigen würde.«

»Nebel?« fragte Tessa.

»Es ist möglich. Neuere Theorien vermuten gefrorenes Wasser in einigen der tiefen Krater an den Polen, in die die Sonne nie hineinscheint.«

»Jungejunge«, flüsterte Rick. »Eis auf dem Mond. Das würde die Kolonisation sehr viel einfacher machen.«

»Rick.« Tessa starrte eindringlich die Wände an, aber die blieben massiv.

»Schau mal, es ist eine Tatsache«, sagte Rick zu ihr, den die ganze Angelegenheit immer noch ärgerte. »Eis würde das Gründen einer Kolonie einfacher machen.

Wir müßten nicht das ganze Wasser von der Erde aus einfliegen. Deswegen denke ich nicht, daß wir unbedingt eine bauen werden, klar?«

»Meinetwegen«, maulte Tessa. »Ich will ja nur vorsichtig sein.« Sie schaute aus dem Fenster zur Erde, die jetzt nur noch eine winzige blauweiße Scheibe im Nichts war. »Also, Kaliningrad, was schlagen Sie vor?«

»Eine Minute«, sagte Gregor. Es dauerte ein wenig länger. »Wir wollen das Programm ihres Steuerungscomputers überprüfen«, sagte er, als er endlich zurück war. »Vielleicht können wir herausbekommen, wo es sie hinbringen will.«

So begab sich Rick, der mit der primitiven Tastatur und Anzeige wenigstens oberflächlich vertraut war, in die Ausrüstungsbucht und bediente den Computer, während Kaliningrad ihm Schritt für Schritt Anweisungen gab. Tatsächlich war das Gerät auf eine polare Flugbahn vorprogrammiert. Und der Computer in der Mondfähre war auf eine Landung am Rande des Aitken-Beckens eingestellt, einem zehn Kilometer tiefen Krater unmittelbar am Südpol des Mondes.

»Das ist doch lächerlich«, schimpfte Rick, als man ihm dies mitgeteilt hatte. »Wie sollen wir denn am Südpol landen? Wie Gregor sagt, das Licht würde von der Seite kommen. Es gäbe kilometerlange Schatten, und jede kleine Vertiefung wäre ein schwarzes Loch.«

Tessa, die sich mit dem Computer in der Mondfähre beschäftigt hatte, sagte: »Vielleicht hilft uns der Schalter mit der Aufschrift ›Na Zugabe‹ weiter. Wenn damit Natrium in die Abgaswolke des Landeantriebs gesprüht wird, dann würde die wie eine Kerzenflamme aufleuchten und uns genug Licht spenden.«

»Im Ernst?« Rick zwängte sich durch den Tunnel in die Raumfähre, um sich selbst ein Bild zu machen. Der Schalter war wirklich da, direkt neben einem anderen mit der Beschriftung ›Hochleist. Flutl.‹

»Sieht mir ganz nach Landescheinwerfern aus«, sagte Tessa. »Zwei separate Systeme als Reserve.«

»Diese Schalter waren nicht in dem Simulator, mit dem ich geübt habe.« Rick war etwas verwirrt.

»Natürlich nicht. Die NASA würde nie eine derart gefährliche Landung planen.«

Sie wußten, daß die NASA ihren Funkverkehr die ganze Zeit mitgehört hatte. Und tatsächlich schaltete sich nun Laura Turner aus Houston ein. »Vielleicht doch, Tessa. Wir haben uns ein bißchen an alten Akten schlaugemacht, und eins der Konzepte hat tatsächlich eine Mission mit Landung am Pol vorgeschlagen. Du hast schon recht, es gab starken Widerspruch dagegen, aber es wurde trotzdem für eine spätere Mission weiter in Betracht gezogen, wenn man bei den einfachen Landungen genug Erfahrung gesammelt haben würde. Natürlich wurde es mit dem ganzen Rest gestrichen, als uns die Mittel gekürzt wurden, aber wenn wir gekonnt hätten, hätten wir es früher oder später getan.«

Rick lief es eiskalt den Rücken herunter. »Die letzten beiden Geisterschiffe sind zum Kopernikus und zum Aristarchus geflogen. Die waren doch auch auf der Liste, stimmt's?«

»Ja, das stimmt.«

»Im Grunde genommen erledigen wir also gerade das, was die Vereinigten Staaten schon längst hätten tun sollen.«

»Das ist Ansichtssache, aber – klar, das kann man wohl so sagen.«

»Houston«, fragte Gregor, »kann man die Computer auf einen einfacheren Landeplatz umprogrammieren?«

»Negativ«, sagte Laura. »Die Programme sind schreibgeschützt im Hauptspeicher verankert. Es gibt nur zwei Kilobyte löschbaren Speicher, und der wird für die Datensammlung gebraucht.«

»Es heißt also Landung am Pol oder überhaupt

nicht«, stellte Rick hektisch atmend fest. Er sah sich wiederum die Steuerungskonsole an. Sie war jetzt hart und undurchsichtig wie Stahl.

»Sieht ganz so aus«, sagte Tessa. Sie grinste ihn an. Selbst bei der zusätzlichen Gefahr war immer noch klar, wofür sie sich entscheiden würde.

Rick schluckte trocken. Ihr breites Lächeln und ihr eindringlicher, fast schon herausfordernder Blick wirkten ungeheuer anziehend. Gleichzeitig konnte er sich nicht von der Frage losmachen, in was für einen tiefen Schlamassel sie sich mit dieser Mission noch bringen konnten. Tiefer als er sich zuerst gedacht hatte, soviel war klar. Aber sie steckten schon zu weit drin, um jetzt noch umzukehren. »Also gut«, sagte er. »Dann eben eine Landung am Südpol. Ich hoffe nur, daß wir wenigstens etwas finden, das dieses Risiko wert ist.«

Tessa lachte und beugte sich vor, um ihn zu küssen. »Schon dabeisein ist das Risiko wert«, sagte sie. »Das macht ein Abenteuer erst aus.«

Weder Houston noch Kaliningrad waren von der Entscheidung der drei Astronauten sonderlich angetan, aber Houston hatte in der Angelegenheit nichts mehr zu sagen und Kaliningrad hatte sich selbst in eine Zwickmühle gebracht: Wenn sie jetzt einen Rückzieher machen würden, hieße das eine internationale Rettungsaktion auf halber Strecke aufgeben. Also stellten sie widerstrebend ihre Computer auf den in den Bordrechnern vorprogrammierten Kurs ein, und in der dreiundachtzigsten Stunde des Fluges schnallten Rick, Tessa und Yoshiko sich an ihre Sitze, um auf die lange Triebwerkszündung vorbereitet zu sein, die sie soweit abbremsen würde, daß sie in eine Mondumlaufbahn einschwenken würden. Dies mußte geschehen, nachdem sie den Horizont überquert hatten, wodurch sie bei der Zündung keinen Kontakt mehr zur Erde haben würden. Der Computer würde das Triebwerk zu einem bestimmten Zeitpunkt zwar selbständig zünden, aber sicherheitshalber stellten sie zusätzlich alle ihre Uhren, um den Vorgang selbst auch noch überwachen zu können.

Die letzten Minuten zogen sich hin. Sie konnten den Mond nicht mehr durch die Fenster sehen, da er hinter ihnen war, nachdem sie das Schiff gewendet hatten und jetzt praktisch rückwärts flogen. Ihr Kurs führte sie nur etwa einhundertfünfzig Kilometer über dem Horizont vorbei. Immer wieder schaute Rick auf seine Uhr, dann auf die Anzeige des Computers, dann auf den Höhenmesser, um sich zu versichern, daß sie immer noch die richtige Position für die Zündung ansteuerten.

Yoshiko machte sorgfältige Notizen. Falls Rick und Tessa abstürzen sollten, oder ihnen der Rückflug mißlingen sollte, müßte sie die Zündung für den Einschuß in die Flugbahn zur Erde selbst vornehmen und allein zurückkehren.

Unmittelbar vor der Zündung fragte der Computer wieder ›Bereit ja/nein?‹, und Rick drückte den ›Ja‹-Knopf. Die Astronauten sahen dem Countdown bis Null zu, aber Rick spürte die Zündung nicht. Er hackte so heftig auf den Knopf für die manuelle Steuerung ein, daß er sich den Fingernagel abbrach, dann fühlte er die Beschleunigung.

Tessa schaute mit offenem Mund zu ihm hinüber. »Der Computer hat nicht rechtzeitig gezündet?«

»Ich habe es nicht gespürt. Erst als ich …«

»Doch«, sagte Yoshiko. »Ich habe es gefühlt, bevor du den Knopf gedrückt hast. Der Computer ist noch in Ordnung.«

»Bist du dir sicher?« Für Rick hatte es sich alles in Sekundenbruchteilen abgespielt, und sein Körper war vom Adrenalin derart berauscht, daß er die Beschleunigung vielleicht nicht sofort bemerkt hatte, aber er hätte schwören können, daß das Triebwerk erst auf Knopfdruck gezündet hatte.

»Ich bin mir sicher«, sagte Yoshiko.

Rick sah Tessa fragend an, die mit den Schultern zuckte. »Ich sag' dazu nichts, das war mir zu knapp.«

Rick lachte ein schrilles, noch nicht ganz hysterisches Lachen. »Was soll's«, sagte er. »Wir haben Feuer unterm Hintern, darauf kommt's an. Wollen wir immer noch alle landen?«

Tessa nickte. »Ich schon.«

»Ist es dir immer noch recht, einen ganzen Tag allein hier oben zu bleiben?« fragte er Yoshiko.

»Ja«, sagte sie.

»Na gut, bringen wir's hinter uns.«

Sie erzählten Gregor nichts von den möglichen Computerproblemen, als sie die Rückseite des Mondes überflogen hatten und den Funkkontakt zu ihm wieder herstellen konnten. Sie meldeten lediglich, daß sie eine Umlaufbahn erreicht hatten und bereit waren, fortzufahren. Gregor wies sie an, eine weitere Zündung einzuleiten, um ihre Umlaufbahn zu stabilisieren, und diese erfolgte automatisch, was Ricks Nerven wenigstens teilweise beruhigte. Er war sowieso ausreichend beschäftigt, um gut abgelenkt zu sein. Der Flug bis hierhin war ein Kinderspiel gewesen im Vergleich zu den Unmengen von Checklisten, die sie nun durcharbeiten mußten, und den Navigationsdaten, die sie ständig in den Computern aktualisieren mußten, bevor sie die beiden Schiffe voneinander trennen konnten. Sie hatten kaum Zeit, den Mond zu betrachten, dessen graue, mit Kratern übersäte Oberfläche geräuschlos unter ihnen hinwegzog. Endlich, nach zwei Mondumrundungen, die wegen der geringeren Schwerkraft ganze zwei Stunden – statt der von der Erde gewohnten neunzig Minuten – dauerten, waren sie bereit.

Sie hatten die Mondfähre *Glaube* genannt, weil das zu *Hoffnung* paßte, und weil sie ihr Vertrauen demonstrieren wollten, daß das Schiff sie sicher auf die Oberfläche und wieder zurück bringen würde. Als Gregor sicher sein konnte, daß alles bereit war, funkte er den Astronauten: »Trennung kann eingeleitet werden, *Glaube.*«

»Roger«, sagte Rick. Er und Tessa trugen beide wieder ihre Raumanzüge und standen Ellbogen an Ellbogen vor der schmalen Instrumentenkonsole.

»Leite Trennung ein«, sagte Yoshiko in der Raumkapsel und löste die Verriegelung, die die beiden Schiffe miteinander verband. Die winzige Kabine bebte und schüttelte sich, und sie waren frei.

Der Computer der *Glaube* drehte sie auf den richtigen Winkel, und als der Zeitpunkt dafür gekommen war, nahmen die Triebwerke für dreißig Sekunden den Betrieb auf, was sie bis auf zwölf Kilometer an die Oberfläche heranbrachte. Sie glitten die lange elliptische Bahn entlang und sahen, wie ihnen die Krater auf der Oberfläche immer näher kamen, bis ihr Radar reflektierte Signale empfing und Gregor endlich sagte: »Bereit für kontrollierte Landung.«

Rick drückte wieder den ›Ja‹-Knopf auf der Tastatur, und der Computer zündete das Triebwerk erneut, wodurch sie den Orbit endgültig verließen. Nun gab es kein Zurück mehr.

Tessa boxte Rick gegen die Schulter. »Hals- und Beinbruch, Junge«, sagte sie. »Jetzt geht's rund.«

Das ging es wirklich. Rick nahm sie kurz in die Arme, was in den Raumanzügen zwar umständlich, aber nicht weniger herzlich war. Dann konzentrierte er sich voll und ganz auf die Steuerung. Sie flogen in einem immer steiler werdenden Bogen auf die Oberfläche zu, die so nah am Südpol des Mondes aus einem groben Muster aus weißen Kraterrändern bestand, die

Löcher undurchdringlicher Schwärze umgaben. Rick hielt seinen behandschuhten Finger direkt über dem Knopf zum Einsprühen des Natriums, drückte ihn aber noch nicht. Er wußte nicht, wieviel ihm zur Verfügung stand, und er wollte es für die eigentliche Landung aufsparen.

Tessa las laut ihre Flughöhe vor, die erst rasch abnahm, dann immer langsamer. Als sie zweihundert Meter Höhe erreichten, fielen sie noch mit sechs Metern pro Sekunde. »Untere Schwelle«, flüsterte sie fünf Sekunden später, und Rick schaltete den Computer aus.

Er hielt den Atem an. An diesem Punkt waren die beiden vorherigen Mondfähren verschwunden, als der Pilot übernehmen mußte. Er wartete gespannt ab, ob das wieder geschehen würde, aber die Fähre senkte sich weitere fünfzehn Meter, dann fünfundzwanzig, und sie war immer noch da.

»Puh!« sagte er. »Wir haben's geschafft.«

»Was soll das heißen?« wollte Tessa wissen. »Wir sind doch noch gut hundert Meter über der Oberfläche!«

»Kinderspiel«, sagte Rick und schaute sich durch das Fenster die vorüberziehende Mondlandschaft an. Es war unmöglich zu erkennen, welcher der vorbeirasenden Ringe der Krater war, an dem sie landen wollten, und die dreieckigen Fenster waren zu klein, um sich einen Überblick zu verschaffen. Also entschied Rick sich einfach für irgendeinen, der groß und breit genug aussah, und steuerte die Fähre auf ihn zu. Der Kraterrand war mit Felsbrocken übersät, doch gab es genug Freiräume für eine Landung dazwischen.

»Treibstoff auf Reserve«, verkündete Tessa. Er hatte nur noch genug für etwa eine Flugminute, unerwartet wenig. Aber nicht zu wenig, um den Rest der Landung zu bewerkstelligen.

Er bremste ihre Landung auf drei Meter pro Sekunde ab und drehte die Mondfähre einmal um ihre Achse. Dann entdeckte er eine ebene Stelle neben einem großen Felsbrocken und steuerte diese an. Bis auf die Verlagerung seines eigenen Schwerpunkts fühlte Rick sich genau wie im Flugsimulator.

»Sechzig Meter. Elf runter«, sagte Tessa.

Zu schnell. Rick gab etwas mehr Gas.

»Vierundfünfzig, zwei runter. Fünfzig, anderthalb runter. Achtundvierzig, null runter – wir steigen wieder!«

»'tschuldigung«, sagte Rick und nahm Gas weg. Gleichzeitig setzte er das Natrium frei, und tatsächlich erstrahlte die Mondlandschaft in grellgelbem Licht. Selbst die Böden der Krater waren jetzt sichtbar, wenn auch irgendwie unscharf.

Aber sie hatten keine Zeit, die Sehenswürdigkeiten zu betrachten. Tessa verlas immer noch mit etwas schriller werdender Stimme die Zahlenwerte. »Fünfundvierzig Sekunden. Achtundvierzig Meter, einer runter. Fünfundvierzig, anderthalb runter; zweiundvierzig, zwei runter ... Du wirst wieder zu schnell!«

»Schon behoben«, sagte Rick und gab ein wenig Gas.

»Dreißig, anderthalb runter. Dreißig Sekunden.«

Rick überschlug die Zahlen im Kopf. Bei der momentanen Landegeschwindigkeit blieb ihm überschüssiger Treibstoff für zehn Sekunden. Viel weniger als vorgeschrieben war, aber immer noch genug, solange er nichts mehr verschwendete. »Kinderspiel«, sagte er wieder und steuerte schnurgerade die Stelle an, die er sich ausgesucht hatte.

Die nächsten fünfzehn Meter verliefen ohne Zwischenfall, aber plötzlich war der Boden undeutlicher zu erkennen. »Was ist das, wirbeln wir Staub auf?« fragte Rick.

»Ich weiß nicht«, sagte Tessa, »Sieht mir eher nach Nebel aus.«

»Nebel? Verdammt noch mal, Gregor hatte recht.« Rick hielt den Kurs bei, aber sie versanken in einer weißen Nebelbank. Der große Fels, an dem er sich orientiert hatte, war bereits verschwunden. Rick war sich nicht mehr sicher, ob sie immer noch daran vorbeisteuern würden, sie hätten inzwischen auch unmittelbar darüber sein können.

Tessas Hand schwebte über dem Abbruchknopf. Dieser würde die Starttriebwerke zünden und die untere Hälfte der Fähre zur Oberfläche hinabschleudern, während die obere Hälfte zurück in die Umlaufbahn fliegen würde.

»Dafür sind wir zu tief«, sagte Rick. »Wir würden mit der Landestufe abstürzen. Halt dich einfach nur fest und gib mir die Werte.«

»Roger. Sechs, anderthalb runter.«

Das war ziemlich schnell, aber Rick veränderte nichts an der Steuerung, um die Fähre nicht aus Versehen zur Seite zu neigen und gegen den Fels zu schmettern.

»Fünfzehn … zehn … Oberflächenkontakt!«

Die Fühler an den Landefüßen hatten den Boden berührt. Rick ließ den Motor noch eine halbe Sekunde laufen, bevor er ihn abschaltete. Die Fähre schaukelte ein wenig, um dann mit einem heftigen Ruck aufzusetzen.

»Motor ist aus«, sagte Rick und hielt die Treibstoffanzeige des Rückflugantriebs fest im Blick. Sie veränderte sich nicht. Die Erschütterung hatte also kein Leck verursacht. Auch die anderen Warnlämpchen leuchteten nicht. Mit einem Blick auf die Anzeige des Landeantriebs stellte er fest, daß ihnen nur ganze sechs Sekunden geblieben waren.

Tessa starrte ihn entgeistert an. »Kinderspiel?« fragte sie. »*Kinderspiel?*«

Rick fehlten die Worte, und er zuckte nur mit den Schultern.

Yoshikos Stimme ertönte aus dem Lautsprecher. »*Glaube,* seid Ihr unten?«

Tessa mußte lachen. »Ja, wir sind unten. Durch dicke Erbsensuppe und mit sechs Sekunden Treibstoff in Reserve.«

Nebel. Es gab Wasser auf dem Mond. Rick schaute aus dem Fenster und deutete nach draußen. »Schau mal, der Nebel hebt sich.«

Ohne die Abgase der Mondfähre und die Hitze der Natriumflamme, die das Eis im Krater erwärmt hatte, verschwand der Dunst schnell im Vakuum. So wurde der felsige Rand des Kraters sichtbar, an dem sie gelandet waren. Rick suchte nach dem Felsbrocken, an dem er sich orientiert hatte, und fand ihn nur ein kleines Stück von der Fähre entfernt. Sie hatten ihn nur knapp verfehlt. Er lag sogar genau zwischen zweien der vier Landefüße. Wenn einer davon ihn getroffen hätte, wäre die Mondfähre umgekippt.

Rick dachte nicht länger darüber nach. Sie waren gelandet und hatten andere Sorgen.

Die Zeit schien immer knapper zu werden, als die beiden weitere Kontrollen und Tests durchführten, um sicher zu sein, daß der obere Teil der Mondfähre für einen Notstart bereit war. Schließlich ließen sie die Luft aus der Fähre und öffneten die Luke nach draußen. Rick ging zuerst, nicht weil es seine Apollo-Mission war oder er es auf irgendeine Art mehr verdient hatte. Der einzige Grund war der, aus dem auch Neil Armstrong bei der Apollo-11-Mission den Vortritt gehabt hatte: In den sperrigen Raumanzügen war es zu umständlich für den rechten Passagier, sich am anderen vorbei zu quetschen, um zur Tür zu kommen.

Es war eng, aber er konnte sich durch die Luke quetschen. Die geriffelte Ausgangsplattform und die Leiter lagen im Schatten, so daß Rick sich seinen Weg ertasten mußte. Er aktivierte die Außenkamera, und Gregor bestätigte über Funk, daß sie die Bilder auf der Erde empfangen konnten. Rick nahm an, daß vor der seitlich beleuchteten Fläche nur sein Umriß zu sehen sein würde, was aber auch nicht viel schlechter als die grobkörnigen Bilder von Neils erstem Schritt sein konnte.

Er war auf der letzten Sprosse der Leiter, als ihm einfiel, daß er sich gar keinen historischen Ausspruch für diesen Moment ausgedacht hatte. Er hielt einen Augenblick inne und ging im Kopf schnell ein paar Möglichkeiten durch. Dann stieg er auf die Landefläche der Mondfähre hinab, und von da aus auf die gefrorene Mondoberfläche. Sie knirschte unter seinen Füßen, das fühlte er, auch wenn es im Vakuum nicht zu hören war.

Tessa hatte es nun ebenfalls durch die Luke geschafft und stand auf der Plattform. Offensichtlich wartete sie darauf, daß er ein paar Worte sagen würde, also streckte er ihr – und, wie er hoffte, symbolisch der ganzen Welt – die Hand entgegen und sagte: »Komm ruhig, das Wasser ist angenehm.«

Genaugenommen war das Wasser ein wenig kühl: Es hatte die Konsistenz von feinem Puderzucker. Von unzähligen Kometeneinschlägen im Verlauf der Jahrtausende zum Mond gebracht, war jedes Molekül einzeln gefroren, als Wasserdampf, Methan- und andere Gase in den dunklen Kratern an den Polen abgekühlt waren. Festes Eis konnte sich nicht bilden, weil es zu kalt und die Schwerkraft zu gering war; also entstand ausgesprochen lockerer Schnee. Als Rick und Tessa sich von der Fähre weg bewegten, versanken sie bis zu den Oberschenkeln darin, obwohl sie nur etwa zwanzig Kilo wogen, und wenn sie weitergegangen wären,

wären sie wahrscheinlich noch tiefer darin versunken. Aber sie konnten die Kälte schon an ihren Beinen hochkriechen fühlen, also füllten sie so schnell wie möglich Proben des Schnees in extra dafür vorgesehene Thermosflaschen und kehrten um. Die Behälter in der Mondfähre waren für eine Polarmission vorgesehen, aber ihre Raumanzüge sollten sie im Vakuum warm halten, nicht in Schnee, der die Wärme ableitete.

So beschränkten sie sich auf den Rand des Kraters und machten auf der Suche nach anderen bemerkenswerten Dingen die eigentümlichen Känguruh-Sprünge, die bei geringer Schwerkraft so effektiv sind. Für Rick war praktisch alles bemerkenswert. Er war auf dem Mond! Alles um ihn herum, von dem zerfurchten Boden unter ihm zum gezackten Horizont machten ihm klar, daß er eine andere Welt betreten hatte. Er schaute zur Erde, die zu zwei Dritteln über den Horizont ragte, wovon wiederum zwei Drittel von der Sonne erhellt waren. Bei diesem Anblick lief ihm ein kalter Schauer den Rücken herab. Er hatte niemals geglaubt, daß er dies, außer auf dreißig Jahre alten Bildern, zu sehen bekommen würde.

Jetzt machten sie ihre eigenen Bilder. Tessa hielt die Fernsehkamera und kommentierte ständig die Bilder, die sie aufnahm. Gregor sagte, daß jeder in Rußland und Europa zuschaue. Tomiichi berichtete dasselbe aus Japan. Und überraschenderweise sagte Laura dasselbe für Amerika. »Sie haben für Sie sogar den *California Clan* aus dem Programm gestrichen«, erzählte sie ihnen.

»Ha. Vielleicht ist unser Land doch noch nicht verloren«, murmelte Rick.

»Paß bloß auf«, warnte ihn Tessa, aber ob sie nur nicht wollte, daß er die Zuschauer beleidigte, oder ob sie vor seinem Optimismus Angst hatte, blieb offen.

Rick war das egal. Er war von einem überwältigenden Gefühl erfüllt, das nichts damit zu tun hatte, ob sie am Leben bleiben würden oder nicht. Sie waren auf dem Mond, er und Tessa, sie hatten die absolute Krönung einer jeden Astronautenkarriere erreicht. Auf jeden Fall mehr, als sie beide je zu erreichen gehofft hatten. Egal, was ihnen auf dem Heimweg oder zu Hause passieren würde, nichts konnte die Tatsache ändern, daß sie nun dort waren. Und Rick hätte niemanden lieber dabeigehabt als Tessa. Sie würden von jetzt an in einem Atemzug erwähnt werden, was ihm nur recht sein konnte. Er beobachtete sie bei ihren gewaltigen Sprüngen, hörte die Freude in ihrer Stimme bei jeder wunderbaren Neuentdeckung und mußte lächeln. Er würde liebend gern eine Seite in den Geschichtsbüchern mit dieser Frau teilen.

Auf ihrem Weg sammelten sie ständig Steine und noch mehr Eis. Einmal formte Rick einen lockeren Schneeball und zielte damit auf Tessa, die fast anderthalb Meter in die Luft sprang, um ihm auszuweichen. Als der Schneeball auf die Sonnenseite des Kraters prallte, zerplatzte er zu einer Dampfwolke.

»Holla!« sagte Tessa und hörte auf zu hopsen. »Hast du das gesehen? Mach das noch mal.«

Rick ließ sich nicht lange bitten und warf einen weiteren Schneeball an ihr vorbei, den sie mit der Kamera verfolgte, bis er an einem Felsen explodierte.

»Habt Ihr das zu Hause auch gesehen?« fragte sie. »Was verursacht diese Explosionen?«

»Hitze, schätze ich«, sagte Gregor. »Und das Vakuum. Ohne filternde Atmosphäre heizt die Sonne die Felsen an den Polen genauso auf wie am Äquator. Wenn der Schnee den heißen Stein berührt, verdampft er blitzartig.«

»Könnte hinkommen. Sieht irre aus.«

»Es könnte uns auch Aufschluß darüber geben, welche Gase in dem Schnee enthalten sind. Rick, könnten

Sie eine Probe etwas sanfter auf eine erhitzte Fläche legen und uns zusehen lassen, wie sie verkocht?«

Rick kam der Bitte sofort nach. Er packte zwei Hände voll Schnee auf einen gewölbte Felsen. Sofort stieg Dampf auf, der nach ein paar Sekunden wieder verschwand. Der Schneeball bewegte sich leicht, dann gab er eine zweite Dampfwolke ab. Nach einer weiteren Pause verwandelte sich der Rest des Schnees in eine kochende Pfütze.

»Aha!« sagte Gregor. »Mindestens drei verschiedene Bestandteile. Beim ersten würde ich auf Methan tippen, dann Ammoniak oder Kohlendioxid und zuletzt Wasser. Das ist hervorragend! Alle vier Gase wären für eine Kolonie sehr wertvoll.«

»Wenn wir jemals eine gründen«, sagte Rick und versuchte, ein albernes Grinsen zu unterdrücken, damit Tessa sich nicht wieder Sorgen machen würde. Das allein ließ ihn schon laut auflachen.

»Verdammt noch mal, Rick. Ich mach mir vor Angst gleich in die Hose!« sagte sie. Sie drehten sich beide nach der Mondfähre um, die wie eine silberne und goldene Skulptur auf dem Rand des Kraters stand und keine Anstalten machte, sich in Luft aufzulösen.

»Mach dir keine Sorgen«, sagte Rick. »Ich habe zwar meinen Spaß, bin dabei aber immer noch genauso verängstigt wie du.«

»Gut so.«

Sie führten ihre Erkundungen noch eine Stunde lang fort, aber bevor sie auch nur ein Zehntel des Kraters erforscht hatten, mußten sie umkehren. Die Sauerstoffreserve ihrer Anzüge reichte nur noch für zwei Stunden, und so lange würden sie für den Rückweg zur Fähre, zum Einsteigen und für die Drucknormalisierung der Kabine brauchen. Und dann wäre ihr Aufenthalt auf dem Mond auch schon vorbei, denn sie mußten so schnell wie möglich zur *Hoffnung* zurück, bevor sich ihre polare Umlaufbahn zu weit von einer günstigen Rückflugposition entfernen würde. Der Antrieb hatte zwar genug Treibstoff, um die Umlaufbahn leicht zu ändern, aber je länger sie warteten, desto aufwendiger wurde dies.

Sie hatten schon genug geleistet, hatten Wasser auf dem Mond entdeckt und entscheidend dazu beigetragen, die Möglichkeit einer Mondkolonie realistisch erscheinen zu lassen. Wenn die Menschheit nur wollte. Jetzt blieb nichts mehr zu tun, als mit heiler Haut nach Hause zu kommen. Aber das war an sich schon eine so große Aufgabe, daß sie alle Hände voll zu tun haben würden.

Doch als er darauf wartete, daß Tessa die Leiter emporsteigen und den Staub von ihren Stiefeln abtreten würde, fiel Rick noch eine Sache ein, die er erledigen könnte. Sein Herz schlug kräftig bei dem Gedanken, aber sein Vorhaben würde das Sahnehäubchen auf einen perfekten Tag setzen – wenn er es wirklich durchführen wollte. Und wenn er Tessas Signale richtig gedeutet hatte.

Er hatte nicht genug Zeit, die Sache komplett zu durchdenken. Jetzt oder nie. Er schluckte trocken, murmelte »Wer nicht wagt, der nicht gewinnt« und trat von der Mondfähre zurück.

»Was ist?« fragte Tessa. Sie hatte die Ausgangsplattform erreicht.

»Geh noch nicht rein.« Rick ging noch ein paar Meter weiter weg, dann begann er, mit seinem Stiefel meterlange Buchstaben in den groben Staub zu ziehen, die bei dem schrägen Licht deutlich hervortraten.

»Was machst du da?« fragte sie ihn.

Er antwortete nicht. Es würde ihr gleich klar werden, wenn er noch richtig schreiben konnte. Das war nicht so sicher, denn sein Kopf brummte, und er atmete kurz und hektisch, was nichts mit körperlicher

Anstrengung zu tun hatte. Dies würde sein Leben noch mehr verändern als die Reise zum Mond. Vielleicht.

»O Rick«, sagte Tessa, nachdem sie seine erste Zeile gelesen hatte, verstummte aber, als er auch noch eine zweite begann. Sie sagte immer noch nichts, als er fertig war:

Tessa, ich liebe Dich.
Willst du mich heiraten?

Er stand immer noch auf dem letzten Punkt unter dem Fragezeichen. Er sah zu ihr auf. Sie war ein dunkler Umriß vor einem noch dunkleren Himmel. In ihrem goldverspiegelten Visier wurden er und seine Botschaft reflektiert. Er konnte ihren Gesichtsausdruck nicht sehen, konnte nicht erraten, was sie dachte. Er wartete auf ein Zeichen, aber nachdem die Stille so lang angehalten hatte, daß Gregor besorgt gefragt hatte: »Rick? Tessa? Geht es euch gut?«, kletterte sie die Leiter wieder herab.

»Einen Moment, Kaliningrad«, sagte Rick.

Tessa erreichte die Mondoberfläche wieder und ging langsam, aber entschieden, auf Rick zu.

Selbst aus der Nähe konnte er ihr Gesicht nicht sehen, aber er konnte sie weinen hören.

»Tess?«

Sie antwortete ihm nicht, zumindest nicht über Funk. Sie schüttelte kaum merklich den Kopf, dann schritt sie weit genug zur Seite, um ein einzelnes Wort in den Staub zu kratzen:

Ja.

Rick wiederholte es laut. »Ja!« All seine Anspannung fiel auf einmal von ihm ab. Er sprang zu ihr hin und nahm sie in den Arm. »Tessa, ich liebe dich!«

»O Rick.«

»Wird's wieder schmalzig bei euch?« wollte Yoshiko wissen.

Rick lachte. »Von wegen schmalzig – wir werden heiraten!«

Das Radio ging in einem Meer aus Stimmen unter, als alle gleichzeitig sprachen, dann übertönte Gregor alle anderen. »Meine besten Wünsche«, sagte er, »aber Ihre letzte Gelegenheit zum Start steht kurz bevor.«

»Roger«, sagte Rick. »Wir steigen wieder ein.«

Er half Tessa dabei, wieder in die Fähre zu klettern und versuchte dann, soviel Staub wie möglich aus seinen Stiefeln zu klopfen. Bevor er wieder durch die Luke kroch, warf er einen letzten Blick auf die Worte, die sie auf den Boden gekritzelt hatten, womit sie ihre Liebeserklärung für jeden sichtbar gemacht hatten. Theoretisch könnten die Buchstaben eine Milliarde Jahre da so stehen bleiben, so langsam, wie die Dinge auf dem Mond verwitterten. Oder sie könnten schon in zehn Jahren bei der Wassergewinnung für die Mondkolonie verwischt werden. Das würde nicht unmaßgeblich davon abhängen, wie sich der Heimweg gestalten würde.

Rick dachte wieder daran, was alles schiefgehen konnte. Antriebsschäden, Andockfehler, Computerausfall – die Liste schien endlos zu sein.

Trotz seiner Freude über seine und Tessas gemeinsame Zukunft: Wenn es ihnen dabei helfen würde, diese Zukunft wirklich zu erleben, würde er keine Schwierigkeiten dabei haben, hinreichend pessimistisch zu bleiben, um ihnen einen sicheren Rückflug zu gewährleisten.

Die Liste der möglichen Katastrophen wurde mit jeder Phase der Mission kürzer: Die *Glaube* brachte sie sicher in die Umlaufbahn, Yoshiko dockte reibungslos an sie an und der Antrieb zündete pünktlich, um sie wieder Richtung Erde zu schicken.

Aber unendlich minus drei war immer noch unendlich, dachte sich Rick. Es konnte immer noch genug schief gehen.

Insbesondere konnte das Geisterschiff nach wie vor verschwinden. Noch zweimal begann das Schiff auf dem Heimweg dann auch tatsächlich zu verblassen, beide Male, nachdem Gregor ihnen mitgeteilt hatte, daß das ›Mond-Fieber‹ die Welt wieder gepackt hatte. Rick konnte sich gerade rechtzeitig wieder daran erinnern, daß ihr Tod den Enthusiasmus immer noch im Keim ersticken könnte. Alles schien darauf hinzudeuten, daß Yoshiko und Tessa mit ihrer Vermutung recht hatten, derzufolge Rick die Erscheinung irgendwie kontrollierte, ob er nun wirklich für sie verantwortlich war oder nicht.

Gregor sagte nichts mehr dazu, außer, daß Rick auf die beiden hören sollte. Tessa faßte das als Freibrief auf, jede seiner Handlungen zu kontrollieren. Dazu gehörte schlafen, was sie ihm verbot. Sie befürchtete, daß er wieder von der neuen Blütezeit der Weltraumeroberung träumen könnte, und daß sie alle im Vakuum des Weltalls ersticken würden, noch bevor sie ihn wecken konnten. Sie ließ Gregor, Tomiichi und Laura nichts mehr von der Erde berichten, und sie dachte sich immer umfangreichere Begründungen aus, warum die Menschheit das Interesse an der Raumfahrt wieder verlieren könnte. Und da sie jetzt miteinander verlobt waren, erlaubte sie sich, seine Privatsphäre auf jede erdenkliche Art zu verletzen: Sie kitzelte ihn, wenn sie befürchtete, er würde einnicken, sie küßte ihn oder schmiegte sich verführerisch an ihn. Rick fand das abwechselnd amüsant oder nervtötend, je nachdem, in welcher Phase seines Schlafentzugszyklus' er sich gerade befand.

Um etwas zu tun zu haben und um sich abzulenken, fertigte er aus einem der Metallringe, die die Schalter vor Beschädigung oder versehentlicher Betätigung schützten, einen Verlobungsring für Tessa. Er hatte ihn von einem Schalter des Antriebs der dritten Raketenstufe abgebrochen, der nicht mehr gebraucht wurde. Sorgfältig feilte er die scharfen Kanten an einem Reißverschluß ab und überreichte ihn ihr.

»Den werde ich immer in Ehren tragen«, sagte sie ihm, als er ihr den Ring auf den Finger steckte, aber Rick war zu durcheinander vom Schlafentzug, um zu erkennen, ob sie scherzte.

Schließlich – weniger als einen Tag von der Erde entfernt – konnte auch Tessa sich nicht mehr wach halten. Sie übertrug noch Yoshiko die Aufgabe, Rick am Einschlafen zu hindern, dann fielen ihr die Augen zu. Doch sobald Tessa ruhiger atmete, teilte die Japanerin Rick mit: »Schlaf ruhig, wenn du willst. Ich glaube, wir haben morgen mehr von dir, wenn du ausgeruht bist.«

Rick war von der Müdigkeit so betäubt, daß er ihr Gesicht nur undeutlich sehen konnte. »Warum?« fragte er. »Was ist morgen?«

Sie grinste diabolisch. »Wiedereintritt. Wenn wir mit vierzigtausend Sachen in die Atmosphäre krachen. Schlaf gut.«

Rick schlief, aber genau wie Yoshiko vorgehabt hatte, handelten alle seine Träume davon, wie sie in einem Feuerball verbrannten, weil die Apollo in einem zu steilen Winkel auf die Atmosphäre traf; oder davon, wie sie die Erde verfehlten, weil der Winkel zu flach war. Oder wie alles glatt ging und sie dann doch noch verbrannten, weil das Geisterschiff der Hitze nicht standhalten konnte. Der Schwarzpulvergeruch des Mondstaubs, den sie an ihren Raumanzügen mit hereingetragen hatten, war auch nicht gerade hilfreich. Er lieferte seinem Unterbewußtsein nur einen weiteren Sinnesreiz, daß sie in Flammen standen.

Als er erwachte, waren sie nur noch etwa zwei Stunden von der Erde entfernt. Diese sah immer noch sehr viel kleiner aus als von einem Space Shuttle aus betrachtet, aber sie fühlte sich so viel näher an, und sie wirkte so einladend, daß Rick sich fast schon wieder sicher zu Hause wähnte.

Bei diesem Gedanken verblaßte die Kapsel wieder. Tessa schrie auf und boxte ihn gegen den Brustkorb.

»Denk an die Konsequenzen!« sagte Yoshiko schnell.

Das Schiff wurde wieder stabil, und Rick rieb sich sein schmerzendes Brustbein. »Jesses, du mußt mich ja nicht gleich umbringen«, maulte er. »Ich krieg' schon von allein genug Angst, wenn das passiert.«

Tessa schnaubte verächtlich. »Ha! Wenn du soviel Angst wie ich hättest, würde das Schiff überhaupt nie anfangen zu verschwinden.«

»Es tut mir leid, ich werde versuchen, von jetzt an ein wenig verängstigter zu sein.« Rick wandte sich von ihr ab, aber in einer Apollo-Raumkapsel gab es nicht genug Platz, um irgendwo allein zu sein. Nach ein paar Minuten Stille sah er sie wieder an. »Na gut«, sagte er. »Ich werde mir mehr Mühe geben, es unter Kontrolle zu halten. Aber schau mich nicht immer so vorwurfsvoll an, wenn es passiert. Ich tu' das nicht absichtlich.«

Tessa seufzte. »Das weiß ich doch. Es ist nur – ich weiß auch nicht. Ich habe keinerlei Kontrolle darüber, außer über dich. Mein Leben liegt in deinen Händen, das ganze Raumfahrtprogramm liegt zur Zeit in deinen Händen. Und das kleinste bißchen Leichtsinn reicht aus, um es zu erledigen.«

»Danke. Das setzt mich kaum unter Druck«, sagte Rick sarkastisch.

Yoshiko lachte. »Ob es dir paßt oder nicht, du verkörperst den Forschergeist. Wenn wir zurück sind, wird diese Ehre wahrscheinlich auf jemand anderen übergehen, aber momentan bist du's, und du mußt ihn sicher nach Hause bringen.«

»Bei allem gehörigen Respekt«, sagte Rick, »klingt das doch arg nach Boulevardpresse.«

Sie schüttelte den Kopf. »Nein, das hier ist wirklich genauso wie jede andere Raumfahrtmission. Jedesmal, wenn ein Astronaut ins All fliegt, fliegt der Geist seines Landes mit ihm. Dein Land brauchte zwei Jahre, um sich davon zu erholen, daß die *Apollo 1* ihre Besatzung getötet hat. Bei der Challenger dauerte es drei Jahre. Als 1969 die sowjetische Mondrakete explodiert ist, haben sie ihr Mondprogramm gänzlich zugunsten von Raumstationen aufgegeben. So ist das überall. Jeder Astronaut, der je geflogen ist, hat deine Möglichkeiten und deine Verantwortung, deine ist nur offensichtlicher als sonst, durch dieselbe Macht, die dieses Schiff erschaffen hat.«

Während Rick über ihre Worte nachdachte, betrachtete er die Instrumentenkonsole im industriellen Design. Wenigstens prinzipiell schien ihre Theorie unbestreitbar zu sein. Über die Details konnte man noch unterschiedlicher Meinung sein – Verbesserung der Sicherheitsvorkehrungen nach einem Unfall konnte man nicht direkt als Rückzug bezeichnen – aber es stimmte doch, daß nach jedem Unfall die Eroberung des Weltalls erst einmal auf Eis gelegt wurde, und wenn sie wieder begann, ging man im allgemeinen sehr viel vorsichtiger und konservativer vor.

»Ich werde mich bemühen, den Stab würdevoll weiterzureichen«, sagte Rick schließlich. »Wir haben nur noch ein paar Stunden, danach soll sich jemand anderes damit herumschlagen.«

Sie verbrachten die Zeit bis zum Wiedereintritt damit, alle Ausrüstungsgegenstände und das sonstige angefallene Zeug sicher zu verstauen. Während sie arbeiteten, wurde aus der blauweißen Kugel langsam die Erde, wie sie sie von ihren Shuttle-Missionen kannten. Es blieben ihnen jetzt nur noch wenige Minuten, bis sie auf die Atmosphäre treffen würden, gerade genug Zeit, um das längliche Triebwerksteil mit den leeren Tanks abzuwerfen und die Kapsel so auszurichten, daß sie mit der flachen Seite voran in die Atmosphäre eindringen würde.

Sie atmeten alle drei schwer, als die letzten Sekunden abliefen. Sie trugen ihre Raumanzüge nicht, denn dafür würde der Bremsdruck zu stark sein. Wenn mit der Kapsel irgend etwas schiefginge, würden sie sowieso zu Asche verbrennen, ob sie einen Raumanzug anhatten oder nicht. Rick nahm Tessas Hand und wünschte sich, er könne ihr glaubhaft versichern, daß alles gut werden würde. Aber ihm war klar, daß ein Satz wie »Mach dir keine Sorgen« von ihm sie nur noch weiter beunruhigen würde. Er entschied sich für einen Scherz. »Hat jemand Lust auf gebrannte Mandeln?«

»Sehr witzig«, antwortete Tessa.

Aber Yoshiko lachte. »Vergiß deine Mandeln. Ich packe meinen Badeanzug aus. Endlich komme ich mal nach Hawaii.«

Ihre Wasserung würde ungefähr tausendfünfhundert Kilometer westlich von dort stattfinden, aber es wäre das erste Festland, zu dem das Rettungsschiff sie bringen würde. Davon gab es tatsächlich zwei, ein russisches und ein amerikanisches, aber die Russen hatten es den Amerikanern gestattet, die Kapsel abzuholen, wenn sie wollten. Die NASA wollte das nur zu gern, aber Rick und Tessa freuten sich nicht gerade auf den offiziellen Empfang.

Der inoffizielle Empfang würde es aber mehr als wert sein, den Zorn der NASA zu ertragen. Das russische Schiff war hauptsächlich da, um die Wasserung für die neugierige Menschheit im Fernsehen zu übertragen. Gregor sagte, daß das Interesse jetzt bei der gefährlichen letzten Phase der Mission besonders groß sei. Auch ihre Liebesgeschichte schadete den Einschaltquoten natürlich nicht.

Obwohl die Publicity auch eine weitere Gefahrenquelle darstellte, war Rick doch froh darüber. Er hoffte, daß die öffentliche Meinung sie vor zu großem Ärger bewahren würde, und ihnen vielleicht durch Vorträge sogar ein Einkommen sichern könnte, bis das neue Raumfahrtprogramm anlief. Ihre Karrieren als Space-Shuttle-Astronauten waren sicherlich vorbei, und nur echter Heldenstatus würde sie jemals wieder fliegen lassen.

Kontakt. Die Kapsel erzitterte und die Sitze drückten von unten gegen sie. Der Druck ließ kurz nach, um sich dann immer stärker aufzubauen. Weißglühende Luft schoß an den Fenstern vorbei und erleuchtete das Innere der Kabine wie eine Leuchtstoffröhre. Die Kapsel schaukelte hin und her, was sicherlich zum Teil von den Versuchen des Steuerungscomputers verursacht wurde, mit den Richtungsausgleichsdüsen die Flugbahn zu korrigieren. Alle paar Sekunden wurde die Kapsel heftig durchgeschüttelt, sobald sie auf dichtere Luftschichten getroffen waren. Je tiefer sie in die Atmosphäre eintauchten, desto stärker wurde ihr Flug abgebremst, bis sie mit fast siebenfacher Schwerkraft kämpfen mußten und kaum noch atmen konnten.

Endlose Minuten lang blieben die Astronauten unbeweglich in ihre Sitze gepreßt. Rick hielt seine Hand in der Nähe der manuellen Steuerung in der Armlehne, aber selbst als die Stöße immer heftiger wurden und das automatische System offenbar überreagierte, übernahm er die Kontrolle nicht. Er vertraute dem Geist mehr als seinen eigenen Instinkten. Er würde sie nicht sterben lassen, nicht so kurz vor der Vollendung ihrer Mission.

Dieser Gedanke ließ die Kabinenwände kurz aufflackern, und Rick krümmte sich in Erwartung eines feurigen Todes, aber das Verblassen dauerte diesmal nur so lang wie ein Augenzwinkern. Tessa und Yoshiko keuchten beide, aber sie sagten nichts. Der große Druck, der sie an ihre Sitze fesselte, machte Reden absolut unmöglich.

Das vorbeiströmende ionisierte Gas blockierte jegliche Kommunikation mit dem Boden. Rick hörte im Kopfhörer nur Rauschen, das vom Kreischen der Luft, die gegen das Hitzeschild der Kapsel stieß, fast vollständig übertönt wurde. Durch das Fenster konnte er einen gewundenen, weißglühenden Feuerschweif erkennen, den sie kilometerlang im immer blauer werdenden Himmel hinter sich herzogen.

Nach sechs Minuten ließ der Druck endlich nach und die Flammen vor den Fenstern verschwanden. Sie hatten auf die Endgeschwindigkeit abgebremst, die immer noch ziemlich schnell war, aber nicht mehr schnell genug, um Teile ihres Schildes zu verbrennen.

Rick betrachtete die Höhenanzeige auf der Instrumentenkonsole. Genau bei siebeneinhalbtausend Metern – gerade als die Nadel auf der Skala das schwarze Dreieck erreichte – öffneten sich die Bremsfallschirme mit einem sanften Ruck. Rick sah sie über ihnen flattern. Sie stabilisierten das Schiff und bremsten sie noch ein wenig weiter ab. Bei dreitausend Metern öffneten sich die Hauptfallschirme zu drei orange-weiß-gestreiften Baldachinen. Die Kapsel machte einen Satz, als wäre sie auf festem Boden aufgeschlagen, hing dann aber ruhig und gerade am unteren Ende der Leinen und segelte hinab.

Die Sonne stand noch nicht weit über dem Horizont, Wellen brachen ihr Licht wie Millionen funkelnder Juwelen, die unten auf sie warteten. Rick ließ einen langgezogenen Seufzer hören. »Trautes Heim, Glück allein«, sagte er.

»Entspann dich noch nicht«, riet Tessa ihm, mit

einem Auge auf dem Höhenmeßgerät. »Wir sind immer noch ein paar Kilometer hoch.«

»Ja, Mama.«

Eine noch unbekannte Stimme meldete sich über Funk. »*Apollo,* hier spricht die U.S.S. Nimitz. Wir können Sie sehen.«

»Roger«, sagte Rick. Er öffnete seinen Gurt und starrte aus dem Fenster, konnte aber das Schiff nicht entdecken. Auch das russische nicht. Das Meer war groß.

Der Höhenmesser sank gleichmäßig, seine Nadel bewegte sich gegen den Uhrzeigersinn von fünfzehnhundert Meter auf zwölfhundert, dann tausend, neunhundert, siebenhundert …

»Okay«, sagte Rick. »Wir werden's schaffen.«

»Rick!« Tessa warf ihm einen verärgerten Blick zu. »Wir sind immer noch dreihundert Meter hoch.«

Rick sah auf das Meer, das nur noch eine Armeslänge entfernt zu sein schien. »Das ist mir egal. Ich habe den ganzen Weg zum Mond und zurück Verstecken mit dem Übernatürlichen gespielt. Ich bin es leid. Einen Sturz aus dieser Höhe könnten wir ohne weiteres überleben. Und solange wir nicht Mann und Maus mit dem Ding untergehen, sage ich: scheiß auf den Aberglauben. Wir sind sicher zu Hause angekommen.« Er hämmerte zur dramatischen Untermalung gegen die Luke. Das Geräusch klang beruhigend massiv, aber kurz darauf begann das Schiff, wie eine Fata Morgana zu schimmern.

»Rick, laß das!« schrie Tessa, und Yoshiko sagte: »Noch nicht, verdammt, noch nicht!«

»Ich nehme alles zurück!« rief Rick, aber diesmal verblaßte die Kapsel weiter. Sie trug ihr Gewicht noch ein paar Sekunden, aber das war es dann. Die Steuerungskonsole wurde durchsichtig. Der Höhenmesser verschwand, mit dem Zeiger schon fast am Anschlag, ganz zuletzt, wie das Lächeln der Cheshire-Katze in ›Alice im Wunderland‹. Dann verschwanden die Sitze unter ihnen, und plötzlich waren alle drei Astronauten im Freien.

Rick ruderte wild mit den Armen. Seine rechte Hand schlug gegen einen der Raumanzüge, der mit ausgestreckten Armen und Beinen wegtrudelte. Auch die beiden anderen Raumanzüge waren nicht verschwunden, und es dauerte einen Moment, bis Rick sich daran erinnerte, daß sie die Anzüge mit an Bord gebracht hatten.

Er wirbelte herum und suchte panisch nach den einzigen anderen nichtgespenstischen Objekten an Bord der Kapsel. Er fand sie direkt unter sich – die Proben, die er und Tessa von der Mondoberfläche mitgebracht hatten.

»Nein!« schrie er und griff danach, als ob er wenigstens ein einzelnes Steinchen retten wollte. Doch plötzlich spritzte ihm Wasser ins Gesicht – noch nicht das Meer, denn er schmeckte Ammoniak und einen anderen, ihm unbekannten Geschmack. Er würgte und hustete. Die Stichprobenbehälter waren mit dem Rest des Schiffs verschwunden und hatten ihren Inhalt über ihn ergossen.

Alles, was sie gesammelt hatten, alles, was sie erreicht hatten, war von seiner Arroganz in einem einzigen Moment ausgelöscht worden. Sie kehrten mit nicht mehr zur Erde zurück, als sie ins Weltall mitgenommen hatten.

Außer, daß die ganze Welt wußte, was sie getan hatten und sie dabei beobachtet hatte. Das konnte ihnen niemand nehmen.

Tessa fiel ein paar Meter neben ihm, aber sie hatte ihre Arme und Beine ausgebreitet, um ihren Sturz zu bremsen. Als sie mit wehendem Haar hinter ihm zurückblieb, rief Rick zu ihr hinauf: »Triff so nicht auf!«

»Natürlich nicht«, rief sie zurück. »Ich werd' mich in letzter Sekunde strecken!«

Yoshiko ruderte mit den Armen, um nicht mit dem Kopf zuerst auf das Wasser zu treffen. »Zusammenrollen!« rief Rick ihr zu, konnte aber nicht sehen, ob ihr das gelang. Er hatte selber kaum Zeit, sich so zu drehen, daß seine Füße nach unten zeigten.

Das Meer kam ihnen rasend schnell entgegen. Rick wollte nicht nach unten schauen, und endlich sah er die beiden Schiffe: zwei gewaltige Flugzeugträger, die nebeneinander die Wellen durchpflügten und auf ihn zukamen. Die Decks waren mit Matrosen vollgepackt. Und mit Reportern. Und Wissenschaftlern, Bürokraten und Gott weiß wem sonst noch.

Rick schloß die Augen und bereitete sich auf das vor, was unweigerlich kommen würde.

Originaltitel: ›Abandon in Place‹ · Copyright © 1996 by Mercury Press, Inc. · Aus: ›The Magazine of Fantasy & Science Fiction‹, Dezember 1996 · Aus dem Amerikanischen übersetzt von Chris Weber

---

Lewis Shiner

WIE WARMER REGEN

Ich öffnete die Tür und sah nichts als Nebel und Regen. »Mrs. Donovan?« fragte eine Stimme. Ich schaute nach unten, und da war er.

Außer im TV hatte ich noch keinen echten Wissenschaftler gesehen. Er hatte die Größe eines Industriestaubsaugers: ein Zylinder auf motorisiertem Fahrgestell, rundum mit kleinen Plastikbehältern. Durchsichtige Plastikschläuche, durch die Flüssigkeiten gluckerten, führten aus dem zylinderförmigen Rumpf in die Behälter. Eine war klar wie Wasser, eine rot wie Blut, und die dritte ... Na ja, sie erinnerte irgendwie an Pisse. An jeder Ecke des Fahrgestells befand sich eine Art von Arm, etwas wie ein Mittelding zwischen Roboterarm und Hummerschere.

Am schlimmsten waren die Augen. Insgesamt hatte der Wissenschaftler vier, je zwei in einem Drehkranz an jeder Seite des Zylinders, jedes in einem mit Flüssigkeit gefüllten Plastikbehältnis, an dessen Rückwand Kabel verliefen. Sie ähnelten hartgekochten Eiern, um die man am einen Ende Ringe und am anderen Ende Äderchen gemalt hatte. Alle paar Sekunden drehte sich eine der Hummerscheren und wischte Regentropfen von der Vorderseite der transparenten Plastikkästen. Hinter jedem Auge war ein Mikrofon installiert, und am Heck ragten zwei Peitschenantennen auf, die mit den Seitenabstandsstangen der neuen Hudsons Ähnlichkeit aufwiesen, die gegenwärtig die Werbung vorstellte.

Der Regen perlte über seine Außenflächen, ohne sie zu verätzen. Ich bemerkte, daß seitlich auf dem Zylinder ein kleines Knirps-Logo mit dem Text *Regen? Welcher* ***Regen?***[WZ] klebte.

»Dürften wir bitte hineinkommen, Mrs. Donovan?« Die Stimme klang wie die automatischen Durchsagen im Einkaufszentrum, nämlich ölig-freundlich und tief. Ich konnte mir vorstellen, daß sie genausogut ›In der Gelben Zone ist das Parken verboten‹ sagte.

»Sicher«, antwortete ich. Nicht daß ich eine Wahl hatte, aber es wäre mir lieber gewesen, Harold hätte sich an diesem Morgen nicht zur Arbeit außer Haus befunden. Ich trat beiseite, und der Wissenschaftler rollte geradewegs ins Wohnzimmer, troff vor Regenwasser, das auf dem Teppichboden gelbe Flecken hinterließ. Im Wand-TV lief momentan *Alle meine Kinder,* und ich schielte ab und zu auf die Mattscheibe, weil heute die Folge an der Reihe war, in der Fürstin Erika ins Altersheim gesteckt werden sollte. »Möchten Sie eine Tasse Kaffee?«

»Kaffee?« wiederholte der Wissenschaftler. »Wozu denn?«

»Keine Ahnung. Ich dachte, aus Höflichkeit frage ich mal.«

»So etwas ist überflüssig. Wir sind Wissenschaftler.« Plötzlich veränderte sich die Stimme, nicht im Ton oder auf ähnlich deutliche Weise, sondern hörte sich auf einmal an, als spräche jemand anderes. »Sie meinen selbstverständlich SynthiKaf? Sie haben uns doch keinen illegalen organischen Kaffee angeboten?«

»Natürlich nicht.« Selbst wenn ich es mir hätte leisten können, auf dem Schwarzmarkt echten Kaffee zu kaufen, hätte ich ihn nicht an jemanden verschwendet, dessen Geschmacksknospen aus winzigkleinen Analyse-Chemielaboratorien bestanden.

»Unsere neuen synthetischen Lebensmittel kombinieren nämlich nährwertmäßige Effizienz mit einem Sortiment der Natur gleichwertiger, je nach Geschmack sogar überlegener Aromen.«

»Da ich es immer wieder höre, wird's wohl so sein«, sagte ich. »Ich habe noch keinen Vergleich vorgenommen.« Damit allerdings log ich. Einmal hatte ich echten Kaffee getrunken und träumte noch heute davon.

»Es ist auch nicht erforderlich. Sie können sich auf unser wissenschaftliches Urteilsvermögen verlassen.« Kurz schwieg der Wissenschaftler, dann sprach er wieder mit der vorherigen Stimme. »Wir möchten nun gerne Ihren Sohn Michael begutachten.«

Mich packte Furcht. »Stimmt … irgendwas nicht?«

»Im Gegenteil. Alles verläuft außerordentlich gut. Bitte bringen Sie uns zu dem Kind.«

Ich führte ihn ins Kinderzimmer. Mischa schlief auf dem Bauch, lag ganz still da, außer daß seine Zehen zuckten, als ob ein Traumgeschöpf ihm die Fußsohlen kitzelte.

Der Wissenschaftler fuhr einen Roboterarm aus, und unmittelbar bevor die Extremität Mischa erreichte, sah ich am Ende eine Injektionsnadel funkeln. Ich sprang auf ihn zu, aber schneller, als ich es für möglich gehalten hätte, schwang sich mir ein anderer Arm entgegen und wehrte mich ab.

»Es besteht kein Anlaß zur Beunruhigung, Mrs. Donovan.« Trotzdem fühlte ich mich beunruhigt. Ich war sogar vor Furcht aus dem Häuschen, und als besonders widerwärtig empfand ich es, daß seine Stimme währenddessen ständig bei dieser Soll-mir-ein-Vergnügen-sein-Schleimigkeit blieb, und er dauernd ›wir‹ sagte, nur weil er mit zahllosen anderen seines Schlages vernetzt war und sie alle mich durch seine Augen sahen. »Wir erledigen lediglich ein standardisiertes DNS-Verifikationsverfahren. Reine Routine.«

Die Nadel pikste in Mischas linken Oberarm, und er zuckte beim Einstich leicht zusammen. Unentwegt drängte ich vorwärts, kam jedoch nicht von der Stelle.

»Unsere DNS-Analyse bestätigt, daß dieses Kind tatsächlich Michael Julian Donovan ist, Sohn von Jeanne und Herbert Donovan.«

»Harold«, berichtigte ich den Wissenschaftler.

»Äh … Ja. Harold Donovan. Unseren Glückwunsch, Mrs. Donovan. Während seiner pränatalen Entwicklung bei Ihrem Sohn durchgeführte Untersuchungen deuten auf ein bemerkenswertes Intelligenzpotential hin. Er ist für die Höhere Bildung und die eventuelle Qualifizierung zum Wissenschaftler ausgewählt worden.«

»Höhere … Da muß irgendein Irrtum vorliegen. Er ist erst sechs Wochen alt.«

»Wir begehen keine Irrtümer, Mrs. Donovan.«

»Eben ist Ihnen einer unterlaufen. Sie haben meinen Mann bei einem falschen Namen genannt.«

»Das war nur ein Versprecher. Mit Höherer Bildung meinen wir, sie ist qualitativ höher. Sie betrifft Geschichte, Mathematik, Physik, Eugenik sowie die Lehren des Meisters. Nach unseren Erfahrungen kann mit der Ausbildung, wenn man das Potential des Intellekts maximieren will, nicht früh genug angefangen werden.«

Im TV hatte ich schon gesehen, wie stolze Eltern ihre Säuglinge zum Aufziehen an Wissenschaftler übergaben. Ich bemühte mich um angemessene patriotische Begeisterung, aber mir wollte das richtige Gefühl einfach nicht kommen. »Wann … wann möchten Sie ihn mitnehmen?«

»Selbstverständlich sofort.«

Unter meinen Füßen schien der Boden zu schwanken. »Jetzt sofort, meinen Sie?«

»Ich sehe, daß Sie tief gerührt sind, aber ich versichere Ihnen, es erübrigt sich, daß Sie sich bedanken.«

»Kann ich … Ich meine, darf ich ihn begleiten?«

»Selbstverständlich nicht.«

»Aber … wer singt ihm dann abends was vor? Wer nimmt ihn in den Arm, wenn er schreit?«

»Wie der Meister gelehrt hat, müssen wir uns überwiegend der wissenschaftlichen Forschung widmen und weniger mit dem Erfordernis der Befriedigung primärer physischer und psychischer Ansprüche befassen.«

»Wenn Sie nicht einsehen, daß er seelisch die Nähe seiner Mutter nötig hat, wird aus ihm bestimmt ein, ein … eine Art von Ungeheuer.«

»Sekundäre Veränderungen brauchen nicht in Betracht gezogen zu werden, wenn wir uns nach den prioritären Bestrebungen beziehungsweise Herausforderungen richten, in diesem Fall dem Betreiben der Wissenschaft. Physiologische Maßnahmen erfolgen ohne Berücksichtigung der psychischen Konsequenzen. Selbstverständlich wird gehofft, daß diese physiologischen Maßnahmen in einer unvorhersehbar umfangreichen Erhöhung des mentalen Begriffs- und Leistungsvermögens resultieren.«

»Was soll das heißen, ›physiologische Maßnahmen‹?«

»Selbstverständlich spreche ich von seiner letztendlichen physischen Transformation in einen Wissenschaftler unseres Typus.«

»Sie meinen … Sie wollen ihm das Gehirn herausoperieren?«

Aus den Lautsprechern des Wissenschaftlers ertönte ein absolut unüberzeugendes Auflachen. »Ihn erwartet eine Periode von sechzig bis hundertzwanzig Jahren larvaler, nichtspezialisierter Existenz, wie der Meister es nennt, doch wohl genug, um die Befürworter ›natürlichen Lebens‹ zufriedenzustellen?« Der Wissenschaftler zückte eine wasserdichte Decke und breitete sie über Mischas schlafende Gestalt. Mit zweien seiner Greifarme packte er das Kinderbett und setzte sich in Richtung Tür in Bewegung.

Nicht einmal lebenslanges TV-Glotzen genügte, um meine Reaktion zu unterdrücken. Ich schrie und sprang erneut auf Mischa zu. »Ihr Verhalten ist vollauf destruktiv, Mrs. Donovan«, sagte der Wissenschaftler. Ich verspürte an einem Arm einen schmerzhaften Einstich und verlor die Besinnung.

Das war im April geschehen, am 13. April, um genau zu sein. Es dauerte bis zum 5. September, um einen Gesprächstermin bei meiner zuständigen Parlamentsabgeordneten zu erlangen, einer Frau namens Gowan. Sie gewährte mir zehn Minuten ihrer Zeit, morgens zwischen 9 Uhr 40 und 9 Uhr 50.

Im Verlauf der vergangenen fünf Monate hatte sich viel ereignet. Nach zwei Monaten gegenseitiger Vorwürfe, schlafloser Nächte und aufgrund meiner permanenten Deprimiertheit hatte Harold mich im Juni verlassen. Deshalb hatte ich in einen Singles-Wohnblock umziehen müssen; das bedeutete, mich auf einen kleineren TV-Apparat, eine Gemeinschaftssporthalle und ein Gemeinschaftsschwimmbecken umzustellen. Ich hatte zehn Kilo Gewicht verloren und war beim vierten Psychiater in Behandlung, suchte fortwährend nach etwas anderem als wiedergekäuten Platitüden aus Regierungstraktätchen, ohne es zu finden.

Wahrscheinlich erweckte ich keinen allzu vorteilhaften Eindruck, als ich das Büro der Parlamentsabgeordneten Gowan betrat. Ich war die ganze Nacht hindurch wach gewesen und hatte am Morgen, bevor ich aus dem Haus hastete, Kaffee auf meine Bluse geschlabbert, natürlich SynthiKaf. Beim Parken hatte ich Probleme gehabt, und im ausgerechnet diesmal extrem säurehaltigen Regen war mein Regenschirm geschmolzen, so daß ich verätztes Haar und Flecken auf dem Jackett hatte.

Gowan trug ein geschmackvolles weißes Chanel-Kostüm und täuschte vor, über mein Äußeres nicht erschrocken zu sein. Sie beugte sich über den Schreibtisch und schüttelte mir die Hand. »Ich habe Ihren Brief hier auf dem Bildschirm«, sagte sie. »Offenbar erheben Sie Einwände dagegen, daß man Ihren Sohn für die Höhere Bildung ausersehen hat?« Sie sprach, als könnte sie überhaupt nicht glauben, was sie in meinem Brief gelesen hatte.

»Als er abgeholt wurde, war er erst sechs Wochen alt. Säuglinge brauchen keine Höhere Bildung, sondern Familie.«

»Sechs Wochen ist das Standardalter für die Matrikulation von Nachwuchswissenschaftlern. Es minimiert den Schaden, den uninformierte Eltern verursachen können, aber räumt ihnen eine nominelle Bindungsphase ein.«

»Nominell? Sechs *Wochen?*«

»Immerhin war er doch während der vollen neun Monate der Schwangerschaft unter Ihrer Obhut. Untersuchungen haben gezeigt, daß es am günstigsten gewesen wäre, mit der Ausbildung schon zu Beginn des dritten Schwangerschaftsquartals anzufangen. Mrs. Donovan, sind Sie sicher, daß Sie sich durchs Fernsehen ausreichend informieren?«

»Ja, da bin ich mir sicher, ja.«

»Haben Sie vor der Erwählung Ihres Sohns Unzufriedenheitsgefühle oder Dysphorie bei sich beobachtet?«

»Nein, bestimmt nicht. Harold und ich waren sogar ganz besonders glücklich. Wir hatten uns ewig ein Kind gewünscht ... Zehn Jahre lang haben wir's versucht ... Und als dann endlich Mischa zur Welt kam, war's für uns wie ein Wunder.«

Ostentativ blickte Gowan auf ihre Rolex. »Mrs. Donovan, würden Sie leugnen, daß Sie Ihr Zuhause, Ihr Auto, Ihren Fernsehapparat und Ihre Mahlzeiten ausnahmslos der Regierung verdanken?«

»Nein, aber ...«

»Daß Sie als Gegenleistung für diesen Lebensstandard nur wenige Stunden pro Woche in dem Laboratorium zu arbeiten brauchen, dem Sie zugeteilt sind? Möchten Sie bestreiten, daß die Regierung das Recht hat, in der Art und Weise über Bürger zu verfügen, die sie als angebracht erachtet?«

»Nein, aber ...«

»Mrs. Donovan, kennen Sie sich mit magnetofugalen Wellen aus? Wissen sie etwas über transplutische Synchronizitäten? Verstehen sie etwas von Hydrometallotanie?«

»Nein, aber ...«

»Wie können Sie sich dann anmaßen, die Methoden zu kritisieren, anhand derer die Wissenschaftler ihre Tätigkeit auf diesen und anderen hochgradig wichtigen Forschungsgebieten ausüben? Es hat für mich den Anschein, Mrs. Donovan, daß die Schwierigkeit nicht bei Ihrem Sohn liegt, sondern bei Ihnen. Sie haben keine Klarheit über Ihre Stellung in der Gesellschaft. Wie der Meister erklärt hat, kann auch ein wissenschaftlich orientierter Staat wie der unsere nur dann Bestand haben, wenn er seine Macht über die unbelebte und« – sie warf mir einen vielsagenden Blick zu – *»lebende* Umwelt ständig ausdehnt. Der Fortschritt der Wissenschaft hängt in erheblichem Maß von der nichtwissenschaftlichen Menschheit ab.

In den Laboratorien sind Menschen erforderlich, die Routinearbeiten verrichten, so wie Sie, auch Staatsdiener wie mich muß es geben, damit eine Verbindung zum Wissenschaftlichen Rat besteht. Aber was noch bedeutsamer ist, die Komplexität wissenschaftlichen, insbesondere theoretischen wissenschaftlichen Denkens verlangt eine immer größere Anzahl erstklassiger Intelligenzler, wie Ihr Sohn … äh …«

»Mischa.«

»Michael, ja. Also, wie er einer ist. Die moderne Entwicklung der Wissenschaften kann unmöglich getrennt von den politischen und ökonomischen Wandlungen betrachtet werden, die es gestattet haben, das wissenschaftliche Personal aus immer weiteren Bevölkerungskreisen zu rekrutieren. Wir müssen gewährleisten, daß jeder fähige Geist der Gesellschaft von Nutzen ist. Sehen Sie das ein, Mrs. Donovan?«

»Ähm … nein.«

Gowan stieß ein Aufseufzen aus und holte ein blauweißes Pappkärtchen aus der Schreibtischschublade. Es war mit dem Text DIE WEISHEIT DES MEISTERS IST FÜR JEDEN BÜRGER DA bedruckt. »Diese Berechtigungskarte erlaubt es Ihnen, sich vom Meister persönlich aufklären zu lassen. Vielleicht kann er Ihnen besser als ich behilflich sein.«

»Der Meister? Ich dachte, er wäre to …«

Sie hob einen Finger an die Lippen. »Das gilt nur für sein Fleisch, das bekanntlich einer der drei Feinde des rationalen Verstands ist. Er lebt in einem Expertensystem weiter und ist in dreihundert Städten der ganzen Welt telepräsent. Unter anderem auch hier in Dallas.« Sie stand auf und streckte mir die Hand entgegen, also stand ich reflexmäßig ebenfalls auf und drückte ihre Hand. »Sie müssen nur einen Termin vereinbaren. Die Telefonnummer steht auf der Karte.«

Als sie wieder Platz nahm, verschaffte sie sich per Laptop bereits Einblick in die Informationen für die nächste Unterredung.

Im Dezember fand ich eine Benachrichtigung in der Post, daß man mir für die Aussprache mit dem Meister höchstpersönlich einen Termin um 3 Uhr 35 am 23. Februar reserviert hatte, einem Montagmorgen. *Seien Sie unbesorgt,* hieß es in der Mitteilung, *falls Ihnen eine Uhrzeit genannt wird, die Sie als ungewöhnlich empfinden. Beachten Sie, daß ein Expertensystem keinen Schlaf braucht.*

Ich konnte nur an eines denken, nämlich daran, daß Mischa zum Zeitpunkt meines Gesprächs mit dem Meister schon fast ein Jahr alt sein würde. Dann fehlte ihm jede Erinnerung an mich, hatte er sich körperlich verändert, war er wahrscheinlich auch emotional so beeinflußt worden, daß ich ihn voraussichtlich gar nicht mehr erkannte.

Vermutlich ging ich an die Sache mit unrealistischen Erwartungen heran. Ich glaube, ich wollte, daß wenigstens irgendwer für das, was mit meinem Kind passierte, die Verantwortung übernahm. Wenn sonst niemand, mußte zumindest der Meister, hoffte ich wohl, mir ein paar Antworten geben können. Also traf ich, abgefüllt mit SynthiKaf, eine halbe Stunde früher ein und fügte mich, zusammen mit ungefähr einem Dutzend anderer Leute, auf einer Plastiksitzbank ins Warten, bis die Betreuer mich pünktlich um 3 Uhr 35 in den Audienzraum führten.

Der Audienzraum war groß, hatte jedoch eine niedrige Decke, die ebenso wie Wände und Fußboden aus poliertem Granit bestanden. Über einen Gummiläufer gelangte man zu einer gleichfalls aus Granit gefertigten Sitzbank in der Mitte der Räumlichkeit. Die Sitzgelegenheit stand vor einem Podest mit einem TV-

Apparat, der noch kleiner war als der Fernseher in meiner Wohnung. Auf der Mattscheibe war ein Gesicht zu sehen, die Miene eines älteren, gutmütigen Mannes, der auf vage Weise einen englischen Eindruck erregte. Seine Augen folgten mir. »Mrs. Donovan?«

»Ja, stimmt.«

»Bitte setzen Sie sich, wenn Sie es sich etwas bequemer machen möchten.«

Ich hatte keine Lust zu sitzen. »Wissen Sie, wo mein Sohn ist?«

»Ich bin kein Teil des Wissenschaftlerverbunds. Grundsätzlich betrachtet, ist mir allerdings bekannt, was aus ihm geworden wird. Er befindet sich gegenwärtig in der Unterweisung. Dieser Vorgang kann für Sie kaum eine Veranlassung abgeben, echauffiert zu sein. Immerhin steht ihm eine Periode von sechzig bis einhundertzwanzig Jahren ...«

»›Larvaler Existenz‹ bevor, ja«, sagte ich. »Das ist mir nicht entgangen. Ich wüßte gerne einmal, was für 'ne Art von Menschen Sie Ihres Erachtens damit eigentlich hervorbringen.«

»Neue Menschen. Wir hoffen, daß wir über das herkömmliche Menschsein hinauswachsen können.«

»Aber wie soll Mischa denn glücklich werden, wenn ...«

»Der Mensch der Zukunft wird wahrscheinlich die Entdeckung gemacht haben, daß Glücklichsein kein erstrebenswertes Daseinsziel ist. Wir hoffen, daß es uns gelingt, Gefühle bewußter Steuerung zu unterwerfen, zum Beispiel, um eine bessere Durchführung gewisser Arbeitsverfahren zu ermöglichen.«

»Und was ist mit Gefühlen wie Mitleid und Liebe? Trost?«

»Wir dürfen uns nicht an statische psychologische Denkmuster klammern. Indem wir den Weg in die avisierte Zukunft ebnen, verändern wir uns, und indem wir uns verändern, streben wir nach wieder Neuem. Diese Gefühle, die Sie erwähnt haben, passen vielleicht nicht mehr in unsere Zukunft.«

Im Audienzraum war es ziemlich kalt. Ich durchschaute, es war genau das erreicht, was man vorgehabt hatte, erst war ich zu Gowan und dann zum Meister geschickt worden, und dazwischen waren elend lange Monate verstrichen. Man hatte mir gerade genug Hoffnung gelassen, um dagegen vorzubeugen, daß ich eine regelrechte Verzweiflungstat beging, während mein Wille, mein Zorn und sämtliche anderen Emotionen, die ich gebraucht hätte, um mich zu wehren, sich allmählich verschlissen.

Ich wandte mich ab und entfernte mich zum Ausgang.

»Mrs. Donovan?« fragte die Stimme. »Haben Sie keine Fragen mehr? Ihnen bleiben noch sieben Minuten und dreiundzwanzig Sekunden.«

Ich saß im Auto und ließ den Tränen freien Lauf. Soeben wollte sich mir ein richtiges schweres, lautes Schluchzen entringen, da ertönte hinter mir eine Stimme. »Nicht umdrehen«, sagte sie.

Ich drehte mich um. Ich wischte mir energisch die Augen und sah ich einen Wissenschaftler, dessen Komponenten auf Rückbank und Fahrzeugboden verteilt lagen.

»Bitte fahren Sie einfach los«, fügte er hinzu. »Ich erkläre Ihnen alles unterwegs.«

Ich fuhr ab. »Sie sind Mrs. Donovan, nicht wahr?« fragte der Wissenschaftler.

»Woher wissen Sie das?«

»Ich habe in den Terminkalender des Meisters Einblick genommen. Mein Eindruck ist, daß Sie am wahrscheinlichsten jemand sind, der für mich Verständnis haben könnte.« Kurzes Schweigen folgte. »Die Sache mit Ihrem Sohn«, sagte der Wissenschaftler anschließend, »tut mir leid.«

»Was soll das heißen? Ist irgend etwas vorgefallen? Ist er ...?«

»Soviel ich weiß, geht es ihm gut. Ich meine, es tut mir leid, daß man ihn Ihnen weggenommen hat. Daß Sie deshalb Kummer leiden mußten.«

Das Weh, das mich in diesem Augenblick durchschoß, hatte nachgerade körperliche Auswirkungen. Ich spürte es in der Brust, im Hals und in den Augen. »Sie sind der erste«, antwortete ich, »der so etwas zu mir sagt.«

»Genau daraus besteht mein Problem. Ich bin zu emotional.«

»Warum sind Sie dann ...?«

»Wieso mein Gehirn trotzdem in einer Blechbüchse steckt? Ich bin einer der allerersten Kandidaten für das Wissenschaftlerförderungsprogramm gewesen. Damals konnte man noch keine so präzisen Psychoprofile ausarbeiten. Ich war nur ein unwichtiger Geschichtslehrer an einem drittklassigen College, hatte aber eine Schwäche für IQ-Tests. Mir wurde die Gelegenheit geboten, den Rest meines ›natürlichen‹ Lebens auf Regierungskosten zu studieren und eventuell, wer weiß, Unsterblichkeit zu erlangen. Als ich dann einige wahre Fakten der Geschichte des vergangenen Jahrhunderts entdeckte, wollte ich sofort abspringen, aber da war es zu spät. Man hat mir versprochen, nach der Modifikation sähe ich alles anders. Aber es ist nicht so gekommen. Ich sehe es bis heute nicht anders. Und deshalb habe ich mich zwanzig Jahre lang damit befaßt, meine Flucht vorzubereiten.«

»Wie ist das möglich? Ich dachte, Sie wären allesamt zu einem einzigen Riesengehirn vernetzt.«

»Ich bin aus dem Verbund ausgeschlossen worden.

Ich ›kontaminiere‹ die rein wissenschaftlichen Gedanken, hieß es. Hören Sie, mit mir Umgang zu haben, könnte für Sie gefährlich werden. Wenn es Ihnen lieber ist, setzen Sie mich an irgendeiner Straßenecke ab. Ich nehme es Ihnen nicht übel.«

»Inzwischen ist mir sowieso alles egal. Was kann man mir denn nun noch antun?« Der Wissenschaftler enthielt sich jeglicher Antwort, ein Umstand, der mir plötzlich leichtes Grausen einflößte. »Wohin möchten Sie denn eigentlich?«

»Ich habe eingefädelt, daß ich um Mitternacht als Frachtstück ausgeflogen werde. Würden Sie mich einfach irgendwo absetzen, wo ich in die U-Bahn umsteigen kann?«

»Dann besteht die Gefahr, daß man Sie aufgreift«, gab ich zu bedenken. »Am besten bleiben Sie so lange in meiner Wohnung, und ich fahre Sie am späten Abend hin.«

»Das ist furchtbar nett von Ihnen. Immerhin kennen Sie mich ja nicht einmal.«

»Ich verlange dafür auch eine Gefälligkeit. Sie müssen mir alles verraten, was Sie wissen, das mir dabei helfen könnte, meinen Sohn zu finden.«

Im Parkhaus unterm Wohnblock lud ich die Teile des Wissenschaftlers in den Lastenaufzug. Niemand beobachtete mich, während ich ihn stückweise in meine Wohnung trug. Drinnen suchte ich einen Hakenschlüssel heraus und montierte ihm einen der Greifer an, damit er sich wieder komplett zusammenbauen konnte.

»Haben Sie einen Namen?« erkundigte ich mich.

»Wir Wissenschaftler übermitteln uns lediglich gegenseitig elektronisch Icons«, erklärte der Wissenschaftler zunächst, dann zögerte er. »Früher riefen die Leute mich Burt.«

»Also, Burt, ich trinke erst mal 'ne Tasse Kaffee.«

»O Gott«, stöhnte er, »echten Kaffee?«

»SynthiKaf.«

»Was täte ich nicht alles für bloß eine Tasse SynthiKaf. Wußten Sie, daß achtzig Prozent der Personen, an denen die Modifikationsoperation vollzogen wird, innerhalb weniger Stunden unheilbarer Irrsinn befällt? Selbstverständlich wissen Sie es nicht. Niemandem außerhalb des Wissenschaftlerverbunds ist es bekannt. Aber der Reizentzug während der Operation und der Genesungsphase, der Verlust an Neuronen im Rückenmark und von Hormonen, die ungewohnte Informationszufuhr der Augenimplantate ...«

»Warum bleibt man dann dabei?«

»Man argumentiert, daß wir längst alt sind. Wenn wir eliminiert werden müssen, entsteht kein großer Verlust.«

»Sie meinen, alle die verrückt werden ... *bringt man einfach um?*«

»Nur jemand, der Gefühle hat, schreckt vor Mord zurück. Logik denkt an nichts als die effizienteste Methode, um ihn zu verüben. Vom Meister selbst stammt ja die Maxime, daß die Obrigkeit sowohl Quantität wie auch Qualität der Bevölkerung steuern soll. Und daß die Welt möglicherweise für die Menschen alten Schlags *und* die neuen Menschen zu klein ist. Die besser organisierten Wesen – damit sind selbstverständlich die Wissenschaftler gemeint – hätten die Verpflichtung, hat er postuliert, zur Selbstverteidigung den Rest zahlenmäßig zu reduzieren. Bis sie ihnen nicht mehr ›ernsthaft hinderlich‹ sind.«

»Das ist ja unglaublich. Eine Ungeheuerlichkeit.«

»Kann sein, aber überhaupt nicht neu. Wissen Sie, was eine ›Hooversiedlung‹ ist? Bestimmt nicht. Die Geschichtsbücher verschweigen sie. Benannt waren sie nach Herbert Hoover, der vor hundert Jahren Präsident war, und zwar zur Zeit eines weltweiten ökonomischen Niedergangs. An den Rändern jeder größeren Stadt gab es damals Ansammlungen von Baracken, Zelten und Hütten, in denen Menschen hausten, die Arbeit und Wohnung verloren hatten. Ein Mann mit Namen Anderson, der unter Hoover zum Generalbundesanwalt aufstieg, hatte sich in die Ideen des Meisters verrannt. Seine erste Amtshandlung bestand aus der geheimen Liquidierung aller Leute, die er als ›verstockte, unverbesserliche Armutsrabauken‹ bezeichnete.«

»Er hat sie in Flüssigkeit verwandelt?«

»Das ist ein Euphemismus. Ein beschönigender Ausdruck für Mord. Er hat dafür gesorgt, daß die Ideen des Meisters sich auf der gesamten Welt ausbreiteten, und hinter den Kulissen beschloß man, einen neuen Weltkrieg zu veranstalten. Dabei konnte man sich die Überbleibsel der Unterschicht und die ›weniger Intelligenten‹ der Bevölkerung vom Hals schaffen.«

»Und Mischa ist in der Gewalt solcher Menschen«, sagte ich. »Wir müssen ihn unbedingt zurückholen.«

»Warten Sie, ich habe Ihnen noch mehr zu erzählen. Die Wissenschaftler sind nur die Spitze des Eisbergs. Sie sehen doch, wie wir sind. Es muß offenbar werden, daß wir nicht dazu imstande sind, die Welt zu beherrschen. Der Wissenschaftlerverbund ist nur Fassade, und dahinter verbirgt sich …«

In diesem Moment flog die Wohnungstür auf, und vier Männer in schwarzen Anzügen stampften herein. Alle trugen Spiegelbrillen, hatten links ausgebeulte Jacken und Ohrhörer in die Ohren gestöpselt. »Das war's, Freundchen«, rief einer von ihnen. »Sie haben genug gequasselt.«

»Das ist eine Unverfrorenheit«, entgegnete Burt,

schwang die Hummerscheren durch die Luft. »Sie haben keinerlei Recht zu so einem …«

Einer der Anzugträger wich einem Greifer aus und kniff einen der durchsichtigen Plastikschläuche ein, die in Burts Hirnbehälter mündeten.

»Gluck«, machte Burt.

»Werden Sie nun wohl brav sein, Freundchen?«

»Gluck«, wiederholte Burt.

Der Mann ließ den Schlauch los, und Burt fing zu zittern an. »Ui«, sagte der dritte Mann, »du hast ihm Bammel eingejagt.«

»Wenn ich diese Scheißdinger sehe, läuft's mir kalt über den Rücken«, sagte der Mann, der gerade von Burt auf Abstand ging. »Als ob man's mit 'nem sprechenden Industriestaubsauger zu tun hätte.« Er glättete sich die Jacke, dann fiel sein Blick, während er seine Ärmel zurechtzupfte, auf mich.

»Wer sind Sie?« fragte ich.

»Niemand«, behauptete einer der Männer. »Sie haben uns nie gesehen.« Er schaute seine Begleiter an. »Bringen wir ihn raus.«

Ich tat einen Schritt auf die Männer zu, aber der nächststehende Kerl hob den Arm und mir die Handfläche entgegen. Die Gebärde strahlte eine derartige Bedrohlichkeit aus, daß ich wie angewurzelt stehenblieb.

Ein anderer Mann musterte Burt. »Kommen Sie still und friedlich mit, oder müssen wir Sie erst ordentlich aufmischen?« Burt streckte ergeben zwei Greifarme in die Höhe und ließ sich, an beiden Seiten einen der Männer, die seine Hände hielten, als wäre er ein verirrt gewesenes Kind, in den Hausflur hinausführen.

Kaum war die Tür zugeschlagen, lief ich ans Fenster. Unten parkte ein großer, sechstüriger Cadillac mit schwarzen Scheiben und einer kleinen Trichterantenne. Ein paar Sekunden später öffnete sich die

Haustür, und die vier Männer betraten die Straße, zogen Burt noch immer an den Greifzangen mit sich.

Ich rannte zu den Aufzügen.

Zuerst klebte ich ziemlich nahe hinter dem Cadillac, doch sobald wir erst einmal im Schneckentempoverkehr der Hauptschnellstraße nach Norden schlichen, war es praktisch ausgeschlossen, abgehängt zu werden. Wir passierten die Inselstädte Plano und McKinney, fuhren bei Allen ab und danach ostwärts. Zehn Kilometer außerhalb der Stadt hielt der Cadillac vor dem Stahlgittertor eines von einer hohen Mauer umgebenen Grundstücks. Das Tor wurde für den Wagen geöffnet, knallte aber zu, ehe ich es auch durchqueren konnte.

Ich stieg aus dem Auto, stellte mich im Regen ans Gittertor und beobachtete, wie der Cadillac vor einem großen Haus parkte, das Säulen an der Vorderfront und ringsherum kunstvoll angelegte Gärten hatte. Die Anzugträger luden Burt aus dem Fahrzeug und brachten ihn durch den Eingang, dessen Türflügel ein Mann im Smoking ihnen aufschwang, ins Gebäude.

An einem der steinernen Seitenpfosten des Tors bemerkte ich einen kleinen Lautsprecher mit einer Taste darunter. Ich drückte die Taste, bis eine Stimme aus dem Lautsprecher drang. »Kann ich Ihnen behilflich sein?« fragte sie mich.

»Mehrere Männer haben vorhin einen Bekannten zu Ihnen ins Haus geschleppt. Ich will wissen, was sie mit ihm anstellen.«

»Könnten Sie uns Ihren Bekannten vielleicht beschreiben?«

»Ähm … Nicht allzu groß, ja? Hauptsächlich aus Metall.«

»Ich habe Sie wohl falsch verstanden«, antwortete

die Stimme, während im Hintergrund jemand blöde lachte. »Meinen Sie etwa den kleinen Wissenschaftler mit dem angeknacksten Gehirn?«

»Ja, genau. Und ich gehe nicht von hier fort, ehe ich weiß, was Sie mit ihm machen.«

»Ganz, wie's beliebt, Gnädigste.«

Der Lautsprecher knackte. Ich drückte noch einmal auf die Taste, aber nach ungefähr zehn Minuten erlahmte mein Daumen. Mittlerweile hatte der Nieselregen meine Kleider durchweicht und brannte auf meiner Haut. Ich schauderte, kehrte dem Tor den Rücken zu und sah ein Polizeiauto vorfahren.

Die Polizisten wollten es bei einer Verwarnung belassen, aber ich rührte mich nicht vom Fleck. Daraufhin mußten sie sich gehörig am Kopf kratzen, während sie sich irgendeinen Vorwand für meine Festnahme ausdachten. Etwa Widerstand gegen Nichtverhaftung? Schließlich buchteten sie mich wegen Erregung öffentlichen Ärgernisses ein und händigten mir trockene Kleidung aus, ein T-Shirt und Jeans.

In der Nacht war es im Gefängnis sehr ruhig. Ich glaube, ich habe sogar ein bißchen geschlafen. Am Morgen bekam ich Besuch. Der Mann trug bauchige Shorts, ein Strickhemd mit offenem Kragen und Mokassins ohne Socken. Um die fünfzig Jahre war er, zwar übergewichtig, aber nicht richtig fett. Er hatte kurzes, weißes Haar und auf dem Gesicht einen Ausdruck unendlich geringfügiger Neugier. Die vier Kerle in Anzügen, die ihn begleiteten, konnten ohne weiteres dieselben gewesen sein, die Burt gekidnappt hatten.

In irgend jemandes getäfeltem, mit Läufern ausgelegtem Büro ließ man mich mit den fünf Männern allein. »So«, sagte der Weißhaarige, »Ihr Freund hat also sein Hirn in einer Blechdose.«

»Mein Freund ist er nicht. Er hatte vor, mir zu helfen. Er war meine letzte Hoffnung.«

»Wenn *er* ihre letzte Hoffnung war, müssen Sie wahrlich tief in der Tinte stecken.«

»O ja«, bestätigte ich, weil ich mich ausgelaugt, durchgefroren, hungrig und verzweifelt fühlte. »Es ist wahrhaftig ein Schlamassel.« Und ich erzählte ihm, obwohl es dafür keinen vernünftigen Grund gab, von Mischa, der Abgeordneten Gowan und der Aussprache mit dem Meister. »Sie sind einer von denen, die Burt erwähnt hat, nicht wahr? Von den Leuten, die wirklich das Sagen haben.«

Nichtssagend neigte er den Kopf zur Seite. »Ich vermute, Burt ist Ihr kleines Robot-Helferlein. Die anderen kleinen Roboterchen wollen ihn enorm gerne wiederhaben. Vielleicht überlasse ich ihn ihnen, vielleicht nicht.«

»Wer sind Sie?«

»Ich? Ich bin reich.«

Ich nickte. »Ich bin Jeannie, Jeannie Donovan.«

Er wirkte irritiert. »Reich ist nicht *wer*, sondern *was* ich bin.«

»Ach so.«

»Es sind nicht mehr viele von uns übrig. Früher haben wir einer den anderen geschluckt. Aber ja, es stimmt, ihr kleiner Kumpel Burt hatte recht. Wir sind diejenigen. Die Wissenschaftler dürfen vorspiegeln, sie regierten die Welt, weil sie's uns ermöglichen, reichlich Geld einzuheimsen, und für uns richtig putzige Spielzeuge aushecken.«

»Sie lassen also Menschen das Gehirn herausschneiden und sie in den Wahnsinn treiben, fremde Kinder entführen und die Armen und Hilflosen massakrieren.«

»Geld folgt seiner eigenen Logik. Wir und die Wissenschaftler sind gar nicht so verschieden. Keiner von uns duldet, daß Gefühlsduselei uns am Erreichen der angestrebten Ziele hindert. Der entscheidende Unterschied ist, daß wir selten so bemitleidenswert naiv wie die Wissenschaftler sind.«

»Und was wird nun aus mir?«

Der Weißhaarige nahm einen schweren Briefbeschwerer aus Glas zur Hand und ließ ihn für eine Weile im Handteller umherrollen. Dann schlenderte er zum Fenster und schaute in den Regen hinaus. »Ich glaube, ich mache Ihren Sohn für Sie ausfindig«, sagte er. »Mißverstehen Sie mich nicht. An einem anderen Tag wäre Ihnen eventuell der Tod sicher. Oder ich würde versuchen, Sie zu verführen, und wahrscheinlich hätte ich, gäbe ich mir genügend Mühe, auch Erfolg. Ich kann alles tun, was mir paßt. Das ist der große Vorteil für jemanden in meiner Situation.«

Er drehte sich zu mir um. »Gehen Sie heim, Mrs. Donovan. Gucken Sie fern. Sie hören von mir.«

Drei Tage später hielt vor dem Wohnhaus der Cadillac. Ich sprang an dem Fenster auf, wo ich während der vergangenen drei Tage die meiste Zeit gesessen, mich im einen Moment davon zu überzeugen versucht, daß tatsächlich Anlaß zur Hoffnung bestand, mir im nächsten Augenblick ebenso verzweifelt klarzumachen mich bemüht hatte, daß alles, an was ich mich nach der Aussprache mit dem Meister entsann, nur eine Art von Halluzination gewesen sein konnte.

Vier Männer in Anzügen stiegen aus dem Auto. Einer von ihnen trug etwas auf dem Arm. Ich hastete in den Hausflur und wartete, kaum zum Atmen fähig, zu den Aufzügen. Endlich öffnete sich eine Lifttür. Der Mann brachte ein Kind, etwa ein Jahr alt, bekleidet mit kurzem Höschen und einem winzigen T-Shirt. In einer Hinsicht hatte ich mich geirrt. Ich erkannte Mischa wieder, jederzeit hätte ich ihn erkannt.

Ich nahm ihn auf die Arme, bemerkte beiläufig, daß ich schluchzte. »Wie kann ich Ihnen nur danken?« fragte ich.

»Sie können's nicht«, antwortete einer der Männer, wandte sich schon zum Gehen. »Also sparen Sie sich die Mühe.«

»Warten Sie. Wie steht's mit Burt? Ist mit Burt alles gut?«

»Ihrem kleinen Robot-Spezi? Dem geht's glänzend. Der Chef läßt ihn Unkraut jäten. So, wenn Sie nicht noch zwei- bis dreihundert weitere Fragen haben, verziehen wir uns, manche Leute müssen nämlich arbeiten.«

Die Lifttür schloß sich, und fort waren die Männer.

Ich betrachtete das Kind in meinen Armen. »Mischa«, sagte ich, »du bist es wirklich ...«

»Ja, natürlich«, antwortete er. »Wen hast du denn erwartet, etwa den Dalai Lama?«

»Ich ... ich ...«

»Ich würde dir ja die Hand schütteln, aber meine motorische Koordination ist noch ziemlich primitiv. Könnten wir wohl hineingehen?«

Durch die wiederholte Verblüffung war ich in äußerste Konfusion mit regelrechten körperlichen Begleiterscheinungen geraten. Ich nickte und trug ihn in die Wohnung. »Es ist nicht unbedingt nötig«, meinte er, »mich so kräftig zu quetschen.«

»Was soll ich ...? Wo möchtest du ...?«

»Der Fußboden wäre mir angenehm, glaube ich.«

Behutsam setzte ich ihn auf den Boden, und da hockte er, ganz das Musterbild eines hübschen, einjährigen Kleinkinds, abgesehen vom hellen Leuchten der Intelligenz in seinen Augen.

»Weißt du, wer ich bin?« fragte ich betroffen. »Empfindest du überhaupt etwas für mich?«

»Selbstverständlich weiß ich, wer du bist. Die Lage ist mir gründlich erläutert worden.«

»Aber fühlst du gar nichts? Wärst du lieber wieder bei den Wissenschaftlern?«

»Nein, eigentlich nicht«, lautete Mischas Antwort. »Um die Wahrheit zu sagen ...« Er schaute erst zur einen, dann zur anderen Seite, senkte die Stimme. »... in Wirklichkeit sind sie bloß ein ganz saudummer Haufen.« Er lehnte sich zurück, strampelte mit den Kinderfüßchen auf dem Boden und lachte, lachte, lachte.

Jonathan Lethem/Angus MacDonald

AN DER BETTKANTE ZUR EWIGKEIT

Strand war klar, daß seiner Frau bald auffallen mußte, wie gräßlich alt er wurde; es war nur eine Frage der Zeit. Er bummelte vor dem Badezimmerspiegel herum und machte eine Bestandsaufnahme seiner Verwüstungen. Gelblichkeit der Augen, weiße Stoppeln, die ihm aus und unter der Nase wuchsen, und unterm Kinn häuften sich schlaffe Hauttaschen. Die Anzeichen konnten nicht mißverstanden werden. Er entfernte sich altersmäßig von seiner Frau. Und binnen kurzem mußte es ihr offensichtlich sein.

Den Zeitintrojektor zu benutzen, war von Anfang an ein schmutziger, kleiner Geheimtrick gewesen, aber zunächst hatte er die Sache im Griff gehabt. Inzwischen verbrachte er in der Nullzeit mit Angela soviel Zeit, wie er hier in der Echtzeit mit seiner Ehefrau verlebte. Und dadurch alterte er schneller. Er hatte kein Recht mehr, sich als Fünfundvierzigjährigen zu bezeichnen. Längst hatte er den Überblick verloren, war jedoch sicher, daß er jetzt biologisch einen mindestens Fünfzigjährigen abgab.

Er klappte das Medizinschränkchen auf, entnahm die Flasche mit dem als Hühneraugentinktur getarnten Haarfärbemittel und strich es sich mit dem Kamm in die Haare. Ihm kam eine ganz neue Ironie zu Bewußtsein. Seine Frau konnte ihn retten. Wenn sie seine Alterung bemerkte und ihn des Ehebruchs bezichtigte, zöge sie den Schlußstrich unter die Affäre, zu dem er außerstande blieb. Seine jugendliche, ihm Lebenskraft spendende Geliebte Angela kostete ihn in Wirklichkeit das Leben, und nur seine Ehefrau konnte ihn retten.

Er beendete das Färben und verwuschelte sich das Haar, damit es nicht zu ordentlich gekämmt aussah. Unten wartete seine Frau in der großen Küche auf ihn; er hörte sie. Sie befand sich schon an der Arbeit, stapelte die Baumwollhemden, die sie und Strand heute mit Reklamelogos verzieren sollten. Alle bestimmt makellos sauber, lagen sie für die Imprägniermikroben bereit, die sie am gestrigen Nachmittag vorbereitet hatten. In einer Haltung stummem Vorwurfs würde sie das Aufstapeln fortsetzen, während er die Kompaktzeitung las.

Schließlich stieg er geduscht und angekleidet, jedes Härchen an seinem Platz oder knapp daneben, ganz nach Gutdünken, die Treppe hinab.

»Guten Morgen«, begrüßte seine Frau ihn verdächtig liebenswürdig. Je mehr sich die Kluft zwischen ihnen vertiefte, um so auffälliger benahm sie sich vordergründig freundlich. Sie drehte ihm den Oberkörper zu, ohne die Hände von der langen Arbeitsplatte zu heben. »Wie lange bist du schon auf?«

Strand guckte auf die Uhr, widerstand dem Drang, eine sinnlose Lüge aufzutischen. »Knapp 'ne halbe Stunde«, antwortete er. »Ach, wir haben doch reichlich Zeit. Komm, setz dich zu mir.«

»Gleich.« Unablässig stapelte sie Hemden.

Strand öffnete die Haustür, hob die Kompaktzeitung von der Fußmatte auf und ging damit in die Küche zurück. Er ließ den Ballen aus der Packung in das unter der Küchentheke montierte Becken flutschen und wartete darauf, daß die Enzyme die Morgennachrichten dekodierten und die erste Zeitungsseite auf den Monitor über der Küchentheke projizierten. Das Bild, das auf dem Gerät erschien, war allerdings unleserlich, bunte Streifen durchzogen Ansammlungen verstümmelter Wörter. Strand nahm die Packung zur Hand und besah sie sich. Auf der Rückseite entdeckte er einen lehmigen Pfotenabdruck. Eine Katze oder ein Waschbär hatte einen Teil der Kompaktzeitung gefressen. Heute mußte Strand ohne die gewohnte Dosis an Schlagzeilen auskommen. Es überraschte ihn, daß es ihn überhaupt nicht störte. Vielmehr empfand er sogar eine gewisse Erleichterung, als er die defekte Kompaktzeitung in die Erde einer Zimmerpflanze stopfte.

»Angela«, fragte er, »hast du zufällig Kaffee gekocht?«

Entsetzt zuckte er zusammen. Er hatte Miriam ›Angela‹ genannt. Der falsche Name war unwiderruflich ausgesprochen. Eine Katastrophe.

Erstaunlich. Da vertauschte er Flaschenetiketten, gab Tausende von Dollars für die Miete eines Zimmers in der Nullzeit aus, versteckte im Haus eine Zeitmaschine. So ein Aufwand, ein solches Maß an Irreführung und Täuschung, und dann rief er seine Ehefrau beim Namen der Geliebten.

»Ja, klar«, antwortete sie zerstreut. »Hier, bitte.« Als sie mit der Tasse zu ihm kam, kostete es Strand größte Mühe zu verhindern, daß seine Gesichtszüge entgleisten. Ob sie ihm den Kaffee ins Gesicht schüttete? Oder hatte sie den falschen Namen irgendwie überhört?

»Danke«, sagte er, trank einen Schluck, erwiderte krampfhaft ihr knappes Lächeln. »Äh, willst du Milch?« Er stand auf, um die Kaffeesahne aus der Nische mit den Haushaltsgeräten zu holen.

»Ja, natürlich.« Noch ein Lächeln. Ihr war wirklich nichts aufgefallen.

Er hatte noch einmal Glück gehabt. »Nichts Neues?«

Zur Entschädigung für die überstandene Krise erlaubte er sich eine kleine Lüge; eigentlich nur eine Auslassung. »Ich hatte keine Lust zum Zeitunglesen«, antwortete er.

Bisher war Strand nur einmal im Büro der Nullzeit AG gewesen, vor Jahren, um das Konto einzurichten, als er und Angela die Liebschaft anfingen. Er hatte es so arrangiert, daß die neuen Tagescodes an eine Supermarkt-Poststelle gingen, damit Miriam sie nicht sah. Miriam wunderte es nicht, daß er heute das Haus verließ. Dafür hatte ständiges Wiederholen der Behauptung gesorgt, er müßte dringend zum Fußorthopäden.

Seit seinem ersten Besuch bei der Nullzeit AG war die Firma gewachsen. Die Büroräume hatten ein neues Interieur, die Empfangsdame hatte sich inzwischen ein professionelles Gehabe angewöhnt sowie die schwarzen Haare mit Haarlack zu einer Kurzfrisur zurechtmodeln lassen. Beim erstenmal hatte Strand noch mit ihr geflirtet. Heute begrüßte sie ihn auf beinahe eisige Art. Sie wies Strand in einen Wartebereich auf der anderen Seite des Foyers, wo er gegenüber des einzigen anderen Kunden Platz nahm, eines jungen Manns mit feschem Pulpehut und vor Müdigkeit schweren Augen. Auf dem Sitz neben sich hatte er einen schlaffen Rucksack stehen.

Auf dem Tisch, der zwischen ihm und Strand stand, zeichnete der Mann ein Diagramm auf ein Blatt Papier. Strand beugte sich vor, um auf das Blatt zu schielen. Der Mann befaßte sich mit einem Problem des Radialen Bowls. Wie es aussah, durchdachte der Mann – eigentlich war er kaum älter als ein Bengel – alternative Angriffsstrategien, die davon abhingen, welche der 4320 Zielpunkte sein Gegner für sich verbuchte.

»Ich habe auch mal 'n bißchen Radiales Bowls gespielt«, meinte Strand so leutselig wie möglich.

»Ich bin der Bundesstudentensportbund-Landesmeister«, lautete die versonnene, mit eintöniger, ruhiger Stimme erteilte Antwort.

»Nein.«

»Doch«, bekräftigte der Mann leicht trotzig seine Aussage. »Ich bin Zip Lignorelli.« Er blickte auf und Strand an. »Ich spiele schon seit dem ersten Semester in der Landesliga. Ich bin der jüngste Landesmeister, den's je gegeben hat.«

Jetzt erkannte Strand das Gesicht des Burschen. »Sie standen gestern in der Kompaktzeitung. Weil sie gewonn ... Nein, im Gegenteil.«

»Ja, verloren hab ich. Ich gewinne einen Durchgang und verliere vier Durchgänge.«

»Was machen Sie hier?«

Lignorelli atmete tief ein und lehnte sich zurück. »Irgendwie ist die Sache blöd, ich sollte wohl lieber nicht mit Ihnen darüber reden ...«

»Sie mieten Nullzeit«, sagte Strand. Nach aller Logik lag diese Schlußfolgerung auf der Hand. »Um an Ihrer Radiales-Bowls-Strategie zu arbeiten. Sie überlisten die Stoppuhr.«

»Sind Sie etwa ... Reporter?«

»Keine Bange. Ihr Geheimnis ist bei mir gut aufgehoben. Wo verstecken Sie die ...?«

Lignorelli hob einen Finger an die Lippen und schmunzelte gequält. »Schhh. In der Dusche der Sporthalle.« Er seufzte schwer auf und schaute empor an die Decke des Foyers, sah anschließend wieder Strand an. »Aber nicht wegen des Spiels. Wissen Sie, ich muß noch 'ne mündliche Prüfung fürs Bakkalaureat ablegen. Und zwar in Kürze. Ausgerechnet während des Bundesturniers.« Er betrachtete seine Schuhe und lachte. »Eines von beiden mußte ja wohl zurückstehen, stimmt's?«

»Genial«, bemerkte Strand. »Und welches Problem bringt Sie hierher?«

Lignorelli stöhnte ein zweites Mal auf und senkte den Blick.

»Sie verlieren«, mutmaßte Strand. »Ihre Gegenspielerin, wie heißt sie doch gleich wieder …? Andrejewa. Sie ist also besser.« Er staunte regelrecht über Lignorelli. So jung und so sportbegeistert. Am liebsten hätte er ihm empfohlen, den Sport hinzuschmeißen und sich eine verträgliche, liebevolle Freundin zu suchen, bezweifelte allerdings aufgrund der Flapsigkeit und Ichbezogenheit des Studenten, daß er überhaupt wußte, wie man so etwas anstellte.

»Ja, wahrscheinlich verliere ich, Sie haben recht. Entweder das, oder ich klemme mich voll dahinter und verbocke die mündliche Prüfung.«

»Weiß irgendwer, daß Sie hier sind? Was …?«

Knapp schüttelte Lignorelli den Kopf und antwortete leiser als zuvor. »Niemand außer mir. Ich möchte mir 'n anderes Zimmer geben lassen.«

Strand lag die Frage auf der Zunge: Welches Zimmer? Da begriff er, Lignorelli meinte das Zimmer im Nullzeit-Hotel.

Was für eine komische Anwandlung. Die Zimmer waren, wie jeder wußte, alle gleich.

»… eben eins mit 'nem Fenster, ja?« Der Junge äußerte sein Anliegen, als wäre Strand bei der Nullzeit AG beschäftigt. »Sehen Sie mal, das Zimmer ist mir einfach zu schlicht. Ohne Fenster kann ich nicht richtig nachdenken. Da werd' ich verrückt. Deshalb könnte ich 'n bißchen Aussicht vertragen. Mit 'nem Zaun oder 'ner Zufahrtsstraße oder so was …«

»Ach je, mein armer Freund«, entgegnete Strand leise. »Das Hotel ist doch eine sogenannte Zeitstation, also in der Zeit das, was im Weltraum eine Raumstation ist. Sie schwebt da mittendrin, müssen Sie sich vorstellen. Gewissermaßen neben unser echtzeitlichen Welt.«

Er zog Lignorellis Papier und Stift zu sich herüber und fertigte eine kleine Zeichnung an: ein Haus im Nichts. »Das Hotel befindet sich völlig separat davon in der Nullzeit. Dort gibt's keine Aussicht. Wäre es in der richtigen Welt und hätte eine Aussicht, verginge Zeit. Verstehen Sie?«

»Ach so«, sagte Lignorelli. Er schaute auf den Fußboden, schlug sich die Hände auf die Knie. »Na, das war's dann.«

»Mr. Lignorelli«, rief die Empfangsdame, »Mr. Axelrod steht Ihnen nun zur Verfügung.«

Zip Lignorelli sah Strand erschrockenen Blicks an, ehe er gehorsam aufstand und zur Rezeption stapfte. Strand, der das Bedürfnis hatte, ihm beizustehen, folgte ihm.

»Ich muß … äh … ich meine, Sie können den Termin streichen«, stammelte Lignorelli. Die Frau kniff die Augen zusammen. Wieder erinnerte Strand sich daran, was für ein lustiges Auftreten sie gehabt hatte, als die Nullzeit AG noch eine ganz neue Firma gewesen war.

»Stimmt«, bestätigte er. »Ich habe ihm die Frage beantwortet, die er Mr. Axelrod stellen wollte. Damit hat sich die Sache erledigt.«

Die Empfangsdame schwieg lange genug, um für Strand klarzustellen, daß sie ein derartiges Vorgehen als unangebracht einstufte. »Dann sind wohl Sie an der Reihe, Mr. Strand. Sie haben sich weiteres Warten erspart.«

Strand wandte sich Lignorelli zu und drückte ihm die Hand. »Viel Glück«, sagte er.

»Danke«, gab Zip Lignorelli zur Antwort. »Äh, Ihnen auch viel Glück.« Er entfernte sich zu den Lifts, während die Empfangsdame Strand in Axelrods Büro führte.

»Mir ist der Einfall gekommen«, erklärte Strand, nachdem er und Axelrod sich begrüßt hatten, »ich könnte vielleicht meine Frau in ein Zimmer des Nullzeit-Hotels locken, ohne daß sie's merkt, im Schlaf hineinschaffen eventuell, oder in hypnotisiertem Zustand, damit sie ein paar Jährchen älter wird. Verstehen Sie, auf was ich hinaus will?«

»Die Altersdifferenzierung macht Ihnen Sorge«, schlußfolgerte Axelrod mit gequältem Lächeln. »Ich verstehe vollkommen, was Sie meinen.« Flink strich er mit der Hand über sein gelichtetes Haar. »Ihr Vorschlag ist hochinteressant, Mr. Strand. Leider erfordert er, wenn ich Sie richtig verstehe, einen Fall von Entführung.« Sein Blick fiel auf den Schreibtisch, dann blickte er wieder Strand an. »Nein, es verhält sich noch schlimmer, glaube ich. Es bedeutet tatsächlich eine Nebenform von Mord.«

»Oh«, stieß Strand betroffen aus.

Axelrod quetschte sich mit Daumen und Zeigefinger den Nasenrücken. »Bitte haben Sie nicht den Eindruck, ich wollte Ihnen Vorwürfe machen ...«

»Aber nein«, erwiderte Strand. »Sie sind völlig im Recht. Ich habe bloß nicht genau darüber nachgedacht... die Idee ist eben schlecht.« Stumme Panik schien seine Nerven wie Frost zu gefrieren.

Axelrod errang die Fassung zurück. »Es ist alles andere als ...« Er hustete. »Oft übersieht der Laie die Konsequenzen, Mr. Strand«, konstatierte er anschließend. »Darum sind wir ja da.« Er lächelte erneut, diesmal mit einer gewissen Verträglichkeit. »Richard ... Darf ich Sie Richard nennen? Sie sind einer unserer ältesten Privatkunden. Wir wissen, daß Sie das Hotelzimmer ständig benutzen. Natürlich möchten wir Ihnen helfen. Offen gestanden, es überrascht mich, daß Sie nicht schon früher gekommen sind. Ihr Problem steht, was die Häufigkeit betrifft, an dritter Stelle

der Schwierigkeiten, mit denen unsere Kunden sich an uns wenden.«

»Oh«, machte Strand ein zweites Mal. Die Eisigkeit wich, hinterließ lauwarmen Schweiß.

»Sicherlich ist Ihnen klar, daß der Effekt, der Ihnen Kopfzerbrechen verursacht, unwiderruflichen Charakter hat. Die Empfehlung, die ich Ihnen gebe, ist sehr einfach und wird Sie deshalb vielleicht enttäuschen.« Axelrod faltete die Hände. »Nur weil Sie das Zimmer gemietet haben, müssen Sie es nicht jeden Tag benutzen, Richard. Verringern Sie die Nutzung. Verbringen Sie dort weniger Zeit. Andernfalls nämlich ...«

In einer Gebärde der Ratlosigkeit zeigte Axelrod die Handteller vor. Strand wurde bewußt, wie sehr er sich darauf verlassen hatte, daß Axelrod eine praktikable Lösung wüßte, ein Mittel gegen die Nebeneffekte der Nullzeit-Dienstleistung kannte. Er wünschte sich die verlorene Zeit zurück, und daß irgend jemand anderes, nur er nicht, zehn Jahre im Hotel zubrächte, um die Zeitdifferenz auszugleichen. Er wollte wieder jung sein, selbst jung und dumm wie Zip Lignorelli, statt alt und dumm, so wie er jetzt dastand.

Plötzlich merkte er, daß er Tränen im Gesicht hatte. Inzwischen bewies Axelrod Mitgefühl. »Hier«, sagte er, öffnete eine Schublade, holte ein mit Kamille bestreutes Spiegeltablett heraus und reichte Strand ein Papierröllchen.

Strand wollte sich schneuzen, aber die Tränen hatten ihm die Nase völlig verstopft. Aus Rücksicht auf Axelrod täuschte er Abhilfe vor und schob das Tablett über den Schreibtisch zurück.

Im Wartebereich im Foyer hielt sich kein Mensch auf, während Strand zu den Lifts schlurfte. Am Tisch blieb er stehen, weil er hoffte, noch das Radiales-Bowls-Diagramm vorzufinden und als Andenken an die Begegnung mit Zip Lignorelli mitnehmen zu können. Statt dessen entdeckte er dort ein Heft mit Tagescodes des Nullzeit-Hotels. Es war das einzige Exemplar, das Strand außer seinem eigenen je gesehen hatte. Wäre nicht die aufgedruckte, fremde Kundennummer gewesen, hätte er es glatt mit seinem verwechselt.

Zip Lignorelli hatte es vergessen. Indem Strand einen Blick schlechten Gewissens über die Schulter warf – die Empfangsdame befaßte sich an der Rezeption mit irgendwelchen Papieren –, steckte er es in die Tasche und huschte zum Lift.

Strand ertrug ein längeres Abendessen mit Miriam, in dessen Verlauf er andauernd verstohlen auf die Uhr guckte. Er und Angela waren an diesem Abend im Hotel verabredet, und er lechzte nach Erlösung von der Last des Tages. Miriam hörte nicht zu quasseln auf, weder über die neuen, an Werbemöglichkeiten interessierten Kunden, die sie aufgetan hatten, noch die Comic-strip-Bestandteile, die sich heute auf den Blättern einiger Topfpflanzen gezeigt hatten.

Vor dem Nachtisch brachte er das Geschirr in die Küche. Sobald er es der Geschirrspülzunge zum Säubern zurechtgestellt hatte, nahm er den Müllbeutel und verließ das Haus durch die Hintertür. Nachdem er den Beutel am rückwärtigen Gartenzaun in die Abfalltonne gestopft hatte, schlich er in den Schuppen, legte die Armbanduhr aufs Maul des im Winterschlaf befindlichen Rasenmähers und klappte den Zeitintrojektor auseinander, den er in einer Kiste mit alten Autoersatzteilen aufbewahrte. Er holte die Tagescodes-Liste hervor und wollte schon die Zahlen eintippen, da sah er darüber die falsche Kundennummer stehen. Er hielt Zip Lignorellis Heft in der Hand.

Eine bemerkenswerte Verwechslung, dachte Strand. Was wohl passiert wäre?

Voller Unbehagen überlegte er, daß er in die Vergangenheit des Studenten geraten wäre, oder vielmehr, Zip Lignorelli in seine Zukunft mitgezerrt hätte. Denn während es für Strand ohne Umstände durchführbar gewesen wäre, an seinen Ausgangspunkt umzukehren und das Abendessen mit Miriam zu beenden, hätte er Lignorelli gezwungen, ihn bis an denselben Zeitpunkt vorauszubegleiten. Der Computer, der die Zeitbewegungen regulierte, erzwang die Einhaltung dieser Regel. Das Hotel gestattete in der Zeit keine Rückwärtsbewegung. Lignorelli wäre in die Dusche der Sporthalle gegangen und tagelang verschwunden geblieben. Strand hätte sowohl die sportliche wie auch die akademische Laufbahn des Jungen ruiniert.

Und fast wäre es soweit gewesen.

Strand steckte Lignorellis Codeverzeichnis wieder ein, zückte das eigene, frisch dem Postdepot entnommene Heft und gab die Ziffern des Tagescodes ein.

Sein Transfer erfolgte augenblicklich. Aber er gelangte in ein leeres Zimmer. Angela war nicht da.

Schon per Definition war bei einem Rendezvous im Nullzeit-Hotel jede Verspätung ausgeschlossen. Angelas Abwesenheit bedeutete, daß sie seinen Code weder in der Vergangenheit benutzt hatte noch in Zukunft verwendete – sonst wäre sie sofort bei Anfang der Mietdauer zugegen gewesen.

Damit war der Tag für ihn eine doppelte Pleite, die neue Enttäuschung vermischte sich mit seinem bisherigen Frust. Strand fühlte sich gründlich alt und müde.

Um das Verschleudern kostbarer Zeit im Hotel zu vermeiden, war er so vernünftig, unverzüglich umzukehren. Als er im Schuppen materialisierte, änderte sich seine Stimmung ein wenig. Nach einem heimlichen Abstecher ins Hotel verspürte er bei der Rückkunft im ›normalen‹ Leben jedesmal eine gewisse Erleichterung. Der Atem des Rasenmähers hatte seine

Armbanduhr erwärmt. Er schnallte sie ums Handgelenk und kehrte ins Haus zurück, um mit Miriam den Nachtisch zu verzehren.

Am folgenden Tag fuhr Strand mit dem Bus zu Zip Lignorellis Universität. In der Kompaktzeitung war zu lesen gewesen, daß man das Duell auf Wunsch der Manager Lignorellis für einen Tag ausgesetzt hatte. Diese Maßnahme bewertete man allgemein als einen Ausdruck wachsender Verzweiflung des bedrängten jungen Champions.

Strand traf Lignorelli allein in seinem Zimmer an, wo er gebeugt ein kleines Modell der Radiales-Bowls-Rasenanlage anstarrte.

»Warum sind Sie nicht in der Nullzeit?« erkundigte sich Strand. Wie am Vortag empfand er väterliche Sorge um den Studenten. »Sie hätten keinen Aufschub beantragen sollen. Das macht 'nen schlechten Eindruck.«

»Ist doch wurscht«, antwortete Lignorelli. »Ich bin sowieso nicht mehr lange der jüngste Landesmeister. Entweder verliere ich das Spiel, oder ich bin in Kürze älter als Andrejewa. Oder beides.«

»Genau das ist auch meine Sorge«, gestand Strand. »Wenn ich lange genug in der Nullzeit bleibe, um die Lösung für mein Problem zu finden, bin ich nachher ein Greis.«

Lignorelli wirkte verwirrt. »Ihr Problem? Hä?«

Strand lächelte. »Mein Problem ist, daß ich zuviel Zeit im Hotel verbringe und mein Problem zu lösen versuche, das nichts anderes als eben das Hotel ist. Aber Schwamm drüber. Hier.« Er holte Lignorellis Codeheftchen heraus. »Sie sollten's lieber nicht rumliegen lassen.«

Er erzählte, wie dicht er gestern davor gestanden hatte, mit dem Tagescode Unheil anzurichten.

»Nein«, widersprach Lignorelli, indem er den Kopf schüttelte. »Wir wären nicht gezwungen gewesen, zusammen umzukehren. Ich hätte in ein anderes Zimmer überwechseln und von da aus in meine Zeit zurückkehren können ...«

»Hn-hn«, verneinte Strand. »Man kann im Hotel in kein anderes Zimmer wechseln. So was würde Zeitparadoxa verursachen. Durcheinander. Die Zukunft könnte der Vergangenheit begegnen.«

»Axelrod kann's,« behauptete Lignorelli. »Er hat's von meinem Zimmer aus getan. Ich hab's selbst gesehen. Er wurde per Rufgerät kontaktiert. Nur er könnte es, hat er erwähnt.«

»Was trieb Axelrod denn in Ihrem Zimmer?«

Zip Lignorelli zuckte die Achseln. »Er sagte, er spräche bei allen neuen Kunden persönlich vor. Er wollte über Radiales Bowls plaudern.« Belustigt prustete der Student. »Ich hab ihm mein Problem erläutert, aber er konnt's nicht begreifen, geschweige denn mir 'ne Lösung vorschlagen.«

Plötzlich wurde Strand beklommen zumute. Axelrod mußte eine Schwäche für den jungen Mann haben, so wie Strand. Er stellte sich vor, wie Axelrod dem jungen Mann, um ihn zu beeindrucken, verbotene Tricks bei der Handhabung des Nullzeitprinzips zeigte.

»Also hätte Axelrod Ihnen wirklich behilflich sein können«, sagte Strand. »Er hätte die Möglichkeit gehabt, sich in der Zeit vorwärtszubewegen und jemanden ausfindig zu machen, der das Ergebnis des Spiels kennt. Dann wäre es für ihn leicht gewesen, Sie über die Würfe Ihrer Gegnerin zu informieren.«

Und genauso hätte er die Gelegenheit gehabt, mir zu helfen, dachte Strand, indem er in die Zukunft transferiert wäre, um herauszufinden, ob Angela und ich zusammen bleiben. Ob sich alles letzten Endes lohnt.

»Ich glaube, das würde nicht klappen«, entgegnete Zip Lignorelli. »Das wahrscheinliche Resultat ist, daß ich unterliege. Meines Erachtens kann ich beim gegenwärtigen Spielstand gar keinen richtigen Wurf mehr hinkriegen.«

»Na, es ist sowieso einerlei«, gab Strand zur Antwort. »Axelrod täte Ihnen den Gefallen ja doch nicht. Er ist hinsichtlich der Nullzeit-Anwendung nicht allzu phantasievoll. Ich wäre dazu bereit, aber natürlich kenne ich die Codes nicht.« Strand merkte, daß er eifersüchtig um Lignorellis Zuneigung buhlte.

»Ich erinnere mich an die Nummer«, sagte Lignorelli, als wäre diese Tatsache unwichtig.

»Was?«

»Ich habe ein fotografisches Gedächtnis. Als ich noch Schüler war, durfte ich mal im Fernsehen auftreten, weil ich das komplette Telefonbuch von Wichita im Kopf hatte. Ich konnte sehen, wie Axelrod an der Terminalkonsole den Code tippte.«

»Und wie lautet er?«

»Ich seh's noch genau vor Augen. Fünf-vier-sechs-zwo-null-null. Das ist 'ne Pin-Nummer für den Zugriff auf den Computer. Danach folgt der gewünschte Code…«

Mit einem Schlag befiel Strand das Verlangen, das ganze Hotel kennenzulernen, darin so umfassend wie Axelrod Bescheid zu wissen. Immerhin hatte er hier schon reichlich Zeit zugebracht. Es war genauso seine wie Axelrods Domäne.

»Also los«, sagte Strand.

»Was?« fragte Zip Lignorelli.

»Lassen Sie uns gemeinsam nachforschen«, erklärte Strand mit zunehmender Aufregung seinen Vorschlag. »Wir informieren uns über das Radiales-Bowls-Spiel.

Wer weiß, was wir noch alles erfahren? Mann, vielleicht finden wir für Sie sogar 'n Zimmer mit Aussicht.«

Lignorelli hob die Brauen, gab jedoch keine Antwort.

»Kommen Sie«, drängelte Strand. Mehr als an allem übrigen war ihm jetzt daran gelegen, dem Jungen den Weg zum Sieg zu ebnen. Und nachdem Angela ihn im Stich gelassen hatte, wollte er fast genauso dringend seine Nullzeit für etwas anderes verwenden; seiner Benutzung des Hotelzimmers einen neuen Sinn verleihen, der die Bedeutung einer Liebesaffäre übertraf.

Zip Lignorelli öffnete die Tischschublade und nahm den Zeitintrojektor heraus.

Strand hatte seinen Zeitintrojektor im Aktenkoffer. Er hatte daran gedacht, ihn bei der Nullzeit AG abzuliefern und zurückzugeben.

Das Zimmer sah genauso wie Strands Zimmer aus. Allerdings war das Bettzeug abgezogen, Laken und Decken bildeten am Fußende einen Haufen, aus dem Badezimmer drang das Geräusch fließenden Wassers, und jemand summte eine Melodie. Im Aschenbecher auf der Kommode schwelte eine selbstgedrehte Zigarette, und süßlicher Marihuanageruch erfüllte die Luft.

Strand und Lignorelli drehten sich um und wechselten einen Blick, doch keiner von beiden sprach ein Wort.

Ein älterer Schwarzer kam aus dem Bad, in Händen einen Schwamm und eine Sprühflasche. Selbst in aufrechter Haltung wäre er ziemlich klein gewesen; da er krumm war wie ein Fragezeichen, erreichte er kaum eine Höhe von eins fünfzig. Als er Strand und Lignorelli im Zimmer stehen sah, sackte ihm das Kinn zu einem karikaturhaft übertriebenen Ausdruck der Verblüffung abwärts.

»Sie dürfen hier nicht einfach so rein. Jetzt ist Zwischenzeit. Ich bin noch nicht mit dem Saubermachen fertig.«

»Entschuldigung«, bat Strand hastig und voller Staunen. Sie waren einem Angehörigen des Personals begegnet.

Plötzlich verkniff der Mann die Lider. »Ist das 'ne Kontrolle?«

»Aber nein«, beteuerte Strand.

»Vielleicht lügen Sie mich an«, brummte der Mann. »Es lügen ja viele Leute.« Er musterte Zip Lignorelli, der den Kopf schüttelte, aus Furcht die Augen weit aufgesperrt.

»Aber wir nicht«, versicherte Strand. »Hören Sie mal, erkennen Sie diesen Mann? Er ist ein berühmter Radiales-Bowls-Spieler. Er steht gerade in 'm hochwichtigen Match ...«

»Ich hab keine Ahnung von Radialem Bowls«, entgegnete der Mann argwöhnisch. Er latschte zur Kommode und drückte den glimmenden Joint aus.

»Man kann's auf der ersten Seite der Kompaktzeitung lesen«, sagte Strand. »Jeder verfolgt das Spiel ...«

»Ach ja? Na, ich hab hier noch keine Kompaktzeitung gesehen.«

»Was?« entfuhr es Strand. »Bleiben Sie und die anderen ... die anderen Leute, die die Zimmer putzen, denn ständig im Hotel?«

»Es gibt keine anderen«, grummelte der Mann.

»Wollen Sie behaupten, Sie allein putzen das gesamte Hotel? Sie können doch unmöglich genug Zeit dafür ...«

»Zeit? Ich habe genügend Zeit. Und jede Zeit hat noch ihre Zwischenzeit, so wie jetzt eine ist. Ich und Yaller, wir machen einfach sauber, wenn's erforderlich wird.« Der Schwarze deutete auf den gealterten Schrubberhund, der gerade, nach dem Ablecken der Armaturen, aus dem Bad getappt kam. »Wir brauchen uns nicht abzuhetzen.«

»Wo wohnen Sie denn?« fragte Strand konfus.

»Ho-ho-ho!« Aus irgendeinem Grund hielt der Mann die Frage für amüsant. »Wo ich wohn? Etwas weiter hinten.« Er wies mit dem Daumen über die Schulter. »So wie der Rest, aber mir gefällt's da. Alles frisch und sauber. Keiner pennt im Bett, ehe ich mich reinlege.«

»Äh, Strand«, raunte Zip, dessen Stimme Genervtheit verriet, »vielleicht …«

»Ja.« Strand versuchte seine Erregung zu verheimlichen. Die Marihuanadünste übten auf ihn eine leichte Wirkung aus. »Tja, verzeihen Sie, daß wir Sie gestört haben. Wir gehen und kommen später wieder. Vermutlich ist irgendeine Panne aufgetreten.«

»Geht klar«, antwortete der Hausmeister und zuckte mit den Schultern. »Ich mache alles im Handumdrehen blitzsauber. He-he-he! Tschüßchen.«

Strand begriff, daß der Mann ihn und Zip Lignorelli für ein Pärchen hielt. »Da«, sagte der Student. Auf ein Blatt des Hotel-Briefpapiers hatte er eine neue Nummer gekritzelt.

Es war das erste Mal, daß Strand innerhalb des Hotels das Zimmer wechselte, und im ersten Augenblick dachte er, Lignorelli und der Hausmeister wären einfach gleichzeitig verschwunden. Aber das Bett war gemacht. Er stand in einem ganz ähnlichen, aber anderen Zimmer.

In derselben Sekunde erschien Zip Lignorelli.

»Wo sind wir?« fragte Strand. »Woher haben Sie den Code?«

»Die Zahlen zu extrapolieren, ist für mich 'ne Kleinigkeit«, stellte der Student klar. »Aber wohin sie führen, weiß ich nicht.« Er schaute umher. »Wenigstens ist hier niemand.«

Strand empfand Ungeduld. In einem leeren Zimmer konnten sie nichts in Erfahrung bringen. »Lassen Sie uns noch einmal ...«

»Nein«, unterbrach Lignorelli ihn mit heller Quäkstimme. »Ich kann mich hier nicht mehr länger aufhalten. Es wird mir zu gespenstisch.«

»Sie möchten das übrige Hotel nicht kennenlernen?«

»Ich wollte mir nie das Hotel ansehen. Das war Ihre Schnapsidee. Außerdem bin ich beim Radialen Bowls am Zug.« Auf einmal entkrampfte sich der Student.

Strand fühlte sich hintergangen. Insgeheim hatte er den Wunsch gehabt, Lignorellis Dilemma sollte permanenter Natur sein, so unbehebbar wie seine eigene Problematik. Er hatte weiter ins Hotel vordringen, es nicht schon verlassen wollen. »Ihnen ist 'n Wurf eingefallen?«

»Was besseres sogar, nämlich 'ne Strategie. Ich bin drauf gekommen, während ich mich mit den Codes beschäftigt habe, anstatt immerzu ans Spiel zu denken. So geht das manchmal.«

»Leuchtet mir ein«, sagte Strand, verbarg seine Enttäuschung. »Dann hauen Sie ab und gewinnen Sie das Spiel.«

»Nein«, erwiderte Zip Lignorelli. »Ich steige aus.«

Nun fühlte Strand sich erst recht betrogen. »Sollten Sie sich nicht lieber bemühen zu siegen?« War das nicht der Zweck des Spiels? Aber ihm war klar, er war naiv, was Radiales Bowls anbelangte.

Lignorelli lächelte. »Ich stehe an der Spitze. Oder ich kippe. Es ist einerlei.« Er hob die Schultern. »Selbst wenn ich dieses Spiel gewinne, verliere ich vielleicht das nächste Match. Verstehen Sie, was ich meine? Ich muß schlicht und einfach mein Leben weiterführen.«

Strand schwante etwas. »Das heißt, wenn Sie aussteigen, ziehen Sie sich aus der Liga zurück, ohne Verlierer zu sein?«

»Gewissermaßen. Und Sie haben mir geholfen« – nun grinste Zip Lignorelli richtiggehend: zum erstenmal sah Strand ihn wirklich fröhlich – »und zwar mit dem Hinweis, daß alle Hotelzimmer gleich sind, erinnern Sie sich? Wie die sternförmig angeordneten Spielflächen beim Radialen Bowls, auf denen wir uns von Zielpunkt zu Zielpunkt bewegen, nur sind sie auch allesamt gleich. So wie die Kugel momentan liegt ... Es verhält sich folgendermaßen. Ich kann 'nen bestimmten, lockeren Wurf ausführen, durch den die Kugel nur 'n kurzes Stück rollt, und sie müßte dagegen was unternehmen. Ihr einziger möglicher Wurf brächte mich in die gleiche Gefahr, und ich wäre zu einem von zwei Würfen gezwungen. Einer ist leicht, aber danach müßte ich 'ne neue Strategie einschlagen, und es gibt einfach keine. Durch den zweiten Wurf wäre sie zu der gleichen Art von Verteidigung genötigt. Dadurch entstünde ein geschlossener Kreis, aus dem wir erst ausbrechen könnten, wenn einer von uns absichtlich danebenwirft, andernfalls hätten wir keine Wahl, als in alle Ewigkeit, ohne Ausweg, um den gesamten Bowls-Platz zu rotieren. Es wäre Bewegung ohne jede Veränderung. Wenn ich aussteige, bin ich also kein Sieger, aber ich hinterlasse etwas Bleibendes.«

Jetzt kapierte Strand alles. Lignorelli hatte eine für seinen Sport vollauf neuartige Einsicht gewonnen. Die Befriedigung des Studenten färbte in gewissem Maß auf ihn ab. »Und man wird dies Manöver, vermute ich, nach Ihnen benennen.«

»Wahrscheinlich. Also vielen Dank, ja? Vielleicht werden Sie ja auch bei den Radiales-Bowls-Fans berühmt.«

»Bloß das nicht«, ermahnte Strand ihn. »Sie dürfen meinen Namen auf keinen Fall erwähnen.«

Die Miene des Jungen widerspiegelte Durchblick. »Entschuldigen Sie, ich wollte nicht... Ich meine, Sie haben wohl schon genug Ärger, oder?«

Strand beruhigte sich.

»Wie muß ich nun vorgehen?« fragte er.

»Sehen Sie her.« Zip Lignorelli setzte sich ans Schreibtischchen und schrieb Codes auf. »Ich kann anhand des Aufbaus der Listen Codes extrapolieren, die Sie ...«

»Sie können unmöglich alle gültig sein«, gab Strand zu bedenken. »Das Hotel hat ja keine unendliche Ausdehnung.«

Lignorelli zuckte mit den Schultern. »Vielleicht werden die ungültigen Codes einfach übergangen.« Er schrieb weiter. »Hier haben Sie 'n paar Dutzend. Das da ist, falls Sie umkehren möchten, der Code für die Rückkehr in mein Zimmer.« Er malte zwei Kreise um die Zahlenkombination. »Dort haben Sie ja Ihren Zeitintrojektor.«

Strand war gleichermaßen freudig erregt wie verdutzt zumute. Es stand ihm frei, durchs Hotel zu schweifen. Nach Jahren der Beschränkung auf ein einziges Zimmer konnte er endlich die Umgebung erkunden, die ganze Zeitstation auskundschaften.

Aber er mußte es allein wagen. Zip Lignorelle tippte schon den Retourcode in die Wandkonsole.

»Viel Glück«, verabschiedete sich der junge Mann.

»Ja«, sagte Strand und war schon allein. Im ersten Moment empfand er Trauer, die jedoch rasch verflog. Er hatte keinen Anlaß, um in einem Hotelzimmer zu sitzen und den Kopf hängen zu lassen.

Er trat zu der Wandkonsole und tippte die oberste Zahlenkombination der Aufstellung ins Terminal.

Wieder gelangte er in ein ganz vergleichbares Zimmer, mit nur einem, allerdings wesentlichen Unterschied: zwei Personen saßen auf der Kante des verwühlten Betts, und beide trugen keinerlei Kleidung. Und am verblüffendsten war, daß Strand beide kannte.

Es waren Angela und Axelrod.

»Richard!« kreischte Angela. Sie machte keinerlei Anstalten, um ihre Nacktheit zu bedecken. Axelrod dagegen schnappte sich vom Bett seine Hose und sprang auf.

»Das begreife ich nicht«, gestand Strand benommen.

»Sie brauchen nichts zu begreifen«, rief Axelrod. »Sie stecken bis über die Augen in der Scheiße. Woher haben Sie den Code?« Er zog den Bauch ein und schloß die Hose.

»Code?« wiederholte Strand. »Ach, den Code. Er stand auf dem Papierröllchen, das Sie mir in Ihrem Büro gegeben haben, um die Kamille zu schnupfen.« Strand hatte vor, Zip Lignorelli aus der Angelegenheit herauszuhalten, also glaubte er, daß in diesem Fall eine schamlose Lüge gerechtfertigt war. Allerdings fragte er sich, ob er unverschämt genug log.

»Das ist purer Blödsinn«, schnauzte Axelrod. »Sie sollten sich nicht mit mir anlegen, Sie Wichser. Ab sofort stehen Sie nämlich unter Quarantäne.«

»Quarantäne?«

»Unter Zeitquarantäne, Sie Wichser. Was denken Sie sich eigentlich dabei, derartig hier ins Hotel hereinzuplatzen?«

»Unterlassen Sie es gefälligst, mich ›Wichser‹ zu nennen.«

Eilig knöpfte Axelrod das Hemd zu und schob es in die Hose. »Nun hören Sie mal zu, Sie alter Sack«, sagte er, kam näher und deutete mit dem Zeigefinger auf Strands Brust, »anscheinend ist Ihnen überhaupt nicht klar, was ...«

Strand wich zurück, ließ seinem Ärger freien Lauf und verpaßte dank irgendeines bislang unvermuteten inneren Kraftquells Axelrod einen boxmeisterschaftsreifen Schwinger in die Magengrube. Der Mann sank zu Strands Füßen auf den Boden. Voller Genugtuung bemerkte Strand auf Axelrods Schädel eine kahle Stelle, die sich jetzt schnell rosarot verfärbte. Alter Sack.

»Ach du lieber Himmel, Richard«, jammerte Angela.

»Scheißkerl«, ächzte Axelrod vom Fußboden herauf.

Angela kam herüber, noch nackt, und half Axelrod dabei, sich zum Bett zu schleppen. Wütend schaute Strand zu. Er hatte die Auffassung, es wäre angebracht, daß Angela sich mit ihm beschäftigte und wenigstens versuchte eine Erklärung abzugeben. Doch allem Anschein nach dachte sie anders.

»Na gut«, röchelte Axelrod, kläglich beide Arme um die Leibesmitte geschlungen. »Dann hören Sie halt jetzt her. Sie können durchs Hotel sausen, soviel Sie wollen, immer weiter hinein, aber letzten Endes bleibt's gleich. Wenn Sie es verlassen, erwische ich Sie und mache aus Ihnen Frikassee. Gerafft?«

»Und wenn ich Ihnen den Gefallen gar nicht tu?« fragte Strand. »Mich statt dessen für einige Zeit im Hotel herumtreibe? Alle Gäste hinauswerfe und es selbst übernehme?«

Axelrod schüttelte den Kopf. »Sie verlassen es, glauben Sie mir. Sie können die Sache rasch hinter sich bringen oder bis zum Ende durchziehen. Ich kriege Sie so oder so.«

»Wieso? Was meinen Sie?«

»Hier ist die Zukunft, Sie Wichser. Sie wollten was über die Zukunft erfahren, schön. Aber dadurch erfährt die Zukunft auch was über Sie. Sie haben sich in die Scheiße geritten, und Ihnen bleiben höchstens ...

äh… zwei Wochen, bis wir Sie am Schlafittchen packen.«

»Zwei Wochen?«

»Sag's ihm, Angela.«

Schuldbewußt blickte Angela vom Bett hoch. »Ich… ich habe mit dir Schluß gemacht, Richard. Weißt du, wann ich nicht in dem Zimmer gewesen bin?«

»Gestern«, antwortete Strand mit fester Stimme.

Angela schüttelte den Kopf. »Vor zwei Wochen. Wir haben uns ausgesprochen, aber wahrscheinlich weißt du es noch nicht. Tut mir leid.«

»Du… du willst nichts mehr mit mir zu schaffen haben?« Strand mißachtete Axelrods gerötete Miene offener Häme.

Angela senkte lediglich den Blick zu Boden und wurde nun, erst nun, von einer Anwandlung der Züchtigkeit befallen und langte nach einer Decke, um ihren Busen zu verhüllen.

»Was ist denn bloß passiert?« fragte Strand.

Mit flehentlicher Miene sah Angela ihn an. »Ach, Richard, ich habe wegen unseres Problems bei Daniel vorgesprochen.« Ihr Blick streifte Axelrod, der nickte. »Genau wie du«, fügte Angela hinzu. »Du weißt so gut wie ich, daß wir irgendeine Lösung finden mußten. Einen Ausweg.«

»Und der liebe Daniel hat dir einen geboten.«

Wortlos nickte Angela.

»Schließlich sind Sie ja verheiratet, Strand«, warf Axelrod ihm vor.

Strand war zumute, als ob er schrumpfte. Seinem Dasein entwich die Luft. »Wieso kannst du sagen, ich weiß noch nichts von unserer Trennung?«

»Sie haben Ihren Zeitintrojektor vor zwei Wochen zurückgegeben«, erläuterte Axelrod. »Gleich nach der Trennung. Seitdem ist Ihnen die Nullzeit unzugänglich. Also muß Ihr jetziges Eindringen, diese Umherwechselei, vorher stattgefunden haben. Nach Rückgabe des Zeitintrojektors gibt es keinerlei Möglichkeit zum Übertritt in die Nullzeit mehr. Wir haben Sie in der Zange. Wir sind Ihnen in der Zeit voraus.«

»Ich soll also nun umkehren, damit Angela mir den Laufpaß geben kann, und mich dann verhaften lassen.«

Axelrod feixte. »Genauso sieht der Fall aus.«

»Aber nein, das kann doch gar nicht stimmen.« Auf einmal durchschaute Strand, wie wenig Axelrod über die Situation Klarheit hatte. »Sie erhalten doch erst jetzt Informationen über das Geschehen. Sie wissen nicht, was Sie vorfinden, wenn Sie zurückkehren. Vielleicht bin ich verschwunden. Oder vielleicht…« Er konnte gerade noch verhüten, daß er Lignorellis Zeitintrojektor erwähnte. »Es könnte sein, daß ich bis dahin Chef der Nullzeit AG bin, an Ihrem Platz sitze. Sie können es unmöglich schon jetzt wissen.«

»Ganz so ist's nicht«, widersprach Axelrod. »Denken sie mal nach. Während der vergangenen zwei Wochen sind wir Ihnen mehrere Male begegnet – schließlich muß ja jemand da sein, mit dem Angela Schluß machen kann, stimmt's? Also sind Sie umgekehrt. Die einzige offene Frage ist, was sie heute nachmittag angestellt haben, bevor ich Ihre Lokation ermittle, und das werde ich tun, sobald wir zurückgekehrt sind. Tatsächlich weiß ich besser als Sie darüber Bescheid, was Sie in den letzten beiden Wochen gemacht haben. Für Sie sind sie nämlich die Zukunft, und darum kennen Sie sie nicht.«

»So ist es wirklich, Richard«, sagte Angela.

»Von mir aus bauen Sie soviel Scheiß, wie Sie wollen, Sie Wichser. Gehen Sie bis zum äußersten.« Inzwischen konnte Axelrod wieder aufrecht sitzen; er schüttelte Angelas Hand ab und zeigte nochmals vorwurfsvoll mit dem Finger auf Strand. »Kann sein, Sie haben recht, vielleicht sind Sie schlußendlich Inhaber der Nullzeit AG. Ich weiß nur, daß Sie heute morgen, als ich fort bin, bloß 'n dummer Arsch waren, nicht mal Manns genug, um zu mir ins Büro zu kommen und mich wegen Angela zur Rede zu stellen. Sie sind mir aus dem Weg gegangen.«

Strand beobachtete Angela. Ihr Blick wurde weich, und sie nickte bekümmert. Wollte sie ihm etwas mitteilen, ihm Hoffnung vermitteln? Oder legte sie ihm nahe, sich nach Axelrods gehässigen Ratschlägen zu richten?

»Kehren Sie um, Sie Wichser«, empfahl Axelrod abermals. »Machen Sie das Maß nicht voll.«

Doch statt dessen tippte Strand den nächsten Code auf Zip Lignorellis Liste ein und wechselte das Hotelzimmer.

Als erstes sah er das überm Bett aufgehängte Spruchband, dessen schon leicht verblichener Aufdruck lautete: STRAND KEHR HEIM.

Danach gewahrte er eine Runde Pokerspieler: fünf angegraute Männer mittleren Alters hockten um einen Kartentisch. Der Tisch strotzte von Zigarettenstummeln und unordentlichen Pokerchip-Stapeln; auf dem Bett lag ein Wirrwarr von Delikatessen-Sandwiches. Strand spürte etwas unter seinem Fuß. Er schaute nach unten. Er stand auf einem Hut.

Die Männer blickten ihn an. »Können wir Ihnen irgendwie behilflich sein?« erkundigte sich einer von ihnen.

»Wir sind ausnahmslos zahlende Gäste«, erklärte ein anderer.

Strand war fassungslos.

»He«, meinte plötzlich ein dritter Mann im Tonfall übertriebenen Staunens, »Sie sind doch dieser Bursche, von dem Daniel Axelrod dauernd quatscht...

der Kerl, der übergeschnappt ist und sich im Hotel verirrt hat…«

»Mensch, wo haben Sie gesteckt?« fragte wieder ein anderer Mann. »Es rechnet schon lange niemand mehr damit, daß Sie je wieder aufkreuzen.«

»Ich habe mich nicht verirrt«, erwiderte Strand. »Ich bin noch keine Stunde lang im Hotel.«

»Sie sollten sich mit Axelrod in Verbindung setzen«, sagte der Mann, der zuerst das Wort ergriffen hatte. »Er weiß nicht mal, daß Sie noch hier sind.«

Strand nahm den Fuß vom Hut. »Axelrod kann mich am Arsch lecken«, antwortete er. »Richten Sie ihm aus, er soll sich seine blöden Tricks sparen.« Er wandte sich um und tippte eine neue Codenummer in die Wandkonsole.

Er fuhr zusammen, als hinter ihm Gelächter erscholl.

Im nächsten Zimmer hielt sich niemand auf; allerdings war auch da das Spruchband vorhanden: STRAND KEHR HEIM.

Jetzt erkannte Strand, daß Axelrod ihm vorausgeeilt war und das gesamte Hotel auf ihn vorbereitet hatte. Es gab kein Zimmer, in dem Axelrod noch nicht gewesen war; zwar stand Strand ein Verzeichnis mit rund zwanzig Codes zur Verfügung, doch Axelrod hatte Zugang zu dem Zufallsgenerator, der die Codes ausarbeitete.

Und da ersah er schlagartig noch etwas: es existierte gar kein Hotel. Es gab ausschließlich ein einziges Zimmer, mehr war nämlich nicht erforderlich. Nur ein Zimmer, das sich endlos durch die Nullzeit perpetuierte. Mit einem Mal erhielt das Gerede des Hausmeisters einen Sinn. All die verschiedenerlei Liebesaffären und Geheimtreffen ereigneten sich nicht parallel in einem großen Hotel, das in der Nullzeit schwebte, sondern nacheinander, in ein und demselben kleinen

Zimmer, im selben Bett, am selben Schreibtischchen. Und nach jedem Besuch machten ein älterer Hausmeister und sein Schrubberhund sauber.

Dadurch wurde Strands Verzweiflung zur Absurdität. Er hatte sich wegen eines einzigen Zimmerchens abgestrampelt.

Plötzlich fühlte er sich schrecklich verloren und allein, erahnte die Dünne der billigen Bretterwand zwischen sich und der Nullzeit. Das Zimmer war die einsamste Örtlichkeit, die es überhaupt geben konnte.

Er wußte nicht mehr, was er anfangen sollte.

Genau wie Zip Lignorelli, konnte auch er nicht zurück zum eigentlichen Schauplatz der Ereignisse, solange er keinen neuen Zug wußte. Wie Lignorellis Gegenspielerin, lauerte auch Strands Widersacher quasi vor einem freien Stuhl. Nur erwarteten Strand bei seiner Rückkehr Verlassenwerden, Verhängnis und Tod. Und ihm fehlte obendrein die Option des Aussteigens.

Er tippte den nächsten Code in die Terminal-Wandkonsole.

Diesmal stand eine Frau auf dem Bett und befestigte gerade das erst brandneue STRAND-KEHR-HEIM-Spruchband an der Wand. Ein Ende des Spruchbands hing noch auf ein Kissen herab, das auf dem Fußboden lag.

Während sie eine Ecke des Spruchbands festklebte, drehte sie den Kopf und lächelte Strand zu. »Wie schön, Sie wiederzusehen.« Sie ragte hoch über Strand empor, weil sie auf die Matratze gestiegen war, und schwankte leicht.

Auf den zweiten Blick erkannte Strand die Frau. »Sie sind die Empfangsdame. Sie arbeiten bei Axelrod.«

Belustigt schnaubte die Frau. »Axelrod glaubt, daß ich für ihn arbeite, ja. Ich meine, es stimmt ja auch.

Aber trotzdem habe ich hier auf Sie gewartet, und zwar aus eigenem Willen. Und Ihretwegen.«

Zuerst wunderte es Strand, daß sie gewußt haben konnte, er würde genau jetzt da sein. »Sie haben von Zip Lignorelli«, brach es jedoch gleich darauf aus ihm hervor, »meine Aufstellung gekriegt.«

»Ich weiß, daß Lignorelli Ihnen ein Verzeichnis mit Codes geschrieben hat, und ich weiß, welche Codes er dabei als Grundlage verwenden mußte. Also konnte ich mir die Codes ausrechnen.« Die Frau verlagerte das Körpergewicht und strich sich eine herabgefallene Haarsträhne aus der Stirn. »Aber ich mußte einen Taschenrechner benutzen. Im Gegensatz zu ihm konnte ich sie nicht im Kopf errechnen.«

Erleichtert atmete Strand auf: offenbar hatte der Junge sich nicht mit Axelrod verbündet.

»Axelrod ist eine Flasche«, sagte die Frau. »Er steht mit Ihrem wahren Problem in gar keinem Zusammenhang. Er schnallt nicht mal, welcher Art es ist.«

»Er könnte mir nicht helfen, hat er behauptet. Und er will mich abmurksen.«

»Daniel kann nicht mal 'ner Fliege 'n Leid antun. Und er bräuchte Ihnen nicht zu helfen, selbst wenn er's wollte. Sie altern in der Nullzeit nicht, mein Lieber, nicht so wie Sie sich's denken.«

Strand sackte das Kinn herab.

»Überlegen Sie doch mal. Was schätzen Sie, wieviel Lebenszeit Sie verloren haben?«

»Fünf Jahre, glaube ich.«

Die Frau lachte ein zweites Mal. »Glauben Sie's, oder fühlen Sie sich so? Sehen Sie, Sie sind noch keine zehn Jahre lang Kunde, und Sie haben das Hotel erst in den vergangenen Wochen stärker in Anspruch genommen. Ich kann Ihnen den wirklichen Stand nennen. Der Zeitverlust läuft auf zirka sechs Monate hinaus.«

Aus Entgeisterung und Erleichterung schwindelte es Strand. »Aber meine Haare, das …«

»Hören Sie zu. Sie sind fünfundvierzig Jahre alt. Oder ungefähr fünfundvierzigeinhalb. Aber nicht älter.«

Strand setzte sich auf die Bettkante, ohne sich daran zu stören, daß die Frau auf ihn herabblickte. »Jetzt komme ich mir aber reichlich dämlich vor.«

»Nicht nötig. Sie sind nicht der einzige Kunde, der sich deswegen das Gemüt zermartert. Die Sorge des Lebenszeitsverlusts steht bei unserer Klientel an dritter Stelle.«

»Ich vermute, mir war klar, daß ich Angela irgendwann verlieren mußte, aber ich konnte es nicht verkraften.« Strand kamen die Tränen. »Ich war so lange mit ihr zusammen, trotzdem hat sie nie von mir verlangt, mich von Miriam zu trennen, und …«

Unvermutet kauerte sich die Empfangsdame neben ihm auf die Matratze und schmiegte sich an seine Seite. »Sie wollte nicht, daß Sie Miriam verlassen. Hätte Sie einen Mann ganz für sich allein gewünscht, wäre sie doch gar nicht dazu bereit gewesen, sich mit Ihnen abzugeben.« Sie prustete nochmals. »Und erst recht nicht mit Daniel Axelrod.«

»Trotzdem vermisse ich sie.«

Fest umklammerte die Frau seinen Arm. Strand spürte, daß ihr Atem die Tränen auf seinen Wangen kühlte. »Kann sein, aber der gesamte Rest fehlt Ihnen bestimmt noch stärker. Hat Angela je solchen Aufwand betrieben wie Sie mit dem Planen und Fortschleichen?« Jetzt waren seine Tränen getrocknet, und der Atem der Frau umhauchte ihm warm die Augen. »Sind Sie nicht in Panik geraten, als Sie zum erstenmal merkten, daß Ihre Armbanduhr vorging?« fragte sie leise. »Hat Miriam es nicht eher als sie gemerkt und Sie danach gefragt? Haben Sie sich nicht großartig gefühlt, als Sie sich herausgeredet hatten? Und ist es kein tolles Erlebnis, sich so richtig tüchtig und verschwörerisch zu fühlen, wenn Sie jetzt jedesmal die Uhr vorher ausziehen? Manche Menschen brauchen so etwas einfach, und Sie tun es um einer Frau willen anstatt, sagen wir mal, um des Kaufrauschs wegen, wie ich.« Sie verstummte; ihre Brüste wogten gegen Strands Ärmel.

Strand entsann sich an seine Enttäuschung, weil es Miriam entgangen war, daß er sie beim falschen Namen genannt hatte. »Es hat eben 'ne Menge Mühe gekostet zu vermeiden, daß sie mir auf die Schliche kommt.«

Verkrampft spitzte die Frau den Mund und atmete scharf ein. Einen Moment später begriff Strand, daß es ihr gerade noch gelungen war, nicht laut loszulachen.

»Oh«, brummelte er. »Ach so.«

»Sie sind auch nicht der Einzige, der daran glaubt.« Die Empfangsdame lächelte und nahm die Hände von seinem Arm. »Eigentlich haben Sie also kein Problem, wenigstens das nicht, das Sie sich einbilden. Es muß nur ein anderes Geheimnis her, das Ihnen Gelegenheit zum Haschmichspielen liefert.« Sie stand auf und zog ihn mit sich hoch, dann küßte sie ihn, indem sie sich mit dem ganzen Körper an ihn preßte, rasch auf die Lippen. Ein wenig roch sie nach Schweiß und Haarlack.

»Sie kehren nun um, ja?« fragte sie.

»Wahrscheinlich«, räumte Strand ein. Aber da befiel ihn neues Mißtrauen. »Sie haben Ihren Auftrag erfüllt. Ich kehre um und gehe Axelrod schnurstracks in die Falle.«

Die Frau lachte. »Sie sollten mehr Vertrauen haben. Sie und Axelrod sind genau gleich, ständig denken Sie, alle Leute spielen Räuber und Gendarm.«

Sie trat zurück und betrachtete Strand. »Wenn Sie möchten, können Sie mich bei der Nullzeit AG anrufen. Entweder melde ich mich am Telefon, oder der Kundendienst. Und nun gehen Sie endlich, ich muß das da fertigmachen.« Sie hob einen unteren Zipfel des Spruchbands auf und stieg wieder auf die Matratze.

Strand zögerte. Noch spürte er ihre Körperwärme an Brustkorb und Beinen. »Aber ist es nicht zu früh, wenn ich Sie jetzt anrufe?«

Sie drehte sich um und lachte, schwankte auf dem Bett. »Was meinen Sie mit ›jetzt‹? Was heißt denn ›zu früh‹?« Sie wandte sich ab und befaßte sich erneut mit dem Anbringen des Spruchbands.

Strand ging zur Wandkonsole mit dem Terminal.

Er tippte den Retourcode, unterbrach jedoch den Vorgang und gab statt dessen einen anderen Code von Lignorellis Verzeichnis ein.

Dieses Mal lag eine voll bekleidete Frau auf dem Bett, auf der Seite ausgestreckt und ihm den Rücken zugekehrt. Er fühlte sich überraschend stark von ihr angezogen, bis er das Kleid erkannte. Es war Miriam.

Ihm wurde eiskalt bis in die Nervenstränge, genau wie in dem Augenblick, als Axelrod ihm den Mordvorwurf unterzujubeln versucht hatte. Woher konnte sie wissen, fragte er sich, daß ich hier bin? Angespannt wartete er darauf, daß sie sich herumwälzte und ihn sich vorknöpfte.

Sekunden verstrichen, aber sie blieb still liegen, zeigte nicht die geringste Neigung zum Umwenden. Strand merkte, ihr war nicht aufgefallen, daß er das Zimmer betreten hatte; gleichzeitig beobachtete er, daß lautloses Schluchzen ihre Rippen dehnte. Auf dem Vorleger an der anderen Seite des Betts sah er mehrere Packungen Papiertaschentücher. Er kannte die Marke von ihrem Vorrat im Badezimmerschrank. Nie hatte er sich die Frage gestellt, warum sie immer Großpackungen kaufte.

Benutzte Papiertaschentücher übersäten den Fußboden. Kurz bedauerte Strand den Hausmeister, bis er sich überlegte, daß Miriam sicherlich ein Gast war, hinter dem das Zimmer zu säubern keine Mühe verursachte. Sie hatte sogar ein eigenes Handtuch mitgebracht, damit keine Tränen aufs Kopfkissen flossen. Das Handtuch mit dieser Farbe hatte er daheim seit Monaten nicht mehr gesehen; er war davon ausgegangen, sie hätte es weggeworfen.

Da sah er, es war fast neu.

Er tippte den Code für Zip Lignorellis Zimmer ein und kehrte in die Echtzeit zurück. Die Welt schien mit dem Auge zu zwinkern, und er war wieder da.

Das Zimmer war leer. Strand spähte ins Freie und sah Lignorelli den Parkplatz überqueren, eilends unterwegs, um seinen Wurf auszuführen.

Michael Thomas

NACHTWACHE

Hätte die Meute einen Gärtner, einen Reisenden oder einen ortsansässigen Dummkopf mißhandelt, wäre ihr Verbrechen vielleicht vertuscht worden. So aber wendeten sie sich gegen ihren Herren, den alten Rutger Hannover persönlich. Und das bedeutete ihr Verderben.

Ich traf Hannover nur ein einziges Mal. Es war an dem Tag, als er GenTech besuchte, um der Vorführung beizuwohnen und die Hunde zu kaufen. Ich erwartete eine eindrucksvolle Persönlichkeit, deren Reichtum und Macht aus Bronze geformte körperliche Gestalt angenommen hatte. Aber Hannover machte einen erstaunlich gewöhnlichen Eindruck, klein, dickbäuchig, hellhäutig wie ein Champignon, mit fliehender Stirn und dünnem, feinem Haar. Die glasigen Augen blickten teilnahmslos. Wäre nicht das Gefolge aus Sicherheitsleuten und Speichelleckern gewesen, hätte man ihn mit einem Steuerprüfer verwechseln können.

Er kam zu GenTech und beobachtete gleichgültig die Vorführung. Zwei Laborassistenten versteckten sich in den Wäldern hinter den Gebäuden, einer in einem alten Abwasserkanal im Osten und der andere in den Zweigen einer Esche im Westen. Meine Meute hatte die Aufgabe, *einen* Eindringling aufzustöbern, festzuhalten und unter keinen Umständen zu verletzen. Als wären sie eins, rasten sie durch die Fichtenwälder, nahmen die Witterung auf und folgten ihr keuchend, bis sie den Wasserlauf erreichten. Sie errieten, daß der Wasserlauf nur als Täuschung diente, nahmen die Spur erneut auf und zögerten erst, als sie sich teilte. Ich erklärte Hannover, daß sie nun eine Entscheidung treffen mußten. Nach kurzer Zeit teilten sie sich in zwei Gruppen auf. Speaker, Toto und Lancelot wendeten sich nach Westen, während Captain Eddie, Bo und Merlin nach Osten stürmten. Bald darauf waren *beide* Eindringlinge gestellt. Theoretisches Denken, erklärte ich Hannover, Entscheidungsfähigkeit, symbolische Verständigung und, was nur für Speaker galt, das Geschenk der Sprache.

Rutger Hannover kaufte schließlich meine Hunde. Er bezahlte genügend, um damit GenTechs Forschungsarbeit auf Jahre hinaus sicherzustellen. Die Hunde nahm er mit auf seine Sommerresidenz in Maine. Immer wieder redete ich mir ein, daß die Meute nur das Ergebnis meiner Forschung war, nichts weiter als experimentelle Kreaturen, übergroße Laborratten sozusagen. Aber einige Tage, nachdem sie gegangen waren, ertappte ich mich, wie ich nach den Köpfen der Tiere hinunterlangte, obwohl diese mir längst nicht mehr folgten. Ich vernahm ihr Bellen, obgleich mich nur Stille umgab. Ganz unerwartet trübten sich meine Augen.

Die Jahre vergingen, meine Arbeit bei GenTech brachte mir Ansehen und eine Professur an der Universität von Michigan. Die Meute verschwand allmählich aus meinem Bewußtsein. Dann kam die Nachricht, daß meine genetisch veränderten Hunde Rutger Hannovers Kehle aufgeschlitzt hatten und in die Berge entkommen waren. Ich nahm an, man würde sie aufspüren und töten. Statt dessen suchte mich Rutger Hannovers Tochter auf und bat mich, ihr dabei zu helfen, die Meute, die ihren Vater umgebracht hatte, in Sicherheit zu bringen.

Zuerst hielt ich sie für eine Studentin. Die blauen, weit geöffneten Augen, unordentliches braunes Haar, untersetzte Figur, so spähte sie durch die Tür meines Büros. Sie wirkte ein wenig verloren. »Professor Nelson?« fragte sie.

»Meine Sprechstunde beginnt in weniger als einer Stunde«, sagte ich. »Kommen Sie bitte dann wieder.«

»Ich heiße Kara Hannover«, sagte sie und betrat mein Büro.

»Oh.«

»Mein Vater ...«

»Ich weiß, ich hörte es in den Nachrichten. Es tut mir sehr leid.«

Sie ging zu dem Stuhl vor meinem Schreibtisch. Meiner Stellung verdankte ich ein großes Büro im modernsten Flügel der genetischen Forschungsabteilung. Die Wände waren weiß und das anmutig geformte Mobiliar neu. Das Licht der Leuchtstofflampen war hell genug, um jeden Schatten verblassen zu lassen. Der Fußbodenbelag: luxuriös und sauber. Mit ihren zerschlissenen Jeans, dem viel zu weiten Pullover und den fettigen Haaren wirkte sie vollkommen fehl am Platze, genau so, als würde Unkraut aus meinem Teppichboden sprießen.

»Ich möchte Sie um Hilfe bitten«, sagte sie.

»Miss Hannover. Als Ihr Vater zu mir kam, klärte ich ihn über die vorhandenen Risiken auf. Schon die herkömmliche Hundezucht ist unvorhersehbar genug. Groß angelegte genetische Manipulationen lassen die Risiken normaler Zucht um Lichtjahre hinter sich. Er verstand und unterschrieb eine Verzichtserklärung. Ich fürchte ...«

Sie fischte eine Zigarette aus ihrer Jackentasche und entzündete ein Streichholz.

»Rauchen ist hier verboten«, machte ich sie aufmerksam.

Sie zwinkerte mir so zu, als ob ich von ihr verlangt hätte, aus dem Fenster zu springen. Dann zuckte sie mit den Schultern. Sie suchte nach einer Gelegenheit, die Zigarette auszudrücken und entschloß sich für den Abfalleimer. Ich ignorierte den Gestank des Qualms und erwähnte nichts von der Feuergefahr. »Sie sagten etwas.«

»Sie jagen die Meute. Sie beabsichtigen, sie zu töten. Wenn sie entkommen würden, könnten Sie eventuell mit ihnen sprechen. Helfen Sie ihnen.«

»Ich bin sicher, die Polizei benötigt meine Hilfe nicht.«

»Ich meinte, helfen Sie den Hunden.«

»Wie bitte?«

»Sie sind meine Freunde. Ich möchte sie retten.«

Ich hatte erwartet, daß sie noch unter Schock stehen würde. »Ich bin nicht sicher, ob ich Sie richtig verstanden habe. Die Hunde haben Ihren Vater umgebracht. Und Sie möchten sie beschützen?«

»Ja.«

»Nun, ich hätte eher gedacht, daß Sie ihren Tod wollen.«

Sie schüttelte langsam und betrübt den Kopf. Eine Geste, die alles sagte. »Ich war neun Jahre alt, als mein Vater die Meute mit nach Hause brachte. Mir wurde strengstens verboten, mit ihnen zu spielen. Er sagte, sie seien ausschließlich für die Bewachung des Sommerhauses gedacht. Sie waren viel zu wertvoll – wie sein Pierce Arrow. Aber ich konnte nicht widerstehen. Verstehen Sie mich. Hunde, die denken und sprechen konnten! Also schlich ich mich in den Zwinger. Speaker war äußerst freundlich zu mir. Ich glaube, sie fühlten sich einsam. Sie sprachen von Ihnen.«

Ich zuckte zusammen und erinnerte mich an das Höllenspektakel, wenn ich den Zwinger betrat: Speaker stupste meine Hand, Captain Eddie vertrieb die anderen so, daß er immer den besten Platz neben mir hatte, und Merlin ließ es sich nie nehmen, an mir hochzuspringen. Speaker vermißte ich am meisten. Er war der menschlichste, liebenswürdigste und treueste von allen. »Was haben sie gesagt?« fragte ich.

»Sie vermißten Sie. Sie sagten, als Sie der Anführer waren, fühlten sie sich menschlicher.«

»Anführer?« Schon immer hatte ich mich gefragt, was sie in mir sahen. Anscheinend hatte ich unbewußt die Rolle des männlichen Anführers in ihrer Meute übernommen. Nur, normalerweise verrät der Anführer seine Kameraden nicht.

»Fahren Sie fort«, bat ich.

»Sie wurden meine Freunde. Die Sicherheitsbeamten ließen es zu, daß ich mit ihnen spazieren ging. Niemand wagte es, meinen Vater davon zu unterrichten. Ich unternahm mit ihnen lange Ausflüge. Es war langweilig im Sommerhaus. Keine anderen Kinder, die mitspielten, alle Sommer verbrachte ich allein. Ich brauchte Gefährten. Einige Nächte verbrachten wir mit langen Gesprächen.«

»Worüber?«

Sie zuckte mit den Schultern. »Sie waren sehr neugierig, was die Menschen betraf. Wir machten uns zu wenig Gedanken über ihre Gefühlswelt. Sie wollten mehr wissen. Über Macht, Fortpflanzung und Technologie.«

»Sie meinen, Speaker wünschte das.«

»Ja. Doch ich glaube, daß er für alle sprach.«

»Falls es Sie nicht zu sehr verletzt, erzählen Sie mir bitte, was mit Ihrem Vater geschah.«

»Es war an meinem sechzehnten Geburtstag.«

Sechzehn? Sie machte den Eindruck, als hätte sie schon wesentlich mehr vom Leben mitbekommen, als es mit sechzehn üblich sein dürfte.

»Mein Vater hat für seine Freunde gern außergewöhnliche Partys veranstaltet. Einmal heuerte er Himmelsschreiber an, welche die Namen aller Gäste über dem Haus in den Himmel schreiben sollten. Dieses Jahr bediente er sich der Hunde. Zwei seiner Sicherheitsleute ließ er sich in den Hügeln hinter seinem Haus verstecken. Sie waren angewiesen, sich an zwei verschiedenen Plätzen zu verstecken, um die Hunde vor eine schwierige Aufgabe zu stellen.«

Gewissensbisse plagten mich.

»Er hatte solche kleinen Karren, wie man sie beim Golf benutzt, besorgt. So konnten die Gäste der Meute folgen. Das ganze Geschehen widerte mich an. Also blieb ich daheim.«

»Sie gingen nicht mit? Es war doch Ihr Geburtstag.«

»Sicher. Nur war es nicht meine Party. Es war seine. Die Gäste waren seine Freunde und seine Geschäftspartner. Ich hätte gerne auf eine Party verzichtet, aber davon wollte er nichts hören. Im Grunde genommen war es seine Geburtstagsfeier.

Von da an bekam ich nur noch mit, daß sie sich entfernten, um der Meute zu folgen. Als die Hunde die Aufgabe lösten, folgte ein Teil der Gäste der einen Hälfte der Meute, während mein Vater und die anderen der zweiten Hälfte folgten. Sein Trupp hatte gerade zur Meute aufgeschlossen, als die Hunde ihr Opfer aufspürten. Mein Vater, er war betrunken, nahm an der Seite eines Hügels eine Kurve zu scharf und kippte mit seinem Karren um. Seine Beine wurden eingequetscht. Dann, einer der Hunde … Gedankenschnell handelten die anderen Gäste. Aber es war zu spät. Die Meute verschwand in den Hügeln.«

Sie griff nach der Tasche, in der sie die Zigaretten aufbewahrte, ließ ihre Hand aber dann in den Schoß sinken.

»Welcher Hund war es?« wollte ich wissen.

»Speaker«, sagte sie.

Dort, wo eigentlich mein Magen hätte sein sollen, tat sich ein Loch auf.

»Ich bin immer noch nicht ganz sicher, was Sie von mir erwarten.«

»Kommen Sie mit mir dorthin. Helfen Sie mir, sie aufzuspüren. Vielleicht können Sie klären, was geschah. Kann sein, daß es einen Grund für ihr Handeln gab. Möglicherweise können Sie sie beschützen.«

Ich schüttelte entschieden den Kopf. »Diese Tragödie tut mir herzlich leid, aber ich glaube nicht, daß ich wirklich helfen kann. Wenn die Polizei die Meute nicht finden kann, bezweifle ich, daß wir es können. Und selbst wenn es uns gelänge, gibt es keinen Grund anzunehmen, daß ausgerechnet ich mehr Glück als alle anderen Suchenden hätte.«

Beiläufig dachte ich, daß sie offenbar gefährlich waren.

»Ich glaube, zu wissen, wo sie sind«, sagte sie.

»Wo?«

»Das sage ich Ihnen, wenn wir dort sind. Und wirklich, nur Sie haben gute Chancen, sie zu retten. Sie haben sie erschaffen. Sie wissen, was sie sind. Und er sprach oft von Ihnen. Auf eine Art und Weise sahen sie in Ihnen so etwas wie ihren Vater.«

»Wie bitte?«

»Wirklich. Das war es, was wir über Sie sprachen. Er sagte, er würde Sie gerne wiedersehen.«

»Ich kann nicht. Ich habe Prüfungen in einer Woche und ...« Den folgenden Gedanken ließ ich unausgesprochen. Meine Stellung, meine Arbeit, all das hätte ich aufs Spiel gesetzt, wenn mein Name irgendwie mit dem Mord in Verbindung gebracht worden wäre. Einige Leute erinnerten sich zwar daran, daß die Hunde meine Schöpfung waren, aber so weit entfernt war es mir gelungen, nicht mit diesem Drama in Verbindung gebracht zu werden.

»Ich verstehe. Dann werde ich gehen.«

»Doch nicht etwa allein?«

»Natürlich.«

»Aber sie haben Ihren Vater umgebracht. Sie sind gefährlich.«

»Es sind meine Freunde.«

»Das ist verrückt.«

»Ja. Kann schon sein.«

Sie stand auf, um zu gehen, schritt unter den hellen Leuchtstofflampen hindurch und verließ mein Büro. Wie auch immer, sie verschwand nicht gänzlich aus meinem Leben. Am nächsten Morgen wachte ich auf und dachte an sie. Als ich mich auf den Weg zum Büro machte, schauderte ich bei dem Gedanken daran, daß ich mich hinter meinem akademischen Leben versteckte, während sie sich in Gefahr begab und Speaker und der Rest zu Tode gehetzt wurden.

Als ob die verstrichenen sieben Jahren niemals vergangen wären, langte ich nach unten, um Speakers Kopf zu streicheln, doch griff ich selbstverständlich nur in die Luft.

War das Geschehene mein Fehler? Gab es irgend etwas, das ich bei der Erschaffung der Hunde übersehen hatte? Waren sie vielleicht derart überzüchtet, daß sie sich gegen Hannover wandten, so wie einst St. Bernard boshaft wurde? Wenn ja, dann war es meine Pflicht, sicherzustellen, daß sie niemandem mehr Schmerz zufügen würden. Sie wollte, daß ich ihnen half. Aber ich sollte lieber der Polizei helfen, sie aufzuspüren. Der Gedanke, ihr Judas zu sein, verlieh mir das Gefühl, als würde heißer Stahl meine Eingeweide durchbohren. Vielleicht konnte ich sie retten. Möglicherweise würde ich sie vernichten.

Am Ende des Tages wollte ich einfach etwas unternehmen. Ganz egal, was. Nur um den Kampf in meinem Hirn zu beenden. Ich entschied mich, Kara Hannover aufzusuchen.

Mein Wissen über New England basiert einzig und allein auf verschiedenen Konferenzen in komfortablen Hotels, einer Gastlesung an der Johns Hopkins und einem frustrierenden Tag, an welchem ich einen Leihwagen kreuz und quer durch die Gegend steuerte, bei dem Versuch, Cape Cod zu finden. Die ländliche Gegend hatte ich mir immer wie eine Postkarte vorgestellt. Übersät mit Brücken und so.

Als ich von Portland in nördlicher Richtung fuhr, nahm die Landschaft langsam charakteristische Formen an, weit entfernt von meinen bisherigen Vorstellungen. Das Land stieg an, die ersten Ausläufer der Berge zeigten sich, schließlich erhob sich das abgeplattete Gebirge vor mir. Bedeckt mit Kiefern und Tannen, nebeldurchzogen, war es trotz der Nachmittagssonne dunkel. Um zum Hannover-Anwesen zu gelangen, befuhr ich etliche zweispurige Straßen, kam durch kleine Ortschaften mit zerfallenen Holzhäusern, geschlossenen Tankstellen und rostenden Autos in den Feldern, die wie die Überbleibsel von gepanzerten prähistorischen Bestien wirkten. Über diesen Orten lag etwas Trauriges, etwas Düsteres, als ob sich hinter den verhangenen Fenstern unaussprechliche Dinge abspielten. Fürchterliche, im Menschen verborgene Triebe veranlaßten ihn immer wieder dazu, Gewalt auszuüben.

All das hatte ich niemals von der Natur erwartet. Die Geheimnisse der Zellen konnte ich entschlüsseln, aber die vielfältigen Landschaften und Lebewesen, geformt aus eben jenen Zellen, hatten niemals Eingang zu meinem Herzen gefunden. Das Land erschien mir seit jeher als ein Platz voller engstirniger Ansichten, übermäßiger Schinderei und vergeudetem Leben aus Mangel an Ehrgeiz.

Schließlich fuhr ich eine gepflasterte Zufahrtsstraße entlang und erreichte so das Anwesen von Rutger Hannover. Hinter dem Stacheldrahtzaun standen Fahrzeuge der Staatspolizei und Pickups auf der Rasenfläche vor dem dreigeschossigen Herrschaftshaus. Jagdhunde kläfften und zerrten an den Leinen.

Das markerschütternde Kreischen von Hubschrauberrotoren erscholl über mir. Der Hubschrauber drehte von dem umzäunten Gelände ab, gewann rasch an Höhe und flog in Richtung der Berge davon.

Der Tod Rutger Hannovers war eine Sensation. Eine Unmenge Übertragungswagen blockierte bereits den Haupteingang. Als ich an ihnen vorbeifuhr, richtete ich meinen Blick nach unten. Denn hätten mich die Reporter erkannt, wäre mein Name sicherlich binnen kurzem in den Schlagzeilen aufgetaucht.

Der Wachmann am Pförtnerhäuschen schickte mich zu Captain Davis, der gerade einem Kommando der Staatspolizei, den Sicherheitsleuten von Hannover und Freiwilligen aus den umliegenden Orten lautstark Befehle erteilte.

Kara saß auf den Stufen zur Veranda. Sie beobachtete das Treiben durch einen Schleier von Zigarettenqualm. Sie winkte mir zu, während sie die Zigarette ins Gras schnippte. Hannovers Sommerhaus war eine dreistöckige viktorianische Villa. Groß genug, um auch ein Hotel sein zu können. Hannover hatte es aus England einfliegen lassen und hier wieder aufgebaut.

Der untersetzte, bierbäuchige Captain Davis musterte mich, als wäre ich einer der ausgerissenen Hunde. Als ich mich vorstellte, sagte er: »Aha. Sie sind also derjenige.«

»Verzeihung?«

»Sie sind derjenige, der diese höllischen Kreaturen erschaffen hat.«

»Stimmt«, erwiderte ich. »Ich bin nicht sicher, ob höllisch der richtige Ausdruck ist.«

»Der Pfarrer sagt, es ist Gotteslästerung, wenn man Tieren menschliche Eigenschaften gibt.«

»Sind Sie Katholik?«

»Nein. Aber ich bin Christ.«

Sein Suchtrupp hatte um mich einen Kreis gebildet. Die Leute starrten mich an, bereit, sich auf ein Zeichen ihres Captains auf mich zu stürzen.

»Ich bin hier, um zu helfen«, verkündete ich.

»Wir brauchen Ihre Hilfe nicht«, sagte Davis. Ich erwartete eigentlich, daß er Tabak vor meine Füße speien würde, aber er brummte nur vor sich hin. »Sie sind verdammt klug. Aber wir werden sie finden. Die Nationalgarde durchkämmt gerade die Berge. Wir werden das Farmland im Osten übernehmen. Unsere Hunde werden sie aufspüren. Wir brauchen keine Hilfe, um ihnen eine Kugel durchs Gehirn zu jagen.«

»Ich bin sicher, Sie haben alles unter Kontrolle«, sagte ich.

»Verdammt richtig«, entgegnete Davis.

Ein Zivilist wog seine Schrotflinte in den Händen und sagte: »Hallo. Können sich diese Hunde fortpflanzen?«

»Das ist abhängig davon, ob Hannover sie hat kastrieren lassen.«

»Sie sind nämlich seit Tagen verschwunden. Sollten sie sich mit einigen unserer Hunde gepaart haben, weiß Gott allein, wie viele Monster sie hervorbringen werden.«

»Ganz so einfach funktioniert es nicht.«

»Nach dem, was ich gehört habe, ist es aber doch so«, stieß ein anderer Mann hervor.

Die Menge teilte sich, um Kara Platz zu machen. Sie kam auf mich zu und nahm meinen Arm. »Doktor

Nelson ist auf meinen ausdrücklichen Wunsch hier. Er ist prädestiniert, seine Dienste anzubieten.«

Widerwillig zogen sich die Männer zurück, respektlos davor, daß eine Jugendliche gerade ihren Vater verloren hatte.

»Nun denn, wir werden Sie rufen, wenn wir Sie brauchen«, sagte Davis. »Laßt uns anfangen. Ray, hol die Hunde. Wir werden auf der Miller-Farm anfangen.«

Es dauerte gut zwanzig Minuten, bis der Trupp endlich in den Streifenwagen und den Pickups losbrauste. Kara und mich ließen sie auf dem Rasen zurück.

»Danke für Ihr Kommen«, sagte sie.

»Sie brauchen mir nicht zu danken.«

»Lassen Sie uns aufbrechen. Für Verpflegung ist gesorgt.«

»Wo genau gehen wir hin?« wollte ich wissen.

»Dort hinauf«, antwortete sie und deutete in Richtung der Berge, die sich hinter dem Herrschaftshaus erhoben. Ein brauner Abhang, mit eintönigem Wald bewachsen, von Telefonleitungen durchzogen, entstellte das tannenbedeckte Antlitz des Berges. Einen Augenblick lang umkreiste ein Hubschrauber wie ein Raubvogel die Spitze und verschwand dann hinter dem Berg.

»Sie wissen«, sagte ich, »das Umherschweifen dort oben ist nicht gerade das Angenehmste, was ich mir vorstellen kann, wenn sich schießwütige Nationalgardisten und der heimische Pöbel dort draußen auf der Jagd befinden. Mir würde es nicht unbedingt gefallen, wenn einer von ihnen mich mit einem Eichhörnchen verwechselt.«

Kara warf sich ihren Rucksack über die Schultern und drehte sich dem Berg zu. Sie blickte sich nicht um, als sie sagte: »Wir müssen nicht weit laufen. Ich weiß, wo wir hinmüssen.«

»Was ist unser Ziel?«

»Ein alter Feuermeldeturm.«

»Was veranlaßt Sie, zu glauben, daß sie dort sind? Sie könnten überall und nirgends sein.«

»Es ist das einzige, was ich mir vorstellen kann«, sagte sie und marschierte los.

Ich schob die Trageriemen über meine Schultern und folgte ihr. Insgeheim hatte ich gehofft, es würde einen Pfad geben. Statt dessen krochen wir mitten durch den Wald. Nach kurzem begannen meine alternden Knie und Oberschenkel zu schmerzen. Die Anstrengung des Bergaufsteigens und des Kletterns über Dornengestrüpp und Unterholz war zuviel. Meine Füße rutschten über den mit Nadeln bedeckten feuchten Boden. Einmal glitt ich aus, konnte meinen Fall aber gerade noch durch Festklammern an einem Baumstamm verhindern. Die rauhe Rinde streifte meine Hand. Blut quoll heraus. Je länger wir kletterten, desto älter und erschöpfter fühlte ich mich.

»Sind Sie in Ordnung?« kam die Rückfrage von Kara.

»Bestens«, log ich. Meine Lungen schmerzten, und meine Schultern brannten unter dem Gepäck.

Kara überwand die bergige Landschaft geschmeidig wie ein Berglöwe. Ich unterdrückte ein Wehklagen und tat mein Bestes, um mit ihr Schritt zu halten. Ich schämte mich, zuzugeben, daß ich nicht mithalten könnte und eine Pause benötigte.

In drei Stunden hatten wir lediglich eineinhalb Meilen hinter uns gebracht. Unser Schrittempo verlangsamte sich zusehends mit zunehmender Steigung. Ich war gerade bereit, aufzugeben, als Kara sagte: »Dort drüben.«

Die längliche Gestalt eines Feuermeldeturms ragte aus den Bäumen heraus. »Mein Unterschlupf«, verkündete Kara. »Um der Familie zu entfliehen, spielte ich oft hier. In meiner Fantasie war es ein Schloß.«

»Wie kommen Sie darauf, daß die Meute hierher kommen wird?«

»Weil ich ihnen davon erzählt habe. Ich habe ihnen erklärt, was dieser Ort für mich bedeutet. Und ich glaube, sie wissen, daß ich herkomme.«

»Woher?«

Sie zuckte mit den Schultern. »Keine Ahnung. Vielleicht wittern sie mich. Ich weiß nur, sie werden kommen.«

Diese Annahme erschien mir lächerlich. Aber in diesem Fall wäre der ganze Marsch reine Zeitverschwendung gewesen. Die verbleibenden einhundert Yards folgte ich ihr, ohne ein Wort zu sprechen. Dann half ich ihr beim Abladen ihres Gepäcks. Drinnen erklommen wir die wackelige Treppe, mieden verrottete Bretter und wichen Spinnweben aus. Oben angekommen, gelangten wir in einen kreisförmigen Raum. Sie führte mich auf den Balkon. Wellenförmig erhoben sich die Berge um uns herum. Unter uns war die dunkle Weite eines Flusses, der sich im Laufe der Zeit eine Schlucht gegraben hatte. Feiner Nebel haftete in den Hängen. Es schien, als wollte er mit zarten Fingern nach uns greifen. In einiger Entfernung tauchten dunkle Sturmwolken den Horizont in ein dunkles Purpurrot.

Wie weit hatten wir uns bloß vom Plüschteppich in meinem Büro entfernt?

Dies waren uralte Berge. Seit Jahrhunderten schlummerten sie, wehklagend in ihrem Schlaf.

»Es wird bald dunkel«, sagte ich. »So lange dürfen wir nicht mehr warten.«

»Dann müssen wir eben hier die Nacht verbringen«, entgegnete sie.

»Aber, ist es auch sicher hier?«

»Wir haben gar keine andere Wahl«, sagte sie gelassen.

Ich schaute hinaus zu den Bergen. In einiger Entfernung kläfften die Hunde des Suchtrupps. Männer brüllten. Ich schauderte. Daran ist nur die Feuchtigkeit schuld, redete ich mir ein. Nichts weiter.

Mit der Nacht kam die Kälte. Kara hatte die allerneuesten Thermodecken mitgenommen, leichtgewichtiges Nylon, mit Fäden durchzogen, um die Körperwärme zu speichern. In Decken gehüllt saßen wir nun im Turm und fühlten uns, als würden wir uns in einer Höhle an einem Feuer aufwärmen. Der Strahl einer auf dem Fußboden liegenden Taschenlampe tauchte eine Hälfte ihres Gesichts in ein bläuliches Licht, die andere Hälfte blieb im Schatten.

»Das war also sozusagen Ihr Spielzimmer«, stellte ich fest.

»Ja«, antwortete sie. »Wie ich sagte, es war einsam. Oftmals ging ich auf Entdeckungstour, fand diesen Platz und verbrachte manchmal ganze Tage hier.«

»Ihre Eltern wußten nichts davon? Also, ganz sicher ist es hier nicht.«

Sie zündete sich eine Zigarette an. Ich wollte schon über den Gestank lästern, unterließ es dann aber.

»Ich glaube, sie wußten nicht, daß ich fortgegangen war«, sagte sie. »Ich gehörte praktisch zur Einrichtung. Und an Möbel denkt man eben nicht, bis man sie zum Hinsetzen braucht.«

Trübseligkeit war bei Jugendlichen genauso normal wie die Grippesaison. Die meisten meiner Studenten litten unter der Grippe, trauerten den alten Zeiten nach und trugen ihre Angst wie einen schwarzen Umhang mit sich herum. Ich war nicht sicher, wieviel von Karas Selbstmitleid ihrem Alter anzurechnen und wieviel gerechtfertigt war. Das einzige Mal, als ich Rutger Hannover traf, war er höflich, lebhaft und geschäftstüchtig gewesen, doch nun spürte ich eine starke Abneigung diesem Mann gegenüber, stärker sogar als damals, da ich mir seinerzeit eingeredet hatte, daß es wahrscheinlich einfach nur sein sauer verdientes Geld war. Doch schaute ich mir jetzt seine Tochter an, geriet ich ins Schwanken. Ich hatte persönlich die Erfahrung gemacht, daß Macht nicht unbedingt den Charakter verderben mußte. Lediglich Menschen, die nach Macht streben, sind bereits verdorben.

»Einmal war ich schwanger«, sagte sie unvermittelt. Ihre Stimme klang einsilbig, als ob sie aus einem Telefonbuch vorlesen würde.

»Oh.« Mehr wußte ich darauf nicht zu erwidern.

»Während meiner Schulzeit liebte ich diesen Jungen. Seine Familie war zwar nicht genauso wohlhabend wie meine, aber fast. Er stritt ständig mit seinen Eltern. In der Schule versagte er. Sie waren fürchterlich. Sie zwangen ihn, eine Militärschule zu besuchen. Er sagte, wenn sie es täten, würde er die Kriegskunst erlernen, zurückkehren und sie vom Angesicht der Erde fegen. Er war so romantisch.«

»Wenn Sie es sagen.«

»Ich wurde also schwanger. Meine Eltern veranlaßten eine Abtreibung. Ich wollte nicht. Ich sprach mit meinem Freund und bat ihn, mit mir fortzugehen. Nach Europa oder sonstwohin. Er dachte darüber nach. Aber als er mitbekam, daß ihm seine Eltern dann den Geldhahn zudrehen würden, drängte er mich, der Abtreibung zuzustimmen. Schließlich gab ich nach. Später weihte mich mein Vater darüber ein, daß mir, während ich mich der Operation unterzog, ein Limiter in die Eierstöcke eingepflanzt wurde.«

»Was, bitte?«

»Ein Limiter. Das ist die neueste Variante eines Keuschheitsgürtels. Nanotechnologie. Dieses Ding tötet eindringendes Sperma ab. Das Gerät hält sich selbst instand, so daß es nie ausfallen kann. Es kann nur durch einen chemischen Code außer Betrieb gesetzt werden.

Meine Eltern hüteten diesen Code, als wäre er der Schlüssel zum Keuschheitsgürtel. So konnten sie jederzeit entscheiden, wann und von wem ich schwanger werden würde.«

»Herr im Himmel«, murmelte ich. »Was für eine Schweinebande. Aber das kann doch nicht legal gewesen sein, oder?«

Im Glanz des spiegelnden Lichts verzogen sich ihre Lippen zu einem Grinsen. »Legal? Was legal ist, wird einzig und allein durch die Menge des Geldes, das man besitzt, bestimmt.«

»Ich ahnte es«, sagte ich. Die Macht von Rutger Hannovers Geld hatte ich bereits kennengelernt. Hatte doch eigentlich er die vergangenen sieben Jahre meines Lebens bezahlt.

Danach sprachen wir nur noch wenig. Kara rauchte und ich lauschte dem Klang der Nacht. Bald schlummerte ich ein.

Als ich erwachte, fand ich Karas Arm auf dem meinen. Ihr Gesicht war mir ganz nahe. »Draußen«, flüsterte sie. »Ein Geräusch. Ich denke, sie sind es.«

Wir schlichen auf den Balkon. Der Himmel war sternenübersät. Der Mond tauchte die Berge in silbernes Licht. Unten schälten sich sechs Schatten aus dem Dunkel der Bäume. Sie schnüffelten auf dem Boden, stutzten, die Ohren waren wachsam aufgestellt. Ein Gesicht drehte sich nach oben und starrte uns an.

»Ich gehe runter«, sagte sie.

»Kara, warte …«

Aber sie war bereits weg. Ich rannte hinter ihr her und holte sie in dem Augenblick ein, als sie die Tür unten am Anfang der Treppe öffnete.

Sechs Augenpaare reflektierten das Mondlicht. Ich konnte sie in der Dunkelheit atmen hören, sah den Hauch des Atems aufsteigen.

Kara rannte zu ihnen, kniete nieder und umarmte

einen struppigen Kopf, während die anderen sie umringten.

Dann wandte sich ein Kopf mir zu und schaute mich mit glänzenden Augen an.

Ein tiefes, unmenschlich klingendes Knurren formte sich zu einem Wort. »James.«

»Speaker«, sagte ich einfach nur.

»Komm her, damit wir dich erkennen können«, verlangte Speaker.

Einen Moment lang fühlte ich mich verwirrt, dann trat ich ins Mondlicht hinaus. Die großen Körper der Schäferhunde umringten mich, schnüffelten an meinen Beinen und stupsten gegen meine Hände. Alsbald leckte Speaker meine Handfläche. »Wir sind froh«, sagte er.

Sie waren alle da. Speaker, Captain Eddie, Toto, Merlin, Bo und Sir Lancelot. So, wie ich sie verlassen hatte. Als wenn die Jahre nie vergangen wären. Meine Augen wurden feucht. Schnell rieb ich sie trocken.

»Wir sind gekommen, um euch zu helfen«, sagte Kara. »Sie jagen euch. Wegen Vater.«

»Wissen wir«, sagte Speaker.

Ich kniete nieder. Captain Eddie, der größte unter ihnen, drängte die anderen rücksichtslos beiseite und nahm seinen angestammten Platz vor mir ein. Er lehnte seine massige Gestalt gegen meine Seite. Aus der Sicht der Meute hatte Captain Eddie die Vorherrschaft übernommen. Aber vom menschlichen Standpunkt aus betrachtet, war offensichtlich Speaker das männliche Leittier. Ich kraulte Eddie hinter den Ohren. Merlin schritt ungeduldig auf und ab, versuchte heranzukommen und wurde von Eddie wieder zurückgedrängt. Alsbald hatte dieser Merlin auf den Rücken geworfen, der daraufhin seine Kehle darbot. Stolz nahm Captain Eddie dann wieder seinen Platz ein, den Platz an meiner Seite. Speaker ignorierte sie und rollte sich in unmittelbarer Nähe von Kara zusammen. Das war der wahre Ort der Macht.

»Speaker«, sagte ich. »Ihr habt mir gefehlt.«

»Ja, James«, gab er zurück. Ob er den Sinn der Worte verstanden hatte oder nicht, konnte ich nicht erkennen.

»Wo habt ihr euch versteckt gehalten?«

»Bäume. Berge. Kein Mensch im Wald zu riechen.«

»Wovon habt ihr euch ernährt?«

»Wir jagen.«

»Speaker, weißt du, warum euch die Männer jagen?«

»Wegen Karas Vater.«

»Das war schlecht.«

Speaker legte seinen struppigen Kopf auf Karas Bein. Während er sich reckte, klopfte sie ihm auf den Rücken.

»Warum habt ihr ihn getötet?« fragte Kara.

Einen Augenblick lang war es still. Die anderen Hunde schlichen plötzlich um uns herum. Wolfsgestalten im fahlen Mondlicht. Dann sagte Speaker: »Wir beschützen Kara.«

»Warum benötigt Kara Schutz?« wollte ich wissen.

»Der *Schmerzgeruch.*«

»Was bedeutet *Schmerzgeruch?*«

»Karas Vater. Der *Schmerzgeruch.* Er verletzt.«

Kara wandte sich mir zu, und obgleich ich in der Dunkelheit ihre Gesichtszüge nicht erkennen konnte, war ich davon überzeugt, daß sie eine hinreichende Erklärung erwartete.

»Speaker, hast du den *Schmerzgeruch* schon früher wahrgenommen?«

»Er verletzt das Sonnenmädchen. Er verletzt andere.«

Ich fragte, ob sie wisse, wer das Sonnenmädchen sei. Sie schüttelte den Kopf und sagte: »Speaker, erzähl mir mehr vom Sonnenmädchen.«

»Wir schlafen. Er kommt in den Zwinger. Das Sonnenmädchen ist bei ihm. Er richtet sie übel zu. Er hält sie nieder. Wir riechen menschliches Blut.«

Kara verhielt sich ruhig. Ich tat es ihr gleich, um sie nicht zu stören. Welche Gefühle sie auch immer für ihren Vater gehegt hatte, und dann solch eine Geschichte.

»Wer war das Sonnenmädchen?« wollte Kara wissen.

»Die eine mit deinem Gesicht und Sonnenhaar.«

Kara stöhnte. Ihre Stimme erstarb und klang nur noch eintönig. Hinter dieser Stimme verbarg sie ihren Schmerz tief in ihrem Inneren. »Meine Cousine. In einem Sommer blieb sie eine Woche lang bei uns. Irgend etwas geschah damals. Ich erfuhr aber nie, was. Sie brachten sie fort. Gerüchte um eine Anstalt oder so wurden damals laut. O Gott.«

»Speaker«, sagte ich. »Ihr habt gesehen, wie Karas Vater das Sonnenmädchen mißhandelte?«

»Ja.«

»Du sagtest, es gab noch andere, die er auch mißhandelte?«

»Ja.«

»Im Zwinger?«

»Ja.«

»Und ihr dachtet, er war im Begriff, auch Kara zu mißhandeln?«

»Ja.«

»Warum?«

»Der *Schmerzgeruch.*«

Kara fragte: »Was hat das zu bedeuten?«

Ich zuckte mit den Schultern. »Sie sagten, Ihr Vater hätte an jenem Tag getrunken. Vielleicht war er stark betrunken, als er ...« Den Rest ließ ich unausgesprochen. Beruhigend legte ich meine Hand auf ihre Schulter, die sich zerbrechlich anfühlte. »Es tut mir leid.«

»Mir nicht«, sagte sie. Sie versuchte, gefaßt zu klingen, aber die Worte kamen nur gepreßt hervor. »Dann haben sie mich also nur beschützt. Die Polizei wird es verstehen. Sie werden sie in Ruhe lassen.«

»Ganz so einfach dürfte es nicht sein«, warf ich ein. »Es gibt keinen handfesten Beweis, daß Ihr Vater Sie mißhandeln wollte. Was auch immer er in der Vergangenheit verbrochen hatte, wurde ganz offensichtlich vertuscht. Selbst wenn wir Ihre Cousine zum Reden bewegen könnten, wäre es noch lange kein Grund für das, was sie getan haben.«

Kara lachte. Aber ihrem Lachen fehlte an der Stelle etwas, wo eigentlich der Humor hätte sein sollen. »Kein Grund?«

»Von unserem Standpunkt aus betrachtet.«

»Aber sie sind Hunde.«

»Hunde, die denken können. Egal, ob der *Schmerzgeruch* vom Alkohol oder etwas anderem herrührte. Sie wußten genau, was er bedeutete. Sie spürten, daß er jemandem Schmerzen zufügen würde, so bösartig, wie er war. Der begreifende Teil ihrer Gehirne übernahm dieses Gefühl und stellte fest, daß er wieder Leid verbreiten würde, daß es durchaus sie treffen könnte. Offenbar waren die anderen Opfer Mädchen oder Frauen. Sie trafen also die Entscheidung, ihn zu stoppen.«

»Vielleicht waren sie im Recht?«

»Wahrscheinlich haben sie etwas falsch aufgefaßt. Verharmlosen Sie sie nicht, Kara. Sie sind Tiere. Sie wissen, was ein männlicher Löwe als erstes tut, wenn er ein Rudel übernimmt? Er frißt die Jungen. Sicherlich empfindet er dabei keinerlei Gewissensbisse. Wirklich verstehen können wir sie noch nicht. Und umgekehrt dürften auch sie uns nicht richtig verstehen. Es könnte sein, daß sie das, was sie von Ihrem Vater empfingen, einfach falsch deuteten.«

»In meinem Herzen bin ich überzeugt davon, daß sie richtig lagen.«

»Selbst wenn es so wäre, für die aufgebrachte Menge, der wir gegenüberstanden, macht das sicherlich keinen Unterschied. Die Hunde haben einen Menschen getötet. Das Volk wird Rache wollen.«

»Aber was können wir denn tun?«

Ich beobachtete, wie die Gestalten durch die Nacht schlichen. Eine unbestimmte, urzeitliche Furcht überkam mich, als wenn ich ein Neandertaler wäre, der durch die umherschleichenden Schatten vor seiner Höhle verängstigt war. Sie hatten sich aus eigenem Antrieb zum Töten entschieden. Es gab keinen Grund, anzunehmen, daß sie es nicht wiederholen würden. Vielleicht war es doch besser, sie zu töten. Mich fröstelte im kalten Bergwind.

Wir verbrachten die Nacht gemeinsam mit der Meute. Trotz unserer Thermodecken waren wir beide wegen des Bergwinds durchgefroren. Doch wir sträubten uns, wieder in den Feuermeldeturm zurückzukehren. Die Hunde scheuten vor dem Betreten des Turmes zurück. Kara und ich wollten jede Minute, die wir hatten, mit ihnen verbringen. Als sich die Morgendämmerung über den Berggipfeln abzeichnete, wurde die Meute unruhig. Sie fürchteten den Tag und die Jäger.

Kara kniete sich zwischen Bo und Merlin. Ich nahm die Gelegenheit wahr und führte Speaker von den anderen weg.

»Speaker. Erzähl mir von Karas Vater.«

»Was möchtest du wissen?« fragte er mit seiner tiefen, einem Knurren ähnelnden Stimme.

»War er freundlich zu euch?«

»Er bringt andere seiner Art, um uns zu sehen. Sie werfen Futter in den Zwinger. Sie machen das lachende Geräusch.«

»Hat er euch jemals weh getan?«

»Nein«, sagte Speaker.

Speaker lag auf dem Bauch und leckte eine Stelle an der Vorderpfote, wo die Haut bereits wundgeleckt war. Das Wundlecken war typisch für bestimmte Zuchtrassen. Tierärzte führten dieses Verhalten auf Langeweile zurück. Das galt natürlich für normale Hunde. Was es bei Speaker bedeutete, blieb unklar.

»Speaker. Hast du Karas Vater gehaßt?«

Ruhig leckte er weiter. Es hatte den Anschein, als müsse er erst über diese Frage nachdenken. »Wir kennen Haß nicht«, sagte Speaker.

»Weißt du, was das Wort bedeutet?«

»Du erzählst mir von diesen Dingen. Haß ist... starke Feindschaft und Abneigung.«

Seine Antwort verblüffte mich. War es doch eine Definition aus einem Wörterbuch, die ich ihm Jahre zuvor beigebracht hatte.

»Aber was bedeutet es?«

Speaker ließ vom Lecken ab und starrte mich verzweifelt an. Ich entschloß mich, auf einem anderen Weg zum Ziel zu gelangen. Gut oder schlecht. Er war meine Schöpfung. Ich mußte herausfinden, welche Art von Lebewesen ich geschaffen hatte.

»Speaker. Was habt ihr empfunden, als ihr Karas Vater umgebracht habt?«

»Wir fühlen unsere Herzen schlagen. Wind bläst. Geruch von Maschinenblut. Wir kosten Menschenblut. Rundherum blitzende Lichter am Himmel.«

»Blitze?«

»Ja. Wir sind Blitze in unserem Blut.«

»Wart ihr zornig?«

»Wir können nicht sagen.«

»Warum nicht?«

»Zorn ist menschlich.«

»Was habt ihr empfunden, wenn Kara euch streichelte?«

»Warm. Liegen auf Decken. Volle Mägen. Kein Schmerz. Wir schlafen. Schmerz kommt nicht. Wir sind wir.«

Ich widerstand der Versuchung, ihn zu fragen, wie er sich in meiner Nähe gefühlt hatte. Statt dessen fragte ich: »Was würdest du tun, wenn ich versuchen würde, dir weh zu tun?«

Er begann erneut zu lecken. »Zeige meinen Bauch.«

»Was würdest du empfinden?«

»Verloren im Wald. Nicht mehr wir. Seele fällt ab. Blitzende Lichter im Himmel.«

»Würdest du mich töten?«

»Wir würden sein ... nicht mehr.«

»Was hat das zu bedeuten?«

Er schaute an mir hoch. Im nun grauen Dämmerungslicht wirkte er ratlos, hierfür eine Antwort zu finden.

»Bedeutet es, daß ihr sterben müßt, wenn ihr mir Leid zufügt?«

»Nein«, sagte Speaker. »Wir sind nicht mehr.«

»Erzähle mir von dem *Wir*.«

»Wir rennen. Captain Eddie rennt Baumhang. Merlin rennt, nicht Captain Eddie. Speaker rennt, nicht Merlin. Toto rennt, nicht Sir Lancelot. Toto ist Fleisch von gerade getötetem, kleinen Lebewesen. Wir sind Toto. Wir sind Schlamm und hohe Bäume. Wir sind ein sich fortpflanzendes Nicht-Wir. Die Nicht-Wir rufen mit dem Geruch der ungeborenen Jungen. Captain Eddie rennt, nicht Toto. Merlin rennt Baumhang, wo Captain Eddie nicht ist. Speaker rennt hinterher, wo Bo nicht ist. Wir sind Wasser, das sich über Steine ergießt. Wir sind hohe, hohe Felsen, höher als Bäume. Wir sind das blitzende Licht im Wind. Wir sind die Wasserdinge. Wir sind Geruch von totem Fisch. Wir sind Geruch von Seetang. Wir sind die wärmende, wärmende Sonne. Wir sind die Raubvögel in den hohen, hohen Nestern. Wir sind der Geruch ihrer Eier. Captain Eddie rennt, nicht Speaker, Merlin rennt, nicht Captain Eddie. Toto rennt, nicht Sir Lancelot. Wir sind goldenes Licht in den Bäumen. Wir sind Wasser und das herabstürzende Donnern. Hohe, hohe, hohe Felsen. Die Nicht-Wir rennen. Captain Eddie rennt der Sonne entgegen. Die Nicht-Wir wenden sich von ihm ab. Wasser stürzt herunter. Heiße, heiße, heiße Sonne. Wir kosten das Blut von den Nicht-Wir. Wir sind die warme Sonne auf unsere Knochen. Wir sind der Geruch von Pelz. Wir sind der Geruch von Körpern. Wir sind der Geschmack von feuchtem Pelz. Wir schlafen.«

Wenn mir ein Physiker erklärt hätte, daß Gravitation durch Masse entsteht und den Raum krümmt, könnte ich mir das wahrscheinlich auf irgendeine abstrakte Art und Weise vorstellen. Richtig verstehen würde ich es mit Sicherheit nicht. Dieser Gedanke war niemals Bestandteil meines Daseins, denn ich lebe nicht in einem Universum, wo ich tatsächlich Erfahrungen mit Raumkrümmungen mache. Die Abwesenheit jeglicher Dinge, die Krümmungen hervorrufen, nennt man Weltraum. War Speaker in der gleichen Situation? Versuchte er Dinge zu verstehen, die in seiner Welt nicht einmal existierten?

Oder war ich gar derjenige, der versuchte, seine Gedanken zu verstehen, auch wenn sie in meiner Welt jeglicher Realität entbehrten?

»Speaker. Was wollt ihr jetzt machen?«

»Wir jagen.«

Eigentlich hatte ich mehr erwartet. Er fuhr mit dem Lecken fort.

Ich langte hinunter und kraulte ihn hinter den Ohren.

Wir schlossen uns wieder den anderen an. Der Himmel über den Bergen war gelb, die Farbe der Vorsicht. Der Tag brach an. Bald würden die Hubschrauber auftauchen. Das Bellen der Jagdhunde würde durch die Berge hallen.

Speaker lehnte sich gegen mich und schnüffelte an meiner Hand.

»Speaker«, sagte ich. »Kehrt nachts wieder hierher zurück.«

»Ja, James«, sagte er.

Und sie gingen, verschwanden leise in den langen Schatten unterhalb der Bäume, als wären sie verwehender Nebel in der Morgenluft.

Kara schaute zu mir empor. Schmutzige Haarsträhnen hingen an ihren Wangen herunter.

»Es gibt das Böse auf dieser Welt«, sagte sie. »Nie zuvor habe ich daran geglaubt.«

Ich zuckte mit den Schultern. »In unserer Welt. Ich bin mir nicht im klaren, ob diese Auffassung Sinn in ihrer Welt macht.«

»Mein Vater. Warum ... sollte er ...?«

»Weil es einfach war, schätze ich. Ich kann nicht so tun, als wüßte ich es.«

Wieder rieb sie sich die Augen. »Sie werden sie doch überzeugen, nicht wahr? Sie können sie dazu bringen, es zu begreifen. Laßt die Hunde in Frieden.«

Würde ich?

Egal aus welchem Grund, egal mit welcher Rechtfertigung, sie hatten einen Menschen getötet. Karas Ansicht konnte ich nicht teilen. Was ich auch sagen würde, wenn die Jäger sie fanden, man würde sie töten. Entgingen sie jedoch den Suchenden, woran ich keinen Zweifel hegte, daß sie es konnten, wer konnte dann vorhersagen, daß sie nicht wieder morden würden?

Mir selbst redete ich ein, daß Rutger Hannover es verdient hatte, zu sterben.

Es machte keinen Unterschied. Es bestand die Möglichkeit, daß sie wieder töteten. Ich wollte kein Blut mehr an meinen Händen kleben haben.

Ich schaute hinaus zu den Bergen. Die der Sonne zugewandten Seiten der Kiefern glänzten im Licht, die anderen Seiten lagen im dunklen Schatten. Weit entfernt war das Dröhnen eines Fahrzeugs zu vernehmen. Hunde bellten.

»Einmal las ich etwas von einem Tierverhaltensforscher, der sich mit dem rituellen Verhalten von Tieren beschäftigte«, sagte ich. »Er machte eine Andeutung, die ich damals nicht verstand. Er behauptete, daß das rituelle Verhalten der Tiere, beispielsweise Paarung oder Kampf, in den Gefühlen der Tiere selbst verborgen ist und die Handlung bestimmt. Liebe ist der Akt des Paarungsrituals. Ich denke, jetzt bekomme ich einen ungefähren Eindruck davon, was er damit meinte. Speaker empfand keinen Haß, verspürte keinen blutrünstigen Drang. Er spürte, daß irgend etwas passieren würde, sei es das Lecken einer Hand oder das Zerfleischen einer Kehle. Gefühl, Handlung und Motivation sind ein und dasselbe. Nur dann ist er in der Lage, sich etwas vorzustellen. Er kann entscheiden. Er kann planen. Er kann unsere Worte verstehen. In uns Menschen scheint es so zu sein, als wären unsere unbewußte Triebkraft und unser vernünftiger Verstand ein und dasselbe. Ich bezweifle, daß wir ihn dazu bringen, die in der Welt gemachten Erfahrungen auch umzusetzen.«

Mir kam ein neuer Gedanke. »Das menschliche Gehirn entwickelte sich zu schnell. Normalerweise machte sich die Weiterentwicklung als langsame Änderung der äußeren Erscheinung bemerkbar. Aus der Flosse wurde eine Hand. Aber das menschliche Gehirn entwickelte sich ebenso schnell, daß keine Zeit für einen Gestaltenwandel blieb. So entstanden neue Formen, die den besten der alten einfach überlegen waren. Die Wärme der Säugetiere übertrumpfte den kalten, reptilischen Überlebensinstinkt. Der Mensch begründete sein Dasein aus den Höhepunkten beider Arten. So sind wir alle drei Dinge gleichzeitig: zerspaltene, geteilte Lebewesen. Speaker hingegen ist nicht gespalten, weil wir in der Lage waren, seine genetische Struktur zu verändern. Sein Säugetierverstand und sein neues menschliches Denkvermögen sind vereint. Er scheint das geworden zu sein, was wir eigentlich hätten werden sollen.«

»Sie werden es ihnen doch erklären, nicht wahr?«

»Natürlich«, gab ich zurück. Arme Kara. Sie war einfach noch nicht alt genug, um zu verstehen, daß alles, was ich ihnen zu erklären suchte, nur dazu führen würde, daß sie eine andere Rechtfertigung fanden, um die Existenz der Meute auszulöschen. Nicht viele Menschen wären in der Lage gewesen, die mittlerweile zur Realität gewordene Tatsache zu tolerieren, daß sich Hunde auf eine über dem Menschen stehende Entwicklungsstufe geschwungen hatten.

Der Abstieg ging viel leichter vonstatten. Frühzeitig erreichten wir das Herrschaftshaus. Die Sonne stand direkt über uns. Wir waren beide müde und verschwitzt. Der Boden war vertrocknet. Das Aufgebot der Suchenden war weiterhin unterwegs auf Verfolgungsjagd. Wir aßen von den übriggebliebenen Lebensmitteln des alten Rutger Hannover. In einem Rohrstuhl auf der Sonnenveranda fiel Kara dann in Schlaf. Bald darauf döste auch ich in der Kälte des getäfelten Wohnzimmers.

Am späten Nachmittag wurde ich von Stimmen geweckt, die vom Rasen her erklangen. Kara ließ ich schlafen. Ich schlenderte ins Sonnenlicht und fand

Captain Davis und seine Männer vor. Als ich mich näherte, musterte er mich. Sein bedächtiges Aussehen ähnelte dem einer scheuen Eule, die auf eine Maus wartet.

»Nun«, sagte er. »Ich gehe davon aus, daß Sie sie gefunden haben, ja?«

»Selbstverständlich, ja.«

Sie starrten mich an, als wäre ich ein Geisteskranker.

»Wir haben mit ihnen gesprochen. Sie haben Kara beschützt. Es scheint, als wären sie Zeugen geworden, als Hannover einige seiner Verwandten mißhandelte. Also stoppten sie ihn, bevor er noch irgend jemand anderen mißhandeln konnte.«

»Sie verarschen mich«, brauste Davis auf.

Ein anderer Mann lachte.

»Sie müssen meinen Worten keinen Glauben schenken. Sprechen Sie mit Karas Cousine. Jetzt, da Hannover tot ist, wird sie es bestimmt bestätigen.«

Captain Davis musterte mich eingehend. Mißbilligend kaute er auf seiner Lippe. Endlich sagte er: »Das ist ja eine schöne Schauergeschichte. Aber selbst, wenn sie wahr wäre, würde das keinen Unterschied machen. Sie müssen trotzdem eingefangen werden.«

»Ich weiß«, bestätigte ich verbittert. Ich hatte es die ganze Zeit über gewußt. Ungeachtet dessen, daß ich ein Gefühl hatte, als würden lebensnotwendige Organe in meinem Inneren zerfetzt, war ich mir darüber im klaren, daß ich bei ihrer Vernichtung helfen würde. Sie waren gefährlich. »Nach einem Dreiviertel des Weges diesen Berg hinauf steht ein alter Feuermeldeturm. Sie werden heute nacht dort erscheinen.«

»Woher wollen Sie das wissen?«

»Ich habe ihnen befohlen, dort zu sein. Manchmal halten sie mich noch immer für ihren Herrn.«

Der Ausdruck der Verachtung auf ihren Gesichtern sprach Bände. Ich wußte, daß sie nun endgültig davon überzeugt waren, ich sei verrückt. Trotzdem war Davis klug genug, anzuerkennen, daß ihre Suche bisher fruchtlos verlaufen war und er nicht mehr weiterwußte.

»Wenn sich dies als Jägerlatein herausstellt, werde ich Ihren Arsch persönlich einlochen.«

Zweifellos mit Vergnügen.

Ich sah sie durch die Reihen der Bäume davoneilen. Sie verschwanden zwischen den Kiefern und machten sich erneut auf die Jagd.

Der Schmerz war wie weggeblasen. Ich war erstarrt, viel zu niedergeschlagen, um noch von alledem etwas mitzubekommen. Mein erster Entschluß war, abzuhauen. Bevor ich Kara gegenübertreten mußte und bevor ich die Gewehre in den Bergen feuern hören würde. Aber statt dessen ging ich ins Haus. Müdigkeit überfiel mich wie ein Fieber. Ich setzte mich hin. Ich hatte vor, mich noch etwas auszuruhen, bevor ich wegging. Bald schlief ich und träumte von Gestalten, die zwischen mondlichtbeschienenen Bäumen hindurchrannten.

Als ich erwachte, warf das echte Mondlicht silberne Ringe auf den hölzernen Fußboden. Die Eingangshalle erstrahlte im gleißenden Mondlicht. Der Rohrstuhl war leer.

»Kara!« rief ich.

Das Haus war still.

Ich erhob mich vom Stuhl, am Ende des breiten Treppenaufgangs rief ich erneut nach ihr. Nichts war zu hören. Plötzlich knarrten Bodenbretter am anderen Ende der großen Halle. Bis zum Tanzsaal folgte ich dem Geräusch. Ich legte meine Hand zögernd auf den Türgriff. Ich konnte sie anlügen, wußte aber, daß ich es nicht tun würde. Wie konnte ich ihr nur begreiflich machen, daß es so das beste war?

Ich öffnete die Tür. Das Mondlicht schien durch die

Jalousien herein, schmale helle Streifen durchschnitten die Dunkelheit. Gestalten schlichen durch die Schatten. Eine massige Gestalt ließ sich auf dem großen Klavier nieder und beobachtete mich. Eine andere tapste über die Tanzfläche. Eine dritte umrundete die Theke und stolzierte auf mich zu. Mein Herz begann rasend zu schlagen, wie eine kaputte Uhr.

Auf der Couch saß Kara, Speaker zu ihren Füßen.

Es war vollkommen still, nur das leichte Beben ihrer Körper bei den unzähligen Atemzügen war vernehmbar. Ein tiefes Knurren erscholl quer durch den Raum.

»Sie wußten Bescheid«, sagte Kara.

»Was?« Meine Stimme klang seltsam in meinen Ohren, ganz so, als ob noch jemand gesprochen hätte.

»Sie wußten, daß es eine Falle war.«

»Ich mußte«, brachte ich stockend hervor. »Ich hatte keine Wahl.«

»Ich glaube, das ändert auch nichts mehr«, sagte sie. »Sie sind in Sicherheit. Sie werden jetzt fortgehen. Niemand wird sie finden, mit Ausnahme von mir vielleicht. Sie werden in Freiheit leben.«

Ich schritt vorwärts. Zu meiner Rechten knurrte Captain Eddie. Ich fror.

»Speaker. Es tut mir leid. Niemals wollte ich euch Schaden zufügen.«

Kara lachte. »Tatsächlich? Können Sie sich vorstellen, woher sie wußten, daß es eine Falle war? Sie hätten es sich ausrechnen können, gewiß. Aber wissen Sie, was der Schlüssel dazu war? Der *Schmerzgeruch.*«

»Was?«

»Was immer sie auch bei meinem Vater witterten, sie nahmen es auch bei Ihnen wahr. Der Alkohol war es nicht. Es war etwas Eindringliches, unvorstellbar Schreckliches. Der Geruch Ihres Blutes, Ihrer Verdorbenheit. Sie sind der Wissenschaftler. Irgendwann einmal werden Sie es herausfinden.«

»Das ist doch verrückt!«

»So? Ist es das? Haben Sie überhaupt jemals versucht, ihnen zu helfen?«

Darauf wußte ich nichts zu erwidern.

»Nein. Sie legten sie nur herein, oder nicht? Vielleicht wollten Sie nur verhindern, daß sie einen Schatten auf Ihre wertvolle Arbeit werfen und Ihrem kostbaren Ruf schaden. Oder sollten sie etwa ihre Freiheit verlieren, bloß weil Sie daran erinnert wurden, was Sie ihnen zugefügt haben? Daß Sie mitverantwortlich waren, als mein Vater starb?«

»Sie haben gemordet. Ich hatte keine andere Wahl.«

»Sie hatten eine Gelegenheit.«

»Speaker?«

Sein tiefes Knurren schwang durch die Finsternis. »Ja, James.«

»Was war es? Was hast du an mir gespürt?«

»Schmerzgeruch.«

»Wie bei Karas Vater?«

»Ja, James. Der *Schmerzgeruch* kennzeichnet die Menschen dort. Wir gehen niemals mehr dorthin.«

Ich versuchte zu protestieren, doch ich brachte keinen Laut hervor. Im Unterbewußtsein machte sich ein Gedanke breit, wortlos und intensiv, wie das Anzeichen eines nahenden Sturmes, das der Wind mit sich trägt. Ich wußte, Kara hatte recht. Irgendwie war es ihnen gelungen, die Anzeichen der chemischen Reaktionen in meinen Zellen richtig zu deuten. All mein erhabenes Getue zerbröckelte wie Sand.

Kara streichelte Speakers Kopf. »Geht jetzt. Bringt euch in Sicherheit.«

Speaker rieb mit der Schnauze ihre Hand und wandte sich dann mir zu. »Auf Wiedersehen, James.«

»Es tut mir leid«, sagte ich.

»James rennt mit der Meute«, sagte er. »Kara rennt mit der Meute. Wir sind wir.«

Dann waren sie durch die Tür im Innenhof fortgegangen, schnell und geräuschlos wie Schatten. Ich folgte ihnen nach draußen und beobachtete sie, wie sie den Berg erklommen. Bald verloren sie sich im Dunkel der Bäume. Vielleicht hatte ja dieser Ortsansässige recht, vielleicht würden sie sich vermehren.

Jetzt, Jahre danach, habe ich das Gefühl, als wären sie bei mir, zu den ungewöhnlichsten Zeiten, bei einsamen Fahrten durch die Nacht oder manchmal, wenn ich Vorlesungen halte. Von Zeit zu Zeit erhalte ich anonyme Briefe mit Zeitungsausschnitten, die sich ausschließlich mit außergewöhnlichen Ereignissen an der Ostküste befassen: eine überfallene Hühnerfarm, unbekannte Gestalten, die nachts in den Wäldern gesehen werden, auf mysteriöse Weise zerstörte Jagdlager und spurlos verschwundene Hunde.

Jetzt lehre ich nicht mehr so viel über die Zellen, sondern mehr über das Gemeinschaftswesen, das sie formen. Weniger über den Aufbau der DNS, als vielmehr darüber, wie die DNS das Zusammenspiel von Liebe, Bedürfnis, Verrat und Treue hervorbringt.

Das, was ich am häufigsten weitergebe, ist, daß wir nicht mehr allein sind.

Originaltitel: ›Nightwatch‹ · Copyright © 1997 by Mercury Press, Inc. · Aus: ›The Magazine of Fantasy & Science Fiction‹, März 1997 · Aus dem Amerikanischen übersetzt von Jürgen Kohlschmidt

---

John Morressy

DIE HEIMAT DES PATROUILLEURS

Orbital-Patrouillenschiff 6 landete so sanft wie eine Schneeflocke, die auf den Rücken einer Katze sank. Die Schleusenwarte und das übrige Bodenpersonal brauchten keine Minute, um die Fliege zu machen, dann schwenkte die Schleusenpforte auswärts, und Vanderhorst wankte die Rampe hinab. Überall Beleuchtung. Links parkte ein Patrouillenraumschiff neuer, schmukker Konstruktion auf dem Startring, in seinem Schatten flitzten Fahrzeuge umher wie Ameisen um einen Zaunpfahl. Das Äußere gefiel Vanderhorst, aber er konnte sich keine Zeit gönnen, um es gründlicher anzuschauen. Es beanspruchte seine ganze Aufmerksamkeit, die Rampe hinunter und ins SOP-Hauptquartier zu gelangen, ohne zu stolpern. Bei Erdschwerkraft fühlte er sich wie ein betrunkener Elefant auf glitschigem Glas. Es bedeutete ihm keinen Unterschied, daß niemand zugegen war, der hätte sehen können, wie er hinplumpste.

So lautete die unverbrüchlich gültige Regel: Niemand bekam einen Orbital-Patrouilleur, bevor er zur Einsatzbesprechung im SOP-HQ gewesen war, zu sehen. Andere Vorschriften wechselten, aber diese Regel hatte anscheinend unabänderlich Bestand.

Vanderhorst hatte etwas gegen Einsatzbesprechungen. Er hielt sie für überflüssigen, reinen Blödsinn, der sich meistens lange hinzog. Die SOP-Bodenkontrolle hatte vom Start bis zur Landung jede Sekunde des Patrouillenflugs unter Beobachtung, verlangte aber trotzdem eine mündliche Meldung, obwohl Vanderhorst von dem Flug nichts als seine Träume erzählen konnte.

Er fragte sich, ob bei der SOP irgendwer wirklich glaubte, einem Menschen würde etwas auffallen, was den Instrumenten entging. Nach jeder Rückkehr malte Vanderhorst sich auf dem Weg zur Einsatzbesprechung aus, wie es wäre, spaßeshalber ein Trumm der doppelten Größe des 06er Asteroiden mit direktem Kurs auf Washington zu melden. Allerdings flöge so ein Jux unverzüglich auf; die Wahrheit ließ sich den Aufzeichnungen der Instrumente entnehmen. Außerdem mochte schon ein entsprechender Scherz ihn die Stellung kosten, und er hatte keine Lust, die Orbital-Patrouille aufzugeben.

Eine Tür mit den verschlungenen Silberringen der Solaren Orbital-Patrouille erwartete ihn. Ohne Zögern stapfte er darauf zu, und die Türflügel surrten beiseite, um ihn durchzulassen. Danach mußte er noch drei Türen passieren, ehe er endlich den Konferenzraum betrat. Inzwischen fühlte er sich wieder sicherer auf den Beinen, doch das Gehen hatte ihn ermüdet, also ließ er sich schwerfällig in den übergroßen, weichen Sessel sinken, der dort bereitstand.

Die Räumlichkeit war in Mattweiß gehalten und so beleuchtet, daß das Licht den Eindruck der Geschlossenheit minimierte. Vanderhorst atmete tief ein und entspannte sich ein wenig.

Als der Einsatzleiter hereinkam, blieb Vanderhorst sitzen, winkte ihm jedoch zum Gruß zu. Er musterte den Ankömmling. Der Mann sah wie der Vater jemandes aus, den er kannte.

»Erinnern Sie sich an mich, Vanderhorst?«

Im ersten Moment mußte Vanderhorst überlegen. »Bob Watts?«

»Genau. Als Sie mich das letzte Mal gesehen haben, hatte ich noch keine Spur von grauem Haar.«

»Für mich waren's bloß einundzwanzig Monate. Wie lange bin ich nach Erdzeit draußen gewesen?«

»Neunzehn Jahre, fünf Monate und vierundzwanzig Tage. Gesundheitlich sind Sie tadellos dran, Vanderhorst. Wenn Sie wollen, überspringen wir die medizinischen Daten.«

»Dann ersparen wir sie uns.«

»Wir haben ein neues Patrouillenschiff-Modell. Es steht auf Nord-Startring vier.«

»Ich hab's im Vorbeigehen gesehen.«

»Ein schönes Schiff, Vanderhorst. Geräumiger als Nummer sechs, und mit 'ner Bordgravitation von einem Drittel Erdschwerkraft.«

»Wozu mehr Platz? Schlafe ich unruhig?«

»Warten Sie ab, bis Sie's kennenlernen, Vanderhorst. Es ist 'n völlig neuer Typ von ...«

»Lassen Sie's mit dem ganzen Kram gut sein«, fiel Vanderhorst ihm ins Wort. »Ich möchte als erstes die Besprechung hinter mich bringen und mir anschauen, wie die Welt dieses Mal aussieht.«

Watts hob die Hand. »Ganz wie Sie wünschen, Vanderhorst. Wenn Sie nichts Außergewöhnliches zu melden haben, dürfen Sie umgehend zur Reakkulturation.«

»Ohne formelle Einsatzbesprechung?«

»Seit vierzehn Jahren finden keine mehr statt. Sie haben keinen Sinn.«

»Das habe ich den Schlaumeiern schon vor sechzig Jahren gesagt«, antwortete Vanderhorst. »Gibt's irgendwelche sonstigen Veränderungen, über die ich Bescheid wissen müßte?«

»Nichts Weltbewegendes. Darüber kann die Reakkulturation Sie besser als ich informieren.«

»Sagen Sie's mir. Falls mir was Unerfreuliches bevorsteht, will ich's lieber jetzt erfahren.«

»Es ist nichts Ernstes, Vanderhorst. Sie kennen's alles schon. Die SOP genießt gegenwärtig seitens der Bevölkerung keine hohe Gunst, sonst nichts.«

»Ist was durchgekommen?«

»Die SOP läßt nichts durch. Nein, es ist das alte Problem: Geld und Politik. Das neue Modell kostet vierundneunzig Milliarden, und es sind vier Exemplare gebaut worden. Manche Leute behaupten, das sei zu teuer.«

»Asteroideneinschläge sind auch kostspielig«, sagte Vanderhorst. »Der Null-sechser-Einschlag hat Schäden in Höhe von mehreren Billionen verursacht, und er ist ins Meer gefallen. Und wenn der nächste Treffer nun Kalifornien in den Pazifik schmettert?«

»Genau das erklären wir denen ja, Vanderhorst. Aber für die Bodenständigen dort unten ist null-sechs vor achtzig Jahren gewesen. Es entsinnt sich keiner mehr daran.«

»Denkt noch jemand an die Brocken, die wir abgefangen haben, ehe sie einschlagen konnten?«

Watt schüttelte den Kopf. »An ausgebliebene Katastrophen erinnert sich niemand, Vanderhorst.«

»Also wird über Kürzungen des Programms gequasselt. Geht's darum?«

»Es redet niemand Ausschlaggebendes darüber.«

»Manchmal weiß man nicht, wer den Ausschlag gibt, bis 's zu spät ist.«

»Die SOP hat ihre Freunde, Vanderhorst. Sie haben auf diesem Patrouillenflug einen Hochwahrscheinlichen beseitigt, und das benutzen wir als Argument gegen die Witzbolde, die den Leuten weismachen, die Aussicht für einen zweiten großen Einschlag stünde eins zu einer Million. Dem Asteroidenabwehrprogramm droht keinerlei Gefahr.«

Vanderhorst stemmte sich aus dem Sessel hoch. Für einen Augenblick stand er leicht wacklig da. Watts machte Anstalten, ihm behilflich zu sein, bewahrte aber dann doch Zurückhaltung.

»Ich komme zurecht, Bob«, versicherte Vanderhorst. »Ist die Reakkulturation noch am selben Ort?«

Watts nickte. »Zweite Tür links. Echt dufte, daß Sie wieder da sind, Vanderhorst.«

Das war die bisher angenehmste Einsatzbesprechung gewesen. Watts hatte sich kurz und knapp gefaßt, offen gesprochen. Vanderhorst verabscheute die sorgsam ausgeklügelten, abgenutzten Floskeln, die manche SOP-Mitarbeiter auswendig lernten, um Orbital-Patrouilleuren das Wiedereinfinden zu erleichtern. Diese gekünstelte Sprache diente ihnen lediglich als Puffer, um wirklichen Umgang mit den Patrouilleuren zu vermeiden.

Lag es an mangelhaftem Einfühlungsvermögen, fragte er sich, oder an Unkenntnis? Oder Furcht? Vielleicht wollte in Wahrheit keiner der SOP-Bodenständigen wissen, was für ein Gefühl es war, dort draußen allein zu sein, mit halber Lichtgeschwindigkeit eine Siebenundneunzig-Milliarden-Kilometer-Runde um das Sonnensystem zu drehen; oder bei jeder Rückkunft in eine veränderte Welt zurückzukehren, in eine neue Gesellschaft, ohne zu wissen, welcher Empfang bevorstand.

Gefasel über Streichungen war tatsächlich nichts Neues. Bei Vanderhorsts erster Rückkehr hatte es Krawalle und einen Überfall auf die Startanlagen gegeben, doch nach Überwindung der Wirtschaftskrise des Jahres 2028 hatte sich die Aufregung gelegt. Als er 48 zum zweitenmal wiederkehrte, hatte Ruhe geherrscht. Beim drittenmal, 67, waren SOP-Patrouilleure Volkshelden gewesen. Zwei Wochen hintereinander war er jeden Abend im Holo-TV vorgezeigt worden. Alle drei großen Parteien hatten ihn umworben, er sollte 68 für sie bei den Wahlen kandidieren.

Wäre er das letzte Mal unten geblieben, hätte er jetzt beinahe Watts Alter erreicht. Nein, falsch. Er sähe fast so alt aus. De facto wäre er wesentlich älter. Eigentlich war es das, was Betroffenheit hervorrief: der Anblick eines früheren Bekannten, der innerhalb der zwei Jahre, die Vanderhorst auf dem Patrouillenflug verlebt hatte, gealtert war um zwanzig Jahre.

Und dadurch wurde der ganze Unterschied offenkundig und unbestreitbar. Orbital-Patrouilleure überlisteten Zeit, Uhren und Kalender, diese sonst allgemeingültigen Tyrannen; das war es, woran die Menschen dachten, weshalb alle sie beneideten, manche ihnen Ablehnung entgegenbrachten und ein paar – trotz aller Fassade der Bewunderung – sie sogar haßten. Aber der Preis der unterschlagenen Jahre war hoch, und wenige zahlten ihn. Von hundert Orbital-Patrouilleuren unternahm nur einer einen zweiten Flug. Bis jetzt hatte nur Vanderhorst eine dritte und vierte Runde gedreht.

Selbst im Stasistank blieb die Vereinzelung körperlich spürbar. Sorgfältige Vorbereitung, Ausbildung und Konditionierung verhalfen zu einer gewissen Erträglichkeit, aber die Einsamkeit wich nie, verschwand so wenig wie die eigene Haut. Sie übte auf jeden Menschen ihre Wirkung aus.

Als Vanderhorst die letzte Tür durchquert hatte, stutzte er und sah sich mit gelinder Überraschung um. Die Reakkulturationsabteilung hatte ein völlig anderes Ambiente erhalten. Das unpersönliche Büro, an das er sich von seiner letzten Wiederkehr entsann, war in eine behagliche, einem Wohnzimmer ähnliche Umgebung der Art verwandelt worden, die er sich als Kind immer ersehnt hatte. Fenster ließen Sonnenschein und Frischluft ein, leichter Wind blähte Vorhänge, alle Türen standen offen; es gab im Blickfeld nicht die geringste Beengtheit. Ein junges Paar, schlank und ebenmäßigen

Gesichts, sprang aus Sesseln auf, um ihn mit einem Lächeln zu begrüßen.

»Willkommen, Kapitän Vanderhorst«, sagte der Mann, streckte ihm die Hand entgegen. »Es ist eine Ehre, Sie bei uns zu sehen. Ich bin Korry Long.«

»Ich bin Jemma Tulio«, stellte sich die Frau vor.

»Jemma und ich sind ein registriertes Paar«, konstatierte Long. »Wir sind einen Zweijahresoptionsvertrag eingegangen. Ich vermute, daß das Ihnen wenig sagt, Kapitän.«

»Gar nichts.«

Jemma Tulio ergriff Vanderhorsts Hand und führte ihn zu einem Sessel. »Die Struktur der gesellschaftlichen Beziehungen hat sich beträchtlich gewandelt. Wahrscheinlich ist das die signifikanteste Veränderung, die sich seit Ihrem Abflug in den kulturellen Verhältnissen ergeben hat, darum dachten wir, daß wir diesen Aspekt bei Ihrer Reakkulturation zuerst in den Vordergrund rücken.«

Der Sessel stand in einer Ecke, an den Seiten und davor war viel Platz. Vorsichtig setzte sich Vanderhorst. »Läuft die Reakkulturation jetzt so ab? Ohne Aussprache? Ohne Hypnopädie?«

»Die Aussprache hat schon angefangen«, gab Jemma Tulio Auskunft. »Hypnopädie kommt erst zur Anwendung, wenn Sie sich dazu bereit fühlen.«

»Wir sitzen also nur hier herum und plaudern?«

»Ganz genau. Wir sind der Meinung, das fördert die Reintegration.«

»Soll von mir aus gebongt sein, Freunde«, sagte Vanderhorst und faltete die Hände hinterm Kopf. »Entschuldigung«, bat er, sobald er merkte, daß beide ihn etwas ratlos und unsicher anlächelten. »Diese Redewendung war vor Ihrer Zeit üblich. Ich dachte, Sie hätten sich auf altertümliche Ausdrücke eingestellt.«

»Unter den vorsätzlichen Gebrauch sprachlicher

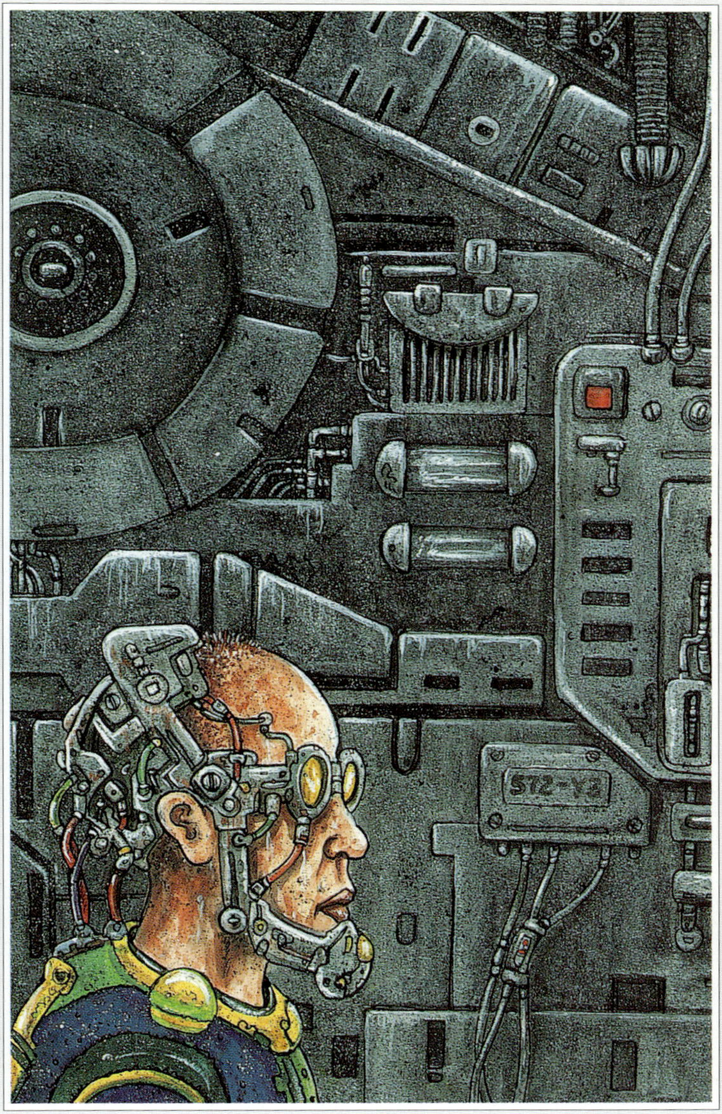
572-Y2

Anachronismen haben wir einen Schlußstrich gezogen, Kapitän«, teilte Long ihm mit.

»Nennen Sie mich Vanderhorst. Und erzählen Sie mehr über die heutigen zwischenmenschlichen Beziehungen.«

»Im Verlauf der vergangenen fünfzehn Jahre hat sich stark eine Rückbesinnung auf traditionelle Werte durchgesetzt. Als Sie zuletzt daheim waren, galt offenbar noch weitgehende Freizügigkeit.«

»Das klingt ja, als wäre ich in Ferien gewesen.«

»Ich hoffe, wir haben nichts Falsches …«

»Egal«, unterbrach Vanderhorst den Satz, schmunzelte ein wenig, als er sich an die Zeit entsann, in der überall und jederzeit alle mit allen alles und alle gewollt hatten, bis es keine offenen Wünsche mehr gab. Die 2060er Jahre waren ein Jahrzehnt des Wohlstands gewesen, und die Menschen hatten sie bis zur Neige ausgekostet. »Ja, stimmt, es ging freizügig zu.«

»Davon haben wir gehört. Heute verhält es sich anders.«

»Mit etwas ähnlichem habe ich gerechnet. Wie groß ist die Veränderung?«

»Vieles, was während Ihres letzten Heimataufenthalts erlaubt war«, lautete Jemma Tulios Antwort, »ist jetzt gesellschaftlich geächtet.«

Im Grunde genommen war die Erklärung überflüssig. Vanderhorst verstand es, die gleiche Information mit bloßem Auge zu erkennen. Jemma Tulio war eine schöne Frau, scheute aber kaum Mühe, es zu verheimlichen. Das Make-up verlieh ihr einen fahlen Teint, sie hatte ganz kurzes Haar, und das Kleid glich einem schäbigen Sack, der ihre Figur verbarg. Alles eindeutige Anzeichen dafür, daß Vanderhorst in schwerere Zeiten heimkehrte. Er erinnerte sich an die Krisenzeit während seiner ersten Rückkunft. Kein Wunder, daß die Leute über den SOP-Etat klagen, dachte er. Sie möchten keine Orbital-Patrouilleure, sie verlangen Brot, Spiele und Sex. Mehr wollten sie sowieso nie.

»Was ist denn heutzutage noch gestattet?« erkundigte er sich.

»Die Regierung hat das Dasein keineswegs unmöglich gemacht, Vanderhorst«, beteuerte Korry Long mit betonter Leutseligkeit. »Es mag sein, daß die Gegenwart weniger freizügig ist, aber …«

»Verzichten Sie auf das Drumherumgerede. Ich bin fast zwei Jahre lang im Weltraum gewesen. Es kann ja sein, daß ich das Bedürfnis nach Zuwendung habe, sobald ich mich eingelebt habe, und ich möchte nicht verhaftet werden, nur weil ich 'ne Frau mit ›Hallo‹ anspreche.«

Jemma Tulio legte ihre auf seine Hand. »Ungewöhnlichen Umständen steht die Regierung wohlwollend gegenüber, Vanderhorst.«

Vanderhorsts Blick glitt zwischen den beiden hin und her, dann stieß er ein Lachen aus. Sie lachten nicht mit. »Diese neue Moralapostelei kommt mir wie ganz altmodische, miefige Spießigkeit vor«, äußerte er, indem er grinste, »nur mit dem ausdrücklichen Segen der Regierung.«

Jemma Tulio war Mißbehagen anzumerken. »Ihnen wird ein hochgradig außergewöhnliches Privileg gewährt, Vanderhorst.«

Versöhnlich hob er die Hand. »Ich werde dankbar sein. Und ich bleibe von nun an ernst. Erzählen Sie mir noch einiges mehr.«

Sie kamen der Aufforderung nach, sprachen abwechselnd und bewiesen dabei eingeübte Routiniertheit, und Vanderhorst hörte mit ernstem Ausdruck des kantigen Gesichts zu. Gelegentlich nickte er gewichtig, um zu verdeutlichen, daß er den Darlegungen Aufmerksamkeit schenkte, doch in Gedanken war er nur halb bei den Ausführungen. Nach seiner Ansicht enthielten sie nichts Neues.

Seine Jugend hatte Vanderhorst in den grellen, unruhigen Jahren der Jahrtausendwende verbracht, einem Zeitabschnitt, in dem die halbe Welt den Übergang ins nächste Jahrhundert als Ende und die andere Hälfte den Wechsel als Anfang bewertete. All jene, die Armageddon beschworen hatten, sahen sich bestätigt – wenn auch verspätet –, als 2006 ein riesiger Meteor in den Indischen Ozean stürzte.

Für Vanderhorst bedeutete diese Kalamität den entscheidenden Umschwung seines Lebens. Binnen weniger Monate wurde die Solare Orbital-Patrouille gegründet und organisiert. Die meisten Nationen der Welt gewährten ihr personelle und anderweitige Unterstützung, und sie erhielt den Auftrag, die vorderste Abwehrlinie zu bilden: jedes ins Sonnensystem eindringende Objekt, das die Erde oder die Mondsiedlungen gefährdete, zu orten und zu vernichten. Man gestand ihr einen unbeschränkten Etat zu.

Freiwillige meldeten sich viele; als geeignet erwiesen sich nur wenige. Der winzigen Schar Glücklicher bot die SOP die Ehre, ›Verteidiger der fernsten Grenze‹ zu sein, wie ihre Förderer es formulierten. Gleichzeitig verhieß sie eine verlängerte Lebensspanne und die Möglichkeit, gewaltigen Reichtum anzusammeln. Vanderhorst sah darin vor allem die Gelegenheit, den täglichen Härten und Würdelosigkeiten zu entfliehen, die einhergingen mit wachsendem Haß auf die Generationen, die ihren Sprößlingen zum Erbe eine ausgelaugte, verschmutzte Welt hinterlassen hatten. Ihm war klar, daß eines Tages eine Regeneration erfolgte, aber noch in ihren Genuß zu gelangen, darauf durfte keiner der damals Lebenden hoffen – außer er fand ein Mittel, um die Zeit zu überlisten.

Diese Chance gab es ausschließlich bei der SOP. Als

Gegenleistung mußte man zwei Lebensjahre – nahezu zwanzig Jahre objektiver Zeit – weiter draußen im Weltall zubringen, als je ein Mensch sich hinausgewagt hatte; allein eingekapselt, ohne Aussicht auf etwaige Hilfe von der Erde, abgeschnitten von jedem Kontakt zum Heimatplaneten.

Aus Vanderhorsts Sicht war das Angebot fair. Als früh verwaistes Einzelkind, das jeder Art von Gruppe mit gefühlsmäßigem Mißtrauen begegnete und sich größere Unabhängigkeit bewahrte, als die Gesellschaft für statthaft hielt, gab er, durch Natur und eigene Wahl Einzelgänger, allem Anschein nach den idealen Orbital-Patrouilleur ab. Im Jahre 2008 startete er als sechster Patrouilleur ins All.

2028 kehrte er mit verschwommenen Erinnerungen an überwältigend allgegenwärtige Dunkelheit zurück; an gräßliche Alpträume, an Hilflosigkeit, deren Bürde ihn nachgerade erdrückte. Nur an das Gefühl vollständigen Alleinseins hatte er eine deutliche Erinnerung. Er faßte den Vorsatz, nie wieder in den Weltraum zu fliegen.

Aber nach drei Monaten entschied er sich anders. Vier weitere Flüge, und er konnte sich als beispiellos reicher Mann, der körperlich noch Mittdreißiger war – obwohl sein Alter dann nach der herkömmlichen irdischen Zeitrechnung über eineinviertel Jahrhunderte betrug – zur Ruhe setzen. Lange überlegte er, erwog die Alternativen, warf den Entschluß ein halbes Dutzend Mal über den Haufen und startete schließlich doch wieder ins All.

»Hören Sie zu, Vanderhorst?« riß Jemma Tulios Stimme ihn aus seinem Grübeln.

»Das Ganze klingt ja so, als könnte ich für alles, was irgendwie danach aussieht, daß es mir Spaß macht, eingesperrt werden.«

»Man sperrt heute niemanden mehr ein, Vanderhorst. Gesetzesbrechern wird Sozial-Nachhilfe zugestanden.«

»Zugestanden? Das heißt, man kann sie ablehnen, ja?« Beide schauten ihn mit so ausdrucklosen Mienen an, als wären ihre Gesichter aus Wachs. »Na gut, tun wir so, als hätte ich nichts gesagt. Speichern Sie einfach in meiner Hypnopädie-Lektion eine Zusammenfassung der verhaltensmäßigen Erwartungen. So ist's für mich leichter.« Er gähnte. »Und aktualisieren Sie die Angaben über den Stellenwert, den die SOP heute bei der Regierung und in der Öffentlichkeit einnimmt. Morgen früh will ich alles unmißverständlich in der Rübe haben.«

»Sind Sie sicher, daß Sie sich nicht etwas länger mit uns unterhalten möchten?« fragte Korry Long. »Persönliche Erörterungen sind ein wichtiger Bestandteil der Reakkulturation.«

»Das gleiche gilt für Schlaf. In den letzten drei Tagen war ich beinahe ununterbrochen wach. Und ich habe lange nicht mehr hundert Kilo gewogen.«

»Wenn Sie Gesellschaft wünschen, Vanderhorst, wir sind durchaus dazu befugt...« Jemma Tulio lächelte und ließ ihre Stimme verklingen.

»Brauche ich keine Sondererlaubnis?« fragte Vanderhorst, indem er aufstand. »Danke für das Anerbieten, aber ich kümmere mich immer selber um meine persönlichen Angelegenheiten.«

Er verabschiedete sich von dem Paar mit dem Empfinden, daß es in der Welt des Jahres 2087 eine Menge Eigentümlichkeiten gab, die ihm mißfielen.

Vanderhorst erwachte in hellem Sonnenschein, den Kopf prallvoll mit Informationen. Die Integration von altem und neuem Wissen verlief, so wie stets, als verwirrender Prozeß. Er fühlte sich benommen und konfus, hielt die Lider fest geschlossen und drehte sich der dunkleren Wand zu. Nach einer Weile wälzte er sich auf den Rücken und stützte sich auf die Ellbogen. Anschließend gähnte er ausgiebig und sah sich im Zimmer um. Geradeso wie die Reakkulturationsabteilung auch, war es im Stil der vergangenen Jahrtausendwende eingerichtet worden. Diesmal paßte man ihn behutsam an.

Er schwang die Beine über die Bettkante und stand achtsam auf. Inzwischen war er wieder besser als noch bei der Landung an die normale Schwerkraft gewöhnt.

Die Wohnung hatte eine Dusche mit kräftigem Wasserstrahl. Das Wasser war sauber und frei vom schalen Geruch des Bordwassers im Patrouillenschiff. Während er sich in der Warmluftnische trocknete, kündete ein Läutton einen Anruf an. Vanderhorst schaltete den Lautsprecher ein.

»Hat die Dusche Ihnen Vergnügen gemacht, Vanderhorst? Wir haben uns um eine von der Sorte bemüht, die vor ihrem Start gebräuchlich waren.«

»Es ist nicht nötig, daß Sie für mich die Welt meiner Jugend rekonstruieren, Jemma. Ich kann mich umstellen, ist ja nicht das erste Mal.«

»Wir versuchen nur, Ihnen die Anpassung möglichst leicht zu gestalten.«

»Wie wär's, wenn Sie mich in Frieden lassen? Ich bin wunschgemäß auf den neuesten Informationsstand gebracht worden.«

»Sie haben heute Pressekonferenzen.«

»Ist noch nie 'n Problem für mich gewesen. Ich brauche nur die Verlautbarung zu lesen, die mir die SOP verfaßt hat.«

»Morgen steht ein Treffen mit Ihren Finanzberatern an. Es könnte einige Zeit in Anspruch nehmen. Ihre Investitionen haben sich im Laufe der Jahre verkompliziert.«

»Sonst noch was?«

»Eine Party findet statt.«

»Wenn ich auf 'ne Party scharf bin, veranstalte ich selber eine.«

»Diese Party ist sowohl für Sie wie auch das Asteroidenabwehrprogramm sehr wichtig, Vanderhorst. Leute von der Regierung sind eingeladen. Es interessiert sie, Sie kennenzulernen.«

»Aber ich habe kein Interesse daran, ihre Bekanntschaft zu machen.«

»Bitte, Vanderhorst, das ist eine wirklich hochwichtige Sache.« Vanderhorst gab keine Antwort. »Es kommen auch andere Leute«, fügte Jemma Tulio hinzu. »Bestimmt haben Sie Ihren Spaß. Und danach wird Ihnen Ihre Ruhe vergönnt. Dann wird niemand Sie mehr belästigen.«

Die Festkleidung der Gegenwart war bescheiden und farblich schlicht. Als Vanderhorst, begleitet von Jemma Tulio und Korry Long, im vollen Wichs seiner Paradeuniform die Party eröffnete, geriet er augenblicklich in den Mittelpunkt allgemeiner Beachtung.

»Das ist Senatorin Dalton«, sagte Korry Long. »Sie ist Vorsitzende des Komitees für Stellare Operationen.«

Vanderhorst schaute in Longs Blickrichtung und sah eine hochgewachsene, schlanke, silberhaarige Frau mit einem jüngeren Mann und einer jüngeren Frau beisammenstehen. Kaum bemerkte Dalton die Eingetroffenen, winkte sie ihnen zum Gruß mit der Hand. Korry Long brachte Vanderhorst schnurstracks zu dem Trio.

»Wie erfreulich, daß Sie kommen, Kapitän Vanderhorst«, meinte Dalton. »Das sind Dorée und Jake Fosset. Jake ist mein Chefberater. Ich muß sagen, wir alle sind auf die Orbital-Patrouilleure stolz. Sie sind tapfere Menschen, die in völliger Einsamkeit eine schwere Aufgabe erfüllen.«

»Wir werden dafür bezahlt.«

»Ich bin davon überzeugt, daß es damit mehr als nur das Geld auf sich hat, Kapitän.«

»Ich denke hauptsächlich ans Geld«, erwiderte Vanderhorst, stellte sich so hin, daß er dem Fenster den Rücken zukehrte. Sein Blick fiel auf Korry Long. Der junge Mann wirkte, als müßte er jeden Moment in Tränen ausbrechen. Jemma Tulio rang sich ein Lächeln ab.

»Sie sind ein offenherziger Mann, Kapitän«, sagte Dalton. »Mich könnte man nie dazu überreden, zwanzig Jahre lang ums Sonnensystem zu kreisen, egal was die SOP dafür bietet.«

»Sie haben nicht das Gefühl, daß 's zwanzig Jahre sind. Um ehrlich zu sein, man erhält während des Flugs überhaupt nicht viel Eindrücke.«

»Sie bringen die meiste Zeit im Schlaf zu, stimmt's? Es gibt Leute, die uns in Washington beschuldigen, wir täten das gleiche.«

»Ich finde genug Zeit zum Ausruhen, Senatorin.«

»Nach dem, was ich gelesen habe, sind Sie vor einem Jahrhundert geboren worden. Sie sehen aber nicht im entferntesten wie ein Hundertjähriger aus.«

Vanderhorst leerte sein Glas. »Vielleicht morgen früh.«

Dalton lachte schallend. »Sie sagen unverblümt, was Sie denken, Kapitän. So etwas bewundere ich.«

»Na fein«, brummte Vanderhorst. Bisher hatte er keine Miene verzogen. Weil er sich von der Menschentraube in die Enge gedrängt fühlte, trat er einen Schritt zurück, um etwas Freiraum zu gewinnen. Er biß die Zähne zusammen.

»Erzählen Sie mal, Kapitän«, verlangte Dorée Fosset. »Ist es da draußen schwierig?«

»Was soll schwierig sein?«

»Die Arbeit. Ihre Aufgabe.«

»Es ist die leichteste Tätigkeit, die ich je ausgeübt habe. Die gesamte Arbeit wird von den Apparaten erledigt. Sie nehmen mir sogar das Denken ab.«

»Ich meinte nicht schwierig in dieser Hinsicht. Ich dachte an die Vereinsamung. Es muß doch schrecklich sein. So lange Zeit, und dermaßen weit fort von daheim. Auf so engen Raum beschränkt zu sein, ohne Abwechslung ...« Unschuldigen Blicks betrachtete Dorée ihn und vollführte mit der Hand eine vage Gebärde.

Langsam und durchaus mit Gefallen sah Vanderhorst sie sich von oben bis unten an, verkniff sich aber eine Antwort. Das Schweigen zog sich peinlich in die Länge. Korry Long beugte sich vor. »Vanderhorst hat schon vier Umkreisungen des Sonnensystems hinter sich«, plapperte er. »Er weiß, wie man ...«

Vanderhorst ließ ihn nicht ausreden. »Meistens schläft man.« Seine Stimme klang ausdruckslos, beinahe analytisch, als hielte er an einer Akademie einen Vortrag. »Wird man geweckt, ist's schlecht, es bedeutet nämlich, ein Problem ist vorhanden. Dann hofft man, daß keine Panne aufgetreten ist, infolge der man in die Tiefe des Universums hinausschießt, ohne daß der Schlafbehälter funktioniert. Das wäre am schlimmsten. Man hofft, daß es bloß irgendwas ist, das sich schnell reparieren läßt. Wenn man wach ist, kann man's gar nicht erwarten, sich wieder in den Schlafbehälter zu legen, weil einen dauernd solche Gedanken quälen. Man schimpft sich 'nen Blödmann, weil man gestartet ist, und entwickelt Haß gegen die Leute, von denen man ins All geschickt wurde. Da spielt man schon mal mit dem Gedanken, 'nen dicken Klotz vorbeizulassen, um ihnen 'nen Denkzettel zu verpassen. Dann schämt man sich für derartige Einfälle und fragt sich, ob man eventuell verrückt geworden ist. Aber letzten Endes nimmt man die Reparaturen vor, steigt zurück in den

Schlafbehälter und hofft auf angenehme Träume. So bringt man die Zeit herum.«

»Wenn es so ist, warum schickt man überhaupt Menschen auf Patrouille?« wollte Jake Fosset erfahren.

»Auf die Apparaturen ist kein Verlaß.«

»Wieso benutzt man dann Maschinen?«

»Auf Menschen allein ist auch kein Verlaß. Man braucht beides.«

»Tatsächlich?« fragte Jake Fosset. »Viele Leute stellen das Asteroidenabwehrprogramm in Frage. Bedenkt man, was Sie hier so erzählen, könnte man glauben, sie hätten mit ihren Argumenten recht.«

Die langen Phasen völliger Isolation hatten Vanderhorsts Empfänglichkeit für unterschwelliges Einvernehmen geschärft. Bisweilen war ihm, als könnte er Menschen so mühelos durchschauen, wie er Instrumente ablas. Fosset quetschte ihn auf plumpe Weise aus, seine Frau half mit, und die Chefin des Paars beobachtete, hörte zu. Ähnlichen Typen war Vanderhorst schon in jeder Generation begegnet.

»Und wie lauten ihre Argumente?« erkundigte sich Vanderhorst.

»Daß die SOP ein kostspieliges Programm betreibt und der Aufwand ständig steigt. Daß wir nicht einmal wissen, ob es effektiv ist. Jede Menge Leute glauben, es könnte eine günstigere und zweckmäßigere Methode geben, um uns zu schützen.«

»Und was schlagen sie vor?«

»Nichts Konkretes. Wissen Sie, es sind ja nur Überlegungen. Es kann ja durchaus sein, daß die Orbital-Patrouille die beste Lösung ist.«

Vanderhorst wandte sich an Dalton. »Hat seit nullsechs irgend etwas die Erde getroffen?«

»Nichts so Großes, daß jemand Bammel gekriegt hätte, Kapitän.«

»Dann sind wir ja vielleicht doch effektiv.«

»Wollen Sie behaupten, es ist das Verdienst der Orbital-Patrouilleure, daß Asteroideneinschläge ausbleiben?« fragte Fosset. »Also wirklich, Kapitän, ich finde, das …«

»Zum Teufel, wem soll das Verdienst denn sonst anzurechnen sein? Ihnen? Ich habe draußen niemanden gesehen, Fosset. Sie nicht, die Senatorin nicht, kein Schwein. Ich war allein, während ich dafür gesorgt habe, daß Ihnen nichts aufs Dach fällt.«

Vanderhorst maß Fosset festen Blicks. Ihnen beiden galt die geballte Aufmerksamkeit anderer Anwesender, die jedoch sicheren Abstand hielten. Fosset wich zurück. »Jake hat keineswegs die Absicht, den Orbital-Patrouilleuren die Anerkennung und den Dank abzusprechen, die sie verdienen, Kapitän«, mischte Dalton sich im Ton der Beschwichtigung ein. »Er weist nur auf eine nicht unberechtigte Erwägung hin. Uns fehlt nämlich die hundertprozentige Gewißheit, daß unsere Sicherheit das direkte Ergebnis Ihres Patrouillendienstes ist.«

»Sie wünschen sich also nicht mehr als vollkommene Gewißheit, dann wären Sie zufrieden.«

»Offenbar ist sie unmöglich zu erlangen.«

»Das war immer der Fall, und jeder weiß darüber Bescheid. Die SOP ist eine preiswerte Form von Versicherung, Senatorin, sonst gar nichts. Sie investieren ein paar Milliarden pro Jahr, um gegen tausendmal höhere Verluste vorzubeugen.«

»Es sind bedeutend mehr als ›ein paar‹ Milliarden.«

»Selbst wenn wir nie etwas orten würden, das größer als 'n Schneeball ist, zahlt unser Einsatz sich zehnmal aus.«

»Das ist ohne weiteres möglich«, räumte Dalton ein. »Nur muß ich darauf hinweisen, daß die Erde gegenwärtig in wirtschaftlichen Schwierigkeiten steckt.«

»Dann ist das wohl der Grund, weshalb Lobis wie

der hier davon sabbeln, das einzige Regierungsprogramm zu kürzen, das seinen vorgesehenen Zweck erfüllt.«

»Ich gestehe, daß ich die Sache so noch nicht betrachtet habe«, antwortete Dalton. Vanderhorst spürte einen Rippenstoß, drehte sich um und sah Korry Long mit zermarterter Miene dicht neben sich stehen. »Aber es ist unfair von mir, den Ehrengast der Party derartig in Beschlag zu nehmen«, fügte Dalton sofort hinzu. »Wir unterhalten uns bei Gelegenheit noch ausführlicher, Kapitän.« Sie machte einen eleganten Abgang, und die Fossets schlossen sich ihr an.

»Haben Sie eigentlich vor«, fragte Jemma Tulio, sobald sich das Dreigespann außer Hörweite befand, mit unterdrückter, wütender Stimme, »das Asteroidenabwehrprogramm zu ruinieren?«

»Es war Ihr Wunsch, daß ich mit Dalton labere. Genau das habe ich getan.«

»Ja, aber so, wie Sie dahergeredet haben ...«

»Ich kann sie nicht ausstehen. Ihre Schoßhunde auch nicht. Sie sind nichts als falsche Fuffziger. Kämen bei der Regierung, egal wer sie stellt, irgendwelche Trottel auf die Idee, das Programm zusammenzustreichen, und anschließend schlüge ein Asteroid in der Größe eines Golfballs in die Wüste Gobi ein, würden sie gelyncht. Das wissen sie selbst, Sie wissen es, und ich weiß es. Trotzdem blasen sie sich hier wichtigtuerisch auf, und so was kann ich schlichtweg nicht leiden.«

»Vanderhorst, Sie dürfen nicht ...«

»Ich habe Sie vorher gewarnt, daß ich nicht diplomatisch veranlagt bin.«

»Wie haben Sie Fosset vorhin genannt?« fragte Korry Long.

»Lobi«, sagte Jemma Tulio. »Sie haben ihn ›Lobi‹ genannt. Was heißt das?«

»Das ist 'n Wort aus früherer Zeit. Zerbrechen Sie sich deswegen nicht die Birne.«

Jemma Tulio runzelte die Stirn und sah Korry Long an. Er hob die Brauen und schüttelte den Kopf. Doch plötzlich riß Tulio die Augen auf. Entsetzt heftete sie den Blick auf Vanderhorst. »So hat man damals lobotomisierte Gesetzesbrecher bezeichnet«, rief sie. »Und die Jugendlichen, die sie imitiert haben, die Lobi-Banden. Vandalen und Kriminelle ...!«

»Es paßt zu Fosset. Und vielleicht auch zu Dalton. Und nun lassen wir das Thema. Ich habe meinen Teil geleistet und möchte endlich was trinken.« Vanderhorst entfernte sich und ließ die beiden stehen.

Die Villa in Silverhill bot eine Aussicht, wie sie sich Vanderhorst, während er auf seiner Kreisbahn ums Sonnensystem am weitesten fort von der Erde gewesen war, erträumt hatte. Zu Füßen sanft gewellter, üppig mit Blumen bewachsener Hügel lag ein kristallklarer See. Dahinter ragten Berge empor, gesäumt von Grün und mit weißen Kuppen. Blau strahlte der Himmel. Nirgends im Umkreis gab es Städte, Häuser oder anderes Menschenwerk zu sehen. Das war die Erde, von der er in der schwarzen Leere jenseits des Pluto geträumt hatte; die Erde, um die er Sorge empfand und die er als wert erachtete, sein Leben und den Verstand zu riskieren.

Verbreitetem Glauben zufolge stürzten Orbital-Patrouilleure sich nach der Heimkehr auf der Erde in Ausschweifungen. Und wirklich hatte Vanderhorst sich im Laufe des Flugs im Hinblick auf seinen bevorstehenden Erdaufenthalt ab und zu wilden Phantasien hingegeben. Aber bei den letzten beiden Malen hatte er nach der Rückkehr gemerkt, daß er sich am sehnlichsten Muße wünschte, um in aller Ruhe auf dem Hintern zu sitzen und sich einfach alles nur anzuschauen, ohne hemmende Grenzen spazierenzugehen und unrecycelte Luft zu atmen. Dank des innerhalb von achtzig Jahren angesparten Reichtums stellte es ihn vor kein monetäres Problem, in einem der wenigen unversauten Gebiete Nordamerikas zu wohnen.

Schon während seines vergangenen Aufenthalts auf der Erde hatte Vanderhorst von Silverhill erfahren gehabt und herausgefunden, daß es einen vorteilhafteren Weg zur Reakkulturation verkörperte als sämtliche je von der SOP ausgeheckten Mittel. Er konnte Menschen treffen und sich dennoch den Rest der Menschheit vom Hals halten; Gesellschaft haben, wenn er es wünschte, ohne sie länger ertragen zu müssen, als es ihm behagte.

Unverbaute Weite, die von den Geräuschen und Gerüchen des Lebens strotzte, verlockte Vanderhorst zu ausgedehnten, einsamen Wanderungen. Stundenlang saß er auf einer Anhöhe oder unter einem Baum, den Rücken an die rauhe Rinde gelehnt, und genoß die Umgebung. Einen vollen Vormittag brachte er damit zu, Vogelgesang zu lauschen, und einmal sah er einen Falken. Er hielt sich überwiegend im Freien auf, ohne Rücksicht auf das Wetter zu nehmen. Warmer Sonnenschein oder kühler Regen auf dem Gesicht waren ihm gleichermaßen willkommen. Das allabendliche Wiedererscheinen vertrauter Sterne hatte auf ihn eine beruhigende Wirkung.

Mit eigens für diesen Anlaß engagierten Damen aß er ausgiebig zu Abend. Von engeren Beziehungen oder Regierungserlaubnis war keine Rede. Manchmal zog er es vor, den Tag allein zu beenden.

In jeder Villa Silverhills stand ein übergroßes Total-Holo-TV-Gerät. Seit Vanderhorsts letztem Heimataufenthalt hatte die Holo-Technik beachtliche Fortschritte erzielt, und ihn faszinierten die Resultate. Vor noch nicht allzu langer Frist hatte er am Rande des interstellaren Alls in unendlichem Nichts geschwebt. Jetzt hatte er die Möglichkeit, in eine Simulation des Lebens regelrecht einzutauchen. Inmitten eines Schwarms Menschen, die so real wie er selbst zu sein schienen, konnte er sich in die Intrigen und Machenschaften Mächtiger verstricken lassen, Augenzeuge bekannter Vorfälle, Teilnehmer historischer Ereignisse oder schnulziger Romanzen werden; erleben und auskosten, was ihm nur in den Sinn kam. Und alles verlief durchweg nach seinem Willen, auf Tastendruck.

Eines frischen, wolkenlosen Abends sah er, sobald er aus der Natur in die Villa umgekehrt war, das Kommu-Lämpchen blinken. Zuerst war er überrascht, doch die Verblüffung schlug fast sofort in Ärger um. Er berührte die Sensortaste. Von dem kleinen Bildschirm lächelte ihm ein Gesicht entgegen.

»Mein Lämpchen blinkt. Ist das 'n Defekt?«

»Nein, Sir. Für Sie ist um einundzwanzig Uhr siebenundzwanzig ein Anruf gespeichert worden.«

»Von wem?«

»Der Anrufer hat keinen Namen angegeben, Sir. Außerdem erfolgte keine Bild-, sondern nur Tonübertragung.«

»Sind Sie sicher, daß der Anruf für mich war?«

»Für den Bewohner der Villa Frostwood, Sir. Der Anrufer hat eine Telefonnummer hinterlassen, die Sie zurückrufen möchten.«

»Ich wünsche keine Telefonate. Verbinden Sie niemanden mit mir, kapiert?«

»Sie werden auf keinen Fall mehr gestört, Sir.«

Vanderhorst wohnte mit gewissenhaft aufrechterhaltener Pseudo-Identität in Silverhill und hatte ein angeblich nicht aufspürbares Bankkonto. Zur Hölle mit der SOP und ihrem Rumgepfusche, dachte er. Bis zur nächsten Einsatzbesprechung habe ich mit denen nichts am Hut, also will nicht belästigt werden. Trotzdem beschäftigte ihn die Frage, ob Watts angerufen haben mochte, oder Korry Long, oder Jemma Tulio; oder irgendein Untergebener im Auftrag seines Chefs. Und es wunderte ihn, daß nur ein Anruf stattgefunden hatte, niemand ihm auf die Pelle rückte, und er fragte sich, wie lange es wohl noch dauerte, bis jemand sich so etwas anmaßte.

Nach einem schlichten Abendessen setzte er sich ins Rund des TotalHolo-TV-Geräts und verschaffte sich einen Überblick der heutigen Programmangebote. Da er nichts Interessanteres fand, entschied er sich für *Heut abend: Treffpunkt City-Café* (Informative Talkshow).

Rings um ihn entstand die Szenerie eines vollbesetzten Restaurants, durchraunt vom Gemurmel halblauter Konversation, vom leisen Klingklang des Essens und Trinkens. Da und dort erscholl ein Lachen, und aus dem Hintergrund säuselte unaufdringliche Musik. Etwa fünf Meter vor Vanderhorst strahlte ein heller Lichtkegel, und ein junger Mann in grellbuntem Paletot, der sich schwer auf einen langen Stab stützte, hinkte heran.

Aufgrund seiner Informationsaktualisierung erkannte Vanderhorst in dem Mann einen der beliebtesten TV-Moderatoren der Gegenwart, einen Exzentriker. Solche Sonderlinge hatten heutzutage die Funktion des Geschichtenerzählers, waren Nachfahren der alten Comic-Heftchen und Fernsehstars. Die Konvention schrieb vor, daß sie alle eine kleine körperliche Behinderung haben und bei ihren Auftritten großen Ernst vorspiegeln mußten.

»Und nun Neuigkeiten aus den extraterrestrischen Siedlungen«, tönte das Hinkebein, klammerte beide Hände um den Stab und schob den Kopf nach vorn. »Dreiundsechzig Lunis haben den Vize-Generaldirektor der Firma TerraLuna-Elektronikwerke gekidnappt. Einer hat die Entführung begangen. Die übrigen zweiundsechzig versuchen noch den Erpresserbrief zu schreiben.«

In Vanderhorsts Umkreis dröhnte Gelächter. Er lachte nicht mit. Der Exzentriker schwang seinen Stab, und die Heiterkeit verebbte.

»Die Lunis beklagen sich, alles, was wir ihnen nach oben verfrachten, koste zuviel«, sagte er, blickte herausfordernd in die Runde. »Sie behaupten, wir würden an ihnen reich. Aber was erwarten sie denn? Schließlich muß jede Tube Seife mit Gebrauchsanweisung geliefert werden.«

Neues Gelächter. Mit einem Fingerdruck unterbrach Vanderhorst es. Die Menschen verschwanden, der Ton verstummte, und er saß bei schwacher Beleuchtung allein in der runden Räumlichkeit.

Er hatte hohe Achtung vor den Mondsiedlern und schätzte keine Witze, die sich über sie lustig machten. Die miesesten Zustände, sinnierte er, ändern sich nie. Die Erdhocker schickten andere Leute aus, damit sie die Schwerarbeit verrichteten und auf ihren gemütlichen Heimatplaneten aufpaßten, aber gönnten ihnen nicht einmal ein Dankeschön. Sein Vater hatte ihm geschildert, wie die Veteranen des längst vergessenen Kriegs, in dem er Soldat gewesen war, von den Daheimgebliebenen behandelt wurden. Damals war es genauso gewesen. Allerdings rangen die Lunis und Orbital-Patrouilleure mit einem viel gefährlicheren Feind, und die Gewinner zu werden, hatten sie keinerlei Chance. Letzten Endes blieb immer der Weltraum der Sieger. Und weil die Erdhocker sie nicht verstanden, zogen sie sie ins Lächerliche.

Vanderhorst bekam schlechte Laune. Der Humor dieses Zeitalters verstimmte ihn. Gehört hatte er diese Scherze schon früher; sie starben nicht aus. Ihm waren alle Leute zuwider, die über Blödsinn lachten, mit dem man tüchtigere Frauen und Männer schmähte. In den

60er Jahren mußten die Kompostis als Zielscheibe herhalten, die Horden Armer, die an den Rändern jeder Großstadt gehaust hatten. Die Kompostis waren leichte Opfer der Herabsetzung gewesen. Aber arrogante Städter, die sich hinter den Mauern ihrer Wolkenkratzer vorwiegend dem Ehrgeiz widmeten, sich zu überfressen, hatten schon die Müllwerker, die das Recycling des von Menschen erzeugten Abfalls bewältigten, als Kompostkumpels verspottet. Während der 40er Jahre hatte der Hohn den Lobis gegolten. Und davor anderen mißfälligen Bevölkerungskreisen.

Aber noch nie waren derlei Witze Gegenstand öffentlicher Belustigung gewesen. Vanderhorst beschäftigte die Frage, was die Mondsiedler getan – oder an Bedeutsamem geleistet – haben mochten, um sich die offene Feindschaft der Erdhocker zuzuziehen. Die Hypnopädie-Lektion hatte ihm keine entsprechenden Informationen vermittelt. Eines schönen Tages, dachte er, sind die Orbital-Patrouilleure an der Reihe.

Zwei Tage später kreuzte Senatorin Dalton in Silverhill auf. Als Vanderhorst nach einem allein genossenen Wandertag in der Abenddämmerung heimkehrte, saß sie vor Villa Frostwood auf der Veranda.

»Verdammt noch mal, was wollen denn Sie hier?« murrte Vanderhorst.

»Ich muß mit Ihnen sprechen, Kapitän.«

»Ich wünsche keinen Besuch.«

»Bitte, Kapitän… Es gibt etwas Wichtiges, das ich mit Ihnen diskutieren muß.«

»Vorgestern haben Sie mich angerufen, was?«

»Ja. Danach habe ich Sie noch mehrmals zu erreichen versucht. Man hat's aber abgelehnt, mich mit Ihnen zu verbinden, darum bin ich selbst gekommen. Es ist wirklich wichtig.«

»Für mich nicht.«

»Für Sie und fürs Asteroidenabwehrprogramm. Gestehen Sie mir ein paar Minuten zu. Wenn ich Sie nicht zum Zuhören überreden kann, gehe ich.«

Mürrischen Gesichts zögerte Vanderhorst einen Moment lang. »Na gut. Wir unterhalten uns hier draußen. Was möchten Sie?«

»Von jemandem über die SOP-Tätigkeit aufgeklärt werden, der sie selbst ausübt.«

»Ich hab's doch kürzlich schon erzählt. Die Apparate machen die Arbeit. Ich bin nur für den Fall dabei, daß mal irgendwo dagegengetreten werden muß. Auf vier Umkreisungen habe ich insgesamt unter hundert Stunden im Wachzustand erlebt.«

»Wie stellt sich die Aufgabe der Orbital-Patrouilleure für Sie dar?«

»Wir sind die vorgeschobenen Beobachter. Uns obliegt die Ortung einfliegender Objekte oberhalb einer gewissen Masse. Wir berechnen ihre Flugbahn und leiten die Daten den Salomon-Satelliten zu. Wenn die Salomons zu der Schlußfolgerung gelangen, daß ein Objekt eine Gefährdung der Erde bedeutet, alarmieren sie die Paladin-Satelliten. Die Paladine ergreifen die nötigen Maßnahmen. Das System funktioniert. Seit Gründung der SOP ist siebenundvierzigmal Alarm gegeben und sind zweiundzwanzig Objekte vernichtet worden.«

»Ist davon jedes eine ernsthafte Bedrohung gewesen?«

»Nach Einschätzung der Salomon-Satelliten ja. Also kann ich's nicht bezweifeln.«

Für einige Augenblicke schwieg Dalton. »Die Salomon- und Paladin-Satelliten sind unbemannt«, stellte sie anschließend fest. »Haben Sie zu den unbemannten Satelliten soviel Vertrauen wie zu den Orbital-Patrouillenschiffen?«

»Weshalb nicht? Sie sind einfacher konstruiert. Es

kann weniger schiefgehen. Außerdem sind sie näher an der Erde und bewegen sich langsamer, also lassen sie sich von hier aus überwachen.«

»Und wenn Sie nun eine Betriebsstörung hätten und sie nicht beheben könnten?«

»Das kommt auf die Art der Fehlfunktion an. Sind die Instrumente betroffen, gibt's kein Problem. Die Salomon-Satelliten erfassen alles, was einem Orbital-Patrouilleur entgeht. Allerdings stehen ihnen weniger Daten und weniger Zeit zur Verfügung. Deswegen steigt die Wahrscheinlichkeit, daß ein Asteroid ihnen entwischt.«

»Und wenn die Salomon-Satelliten versagen?«

»Die Paladin-Satelliten annihilieren automatisch alles, was unbefugt die Mondumlaufbahn erreicht.« Vanderhorst gab ein freudloses Auflachen von sich. »Wahrhaftig echtes Pech, falls's 'n freundlich gesonnener Außerirdischer sein sollte.«

»Und wenn alle drei Komponenten des Systems erfolglos bleiben?«

Vanderhorst zuckte mit den Schultern. »Dann müssen Sie eben beten, daß nichts passiert. Ganz früher hat man auch nur hoffen können, nicht wahr?«

»Glauben Sie, daß das Beten hilft?«

»Unter solchen Umständen ist's das letzte Mittel, ob man was davon hält oder nicht.«

»Einmal angenommen, es tritt ein andersartiger Defekt auf, ein Fehler im Raumschiff selbst?«

»Dann gehe ich auf die weiteste Reise der Menschheitsgeschichte.«

Dalton nickte. »Und wenn Orbital-Patrouilleur Vanderhorst ausfällt?«

»Worauf wollen Sie hinaus, Senatorin?«

»Denken wir uns, ein Patrouilleur wird wegen eines Notfalls geweckt und bricht unter der Belastung zusammen. Welchen Schaden könnte er auslösen? Ist er dazu imstande, das Raumschiff auf abweichenden Kurs zu lenken oder falsche Daten zu übermitteln?«

»Orbital-Patrouilleure brechen nicht zusammen.«

»Ausrüstung geht kaputt. Unentbehrliche Systeme versagen. Das gleiche ist bei Menschen der Fall, und zwar kommt's häufiger vor, als wir gerne zugeben. Was ist das ärgste Unheil, das ein Patrouilleur anrichten könnte? Das ist es, was ich wissen will. Ich habe Entscheidungen zu treffen und Empfehlungen auszusprechen. Dafür brauche ich Daten, ich kann mich nicht auf blindes Vertrauen stützen.« Vanderhorst gab keine Antwort. »Wissen Sie«, fragte die Senatorin daraufhin, »daß während Ihrer letzten Umkreisung zwei Orbital-Patrouilleure auf der Erde Gewaltverbrechen und eine Patrouilleurin einen Selbstmordversuch begangen haben? Die Bevölkerung erfährt von solchen Vorfällen und hat deshalb vor Ihnen Furcht.«

»Dann soll doch die Bevölkerung hinausfliegen.«

»Seien Sie vernünftig, Kapitän. Sie äußern sich verächtlich über die Menschheit, trotzdem setzen Sie sich immer wieder mit Ihrem Leben für unsere Sicherheit ein.« Dalton hob die Hand, um Einwände zu verhüten. »Versuchen Sie mir nicht weiszumachen, Sie täten es bloß fürs Geld. Sie sind doch längst einer der reichsten Männer der Welt.«

»Ich fliege zum Schutz der Erde Patrouille. Sie ist ein schöner Planet. Ich möchte, daß er noch existiert, nachdem die Menschheit in den Untergang getaumelt und ausgestorben ist.«

»Diese Gefahr ist geringer als noch vor einigen Generationen. Die Verhältnisse haben sich gebessert.«

»Da kann ich Ihnen nicht zustimmen. Es enttäuscht mich jedesmal, wenn ich hier unten bin. Und jedesmal sage ich mir: Dreh noch eine Runde, danach ist es endlich besser. Aber es wird nie wahr.«

»Die anderen Patrouilleure sehen's genauso wie

Sie«, gestand Dalton. »Alle lieben sie den Planeten, aber sie mögen die Bewohner nicht.«

»Gerade darum sind wir gute Orbital-Patrouilleure. Wir werden nicht nach Gutmütigkeit ausgewählt. Welchen Unterschied soll es bedeuten, wie wir empfinden?«

»Es bedeutet einen großen Unterschied. Zwischen Beschützern und Beschützten klafft ein unüberbrückbarer Abgrund.«

»So ist es immer gewesen, Senatorin. Schon zu Lebzeiten meines Vaters, und vorher wahrscheinlich auch.« Diesmal enthielt sich Dalton einer Antwort. Abenddunkel und Stille umgaben sie und Vanderhorst. »Kommen Sie mit hinein«, sagte er schließlich und stand auf. »Die Unterhaltung ist angenehmer, wenn wir uns sehen können.«

Ihre Schritte hallten auf dem Holz der Veranda. Vanderhorst ging ins Haus, schaltete das Licht ein und bot Dalton einen Sitzplatz an. »Erzählen Sie mir noch etwas über die anderen Patrouilleure«, ersuchte er sie.

»Ich hätte gedacht, Sie kennen sie besser als ich.«

Vanderhorst schüttelte den Kopf. »Wir sind nun mal nicht gesellig, auch untereinander nicht. Es widerspricht unserem Naturell. Ich habe nur eine Patrouilleurin gut gekannt. Moira ist gleichzeitig mit mir ausgebildet worden. Wir hatten vor, jeder drei Runden zu drehen und uns danach zur Ruhe zu setzen, um im Wohlstand zu schwelgen. Aber nach der ersten Heimkehr hat sie sowohl auf mich wie auch die SOP gepfiffen. Falls Moira noch lebt, muß sie inzwischen hundertzwei Jahre alt sein. Und ich bin siebenunddreißig. Oder hundertfünf, je nachdem, wie man rechnet. Wir wären nicht eben 'n typisches Durchschnittspärchen.«

»An Orbital-Patrouilleuren ist überhaupt nichts typisch. Genau deshalb flößen sie der Allgemeinheit solches Unbehagen ein.«

»Der Normalbürger würde es in 'nem Patrouillenschiff keine zehn Tage aushalten. Aber das heißt noch nicht, daß diejenigen, die es fertigbringen, Anomale sind.«

»Ich behaupte nicht, daß Patrouilleure Anomale wären, Vanderhorst. Ich sage lediglich, daß Sie auf eine Weise anders sind, die die Leute ängstigt. Nehmen Sie zum Beispiel sich selbst. Geboren sind Sie in einer Zeit sozialer Unruhen, Ihr Vater war ein mit Orden geschmückter Held eines Kriegs, den viele Amerikaner verurteilten. Mit sieben sind Sie Waise geworden und haben anschließend in einem halben Dutzend Kinderheime gelebt. Heute sind Sie infolge Ihrer Tätigkeit ein Mensch ohne Wurzeln. Mit Ausnahme von etwa zwei Dutzend Orbital-Patrouilleuren sind alle Menschen tot, die zur gleichen Zeit wie Sie geboren wurden.«

»Das ist alles richtig. Na und? Was soll's?«

»Sie sind der leibhaftige Inbegriff zweier Phänomene, die die Menschen der Gegenwart fürchten: Gewalt und Abirrung. Alle unsere Gesellschaftsanalytiker stufen sie als die durchgehenden Übel des zwanzigsten Jahrhunderts ein und mahnen uns, daß wir diesen Zeitabschnitt nur überstanden haben, weil es uns gelungen ist, sie zu überwinden.«

»Sie haben sie nicht überwunden. Vielmehr haben Sie nur gelernt, sie zu übertünchen.«

»Für Sie mag es so aussehen, aber Gewalt ist heute selten, und in unserer Gesellschaft bilden die Abgeirrten nur eine winzige Minderheit. Ausschließlich die Orbital-Patrouilleure sind lebende Vertreter ausgerechnet dieser beiden Übel – ein Personenkreis, den wir unbedingt brauchen, den wir mit dem Schutz unseres Planeten an vorderster Front betrauen.«

»Warum separieren Sie uns dann nicht kurzerhand vom Rest der Welt? Schicken uns los, aber lassen uns nicht auf die Erde zurück?«

»Angeregt worden ist es schon.«

»Das höre ich ja zum allererstenmal. Verraten Sie mir Einzelheiten.«

»Aber vertraulich, Kapitän. Verstehen Sie mich? Nur unter der Bedingung absoluter Vertraulichkeit.«

»Abgemacht.«

»Vor drei Jahren hat eine Sonderkomission empfohlen, die SOP-Anlagen nach Luna römisch vier zu verlegen und den Salomon- und Paladin-Bodenstationen anzuschließen. Für Orbital-Patrouilleure sollte eine eigene Siedlung errichtet werden …«

»Was für erbärmliche, undankbare Lumpen!« schalt Vanderhorst, indem er aufsprang.

»Die Empfehlung ist mit großer Mehrheit verworfen worden. Seitdem ist nie mehr davon die Rede gewesen. Ich erwähne sie nur, um zu verdeutlichen, was die Furcht in manchen Gehirnen hervorruft.«

»Schöne Gehirne … Wohl von Nachfahren der Scheißkerle, die meinen Vater angespuckt haben, als er aus 'm Krieg heimkam, vor dem sie sich gedrückt hatten.« Vanderhorst ließ sich wieder in den Sessel sinken. Die Miene ausdruckslos, starrte er vor sich hin; in der Stille waren seine Atemzüge ungewöhnlich laut zu hören. »Ich glaube«, meinte er nach einem Weilchen, »es wäre nun gescheiter von Ihnen, sich zu verabschieden, Senatorin.«

»Ich bin gegen die Empfehlung gewesen und habe zu ihrer Ablehnung beigetragen. Und ich bin auch künftig dagegen, sollte sie je wieder vorgelegt werden.«

»Wenn ich nach der nächsten Sonnensystem-Umkreisung auf der Erde vorbeischaue, schreibt man das Jahr zweitausendeinhundertundsieben«, sagte Vanderhorst, ohne sich zu regen. »Bis dahin sind Sie über achtzig. Vielleicht schon tot. Und wie geht die Abstimmung dann aus?«

»Sie könnten unten bei uns bleiben und hier für das Asteroidenabwehrprogramm arbeiten.«

»Umgeben von Lobis, die mich als verrückt abstempeln? Lieber fliege ich weiter meine Runden, Senatorin.«

»Dann tut's mir leid«, antwortete Dalton. Sie stand auf und verließ die Villa.

»Danke«, brummelte Vanderhorst leise, als sie bereits seit mehreren Minuten fort war; er raffte sich aus dem Sessel hoch und goß sich einen Drink ein.

Kurz nach 1 Uhr morgens schlurfte er, die Flasche in der Hand, zur Kommunikatorkonsole und tippte die Privatnummer Korry Longs und Jemma Tulios ein. Vanderhorst wartete, während er dank unterschwelligen Summens der Kommu-Konsole hörte, daß es längere Zeit bei ihnen klingelte; schließlich erhellte sich der Monitor und zeigte Jemma Tulios schläfrige Miene.

»Vanderhorst ...! Ist bei Ihnen alles in Ordnung?«

»Sie haben Dalton meine Nummer gegeben. Sie täuschen uns vor, wir hätten unsere Ruhe, aber in Wirklichkeit behalten Sie uns unter Bewachung, haben immer 'n Auge auf uns, damit wir nicht das Image schädigen.«

»Sagen Sie uns, wo Sie sind, Vanderhorst, und wir helfen Ihnen.«

»Ich wünsche von Ihnen keine Hilfe. Ich will mit niemandem von Ihnen was zu tun haben.«

»Vanderhorst, seien Sie so gut, uns zu sagen, wo Sie sind.« Jemma Tulios gepreßte Stimme klang nach mühevoll bezähmter Aufregung. »Wir kommen zu Ihnen, dann können wir die Sache gemeinsam klären. So ist es besser. Vertrauen Sie uns, Vanderhorst.«

Vanderhorst rieb sich die Augen. Als er den Blick zum zweitenmal auf den Bildschirm heftete, sah er Jemma Tulio jemandem außerhalb des Aufnahmebereichs zuwinken. Geradezu flehentlich hob sie ihm, sobald er ihr wieder Aufmerksamkeit schenkte, die Hände entgegen. »Bitte sagen Sie uns, wo Sie sich befinden, Vanderhorst«, drängte sie nochmals. »Gestatten Sie uns, Ihnen behilflich zu sein.«

Ohne jede Entgegnung bog Vanderhorst den Arm rückwärts und schleuderte die Flasche direkt in Jemma Tulios digitales Abbild. Für ein Momentchen stand er vor dem zerschmetterten Apparat und verspürte dabei satte Genugtuung. Zu guter Letzt wandte er der Kommu-Konsole den Rücken zu und suchte seine wenigen Habseligkeiten zusammen.

Abgesehen vom hellgrünen Teppichboden hatte alles im Zimmer ein kühles, erholsames Blau als Farbe. Diese Farbkombination, so hatten ernste Sozialisationsspezialisten Vanderhorst ernsthaft erläutert – alldings unter ständigem Lächeln – sollten es ihm erleichtern, sich zu entspannen. Doch er entspannte sich nicht. Sie betrachteten ihn nachdenklich, redeten leise auf ihn ein und hörten nie auf zu lächeln.

Am zweiten Morgen im Nachsozialisationsinstitut befaßte er sich allmählich mit der Frage, wie lange er hier bleiben sollte. Unablässiges Lächeln und nette Worte konnten ihn nicht trügen. Er war Gefangener, soviel stand für ihn fest. Wenn man Abirrung und Gewalt im Jahre 2087 als Verbrechen einstufte, dann galt er als Krimineller. Beurteilte man sie als Krankheit, war er Zwangspatient. Ganz gleich, wie sie ihn einordneten, er war nicht mehr frei.

Bis auf weiteres hatte er nichts dagegen, seinen Bewachern den nächsten Schritt zu überlassen. Er hatte eine aufgeplatzte, geschwollene Lippe und an der Schläfe eine schmerzhafte Beule. Unabhängig davon, was die heutigen Autoritäten glaubten, gab es auch in dieser Zeit noch ein paar gewaltbereite Leutchen. Eine dicke Schicht Kuraplast bedeckte seine Fingerknöchel;

es verursachte ihm Mühe und Beschwerden, die Finger zu krümmen. Seine Erinnerungen an die Vorfälle, denen er diese Verfassung zuschreiben mußte, blieb verschwommen. Er hatte viel getrunken, gegen die gesamte Menschheit gewettert und jeden geprügelt, der in seine Nähe kam; soviel wußte er noch. Und jetzt schämte er sich tief. Er gehörte nicht in diese Zeit, würde sich niemals einfügen können.

Ein verhaltenes Läuten kündete sein Frühstück an. Er rappelte sich vom Bett auf und stellte sich ans Ausgabefach. Sofort ging der Bildschirm über dem Fach in Betrieb, eine junge Frau erschien darauf und begrüßte ihn mit einem Lächeln. »Guten Morgen, Kapitän Vanderhorst. Haben Sie gut geschlafen?«

»Ich schlafe stets sehr gut. Das ist Bestandteil meines Berufs.«

»Wir möchten Sie wieder in Hochform bringen. Sie haben Ihren Körper in den vergangenen Tagen beträchtlichen Belastungen …«

»Kommt kein Frühstück?« unterbrach Vanderhorst sie.

»Doch, Kapitän, sicherlich. Ist Ihnen heute mehr danach zumute, sich mit uns auszusprechen? Wir haben großes Glück. Der Chef-Sozialisationsexperte hat heute den ganzen Nachmittag Zeit, und er ist persönlich daran interessiert, Ihnen das Angebot zu …«

»Ich will von niemandem irgend etwas außer 'nem Frühstück. Krieg ich's endlich, oder was?«

Die Frau setzte den Gesichtsausdruck einer Mutter auf, deren Kind sich schlecht benahm und auch noch stolz darauf war. »Kapitän Vanderhorst, würden Sie zu verstehen versuchen, was wir für Sie tun möchten, wäre es Ihnen bestimmt sehr recht, umgänglicher zu sein.«

»Solange mein Magen leer ist, kann man von mir nichts erwarten.«

Ähnliches Zureden und milde ausgedrückte Besorgnis begleiteten jede Mahlzeit dieses Tages und der folgenden Tage. Am frühen Abend des fünften Tags, während Vanderhorst am hellblauen Tisch saß und Solitaire spielte, öffnete jemand die Tür. Auf der Schwelle stand ein stämmiger Sozialisationsassistent unteren Rangs. In einer Hand hatte er einen kleinen Reisekoffer.

»Würden Sie bitte mitkommen, Kapitän Vanderhorst?«

»Wohin denn?«

»Ihre Rückführung in die Gemeinschaft ist genehmigt worden. Aber in Ihrem eigenen Interesse, Kapitän, sollten Sie …«

»Es genügt, wenn Sie mir den Ausgang zeigen.«

Zu Vanderhorsts Überraschung befolgte der junge Mann die Aufforderung unverzüglich. Er hatte mit einem wahren Marathon an Befragungen und einer abschließenden Sorgenbekundung seitens des gesamten Institutspersonals gerechnet. Statt dessen wurde er durch hellblaue Flure und leicht geschrägte Rampen hinab zu einer kahlen Tür geführt. Der Sozialisationsassistent übergab ihm den Koffer und schloß den Ausgang auf. »Es war uns ein Vergnügen, Kapitän Vanderhorst«, sagte er, »Ihnen unsere Hilfe anzubieten.«

Vanderhorst antwortete ihm nicht. Zu sehr verdutzte ihn der Anblick Senatorin Daltons, die an einem Privat-Kleinbus lehnte.

»Haben Sie mich da rausgeholt?« fragte Vanderhorst.

»Ich habe mit einigen Leuten gesprochen. Sind Sie zum nächsten Start bereit?«

»Wird mir erlaubt, danach wieder auf der Erde zu landen?«

»Solange ich darauf Einfluß habe, behalten Sie hier

Ihr Zuhause«, versprach Dalton. »Allerdings hoffe ich, daß Sie nächstes Mal weniger Aufsehen verursachen.«

»Wenn ich wiederkomme, bin ich hundertfünfundzwanzig. Vielleicht werde ich bis dahin klüger.«

»Und ich bin dann, wie Sie erwähnt haben, inzwischen einundachtzig. Ich unterstütze Sie auch in Zukunft, nur kann es sein, daß meine Unterstützung nicht mehr so wirksam wie heute ist. Die Entwicklung könnte sich gegen Sie und das Asteroidenabwehrprogramm wenden. Darüber müssen Sie sich im klaren sein.«

Vanderhorst hob die Schultern. »Es wäre der Sache kaum hilfreich, wenn ich länger auf der Erde bleibe. Ich bin kein guter Politiker.«

Dalton lachte. »Das dürfte die gewaltigste Untertreibung sein, die ich je gehört habe. Ich glaube, es ist wohl am vorteilhaftesten, wir befassen uns alle mit dem, auf was wir uns am besten verstehen.«

Vanderhorst nahm im bequemen Innern des Fahrzeugs Platz. Langsam verließ der Kleinbus das Gelände des Nachsozialisationsinstituts, fädelte sich in den Vorstadtverkehr ein, verband sich mit dem Verkehrsleitsystem und gewann normale Fahrtgeschwindigkeit. An beiden Seiten säumten Dämme die Straße und ersparten Vanderhorst die Sicht auf die von Menschenhand geschaffene Welt. Darüber wölbte sich freier und unverschmutzter Abendhimmel.

Er glaubte Dalton, daß sie ihr Wort hielt und keine Anstrengung scheute, gab sich dieszüglich jedoch keinen Illusionen hin; und zu seiner eigenen Verwunderung machte er sich nicht einmal Sorgen. Ein Heim auf der Erde mochte vollauf sein Geburtsrecht sein, doch ob es Dalton gelang oder sie Mißerfolg dabei hatte, es ihm zu sichern, spielte für Vanderhorst keine sonderliche Rolle mehr. Hier hatte er nichts verloren.

Der Anblick dieses Planeten, der sich so hell vom

Schwarz des Alls abzeichnete, war ihm lieb und teuer, aber es fiel leichter, ihn anzuschauen, als es sich darauf leben ließ. Auf Luna konnte er denselben Anblick ohne Scherereien genießen. Zudem war die Schwerkraft niedriger, so daß keine Umstellung erforderlich wurde. Eventuell lernte er dort sogar Menschen kennen, mit denen ihm zu reden möglich war, die er sympathisch fand; vielleicht durfte er dort in Frieden leben. Unter Umständen könnte er glücklich und zufrieden werden.

Plötzlich brach er in Gelächter aus, und Dalton sah ihn erstaunt an.

»Ich mußte gerade daran denken«, erklärte er, während er vor sich hinschmunzelte, »was wohl mein Vater sagen würde, wenn er wüßte, daß ich meine Zukunft einer Politikerin anvertraue.«

Er warf den Kopf in den Nacken und lachte aus purer, ungetrübter Heiterkeit, fühlte unterdessen, wie alle Anspannung und sämtlicher Mißmut des Erdaufenthalts von ihm abglitten wie ein überflüssiges Kleidungsstück. Mittlerweile hatte der Himmel ein dunkleres Blau angenommen, und die ersten Sterne waren sichtbar. Vanderhorst richtete den Blick ans Firmament und seufzte selig. Wie gut es tat, auf dem Weg in die Heimat zu sein.

Originaltitel: ›Rimrunner's Home‹ · Copyright © 1997 by Mercury Press, Inc. · Aus ›The Magazine of Fantasy & Science Fiction‹, September 1997 · Aus dem Amerikanischen übersetzt von Horst Pukallus

Weitere Auswahlbände aus
THE MAGAZINE OF FANTASY AND SCIENCE FICTION
erschienen als Heyne-Bücher:

Saturn im Morgenlicht (06/3011/214)
Das letzte Element (06/3013/224)
Heimkehr zu den Sternen (06/3015/236)
Signale von Pluto (06/3017/248)
Die Esper greifen ein (06/3019/260)
Die Überlebenden (06/3021/272)
Musik aus dem All (06/3023/286)
Irrtum der Maschinen (06/3025/299)
Die Kristallwelt (06/3027)
Wanderer durch Zeit und Raum (06/3031)
Roboter auf dem Kriegspfad (06/3053)
Die letzte Stadt der Erde (06/3048)
Expedition nach Chronos (06/3056)
Im Dschungel der Urzeit (06/3064)
Die Maulwürfe von Manhattan (06/3073)
Die Menschenfarm (06/3081)
Grenzgänger zwischen den Welten (06/3089)
Die Kolonie auf dem 3. Planeten (06/3097)
Welt der Illusionen (06/3110)
Mord in der Raumstation (06/3122)
Flucht in die Vergangenheit (06/3131)
Im Angesicht der Sonne (06/3145)
Am Tag vor der Ewigkeit (06/3151)
Der letzte Krieg (06/3165)
Planet der Selbstmörder (06/3186)
Am Ende aller Träume (06/3204)
Das Schiff der Schatten (06/3219)
Stürme auf Siros (06/3237)
Der verkaufte Planet (06/3255)
Planet der Frauen (06/3272)
Als der Wind starb (06/3288)
Welt der Zukunft (06/3305)
Sieg der Kälte (06/3320)
Flug nach Murdstone (06/3337)
Ein Tag in Suburbia (06//3353)
Ein Pegasus für Mrs. Bullit (06/3369)
Traumpatrouille (06/3385)
Der vierte Zeitsinn (06/3402)
Reisebüro Galaxis (06/3418)
Stadt der Riesen (06/3435)
Der Aufstand der Kryonauten (06/3454)
Insel der Krebse (06/3470)
Das Geschenk des Fakirs (06/3486)
Wegweiser ins Nirgendwo (06/3502)
Ein Affe namens Shakespeare (06/3519)
Tod eines Samurai (06/3537)
Frankensteins Wiegenlied (06/3553)
Cagliostros Spiegel (06/3569)
Jupiters Amboß (06/3587)
Die Cinderella-Maschine (06/3605)
Katapult zu den Sternen (06/3623)
Altar Ego (06/3642)
Die Trägheit des Auges (06/3659)
Lektrik Jack (06/3681)
Sterbliche Götter (06/3718)
Jeffty ist fünf (06/3739)
Eine irre Show (06/3811)
Das Zeitsyndikat (06/3845)
Fenster (06/3966)
Gefährliche Spiele (06/3899)
Terrarium (06/3931)
Das fröhliche Volk von Methan (06/3946)
Cyrion in Bronze (06/3965)
Im fünften Jahr der Reise (06/4005)
Dinosaurier auf dem Broadway (06/4027)
Mythen der nahen Zukunft (06/4062)
Nacht in den Ruinen (06/4099)
Willkommen in Coventry (06/4127)
Kryogenese (06/4169)
Der Drachenheld (06/4208)
Der Zeitseher (06/4265)
Der Schatten des Sternenlichts (06/4315)
Sphärenklänge (06/4389)
Die Wildnis einer großen Stadt (06/4438)
Reisegefährten (06/4485)
Volksrepublik Disneyland (06/4525)
Die Rückkehr von der Regenbogenbrücke (06/4574)
In Video Veritas (06/4621)
Die Lärmverschwörung (06/4673)
Mr. Corrigans Hommunculi (06/4734)
Der Wassermann (06/4786)
Der magische Helm (06/4836)
Hüter der Zeit (06/4888)
Cyberella (06/4936)
Ebenbilder (06/5004)
Johnnys Inferno (06/5049)
Invasoren (06/5113)
Der letzte Mars-Trip (06/5166)
Ein neuer Mensch (06/5289)
Ansleys Dämonen (06/5341)
Die Untiefen der Sirenen (06/5429)
Die Halle der neuen Gesichter (06/5511)
Der dreifache Absturz des Jeremy Baker (06/5649)
Der Lincoln-Zug (06/5892)
Der Dunkelstern (06/5934)
Der Tod im Land der Blumen (06/5980)
Werwolf im Schafspelz (06/6314)
Die Marsprinzessin (06/6330)

sowie der große Sonderband:
30 Jahre Magazine of Fantasy and Science Fiction, hrsg. von Edward L. Ferman (06/3763)